Richard Schwartz
Die Feuerinseln

PIPER

Zu diesem Buch

Eine weitere, gefährliche Mission liegt vor der Halbelfe Leandra und duldet keinen Aufschub: Zusammen mit dem Krieger Havald und ihren Gefährten besteigt sie ein Schiff in Richtung der legendären Hafenstadt Askir. Havald hadert mit seinem Gott, verflucht sein Schwert und ist mit Zweifeln beladen. Doch der Nekromantenkaiser bereitet derweil auf den Feuerinseln im Geheimen eine Invasion auf Askir vor. Als Leandra in die Gewalt der Nekromanten gerät und Havald schiffbrüchig an der Küste der Feuerinseln landet, offenbart sich das gesamte Ausmaß der Bedrohung. Nur ein einziges Schiff der Reichsstadt ist bereit, die Rettung von Leandra und Havald zu versuchen. Wird Askir fallen?

Richard Schwartz, geboren 1958 in Frankfurt, hat eine Ausbildung als Flugzeugmechaniker sowie ein Studium der Elektrotechnik und Informatik absolviert. Er arbeitete als Tankwart, Postfahrer, Systemprogrammierer und restauriert Autos und Motorräder. Am liebsten widmet er sich jedoch phantastischen Welten, die er in der Nacht zu Papier bringt – mit großem Erfolg: Seine Reihe um »Das Geheimnis von Askir« wurde mehrfach für den Deutschen Phantastik Preis nominiert. Zuletzt erschienen die neuen Reihen »Die Eisraben-Chroniken« und »Die Sax-Chroniken«.

Richard Schwartz

DIE FEUERINSELN

Das Geheimnis von Askir 5

PIPER

Entdecke die Welt der Piper Fantasy:

Piper Fantasy.de

Von Richard Schwartz liegen im Piper Verlag vor:
Der Falke von Aryn
Die Götterkriege (Serie)
Die Lytar-Chronik (Serie)
Die Sax-Chroniken (Serie)
Die Eisraben-Chroniken (Serie)
Schwarze Wacht
Das Geheimnis von Askir:
Band 1: Das Erste Horn
Band 2: Die Zweite Legion
Band 3: Das Auge der Wüste
Band 4: Der Herr der Puppen
Band 5: Die Feuerinseln
Band 6: Die Eule von Askir
Band 7: Der Kronrat

FSC www.fsc.org MIX Papier | Fördert gute Waldnutzung FSC® C083411

PRODUZIERT MIT VERANTWORTUNG

Originalausgabe
ISBN 978-3-492-26821-9
September 2009 (TB 6675)
1. Auflage Juni 2011
10. Auflage August 2025

Für einen direkten Kontakt und Fragen zum Produkt
wenden Sie sich bitte an: *info@piper.de*
Umschlaggestaltung: Guter Punkt, München
Umschlagabbildung: Uwe Jarling | www.jarling-arts.com
Satz: Uhl + Massopust, Aalen
Druck und Bindung: CPI books GmbH, Leck
Printed in the EU

Was bisher geschah

Die Drei Reiche werden durch das Imperium von Thalak bedroht, dessen Truppen über dunkle Magie verfügen. Der alte Krieger Havald, Besitzer des Bannschwerts Seelenreißer und unwilliger Jünger des Todesgottes Soltar, macht sich mit der Diplomatin Leandra und einer Gruppe zufällig zusammengewürfelter Gefährten auf, im legendären Askir Hilfe zu suchen. Der Ewige Herrscher ist jedoch verschwunden und hat das Reich in Unordnung zurückgelassen. Durch magische Tore gelangen Havald und seine Gefährten ins Wüstenreich Bessarein, einst ebenfalls Teil Askirs. Dort müssen sie feststellen, dass nicht nur ihre eigene Heimat von Thalak bedroht wird, sondern auch Askir, dessen mächtige Magie das eigentliche Ziel des dunklen Nekromantenkaisers aus dem Süden ist. Obwohl die Gefährten möglichst schnell die alte Reichsstadt Askir erreichen wollen, werden sie in Bessarein in die Umtriebe des Bösen und in Thronkämpfe verwickelt. Erst als Havald den Agenten Thalaks, einen mächtigen Nekromanten, ausschaltet, können er und seine Gruppe auf dem Seeweg nach Askir weiterreisen, aber auch sie sind aus dem Kampf nicht ungeschoren hervorgegangen …

1. Morgenrot

Wenn die Sonne aufgeht, so sagen die Priester, öffnet sich das Tor zu Soltars Hallen und der Gott erfüllt sein Versprechen den Menschen gegenüber: Auf die Nacht des Todes folgt neues Leben.

Solange sein Licht die Erde berührt, stehen die Tore zu seinen Hallen offen und ist noch Zeit für die Geister der Toten, zu ihm zu gelangen.

Hier oben, auf einem hochgetürmten Stapel aus Baumwollballen am Rand des Flusshafens von Gasalabad, schaute ich über die Stadt und ihre Mauern hinweg und sah sein Licht rot aus der Wüste aufsteigen.

Rot wie das Blut auf meinen Kleidern.

Der Flusshafen kannte auch zu solch früher Stunde kaum Ruhe, gut ein Dutzend Schiffe lagen hier an den Kais, flussaufwärts warteten zwei weitere Kornkähne aus Kasdir darauf, anlegen zu können. Drei andere wurden gerade entladen.

Vor Kurzem noch wäre mein Erstaunen groß gewesen, zu erfahren, welche Mengen an Korn diese Stadt jeden Tag verbrauchte. Es hätte mich fasziniert, zuzusehen, wie das Korn entladen, säcke- und körbeweise auf Eselskarren verbracht wurde und wie es sich in einer fast endlos langen Kette aus Gespannen und Lasttieren durch das enge Gedränge hier am Hafen seinen Weg bis zur Kornbörse suchte. Schon lange bevor der erste Kahn des Morgens hier anlegte, hatten dort an der Börse die Händler von Gasalabad über die Kurse entschieden und das Korn bereits verkauft, ob nun als einzelnen Sack oder ganze Schiffsladung.

Nicht nur Korn wurde verladen, jedes erdenkliche Gut fand seinen Weg hierher, unter anderem auch Baumwolle. Zu festen Ballen gepresst und verschnürt, wurde sie dann vier bis fünf Ballen hoch am Rand des Hafens gestapelt.

Auf einem dieser Stapel hatte ich mir einen Platz gesucht und saß dort wie auf einem hohen Thron, inmitten all des Trubels und doch seltsam unberührt davon.

Die Stadt erstreckte sich auch jenseits des Gazar; die Arena befand sich dort auf der anderen Seite und eine Garnison der Stadtsoldaten. Hunderte andere Gebäude drängten sich im Schutz der hohen Stadtmauer, doch ich kannte diesen Teil der Stadt kaum. Nur einmal, mitten in der Nacht, war ich durch diese Viertel zu unserem Haus zurückgekehrt.

Doch mein Blick galt nicht der Stadt selbst, sondern dem goldenen Licht des Morgens, das sich seinen Weg durch das offene Tor und die Schießscharten bahnte und die Zinnen in einem rotgoldenen Schein aufleuchten ließ.

Eben noch war der Himmel über den Zinnen von dunkler Nacht überzogen gewesen, jetzt wich sie mit jedem Atemzug dem Tag. Wo vorhin noch das Funkeln der Sterne zu sehen gewesen war, wurde der Himmel immer heller und verdrängte die Dunkelheit.

In dem Moment, wenn die Sonne die Erde nicht mehr berührt, schließen sich die Tore des Gottes wieder und trennen die Toten von den Lebenden.

Natalyia war nun sicher vor der Macht des Gottes ohne Namen.

Ich lehnte mich zurück und schloss die Augen.

»Du siehst übel aus.« Zokoras Stimme, dunkel und rauchig, unverwechselbar.

Es war müßig, darüber zu spekulieren, wie sie mich gefunden hatte. Von all jenen, die ich in der letzten Zeit kennengelernt hatte, verstand ich sie am wenigsten. Klein und zierlich, mit Haut in der Farbe von Ebenholz und dunklen, forschenden Augen, schien sie mir vertraut und zugleich auch unendlich fremd. In ihren Augen fand man einen Willen und eine Stärke, die ihre körperliche Größe vergessen machten. Sie war eine Prinzessin ihres Volkes, eine Priesterin der Göttin Solante, der dunklen Schwester Astartes, eine tödliche Kämpferin mit Magie und Stahl. Und – vielleicht – ein Freund. Ich hatte sie nicht kommen hören.

»Wo ist Natalyia?«, fragte sie.
»Sie ist tot.«
Ich öffnete ein Auge und schaute zu ihr hinüber. Sie saß neben mir, mit dem Rücken am gleichen Ballen, an den auch ich mich lehnte, nur dass sie so gerade saß, dass sie den Ballen gar nicht berührte. Sie trug das Gewand einer Leibwächterin, ein dunkler Schleier schützte ihre Augen. Ich wusste, dass das Licht des Tages zu grell für sie war. Jetzt aber löste sie den Schleier und schaute mich mit diesen dunklen Augen an. Es lag keine Überraschung in ihrem Blick, keine Trauer, nur Akzeptanz, als wäre es etwas, auf das sie lange gewartet hatte. Tief in ihren Augen schimmerte es rötlich.
»Es war also nicht so einfach wie gedacht?«
»Doch«, entgegnete ich. »Alle im Tempel sind ertrunken.«
»Was ist geschehen?«
»Sie wollte nur sichergehen, dass alle ersaufen, dabei kam sie dem Nekromanten zu nahe. Er zwang sie dazu, ihn an die Oberfläche zu bringen und vor dem Ertrinken zu bewahren. Es kam zum Kampf zwischen uns, danach war ich dem Tode nahe.«
Unwillkürlich sah ich nach oben. Dort, in einer Höhe, aus der Gasalabad selbst so klein erschienen war, dass ich die große Stadt mit meinem Daumen hätte bedecken können, hatte es sich entschieden. Es war die Macht des Nekromanten, die uns beide in diese Höhe entführt hatte, und als er starb, stürzte ich in den Fluss.
Niemand überlebte einen solchen Sturz. Auch ich nicht.
»Sie setzte sich Seelenreißer unters Herz, ließ sich in die Klinge fallen und gab ihr Leben, damit ich geheilt wurde.« Ich hörte mir zu, als ich das sagte. Meine Stimme klang mir fremd. So fern, so unbeteiligt. Ich hätte gern ausführlicher davon berichtet, aber ich konnte nicht.
»Sie starb, damit du lebst?«, fragte Zokora mit überraschend sanfter Stimme.
»Ja.« Ich zog meine Knie an, stützte mein Kinn darauf und blickte hinunter in den Hafen. Drei Flusssegler lagen dort ver-

täut, einer davon so groß wie die beiden anderen zusammen. Dieses Schiff wurde gerade beladen, ein großer Ballen schwang am Lastarm herum, um in den Laderaum abgelassen zu werden. Der Name des Schiffs war *Lanze des Ruhms*, und es gehörte mir. Schon vor Tagen hatten wir beschlossen, dass wir heute abreisen wollten. Ich erinnerte mich daran, dass ich am Tag zuvor noch gesagt hatte, wie froh ich darüber war, dass diese Stadt keinen von uns das Leben gekostet hatte.

Ein etwas voreiliger Gedanke.

»Sie hat mich nicht gefragt, ob ich leben will.«

»Warum hätte sie das tun sollen?«, meinte Zokora.

»Ich hätte nicht gewollt, dass sie ihr Leben für mich wegwirft.«

»Sie hat es nicht weggeworfen.«

»Das sehe ich anders.«

»Es dreht sich nicht alles um dich, Havald«, sagte sie. »Sie tat es für *sich*, weil es für sie das Richtige war.« Sie wandte sich mir zu, ihr Blick war intensiv. Der rötliche Funke in ihren Augen war deutlich zu erkennen.

»Es wäre nicht meine Wahl gewesen.«

»Aber es war *ihre*.«

Ich neigte den Kopf. »Ich weiß.«

Sie musterte mich, dann nickte sie. »Wo ist sie? Ist sie sicher?«

»Ich habe sie zum Tempel Soltars gebracht.«

Niemand wusste, wie mächtig Kolaron, der Herrscher von Thalak, wirklich war. Nur eins war gewiss: Er war ein Seelenreiter, und schon einmal hatte Natalyias Seele unter seinem Bann gelegen. Vor Kurzem erst war sie im Tempel im Namen Soltars getauft worden. Deshalb hatte ich sie dorthin gebracht, dort war sie sicher.

»Ich nehme Abschied von ihr«, teilte Zokora mir mit, glitt elegant von der Baumwolle und landete vier Ballen tiefer geschickt wie eine Katze. Dann war sie auch schon im Gedränge des Hafens verschwunden.

Ich blieb auf dem Ballen sitzen und sah eine Weile zu, wie die

Lanze des Ruhms beladen wurde. Deral, der Kapitän, hatte um Erlaubnis gebeten, Ladung aufnehmen zu können. Er meinte, dass es eine Schande wäre, nach Askir zu segeln und keinen Profit dabei zu machen. Gerade schaute er zu, wie die Ladeluken verschlossen wurden, und erteilte dem Ersten Maat Anweisungen, dann rief ein anderes Besatzungsmitglied ihn zu sich. Am Ufer wartete eine junge Frau auf unseren Kapitän, dunkel gekleidet und mit einem Schleier verhüllt. Sie sprach ihn an, und er schüttelte den Kopf. Sie legte eine Hand auf seinen Arm, beugte sich vor und flüsterte ihm etwas ins Ohr.

Selbst auf die Entfernung sah ich seine Überraschung. Widerwillig, so schien es mir, nickte er, und ein Beutel wechselte seinen Besitzer. Die junge Frau ging an Bord, suchte sich achtern nahe der offenen Kabine ein Kissen und ließ sich dort nieder.

Ich hatte zugestimmt, Ladung aufzunehmen, mich aber gegen Passagiere ausgesprochen. Was also hatte die junge Frau zu unserem Kapitän gesagt, dass er gegen meine Anweisung handelte? Gestern noch hätte ich dringend wissen wollen, was sich eben dort zugetragen hatte, heute jedoch war meine Neugier gedämpft. Zu sehr war ich in meinen Gedanken gefangen. Was, bei allen Göttern, hatte Natalyia bewogen, sich in meine verfluchte Klinge zu stürzen?

In ihrem Großmut hatten die Götter manchen Menschen magische Talente geschenkt. Der eine war vielleicht dazu imstande, mit Tieren zu sprechen, ein anderer verformte Stein mit bloßen Händen. Natalyia war fähig gewesen, durch Stein zu gehen.

Doch die dunkle Gabe der Nekromantie, ein Geschenk des Namenlosen, um die Menschen zu versuchen, war etwas anderes. Mit diesem Talent vermochte ein Nekromant sich die Seele und das Talent eines Menschen anzueignen, ein Vorgang, der oft mit grausamer und tödlicher Folter einherging, denn niemand gab gern seine Seele auf.

Askannon, so sagt die Legende, habe die Bannschwerter dazu erschaffen, Nekromanten zu zwingen, die Seelen wieder freizugeben. Es hieß auch, dass diese Klingen ihrem Träger Schutz gegen die Seelenreiter bieten sollten. Davon hatte ich indes wenig bemerkt. Mehrfach schon hatte ich einem dieser Unheiligen gegenübergestanden, und bisher war es ihnen bemerkenswert gut gelungen, meinen Geist zu überwältigen.

Aber die Magie, die meiner Klinge innewohnte, kam der dieser Nekromanten verdächtig nahe. Wenn jemand unter dem fahlen Stahl fiel, gab Seelenreißer mir die Jahre, die dem anderen verblieben wären, und heilte zudem meine Wunden. Seelenreißer war alles andere als ein Stück unbeseeltes Metall. Es besaß eigene Fähigkeiten, so auch die, Lebendiges aufzuspüren, und ihm wohnte eine unbändige Gier inne, sich dieses Lebendige einzuverleiben. Meines Wissens war es auch das einzige Bannschwert, das meinem Gott geweiht worden war. Es gehörte Soltar, dem Gott des Todes.

Ich empfand das als passend, denn es war unwahrscheinlich, dass eine andere Klinge dem Gott mehr Seelen gesandt hatte als Seelenreißer. Es mochte eine heilige Klinge sein, nichtsdestotrotz hielt ich sie für verflucht.

Über zwei Jahrhunderte trug ich Seelenreißer nun, und lange war es mir möglich gewesen, mich seiner zu erwehren. Doch seitdem ich für einige Zeit mein Augenlicht verloren hatte und mich Seelenreißers Sicht anvertrauen musste – und seit dem Kampf in Fahrds Gasthof –, hatte sich das geändert.

Der Stahl war nichts Fremdes mehr, sondern Teil von mir. Obwohl ich Soltar oft genug ein Leben zuführte, war die Gier im Schwert verblieben. Die Gier, das Leben anderer in sich aufzunehmen.

Flussabwärts am Ufer, in etwa zweihundert Schritt Entfernung, befand sich ein großer, gewachsener Felsen. Gestern Nacht hatte ich an dieser Stelle dem Nekromanten gegenübergestanden, der sich selbst der Herr der Puppen nannte.

Nur durch seine Unachtsamkeit war es mir gelungen, ihn zu besiegen, allerdings ohne Hoffnung darauf, mein eigenes Leben retten zu können, denn durch seine Kräfte hatte er uns weit über die Stadt in die Höhe gehoben. Als er starb, stürzten wir beide hinab.

Während ich fiel, war ich froh darum, dass es mir gelungen war, Natalyia und die anderen vor diesem Ungeheuer zu bewahren. Ich hatte lange genug gelebt, es fiel mir nicht schwer, loszulassen.

Ich hatte mich nur in einem getäuscht: Ich überlebte den Aufprall, denn ich verfehlte das Ufer und schlug im Wasser auf. Es half nicht viel, nur wenige Atemzüge trennten mich noch von den Toren Soltars. Ich war froh gewesen, Natalyia zu sehen, wie sie sich über mich beugte, als ich im Sterben lag. Froh darüber, dass sie es war, die weiterleben würde.

Doch sie... sie stürzte sich in Seelenreißers verdammte Klinge... und gab mir damit ihr Leben.

Ich wusste nur noch nicht so genau, was ich mit diesem unverhofften neuen Leben anfangen sollte.

Man sollte meinen, ich hätte mich inzwischen daran gewöhnt. Doch so oft Seelenreißer mir auch die Leben meiner erschlagenen Feinde verliehen hatte, diesmal war es anders.

Natalyia hatte sich der Klinge freiwillig hingegeben. Ich hatte ihren Tod durch diesen verfluchten Stahl gespürt, sie kam ohne jeden Widerstand, ohne Zweifel, stellte sich der Waffe ohne Vorbehalt... und änderte damit alles, was zuvor gewesen war.

Den Legenden nach wandelte sich das Wesen dieser Schwerter im Laufe der Zeit. Bislang hatte ich davon nichts bemerkt. Dass Seelenreißer mächtiger wurde, das ja, aber er blieb die gleiche verfluchte Klinge. Nur seine Gier nach Leben wurde größer und mächtiger.

Doch das war vor Natalyia gewesen.

Die Klinge, die vor mir auf meinen Oberschenkeln lag, war nicht mehr die gleiche, mit der ich gestern Nacht diesen Nekromanten erschlagen hatte. Es war, als ob sie sich an Natalyia satt getrunken und dieser Tod nun endlich doch ihren unermesslichen Durst gestillt hatte.

Ich hob die Hand und berührte Seelenreißer leicht am Griff. Zuvor war es so gewesen, dass die Klinge nur Lebendiges wahrnahm, alles andere blieb ihr verborgen. Nur das, was lebte, spürte sie auf wie ein Jagdhund. Es war eigentlich kein Sehen, eher ein Gefühl, das sie mir vermittelte.

Auch das hatte sich verändert.

Jetzt nahm sie alles wahr, den Ballen, auf dem ich saß, den Käfer, der sich unter mir einen Gang durch die Lagen feinster Baumwolle grub, die Schweißperlen auf meiner Stirn, das Blut, das in meinen Adern rauschte.

Zuvor hätte sie sogar nach dem kleinen Lebensfunken des Käfers gegiert, nun aber nahm sie ihn nur zur Kenntnis und blieb … ruhig.

Irgendwann zog ich meinen Beutel auf und nahm eine halbfertige Spielfigur heraus. Sie war aus Elfenbein und stellte einen der weißen Reiter dar. Noch war das Pferd nur angedeutet, doch schon jetzt zeigten einige Linien die Kraft und Eleganz des stolzen Tiers. Der Reiter war zierlich, seine leichte Reiterrüstung der Bessareiner Kavallerie nachempfunden, nur eine feine Kerbe hier, eine Andeutung dort.

Aber das Gesicht war bereits vollendet. Kaum größer als der Nagel meines kleinen Fingers, zeigte es Natalyias Züge. Ich musterte die Figur. Wie kam es, dass ich ihr diesen entschlossenen Gesichtsausdruck verliehen hatte, ohne es selbst zu bemerken? Dieser Reiter würde sich seinen Weg suchen, Mauern und Hindernisse überwinden, Schlachtenlinien und Verteidigungen überreiten, nichts würde ihn von seinem Kurs abbringen …

Einen Moment sah ich wieder, wie sie im Tempel gestanden hatte, soeben im Namen meines Gottes getauft. Sie schaute mich an, lachte und lud mich ein, zu ihr zu kommen. Ich erinnerte mich daran, wie ich mich abgewandt hatte. Wie leichtfertig man doch manchmal mit dem umging, was einem wichtig war. Vielleicht deshalb, weil man es nicht zugeben wollte.

Sorgsam verstaute ich die Figur wieder in meinem Beutel. Demnächst würden wir abreisen. Ich hoffte, dann die nötige Muße zu finden, um sie fertigzustellen.

Ich stand mühsam und mit knirschenden Sehnen auf, hängte

das Schwert in meinen Gurt und kletterte die Ballen herab, steif und ungelenk wie der Greis, der ich hätte sein sollen.

Zokora hatte mich gefunden, aber ob sie daran denken würde, die anderen von meinem Sieg über den Nekromanten zu unterrichten, war zweifelhaft. Sie folgte ihrem eigenen Leitstern, und nicht alles, was sie tat, ergab für mich einen Sinn.

So dicht gedrängt es am Hafen auch zuging, die Leute machten mir Platz, wichen zurück und wurden bleich, als sie mich sahen. Es dauerte eine Weile, bis mein erschöpfter Geist es wahrnahm, dann noch einmal eine Zeit lang, bis ich den Grund verstand.

Das Blut, das meinen Umhang färbte, war nicht das des Nekromanten. Der Gazar hatte es aus dem feinen Leinen herausgewaschen. Es war Natalyias Blut. Ich hatte so lange auf dem Ballen gesessen, dass es getrocknet war.

Ich konnte es den Leuten nicht verdenken. Ich wäre mir selbst auch aus dem Weg gegangen.

2. Das Zeichen der Wächterin

»Sie wissen es schon«, teilte mir Varosch mit, als er mir die Tür zu unserem Haus öffnete. Er musterte zuerst meine Robe, dann mein Gesicht. »Es tut mir leid, mein Freund«, sagte er und legte eine Hand auf meine Schulter.

»Danke«, entgegnete ich unbehaglich. Ich wollte aus dieser Kleidung heraus. »Wo sind die anderen?«

»Sie sind in der Küche und haben sich gerade umgezogen, um zum Tempel zu gehen.«

»Hat Zokora es euch mitgeteilt?«, fragte ich, als ich die schwere Tür hinter mir zuzog und Varosch durch die Halle folgte. Wie er schlug ich einen Bogen und vermied es, unterhalb des schweren Kronleuchters hindurchzugehen, der hoch über uns unter dem Dach hing.

»Nein«, antwortete Varosch überraschend. »Die Emira hat einen Boten gesandt.« Er schaute mich fragend an. »Zokora ist bei Sonnenaufgang gegangen, ich weiß nicht, wohin. Habt Ihr sie gesehen?«

»Ja. Sie hat mich gesucht und gefunden. Sie ging weiter zum Tempel, um Natalyia ihren Respekt zu erweisen.«

Zokora konnte auf sich selbst aufpassen, dennoch sah ich die Erleichterung in Varoschs Augen. Wahrscheinlich hatte sie es nicht für nötig befunden, ihn zu informieren, als sie das Haus verließ. Oder den anderen mitzuteilen, was geschehen war.

Aber ein Bote von Faihlyd? Woher sollte die Emira denn wissen, was sich am Ufer des Gazar zugetragen hatte? Dann schalt ich mich einen Narren. Nichts geschah in Gasalabad, ohne dass die Tochter des Löwen davon erfuhr. Schließlich waren es ihre eigenen Soldaten gewesen, die mich unter dem leblosen Körper Natalyias hervorgezogen hatten. Dunkel erinnerte ich mich daran, dass sie mich hatten in Gewahrsam nehmen wollen. Kein Wunder, denn Seelenreißer ragte noch immer aus Natalyias Rücken. Obwohl ich versuchte, mich zu entsinnen, was danach geschehen war, war das Nächste, an das ich mich erinnerte, wie ich mit Natalyia auf den Armen den Tempel betrat. Auch das erschien mir seltsam unwirklich, wie in einem schlimmen Traum.

Kaum hatte ich die Halle durchquert, löste ich Seelenreißers Gurt und beeilte mich, die blutige Robe abzulegen. Ich ließ sie fallen, wo ich stand. Sollte Afala, unsere Haushälterin, sich darum kümmern, doch es war Varosch, der sich bückte und sie aufnahm.

»Ich will dieses Ding nie wiedersehen«, sagte ich. »Von mir aus kann sie verbrannt werden.«

»Ich weiß«, antwortete er und faltete die blutige Robe sorgsam zusammen. »Havald«, fuhr er dann fort. »Ich würde Euch gern später sprechen.«

Ich sah ihn scharf an, denn es lag ein seltsamer Unterton in seiner Stimme, den ich nicht zu deuten wusste. Erst jetzt bemerkte ich, dass er seine feinsten Gewänder trug, zudem war er gewaschen und frisch rasiert.

Ich nickte nur.

»Vielleicht nach dem Tempeldienst?«, fragte er.

Ich nickte erneut und ging in Richtung Küche, doch er legte mir die Hand auf den Arm.

»Sie werden gern warten, bis Ihr gebadet habt.«

Ich stand da und sah stupide auf meine blutverschmierten Arme herab. Wie konnte es sein, dass ich nicht bemerkt hatte, wie sehr ich von Blut überzogen war?

Für eine solch schwere Wunde hatte Natalyia nicht viel geblutet, Seelenreißer hatte das meiste aufgesogen, nur ein kleiner Teil war auf meine Kleidung gelangt. Doch es war genug hindurchgesickert, um mein Unterzeug und auch meine Haut zu beflecken. Den Göttern sei Dank, dass dieses Haus ein Bad besaß!

»Es ist nicht nötig, dass sie auf mich warten«, verkündete ich.

»Sagt, Havald, wie geht es Euch?«, fragte Varosch vorsichtig.

»Ihr seht doch, nicht der geringste Kratzer«, teilte ich ihm mit und ging in Richtung des Bads davon. Es war nicht weit. Nur die

Treppe hinauf, dann die zweite Tür links, zwischen Leandras Gemach und dem meinen.

»Das ist es nicht, was ich meinte«, rief er mir nach, aber ich hörte es kaum.

Ich lag schon eine Weile im Bad, als Leandra hereinkam. Sie trug ihr weißes Kleid und ihre Perücke, komplett mit Schleier und einem feinen silbernen Band, das um ihre Stirn lag. Sie schloss die Tür, lehnte sich dagegen und musterte mich aus ihren violetten Augen.

Manchmal erschienen sie mir wie ein Spiegel zu ihrer Seele, zu anderen Zeiten hielten sie mich hingegen fern.

»Ist dir das Wasser nicht zu kalt?«, fragte sie.

»Nein«, antwortete ich. Das Wasser wurde vom Brunnen im Hof hoch zum Dach gepumpt, wo es in einem schwarz gekachelten Behälter landete; von dort aus wurde es durch ein System von Röhren wieder abgelassen. Nach der Nacht war das Wasser zwar nicht ganz so warm wie am Abend, aber es reichte mir. Ich schrubbte weiter meine Arme.

»Das ist Bräune. Die bekommst du nicht ab.«

Ich ließ die Bürste sinken und sah auf meine Arme herab. Sie waren vom vielen Schrubben gerötet und sahen fast wund aus. Dann schaute ich hoch zu ihr.

»Sie hat versucht dich zu töten, Havald.«

»Das ist wohl so«, antwortete ich. Das Gefühl von eisiger Kälte, als Natalyia mir ihre Stilette in den Körper gerammt hatte, war schwerlich eins, das man leicht vergessen konnte. »Aber nur beinahe. Heute hat sie mir das Leben gerettet. Das zählt.«

»Ja«, sagte sie, setzte sich an den Rand des Beckens und zog den Stoff ihres Kleids etwas zur Seite, damit es nicht ins Wasser geriet.

»Hast du sie geliebt?«

Was für eine Frage! »Ist das alles, was du wissen willst?«

»Es ist das Wesentliche.«

War es das? »Ich liebte sie. Nur … anders. Nicht genug.«

Sie sah mich fragend an, dann nickte sie sachte. »Wirst du noch lange brauchen?«

Wenn ich so weitermachte, würde ich mir noch die Haut von den Knochen schrubben. Ich seufzte und erhob mich aus dem Wasser. Sie zog scharf die Luft ein, die Augen auf meinen Rücken gerichtet.

»Was ist?«, fragte ich. Ich wollte es nicht zugeben: Ich liebte Leandra, aber im Moment war mir ihre Anwesenheit zu viel.

»Dein Rücken.«

»Was ist damit?«

»Die Narben sind verblasst.«

»Bei manchen wurde es auch Zeit«, sagte ich und griff nach dem frischen Gewand, das Afala mir bereitgelegt hatte. Vorhin war sie wie ein stummer Geist durch das Bad gehuscht. Sie war mit absoluter Sicherheit eine Spionin Armins, meines treuen Dieners, der nun der Gemahl der Emira von Gasalabad war. Abgesehen davon war sie eine hervorragende Haushälterin.

»Das meinte ich nicht. Die meisten der älteren Narben sind so gut wie verschwunden«, erklärte sie leise und strich mit den Fingerspitzen langsam über meinen Rücken. Ich hielt in der Bewegung inne, spürte ihre Berührung und ihren Atem auf meiner Haut. Sie roch nach Rosen. Nach mehr, nach Leandra. Ein warmer Duft... und in Gedanken sah ich sie wieder, wie sie damals zu mir gekommen war, im Gasthof *Zum Hammerkopf*, wo alles angefangen hatte.

Ich drehte mich um und küsste sie. Sie floss mir entgegen und raubte mir fast den Atem dabei. »Du solltest besser gehen«, sagte ich, als ich wieder reden konnte. »Sonst wird dein Kleid noch nasser.«

»Wäre das schlimm?«, fragte sie mit diesem Lächeln, das ich an ihr so liebte. Ihre Augen waren geweitet, und ich sah das rötliche Feuer darin. »Ich habe noch andere Kleider.«

Ich zog sie ins Wasser; es war nicht mehr blutig, ich hatte es zweimal erneuert. Jemand würde bald neues Wasser in den Behälter pumpen müssen.

Später hob sie ihren Kopf von meiner Schulter, wischte sich die Haare aus dem Gesicht – eine unnötige Geste, denn noch waren sie nicht wieder lang genug – und sah mich eindringlich an.

»Ich bin unendlich froh, dass du lebst«, flüsterte sie. Ich wollte etwas sagen, doch sie legte mir sanft einen Finger auf den Mund. »Ich bedauere, dass Natalyia starb. Aber ich bin ihr dankbar. Die Götter werden gnädig zu ihr sein.«

»Sie war ohne Schuld.«

»Das weiß ich doch.«

»Nein, ich meinte, sie war frisch getauft. Im Namen Soltars. Sie lebte nicht lange genug, um Schuld auf sich zu laden. Boron wird keinen Makel an ihr finden.«

Ihre violetten Augen erforschten mich. Ich zog sie enger an mich, und sie gab einen leisen Laut von sich.

»Ich hoffe nur, dass es so ist, wie die Priester sagen.«

»Du zweifelst daran?«, fragte sie überrascht.

Ich küsste sie. Diesmal war ich es, der ihr über das nasse Haar strich. Ein leises Geräusch ließ mich aufblicken, doch da war nichts, und trotzdem meinte ich, sich entfernende Schritte zu hören. Ich presste Leandra an mich und vergrub das Gesicht in ihrem Nacken. Manche nannten einen Ort ihre Heimat, für mich war es anders, denn meine Heimat lag bei ihr.

»Es wird Zeit«, sagte ich und löste mich widerstrebend von ihr. Ich sah ihr zu, wie sie aus dem Becken stieg, und bewunderte ihre elegante Gestalt, die Linie ihres Rückens. Warum nur fühlte ich mich manchmal so, als sei ich nur Gast bei ihr? Sie bückte sich, ließ ihr Gewand über sich gleiten und musterte skeptisch ihre Perücke, die etwas nass geworden war. Dann zuckte sie mit den Schultern und lächelte mich an. In ihren Blicken las ich so viel Gutes, dass meine trüben Gedanken mir plötzlich lächerlich vorkamen.

»Kommst du?«, fragte sie.

Ich schaute auf mein frisches Gewand hinab. Es lag achtlos zerknüllt im Wasser. »Gleich.«

Ich zog mir mein Gewand zurecht, zögerte einen Moment, dann hängte ich mir Seelenreißer in den Gürtel. Armin wäre zufrieden mit mir gewesen, es war eines der kostbarsten Gewänder, die ich besaß. Ich nahm an, dass diese Roben von ihm bestellt worden waren, denn ich hatte sie eben gerade erst im Schrank entdeckt. Ich ging nach unten, zur Küche, wo die anderen auf mich warteten.

Als ich hereinkam, stellte Afala mir unaufgefordert eine Tasse mit Kafje hin, weitaus stärker und bitterer, als ich ihn aus meiner Heimat kannte. Serafine und Leandra waren auch dort, nur Varosch war nirgends zu sehen.

Ich nahm die Tasse und wollte gerade zum Trinken ansetzen, als die Tür aufging. Taruk, unser Haushofmeister, kam mit einer raschen Verbeugung herein.

»Esseri«, sprach er, »jemand wünscht, Euch zu sprechen.«

»Und wer?«, fragte Leandra leicht ungehalten. Serafine dagegen ignorierte Taruk und musterte mich prüfend aus dunklen Augen.

»Armin di Basra«, sagte eine neue Stimme von der Tür her, als sich mein ehemaliger Diener mit einer tiefen Verbeugung zu Wort meldete. Er schenkte Taruk ein schnelles Lächeln. »Verzeiht, aber ich wollte nicht länger warten.« In der Tat wirkte er etwas gehetzt und sparte sich die üblichen blumigen Worte. Zudem trug er einfache Kleider, was bei Armin wahrlich eine Seltenheit war. Also hatte er vermeiden wollen, dass ihn jemand erkannte.

»Was gibt es denn, Armin?«, fragte Serafine nun doch überrascht. Helis war Armins Schwester. Ordun, ein Nekromant, hatte sie vor Jahren entführt, und Armin hatte einen heiligen Eid geleistet, sie zu finden und ihren Entführer zu bestrafen. Beides war ihm gelungen, doch zu spät für Helis: Der Nekromant hatte sie bereits ihres Geistes beraubt. Jetzt war es Serafine, die in Helis' Körper steckte. Für manche war das ein Wunder, ein Zeichen der Gnade Soltars, denn einer seiner Priester meinte erkannt zu haben, dass die heutige Helis tatsächlich die wiedergeborene Serafine aus den Zeiten des Alten Reichs war. Also wäre

Serafine tatsächlich Helis, und dies wäre ihr eigener Körper. Ein Wunder, in der Tat. Ich wusste nur nicht, was ich davon halten sollte. Götter handelten selten ohne Grund.

Nach den Ereignissen der letzten Tage war es in der Tat überraschend, Armin hier vor uns zu sehen. Er und Faihlyd hatten im Moment alle Hände voll zu tun.

»Es gibt ein Problem«, sagte er.

»Wann denn nicht?«, entgegnete ich etwas gereizter, als es vielleicht angebracht wäre. Armin und ich waren Freunde. Vielleicht. Kürzlich erst hatte ich ihm vorgeworfen, diese Freundschaft über alle Maßen ausgenutzt zu haben. Tatsächlich wäre Natalyia wahrscheinlich noch am Leben, hätten Armin und Faihlyd uns nicht in ihre Probleme hineingezogen.

Leandra warf mir einen mahnenden Blick zu. Armin mochte einst meinen Diener gespielt haben, aber jetzt war er an der Seite Faihlyds Herrscher über Gasalabad. Da ich es in letzter Zeit ihm gegenüber an Diplomatie hatte mangeln lassen, befürchtete sie wohl, das könnte sich nun wiederholen.

Armin warf mir einen verwundeten Blick zu. »Esseri, vergebt mir, aber das Herz meiner Löwin und auch mein eigenes ist schwer über Euren Verlust. Ihr wisst selbst, dass nichts von dem, was geschehen ist, unseren Wünschen entsprach. Wenn es nach unseren Herzen ginge, wäre es der Emir, der euch seine Dankbarkeit beweisen müsste. Wir alle haben in diesem Spiel verloren. Einige mehr als andere.« Er sah zu Helis hinüber, und seine Augen überschatteten sich. Serafine mochte Helis sein, aber sie war nicht die Helis, die er kannte.

»Armin«, sagte ich. »Sag, was du auf dem Herzen hast.«

»Nun, zum einen sind etliche Personen von Rang und Namen gestern Nacht auf unerklärliche Weise verschwunden«, teilte er uns mit und warf mir einen scharfen Blick zu. »Noch wissen wir nicht, wie viele es wirklich sind, nur dass einige von ihnen in hohem Ansehen standen. Allein das bringt Aufruhr in die Stadt. Zum anderen...« Er zögerte und schien nach den passenden Worten zu suchen.

»Er will euch davon abraten, zum Tempel zu gehen«, sagte Zokora hinter Armin, woraufhin dieser fast schuldbewusst zusammenzuckte. In der kurzen Zeit, seit Zokora und er sich kannten, hatte sie wohl einen nachhaltigen Eindruck bei ihm hinterlassen. Sie ging an ihm vorbei, gefolgt von Varosch, der ihr am Tisch einen Stuhl herauszog. Sie löste den Umhang von ihrer Schulter, reichte ihn an Varosch weiter und nahm elegant Platz.

»Er will uns bitten, die Abreise nicht weiter zu verzögern, tatsächlich hofft er, dass wir noch binnen einer Kerze abreisen.« Sie warf ihm einen Blick aus schwarzen Augen zu.

»Ich hätte es freundlicher ausgedrückt«, beschwerte sich Armin, bemerkte Leandras Blick und nickte hastig. »Aber es ist wahr. Auch wenn ich mich frage, woher sie es wissen kann. Ihr müsst verstehen, dass Faihlyd es nicht so wünscht. Ihr seid Freunde, und Freunde …«

»… setzt man nicht vor die Tür«, vollendete Zokora den Satz. Sie wandte sich Afala zu und deutete auf sie, auf die Tasse, die ich noch in der Hand hielt, dann auf sich selbst. Hastig schenkte ihr Afala einen Kafje ein. »Warum eigentlich nicht?«

»Weil es unhöflich wäre«, erklärte ihr Varosch mit einem Lächeln. Er trat hinter sie und legte seine Hand auf ihre Schulter, als ob er sie beruhigen wollte.

Dabei wirkte Zokora ruhig wie ein Fels. Aber er kannte sie auch besser als jeder andere.

»Das verstehe ich nicht«, meinte Zokora und nahm die Tasse von Afala entgegen. »Zu Feinden ist man höflich. Zu Freunden spricht man die Wahrheit.«

»Und was wäre das?«, fragte ich sie, während Armin noch nach den passenden Worten suchte.

»Im Tempel Soltars hat sich gestern Nacht ein Wunder ereignet. Der Engel des Todes brachte Soltar eine Seele, die einer Leibwächterin. Sie ruht nun, in feinsten weißen Marmor gebannt, vor den Füßen des Gottes. Der Platz der Ferne ist voller Menschen, die dieses Wunder sehen wollen.« Sie schaute zu mir herüber und hob eine Augenbraue.

»Es ist wahr, Esseri«, fuhr Armin hastig fort. »Es sind Tausende. Es heißt, der Engel des Todes wäre noch immer in der Stadt, Hunderte behaupten, ihn gesehen zu haben.«

Zokora blickte zu Varosch hoch und erlaubte sich ein feines Lächeln. »Auch der Tempel Borons kann sich des Andrangs kaum erwehren. Man glaubt wohl, das Ende der Welt sei nahe, und so mancher will sich seine Seele erleichtern.«

»Die Priester meines Gottes sind bekannt für ihre Geduld und Gründlichkeit«, antwortete Varosch. »Ich denke, jeder der Sünder wird Gerechtigkeit erfahren.« Er blickte zu Leandra. »Ich würde allerdings davon abraten, dass Ihr Euch ohne Eure Perücke sehen lasst.«

Als Leandra das erste Mal Gasalabad betreten hatte, trug sie die Perücke noch nicht. Wegen ihres Haars und ihrer bleichen Haut hatte man sie für die Weiße Frau gehalten, örtlichen Legenden nach ein weiterer Vorbote der göttlichen Gerichtsbarkeit. Auch damals schon hatten sich Dutzende beim Tempel des Boron gemeldet, um ihre Sünden zu beichten.

»Unter anderen Umständen würde es mich auch zum Lächeln bewegen«, meinte Armin betreten. »Nur ist religiöser Eifer selten von Verstand geprägt. Noch ist die Lage ruhig, doch die ersten Gerüchte kursieren bereits.« Er sah mich mit weiten Augen an. »Es ist Natalyia, nicht wahr, Esseri?«

»Ja«, sagte ich hart. »Er wollte sie, also habe ich sie ihm gebracht.«

»Habt Ihr sie ihm wirklich zu Füßen gelegt?«, fragte er, noch immer in diesem seltsam ergriffenen Tonfall.

»Ja«, seufzte ich. »Ich fürchte, ich war etwas ungehalten mit ihm.« Ich zuckte mit den Schultern. »Wo ist das Problem? Die Priester werden ein Ritual für sie abhalten, und wenn Soltar gnädig ist, gibt er ihrer Seele die Gestalt einer weißen Eule. Es würde ihr gefallen.«

»Aber sie ist aus Stein und schläft vor seinen Füßen.« Er rang mit den Händen. »Versteht Ihr nicht? Sie ist die Wächterin. Sie hält die silbernen Dolche in den Händen und wird für ihn sterben, wieder und wieder, so lange, bis der Krieg entschieden ist!«

Während wir ihn verständnislos ansahen, weiteten sich Serafines Augen, und ihr Mund formte sich zu einem O. »Götter!«, hauchte sie. »Das Zeichen der Wächterin!«

»Verzeiht«, sagte Leandra höflich, aber mit einer Stimme, die keinen Widerspruch duldete. »Vielleicht wäre es möglich, uns zu erklären, was genau das bedeuten soll.«

Armin öffnete den Mund, schloss ihn wieder und sah hilfesuchend zu Serafine hinüber. »Helis?«

Auch sie sprach eher zögernd. »Es ist eine örtliche Legende. Eine Prophezeiung.«

Ich seufzte leise. Auch wenn sich vor Kurzem erst eine Prophezeiung scheinbar erfüllt hatte, hielt ich nicht viel von diesen Dingen. Die Essera Falah, Faihlyds Großmutter, hatte mir diese Prophezeiung übermittelt. Im Nachhinein schien sie überaus klar, aber bevor es geschehen war, war sie nicht zu deuten gewesen. Jetzt erschienen mir die Worte der Weissagung wie ein Hohn. Was nützte einem ein solches Wissen, wenn man es erst verstand, nachdem alles vorbei war?

»Es ist eine Passage aus dem Buch der Götter.«

»Die da lautet?«, fragte ich ungehalten.

»Es wird eine Zeit kommen«, intonierte sie, »in der die Götter selbst miteinander im Zwist liegen. Soltar wird blutige Tränen weinen, und zu seinen Füßen wird eine reine Seele ruhen, um ihn zu schützen.«

»Das ist Unsinn«, widersprach ich. »Ich habe die Schriften Soltars studiert. Ich habe nie eine solche Passage gelesen. Oder von einem Buch der Götter gehört.«

»Ich *habe* von dem Buch gehört«, sagte Leandra überraschenderweise. »Es ist eine eher obskure Sammlung von Texten, deren Inhalt zu verworren ist, um einen Sinn zu ergeben.« Sie zuckte mit den Schultern. »Vor etwas über tausend Jahren kam jemand auf die Idee, das Gefasel von Geisteskranken niederzuschreiben, in der irrigen Ansicht, dass sich so die Zukunft offenbaren würde.« Sie schüttelte verständnislos den Kopf. »Wenn man genug Wortfetzen sammelt, wird über die Jahre das eine oder andere scheinbar einen Sinn ergeben, aber es ist und bleibt nur Zufall.«

»Was bedeutet *obskur*?«, fragte ich sie.

Sie wirkte überrascht. Warum? Sie war es, die eine Tempelbildung genossen hatte und die schlauen Worte kannte, nicht ich.

»Undurchsichtig.«

»Danke«, sagte ich und wandte mich an Zokora. »Du warst im Tempel. Hat Soltar blutige Tränen geweint?«

»Nein«, sagte sie. »Wenn doch, dann habe ich sie nicht gesehen.«

Das bezweifelte ich, Zokora entging so gut wie nichts.

Jetzt wandte ich mich an Armin. »Alles gut und schön, aber was hat das mit uns zu tun?«

»Wie Ihr schon oft festgestellt habt, o Herr der kühlen Vernunft, sind wir ein abergläubisches Volk«, antwortete er betreten. »Ihr wisst, wie es ist, wenn viele Menschen an einem Fleck sind. Irgendwie wird der Geist auf das verringert, was der Niedrigste der Menge zu bieten hat.«

Ungeachtet aller Prophezeiungen war das wohl unbestritten wahr.

»Es gibt bereits Gerüchte, dass der Engel des Todes mit einem geheimnisvollen Bey in Verbindung steht, eben jenem, der dem Priester das Garn reichte, mit dem die Hoffnung Gasalabads vor dem sicheren Tod bewahrt wurde.« Die Hoffnung Gasalabads, das war ein weiterer Beiname Faihlyds. Wieder rang er die Hände und schaute fast schon verzweifelt drein. »Esseri, meine Löwin befürchtet, dass es nicht lange dauern wird, bis jemand mit dem Finger auf Euch zeigt.«

»Ich bin nicht der Engel des Todes.«

»Das mag sein. Aber es *war* Euer Garn. Das ist nahe genug«, sagte Armin und wich zugleich meinem Blick aus. Zumindest die Essera Falah war davon überzeugt, dass ich dieser Engel des Todes war, insgeheim glaubten er und Faihlyd das wohl auch.

»Wie dem auch sei, die Emira befürchtet, dass es zu Unruhen kommen könnte, wenn Ihr noch länger in der Stadt verweilt.«

Zokora seufzte. »Wie ich vermutet habe. Wir werden gebeten zu gehen.« Sie sah zu mir herüber. »Ist dein Kafje schlecht?«

Ich schaute etwas überrascht auf die Tasse herab, die ich in den Händen hielt, schüttelte den Kopf und nippte daran. Er war nur noch lauwarm. Ich tauschte einen Blick mit Leandra. Sie nickte bestätigend.

»Gut, Armin«, teilte ich meinem ehemaligen Diener mit. »Entrichte deiner Löwin unsere Abschiedsgrüße. Wir werden ihrem Wunsch Folge leisten und schnellstmöglich aufbrechen.«

Er verbeugte sich tief. »Esserin, die Häuser des Löwen und des Adlers stehen zutiefst in euer aller Schuld. Mit der Gnade der Götter wird meine Löwin Kalifa sein, wenn wir uns in Askir wiedersehen.« Er schaute von mir zu Leandra. »Sie wird ihre Stimme für Eure Sache erheben, Essera«, versprach er.

Insgeheim war ich erleichtert, nicht Soltars Haus betreten zu müssen. Ich hatte meinen Abschied von Natalyia bereits genommen und sah nicht ein, welchen Unterschied ein Ritual machen sollte. Nur eins missfiel mir noch.

»Ich sah sie dort liegen, Armin«, beharrte ich. »Sie ist aus Fleisch und Blut, nicht aus Stein.«

»Aber jetzt ist sie es«, sagte Zokora. »Ich habe sie gesehen.«

»Aber …«

»Sie hat sich schon einmal in Stein verwandelt, als sie das letzte Mal dem Tode nahe war.« Sie setzte ihre Tasse ab. »Vielleicht tat sie es wieder, nachdem du gegangen bist.« Sie wandte sich an Leandra. »Ist es in Askir auch so hell und heiß wie hier?«

»Ich glaube nicht«, antwortete Leandra, überrascht von dem Themenwechsel.

»Gut«, meinte Zokora. »Ich bin die Sonne leid.«

»Ich nehme an, ich habe noch etwas Zeit, Abschied zu nehmen?«, fragte Serafine mit Blick auf Armin.

»Ja, natürlich«, entgegnete ich. »Ihr hättet nicht zu fragen brauchen.«

»Es sah fast so aus, als hättet Ihr die Absicht gehabt, auf der Stelle aufzubrechen.«

So sehr hatte sie sich darin allerdings nicht getäuscht.

»Für einen Abschied wird Zeit sein.« Ich musterte Armin, der traurig dreinsah, dann reichte ich ihm die Hand. »Es ist mir eine Ehre, dich Freund zu nennen.«

Er ergriff meine Hand und drückte sie fester, als ich es ihm zugetraut hätte. Tränen standen plötzlich in seinen Augen.

»Ich werde Euch nie vergessen, Esseri«, hauchte er und ließ meine Hand los, um mich plötzlich zu umarmen. »Niemals!«

»Armin«, begann ich und tätschelte ihm unbeholfen die Schulter. »Ich …«

Genauso plötzlich ließ er mich wieder los und wandte sich hastig ab und Serafine zu, die ihn mit einem zarten Lächeln bedachte. Afala schaute verlegen drein und beeilte sich, den Tisch abzuräumen. Seit Darsans Tod hatte sie wenig gesagt und war eher noch stiller geworden. Aber auch ihre Augen glänzten.

»Gut«, sagte ich und räusperte mich. »Ich zumindest muss noch packen. Wir … wir sehen uns dann am Schiff.«

3. Ein schneller Abschied

Als wir vom Gasthof *Zum Hammerkopf* aufgebrochen waren, hatte noch alles, was ich besaß, in einen Rucksack gepasst. Jetzt füllten allein meine Kleider einen großen Schrank. Ich öffnete die Türen desselben, warf einen letzten Blick auf die prächtigen Gewänder, die mir Armin ausgesucht hatte, und schloss die Türen wieder. Mein Packen lag auf dem Bett, Seelenreißer stand daneben. Ich griff beides und verließ mein Zimmer.

Mir gegenüber lag Natalyias Zimmer. Einen Moment zögerte ich, dann öffnete ich die Tür. Es war noch alles so, wie sie es zurückgelassen hatte. Auf ihrem Bett lagen ihr Ranzen und ihre Reisekleidung; auch sie hatte bereits zum größten Teil gepackt. Alles war sorgsam aufgeräumt, ordentlich und sauber.

»Es ist seltsam«, sagte Zokora und trat lautlos an mir vorbei in das Zimmer. Sie musterte den Raum, und ihr Blick fiel auf den kleinen Altar zu Ehren Soltars, der auf einem Tisch neben dem Bett stand. Eine unangetastete Kerze stand davor. »Sie hat den Vater meiner Kinder erschossen. Du hast mir gesagt, es wäre möglich zu vergeben.« Sie sah mit dunklen Augen zu mir auf. »Wir glauben nicht an Vergebung, Havald.«

»Ich weiß.«

Sie hob die Hand, und ein Funke flog zu der Kerze und entzündete sie. Ich wusste nicht, was ich sagen sollte.

»Unseren Kindern raten wir stets zur Vorsicht. Ein Freund kann ein Dolch im Rücken sein.« Vielleicht lächelte sie dabei, ganz sicher war ich mir nicht. »Ich lerne von dir, Havald, aber ich weiß nicht, ob ich wirklich alles lernen will.« Sie verließ mich so lautlos, wie sie gekommen war.

Ich ging mit Zokora und Varosch zusammen zum Hafen, Leandra hatte noch einige letzte Anweisungen für Taruk und Afala zu geben. Wenn es am Platz der Ferne Unruhen gab, dann war hier am

Hafen jedenfalls nichts davon zu bemerken. Allerdings hörte ich hier und da den Namen Soltars und sah viele, die sein Zeichen ausführten.

Wir gingen langsam und schweigend. Weit war es nicht, aber auf der ganzen Strecke fühlte ich die Aufmerksamkeit der anderen auf mir ruhen. Wenn ich zu ihr hinüberblickte, schien Zokora immer gerade etwas anderes zu betrachten, Varosch hingegen sah mich unverwandt an.

Ich seufzte. »Was ist, Varosch?«, fragte ich ihn, als wir das Schiff erreichten.

»Später«, gab er mir Antwort. »Wenn wir mehr Muße haben.«

Das war mir recht. Ich mochte Varosch, aber im Moment war mir nicht nach Reden zumute. Die Planke zum Ufer war eingezogen, doch eine Bordwache sah uns und beeilte sich, die Planke auszubringen. Wir gingen an Bord, und schon im nächsten Moment eilte Deral, der Kapitän der *Lanze*, herbei.

»Wir warten nur noch auf die Esseras Leandra und Helis«, teilte ich ihm mit. »Ich nehme an, wir können aufbrechen?«

»Schon«, antwortete Deral, wirkte aber nicht besonders glücklich dabei. »Es gibt nur ein paar Probleme.« Ich sah ihn fragend an, und er hob beschwichtigend die Hand. »Es ist nichts Großes«, wiegelte er ab. »Aber ich kann das nicht allein entscheiden.«

»Wendet Euch damit an die Essera Leandra«, befahl ich ihm. »Im Moment will ich nicht behelligt werden.«

Einen Augenblick lang sah es aus, als ob er widersprechen wollte, dann verbeugte er sich tief und zog sich zurück. Wir gingen nach hinten zu unserer Kabine, und ich hielt überrascht inne, denn dort saß die junge Frau von heute Morgen, die ich schon fast vergessen hatte.

Sie trug weite schwarze Hosen in einem mir unbekannten Schnitt, eine Art Jacke mit breitem, stehendem Kragen, dazu seltsame Holzpantinen, die aus einem Brett und zwei Blöcken zu bestehen schienen. Ihr Haar war schwarz wie die Nacht und zu einem strengen, langen Zopf gebunden, der ihr fast bis auf den unteren Rücken reichte. Die größte Überraschung jedoch war ihr Gesicht. Es war runder, als ich es gewohnt war, mit einer gelblichen Färbung, die im ersten Moment kränklich auf mich wirkte, bevor ich verstand, dass es die Farbe ihrer Haut war. Der Mund war voll und weit geschwungen, die Nase flach, feine Augenbrauen betonten eine hohe Stirn, und die mandelförmigen Augen waren so dunkel wie die Zokoras. Und genauso ausdruckslos. So seltsam mir ihre Gesichtszüge auch erschienen, zusammen ergaben sie doch ein elegantes Bild.

»Havald, Ihr starrt sie an«, flüsterte Varosch, und ich blinzelte.

»Entschuldigt«, sagte ich zu der jungen Frau. »Euer Anblick hat mich überrascht.« Ich deutete eine Verbeugung an. »Mein Name ist Havald, ich bin der Besitzer dieses Schiffs. Darf ich fragen, wer Ihr seid?«

Einen Moment musterte sie mich intensiv und schaute dann wieder durch mich hindurch.

»Essera?«

Keine Reaktion.

Zokora war direkter. Sie trat an die junge Frau heran und schnippte mit den Fingern vor ihren Augen. Unser Gast blinzelte nicht einmal.

Zokora trat zurück und ging in die Kabine, ohne die Frau eines weiteren Blicks zu würdigen. Varosch versuchte ein Schmunzeln zu verbergen. Die junge Frau starrte immer noch durch mich hindurch. Also gut, wenn sie es so wünschte. Mir war es einerlei.

Ich legte meinen Packen in die Kabine und ging hoch aufs Achterdeck, wohin Varosch mir folgte. Sollte sich Leandra den Kopf über diese Frau zerbrechen. Auch Varosch hatte seinen Packen in die Kabine gelegt, doch er hielt seine Armbrust in den Händen und trug einen Köcher mit gut zwanzig Bolzen an seiner Seite. Dass hier im Hafen etwas geschah, war mehr als unwahrscheinlich, doch wir hatten gelernt, vorsichtig zu sein.

Ich lehnte mich neben ihn an die Reling und sah ihn fragend an. »Also, Varosch, was gibt es?«

Er seufzte. »Ich weiß nicht, ob es mir zusteht«, begann er, und ich hob die Hand, um ihn zu unterbrechen.

»Sag einfach, was du sagen willst.«

Er holte tief Luft. »Es ist nicht gut, mit seinem Gott im Zwist zu liegen«, platzte er dann heraus. »Es sind Götter. Sie wissen, was sie tun. Wenn nicht sie, wer dann?« Er fuhr sich über das Haar. »Ist es wahr, dass Ihr die Insel des Gottes betreten habt?«

»Es ist ein Podest aus Stein. Es ist Soltar geweiht, wie seine Statue auch. Aber es wurde von Menschenhand erschaffen.« Ich stützte mich auf die Reling und schaute hinaus auf das Wasser des Gazar. Es war jetzt kurz vor Mittag, die Sonne stand hoch am Himmel, und es war gleißend hell. Kein Wunder, dass sich Zokora in die Kabine zurückgezogen hatte. »Beides ist aus Stein. Es ist nichts Besonderes daran, außer dass es geweihter Stein ist.« Ich drehte mich um, sodass ich mit dem Rücken am Geländer lehnte, und musterte den Scharfschützen. »Es braucht dich nicht zu berühren, Freund Varosch«, sagte ich leise. »Es ist eine private Angelegenheit zwischen Soltar und mir.«

»Ist es nicht überheblich, so zu denken?«

»Das mag sein«, gab ich zu. »Aber es war nie anders.« Ich blickte zum Himmel auf. Dort sollten die Götter wohnen. Alle Götter. Also auch der Namenlose? Irgendwie passte es nicht zu ihm. Seine Anhänger jedenfalls suchten sich Verstecke, die vom Licht nie berührt wurden. Irgendwo weit unter uns nagten die Fische nun an den Leichen seiner Anhänger. Und an dreizehn unschuldigen Opfern.

»Darf ich fragen, wie das möglich ist?«

Ich seufzte. »Warum nicht? Es ist kein Geheimnis.« Ich wandte mich wieder ihm zu. »Ich war ein Kind, als ich einen Kanten Brot von seinem Altar stahl. Meine Schwester hatte Hunger, ich wusste mir nicht anders zu helfen. Einer seiner Priester ertappte mich dabei und gab mir einen Tritt, der mich in Soltars Namen taufte, denn ich landete im heiligen Wasser des Grabens.« Ich blickte in Varoschs ernstes Gesicht. »Seine Priester brachten mir viele Dinge bei und waren gut zu meiner Schwester und mir. Allein dafür hätte ich alles getan, was er von mir wollte. Aber …« Ich zuckte mit den Schultern. »Weißt du, Varosch, ich hatte nie eine Wahl. Hätte ich mich aus freien Stücken für ihn entschieden, wäre es vielleicht anders. So aber fühlt es sich an, als ob er mich *zwingt*, sein Werk zu verrichten.«

»Ihr folgt ihm nicht aus freiem Willen?«

»Doch«, sagte ich. »Es war mein freier Wille. Meine Wahl. Aber ich hatte nie eine andere. Nachdem der Herr der Puppen tot war und sein Tempel vernichtet, hoffte ich, er lässt mich gehen. Dann nahm er Natalyia und verweigerte mir den Zutritt zu seinem Reich.« Ich rieb mir die Augen im gleißenden Licht. »Ich folge ihm wie ein störrischer Esel, dem der Weg zu weit geworden ist. Und wie bei einem Esel hält er mir die Karotte hin oder benutzt den Stock.« Ich schüttelte den Kopf. »Ich sehe wenig Sinn in dem, was er von mir verlangt. Der Tempel des Namenlosen ist vernichtet, aber noch heute Nacht wird es an einem anderen Ort eine Andacht geben, neue Opfer für den Namenlosen. Vergiss nicht, es waren auch Schuldlose unter ihnen.« Dreizehn junge Frauen, die dem Namenlosen geopfert werden sollten.

Varosch nickte langsam. »Aber auch für sie war es eine Rettung.«

»Ich weiß nicht, ob sie das getröstet hat, als der Gazar sie ertränkte«, antwortete ich bitter. »Wenn ich nicht Soltars Schlachter wäre, würde ich mich sicher nicht so gegen ihn sperren.«

Er schaute mich fragend an.

»Was ich meine, ist, dass ich Gefallen daran finden könnte, meinem Gott zu dienen, wenn ich ein Priester wäre. Ich verstehe und bewundere die Priesterschaft, egal wessen Gottes Diener man ist.«

»Nicht ganz egal, hoffe ich«, warf er ein, und ich lachte leise, mein erstes Lachen seit der letzten Nacht. In meinen Ohren klang es etwas bemüht.

»Nein, nicht ganz egal.« Ich suchte seinen Blick. »Die Menschen kommen zu den Priestern, weil sie Hilfe suchen, Führung oder Rat. Nicht immer kann man etwas für sie tun, das sah ich deutlich im Tempel in Kelar. Oft blieb den Priestern dort nicht viel anderes, als Trost zu spenden. Aber auch das ist von Wert.«

»Die Stadt stand unter Belagerung, nicht wahr?«

»Richtig. Es fehlte an allem. Die Priester taten, was sie konnten, doch es gab keine einschläfernden Tränke mehr. Ich hörte die Schreie der Verwundeten, sah die Gesichter der Priester, die einen Verletzten verzweifelt festhielten, während ein anderer die Wunden versorgte. Als ich größer und stärker wurde, half ich dabei.« Ich schaute auf meine Finger. »Wunder habe ich dort keine bemerkt. Keine wundersame Genesung, nur das Wissen und das Handwerk eines Arztes. Ich habe nie ein Wunder gesehen. Dann hielten die Priester der drei Götter eine Augurie ab und befanden, dass jemand, der bereit wäre, durch Soltars Tor zu treten, die Stadt retten könnte.«

»Die Geschichte, die Janos im Gasthof erzählte.«

»Ja.«

Janos und Sieglinde waren nun schon länger unterwegs. Ich fragte mich, wie es ihnen ergangen war. So oder so, es würde noch Wochen dauern, bis wir mehr erfahren konnten. Es war ein weiter Weg vom *Hammerkopf* nach Illian, und es mochte gut sein, dass das Land bereits in Thalaks Hände gefallen war.

Kelar wurde gerettet, zumindest damals, aber es war nicht mehr als ein Aufschub gewesen. Nachdem die Stadt schließlich doch an ihn gefallen war, hatte der Imperator von Thalak den Befehl gegeben, sie zu schleifen. Nichts wurde am Leben gelassen, weder Mann noch Frau noch Kind noch Hund. Der Boden war gesalzen worden, die Brunnen vergiftet. Ich verdrängte den Gedanken und sprach weiter.

»Priester können den Menschen helfen. Manche sind begnadet, ich habe einen kennengelernt, der seine Gaben dazu einsetzte, den Armen zu helfen. Er war empört darüber, dass der Tempel ihn zu mir schickte.« Ich schaute einem Wasserdrachen zu, wie er gemächlich durch den trüben Gazar glitt; nur eine leichte Welle und die Kuppeln seiner Augen verrieten ihn.

»Ich hingegen habe getötet. Und komme nicht davon los. Ich

habe es versucht. Versuchte ein normales Leben zu führen. Irgendwann erlernte ich das Handwerk eines Kunsttischlers. Ich mag es, Dinge mit meinen Händen zu erschaffen oder zu gestalten. Ich bin leidlich gut darin.«

»Ich habe Eure Figuren gesehen. Es ist mehr als nur ein leidliches Talent.«

»Danke.« Ich neigte den Kopf. »Aber mein größtes Talent liegt darin, andere zu Soltar zu führen. Sei es nun Feind oder Freund.« Ich sah ihn eindringlich an. »Bislang ist noch jeder, der mich in einen Kampf begleitet hat, einen frühen Tod gestorben. Diesmal habe ich Soltar angefleht, mich vor allen anderen zu nehmen. Eine Weile sah es sogar so aus, als müsste diesmal niemand sterben.« Ich schaute zu dem Felsen am Ufer. »Eine trügerische Hoffnung. Er ließ es nicht zu. Er hat wohl andere Pläne für mich.«

»Pläne? Habt Ihr mir nicht erklärt, es gäbe keine Vorbestimmung? Dass der Mensch handeln könnte, wie sein Gewissen ihn leitet?«

»Schon«, seufzte ich, »aber man folgt seinem Pfad, weil man ist, wer man ist. Ich liege nicht im Zwist mit meinem Gott, er liegt im Zwist mit mir. Jeder meiner Schritte folgt meinem Willen und ist von mir allein bestimmt. Ich habe die Wahl.« Ich vollführte eine Geste, die Gasalabad umschloss. »Es ist wie beim Shah. Ich schaue, was ich tun kann und welcher Zug der richtige für mich wäre. Dann entscheide ich mich, ihn zu tun oder zu lassen. Aus freiem Willen. Aber was nützt es mir, wenn er schon vorher weiß, welcher Zug das sein wird? Denn wohin ich auch gehe, auch durch meine eigene Wahl, er lässt mir keine Ruhe. Bislang fand sich immer etwas zu tun für Seelenreißer. Doch ich bin des Tötens müde.« Ich sah Varosch direkt in die Augen. »Er weiß es. Er muss es wissen. Wie du sagst, er ist ein Gott. Er muss wissen, wie müde ich bin, wie leid ich es bin, sein Schlachter zu sein. Wäre es nicht gerechter, mich gehen zu lassen?«

Er musterte mich sorgfältig und suchte in meinen Zügen nach irgendetwas. »Seid Ihr des Lebens müde, Havald? Wartet Ihr nur darauf, zu sterben? Es war schon einmal so, nicht wahr?«

»Ja. Nicht nur einmal. Aber das war, bevor ich Leandra und auch dich kennenlernte. Das ist es, was ich meinte, als ich davon sprach, dass er mir wie einem Esel die Karotte und den Stock gibt. Wenn ich nicht leben will, dann wäre Natalyias Opfer ohne jeden Sinn gewesen. Das kann ich nicht zulassen. Also werde ich leben. Aber ich bin jetzt ein alter Esel. Du weißt, wie es um so einen bestellt ist. Sie werden immer störrischer. Und jetzt ist es so, dass ich glaube, dass er mir etwas schuldet, nicht ich ihm.«

Lange Zeit sagte Varosch nichts, dann seufzte er. »Ich möchte nicht mit Euch tauschen, Havald. Ich kann nur versuchen, Trost zu spenden. Die Götter, so heißt es, haben einen Plan für uns. Und der ist so groß, dass wir ihn nicht verstehen können. Vielleicht offenbart sich ihr Plan für Euch noch. Vielleicht gibt es etwas, das all das wert ist. Vielleicht zeigt sich eines Tages, dass es gut war, so wie es ist.«

»Du meinst, wenn ich verstehe, dann kann ich ihm vergeben?«

»Abgesehen davon, dass ich diesen Gedanken noch immer für überheblich halte, ja, Havald, genau das meine ich. Übrigens irrt Ihr.«

»Worin?«

»Ihr seid nicht nur sein Schlachter.«

»Wie das?«

»Ihr habt bislang jeden Seelenreiter erschlagen, der Euren Weg kreuzte, und damit viele Seelen aus stärkeren Fesseln befreit als jene, die Euch selbst halten.«

Ich erinnerte mich an das geisterhafte Gesicht des Emirs, als seine Seele ihren Weg zu Soltar fand. Es war das erste Mal, dass ich das Gefühl hatte, dass eine Seele mich wahrnahm. Vielleicht aber hatte ich mir sein dankbares Lächeln auch nur eingebildet.

»Bevor ich Leandra kennenlernte, hatte ich noch nie einen Seelenreiter gesehen. Wenn es sein Wille ist, dass ich Nekromanten erschlage, warum ist mir nicht früher einer über den Weg gelaufen?«

»Vielleicht war es noch nicht die Zeit dafür.« Er verbeugte sich leicht und wandte sich zum Gehen.

»Varosch.«

Er hielt inne und schaute zu mir zurück.

»Du wärst ein guter Priester.«

Ein schnelles Lächeln huschte über seine Lippen. »Ich weiß. Selbst Zokora sagt das.« Er ging zur Treppe, die vom Achterdeck herabführte, und blieb noch mal stehen. »Havald, sagt, wenn Ihr die freie Wahl gehabt hättet, wenn es möglich gewesen wäre, für welchen Gott hättet Ihr Euch entschieden?« Er grinste mich an, ging die Treppe hinab und ließ mich allein zurück.

Eine gute Frage, fand ich, eine, die ich mir so noch nicht gestellt hatte.

Ich brauchte nicht lange zu überlegen. Astarte war mir zu … zu freundlich, zu vergebend. Boron war mir zu steif. Also blieb ohnehin nur …

Jemand räusperte sich hinter mir, und ich drehte mich um. Es war der Steuermann, der hier seinen Platz am hohen Ruder der Dhau beanspruchte. Ich stand im Weg. Also trat ich zur Seite und begab mich hinab aufs Deck. Dort standen Leandra und Serafine und unterhielten sich mit Deral, während die Leinen gelöst wurden.

Ich schaute zurück ans Ufer und suchte nach bekannten Gesichtern. Es wäre eine nette Geste gewesen, wenn Faihlyd oder Armin erschienen wären, vielleicht sogar die Essera Falah. Nun, sie würden ihre Gründe haben, es nicht zu tun.

Die *Lanze des Ruhms* bewegte sich unter meinen Füßen. Endlich war es so weit, wir legten ab. Wenn alles gut ging, würden wir bald Askir mit eigenen Augen sehen können. Ich hoffte nur, dass Leandra nicht zu sehr enttäuscht wurde.

4. Von Schiffen und Städten

Diese Schiffe, so hatte ich gelernt, nannte man Dhaus. So gut kannte ich mich in der Seefahrt nicht aus, doch die Unterschiede zu den Schiffen, die ich kannte, waren mit bloßem Auge zu erkennen. Die Schiffe meiner Heimat waren große behäbige Segler mit quadratischen Segeln, die vor die Masten gespannt wurden. Rahsegler nannte man sie wohl. Die größten unter ihnen besaßen vier Masten und Dutzende von Segeln. Die *Lanze des Ruhms* besaß einen Mast und nur ein einzelnes großes, dreieckiges Segel.

Die meisten Dhaus waren für den Flusshandel bestimmt, die *Lanze des Ruhms*, so hatte mir Deral wiederholt versichert, war jedoch hochseetauglich. Sie übertraf auch die meisten anderen Flusssegler, die wir auf unserer Reise sahen, um gut das Dreifache in ihrer Größe. In der Konstruktion schienen diese Schiffe irreführend einfach. Die meisten von ihnen wurden nicht in einer Werft gebaut, sondern irgendwo an einem Flussufer, meist das Werk einer einzigen Familie, die das Wissen um den Bau der Schiffe über die Generationen weitergab. Es gab keine Pläne, nur das Augenmaß, das überlieferte Wissen und handwerkliche Kunst. Ein scharf zulaufender, erhöhter Bug, ein schlanker Rumpf, oft nicht einmal geschlossen, ein langgezogenes, erhöhtes Heck mit einer offenen Kabine darauf, in der unser Rudergänger stand, der sich gegen das Seitenruder stemmte. Die *Lanze des Ruhms* war groß genug, dass sie neben dem Laderaum auch eine große Kabine im Heck besaß. Die stand uns zur Verfügung. Die Mannschaft dagegen, auch Deral, schlief unter Deck in Hängematten.

Zum Kochen gab es eine kleine, mit Blechen beschlagene Feuerstelle, auf der über sorgsam bewachten Kohlen in einem kleinen Kessel gekocht wurde. Tatsächlich aber war es eher üblich, am Ufer anzulegen, um für Mittag Rast zu machen. Auf längeren

Reisen und auf hoher See war das jedoch nicht möglich. Dann würde die Mannschaft sich von hartem Trockenbrot ernähren, von Früchten und anderen haltbaren Dingen.

»Wasser«, hatte mir Deral erklärt, als wir die Reise planten, »Wasser ist das eigentliche Problem. Bevor wir den Gazar verlassen und ins offene Meer steuern, müssen wir Wasser und frischen Proviant aufnehmen. Üblicherweise hätten wir das in Janas getan.« Er hatte mir einen fast schon vorwurfsvollen Blick zugeworfen. »Es scheint mir allerdings, dass wir uns besser an anderer Stelle versorgen sollten.«

Damit hatte er wohl recht. Janas, die größte Küstenstadt Bessareins und nach Gasalabad das mächtigste der Emirate, unterstand dem Turm, einem Haus, das mit dem Haus des Löwen, der Emirsfamilie von Gasalabad, und somit jetzt auch mit uns verfeindet war. Einst hatte Janas dem Haus des Adlers gehört, dem Haus, dem Armin vorstand. Vor Jahrhunderten hatte eine Intrige das Haus entmachtet und fast vollständig vernichtet. Ich wusste auch, dass Armin noch immer davon träumte, Janas für sich zurückzugewinnen.

Ich wünschte ihm Glück dabei, aber das sollte er nun besser allein bewerkstelligen. Niemand von uns verspürte noch den Ehrgeiz, ihm dabei zu helfen.

Ich mochte das Schiff besitzen, doch wir waren kaum mehr als Passagiere. Deral hatte sich unmissverständlich dazu geäußert: Die Kabine gehörte uns, damit wir ihm und der Mannschaft nicht im Weg herumstanden. Jetzt, wo das Schiff langsam Fahrt aufnahm, zeigte sich die Weisheit seiner Worte. Die Leute hatten genug zu tun, eilten hierhin oder dorthin, hoch auf die Wanten, oder stützten sich mit dem ganzen Gewicht gegen die langen Stangen, mit denen sie das Schiff vom Ufer abstießen.

Für mich hatte eine Flussfahrt etwas Beschauliches an sich, für Deral nicht. Ständig war er in Bewegung, stand im Bug und starrte mit zusammengekniffenen Augen ins Wasser, musterte das Ufer oder rief neue Befehle hoch zum Steuermann, der das große Ruder oft nur einen Fingerbreit bewegte.

Der Sinn solcher Befehle erschloss sich mir nicht. Der Gazar war der größte Fluss, den ich jemals gesehen hatte, die Ufer waren fast einen Pfeilschuss weit voneinander entfernt, manchmal sah man sie kaum. Andere Schiffe, von denen es reichlich gab – von anderen Dhaus bis hin zu großen Lastkähnen, die entweder der Strömung folgten oder mit Ochsengespannen flussaufwärts gezogen wurden –, waren meist kleiner. Ihnen wich Deral nie aus, nur bei den Kähnen, die schlecht auf die Ruder reagierten, machte er eine Ausnahme. Mehrfach sah es so aus, als würde die *Lanze des Ruhms* ein anderes Schiff unter die trüben Wasser des Gazar pflügen, doch bislang war jedes der kleineren Schiffe letztlich ausgewichen. Auch wenn das manchmal mit lautstarken und verblüffend farbigen Beschwerden, gereckten Fäusten und groben Flüchen vonstatten ging.

Auch Deral sparte nicht mit unflätigen Worten, wenn er ein anderes Boot oder Schiff vertrieb. Er stand breitbeinig da, drohend die Hände in die Hüfte gestemmt, das Gesicht wie versteinert, als bereite er sich auf eine Kollision vor. Als es schien, als wäre er darauf erpicht, ein Boot voll mit jungen Frauen und Kindern zu rammen, räusperte ich mich.

»Können wir wirklich nicht ausweichen?«

Er warf mir einen Blick zu, der mich und meine Einmischung in die tiefsten Höllen verdammte, und seufzte dann, als läge die Last der Weltenscheibe auf seinen Schultern.

»Gebt mir den Speer dort«, wies er mich in einem etwas ungeduldigen Tonfall an. Die langen Speere waren entlang der Reling verteilt, wo es metallene Ösen gab, die sie hielten. Vorher hatte ich sie nicht bemerkt, sie dienten wohl der Verteidigung gegen Piraten, die weiter flussabwärts, nahe Janas, eine Gefahr darstellen sollten. Aus dem gleichen Grund hatte die *Lanze des Ruhms* mit vierzehn Mann auch mehr Besatzung als eigentlich notwendig. Jeder der Männer war hartgesotten, kampferprobt und von Armin handverlesen. Es war ehemals sein Schiff gewesen, und noch immer war ich mir nicht sicher, ob die Loyalität der Leute nicht doch mehr ihm galt als uns.

Ich reichte dem Kapitän den gut vier Schritt langen Speer. Eine unhandliche Waffe, aber gut dafür geeignet, andere Boote von unserem Schiff fernzuhalten. Deral warf einen letzten drohenden Blick auf das Boot mit den Frauen und Kindern, dem es dann doch noch gelungen war, im letzten Moment auszuweichen, und trat mit dem Speer in der Hand an die Reling. Dort stieß er die Waffe mit überraschender Kraft ins Wasser, und zu meinem Erstaunen blieb sie stecken. Er zog Hand über Hand den Speer wieder heraus und zeigte mir die Spitze. Dort war Lehm und Sand haften geblieben.

»Unter unserem Kiel haben wir im Moment kaum mehr als drei Handbreit Wasser«, erklärte er mir, als er mir den Speer wieder in die Hand drückte. Ein Blick forderte mich auf, das Utensil wieder an die Stelle zu tun, wo es hingehörte. Doch Deral war mit seiner Lektion noch nicht fertig.

»Seht Ihr, da vorn… das leichte Kräuseln im Wasser?« Ich erkannte es zuerst nicht, dann nickte ich. »Dort staut sich das Wasser über einer Erhebung im Flussbett.« Er fixierte das Gekräusel, als wäre es sein persönlicher Feind. »Es sind Sandbänke, Esseri«, erklärte er. »Verräterische Hinterlassenschaften ruchloser Dschinns, die sich einen Spaß daraus machen, ehrbaren Schiffern wie mir das Leben zu erschweren. Jede Nacht kommen sie und schieben die Sandbänke von einem Ort zum anderen, bauen Fallen, leiten die Strömung um und wollen uns dazu verleiten, auf diese Sandbänke aufzulaufen. Wenn das geschieht und wir uns nicht lösen können, wird jemand am Ufer es sehen. Er wird mit einem breiten Grinsen davonreiten, und in der Nacht werden die Flusswölfe kommen, in kleinen flachen Booten, um an uns zu zerren wie an einem waidwunden Tier. Wenn wir auflaufen und nicht loskommen, sterben wir.« Seine blassgrauen Augen glitzerten. »Kleinere Schiffe weichen größeren aus. Das ist Gesetz. Wenn ich jedoch ausweiche und auflaufe, bringe ich uns vielleicht um.« Er sah mit zusammengekniffenen Augen hoch zum Mast und bellte einen Befehl. Ein Tau wurde angezogen, und das Segel bewegte sich kaum merklich.

»Wenn die Wölfe kommen, überlasse ich Euch gern das Töten. Bis dahin erlaubt mir, dafür zu sorgen, dass wir nicht waidwund werden.« Damit wandte er sich von mir ab und ließ mich stehen.

Ich sah ihm halb verblüfft und halb erheitert nach und begab mich dann hoch zum Achterdeck. Hier befand sich die offene Kabine des Rudergängers, die hohen Seitenwände waren hauptsächlich als Schutz gegen Bolzen und Pfeile gedacht. Um es uns bequem zu gestalten, hatte Deral eine Plane über den hintersten Teil spannen lassen, so hatten wir etwas Schatten und zugleich frische Luft. Ein paar Kissen lagen dort und eine Schale mit Datteln; eine Flasche mit gewässertem Wein hing von einem Haken herab. Serafine stand an der Reling und begrüßte mich mit einem scheuen Lächeln.

»Das war eine ordentliche Abfuhr, Havald«, stellte sie fest.

Ich war dankbar dafür, sie lächeln zu sehen. Mir schien es, als hätten Natalyia und sie Freundschaft geschlossen. Kein Wunder, dass ihr Lächeln nicht mehr so strahlend war, wie ich es kannte.

»In der Tat.« Ich deutete auf Deral. »Und sie scheint gerechtfertigt.«

Die Sonne machte uns alle träge, und wir hatten schnell die Angewohnheit der Einheimischen übernommen, in der größten Hitze zu dösen. Unter uns, in der Kabine, schliefen Leandra, Varosch und Zokora. Die Kabine war kein dunkles Loch, sie besaß fast mehr Fenster als Wände, und jedes einzelne von ihnen war offen, damit die Hitze sich nicht staute. Dennoch zog ich es vor, an Deck zu verweilen.

Ich war müde wie ein alter Hund. In der letzten Nacht hatte ich nicht geschlafen, jetzt konnte ich es nicht. Wenn ich die Augen schloss, sah ich Natalyia vor mir. Irgendwann, das wusste ich, würde ich müde genug sein, dass mich selbst dieses Bild nicht mehr wach halten konnte. Jetzt war es noch nicht so weit.

Serafine hatte die dunklen Kleider einer Leibwächterin gegen ein helles Kleid und eine Robe aus Leinen ausgetauscht, im Moment trug sie ihre Haare offen, und ihr Schleier war ausgehängt. Sie – oder besser: Helis – war nicht in jenem Tempel gewesen, der Leandra und Zokora ihre Haarpracht gekostet hatte. Dort, zu Beginn unseres Abenteuers, waren die beiden in einem magischen Kampf einem Maestro und Nekromanten unterlegen, der sie in einem magischen Feuer verbrannte. Durch die Macht des Wolfsgottes war es möglich gewesen, ihre Verletzungen zu heilen, aber die Haare wuchsen nur langsam nach.

Sieglinde hatte sich die Haare ebenfalls kurz scheren lassen, um ein Zeichen zu setzen. Nur Natalyia und Serafina waren noch im Besitz ihrer Haarpracht. In Gasalabad hatte Leandra deshalb eine Perücke getragen, da kurze Haare dort für eine Frau als Schande galten.

Serafines Haarpracht hier im leichten Wind wehen zu sehen, war eine Freude für meine Augen.

Sie wies mit ihrem Blick hin zu unserem Passagier, der seltsamen Frau, die noch immer auf dem Deck nahe der Kabine saß.

»Sie hat sich nicht bewegt«, verkündete sie und schüttelte verwundert den Kopf. »Keine Position ist auf Dauer bequem. Ich frage mich, was einen Menschen dazu bewegt, so lange still zu sitzen, bis es schmerzt.«

»Befragt Zokora dazu«, antwortete ich. »Sie kann es darin mit einem Stein aufnehmen.« Ich schaute zu unserem Gast. »Ich nehme an, sie befindet sich in einer Art Trance. Sie meditiert vielleicht.« Ich zuckte mit den Schultern. »Jedenfalls ist sie nicht besonders gesellig.«

»Ich kann nicht so ruhig sein«, erklärte sie mir. »Ich bin immer in Bewegung und kann nicht lange irgendwo sitzen bleiben. Als kleines Mädchen trieb ich meinen Vater damit zur Verzweiflung. Nie war ich dort, wo ich hätte sein sollen.«

»Und später?«, fragte ich und stützte mich neben sie auf die Reling.

»Später lernte ich, Haltung und Würde zu zeigen. Schließlich war ich die Tochter des Gouverneurs.« Sie lachte leise und zeigte weiße Zähne. »Ich war dankbar für die langen Röcke, die damals in Mode waren. Unter den Säumen sah es niemand, wenn ich mit den Füßen wippte.«

Am Ufer ritt eine Gruppe von Bewaffneten. Sie trieben ihre Pferde an, ihre Umhänge flatterten im Wind, die Sonne glänzte auf Rüstungen und Waffen. Und doch waren sie nicht viel schneller als die *Lanze des Ruhms*, auf der wir so gemütlich standen. Mit dem Wind im Rücken und der Strömung unter dem Kiel machten wir überraschend viel Fahrt. Was die Reiter anging, so waren sie fast außer Pfeilschussweite und stellten keine Gefahr dar.

Vier, vielleicht fünf Tage bis nach Janas, wo dann Achtsamkeit geboten war, dann noch zwei Wochen die Küste hoch nach Askir. Ich konnte es kaum erwarten.

»Seid Ihr schon in Askir gewesen?«, fragte ich Serafine.

Sie nickte. »Zweimal. Einmal als Kind, als ich meinen Vater begleitet habe, einmal kurz vor meiner Hochzeit mit Jerbil. Viel habe ich nicht von der Stadt gesehen, meist habe ich die Decke unseres Zimmers betrachtet, während ich auf dem Rücken lag und Jerbil auf mir…« Sie bemerkte meinen Blick und lachte. »Ich bin eine verheiratete Frau, Havald«, meinte sie. »Es liegt keine Schande darin, mich dieser Freuden zu erinnern. Aber ich habe auch etwas von der Stadt gesehen. Was wollt Ihr wissen?«

»Erzählt mir einfach, was für einen Eindruck Ihr gewonnen habt. Ist sie wirklich so groß?«

»Sie ist noch größer, Havald«, antwortete sie, den Blick in die Ferne gerichtet. »Es ist irreführend, Askir eine Stadt zu nennen. Vielleicht liegt es daran, dass man es nicht versteht, bevor man sie sieht. Nehmt ein Pferd und reitet mit ihm für sechs Stunden im vollen Galopp. Jetzt stellt Euch einen Kreis vor mit diesem Durchmesser. Stellt Euch weitere vier Kreise vor, die nicht in der Mitte liegen, sondern in ihrem Mittelpunkt westlich versetzt sind, um etwa ein Viertel der Strecke, die Ihr geritten seid. Versteht Ihr, was ich meine?«

»Ja.« Ich hatte von der kreisförmigen Anlage der Stadt gehört, bislang aber gedacht, die Kreise hätten einen gemeinsamen Mittelpunkt. Dennoch erschien mir die geschilderte Größe und Ausdehnung der Stadt kaum glaubhaft.

»Jetzt zieht westlich einen weiteren Kreis, der sowohl den äußeren als auch den innersten Kreis berührt. Das ist der Hafen. Es ist der größte bekannte Hafen der Weltenscheibe. Nehmt nun ein Lineal und zieht fünf Linien durch die Kreise, sodass sie sich alle im Zentrum des innersten Kreises treffen. Jeder Kreis, jede Linie ist eine wehrhafte Mauer, unterbrochen von Türmen und Kastellen. Dort, wo sich die Linien kreuzen, befindet sich die Zitadelle, eine mächtige Festung, die einst der Sitz Askannons war.«

»Auch der äußere Kreis ist mit einer Wehrmauer versehen?«, fragte ich ungläubig.

»Ja, auch der.«

»Keine Stadt hat genug Wachen, um eine solche Wehranlage zu besetzen«, widersprach ich. »Das kann nicht sein.«

»Ihr habt recht«, sagte sie überraschenderweise. »Diese Mauern sind nicht besetzt. Es ist auch nicht notwendig. Sie sind über dreißig Mannslängen hoch und meist gut fünfzehn bis zwanzig Schritt breit. Kein Katapult wird sie erschüttern, kein Belagerungsturm wird die Mauerkrone erreichen können. Es reicht, die Tore zu schließen.«

Kelars Mauern hatten als mächtig gegolten, und ich wusste nur zu gut, wie schwer es war, eine solche Mauer zu errichten. Über diese Länge und mit diesen Maßen schien es mir nicht möglich. An einer solchen Befestigung müsste man tausend Jahre bauen, und sie wäre wohl noch immer nicht fertiggestellt. Nun gut, vielleicht hatte sich Serafine in Höhe und Breite geirrt.

»Ich dachte, die Stadt wäre belagert worden. Von den Prinzen.«

Sie lachte leise. »Ihr vergesst, das war nach meiner Zeit. Ich kann es mir nicht vorstellen. Außerdem … Ihr habt in Eurer Heimatstadt eine Belagerung erlebt, nicht wahr? Was waren die größten Nöte der Verteidiger?«

»Nahrung«, antwortete ich ohne Umschweife. Es war lange

her, aber ich konnte mich gut daran erinnern. Wenn man einen halbverhungerten Straßenköter erblickte, brauchte man nur zu blinzeln und schon stellte man ihn sich gebraten am Spieß vor. Garniert mit Ratten. Geröstet oder paniert schmeckten sie auch nicht so übel. Nicht wenn man hungrig genug war. Zum Schluss gab es kaum mehr Hunde in der Stadt. Selbst die Ratten hatten gelernt, vorsichtig zu sein.

»Das wird in Askir nicht geschehen. Zum einen wird es kaum möglich sein, den Seehafen zu blockieren. Zu meiner Zeit gab es keine Flotte, die das gewagt hätte, und nach dem, was ich hörte, wurde die Flotte über die Jahrhunderte nicht reduziert, sondern eher noch erweitert. Zum anderen umschließt diese äußere Mauer fruchtbares Land mit Feldern und Wäldern und Gehöften. Die eigentliche Stadt liegt nur in den drei inneren Kreisen, der weitaus größere Teil ist sorgsam kultiviertes Land. Überall gibt es tiefe Brunnen, und der Fluss Ask ist kaum weniger mächtig als der Gazar. Es wäre sinnlos, ihn zu vergiften oder umzuleiten. Es ist nicht nur eine Stadt, Havald, sondern ein kleines Land. Wenn Askir seine Tore schließt, wird man auf wenig verzichten müssen, es gibt kaum etwas, das die kaiserlichen Manufakturen nicht herstellen, und die notwendigsten Güter werden in großen Hallen gelagert. Wenn eine Armee Askir belagern würde, wäre es diese Armee, die verhungert.« Sie strich sich über die Arme, als ob sie fror. »Vergesst nicht, dass Askir nicht wehrlos ist. In den meisten Reichen ist Magie verpönt und wird mit der Nekromantie gleichgestellt. In Askir ist das nicht so. Dort scheint es fast, als wäre jeder Stein vollgesogen mit der Magie der Jahrhunderte.«

»Und doch sind es Jahrhunderte, die seitdem vergangen sind«, sagte ich, wider Willen beeindruckt. »Ich frage mich, was von der einstigen Macht und Herrlichkeit heute noch erhalten ist.«

»Wir werden es herausfinden«, sagte sie und schaute nachdenklich drein. »Wisst Ihr, es kommt mir seltsam vor, was ich von Askir gehört habe, seitdem ich wieder lebe. Der Ewige Herrscher regierte das Reich und Askir über Jahrhunderte hinweg. Wenn er älter wurde, dann nur sehr langsam. Er war immer noch jung, als ich ihn das letzte Mal sah. Er plante für die Jahrhunderte, Havald.«

»Aber nicht immer waren seine Pläne durchführbar.« Ich dachte an die Kanalisation, die er für Gasalabad geplant hatte. Zu spät fand man heraus, dass der gewachsene Stein, auf dem die Stadt errichtet wurde, nicht die Ausdehnung hatte wie angenommen. Zu viel Sand und zu viele Unfälle, weil der Sand die Arbeiter unter sich begrub.

»Vielleicht«, sagte sie. »Aber wenn Ihr ihm je begegnet wärt, würdet Ihr auch daran zweifeln, dass er abdanken musste. Wir waren zusammen bei der Garnison. Ihr habt selbst gesehen, wie das Imperium baute. Ein paar neue Dächer und Tore, einmal durchfegen... Ich habe das Gefühl, als ob das Reich auf etwas wartet. Als ob er, Askannon, auf etwas wartet. Ich kann mir nicht vorstellen, dass er nicht mehr ist.«

»Wisst Ihr, warum er so alt wurde?«, fragte ich. Eine seltsame Frage, wenn man bedachte, dass ich nur noch deshalb lebte, weil ich ein Schwert trug, das er geschmiedet hatte.

»Nekromanten leben so lange, weil sie ihren Opfern das Leben entziehen, wie Seelenreißer es wohl tut. Nur dass sie, je älter sie werden, immer mehr Opfer brauchen, um nicht zu vergehen.«

Ich nickte, denn ich hatte selbst gesehen, wie der Nekromant Ordun vor meinen Augen alterte und zu Staub zerfiel. Jetzt erst fiel mir auf, dass er bislang der Einzige gewesen war. Selbst der Herr der Puppen war nicht gealtert, als er starb. Bedeutete das, dass wir es meist mit jungen Nekromanten zu tun hatten? Der Herr der Puppen hatte Ordun einen Löwen genannt und war von dessen Macht beeindruckt gewesen.

Es ergab Sinn, dass diese Verfluchten mit den Jahren auch an Macht gewannen. Auch Kolaron war alt. Mir lief ein kalter Schauer über den Rücken, als ich bedachte, was das bedeutete, wie viele Seelen er den Göttern gestohlen haben musste, um nach all den Jahrhunderten noch zu leben.

»Was hat das mit Askannon zu tun?«, fragte ich. »War er auch …« Ich wagte kaum, es auszusprechen, doch Serafine schüttelte so heftig den Kopf, dass ihre Haare flogen.

»Nein. Er war ein Maestro. Er fand heraus, wie man das Leben der Magie selbst entziehen konnte. Er erklärte mir einmal, dass das, was sich an Magie in einem Sandkorn befindet, reichen würde, um tausend Jahre zu überdauern. Er lehrte dieses Geheimnis andere und vermochte es sogar in Gegenstände zu bannen. Es war ein weiterer Grundpfeiler seiner Macht. Er war dazu imstande, Loyalität mit einem langen Leben zu belohnen. Langem Leben, nicht Unsterblichkeit. Auch er sagte von sich, dass er nicht unsterblich wäre, sondern nur mit einem langen Leben verflucht.«

»Sagte er wahrhaftig *verflucht*?«, fragte ich neugierig.

Sie nickte. »Es war in einem Gespräch mit meinem Vater, ich habe Teile davon mitgehört. Es ist auch kein Wunder«, fuhr sie fort. »Selbst die Elfen haben Probleme damit, lange zu leben. Irgendwann geben sie einfach auf.«

»Irgendwann ist es genug«, bestätigte ich.

»Wann es genug oder zu viel ist, kommt nicht auf die Jahre an«, antwortete sie leise, »sondern darauf, ob man seinem Leben einen Sinn hat geben können.«

Ihre Worte blieben, als sie nach unten ging, um sich ebenfalls zur Ruhe zu betten. Was war der Sinn des Lebens? Ich lachte leise, und der Rudergänger warf mir einen skeptischen Blick zu. Weisere Menschen als ich hatten sich schon über diese Frage den Kopf zerbrochen. Wenn mein Leben einen Sinn besaß, würde ich es wohl erst erfahren, wenn es zu Ende war.

Ich gähnte und streckte mich. Vielleicht war ich jetzt müde genug und konnte mich auch schlafen legen.

Kaum hatte ich das gedacht, rief der Matrose auf dem Mast etwas nach unten und deutete auf das Ufer. Dort stand ein Mann und winkte. Ich blinzelte ungläubig, denn es kam mir vor, als ob ich ihn kennen würde. Er hatte große Ähnlichkeit mit Angus

Wolfsbruder, dem Nordmann, der mir erst kürzlich geholfen hatte.

Deral sah fragend hoch zu mir. Ich warf einen Blick auf unseren weiblichen Gast, von dem ich immer noch nicht wusste, warum sie an Bord war, und zuckte mit den Schultern. Es konnte nicht schaden, zu hören, was der Mann am Ufer wollte. Vielleicht brachte er Nachricht aus Gasalabad. Sein Pferd sah jedenfalls aus, als wäre es hart angetrieben worden.

5. Wolfsbruder

Es war Angus Wolfsbruder, größer als ich und so bullig wie Janos. Tätowierungen bedeckten seine mit Lederbändern verzierten Arme und den glattrasierten Schädel, und er hatte den wölfischen Blick seines Totems zur Vollendung gebracht. Er verzichtete auf eine Rüstung und sah nicht ein, sich den hiesigen Gepflogenheiten anzupassen, also stand er dort mit breitem, nacktem Oberkörper, in verstärkten Lederhosen und Stiefeln, seine Hände auf eine mächtige Axt gestützt. Goldene Ringe verzierten seinen linken Nasenflügel und die Ohren, einer für jeden Feind, den er erschlagen hatte. Sein Bart war sorgsam in drei Zöpfe geflochten und gefettet, in jeden Zopf war der Reißzahn eines Wolfes eingeflochten. Alles in allem war er ein mehr als ungewohnter Anblick in dieser Umgebung. In irgendeinem Winkel meines Verstands wunderte ich mich, dass er sich noch keinen Sonnenbrand zugezogen hatte.

Er vermittelte den Eindruck einer gereizten, klappernden Schlange. Kein Wunder, dass die wenigen anderen Reisenden, die am Fluss entlang ritten, einen großen Bogen um ihn machten. Wahrscheinlich vermuteten sie, dass er ihnen den Kopf abreißen würde, wenn sie ihm einen Guten Tag wünschten.

Außer seiner Axt und einer breiten Schlinge, in der ein kleines Fass und eine lederne Röhre hingen, hatte er kein weiteres Gepäck dabei.

Bedachte man seine Größe und sein Gewicht, verwunderte es wenig, dass sein Pferd so aussah, als würde es am liebsten auf der Stelle tot zusammenbrechen. Meine eigenen Pferde hatten auch an mir zu tragen gehabt und erschöpften sich schneller, als es mir lieb sein konnte.

Was wollte er hier? Er betrieb in Gasalabad eine Wirtschaft, die *Stinkende Wildsau*, die ausschließlich von Nordmännern besucht wurde, ein raues Volk, das eine eigene Vorstellung davon besaß, wie Diplomatie auszusehen hatte. In den Augen der feinen Leute von Gasalabad waren die Nordmänner kaum mehr als Barbaren, ein Eindruck, der sowohl täuschte als auch zu Teilen richtig war. Ich hatte einen Freund, Ragnar, der mir von seiner Heimat berichtet hatte. Ein raues Land mit eisigen Stürmen und bitteren Wintern, karg und hart. Sie mochten wie Barbaren wirken, doch ihre Kultur war nicht weniger komplex als unsere ... nur ungewohnt.

In Schiffsbau und Schmiedekunst waren sie nur schwer zu übertreffen, und als Kämpfer besaßen sie einen furchterregenden Ruf. Soviel ich wusste, waren die Nordlande nie von Askannon erobert worden. Der Ewige Herrscher, so hatte es mir Ragnar erzählt, hatte das Land in einem Zweikampf mit dem König der Nordmänner gewonnen. Im Ringen, wenn ich mich richtig erinnerte. Nach Serafines Beschreibung war Askannon eher schlank als bullig gewesen, nicht klein, aber auch kein Riese, wie es die Nordmänner waren. Wenn ich mir Angus so ansah, würde *ich* es mir dreimal überlegen, mit ihm ringen zu wollen.

Als die *Lanze* sacht am Ufer auflief, trat ich an die Reling und wollte ihn begrüßen, doch Angus wartete nicht so lange. Er watete ins Wasser, tat zwei große Schritte, nutzte einen Baumstamm, der im Wasser trieb, als Stufe und zog sich scheinbar mühelos an der Bordwand hoch, um mir im nächsten Moment den halben Fluss vor die Füße zu tropfen.

»Hier!«, rief er mit seiner dröhnenden Stimme. »Ich habe dir Bier mitgebracht, damit wir auf deine Frau trinken können! Vielleicht hat sie Glück und wird im nächsten Leben eine von uns.« Er hielt mir das Fass entgegen. »Dunkles Kronskrager, ein ganzes Fass davon.« Er lachte laut, zeigte kräftige Zähne und klatschte sich dann so hart auf den lederbewehrten Oberschenkel, dass es weit über den Gazar schallte und die Besatzung zusammenzuckte. »Kein Freund sollte fallen, ohne dass man sich danach anständig besäuft!«

»Danke«, antwortete ich artig, während sich hinter mir in der Kabine die anderen regten. Kein Wunder, Angus' Stimme hatte in weitem Umkreis die Vögel aufsteigen lassen und war gewiss laut genug, die Toten aus ihrem Schlaf zu wecken. Er sah mich erwartungsvoll an.

»Ähm, Angus ... Seid Ihr den weiten Weg gekommen, um mir Bier zu bringen?«

»Um auf die Handmagd der Götter anzustoßen! Ich war im Tempel, ich sah sie dort liegen und habe sie sofort erkannt.« Er fasste mich bei den Schultern und zog mich und das Fass an sich heran, um mich so fest zu umarmen, dass ich fürchtete, entweder meine Knochen oder das Holz des Fasses könnten brechen. Wann hatte er denn Natalyia kennengelernt?

Ich löste mich aus seiner Umarmung und sah ihn skeptisch an. »Und deshalb reitet Ihr hierher?«

»Ist das nicht Grund genug?«, lachte er und bleckte die Zähne zu einem wölfischen Grinsen, das zwei von Derals Männern zurückweichen ließ. »Und natürlich, weil ich hörte, dass ihr nach Askir fahrt.«

»Natürlich«, sagte ich.

»Hier!«, rief er laut genug, dass mir die Ohren klingelten. »Ich bin nicht arm, ich kann meine Passage bezahlen.« Er zog einen Beutel aus seinem Gürtel und warf ihn mir zu. Er war schwer, und ohne ihn zu öffnen, wusste ich, dass er gutes Gold und Silber enthielt.

»Ich habe schon einmal nach einer Passage gefragt«, dröhnte er. »Aber die da ...«, er deutete mit dem ausgestreckten Finger auf jemanden hinter mir; ich sah zurück und erkannte, dass es Leandra war, die ihn von der Kabine aus zugleich verschlafen und überrascht anstarrte, »... sagte, dass ihr keine Passagiere aufnehmt! Doch dann sah ich, dass du deine Meinung geändert hast, und kam so schnell ich konnte. Aber da wart ihr schon weg.«

»Angus«, begann ich. »Ich will nach wie vor keine Passagiere an Bord ...«

»Ja, weil es zu gefährlich ist«, lachte er und schlug mir so hart auf die Schulter, dass es mich beinahe mitsamt dem Fass über Bord warf. »Ich habe es gehört. Das hat sie auch gesagt. Aber ich bin kein Passagier, ich bin dein neuer Steuermann! Ich…« Er brach ab, seine Augen weiteten sich, sein Mund klaffte auf, und ich konnte feststellen, dass sich weder sein Atem noch der Zustand seiner Zähne gebessert hatte. Er hob eine zitternde Hand und deutete auf etwas hinter mir, um dann mit einem letzten Seufzer wie ein gefällter Baum auf das Deck der *Lanze* aufzuschlagen.

Das ganze Schiff bebte unter dem Aufprall.

Ich drehte mich um, dort stand Serafine neben Leandra, die Hand halb erhoben, um ein Gähnen zu verdecken. Sie sah genauso verblüfft aus wie der Rest von uns.

Deral fing sich als Erster. Er warf einen missbilligenden Blick auf den Nordmann und trat an mich heran. »Esseri«, teilte er mir ernst mit. »Ich besitze einen Steuermann. Einen guten. Einen, der nicht…«, er rümpfte die Nase, »…stinkt. Wieso stinkt er so?«

»Ich vermute, dass er sich mit Fett eingerieben hat«, teilte ich ihm mit.

Er kratzte sich am Kopf. »Warum?«

»Es hilft gegen die Kälte.«

»Welche Kälte?«, fragte er verwundert.

»Das fragt besser ihn, wenn er aufwacht.« Ich beugte mich zu Angus herab. Soweit ich das erkennen konnte, war er nur ohnmächtig geworden. Es schien ihm sonst nichts zu fehlen.

»Was nun?«, fragte Leandra irritiert. »Was machen wir mit ihm?«

Ich schaute hinüber zum Flussufer. »Wir bringen ihn an Land und…«

Das Pferd des Nordmanns sah mich mit großen, weiten Augen an und brach dann langsam in sich zusammen. Gebannt sahen wir zu, wie es das Ufer hinabrutschte. Als es die braunen Wasser des Gazar spürte, schien es sich wieder aufraffen zu wollen. Aber es war zu spät. Im schlammigen Wasser verwandelte sich der Baumstamm, der Angus als Stufe gedient hatte, in eine zahnbewehrte Schnauze, fast so groß, wie ich es war, und schoss mit einem Schwall Wasser auf das arme Tier zu. Es kam nicht einmal dazu, zu wiehern, bevor der Flussdrache es mit einem mächtigen Ruck in die Fluten zog. Kurz schäumte das Wasser blutig auf, einen Lidschlag lang sah man einen Huf aus dem Wasser ragen, dann war das Pferd verschwunden, als hätte es das arme Vieh nie gegeben.

Wir starrten dorthin, wo das Wasser sich noch einmal leicht kräuselte und einige letzte Blasen aufstiegen. Ich schluckte.

»Erinnert mich daran, hier niemals schwimmen zu gehen«, meinte Varosch mit belegter Stimme und sah dann zweifelnd auf seine Armbrust herab. Der *Baumstamm* war bestimmt vierzehn Schritt lang gewesen, nicht viel kleiner als so manches Boot. Angesichts des mächtigen Panzers konnte man in der Tat an der Wirksamkeit einer Armbrust zweifeln.

»Versprochen«, antwortete ich ihm und seufzte. »Angus hat wohl vor, uns zu begleiten, also zieht ihn irgendwohin, wo er nicht stört, und spannt eine Plane auf, damit er nicht von der Sonne geröstet wird.« Ich sah auf den Nordmann herab, dann auf das Fass, das ich noch immer in den Händen hielt.

»Aber, Esseri«, sagte Deral und rang mit den Händen. »Es gibt auf diesem Schiff keinen Platz, an dem ein Passagier nicht stört!« Ich zog eine Augenbraue hoch. »*Zusätzliche* Passagiere, Esseri, nichts anderes wollte ich sagen«, fügte er eilig hinzu.

Ich warf einen Blick hinüber zu unserer Kabine, doch Leandra schüttelte nur den Kopf, noch immer rümpfte sie die Nase. Ich musste zugeben, dass der Geruch von ranzigem Fett auch meine Sinne nicht erfreute.

»In den Bug«, entschied sie und sah mich trotzig an, als würde sie mit Widerspruch rechnen. Ein kluger Mann wählte seine Schlachten mit großer Sorgfalt, und auf diese hier konnte ich leicht verzichten. Ich nickte also zustimmend.

»Findet eine Stelle am Bug für ihn«, teilte Leandra Deral mit. Dieser verbeugte sich und gab zweien seiner Leute ein Zeichen. Sie traten an Angus heran, griffen seine Arme und zogen.

Angus rührte sich nicht von der Stelle.

Deral verdrehte die Augen und winkte zwei weitere Besatzungsmitglieder heran. Leandra warf einen letzten Blick auf den

Nordmann, sah mich dann vorwurfsvoll an, rümpfte erneut die Nase und verschwand in der Kabine. »Hier«, sagte ich und reichte das Fass weiter an Varosch.

»Was soll ich damit?«

»Irgendwo unterbringen, wo es nicht allzu warm wird. Selbst das beste Bier schmeckt nicht warm.«

»Was ist mit ihm?«, fragte Serafine, während Angus aufs Vorderdeck gewuchtet wurde.

»Ich weiß es nicht. Er ist plötzlich umgefallen.« Ich beschattete meine Augen und sah hoch zum strahlend blauen Himmel. »Vielleicht war ihm die Sonne zu viel.«

Mit langen Rudern wurde die *Lanze* vom Ufer weggeschoben, das Segel wurde entfaltet, und wir nahmen wieder Fahrt auf.

»Sagt, Serafine, wie groß werden diese Flussdrachen?«

»Niemand weiß das. Ich habe mal einen gesehen, der gut zwanzig Schritt lang war.« Sie zuckte mit den Schultern. »Ich glaube, sie wachsen so lange, wie sie genug zu fressen finden. Wenn nicht, sterben sie.«

»Ich kann nicht glauben, dass ich das Biest nicht gesehen habe.«

Sie warf mir einen schelmischen Blick zu. »Es hat Euch gesehen, da könnt Ihr sicher sein.«

Kaum hatten Derals Männer Angus mit Mühe zum Vorschiff geschleppt, als er auch schon wieder sein Bewusstsein erlangte. Einer von Derals Männern flog zurück und landete unsanft auf seinem Hintern, die drei anderen ließen hastig los und wichen vor dem Nordmann zurück – eine kluge Wahl, wie ich fand, ich hätte ihm auch nicht im Weg stehen wollen. Ein weiter Satz vom Vordeck herab, ein paar lange Schritte, und er stand wieder vor mir. Allerdings ignorierte er mich und wies mit seiner Axt anklagend auf Serafine.

»Du!«, röhrte er. »Wie kommst du hierher?«

Serafine blinzelte einmal. »Ich bin einfach an Bord gegangen«, antwortete sie.

»Das meine ich nicht!«, rief Angus empört. »Wenn ich schon Bier für deine Totenfeier bringe, warum liegst du nicht im Tempel, wo du hingehörst?«

»Ah … Angus«, unterbrach ich ihn vorsichtig. »Das ist Helis vom Haus des Adlers. Sie war es, die mich in Eure Wirtschaft begleitet hat. Es ist Natalyia, eine andere Gefährtin, die nun in Soltars Tempel ruht.«

»Du hast gleich zwei Leibwächterinnen?«, fragte er und kratzte sich am Hinterkopf. Er wirkte etwas verwirrt.

»Hatte«, verbesserte ich bitter.

»Warum trägt sie dann jetzt ein Kleid?«

»Sie waren nicht in Wahrheit meine Leibwächterinnen. Sie trugen diese Kleidung, um nicht allzu viel Aufsehen zu erregen.«

»Sie starb für dich, hörte ich. Die andere, nicht die hier.«

»Ja.«

»Ich dachte, die hier wäre die andere«, erklärte er verwirrt und musterte Serafine genauer. »Stimmt«, stellte er dann erleichtert fest. »Die andere war griffiger«, fügte er hinzu und zeichnete mit der freien Hand weibliche Konturen in die Luft.

Neben mir begann Serafine zu husten.

»Ich habe eben gedacht, dass dir sogar die Toten folgen, Havald, das hat mich erschreckt«, gab er dann zu und schaute betreten zu Boden. »Mich erschreckt nie etwas, nur die Toten, die erschrecken mich.«

»Das macht nichts. Ich habe Angst vor Ratten.« Ich erinnerte mich an eine andere Gelegenheit. »Und vor Spinnen«, fügte ich hinzu.

Er schüttelte den Kopf. »Das ist es nicht. Ich dachte wahrhaftig einen Moment, du wärst *er*«, erklärte er verlegen. »Ich weiß jetzt, dass das dumm war.«

»Wer?«

»Der Mann aus dem Lied.«

»Welchem Lied?«

»Er ist der Mann, der niemals starb, die Toten folgen ihm auch aus dem Grab.«

»Wie?«, fragte ich verblüfft.

»Ein Vers aus dem Lied der Toten. Ich bin so froh, dass du nicht er bist«, erklärte er mir erleichtert. »Abgesehen davon bist du etwas klein für einen Helden.« Er tat einen Schritt auf mich zu, als wolle er mich wieder umarmen. Ich trat hastig zurück.

Serafines Schultern begannen zu beben, und sie hustete erneut.

Ich seufzte. »Ist dieses Lied der Toten zufällig eine Weissagung?«

Er nickte energisch. »Ja. Und ein Heldenlied, das so alt ist wie die Welt. Es handelt…«

Ich hob die Hand. »Ich will nichts weiter hören!«

Er schaute von mir zu Serafine. »Was hat er? Ist die Sonne zu heiß für ihn?«

Serafine hatte mittlerweile Atembeschwerden und hielt sich verzweifelt die Hand vor den Mund, doch ihre Augen funkelten verräterisch.

»Was ist?«, fragte Angus misstrauisch und stutzte dann. »Wo ist eigentlich mein Pferd?«

Serafine drehte sich um und entfernte sich mit schnellen Schritten.

»Angus«, sagte ich und führte ihn an die Reling, dorthin, wo wir aus dem Weg waren. »Nun, es tut mir leid, aber Euer Pferd…«

6. Ein neuer Freund

»So erheiternd war es nicht«, beschwerte ich mich leise bei Serafine, als ich mir vorsichtig einen Weg zu meiner Bettrolle suchte. Die Kabine war recht groß für ein Schiff, dennoch war der Platz begrenzt. Jemand hatte meine Bettrolle zwischen Leandra und Serafine ausgebreitet.

»Dein Gesicht war es schon«, meinte Serafine und lachte leise.

»Danke«, brummte ich.

Leandra rollte sich auf die Seite und sah mich vorwurfsvoll an. Ganz offensichtlich war sie noch nicht wieder eingeschlafen. »Es ist beachtlich, wie schnell du immer Freunde findest, Havald«, sagte sie und warf einen missbilligenden Blick durch die offene Tür dorthin, wo Angus vor unserem anderen Passagier stand und sie anstarrte. »Aber müssen sie uns überall hin folgen?« Sie verdrehte die Augen. »Und warum stinkt er so? Baden Nordmänner nicht?«

»Nicht wenn es sich vermeiden lässt«, sagte ich und legte mich nieder.

»Ich habe ihm gesagt, dass wir keine Passagiere aufnehmen wollen«, beschwerte sie sich. Als wäre es meine Schuld, dass er uns nachgeritten war …

»Habt Ihr nicht gehört, was er sagte?«, kicherte Serafine. »Er ist unser neuer Steuermann.«

Ich stützte mich auf einen Arm auf und sah erst nach links, dann nach rechts. »Können wir das später abhandeln?«

»Das werden wir«, drohte Leandra, und Serafine kicherte erneut. Ich zog die aufgerollte Decke, die mir als Kopfkissen diente, näher heran und versuchte sie in Form zu bringen.

»Wenn er bleiben will, muss er baden«, entschied Leandra.

»Kann ich jetzt schlafen, bitte?«

»Tu das«, meinte sie. »Mich hat er geweckt, weißt du? Und er stinkt!«

»Alle Menschen stinken«, stellte Zokora aus ihrer Ecke fest, ohne die Augen zu öffnen. »Sie reden auch zu viel.«

Ich seufzte. Deral hatte uns versprochen, dass wir Askir in etwas weniger als vier Wochen erreichen würden. Damals erschien mir das als schnell. Ich hatte mich wohl getäuscht. Wir waren noch keine drei Kerzen unterwegs, und es kam mir bereits jetzt vor wie eine Ewigkeit.

Als ich die Augen schloss, sah ich Natalyias Gesicht vor mir, doch es war nicht so schlimm, wie ich befürchtet hatte. Sie lächelte und schien über etwas erheitert. Ich rollte mich auf die Seite und schlief.

Jemand rüttelte an meiner Schulter. Es war Leandra. »Havald«, rief sie. »Wach auf. Es gibt Probleme!«

Irgendein Traumfetzen zog an mir vorbei, ein letzter Rest von Furcht und Panik... Ich war schweißgebadet, als ich mich auf der zerwühlten Bettstatt aufrichtete. Ich hatte nicht oft Albträume, aber was auch immer das für einer gewesen war, ich war froh, dass ich ihn jetzt schon wieder vergessen hatte... Irgendein dunkler Ort und ein drohendes Unheil. Ich schüttelte den Kopf wie ein nasser Hund und sah hoch zu Leandra. Dem Licht nach hatte ich den größten Teil des Nachmittags verschlafen, die Abendröte war bereits angebrochen.

»Was ist los?«, fragte ich, während ich nach Seelenreißer griff.

»Dein Freund«, teilte sie mir verärgert mit. »Er besteht darauf, dass Deral anlegt, weil er jagen will.«

»Was will er?«, fragte ich verblüfft.

»Jagen.«

»Aber wieso?« Wir hatten mehr als genügend Vorräte dabei. Zurzeit war das Mondlicht hell genug, um auch des Nachts weiterzufahren. Deral hatte mir versichert, dass es keine Probleme geben würde, solange wir uns in der Fahrrinne hielten und es nicht zu eilig hatten.

»Das frag ihn doch besser selbst«, meinte sie gereizt und fuhr sich mit der Hand über das kurze Haar. »Er droht jedenfalls damit, über Bord zu springen, wenn wir nicht ans Ufer fahren.« Sie warf einen funkelnden Blick zum Vorschiff, wo sich Angus mit unserem Kapitän stritt. »Wenn er vom Schiff springen will, werde ich ihn gewiss nicht daran hindern!«

»Wenigstens droht er nicht damit, Deral über Bord zu werfen«, sagte ich und kratzte mich am Hinterkopf. Läuse. Verdammte, götterverfluchte Läuse!

»Wie auch immer. Er ist dein Freund, also sorge du auch dafür, dass er keinen Ärger macht. Und dass er badet!« Sie verzog das Gesicht. »Die Läuse haben wir wahrscheinlich auch ihm zu verdanken.«

»Ich hoffe nicht. Kannst du etwas dagegen tun?«, fragte ich und kratzte weiter.

»Ja«, seufzte sie. »Ich muss nur an meine Kiste. Und die ist im Laderaum.« Sie kratzte sich ebenfalls. »Wir haben schon so lange keine Probleme mit dem Ungeziefer gehabt, dass ich vergessen habe, das Schwefelpulver aus der Kiste zu holen, bevor ich sie zum Schiff bringen ließ. Ich habe Deral schon die Anweisung erteilt, den Weg zur Kiste freizumachen.«

»Wie viel Schwefel brauchst du?«, fragte Zokora vom Eingang her.

»Eine Fingerspitze voll.«

Zokora ging zu ihrem Packen, öffnete ihn, griff hinein, zog einen kleinen Lederbeutel heraus und warf ihn Leandra zu. Dann wandte sie sich an mich. »Lass ihn jagen, Havald. Er braucht es.«

»Warum *braucht* er es?«, fragte Leandra.

»Weil es so ist«, antwortete Zokora, und ohne ein weiteres Wort ging sie davon.

Ich kratzte mich noch einmal hingebungsvoll und warf Leandra einen fragenden Blick zu.

Sie seufzte und nickte dann. »Etwas Zeit haben wir noch.«

Ich stand auf. »Brauchst du lange?«, fragte ich.

»Halt still!«, befahl sie und schnippte mir etwas Staub entgegen. Ein rötlich braunes Leuchten flammte auf und umhüllte mich, für einen Moment kribbelte es schrecklich und mein Kopf pochte, als wollte er platzen, dann war es vorbei. Es stank nach Schwefel, und mir brannten die Augen. Ein kleiner Preis dafür, von den Plagegeistern befreit zu sein.

»Das war es?«, fragte ich erstaunt.

»Ja. Ich muss es nur mit der ganzen Kabine und den anderen wiederholen.« Sie wies mit dem Finger auf die Tür. »Kümmere du dich um Angus, ich kümmere mich um die Läuse. Das ist mir lieber.«

Deral warf einen funkelnden Blick auf Angus, der breitbeinig und trotzig neben ihm stand. »Es ist eine schlechte Idee, Esseri«, teilte er mir mit. »Wenigstens jetzt. Er soll noch eine oder zwei Kerzen warten!«

»Warum?«, fragte ich. Ich blickte zum Ufer und sah keinen Grund, warum wir nicht anlegen sollten.

»Die Gegend«, antwortete er. »Es gibt hier zu viele Gesetzeslose. Sie haben irgendwo in der Nähe ein Lager. Hier anzulegen beschwört den Ärger nur herauf.« Er schaute zu Angus hinüber und schnaubte. »Nordmann, es wäre einfacher für Euch, wenn Ihr Euch von einem Flussdrachen fressen lasst. Die Drachen machen es wenigstens kurz. Die Leute hier in der Gegend stehen in dem Ruf, ihre Opfer zu foltern.«

Angus knurrte tief in der Kehle. »Ich habe keine Wahl«, sagte er. »Von mir aus könnt ihr weiterfahren, ich werde euch bei Sonnenaufgang eingeholt haben.«

Das bezweifelte ich. Selbst des Nachts, mit dem Segel gerade so weit gerafft, dass das Ruder griff, trieb die Strömung die *Lanze* recht schnell vor sich her. Ein Mann zu Fuß würde Schwierigkeiten haben, uns einzuholen.

»Angus«, begann ich. »Könnt Ihr nicht …«

Er unterbrach mich. »Nein. Ich muss an Land.« Er rieb sich die Arme, als ob ihm kalt wäre. »Es war nicht so gedacht, Havald, aber ich habe es wohl zu lange hinausgeschoben.« Er sah meinen fragenden Blick und schüttelte den Kopf. »Es geht dich nichts an.«

»Dann machen wir es genau so«, sagte ich und gab mir wenig Mühe, meine Verärgerung zu verbergen. »Wir legen an, Ihr geht an Land, und wir fahren weiter. Wir sehen uns dann morgen früh.«

Er nickte und griff nach seiner Axt. Zu meiner Verblüffung reichte er sie mir. »Pass bis morgen auf sie auf, ja?«, sagte er.

Deral rief schon Anweisungen zum Steuermann hoch, und langsam verließ die *Lanze* die Flussmitte, um sich dem Ufer zu nähern.

»Passt auf Euch …«, begann ich, doch Angus war bereits auf die Reling gesprungen und von dort aus ans Ufer, ein überraschend weiter Sprung, der dennoch mühelos aussah. Er sah zu mir zurück, winkte kurz und rannte davon.

Deral schaute ihm nach, schüttelte den Kopf und befahl dem Steuermann, wieder den alten Kurs einzuschlagen.

Ich betrachtete Angus' Axt. Warum hatte er sie dagelassen? Andererseits eigneten sich Äxte nicht besonders zur Jagd. Ich trug sie in die Kabine und legte sie neben dem Eingang auf den Boden.

»Dein Freund ist ein seltsamer Kauz«, sagte Leandra, die mir stirnrunzelnd dabei zugesehen hatte.

»Wir sind wohl alle etwas seltsam«, antwortete ich und wies auf Zokora, die sich auf der anderen Seite gegenüber unserer schweigsamen Passagierin niedergelassen hatte und sie nun unverwandt anstarrte. Ich musterte die Fremde. »Hat sie sich in der Zwischenzeit bewegt?«

Leandra schüttelte den Kopf. »Wenn sie nicht atmen würde, würde ich denken, sie wäre tot.« Sie trat neben mich und lehnte sich an mich. »Ich hatte gehofft, auf unserer Fahrt etwas Ruhe zu haben. Etwas mehr Zeit für uns«, sprach sie leise. »Ich weiß nicht, was es ist, aber Angus reizt meine Geduld, wenn ich ihn nur sehe.«

»Er ist etwas gewöhnungsbedürftig«, stimmte ich ihr zu und zog sie an mich. »Er ist auch nicht mein Freund. Ich kenne ihn kaum besser als du. Aber er hat mir geholfen und euch gewarnt, als ich gefangen genommen wurde. Das rechne ich ihm an.« Ich wies mit meinem Blick auf unseren stillen Gast. »Hast du Deral gefragt, wieso er sie an Bord gelassen hat?«

»Ja«, antwortete sie. »Sie hat ein goldenes Siegel dabei. Deral sagt, dass er noch nie eines von ihnen gesehen, aber davon gehört hat. Es bringt Unglück, wenn man so jemanden zurückweist. Er sagt, es sei Tradition, solche Leute an Bord zu nehmen und keine Fragen zu stellen. Außerdem zahlt sie gut.«

»Und wer ist sie?«

»Die Kriegerin eines mystischen Ordens aus einem fernen Reich. Eine Tochter des Drachens. Was auch immer das zu bedeuten hat.« Sie blickte zu unserem Kapitän hinüber. »Er zumindest schien beeindruckt.«

»Ein mystischer Orden? Ist sie eine Maestra oder etwas Ähnliches?«

»Ich glaube nicht«, antwortete Leandra. »Zumindest nicht in dem Sinne, wie wir es verstehen.«

Mein Magen grollte wie ein Bär. »Mir soll es recht sein«, seufzte ich. »Solange sie da sitzt und niemanden stört. Ich habe Hunger.«

»Wir haben geknobelt, wer kocht«, erklärte sie mir mit einem breiten Grinsen. »Du hast verloren.«

»Ich war doch gar nicht dabei«, beschwerte ich mich.

»Eben.« Sie lachte leise und gab mir einen federleichten Kuss. »Deshalb hast du ja auch verloren!«

Eine Feuerstelle auf einem Schiff war immer mit Vorsicht zu genießen. Die wenigsten Flusssegler besaßen eine, und zurzeit wurde auch unsere von der Besatzung nicht genutzt. Hier an Bord der *Lanze* befand sie sich in einem kleinen, offenen Raum mit niedrigen Wänden, der großzügig mit gebrannten Ziegeln und Blechen ausgekleidet war. Kaum mehr als eine Feuerstelle mit einem Dreibein darauf, an dem mit einem Haken ein Topf befestigt war. Unter diesem hing eine Kohleschale. Viel mehr war es nicht.

Als ich dort ankam, war die Glut bereits zum größten Teil verglüht, Leandra hatte mich wohl gefoppt. Tatsächlich war es Serafine gewesen, die sich erbarmt hatte, uns zu versorgen und uns einen Eintopf zu kochen. Von dem füllte sie mir jetzt eine Schüssel und gab mir einen großen Kanten weißes Brot dazu. »Die anderen haben schon gegessen«, erklärte sie. »Es ist gerade genug für dich übrig.«

In der letzten Zeit war ich verwöhnt worden; in unserem Haus in Gasalabad hatte zuerst Sieglinde gekocht, später Afala. Letztere hatte immer gern und reichlich gewürzt, Serafine hielt es nicht viel anders. Ich nahm die Schüssel und den Holzlöffel mit einem dankbaren Nicken entgegen und lehnte mich gegen eine Wand. Ich war groß genug, um meine Arme auf die niedrigen Wände auflegen zu können. Ein Wind, lau und stetig, kam von achtern, und jetzt, da die Sonne unterging, ließ die Hitze des Tages nach.

Zu Pferd hätten wir Askir vielleicht auch in vier Wochen erreicht, aber es wäre weitaus weniger angenehm gewesen. Und, wie Armin uns versichert hatte, weitaus gefährlicher.

»Ich mag Schiffsreisen«, teilte ich Serafine mit, die Sand auf die Glut warf und dann den schweren Topf mit zwei Lappen ergriff, um ihn von der Feuerstelle zu nehmen. Ich aß etwas und zog hart die Luft ein, nicht weil der Eintopf so heiß war, sondern wegen der scharfen Gewürze. Hastig aß ich ein Stück Brot.

»Ich auch«, meinte sie. »Ich war lange genug Soldat, um es zu genießen, wenn ich nicht marschieren muss.«

»Braucht Ihr Hilfe?«, fragte ich, als sie anfing, den Topf zu reinigen und mit Sand auszuscheuern. Nach dem ersten Bissen Brot verlor sich die Schärfe etwas. Ich wusste es zudem besser, als mich zu beschweren.

Sie schüttelte lachend den Kopf. »Wohl kaum. Wenn mich meine Erinnerungen nicht täuschen, seid Ihr wahrlich nicht der Richtige für solch eine Arbeit. Ihr seid reichlich ungeschickt darin. Am Ende geht der Topf noch kaputt.«

»Er ist aus Eisen«, meinte ich, und sie lachte.

»Vielleicht ist er sicher vor Euch, vielleicht auch nicht. Aber ich bin fast fertig.«

»Nun gut. In einem habt Ihr recht. Töpfe scheuern gehört nicht zu meinen Talenten«, gab ich zu.

In der Ferne heulte ein Wolf. Serafine sah überrascht auf.

»Was ist?«, fragte ich und aß weiter.

»Es gibt hier keine Wölfe«, erklärte sie. »Hyänen und anderes, aber keine Wölfe.«

Wieder ertönte das Geheul.

»Jetzt scheint es einen zu geben«, sagte ich, und wir lauschten zusammen in die Nacht. Doch das Geheul wiederholte sich nicht.

»Wie geht es Euch?«, fragte sie etwas später.

»Wie soll es mir gehen?«, gab ich zurück. »Ich bedauere die Dinge, die ich nicht getan habe. Als ich blind war, führte sie mich. Es ... es brachte uns einander näher. Ich habe mich nie bedankt.« Ich ließ den Löffel sinken und betrachtete über ihre Schulter hinweg den Sonnenuntergang. Hier kam es mir vor, als ob die Sonne schneller sinken würde als in unserer Heimat. Hinter mir war der Himmel bereits dunkel, vor mir glühte er im Abendrot. Auf einem fernen Hügel sah ich den Schattenriss einer Karawane.

Ein schönes Bild. Und ein friedliches. Ich hatte selten genug die Muße, dem Sonnenuntergang zuzusehen. Ich wischte meine Schüssel mit dem Brot aus und reichte sie ihr zurück.

Wie sollte es mir schon gehen? Ich sagte mir wieder und wieder, dass ich sie nicht hatte aufhalten können, als sie sich ins Schwert stürzte. Es half nicht viel. Ich hatte Übung darin, solche Dinge zu vergessen und diejenigen aus meinen Gedanken zu verbannen, die gestorben waren. Es war oft genug geschehen. Aber diesmal ... diesmal hatte ich Schwierigkeiten, zu vergessen. Gestern zur gleichen Zeit hatte sie noch gelebt. Immer wieder ertappte ich mich dabei, Ausschau zu halten nach ihr, als ob sie hier sein *müsste*. Sie war es nicht, und mir fiel es schwer, das zu akzeptieren.

»Manche Dinge brauchen nicht ausgesprochen zu werden«, erklärte Serafine leise und rieb die Schüssel mit Sand ab, bevor sie

sie sorgfältig in einem Holzgestell verstaute. Sie sah sich um, nickte, als sie sah, dass alles so war, wie es sein sollte, und öffnete die niedrige Tür. »Es reicht, wenn man es weiß.« Sie schenkte mir ein schnelles Lächeln und ging davon in Richtung Achterdeck, wo sich Leandra gerade mit Varosch unterhielt. Ich schloss die Tür hinter mir und hängte den Haken ein, bevor ich ihr folgte. Vielleicht hatte ja jemand Lust, eine Partie Shah zu spielen.

7. Borons Gericht

»Ihr seid hinterhältig«, bemerkte Serafine, als ich meinen Herold in Position brachte.

Leandra schaute irritiert auf. »Gibt es nicht für Zuschauer eine Regel, ihren Rat für sich zu behalten?«, fragte sie ungehalten. Eine feine Falte entstand auf ihrer glatten Stirn, als sie das Brett sorgfältiger studierte. Ich lehnte mich an eine große eisenbeschlagene Kiste, die hier an Deck festgeschraubt war, und stopfte meine Pfeife. Wir saßen vor der Kabine auf dem Deck, unserer Passagierin gegenüber, die wohl auch auf Schlaf verzichten konnte. Ich fragte mich allmählich, ob sie so verharren wollte, bis wir Askir erreichten.

Leandra saß mir gegenüber, das Brett zwischen uns, Serafine hatte es sich seitlich bequem gemacht. Zokora saß etwas abseits, wo Varosch ihr hingebungsvoll den Nacken massierte. Sie sahen alle zu, doch besonders Serafine verfolgte das Spiel überraschend aufmerksam. Immer wieder bemerkte ich, wie ihr Blick von dem Brett zu mir und zurückwanderte. Etwas schien ihr nicht zu behagen.

Ich hingegen befand mich in einer seltsamen Stimmung. Das Schiff fuhr mit fast vollständig gerafften Segeln flussabwärts und besaß gerade genug Fahrt, um das Ruder greifen zu lassen. Deral befand sich vorn am Bug und rief ab und zu etwas mit leiser Stimme nach hinten; es hatte etwas Beruhigendes an sich, diese regelmäßigen Rufe zu vernehmen. Unter und neben mir gluckerte das Wasser des Gazar, und über uns spannte sich Soltars Tuch in einer sternenklaren Nacht. So weit waren wir von unserer Heimat entfernt, dass die Bilder des Himmels sich anders anordneten, als ich es gewohnt war. Nur Astartes Schleier zog sich wie gewohnt als schimmernder Streif über das Firmament.

Ich mochte es, Leandra zuzusehen, wie sie überlegte; ihr Gesicht verriet mir meist jeden ihrer Gedanken. Ab und an biss sie sich leicht auf die Lippe oder gab leise Geräusche von sich.

Ohne Zweifel war sie eine Kämpfernatur und gab niemals auf, bevor nicht der letzte Stein vom Feld war. Außerdem hatte sich ihr Spiel verändert, sie ging nicht mehr auf jede Finte ein und prüfte sorgfältig jeden Zug.

Einmal hatte ich sie gewinnen lassen, dafür hatte sie mich zur Rede gestellt und abgekanzelt. Jetzt hob sie die Hand und berührte fast ihre Festung, bevor sie die Hand doch wieder zurückzog und das Schlachtfeld einer neuen Prüfung unterzog.

Dann seufzte sie und schaute zu Serafine.

»Was übersehe ich?«, fragte sie. Ich zog an meiner Pfeife und wartete.

»Er lockt dich. Er lässt dich denken, er habe übersehen, dass seine linke Festung in zwei Zügen freistehen wird. Wenn du seiner Einladung folgst, wird es aussehen, als decke er seinen Herold und vergesse dabei die Festung. Dort aber lauert bereits sein Priester, er wird zuschlagen, deine Festung nehmen und dabei seinem König eine Blöße geben. Ein weiterer Fehler, wie es scheint. Dann will er, dass du den König bedrohst, und opfert dafür seinen rechten Herold. Dann bedroht er dich mit der Königin, du rettest den König hinter deine Festung … und sein linker Herold wird dich meucheln.«

Leandra sah mit zusammengekniffenen Augen auf das Brett herab.

»Darf ich?«, fragte sie.

Ich nickte zustimmend. Sie zog ihre Festung und die anderen Züge nach, die Serafine benannt hatte, und jedes Mal studierte sie das Brett zuvor sorgfältig.

»Ich sehe es jetzt. Die Festung fällt, der König steht frei, sein Herold droht, ich weiche zurück, und seine Königin kommt über die Schräge und nimmt meinen König gefangen.« Sie zog eine Augenbraue hoch. »Das ist wahrlich perfide.« Sie bemerkte meinen Blick. »Hinterhältig. Gemein. Wenn ich mit meiner Festung ziehe, zwingst du mir jeden weiteren Zug auf.«

Im Hintergrund lachte Varosch leise. »Dabei hat er sich selbst erst kürzlich über solch eine Taktik beschwert.«

»Das ist nicht das Gleiche«, widersprach ich, doch er grinste nur.

Sie stellte die Figuren zurück und sah mich fragend an.

»Du bist noch immer am Zug«, sagte ich. Ich spürte weiterhin Serafines Blick auf mir lasten und blickte fragend zu ihr.

»Jerbil … Jerbil war in vielen Dingen großartig«, sprach sie. »Aber er besaß kein Verständnis für die Strategie. Er war nur mäßig im Shah.« Mir schien, als wäre das noch nicht alles, was ihr auf dem Herzen lag, also wartete ich, während Leandra nunmehr mit ihrem Herold liebäugelte. Ein Zug, der vielleicht Erfolg versprach.

»Wo hast du so zu spielen gelernt?«, fragte Serafine.

»Im Tempel des Soltar. Es gab einen Priester dort, der keine Gelegenheit ausließ, mich im Shah zu demütigen. Wir spielten fast jeden Abend.«

»Wie lange?«

»Ein paar Jahre.«

»Wie lang dauerte es, bis du das erste Mal gegen ihn gewonnen hast?«, fragte sie nachdenklich. »Ich kenne mich aus mit dem Spiel, und du bist mehr als nur gut darin.«

»Ich habe nie gewonnen«, teilte ich ihr mit, und Leandra sah auf, stutzte und lachte dann.

»Und du wirfst mir Sturheit vor?«

»Nun, nur weil ich selbst stur bin, bedeutet das nicht, dass du es nicht auch bist«, gab ich zurück, und die anderen lachten. Sogar Zokora, die sich das Ganze stumm angesehen hatte, schien erheitert. Dann musste auch ich schmunzeln, woraufhin Leandra mich so empört ansah, dass ich auch nicht anders konnte, als selbst zu lachen. Es tat gut. Ich hoffte, dass das eben mehr als ein Traum gewesen war und irgendwo auch Natalyia gerade lächelte.

Ein Ruf ertönte vom Ausguck auf dem Mast. Ich schaute hoch, der Mann war nur als Schattenriss zu erkennen, doch er wies nach Westen, grob in Fahrtrichtung. Von vorn bellte Deral ein Kommando, und die *Lanze des Ruhms* erwachte. Der Seemann, der eben noch träge auf einer Taurolle gedöst hatte, sprang auf und rannte nach hinten, von unten kam das Geräusch trampelnder Füße, als der Rest der Besatzung an Deck stürmte.

Auch wir sprangen auf, ich sammelte hastig die Figuren und das Brett ein, während sich der Erste Maat der *Lanze* an dem schweren Schloss der Kiste zu schaffen machte, an der ich eben noch gelehnt hatte.

Der Deckel wurde zurückgeworfen und gab den Blick auf schwere Entermesser, Haken, Dolche und Netze frei, sowie gut ein halbes Dutzend Armbrüste.

Es bedurfte keiner großen Erklärungen, um auch uns nach unseren Waffen sehen zu lassen. Ich löschte meine Pfeife, steckte sie ein und griff Seelenreißer, während ich versuchte zu erkennen, auf welchen Kampf sich Deral vorbereitete.

Im nächsten Moment sah ich auch schon den flackernden orangeroten Schein, der hinter einem Hügel den Himmel erhellte. Irgendwo da vorn brannte etwas, und selbst auf die Entfernung waren Schreie zu hören.

In der Nacht sah vieles anders aus als am Tage, doch meinte ich plötzlich, etwas wiederzuerkennen. Aber Varosch war schneller. »Das Lager der Sklavenhändler!«

Er hatte recht. Dies war der Ort, an dem wir vor kaum mehr als einer Woche Marinae, die ältere Schwester Faihlyds, aus der Sklaverei befreit hatten.

Kurz danach war den Sklavenhändlern ein Unheil widerfahren. Jemand oder etwas hatte sie angegriffen. Als wir nachgesehen hatten, hatten wir nur die Spuren eines ungleichen Kampfs gefunden. Den Sklaven in ihren Käfigen war nichts geschehen, nur die Sklavenhändler waren spurlos verschwunden. Entweder waren sie zurückgekehrt, oder andere ihrer Zunft hatten das Lager übernommen. Ein derber Fehler, wie sich nun zeigte.

Vor uns tauchte ein dunkles Schiff auf, das dort am Ufer nahe dem Lager festgemacht hatte. Schatten bewegten sich, hier und da spiegelte sich der Schein des Feuers auf polierten Helmen und Rüstungen.

Deral atmete erleichtert auf und ließ seine Waffe, eine Armbrust, sinken. »Es sind Soldaten. Sie haben die Sklavenhändler angegriffen«, informierte er uns überflüssigerweise. Dort hinten auf einem kleinen Hügel saßen drei Soldaten auf ihren Pferden, wohl Offiziere, die den Angriff verfolgten. Einer von ihnen trug eine Standarte, aber es war zu dunkel, um zu erkennen, welche.

»Es ist dieser Hauptmann Khemal«, verkündete Zokora gelassen. »Einer der Hauptleute der Palastgarde. Die beiden Männer tragen die Roben der Priesterschaft des Boron, einer von ihnen ist sogar gerüstet und bewaffnet.«

Ich vergaß immer wieder, wie gut Zokora im Dunkeln sehen konnte.

»Es scheint, als habe Marinae etwas dagegen, dass das Lager weiterbesteht«, meinte Varosch, der das Geschehen mit leuchtenden Augen verfolgte. Er war ein Anhänger Borons, des Gottes, der für Gerechtigkeit einstand, und zu sehen, wie Soldaten der Goldenen Stadt nach Weisung von Borons Priesterschaft dem Sklavenhandel Einhalt geboten, erfüllte ihn mit tiefer Genugtuung.

Sklavenhandel war in Gasalabad noch erlaubt gewesen, wenn auch unter größeren Einschränkungen als in den anderen Emiraten des Landes. Offenbar hatte sich das jetzt geändert, nachdem Prinzessin Marinae am eigenen Leib erfahren hatte, was Sklaverei bedeutete. Kürzlich erst hatte die Prinzessin im Tempel des Boron Anklage erhoben und unter göttlichem Eid von ihrem Leidensweg berichtet. Hauptsächlich galt ihre Anklage den Häusern der Verschwörer, offenbar hatte sie aber auch genug über die Sklavenhändler zu sagen gehabt.

»Esseri«, meinte Deral mit einer leichten Verbeugung. »Verzeiht den falschen Alarm, aber hier in der Gegend muss man wachsam sein.«

»Es gibt wenig zu vergeben«, entgegnete Leandra. »Ich wollte, jeder Alarm würde sich als so harmlos erweisen.«

Langsam fuhr die *Lanze* weiter, bald waren wir nahe genug, um eine Reihe dunkel gekleideter Sklavenhändler vor ihren brennenden Zelten knien zu sehen, hinter jedem der Unglücklichen nahm gerade ein Soldat mit gezogenem Schwert Aufstellung, während der Priester des Boron vortrat.

Wir sahen nicht, was dann geschah, ein Hügel schob sich zwischen uns und das Lager, aber ich konnte es mir denken.

»Sklaverei ist abscheulich«, sagte Leandra bitter. Auch sie hatte sich in Gefangenschaft dieser Leute befunden. »Es ist mir unverständlich, warum erst jetzt gegen sie vorgegangen wird.«

»Das kann ich Euch erklären, Essera«, sagte Deral mit einer tiefen Verbeugung. »Der Sklavenhandel ist ein äußerst gewinnbringendes Geschäft, und mehr als ein Haus nahm Anteil daran. Gegen die Sklavenhändler vorzugehen, hätte die Interessen dieser Häuser zutiefst geschädigt und zu politischen Spannungen geführt.«

»Und jetzt?«

Deral erlaubte sich ein leises Lächeln. »Das Haus des Turms und das Haus der Schlange profitierten von dem Handel am meisten«, erklärte er. »Im Moment allerdings sind sie wohl kaum in der Position, Protest einzulegen.«

»Möge Boron den armen Seelen Gerechtigkeit und den Unschuldigen Gnade schenken«, intonierte Varosch leise.

»So sei es«, entgegneten Leandra und Serafine gemeinsam mit Deral. Ich sagte nichts dazu. Zurzeit war ich von der Gnade der Götter nicht sonderlich überzeugt.

Hinter uns verblasste der Feuerschein allmählich. Ich stand am Heck und grübelte. Wir hatten mehr als einen Hinweis darauf gefunden, dass die Sklavenhändler eng mit den Machenschaften der Diener des namenlosen Gottes verbunden waren, auch Hinweise darauf, dass höhergestellte Personen von Rang und Namen in Gasalabad darin verwickelt waren. Schon vor der heutigen Nacht waren die Soldaten der Goldenen Stadt gegen Sklavenhändler vorgegangen, die nicht die strengen Auflagen erfüllt hatten. Selten war ein solches Vorgehen von Erfolg gekrönt gewesen, denn oft genug hatte jemand die Gegner bereits gewarnt.

Jetzt fragte ich mich, wie viele dieser hohen Persönlichkeiten gestern Nacht im Tempel des Namenlosen ersoffen waren...

offenbar genügend, dass die Sklavenhändler diesmal keine Warnung erhalten hatten.

Als die Morgendämmerung anbrach, war ich sicher nicht der Einzige, der überrascht davon war, Angus Wolfsbruder am Ufer stehen zu sehen. Schon auf die Entfernung war zu erkennen, dass er eine ereignisreiche Nacht hinter sich gebracht hatte. Die Reste seiner Lederhosen hingen in Fetzen herab, und er war über und über verdreckt, mit Blut beschmiert und zerkratzt. Deral warf einen Blick zu Leandra hinüber, die mit mir und den anderen gerade auf dem Achterdeck unser Frühstück zu sich nahm. Leandra schaute nach vorn, wo der Nordmann am Ufer stand, seufzte fast unhörbar und nickte unserem Kapitän zu. Wie zuvor wartete der Nordmann nicht lange, sondern warf sich in die braunen Fluten des Gazar und schwamm mit erstaunlicher Geschwindigkeit zu uns herüber, um sich dann geschmeidig die Bordwand hinaufzuziehen. Dort blieb er tropfend stehen, sah in die braunen Wasser hinab und lachte laut. Einer der Flussdrachen drehte dort gerade ab, enttäuscht, dass ihm die schmackhafte Beute entgangen war.

»Du bist wahnsinnig, weißt du das?«, sprach ich ihn an, als er herankam und sich wie ein nasser Hund schüttelte.

»Nur ein wenig.« Er grinste breit. »Es fühlt sich gut an zu leben!«, rief er und lachte laut. Er schien allerbester Laune, fast schon aufgekratzt. Ich kannte das Gefühl von manchen Schlachten, aber meiner Erfahrung nach hielt es meist nicht sehr lange an.

Er sah auch aus, als käme er aus einer Schlacht. Aus der Nähe waren seine ledernen Hosen noch zerstörter, als es zuvor den Anschein gehabt hatte. Es kam mir vor, als habe er in einem Dorngestrüpp mit einem Flussdrachen gerungen. Einen Vorteil hatte sein Bad im Gazar allerdings: Er roch nicht annähernd so streng wie zuvor.

»Angus«, begann ich. »Wenn du an Bord bleiben willst, musst du dich an unsere Regeln halten.«

»Und welche wären das?«, fragte er, während er seinen Bart auswrang.

»Wenn du mir noch einmal in den Tee tropfst«, meinte Zokora trocken, »dann schneide ich dir deinen Bart ab. Nimm das als die erste Regel.«

Der Nordmann sah sie verblüfft an. »Ha!«, rief er dann. »Du gefällst mir.« Er zwinkerte mir zu. »Gehört sie auch dir, oder ist sie noch zu haben? Oha…« Er verstummte und sah nach unten.

Wir hatten uns auf einer Decke ausgebreitet und nahmen unser Frühstück auf einem niedrigen Tisch ein, der zwischen uns stand. Ich war als Einziger aufgestanden, die anderen, auch Zokora, waren sitzen geblieben, als er an die Decke herangetreten war. Angus stand neben Zokora, die mit der einen Hand ihre Tasse hielt und mit der anderen einen langen Dolch, der mit seinem schärfsten Punkt nun zwischen den Beinen des Nordmanns ruhte. Sie befand es nicht einmal für nötig, hinzusehen. Varosch hingegen hatte wie zufällig seine Armbrust bei der Hand, es war sicher Absicht, dass der aufgelegte Bolzen auf die gleiche Stelle zielte wie Zokoras Messer.

»Das ist dann wohl meine Antwort, hmm?«, fragte Angus vorsichtig.

»Ich denke schon«, sagte ich schmunzelnd, als der Nordmann sorgsam einen Schritt zurücktrat und Zokoras Dolch so schnell wieder verschwand, als hätte sie Magie verwendet.

Leandra musterte ihn hoheitsvoll. »Die Regeln, Nordmann, lauten wie folgt: Ihr werdet einmal am Tag baden, davon Abstand nehmen, Euch mit Fett einzuschmieren, und Ihr werdet Euch angemessen und sauber kleiden. Andernfalls steht es Euch frei, zu Fuß nach Askir zu gehen.« Sie warf einen zweifelnden Blick auf Angus' nackte Füße und verzog das Gesicht. »Allein um meine Augen nicht zu beleidigen, wäre es angebracht, wenn Ihr auch Schuhwerk verwenden würdet.«

Er schaute sie an, dann Serafine, die grinste, dann Varosch und Zokora, die ihm keine weitere Beachtung schenkte und nur in Ruhe ihren Tee trank, zu guter Letzt dann mich. Speziell auf meine Füße, die in neuen, gut gepflegten Stiefeln steckten. Dann musterte er meine sauberen Gewänder, mein Haar, das ja erst kürzlich gewaschen worden war, und zog fragend eine Augenbraue hoch.

»Es ist manchmal von Vorteil, Einsicht zu zeigen«, riet ich ihm. »Es gibt Schlachten, die kann man nicht gewinnen.«

»Wie Ihr meint«, sagte er und deutete eine Verbeugung gegenüber den Seras an. »Wenn Havald unter Eurer Fuchtel leben kann, dann kann ich das auch. Nur eines wird nicht angetastet. Mein Bart. Ich werde mich nicht rasieren!«

»Solange Ihr ihn gepflegt haltet und ihn nicht einfettet, könnt Ihr das Gestrüpp behalten«, teilte Leandra ihm betont unbeteiligt mit. »Wendet Euch an Deral, er soll schauen, ob er Euch ausstatten kann.«

Doch der stämmige Kapitän, der das Ganze verfolgt hatte, schüttelte nur den Kopf. »Ich habe nichts für jemanden seiner Größe!«

Ich seufzte. »Komm, Angus«, sagte ich. »Armin hat mir eine Kiste packen lassen, vielleicht findet sich darin etwas, das dir passt.«

So einfach war das allerdings nicht, denn auch diese Kiste war im Laderaum verstaut und musste erst mühsam freigeräumt werden. Armin hatte offenbar seine eigenen Vorstellungen, was ein Edelmann als Reisegepäck so brauchte. Die Kiste war groß genug, um mir als Bett zu dienen, und bis in den letzten Winkel vollgestopft. Es fanden sich allein drei Paar nagelneue Stiefel, die ich zuvor nicht einmal gesehen hatte.

Und darunter versteckt eine Ebenholzkiste, gut eine Elle lang und zwei Handbreit hoch und tief. Darin, ordentlich in Säcke gepackt, goldene Münzen mit dem Wappen Gasalabads und dem Antlitz Faihlyds ... Sie mussten frisch aus der Münze des Emirats stammen, denn sie waren gewiss noch nicht in Umlauf. Auf den Säcken mit den Münzen befand sich eine Mappe mit gut einem Dutzend Schriftstücken darin, deren Erstellung einen Schreiber bestimmt einen Tag gekostet hatte, denn jeder einzelne Buchstabe war sorgfältig mit Blattgold umfasst.

Während Angus sich ankleidete, zeigte ich die Schriftstücke

schweigend den anderen. Jeweils eines war auch für Leandra und Serafine verfasst worden, doch gleich drei bezogen sich auf einen gewissen Havald Bey. Sowohl Leandra als auch Serafine waren mit Ländereien bedacht worden, die ihnen bis an ihr Lebensende zur Verfügung standen, ich hingegen war nun nicht nur Herrscher über eine kleine Stadt im Osten Gasalabads, sondern bekleidete auch den Rang eines Handelsherrn und Beraters der Emira. Ein letztes Schriftstück war ausgiebig gesiegelt worden, mit dem Siegel Gasalabads, dem des verstorbenen Emirs, Faihlyds Vater, dem Siegel der Essera Falah, der Großmutter Faihlyds, von Faihlyd selbst, ihrer Schwester Marinae und auch von Armin. Ein letztes Siegel stammte vom Verfasser des Schriftstücks, Hahmed, dem Hüter des Protokolls. Es enthielt auch eine Anweisung an die Palastwachen: Dem Träger dieses Schreibens, sofern er der darauf enthaltenen Beschreibung entsprach, war sofort Einlass in den Palast zu gewähren, und zugleich sollte der Hüter des Protokolls unterrichtet werden.

»Nun«, sagte Leandra leise und reichte mir das Schriftstück zurück, »das ist ein großzügiger Ausdruck der Dankbarkeit der Emira.« Sie sah mit ihren violetten Augen zu mir auf. »Havald Bey aus dem Haus der Rose. Ich denke, es entspricht dem Titel eines Grafen …«

»Bedeutet es Euch etwas?«, fragte Serafine, als ich das Schriftstück an mich nahm und sorgfältig wieder in seiner ledernen Mappe verstaute.

»Ja«, antwortete ich. »Als Geste.« Ich hielt die Mappe in der Hand und wusste nicht so recht, wohin damit, schließlich reichte ich sie wieder an Leandra zurück, die wohl besser wusste, wo sie sicher war. »Bessarein ist nicht meine Heimat. Sie wird es auch nicht werden.«

Auch wenn Natalyia gedacht hatte, dass ich hierher gehören würde.

Faihlyds und Armins Geschenke waren großzügig, allein durch das Münzgold waren wir nun nicht mehr nur wohlhabend, sondern reich. Doch es war nicht das einzige Gold, das wir besaßen. In einem sicheren Raum in unserem Haus in der Goldenen Stadt ruhte noch ein guter Teil des Soldgolds der Zweiten Legion. »Ich habe nie nach Reichtum gestrebt«, sagte ich.

Serafine lächelte und neigte leicht das Haupt. »Aber Ihr müsst zugeben, dass er von Vorteil ist.«

Wenn man bedachte, dass ich auf den Planken meines eigenen Schiffes stand, war das wohl kaum abzustreiten.

Neue Kleider, Stiefel und ein Bad verwandelten Angus auf erstaunliche Weise. Er war nicht viel größer als ich, und die Gewänder Bessareins waren eher weit denn eng geschnitten, also passte ihm die Kleidung, die Armin für einen Fürsten herausgelegt hatte. So sah er nun auch aus. Aus irgendeinem Grund war ich davon ausgegangen, dass er wie ich eher schlichtere Kleider bevorzugen würde, doch weit gefehlt. Neben seinem neuen Glanz verblasste ich, und er war sichtlich von seiner eigenen Erscheinung angetan.

»Das ist nicht gerecht«, beschwerte sich Deral etwas später bei mir mit einem Unterton, der mich an Armin erinnerte. »Er sieht aus wie der Fürst und Ihr wie sein Diener!«

Ich warf einen Blick nach vorn zum Bug, wo Angus in seinen neuen Kleidern erhaben Position bezogen hatte. Das Kopftuch verdeckte sein tätowiertes Haupt, seinen Bart hatte er sich hinter den Nacken geflochten. Da auch Männer hier einen Schleier tragen konnten, gab es nur noch wenig, das ihn als Nordmann kenntlich machte, abgesehen von seiner Größe und … der Axt, auf die er sich stützte.

Dieser zweite Tag wurde nicht nur von Angus' wundersamer Verwandlung geprägt, sondern auch dadurch, dass sich unsere Passagierin plötzlich regte. Als ob sie nicht einen vollen Tag in der gleichen Position gesessen hätte, erhob sie sich plötzlich und unvermittelt. Ein Sprung, und sie stand mit einem Fuß auf der schmalen Reling, den anderen seitlich angewinkelt, die Hände in ungewöhnlicher Haltung erhoben. Dort führte sie einen langsamen, seltsam fremden und anmutigen Tanz auf, zog ihre Finger durch die Luft, schritt nach vorn oder beugte sich wie eine Schaustellerin übers Kreuz nach hinten, bis mir allein schon vom Zusehen der Rücken wehtat. All das tat sie so langsam, dass man genauer hinsehen musste, um zu bemerken, dass sie sich tatsächlich bewegte.

Natürlich glotzten wir sie alle an, mit Ausnahme von Zokora, die ihr nach wie vor wenig Beachtung schenkte. Aber da die Bewegungen unseres Gastes in etwa die Geschwindigkeit einer Schnecke besaßen, verlor sich unser Interesse daran bald. Es war nur etwas befremdlich, sie dort auf der Reling stehen zu sehen.

Beachtlich war nur, dass sie, so sehr das Schiff auch schwankte, niemals das Gleichgewicht verlor. Irgendwann sah ich hin, und sie saß wieder da wie zuvor.

Wir tauschten untereinander einen Blick. Es brauchte nicht laut ausgesprochen zu werden, wir waren uns einig: Diese Weltenscheibe bot schon einigen seltsamen Menschen Heimat.

»Ich kannte mal einen Priester, der viel davon hielt, seine Schritte absichtlich langsam zu vollführen«, erzählte mir Varosch, während er seine Armbrust reinigte und eine neue Sehne aufzog. »Er sagte, es erfrische den Geist, wenn man so bewusst schreitet, dass man des ganzen Vorgangs gewahr wird. Wie man die Ferse aufsetzt, wie der Druck sich beim Abrollen des Fußballens verteilt… Er ging immer baren Fußes und trug nie eine Sohle, weil er die Berührung des Bodens mit allen Sinnen genießen wollte.«

Ich dachte daran, was so alles auf den Straßen einer Stadt herumlag, und fragte mich, wie man es genießen konnte, Derartiges unter den Füßen zu spüren. Vielleicht ging er aber auch so langsam, um solche Stellen zu vermeiden. Das ergab dann wenigstens einen Sinn.

»Und?«, fragte ich mit eher mangelndem Interesse.

Varosch hob seine Armbrust an, spähte über sie hinweg und vergewisserte sich, dass der Kreuzbogen sicher und gut saß. »Ich war noch jung damals, und irgendwie beeindruckte es mich. Allerdings fragte ich mich, ob es ihm wirklich einen Nutzen brachte. Es dauerte eine Zeit, bis er mir auffiel. Der Nutzen, meine ich.«

»Und welcher war das?«, fragte ich wider Willen neugierig.

»Er wurde nie zu Besorgungen auf den Markt geschickt, noch belästigte man ihn mit dringlichen Arbeiten.«

Ich schmunzelte, dann hörte ich ein Schnauben hinter mir. Dort stand Zokora, ihr Gesicht neutral, doch hinter dem Schleier meinte ich, ein Funkeln in ihren Augen zu erkennen.

»Habt Ihr eben etwa gelacht?«, fragte ich erstaunt.

Eine fein gezeichnete Augenbraue hob sich. »Gab es denn einen Grund dazu?«

An diesem Tag wurde erneut gelost, wer das Essen zubereiten sollte. Ich zog tatsächlich das kürzere Stöckchen und machte mich alsbald an die Arbeit. Kochen war nicht meine Leidenschaft, aber ich war es durchaus gewohnt, mich selbst zu verköstigen. Noch hatten wir Fleisch, das nicht verdorben war, lange würde es in der Hitze allerdings nicht mehr halten, also schnitt ich als Erstes reichlich davon in den Topf. Ich warf einen Blick hinein, der Topf war noch ziemlich leer, also tat ich noch mehr hinzu, bevor ich nach den Kartoffeln griff. Serafine hatte sich das schweigend angesehen. Als ich Anstalten machte, einfach Wasser hinzuzugeben und den Topf an den Haken zu hängen, packte sie mich am Arm und schob mich aus der kleinen Kochstelle hinaus. »Euch lasse ich nicht mehr in die Nähe eines Topfs!«, meinte sie entschlossen. »Geht weg und stört mich nicht weiter!«

Ich ging weg und störte nicht weiter.

So ganz entspannt war die Reise letztlich doch nicht. Hin und wieder kamen uns Schiffe entgegen, die unter der Flagge des Turms oder der Schlange fuhren. Eines der letzteren hatte auch einen Trupp Soldaten an Bord. Es trug zudem noch einen weiteren Wimpel am Fahnenmast, von dem mir Serafine erklärte, dass er bedeutete, das Schiff sei in diplomatischem Auftrag unterwegs.

Wenn irgendjemand an Bord des Schiffs der Schlange wusste,

wer ihnen da entgegenkam, zeigten sie es nicht, wir sahen nur kurz die gelangweilten Gesichter der Besatzung und der Soldaten und einen hochgewachsenen Mann, der sich nur dazu herabließ, Angus huldvoll zuzunicken, und uns anderen wenig Aufmerksamkeit schenkte. Einzig auf Leandra ruhte sein Blick einen Moment länger. Dann war das Schiff vorbeigefahren.

»Wir können sicher sein, dass jeder, der uns tötet, vom Turm oder der Schlange, oder auch von beiden, reich belohnt wird«, meinte Leandra nachdenklich, als wir dem Schiff nachsahen. Sie wandte sich an Deral. »Wie schwer wird es werden, unerkannt an Janas vorbeizusegeln?«

Der kratzte sich am Hinterkopf. »Janas besitzt eine Seefestung in der Mündung des Gazar. Sie dient zum Schutz des Hafens, aber sie deckt nicht die gesamte Flussbreite ab ... der Gazar ist dort noch breiter«, fügte er erklärend hinzu. »Es wird möglich sein. Es kommt auch darauf an, wie viele wissen, wer wir sind und wem die *Lanze des Ruhms* gehört. Janas unterhält auch eine kleine Flotte von Jagdbooten, leichten schnellen Ruderbooten für zwanzig Ruderer, die wenig Tiefgang besitzen, wendig sind und mit einer kleinen Balliste ausgerüstet wurden. Wenn man ihnen den Auftrag erteilt hat, uns aufzubringen, wird es sehr schwer werden. Es ist nicht vorhersehbar, wann und wo sie auf Jagd sind. Ich hörte, man würde ihren Kurs jeden Tag neu auswürfeln.«

»Ich nehme an, diese Boote dienen dem Schutz vor Piraten?«, fragte ich nach.

Deral lachte bitter. »Angeblich, ja. Man könnte behaupten, dass sie ihre Wirkung nicht verfehlen, denn schon seit Jahrzehnten gab es in der Umgebung von Janas keinen Piratenüberfall mehr. Es dürfte eher damit zu tun haben, dass der Turm und die Piraten schon seit Jahren unter einer Decke stecken. Die Feuerinseln sind kein besonders fruchtbarer Ort, und das, was dort angebaut wird, reicht nicht, die Piraten zu versorgen. Es ist ein offenes Geheimnis, dass sie ihre Lebensmittel aus Janas beziehen.«

»Also unterstützt der Turm die Piraten und gibt sich nicht einmal Mühe, es zu verbergen?«, fragte Varosch erstaunt.

»Genau so ist es«, meinte Deral bitter. »Die Sklavenhändler, die Piraten und der Turm, sie arbeiten Hand in Hand. Mehr als ein gutes Schiff ging deshalb schon verloren. Es ist ein profitables Geschäft für den Turm, man kann im Hafen von Janas einen offiziellen Schutzbrief kaufen, der den Piraten Vergeltung androht, sollten sie ein Schiff mit einem solchen Brief entern. Tatsächlich ist es eher so, dass die Piraten informiert werden, welches Schiff *keinen* Schutzbrief kauft. Meist wissen sie zudem noch genau, was jedes ihrer Opfer geladen hat. Und manch ein Seemann, der den Angriff auf sein Schiff überlebte, fand sich dann als Sklave auf dem Markt in Janas wieder.«

»Da wir nicht in Janas anlegen, wird man uns dort auch nicht an die Piraten verraten können. Bleibt die Gefahr, dass wir ihnen zufällig begegnen.«

»Den Göttern sei Dank besitzen sie nur wenige Schiffe, die schnell genug sind, um uns einzuholen«, meinte Deral.

»Aber sie besitzen solche Schiffe?«, fragte ich nach.

Derals Gesicht verdüsterte sich. »Zwei oder drei werden es sein. Wenn wir auf eins von denen treffen, werden wir es kaum überleben. Piraten haben meist eine Besatzung, die gut drei- oder viermal so groß ist wie unsere.«

»Wenn es also dazu kommt, bleibt nur die Wahl, zu sterben oder als Sklave zu enden«, stellte Leandra fest. »Keine guten Aussichten.«

»Ha!«, meinte Angus. »Das sehe ich anders! Ich habe einst ein solches Piratenschiff mit weniger als zehn Mann geentert, und wir waren siegreich.«

»Wie viele sind gestorben?«, fragte Serafine spitz.

»Alle«, erklärte Angus stolz. »Wir ließen keinen der Piraten am Leben.«

»Ich meinte Eure Verluste«, erklärte Serafine.

»Bis auf zwei gingen meine Freunde alle zu Soltar. Aber bei den Göttern, was war das für ein glorreicher Kampf! Wir haben zu ihren Ehren Met aus den blutigen Schädeln unserer Feinde getrunken.«

»Das ist ekelerregend«, rief Leandra, deren Gesicht fahl geworden war. Auch Serafine schluckte.

»Wenn der Met gut genug ist, schmeckt man das Blut nicht so sehr«, erklärte Angus unbewegt. »Man gewöhnt sich daran.«

»Danke«, meinte Leandra leise. »So genau habe ich das nicht wissen wollen.« Sie eilte mit raschem Schritt davon.

»Was hat sie?«, fragte Angus und hob den Arm, um an seiner Achsel zu riechen. »Ich habe mich doch gewaschen!«

»Verstehe ich das richtig?«, fragte Leandra etwas später, als sie ihre Fassung wiedererlangt hatte. »Die Varlande, aus denen dieser Barbar stammt, sind Teil des Alten Reichs? Ich muss also auch sie für uns gewinnen?«

»Ja«, gab ich ihr Antwort. »So ist es.«

Sie schüttelte sich. »Ich finde diesen Kerl widerlich! Am liebsten würde ich ihn vom Schiff werfen.« Ihre violetten Augen suchten meinen Blick. »Sind alle Nordmänner so?«

Ich lachte. »Sie *können* so sein. Mein Freund Ragnar erzählte genügend blutrünstige Geschichten. Aber es gibt einen Grund für ihr Verhalten.«

»Und welcher könnte das sein?«, fragte sie zweifelnd.

Ich lächelte. »Die meisten Schiffe werden versuchen, vor Piraten zu fliehen. Nur die Nordmänner nicht. Die Piraten fliehen vor ihnen!«

Sie zog eine Augenbraue hoch.

»Ich weiß nur, dass es in den Nordlanden als Schande gilt, Angst zu zeigen«, erklärte ich. »Sie übertreiben es dabei nur ein wenig.«

»Also schüchtern sie andere ein, damit man sie nicht einschüchtert?«

»Das ist meine Vermutung.« Ich schmunzelte. »Hat er dich eingeschüchtert?«

Sie schaute mich erhaben an. »Natürlich nicht. Ich trage Steinherz.«

8. Der Wyvern

Im Lauf des nächsten Tages zeigte sich in vielen Kleinigkeiten, wie groß Deral und seine Männer die Gefahr einschätzten, die von Janas ausging. Die Leute lachten weniger und wurden schweigsamer, und immer wenn wir einem Schiff begegneten, wurde die Anspannung besonders deutlich – kaum ein Mann, der nicht eine Waffe griffbereit hielt.

Am Abend ließ Deral die Kiste wieder öffnen und Waffen ausgeben. Bislang hatte ich noch nicht erlebt, dass die zehn Ruder der *Lanze* zum Einsatz gekommen waren, aber an diesem Abend ließ er die Ruderblätter mit Stoff umwickeln.

»Manchmal reicht der Wind nicht, um irgendwo vorbeizuschleichen«, erklärte mir der Kapitän ernst, während er sich vergewisserte, dass genügend Armbrustbolzen bereitlagen. Als es dunkel wurde, schickte er einen zweiten Mann mit einer Armbrust in den Ausguck und ließ entlang der Reling Netze spannen, die ein Entern erschweren sollten.

Der Gazar war hier deutlich breiter geworden, und je breiter er wurde, desto öfter fand man kleine oder größere Inseln im Strom. Als die Sonne unterging, war das glitzernde Band des Flusses so breit, dass man beide Ufer nicht mehr sah. Deral hielt die *Lanze* nun nicht mehr in der Mitte, sondern suchte sich vorsichtig einen Weg abseits der Fahrrinne. Einmal hörte ich ihn fluchen, einen Lidschlag später knirschte es unter unserem Kiel, das Schiff wankte und verlor rapide an Fahrt. Kurz sah es aus, als ob wir steckenbleiben würden, doch dann ließ das Knirschen unter dem Kiel nach und die *Lanze* befreite sich aus der Untiefe.

In dieser Nacht wurde sie zu einem Geisterschiff. Deral hatte sämtliche Lichter löschen lassen, wir trieben wie ein dunkler Schatten durch die Nacht. Wenn es nach unserem Kapitän gegangen wäre, hätte er den Mond vom Himmel geholt und mit einem Tuch umhüllt; die Nacht war ihm nicht dunkel genug.

In dieser Nacht erhob sich auch unsere Passagierin von ihrem Platz. Sie trank etwas Wasser und aß eine Handvoll Reis, ehe sie sich fast so lautlos wie Zokora zum Bug bewegte, wo Angus mit seiner Axt Position bezogen hatte. Wie die Figuren, die man oft am Bug größerer Schiffe fand, standen sie dort einträchtig nebeneinander, still und bewegungslos.

Soweit ich das erkennen konnte, war sie unbewaffnet. Ich hoffte, sie wusste, was sie tat.

Keiner von uns trug im Moment noch Weiß, auch Angus hatte sich in die dunklen Gewänder eines Leibwächters gehüllt. Diesmal ließ er seinen Kopf unverdeckt und trug den Bart wieder wie üblich in drei offenen Zöpfen. Im Mondlicht schienen die Tätowierungen auf seinem rasierten Schädel fahl zu schimmern.

Wir anderen hatten uns auf Derals Rat hin auf dem Achterdeck postiert. Im Fall eines Angriffs war es dort sicherer als auf dem unteren Deck. Varosch hatte an jeder Seite des Decks Köcher mit Bolzen anbringen lassen.

Die Fenster der Kabine unter uns waren nun mit dicken Brettern verschlossen, und um den Ausguck und um den Steuermann herum hatte Deral Schilde aus geflochtenem Reisig aufstellen lassen. Er selbst hatte ebenfalls auf dem Achterdeck Position bezogen. Seine geflüsterten Befehle wurden ebenso leise nach vorn durchgegeben. Noch war nichts geschehen, aber das Warten allein machte einen schon mürbe.

»Ich komme mir hilflos vor«, sagte Varosch und überprüfte zum hundertsten Mal, ob der Bolzen richtig auf der Armbrust saß. »Es zerrt an meinen Nerven ... Wir wissen nicht einmal, ob wir entdeckt werden.« Er warf mir einen Blick zu. »Ihr müsst das schon hundertmal erlebt haben, so ruhig wie Ihr seid.«

Ich schüttelte sachte den Kopf. »Ich bin nicht ruhig«, widersprach ich. »Es gibt hier eine Menge Wasser, und ich kann nicht schwimmen.«

Ich schaute unwillkürlich hinüber zu Zokora, die in der Dunkelheit kaum mehr zu sehen war. Wenn sie angespannt war, verriet sie es durch nichts.

Anders Leandra. Den ganzen Tag hatte sie in ihrem kleinen Buch gelesen, das allerlei Arten von magischen Anweisungen enthielt. Irgendwann hatte sie es mit einer entschlossenen Geste zusammengeklappt und weggesteckt, seitdem konnte sie mir nicht nahe kommen, ohne dass ich Kopfschmerzen bekam. Sie wirkte wie eine gespannte Feder, und das eine oder andere Mal meinte ich sogar, ein leichtes Schimmern um sie herum wahrzunehmen.

Wenn es zum Kampf kam, war sie vorbereitet. Welche Magien auch immer sie studiert hatte, es schien mir, als ob sie sie nur mit Mühe bei sich behalten konnte.

Die *Lanze* schlich weiter den Fluss hinab, hier und da sahen wir die dunklen Schatten anderer Schiffe, die meisten von ihnen hatten am Ufer festgemacht. Wenn ich geglaubt hatte, die Anspannung könnte nicht größer werden, irrte ich mich, und knapp zwei Stunden nach Mitternacht wusste ich selbst nicht mehr, wohin mit mir, und mich juckte es, meine Pfeife anzuzünden. Aber Deral hatte mich gewarnt, dass selbst diese kleine Glut auf dem Fluss weithin sichtbar wäre.

Zweimal schon hatte Deral die Ruder ausbringen lassen, das letzte Mal schlichen wir um eine Insel herum, nur um dann auf der anderen Seite eines dieser Jagdboote vorzufinden, dessen Besatzung hier auf einer der Inseln ihr Lager aufgeschlagen hatte. Wir glitten so nahe an ihren Feuern vorbei, dass wir einen Stein nach ihnen hätten werfen können.

Einer der Soldaten des Turms hielt Wache, während um ihn herum seine Kameraden schliefen, doch er schaute gedankenverloren ins Feuer. Als wir fast vorbei waren, blickte er auf, reagierte aber nicht. Vielleicht hatten die Flammen ihm die Nachtsicht genommen.

Weiter vorn waren jetzt die Fackeln und Lichter der Stadt Janas zu sehen; die großen Gitter der Hafeneinfahrt waren herabgelassen und die Stadt schien ruhig. Langsam glitten wir vorbei und hielten den größtmöglichen Abstand zu den Ballisten auf den zwei Hafentürmen.

Als die Stadt hinter uns zurückfiel, war ich nicht der Einzige, der aufatmete.

»Es ist noch nicht vorbei«, presste Deral hervor, dessen Anspannung nunmehr überdeutlich zu erkennen war. »Da vorn, der dunkle Klumpen an Steuerbord, das ist die Seefeste.« Er kniff die Augen zusammen und suchte das dunkle Schimmern des Stroms ab. Hier und da bewegten sich niedrige Schatten in der Entfernung: die Jagdboote, von denen er gesprochen hatte. Bislang machte keines dieser Schiffe Anstalten, sich uns zu nähern.

Wir richteten unser Augenmerk auf den Fluss um uns herum. Dort tat sich wenig.

Es war kaum überraschend, dass es Zokora war, die uns als Erste auf die neue Gefahr aufmerksam machte. Sie stand lautlos und geschmeidig auf, sah nach oben und streckte dann die Hand aus, sodass wir, die wir blinder waren als sie, sehen konnten, was sich dort am Himmel tat.

»Was ist das?«, flüsterte ich, während ich versuchte, an dem Schatten, der sich dort oben bewegte, Form und Gestalt zu erkennen.

»Wyvern«, gab mir Leandra leise Antwort. Sie war neben mich getreten und sah mit zusammengezogenen Brauen hoch zu dem Untier, das ich nur aus Legenden kannte. Ich hatte Zeichnungen dieser Biester gesehen, und als ich mich ihrer erinnerte, schälte sich auch für mich die Form aus dem Schatten heraus. Sie wurden als geflügelte Schlangen dargestellt, mit Flügeln ähnlich denen einer Fledermaus, kräftigen Hinterbeinen und einem Kopf, der dem eines Flussdrachen glich. Der lange Schwanz war gefiedert, und in den Bildern spien sie meist ähnlich einem Drachen Feuer.

Den Legenden nach hausten sie im tiefen Süden. Dort gab es angeblich einen riesigen Dschungel, der ihre Brutstätte sein sollte.

Wenn das über uns ein solches Biest war, dann hatte es einen weiten Weg hinter sich.

Ich kniff die Augen zusammen und versuchte besser zu sehen. Irgendetwas stimmte noch immer nicht an dieser Gestalt.

»Die Bestie hat einen Reiter«, stellte Zokora fest und schien sogar fasziniert von dem Gedanken. »Ich hätte nicht gedacht, dass man sie zähmen kann. Diese Bestien sind sehr stur und uneinsichtig.«

»Die Lande, in denen sie heimisch sind, fielen schon vor langer Zeit unter Thalaks Kontrolle«, meinte Leandra nachdenklich. »Es liegt nahe, dass der Reiter in den Diensten des Nekromantenkaisers steht.«

Ich sah zu Varosch hinüber, der ebenfalls mit zusammengekniffenen Augen hinauf in den Nachthimmel spähte. Er bemerkte meinen fragenden Blick und schüttelte den Kopf. »Zu weit, Havald. Noch ist er dreifach außer Reichweite.«

»Solange er uns so fern bleibt, kann er mir egal sein«, beschloss ich und suchte die dunklen Wasser um uns herum ab. Es wäre ungünstig, wenn das Biest uns von anderen Gefahren ablenken würde.

»Er kreist, als ob er etwas suchen würde«, meinte Zokora.

Varosch nickte. »Ich verwette meine Armbrust, dass ich weiß, wen oder was er sucht.«

»Ich weiß, wie es sich nachts von dort oben darstellt«, sagte ich beruhigend. »Man sieht einen scharf gezeichneten Schatten auf dem Fluss, aber auch nicht viel mehr.«

»Wir gehören allerdings zu den größeren Schiffen auf dem Gazar«, meinte Deral. »Allein daran kann man uns erkennen.«

»Er fliegt weg«, stellte Varosch fest.

Ich sah hoch, unser Scharfschütze hatte recht, das Vieh drehte in sanftem Bogen ab. Aber es gefiel mir nicht, in welche Richtung es flog … nach Westen, in gerader Richtung auf die Seefeste zu.

»Er hat uns gesehen«, stellte Serafine fest. Davon war auszugehen. Sie wandte sich an mich. »Die Zeit für Heimlichkeiten ist vorbei. Wir sollten das Segel setzen.« Sie sprach zwar mich an, aber ihre Worte waren für Deral bestimmt.

»Es braucht seine Zeit, bis irgendwelche Boote auslaufen«, meinte Deral und sah skeptisch zur Seefeste hinüber. »Mit etwas Glück …«

»Dann setzt das Segel«, befahl ich.

Er nickte, gab seine Anweisungen und wandte sich an mich. »Wenn wir auflaufen, ist es vorbei mit uns. Wollen wir das Risiko wirklich eingehen?«

Serafine schüttelte den Kopf. »Überlasst mir das Ruder, Deral, dann wird das nicht geschehen.«

Nicht nur Deral musterte sie erstaunt.

»Ihr könnt ein Schiff steuern?«, fragte ich verblüfft. Gab es denn nichts, was sie nicht konnte?

»Nein«, antwortete sie. »Aber so schwer wird es nicht sein. Ich kann das Wasser spüren, und das kann der Steuermann kaum lernen. Wenn er mir hilft…«

»Gut«, sagte ich. Deral sah aus, als wolle er protestieren, aber ich hatte meine Entscheidung getroffen. »Vertraut ihr«, befahl ich. »Sie weiß, was sie tut.«

Deral murmelte etwas von Göttern und dem Schutz vor wahnsinnigen Frauen und gab dem Steuermann widerstrebend Anweisung, das Ruder Serafine zu überlassen.

Kaum hatte sie es in der Hand, driftete die *Lanze* auch schon seitlich ab, und hastig legte der Steuermann Hand an das Ruder und brachte das Schiff wieder auf Kurs. Über uns entfaltete sich raschelnd das große Segel und füllte sich mehr und mehr mit dem Wind. Die *Lanze* bockte wie ein Rennpferd, das dem Start entgegenfieberte. Wieder schlingerte das Schiff. Deral warf mir einen verzweifelten Blick zu.

»Finna«, begann ich. »Wäre es nicht besser, du zeigst dem Steuermann den Pfad mit der Hand, und er hält den Kurs?«

»Ich verstehe nicht, warum das Schiff nicht tut, was es soll«, sagte Serafine und trat zur Seite, um dem Steuermann das Ruder wieder zu überlassen. »So schwer sollte es nicht sein!«

»Ist es auch nicht«, sagte Deral, der jetzt, wo sein Steuermann wieder das Ruder hielt, Großmut zeigen konnte. »Aber es braucht Übung. Wind und Strom drücken unterschiedlich am Schiff, man braucht Zeit, um zu lernen, wie man dem entgegenwirkt. Ihr könnt wahrlich das Wasser fühlen?«

»Ja«, antwortete Serafine einfach und hob die Hand, um den Kurs anzuzeigen. Der Steuermann sah hilfesuchend zu Deral, der zögerte kurz und nickte dann, schließlich folgte die *Lanze* Serafines Hand. »Lasst sie laufen, Deral«, sagte Serafine mit geschlossenen Augen. »Lasst sie fliegen wie noch nie zuvor. Sorgt Euch nicht um die Untiefen, gebt ihr alles an Tuch, das sie zu tragen vermag.«

Währenddessen hatte die *Lanze* mehr und mehr an Fahrt aufgenommen. Serafines Hand bewegte sich, das Schiff schwenkte herum, und Deral sog scharf die Luft ein, als wir zwischen zwei Inseln hindurchschossen. Ein leichtes Schaben ertönte vom Kiel, das Deck zitterte unter meinen Füßen, dann waren wir hindurch. Taue wurden verkürzt, das große Segel schwenkte leicht herum und blähte sich, bis es prall gespannt war und weiße Gischt unter unserem Bug aufschäumte.

Wieder schossen wir an einer Insel vorbei, und erst jetzt erkannte ich, wie schnell wir wirklich waren, ein galoppierendes Pferd hätte Mühe gehabt, uns einzuholen.

Vor uns weitete sich der Gazar erneut, und nun war der Schattenriss der Seefeste deutlicher auszumachen. Dort oben auf den Türmen rührte sich bereits etwas.

Eine Reihe dumpfer Schläge dröhnte über das Wasser, gefolgt von schlanken Schatten, die in Fontänen seitlich und hinter uns ins Wasser einschlugen. Die Ballisten auf den Türmen der Seefeste hatten den Beschuss eröffnet.

»Gut«, sagte Deral und wischte sich den Schweiß ab. »Sie liegen zu kurz und haben unsere Geschwindigkeit unterschätzt.« Er biss sich auf die Lippe. »Sie haben höchstens noch Zeit für eine weitere Salve. Wenn die uns auch verfehlt, ist die Festung selbst keine Gefahr mehr.« Er sah nach oben und fluchte leise. »Wäre die Nacht bloß nicht so hell … Götter, was macht das Weib?«

Serafine deutete auf eine Sandbank, die sogar ich erkennen konnte.

»Vertrau mir, Havald«, rief Serafine. Fast schon verzweifelt sah Deral von ihr zu mir.

»Haltet den Kurs, Freund, und vertraut in den Schutz der Götter«, befahl ich dem Steuermann, während Deral auf seiner Lippe herumkaute.

»Dort!«, meinte Leandra und zeigte auf vier dunkle Schatten, die von der Festung aus mit hoher Geschwindigkeit über das Wasser glitten. Jagdboote – und sie waren bemüht, uns den Weg abzuschneiden. Die einzige Lücke, die sie ließen, war eben jene Sandbank, auf die Serafine zusteuerte. Die Bootsführer des Turms kannten den Fluss, es war offensichtlich, dass auch sie davon ausgingen, dass dort kein Durchkommen war.

Mit schäumender Bugwelle rasten wir auf die Sandbank zu, die dunkel vor uns im Wasser lag. Sosehr ich auch meine Augen bemühte, ich konnte dort keine Rinne erkennen, nur Sand, der uns solide den Weg versperrte.

Ich hatte wirklich geglaubt, ihr vertrauen zu können!

Ich griff nach einem Seil, um mich gegen den Aufprall zu wappnen, und schloss die Augen, mein Magen rutschte durch, als sich von achtern eine Woge unter unseren Kiel zwängte und uns gut zwei Schritt in die Höhe hob. Ich riss die Augen auf und sah ungläubig mit an, wie die *Lanze* auf dem Rücken einer schäumenden Gischt über die Sandbank gehoben wurde, ohne dass der Kiel den Sand auch nur streifte. Dort am Bug stand Angus und lachte schallend, während er wie ein Wolf die Zähne bleckte. Fast erwartete ich, dass er aufheulen würde. Wenigstens er hatte seine Freude daran.

»Götter«, flüsterte Deral und sah ehrfurchtsvoll zu Serafine, auf deren Zügen sich nun ein zufriedenes Lächeln zeigte.

Die Woge brach hinter uns, nur noch eines der Jagdboote lag vor uns. Serafine bewegte ihren Arm, der Steuermann warf sein Gewicht gottergeben in den Ruderarm, der Bug schwenkte herum, geradewegs auf das Jagdboot zu.

Achtern stieg eine Wasserfontäne auf, eben hatte neben mir noch einer von Derals Männern gestanden, im nächsten Moment war er fort, ein Ballistenbolzen hatte ihn mitgerissen, nur sein heißes Blut in meinem Gesicht zeugte noch davon, dass es ihn gegeben hatte. Ich wischte das Blut ab, hinter mir gab es einen harten Schlag, ein anderer Bolzen hatte die Brüstung am Heck getroffen und ein ordentliches Loch hineingerissen. Die restlichen Bolzen hatten uns verfehlt.

»Festhalten!«, rief Deral, während die Soldaten im Jagdboot verzweifelt versuchten, dem scharfen Bug der *Lanze* auszuweichen, doch es war zu spät. Jemand löste dort die kleine Balliste aus, der Bolzen zischte knapp zwei Schritt entfernt an mir vorbei und verschwand im Dunkeln, dann lief eine Erschütterung durch den Rumpf der *Lanze*, als sie sich leicht hob, während sie das Jagdboot unter Wasser pflügte. Neben mir sah ich drei Soldaten des Turms in den Trümmern des Bootes sitzen, die mit aufgerissenen Augen zu mir hochsahen, dann zerbrach das Boot dort, wo sie saßen, und kippte seitlich weg. Ein Ruder scharrte über die Reling, dann waren wir vorbei. Ich schaute nach hinten, erkannte die Trümmer des geborstenen Boots, einige Köpfe und Arme, die sich an den Trümmern festhielten ... und noch etwas anderes: das silbrige Schimmern einer scharfen Welle, die sich unter Wasser auf die Unglücklichen zu bewegte. Noch bevor sie außer Sicht waren, öffnete sich ein furchtbares Maul im Wasser, hell schimmerten die Zähne des Flussdrachen, als er sich die Beute nahm. Die Schreie verfolgten uns noch einen Moment, dann war nur noch das Rauschen des Gazar gegen unsere Planken zu vernehmen.

Hinter uns sahen wir vier weitere Jagdboote, das Wasser schäumte an ihren Rudern, als sie verzweifelt versuchten, uns einzuholen, doch die *Lanze* war zu schnell, und sie fielen zurück.

Vor uns weitete sich der Gazar, bis die Ufer nicht mehr zu sehen waren. Das Schiff begann sich zu heben und zu senken, zuerst nur wenig, dann mehr und mehr ... der Bug hob sich, sackte durch und kippte zugleich seitlich weg, um sich wieder aufzurichten. Das Segel knallte über unseren Köpfen, und das Schiff neigte sich unter dem Druck des Windes zur Seite, als ob die *Lanze* erst jetzt in ihrem Element wäre. Eben noch war die Luft warm gewesen, jetzt nahm der Wind zu, und es wurde merklich kühler.

»Götter«, hauchte Deral ergriffen, »was für ein Ritt!«

Als der dunkle Schatten der Seefeste hinter uns verschwand, kümmerte mich das wenig, denn ich starb gerade an der Reling und opferte mein letztes Mahl den Fischen.

9. Treibjagd

»Es geht vorbei, Esseri«, erklärte mir Deral wenig später. »Meistens jedenfalls.«

Noch während er mir diese tröstliche Kunde mitteilte, hob sich mein Magen erneut, und ich hastete zur Reling, windabwärts, eine Lektion, die ich beim ersten Mal hatte lernen müssen. Ich hatte nicht mehr viel, das ich den Fischen spenden konnte, doch mein Magen schien das nicht einsehen zu wollen. Ich entschied, dass es besser war, hier zu sterben, ließ mich dort an der Reling aufs Deck sinken und versuchte verzweifelt, die Welt mit dem schwankenden Deck in Einklang zu bringen.

Zokora kniete sich vor mich. »Du siehst übel aus, Havald. Vielleicht solltest du etwas essen«, sagte sie und hielt mir eine Dörrwurst hin. »Es ist schlecht, wenn der Magen leer ist. Er frisst sich dann selbst auf.«

Mein Blick hätte sie töten sollen, so aber wich sie nur elegant aus, als ich sie zur Seite schieben wollte und sich doch noch etwas fand, das ich von mir geben konnte.

Als ich mich wieder aufs Deck sinken ließ, fand sich unsere Passagierin neben mir. Sie sah mich teilnahmslos aus diesen mandelförmigen Augen an, dann wandte sie den Blick ab und erstarrte in der gleichen Pose wie zuvor.

Sie hatte mir nichts getan, dennoch hätte ich sie erschlagen können. Doch dazu fehlte mir die Kraft.

Die Götter hatten ein Einsehen mit mir. Als die Sonne über dem Wasser aufstieg, weilte ich noch immer unter den Lebenden. Während ich gelitten hatte, waren sowohl Leandra als auch Serafine gekommen, um mir Beistand zu leisten. Ich hatte sie wie ein verletztes Tier angeknurrt und verscheucht, ich wollte nur in Frieden sterben. Jetzt, als ich mich vorsichtig auf zitternden Knien erhob und zu den anderen gesellte, beobachteten sie mich, als ob ich jeden Moment erneut nach ihnen schnappen könnte. Zokora hatte sich zum Schlaf gebettet, und Varosch befand sich im Bug und unterhielt sich dort mit Angus.

Ich mühte mich zu einem fest verzurrten Fass an der Seite, hob den Deckel an, versenkte die Kelle in dem kühlen Nass und war dankbar dafür, mir den Geschmack aus dem Mund zu spülen.

Noch immer hob und senkte sich mein Magen, an Essen war noch nicht zu denken, doch es wurde besser.

Ich schloss den Deckel der Tonne wieder und hielt mich fest, während ich die Augen gegen das gleißende Licht der Sonne zusammenkniff. Um uns herum gab es nichts als Wasser, nur dort hinten war ein schmaler Streifen Land zu erkennen. Ein ordentlicher Wind wehte und füllte uns das Segel, die Luft selbst schmeckte salzig, und über uns kreisten Möwen und lärmten.

»Geht es dir besser, Havald?«, fragte Leandra vorsichtig, als sie neben mich trat.

»Etwas«, sagte ich, während ich zusah, wie einer von Derals Männern zwei längliche Packen in Segeltuch nähte. »Wie ist das denn geschehen?«, fragte ich. Ich erinnerte mich gar nicht an weitere Verluste.

»Als wir das Jagdboot unterpflügten«, erklärte sie mir ernst. »Die Soldaten des Turms starben nicht kampflos, ein paar von ihnen kamen noch dazu, ihre Armbrüste zu benutzen. Sinor hier bekam einen Bolzen ins Auge, er war sofort tot. Amandus, das ist der kleine Blonde mit dem quirligen Gemüt und dem breiten Lächeln, riss Serafine zur Seite, als ein Ballistenbolzen durchs Achterdeck fuhr. Vielleicht hat er ihr sogar das Leben gerettet. Ein Splitter traf ihn am Hals, und er verblutete, bevor wir etwas tun konnten.«

»Dann haben wir drei Leute verloren«, stellte ich fest. Es beschämte mich, dass sich Leandra die Namen der Männer gemerkt hatte, während ich ihnen wenig Beachtung schenkte.

Sie schüttelte den Kopf. »Vier. Ein weiterer fehlt einfach, niemand weiß, wann er über Bord ging. Wir haben zwei Verletzte und einige weitere Kratzer. Für einen Moment dachte ich, wir hätten dich auch verloren«, fügte sie dann leise hinzu.

»Warum denn?«, fragte ich überrascht.

Sie hob die Hand und berührte mich leicht am Hals, es brannte heftig. Ich tastete mich dort selbst ab und fand eine tiefe, verkrustete Furche, die nur knapp an meiner Halsschlagader vorbeiführte. »Götter!«, entfuhr es mir. »Ich habe es nicht einmal bemerkt. Was hat mich da nur getroffen!« Natürlich begann es jetzt zu brennen, als hielte man mir ein glühendes Eisen dorthin.

»Splitter«, erklärte Deral mit ernstem Gesicht, als er zu uns trat. »Holz splittert, das ist die wahre Gefahr, wenn die Ballisten uns treffen. Die meisten Verletzungen rühren daher.«

»Es tut mir leid, Deral«, teilte ich ihm mit. »Ich hatte gehofft, dass wir glimpflicher davonkommen würden.«

»Das ist auch der Fall, Esseri«, sagte er dann. »Ich hätte nicht geglaubt, dass es uns überhaupt gelingt.« Er legte die Stirn in Falten. »Es ist auch nicht gesagt, dass wir schon außer Gefahr sind.«

Ich schaute auf das Meer hinaus, noch immer war es befremdlich für mich, so viel Wasser auf einmal zu sehen. Nur dort in der Ferne bemerkte ich ein Segel, und dort hinten ein weiteres. Es kam mir nicht so vor, als befänden wir uns in Gefahr.

Leandra zeigte nach oben. Ich sah hoch, erkannte aber nur die Möwen und den tiefblauen Himmel, der in die strahlende Morgenröte überging.

»Der Wyvern hat uns schon zweimal aufgesucht«, erklärte sie.

»Vor dem Biest können wir uns nicht verstecken«, meinte Deral verärgert. »Es wird die Piraten direkt zu uns führen, und es gibt nichts, was wir dagegen tun können!«

Ich wurde abgelenkt, als zwei große Fische neben unserem Bug aus dem Wasser sprangen. Sie grinsten mich lustig an und tauchten dann wieder in die Fluten. Ich starrte ihnen nach.

»Delphine«, erklärte mir Leandra lächelnd.

»Ich weiß«, sagte ich. »Ich wusste nur nicht, dass es sie wirklich gibt.« Ich hatte solche Tiere schon gesehen, als Mosaik an der Wand eines ganz speziellen Baderaums im Gasthof *Zum Hammerkopf*. »Sie atmen wirklich Luft?«, fragte ich erstaunt, während ich zusah, wie sie unter uns hindurchtauchten.

Ich beugte mich vor, um sie besser sehen zu können, und einer der Fische schnellte vor mir aus dem Wasser, schlug mit seiner Schwanzflosse so schnell und heftig, dass er sich fast zur ganzen Länge aus dem Wasser erhob und mich scheinbar erheitert beäugte, bevor er mit einem lachenden Pfiff wieder im Meer verschwand. Er war nahe genug, dass ich die gesprenkelten Flecken an seinem rechten Auge sah; fast wie Sommersprossen wirkten sie auf mich.

»Götter!«, entfuhr es mir. »Das ist wahre Neugier, die ich in seinen Augen sah!«

»Es sind die Geister von ertrunkenen Seeleuten, die in diesen Tieren leben«, erklärte mir Deral ernsthaft. »Sie baten die Götter darum, um ihre Kameraden vor den Fluten zu schützen. Sie sind heilig und Soltar geweiht, denn sie bringen den sicher an Land, dessen Zeit noch nicht gekommen ist.«

»Wollen wir hoffen, dass wir ihre Hilfe nicht brauchen«, sagte ich und schaute wieder nach oben. Der Wyvern war nicht zu sehen.

»Esseri«, begann Deral verlegen, »ich habe eine Bitte an Euch.«

Ich sah ihn auffordernd an.

Er wies auf die beiden Packen aus Segeltuch, an denen der Tuchmacher gerade die letzte Naht setzte. »Könntet Ihr bitte das Gebet für sie sprechen?«, bat er und schluckte. »Schließlich seid Ihr der Engel Soltars.« Er warf einen Blick zum Horizont, wo die Sonne unaufhaltsam stieg. »Es bleibt nicht mehr viel Zeit, Esseri.«

Irgendwann, das schwor ich mir, würde ich die Essera Falah dafür zur Rechenschaft ziehen, was sie mit ihrem Aberglauben angerichtet hatte. Doch ich sah den Blick unseres guten Kapitäns und wusste, dass es wenig Sinn haben würde, ihm zu erklären, dass ich alles andere als ein Engel war.

Varosch hingegen war ein Akolyth Borons, ihm stand es eher zu, einen solchen Gottesdienst abzuhalten. Ich sah zu ihm hinüber, er stand noch immer am Bug in eine Unterhaltung mit Angus vertieft. Dann blickte ich zu den beiden Packen. Gestern noch hatten sie gelacht und gescherzt. Und der eine von ihnen hatte vielleicht Serafine das Leben gerettet. Ich schuldete es ihnen.

»Es sind Sinor und Amandus, nicht wahr?«, fragte ich und räusperte mich, weil meine Stimme etwas belegt klang.

Deral nickte sichtlich überrascht. »Ich dachte nicht, dass Ihr ihre Namen kennt.«

»Ich wusste sie auch nicht«, teilte ich dem Mann unbehaglich mit. »Aber die Sera Leandra hat sie mir genannt.«

»Der Weg führt den Sterblichen durch Soltars Tor, in das Reich der Götter. Den Rechtschaffenen und jenen, die ohne Schuld sind, spendet Astarte Trost und Friede. Alle aber werden geleitet zum Thron Borons, der sie richten wird. Soltar wird lesen aus dem Buch der Seelen, ihr Leben aufführen zu ihren Gunsten oder ihrem Verderben. Astarte wird den Worten Soltars die ihren hinzufügen, sie wird die Gnade sein, die Boron berührt. Dann aber wird Gericht gehalten und die Seele in Borons Schale gegen eine Feder aufgewogen. Ist die Seele leicht, so wird Soltar sie belohnen, ein neues Leben wird sie erwarten, frei von der Last, die auf ihr liegt. Hat man sich aber vergangen an den Gesetzen der Götter und der Menschen, war man voller Neid und Missgunst und ohne Gnade, wird auch diesen Seelen ein neues Leben zuteil, sodass sie lernen, Gnade und Großmut zu üben. Es ist Soltars Geschenk an die Menschen, dass keine Seele an die Nacht verloren geht und jede reine Seele in Soltars Gnade das Licht eines neuen Tages erblicken wird. Jene aber, die sich der Dunkelheit verschrieben haben, wirft Boron der Gerechte in bleierne Ketten und übergibt sie dem Gott ohne Namen, denn sie haben die Gnade und das Licht der Götter verwirkt.« Ich holte tief Luft. »Diese aber, Sinor und Amandus, opferten sich, auf dass anderen kein Unheil widerfahre. Es steht geschrieben, dass jede Tat im Leben zählt, doch die selbstlose Tat findet vor dem Gericht der Götter die meiste Gnade. So überantworten wir unsere Brüder

Soltars Reich und der Gnade der Götter, gewiss im Glauben darin, dass sie im Licht wiedergeboren werden.«

Ich nickte den Seeleuten zu, die mit den zwei Planken an der Reling standen. Sie hoben die Planken an, und schweigend sahen wir zu, wie die beschwerten Packen ins Wasser rutschten und in der Tiefe verschwanden. Die beiden Delphine tauchten hinterher… Es schien mir fast, als hätten sie verstanden, was hier geschah. Doch als sie wieder auftauchten, schoss mir ein kalter Schauer über den Rücken, denn es waren nunmehr nicht zwei dieser seltsamen Fische, sondern derer vier. Und einer von ihnen grinste noch breiter als die anderen.

Deral bedankte sich derartig gerührt, dass es mir peinlich war. Ich war froh, als er sich wieder seiner Arbeit zuwandte. Aber es war noch nicht ausgestanden.

»Das war eine schöne Predigt«, sagte Serafine. Leandra nickte nur und sah mich dabei seltsam an.

»Es ist überraschend, Euch aus den Schriften zitieren zu hören«, meinte Varosch leise. Er sah auf das Buch, das ich in den Händen hielt. Ich reichte es ihm zurück; er hatte es mir geliehen. »Ihr habt es nicht gebraucht«, stellte er fest, küsste das Buch und verstaute es sorgfältig wieder in seinem Packen.

»Ich kenne die Worte auswendig«, antwortete ich kühl. »Doch es bedeutet nichts.« Ich wandte mich ab und sah aufs Meer hinaus. »Es ist das, was ich jedes Mal sage, wenn es jemanden zu bestatten gilt. Ich habe Übung darin.«

»So habt Ihr nicht geklungen«, sagte Varosch sanft. »Es lag Überzeugung und Inbrunst in Euren Worten.«

»Meinst du?«, fragte ich und zog eine Braue hoch. »Wie ich sagte, ich habe reichlich Übung darin.« Ich zeigte mit der Hand auf das Segel, das kurz vor der Bestattung am Horizont aufgetaucht war. Wenn man genau hinschaute, konnte man in der Höhe darüber einen dunklen Punkt erkennen, den Wyvern. Obwohl die *Lanze* jeden Fetzen Segel gesetzt hatte, fiel das andere Schiff nicht zurück, vielleicht holte es sogar auf, es war zu früh, um das zu entscheiden.

»Wenn die Götter uns nicht hold sind, wird es weitere solche Reden geben«, fügte ich hinzu. »Sollte eine davon deine sein, Varosch, verspreche ich, dass ich es ernst meinen werde.«

Leandra zog scharf die Luft ein, während Serafine mich fassungslos ansah.

Varosch blinzelte, doch dann lächelte er. »Ich wäre dankbar dafür«, sagte er und zeigte mir die Zähne. »Denn ich fände es bedauernswert, wenn ich Euch nichts bedeuten würde.« Er verbeugte sich knapp und ging dorthin, wo Zokora auf ihrem Lager lag. Von ihrem Platz an der Reling musterte mich sogar die fremde Frau mit einem durchdringenden Blick, bevor sie wieder wegsah.

»Es ist ein Wunder, dass er Euch das verziehen hat«, sagte Serafine vorwurfsvoll, als sie sich neben mich gesellte. »Denn gerecht war es nicht.«

Leandra betrachtete mich eingehend. »Du bist wütend«, stellte sie fest. »Aber ich verstehe nicht, warum.«

»Deral hat ein Viertel seiner Männer verloren«, entgegnete ich. »Dabei kam es nicht einmal zu einem richtigen Kampf. Wie viele sollen denn noch sterben?«

»So viele wie nötig sind«, antwortete Leandra und sah mir dabei direkt in die Augen. »Es ist wichtig genug.«

Mir lag eine harte Antwort auf der Zunge, doch ich schluckte sie herunter und starrte stur aufs Meer hinaus. Leandra wartete noch zwei Atemzüge, seufzte dann leise und ging davon, um sich auf ihre Bettrolle zu legen.

Serafine wartete noch einen Atemzug länger. Dann wandte auch sie sich ab, ging einen Schritt und blieb stehen. »Havald«, sagte sie. »Ihr wisst, dass es falsch von Euch ist. Es ist nicht Varoschs Schuld. Nicht Leandras. Vor allem aber ist es nicht Eure.« Sie ging fort und setzte sich zu Leandra, fast als ob sie sie trösten wollte.

Sie hatte leicht reden, dachte ich, während ich das ferne Schiff betrachtete. Ja, es war näher gekommen. Sie musste ja nicht diese Reden halten. Ich beschattete meine Augen und schaute zur

Sonne. Soltars Licht. Ich war es leid, übrig zu bleiben und an Gräbern Reden über die Gnade der Götter zu halten.

Ich hatte Deral gut zugehört. Irgendwann in den nächsten Stunden würde dieses Schiff nahe genug sein. Dann würden sie uns entern. Wie viele mochten es sein? Vierzig? Fünfzig? Noch mehr?

»Ich weiß, was du denkst«, sagte Zokora hinter mir. Ich zuckte zusammen, fuhr herum und sah sie vorwurfsvoll an.

»Was willst du?«, fragte ich grob.

»Dich lehren«, sagte sie leise und berührte mich leicht am Hals. Ich stand da, kein Muskel gehorchte noch meinem Willen, und es schnürte mir den Atem ab. Ähnlich hatte ich mich gefühlt, als der Nekromant mich unter seinen Willen zwang, jedoch war mein Geist noch frei, nur mein Körper gehorchte mir nicht mehr. Das also hatte Natalyia gefühlt, als Zokora sie zu Poppet machte.

Zokora stand klein und zierlich vor mir und sah mich mit rötlich schimmernden Augen an. Sie war ebenfalls wütend, stellte ich erstaunt fest. Warum?

»Du bist wie ein Kind, das schmollt. Du stehst hier und beschwerst dich, dass die Götter ungerecht sind. Du siehst nicht, was du sehen sollst, Havald. Du bist blind. Die anderen sehen es, nur du nicht. Und wenn du schmollst… dann verunsicherst du sie in ihrem Glauben.«

In welchem Glauben?, wollte ich fragen, doch es kam kein Wort heraus.

»Wenn du willst, kannst du jetzt sterben«, sagte sie leise. »Du weißt, dass ich es tun werde. Es wäre ein Geschenk, nicht wahr?« Sie trat näher an mich heran und hielt mich noch immer mit dieser einen Fingerspitze aufrecht. Sie roch nach Meer und Wind. »Oder doch nicht? Willst du sterben, Havald? Hier und jetzt? Oder brennt noch das Feuer in dir…«

Hinter ihr sah Leandra hoch und blickte mit zusammengezogenen Brauen zu uns herüber. Dann griff sie Steinherz und stand auf.

»Willst du uns alle zurücklassen, Havald? Dort kommen Piraten, und ich trage ungeborenes Leben unter meinem Herzen. Leandra trägt ihre Hoffnung, Serafine ihre Liebe und Varosch seinen Glauben. Alles ruht auf deinen Schultern. Ist es das? Bist du zu schwach dafür? Willst du dich verdrücken wie ein Hund mit eingeklemmtem Schwanz?«

Sie las die Antwort in meinen Augen.

»Havald?«, fragte Leandra misstrauisch, als sie an uns herantrat.

Die Starre wich von mir, als Zokora ihren Finger wegnahm, und ich atmete erleichtert durch. Zokora hielt einen kleinen Tiegel mit Salbe hoch und drückte ihn mir in die Hand. »Schmier dir das auf die Wunde, Havald, bevor sie noch schwärt«, sagte sie, drehte sich um und ging zu ihrem Lager zurück.

Leandra und ich schauten ihr nach.

»Was war das eben?«, fragte Leandra, noch immer mit gerunzelter Stirn.

»Ein Freundschaftsdienst«, sagte ich und räusperte mich, denn meine Stimme klang rau.

»Versteht sie denn, was das bedeutet?«, fragte sie.

Zokora sah zu mir zurück und zog eine Augenbraue hoch. Sie hatte die feinsten Ohren der Weltenscheibe. Ich blickte auf den Tiegel in meiner Hand, zu Zokora und dann in diese violetten Augen, die ich so liebte. »Ja, das tut sie«, sagte ich und reichte Leandra den Tiegel. »Kannst du das bitte machen?«

Sie nahm ihn, roch daran und verzog das Gesicht. »Das riecht schlimmer als Angus«, befand sie, aber sie strich mir die Salbe auf die Nackenwunde. Zokora legte sich wieder auf ihr Lager und schloss die Augen.

»Wie lange noch?«, fragte ich Deral und hielt die Hand vor Augen, um das andere Schiff gegen die Abendsonne besser sehen zu können. Wir befanden uns alle auf dem Achterdeck der *Lanze* und beobachteten das Schiff, das so fest entschlossen schien, unser Verderben zu sein. Den ganzen Tag über hatte es aufgeholt, jetzt war es nahe genug heran, dass man es gut erkennen konnte. Es war ein Schwertschiff, gebaut nach einem Entwurf des Alten Reichs. Es besaß fein geschwungene Linien, einen Rammsporn, der vor der Bugwelle das Wasser aufwühlte und schimmern ließ, zwei hohe Masten und einen ausladenden Bugspriet mit rechteckigen Segeln daran. Es war um ein Drittel größer als unsere *Lanze* und lag hoch im Wasser, was das Geheimnis seiner Geschwindigkeit erklärte. Das und die Tatsache, dass es überall Segel gesetzt hatte, wo man nur ein Tuch spannen konnte.

»Eine Kerze, vielleicht noch eine halbe Kerze dazu«, sagte Deral bedrückt. Er sah zur Sonne. »Es wird dunkel sein, wenn sie uns einholen.« Er warf einen bösen Blick hoch zu dem Wyvern, der immer noch über uns kreiste. »Ohne dieses Biest könnte ich die Nacht nutzen und versuchen, ihnen zu entkommen. So aber wird es uns immer wiederfinden.« Er warf mir einen Seitenblick zu. »Selbst Eure Klinge wird uns nicht retten, es sind zu viele.«

Auf der Donnerfeste hatte Varosch ein Sehrohr gefunden, um das ich ihn nun bat. Er reichte es mir schweigend. Die Magie des Rohrs brachte die Ferne nahe, als könne man sie greifen, doch kehrte sie auch das Unterste nach oben. Gerade auf einem schwankenden Deck behagte es meinem Magen nicht, wenn ich hindurchsah.

Der Winkel war nicht der günstigste, das Segel am Bug versperrte noch zusätzlich die Sicht, aber das Deck des Schiffs erschien mir gedrängt voll. Es mochten eher hundert als fünfzig Mann sein.

Ich öffnete das andere Auge wieder, ein Trick, den Varosch entdeckt hatte, und suchte den Wyvern. Es brachte einem Kopfschmerzen ein, aber es war in der Tat leichter, etwas zu finden, bevor man das Rohr darauf richtete.

Aus der Ferne sah der Wyvern dunkel aus, aber durch das Glas betrachtet schillerte er in tausend Farben, von dunklem Türkis bis hin zu dem Blau der Nacht und allen Schattierungen dazwischen. Die Augen waren senkrecht geschlitzt wie bei einem Reptil, und die Art, wie er durch die Luft glitt, schien mir sogar anmutiger, als es bei den stolzen Greifen der Fall war. Der Reiter war eine junge Frau, in blutrotes Leder gekleidet und mit Beinlingen, die in weichen Lederstiefeln endeten. Ein Kurzbogen war an ihrem Sattel befestigt, daneben ein breiter, flacher Köcher voll mit Pfeilen. Ihre Haut war wie Elfenbein, fast so fein und hell wie Leandras, das Haar hingegen pechschwarz und in vier lange Zöpfe geflochten.

Ihr Gesicht trug einen entschlossenen, fast hasserfüllten Ausdruck, und es schien mir, als ob sie mir direkt ins Auge blickte.

Ich ließ das Rohr sinken, und sie war wieder nur ein ferner Fleck am Himmel. Ich reichte das Utensil weiter an Leandra, die es ebenfalls auf den Wyvern und seinen Reiter richtete.

»Es scheint, als ob Kolaron gern Schönheit in die Schlacht wirft«, sagte sie, als sie das Rohr sinken ließ. »Im ersten Moment dachte ich sogar, sie wäre eine Elfe.«

»Ich habe gehört, er hasst Frauen«, sagte Varosch leise, als er das Rohr wieder an sich nahm. Er sah mit gefurchter Stirn hoch zu dem fernen Biest. »So gesehen ergibt es einen Sinn.« Er verstaute das Gerät vorsichtig, denn nach den Schriften der Götter war es sein kostbarster Besitz.

»Natalyia erwähnte eine Weissagung, nach der eine Frau sein Ende wäre«, stimmte Leandra ihm zu und zeigte ihre weißen Zähne in einem bösartigen Lächeln. »Ich bin gern bereit, sie ihm zu erfüllen.«

»Sie muss erschöpft sein«, meinte ich. »Wisst ihr noch, wie anstrengend es ist, durch die Lüfte zu reiten? Seitdem wir sie das erste Mal sahen, kann sie keine Rast gefunden haben. Warum landet sie nicht auf dem Schiff?«

»Vielleicht kommt sie nicht wieder weg davon«, mutmaßte Varosch. Er wandte sich Serafine zu, die bislang geschwiegen hatte. »Könnt Ihr etwas tun?«

Serafine schüttelte den Kopf. »Noch nicht. Dazu muss es näher kommen.«

Wir wollten uns mit den Piraten nicht im Nahkampf messen. Leandra war eine Maestra der arkanen Künste, und diesmal sollte sie es sein, nicht Seelenreißer, die den Kampf entscheiden würde. Auch Serafine war fest entschlossen, ihre Kräfte einzusetzen, sie war die Tochter des Wassers, und ihr Wille konnte den Fluten befehlen… Nur dass es hier eine Menge Wasser gab, und ich wusste, dass jede Form von Magie einer großen Anstrengung bedurfte.

»Wasser hängt aneinander«, hatte sie mir erklärt. »Es ist also so, dass ich nicht nur einen Teil beherrschen kann, sondern das Ganze berühre.«

Das Ganze nannte sich ein Ozean. Ich hoffte, dass sie wusste, was sie tat.

»Wie nahe müssen sie heran sein?«, fragte ich Leandra.

»Auf vierzig Schritt, wenn es Wirkung zeigen soll«, antwortete sie angespannt.

»Das ist reichlich nahe. Schussreichweite für die Armbrüste«, bemerkte Angus, der sich nachdenklich über seinen Bart strich.

»Das gilt für beide Seiten«, meinte Varosch trocken und liebkoste seine Armbrust.

»Wir brauchen Schilde«, stellte Angus fest. »Und Leute, die dir die Armbrüste laden.«

Varosch schaute ihn überrascht an. »Daran habe ich gar nicht gedacht.«

»Du bist, wie ich hörte, ein hervorragender Schütze«, meinte Angus. »Es erscheint mir sinnvoll, deine Zeit nicht damit zu vergeuden, die Armbrust laden zu müssen.« Er deutete auf die Reling vor uns. »Ich lege mich hier hin, spanne die Armbrüste und reiche sie hoch zu dir. Ich bin stark genug, sie ohne Hebel zu spannen. Du musst nur so schnell schießen, wie ich dir die Waffen reiche.«

»Das hört sich nach einem Plan an«, entgegnete Varosch. Er sah zu dem Piratenschiff zurück. »Wie auch immer es ausgeht, es kann nicht schaden, unseren Preis zu heben.«

»Schilde werden sich finden lassen, Armbrustbolzen auch«, meinte Deral. »Ich nehme an, es sollte noch bei Licht geschehen?«

»Ja«, antwortete ich. »Lasst es aussehen, als wäre uns ein Missgeschick unterlaufen. Aber seht zu, dass sie nicht näher herankommen als auf vierzig Schritt.«

Deral schaute an mir vorbei, und seine Augen weiteten sich. Dort stand die schweigsame Frau. Sie hielt einen Bogen aus Stahl in der Hand, den ich an ihr vorher nicht bemerkt hatte. Sie sah Deral an und gestikulierte, es war leicht zu erkennen, was sie wollte: Sie fragte nach Pfeilen.

»Pfeile haben wir nicht viele«, teilte Deral ihr mit, noch während wir sie alle verwundert anstarrten. »Vielleicht zwei Köcher voll, mehr nicht.«

Vielleicht hatte sie nicht verstanden, denn sie wiederholte ihre Geste. Deral zuckte mit den Schultern und rief die Anweisung zum Vorschiff, dass man die Pfeile herbeibringen sollte. Es dauerte nicht lange, da kam ein Seemann mit zwei Köchern voll. Die Frau nickte und zog einen heraus, musterte ihn und verzog das Gesicht.

»Andere Pfeile haben wir nicht, Essera«, informierte Deral sie. »Nur Bolzen haben wir genug.«

Sie nahm die beiden Köcher, setzte sich dort, wo sie stand, zog einen Pfeil heraus und studierte das Gefieder. In ihrer Hand erschien eine kleine, silbern schimmernde Klinge, mit der sie das Gefieder stutzte. Dann drehte sie den Pfeil in ihren Händen, überprüfte ihn stirnrunzelnd und bog ihn etwas, einmal, zweimal, dann legte sie ihn sichtlich enttäuscht zur Seite, um nach dem nächsten Pfeil zu greifen.

Leandra betrachtete die Frau. »Ich denke, es wird nicht schaden«, sagte sie. »Wenigstens ist sie bereit, ihren Teil beizutragen. Das ist ein interessanter Bogen. Es sieht so aus, als wäre er zuvor zerlegt gewesen. Die Form ist allerdings mehr als seltsam.«

Damit hatte sie recht, denn der Bogen der Frau war unten weitaus kürzer als im oberen Teil und seltsam geschwungen. Die Sehne war ebenfalls merkwürdig angebracht, sie lief gleich zweimal über stählerne Rollen und kreuzte sich selbst in der Mitte. Ich jedenfalls würde mit dem Ding kein Scheunentor treffen, selbst wenn ich vor ihm stünde.

Um den Gegner nicht zu warnen, wurden die Schilde im Sichtschutz der Reling herangebracht, es sollte eine Überraschung werden. Angus übte bereits, die drei Armbrüste zu spannen, die er sich hatte geben lassen, ein Fuß durch den Bügel, dann ein beherzter Griff mit beiden Händen zur Sehne … Es sah mühelos aus, doch ich wusste, wie sehr das täuschte. Die metallene Sehne einer Armbrust besaß in der Regel genug Kraft, um einen Finger abzureißen. Seine mächtige Axt lag griffbereit neben ihm.

Unsere Passagierin hatte gut zwei Dutzend Pfeile aussortiert, mit den anderen schien sie ebenfalls nicht zufrieden, dennoch blieb ein gut gefüllter Köcher für sie übrig.

Sie bemerkte meine Aufmerksamkeit und musterte nun auch mich mit diesen dunklen, mandelförmigen Augen. Dann schaute sie wieder weg, zurück zu dem Schiff, das wieder etwas näher herangekommen war.

Angus grinste breit. »Mach dir nichts daraus, Havald. Sie schaut nicht einmal mich an«, bemerkte er, während er sich die Finger massierte. »Vielleicht mag sie nur Frauen. Es ist eine Verschwendung, aber manchmal spielen die Götter solche Streiche.« Er schaute zu ihr hinüber, und sein Grinsen wurde breiter. »Ich habe versucht sie zu küssen, und sie hätte mir beinahe die Finger gebrochen.«

Serafine hustete, und Leandras Augenbrauen hoben sich.

»Ich hätte Euch dafür kastriert«, teilte sie ihm mit.

Er lachte schallend. »Nun, *das* wäre in der Tat eine Verschwendung gewesen!«

Selbst ich musste über Leandras empörten Blick schmunzeln und war dankbar dafür, denn die Stimmung an Bord war reichlich grimmig.

Schließlich war es so weit. Deral sah mich fragend an, ich nickte, und er gab seine Befehle.

10. Soltars Diener

Für das Schiff hinter uns musste es so ausgesehen haben, als wäre uns ein Tau gerissen, denn unser Segel fing im Wind an zu flattern und zu knallen, während die Leute das gelöste Tau hastig wieder anzogen. Einen Moment dachte ich, es wäre vielleicht zu früh dafür, doch ich hatte die Wirkung unterschätzt. Das andere Schiff holte so schnell auf, als hätte man es aus einem Katapult geschossen.

Von dort waren nun wilde Schreie zu hören, Fäuste wurden in die Luft erhoben und geschüttelt. Ich duckte mich unter die Reling und richtete einen der schweren Schilde auf, die aus drei Lagen mit Leder verstärktem Reisig bestanden, keinen Moment zu früh, denn schon schlug der erste Pfeil hinter mir in die Deckbeplankung.

Deral hatte es vielleicht etwas zu fein geschnitten, denn als die *Lanze* wieder Fahrt aufnahm, hatte das andere Schiff bereits die Entfernung auf weniger als zwanzig Schritt verringert. Das Triumphgeschrei der Piraten war ohrenbetäubend.

Pfeile prasselten auf uns nieder, so viele, dass ich fürchtete, wir hätten unseren Gegner doch unterschätzt, doch neben mir kniete und schoss Varosch in schnellem Takt. Auch die fremde Frau ließ ihren Bogen singen. Sie schoss fast dreimal so schnell wie Varosch, kaum war ein Pfeil von ihrer Sehne geschnellt, lag schon der nächste auf. Im ersten Moment zeigte sich noch wenig Wirkung, und es dauerte auch eine Zeit lang, bis der Feind begriff, was hier geschah, doch dann ließ der Pfeilhagel nach, denn in diesem kurzen Moment hatten Varosch und die Frau gut zwei Dutzend der feindlichen Schützen zu Soltar oder den Fischen geschickt.

Doch das war erst der Anfang, denn neben mir kniete Leandra, die Augen geschlossen, und murmelte vor sich hin, fuhr mit den Fingern durch die Luft, als zöge sie Fäden aus irgendetwas heraus, während der Druck auf meine Schläfen immer größer wurde, bis ich es fast nicht mehr in ihrer Nähe aushielt.

Das war anders als sonst, denn bislang, wenn ich sie Blitze schleudern gesehen hatte, geschah es immer spontan, jetzt aber nutzte sie die Ritualmagie, die sie so faszinierend fand.

Zwischen ihren Händen formte sich langsam ein schimmernder Ball, der immer weiter wuchs, bis er die Größe meiner Faust besaß. Fasziniert sah ich zu, auch wenn mich der Kopfschmerz fast zu erdrücken schien. Knisternde Funken tanzten um diesen Ball herum, stoben zwischen ihren Fingern auf und liefen wie Elmsfeuer über ihre Hände. Schließlich hielt sie den Ball aus Licht, als wäre er aus greifbarem Stoff, und sah zu Zokora hinüber, das Gesicht von Anstrengung gezeichnet.

Ein Pfeil fand eine Lücke zwischen den Schilden und schoss nahe an ihr vorbei, doch Leandra schien es nicht einmal zu bemerken. Zokora nickte ebenfalls, dann Serafine. Gleichzeitig standen die Frauen auf. Leandra hielt den sprühenden Ball in die Richtung des Feindes und ließ ihn los.

Der Ball zerplatzte in tausend kleine Funken, die wie wilde Hornissen auf das Schiff zurasten. Überall wo ein Funken etwas berührte, gab es einen knatternden Blitz, für einen vollen Atemzug dröhnte und krachte es, schien das gesamte gegnerische Schiff in Funken gebadet, die wie Elmsfeuer an den Masten und Segeln hochliefen. Seitlich vom Schiff hoben sich die Wasser, und die Masten schwankten wild zur Seite, sodass gut ein Dutzend Piraten schreiend über Bord gingen und gewiss der größte Teil der anderen den Halt verlor. Im nächsten Moment geschah etwas, das mindestens so unheimlich war: Vom Bug bis zum Heck hüllte schlagartig eine Kugel aus undurchdringlicher Dunkelheit das Schiff ein.

Aus dem Dunkel heraus ertönten verzweifelte Schreie, hier und da stieg Rauch aus der Schwärze auf, brennende Fetzen von Segeltuch lösten sich und flogen davon. Das Schiff fiel zurück, die Dunkelheit verging...

Varosch hatte aufgehört zu schießen und stand nur mit offenem Mund da. Ich schloss hastig den meinen, während wir entgeistert auf das Inferno starrten, das soeben noch ein wehrhaftes Schiff gewesen war.

»Ihr habt recht behalten«, sagte Leandra schweratmend zu Deral, der das brennende Schauspiel genauso fassungslos bestaunte wie der Rest von uns. Selbst die fremde Frau schien beeindruckt. »Es brennt wirklich wie Zunder.«

Es dauerte nicht lange, und das Schiff wälzte sich wie ein schwerfälliger Wal zur Seite, tauchte seine brennenden Segel in die Fluten des Meeres, bevor das Heck sich hob und das Schiff in einem Strudel unter die Fluten glitt. Seit den ersten Schüssen waren vielleicht zehn Atemzüge vergangen.

»Götter«, hauchte ich, als sich Leandra vor Erschöpfung zitternd auf mich stützte. »Ich wusste nicht, dass du zu so etwas in der Lage bist!«

»Ich auch nicht«, flüsterte sie. »Das habe ich selbst nicht erwartet!«

Hinter uns begann die Mannschaft zu jubeln, doch nur kurz, einen Atemzug später brach der Jubel mit einem Schlag ab.

»Ich hoffe nur, Ihr könnt das noch ein zweites Mal tun«, sagte Deral gepresst zu Leandra und wies mit zitternder Hand auf ein anderes Schiff, das auf uns zuflog wie der Falke auf seine Beute.

»Und ein drittes Mal vielleicht auch?«, fragte Angus zweifelnd. Ich folgte seinem Blick, an Steuerbord waren nun auch Segel zu erkennen.

Ich fluchte leise, es war nur diesem Wyvern zu verdanken, dass die Piraten so genau wussten, wo wir waren … ich sah zornerfüllt nach oben … und direkt in den offenen Rachen des Biests, das wie ein Stein herabstürzte, Flügel angelegt, das Gesicht der Reiterin eine Maske aus Hass, als sie wie eine Rachegöttin auf Leandra niederfuhr.

Mein Schwert sprang wie von selbst in meine Hand, während ich Leandra mit der Schulter hart zur Seite stieß. Seelenreißers Stahl leuchtete fahl in meinen Händen, als er sich über meinen Kopf erhob und zuschlug, gerade als das Biest die Flügel ausbreitete, um seinen Sturz zu bremsen. Die mächtigen Krallen fuhren knapp über Leandra hinweg, der Stahl durchtrennte den linken Flügel und das Bein der Reiterin, doch irgendwo im Leib der Bestie fand sich harter Knochen, in dem meine Klinge sich verkeilte.

Ein fürchterlicher Schrei ertönte von dem Biest, in einer Fontäne aus Blut und Innereien lösten sich Bein und Flügel von Echse und Reiter, wie ein Stein schlugen das Untier und die hasserfüllte Furie dort auf, wo ich stand, und brachen mit mir zusammen durch die Reling der *Lanze*, die dort schon durch den Ballistenbolzen geschwächt worden war. Seelenreißers Griff wurde mir aus der Hand gerissen, und ich fiel.

Als ich auf den Fluten aufschlug, sah ich, wie das Biest sich zur Seite wälzte. Seelenreißers Klinge ragte aus der geschuppten Brust des Untiers, dann verschwand sie in den Fluten. Einen Moment lang sah ich das Gesicht der Reiterin, die verzweifelt versuchte, ihr rechtes Bein aus den Schlingen ihres Sattels zu befreien, während ihr Blut das Wasser um sie herum rot färbte, dann versanken Tier und Reiter in den Tiefen.

Meine weiten Gewänder hielten mich über Wasser und erzeugten luftgefüllte Blasen um mich, lange genug, um zu sehen, wie die *Lanze* wie ein galoppierendes Pferd davonzog. Das entsetzte Gesicht am Heck gehörte Leandra, Blut strömte aus einer üblen Wunde an ihrer Stirn, doch sie stand aufrecht und lebte.

Ich hob die Hand zum Gruß. Sie tat es mir nach, ihre Lippen formten etwas, das ich nicht verstehen konnte, dann hob sich eine Welle vor mir und versperrte mir die Sicht. Als sie wieder sank, war die *Lanze* unmöglich weit entschwunden.

Meine Gewänder sogen sich mit Wasser voll, drohten mich in die Tiefe zu ziehen, als etwas mir unsanft in die Seite stieß. Es war ein Stück Mast, abgebrochen von dem Piratenschiff, daran klammerte sich ein Pirat, der mit grimmiger Miene eine Klinge hob.

Ich hielt mich mit der Linken fest, rammte ihm die Rechte gegen die Nase und spürte, wie der Knochen brach. Er sackte in die Fluten zurück, nur ein Seil hielt seinen Arm noch über Wasser.

Ich löste den Knoten, bevor er wieder prustend an die Oberfläche kam, und stieß ihn von dem Maststück weg. Verzweifelt versuchte er sich festzuhalten, griff nach einem meiner Beine, ich trat ihn mit dem anderen, er ließ los, Blasen stiegen auf, und er versank in der Tiefe.

Ein rotes Tuch trieb an mir vorbei, es war eine Schärpe oder etwas Ähnliches, vielleicht hatte sie dem Piraten gehört, vielleicht auch nicht, ich ergriff sie. Das leuchtende Rot war weitaus besser zu erkennen als das dunkle Leinen, das ich noch am Körper trug.

Ich schlang das Seil um Oberkörper und geborstenen Mast, zog den Knoten so fest, dass ich nicht hinausrutschen würde, selbst wenn mich meine Kräfte verlassen sollten, und lehnte erschöpft die Stirn ans nasse Holz.

Schon immer hatte ich fühlen können, wo Seelenreißer sich befand, das Schwert steckte noch immer in der Seite der fliegenden Echse … und versank tief unter mir in der endlosen Dunkelheit.

Ein letztes Mal sah ich das Segel der *Lanze*, als eine Welle mich besonders weit emporhob, erkannte auch die anderen Segel, die ihr folgten, dann sackten der Mast und ich ins Wellental zurück.

Die Nacht kam, und Soltars Tuch präsentierte mir die Sterne in einer Klarheit, wie ich sie zuvor nur selten gesehen hatte. Ich gab die schwache Hoffnung auf, die *Lanze* heranpreschen zu sehen, und konnte nur beten, dass meine Freunde im Schutz der Nacht entkommen konnten.

Vielerlei Gedanken kamen mir. Ich überlegte, ob ich mich von Stiefeln und Gewand befreien sollte, entschied mich aber dagegen, als etwas meine Beine streifte; ich wollte nicht, dass mir die Fische an den Zehen knabberten. Zudem bildete ich mir ein, dass mich meine Kleider wärmer hielten.

In dieser Nacht hatte ich viel Zeit, über all das nachzudenken, was mir widerfahren war. Als dieses Abenteuer begann, hatte ich darauf gewartet, den Tod zu finden. Als nach dieser Nacht im Meer die erste Morgenröte kam, wusste ich, dass ich leben wollte.

Ich brauchte nur den Strick zu lösen, und meine Kleidung würde mich auf den Grund des Meeres ziehen. Ich konnte es jedoch nicht.

Hoffnung, sagt man, sei das größte Geschenk des Göttervaters an die Menschen gewesen. Hoffnung und Glaube.

Eine der Möwen landete auf dem Maststück, beäugte mich mit schrägem Kopf, stellte fest, dass ich noch lebte, und flog enttäuscht davon.

Seelenreißer lag irgendwo tief unter mir auf dem Grund des Ozeans. Nie wieder würde ich die fahle Klinge führen... Zuerst wusste ich nicht, ob ich es bedauern sollte oder nicht, zum Schluss entschied ich, dass ich nun endlich frei war.

Was auch immer geschah, ohne die Magie der verfluchten Klinge gab es nichts mehr, was mich von anderen unterschied. Meine Zeit auf dieser Weltenscheibe war nun wieder begrenzt. Wenn ich das hier überlebte, was mir unwahrscheinlich vorkam, war die Anzahl meiner Jahre vorgegeben.

Ohne die Klinge war ich nicht mehr als ein Schweinehirt. Und froh darum.

Die Möwen, die über mir kreisten, zogen davon, als ich zu lachen begann. Sie hatten recht, sie konnten warten, bis das Leben und der Wahnsinn mich verlassen hatten.

Das Auf und Ab der Wellen war einschläfernd. Es gab nichts zu sehen außer dem endlosen Meer, also schloss ich die Augen. Die Sonne stieg und brannte auf mich herab, ich fand, dass ich gut entschieden hatte, meine Kleidung zu behalten, die Sonne hätte mich hoffnungslos verbrannt. Ich wickelte die rote Schärpe um mein Haupt, und irgendwann schlief ich ein.

Als ich erwachte, waren meine Lippen aufgerissen, Durst plagte mich, und mein leerer Magen reute das Opfer, das ich den Fischen gegeben hatte.

Kicherndes Geschnatter hatte mich geweckt, ich öffnete die Augen und sah eine lange, zahnbewehrte Schnauze, die in einem freundlichen Grinsen endete. Am rechten Auge des Delphins erkannte ich dunkle Punkte, die wie Sommersprossen wirkten. Er schwamm unter mich, stupste mich mit der Nase an und schien mich schnatternd auszulachen. Immer wieder kam er an mich heran, und endlich verstand ich, was er wollte.

So ganz hatte ich die Legenden nicht geglaubt, doch als auch die anderen drei Delphine hinzukamen und mich mit ihren Körpern fast aus dem Wasser hoben, erwiesen sie sich als wahr. Waren es wirklich die Geister von Seeleuten? Waren dies Sinor und Amandus? War das überhaupt wichtig?

Ich sah mich um ... In den endlosen Wassern waren diese vier die Einzigen, die Hoffnung gaben. Hoffnung und Glauben.

Das Seil hatte sich vollgesogen, meine steifen Finger hatten Mühe, die Schlinge zu lösen, doch letztlich gelang es mir. Ich hielt mich noch am Mast fest, da schob sich schon eines dieser treuen Tiere unter meine Hand, ich bekam die Rückenflosse zu fassen, und es schnatterte, als ob es mich beglückwünschen wollte, dass ich endlich verstanden hatte.

Ich ließ den Mast los und hielt mich mit beiden Händen an der Flosse fest.

Ich hatte schon einiges erlebt, aber noch nie etwas, was dem hier glich. Als sie mich durch die Wasser zogen, offenbarte sich die ganze Majestät dieser Tiere. Ich spürte die Muskeln unter der glatten Haut, die machtvollen Schläge der Schwanzflosse, manchmal so schnell, dass ich nicht im Wasser, sondern auf ihm zu liegen schien. Wären meine Stiefel nicht mit Leder verschnürt gewesen, spätestens jetzt hätte ich sie verloren.

Sie waren klug, diese Delphine, denn sie wechselten sich ab, einer zog mich, während die anderen drei uns Gesellschaft leisteten, ihr fröhliches Geschnatter ein Schild gegen die Verzweiflung, eine Botschaft der Hoffnung.

Kein Wunder, dass sie als heilig galten.

In dem Geschnatter schien Sinn zu liegen, auch wenn er sich mir nicht erschloss; es waren nicht die tumben Laute von dummen Tieren, es waren Botschaften mit Verstand, vielleicht versuchten sie mir zu erklären, was sie taten.

Sehen konnte ich es nicht, mehr als Wellen gab es auch nicht zu betrachten, aber ich spürte doch, dass es keine ziellose Reise war, eher glich sie dem geraden Flug eines Pfeils. Sie wussten, wohin sie mich bringen wollten, und sie hatten es, so schien es mir, durchaus auch eilig damit.

Es dauerte nicht lange, bis meine Kräfte erlahmten, doch sie gaben nicht auf. Als ich mich nicht mehr halten konnte, tauchten sie unter mich und hoben mich an, sodass ich atmen konnte, sie drehten mich im Wasser, legten mich zurecht, dann bohrte sich eine dieser langen Schnauzen in mein Gewand, fand einen Halt in meiner Kapuze, die drei anderen schnatterten zufrieden, und ich glitt rücklings über die Wellen, so schnell, dass ich nicht sinken konnte.

Immer wieder schlug das Wasser über mir zusammen, doch meist nur für einen Moment … Ich lernte den Tieren zu vertrauen, geriet nicht mehr in Panik, wenn es geschah, sondern wartete geduldig, bis ich wieder auftauchte, und fand bald einen Rhythmus darin.

Ich fühlte mich seltsam frei. Ich brauchte mir keine Sorgen mehr zu machen, keinen Gedanken daran zu verschwenden, ob Leandras Mission eine Aussicht auf Erfolg besaß, ob ich imstande wäre, sie zu beschützen. Nicht zu grübeln, ob Serafine recht hatte und meine Seele die von Jerbil Konai war … Zokora hatte recht. Mir war diese Last zu viel gewesen, ich hatte sie nicht tragen wollen.

Jetzt war mir die Entscheidung genommen. Ich war frei.

Solche und ähnliche Gedanken begleiteten mich, als die klugen Tiere mich durchs Wasser zogen und die Sonne langsam wieder im Meer versank. Dann, kurz nachdem die Nacht gekommen war, spürte ich es selbst: Es gab eine Strömung, die anders war als zuvor, ein donnerndes Tosen war zu hören und kam näher und näher, die Wellen hoben und senkten sich anders, mit mehr Macht als zuvor. Bevor ich verstand, was geschah, griffen auch die drei anderen Tiere mit ihren Zähnen nach meinen Gewändern und zogen mit aller Macht. Es fühlte sich an, als manövrierten sie mich schneller durchs Wasser, als die *Lanze* jemals hätte segeln können!

Eine Welle hob sich unter uns, noch schneller schlugen die Flossen, dann war es, als ob sie mich davonschleudern würden … Die Woge riss mich mit, und ich schien zu fallen, Panik bemächtigte sich meiner, als die treuen Tiere mich verließen, dann sah ich durch die Gischt die groben Steine, über denen sich die Welle brach, sah mich schon zerschmettert an diesen harten Felsen liegen, doch das geschah nicht, die Felsen verschwanden unter mir in der Wand der Welle, sie brach … und schleuderte mich hinauf aufs Land, das mich mit harter Wucht begrüßte.

Einen langen Moment lag ich dort wie tot, dann rollte ich mich mit schmerzenden Gliedern zur Seite und spie hustend Wasser aus. Ich hob meinen Kopf und sah in der Dunkelheit die Gischt der Brandung hinter mir, kein freundlicher Strand, nein, sondern ein zerklüftetes Gehege steinerner Zähne, die mich hätten zermalmen sollen … Doch ich lag auf dem steinigen Land dahinter. Nur ab und an spülte eine Welle über meine Stiefel.

In der Ferne meinte ich über das Tosen hinweg ein letztes Mal das freundliche Geschnatter zu hören, dann war ich allein mit Felsen, tosender Brandung und einem Strand aus Steinen.

Mit letzter Kraft krabbelte ich auf allen vieren die Böschung hinauf, bis die Wasserlinie mir fern genug erschien. Kraftlos blieb ich dort liegen. Ein besonders spitzer Stein bohrte sich mir in die schmerzenden Rippen, ich zog ihn mit klammen Fingern aus der Erde und warf ihn zur Seite, dann schlief ich ein.

11. Die Feuerinseln

Als ich erwachte, zeigten sich die ersten Spuren der Morgenröte auf Soltars Tuch, doch diesmal war die Nacht nicht klar; schwere Wolken trieben von Norden heran, die ersten Wolken, die ich seit Langem gesehen hatte. Gegen Abend könnte es sogar Regen geben. Auf dem Rücken waren meine Kleider getrocknet, nur auf dem Bauch waren sie noch feucht und klamm.

Mühsam erhob ich mich erst auf alle viere, dann, auf einen Stein gestützt, gelang es mir, mich unter dem Protest von Sehnen und Muskeln aufzurichten.

Ich fühlte mich am ganzen Körper geschunden, und eine ungewohnte Schwere befiel meine Knochen, Durst plagte mich, und mein Magen grollte, als ob er Steine essen wollte. Davon hätte es auch reichlich gegeben, allerdings sonst nichts.

Ich sah dorthin, wo ich gelegen hatte, und schüttelte den Kopf. Das steinige Bett bewies nur wieder, dass ein Mensch überall schlafen konnte, wenn er nur müde genug war.

Dann hob ich meinen Blick und fand mehr Steine, harte, kantige und brüchige schwarze Steine, nur hier und da ein Grasbüschel dazwischen. Nicht weit entfernt tobte noch immer die Brandung an dem schwarzen Basalt. Die Delphine hatten mich gerettet, doch das sichere Land war so trostlos und karg, eine Wüste aus schwarzen Steinen, dass es einem jede Hoffnung nehmen konnte.

Ich ging los, versuchte nicht an Wasser zu denken oder an Sieglindes besten Braten, kämpfte mich die Böschung empor und sah den Grund für diesen allgegenwärtigen schwarzen Stein: Im Hintergrund ragte ein geborstener Kegel empor, ein Vulkan, aus dessen Schlot noch immer Rauch aufstieg. Eine schwarze Zunge hatte sich von dort aus ihren Weg zum Wasser gesucht, an ihrem Fuß hatte ich mich wiedergefunden, aber links und rechts von ihr grünte es, waren Bäume zu sehen, und zu meiner Rechten ragten nicht weit entfernt die Reste eines Turms empor, der auf einer schroffen Klippe stand.

Zumindest war dieses unwirtliche Land früher bewohnt gewesen. Der Turm war mein Ziel, es gab keine andere Möglichkeit, vielleicht konnte ich von dort aus einen Fluss oder Bachlauf finden und erkennen, wohin es mich verschlagen hatte.

Doch dazu brauchte ich den alten Turm nicht zu erreichen, denn auf halber Strecke war ich hoch genug, um mehr zu sehen. Auf der Kante eines halb abgerutschten Wegs öffnete sich eine große Bucht vor mir, und ich blieb stehen und starrte hinab.

Fünf Vulkane reckten sich hier aus dem Meer empor und folgten fast genau einem Dreiviertelrund, das eine tiefe Bucht einschloss. Zwei dieser Vulkane waren hoch genug, dass sie eine Krone aus Schnee trugen, über zwei anderen stieg Rauch auf. An dieser Stelle schmiedeten die Götter die Welt wohl noch.

Ich erkannte diese Inseln, denn ich hatte ihr Abbild auf dem Papyrus oft genug gesehen: die Feuerinseln, einst Stützpunkt der kaiserlichen Marine, nun Hauptquartier eben jener Piraten, die uns verfolgt hatten.

In Wahrheit waren sie aber nur eine einzige Insel, bestehend aus diesen fünf Vulkanmassiven, die miteinander durch mehr oder weniger breite Landbrücken verbunden waren.

Ich hatte mich gefragt, warum in aller Götter Namen das Reich die Piraten nicht aus dem alten Stützpunkt vertrieb. Nach allem, was ich wusste, waren sie eine rechte Plage für den Seehandel.

Erst jetzt verstand ich. Die Fahrrinne, die vom offenen Meer in diese Bucht führte, war eng und gewunden, flankiert von schwarzen Zähnen aus Stein, an denen die Brandung tobte. Und überall dort, wo eine Passage möglich gewesen wäre, hatte man stabile Befestigungen in den Stein geschlagen. Kühne Brücken aus Stein verbanden sie untereinander, und dort oben auf diesen Plattformen lauerten Ballisten auf den, der wahnsinnig genug war, diesen Waffengang zu wagen.

Kein Schiff, und sei es noch so mächtig, war imstande, sich

durch diese Fahrrinne zu kämpfen. So hoch waren manche dieser steinernen Zähne, dass die Ballisten auf den Befestigungen steil nach unten geneigt waren. Ein Bolzen würde nicht die stabile Bordwand treffen, sondern das schwache Deck und mit einem Schuss vielleicht den gesamten Rumpf durchbohren. Umgekehrt war es kaum möglich, so hoch zu schießen.

Ich suchte mir einen Stein, setzte mich und betrachtete das, was vor mir lag.

Die Architekten des Alten Reichs hatten sich auf die Bucht konzentriert, hier, zwischen den massiven Schloten der Vulkane, fand sich das meiste ebene Land, und sie hatten zusätzlich Terrassen errichtet, auf denen sich eng auf eng quadratische und schmucklose Gebäude an die Hänge zwängten. In der Bucht reichten steinerne Molen wie dürre Finger weit ins Wasser hinein, selbst dort, wo es durch die Tiefe dunkler wurde, erkannte ich noch das Schimmern der mächtigen Fundamente. Wie konnte man nur so tief unter Wasser bauen?

Der Hafen bot reichlich Platz, doch er war nur zum Teil belegt. Hier und da sah ich sogar Schiffe, die vor ihrem Liegeplatz versunken waren oder tief im Wasser lagen. Doch gut drei Dutzend Schiffe lagen dort auch noch intakt, zumeist kleiner, als unsere *Lanze* es war. Ich bemerkte noch zwei weitere dieser gefährlichen Schwertschiffe, doch alle verblassten neben den drei Riesen, die nahe der kleinen Stadt vertäut lagen.

Ich zählte nicht weniger als vier Masten an ihnen, und sie ragten so hoch aus dem Wasser, dass ihr Deck höher lag als manche Masten der kleineren Schiffe, die neben ihnen dümpelten.

Alles an diesen Riesen war schwarz, vom Rumpf bis zum Deck, der Takelage und den Segeln. Selbst still im Hafen liegend wirkten sie bedrohlich. An beiden Seiten dieser Schiffe ragten jeweils zwei Plattformen drohend über das Wasser, dort waren schwere Ballisten angebracht, sodass diese Gefährte eher schwimmenden Festungen glichen als allem anderen.

Am Heck waren Banner ausgebracht, groß genug, dass ich das Wappen selbst auf die Entfernung sehen konnte: eine schwarze, gepanzerte Faust auf grünem Feld, die einen Ring oder Reif, vielleicht eine Krone, ergriff und hochhielt.

Unter diesem Banner waren die Truppen von Thalak in unsere Heimat eingefallen. Ich selbst hatte es nie zuvor gesehen – in diesem Krieg hatte ich die Front gemieden –, aber Leandra hatte mir das Wappen gut beschrieben.

Es hier zu sehen, war eine üble Überraschung.

Es bestätigte aber auch, was Leandra und ich schon längst vermuteten: Der Kampf um unsere Heimat war für Kolaron nur ein Teil des Wegs, sein Augenmerk galt Askir. Die alte Reichsstadt musste sein eigentliches Ziel darstellen, nichts anderes ergab einen Sinn.

Jedes dieser Schiffe konnte gut und gern zweihundert Soldaten zusätzlich zur Besatzung aufnehmen, vielleicht auch das Doppelte. Die Küstenlinie von Janas hoch nach Askir gehörte zum Alten Reich, also hatte Thalak hier einen Stützpunkt gefunden, von dem aus es direkt angreifen konnte.

Ich dachte an von Gering, den Botschafter der Reichsstadt in Bessarein, der mir deutlich genug zu verstehen gegeben hatte, dass ein so weit entfernter Krieg wie der unsere schwerlich die Aufmerksamkeit der sieben Reiche verdiente.

Ich fragte mich, ob ihn dieser Anblick wohl zum Umdenken bewegen würde.

Schwerfällig erhob ich mich von meinem Stein, streckte die schmerzenden Glieder, schaute hoch zu dem verfallenen Turm und überlegte, ob es lohnen würde, weiterzugehen. Vielleicht nicht, aber das wusste ich ja erst, wenn ich dort war.

Der Rest des Wegs hoch zu diesem Bauwerk erschien mir doppelt beschwerlich, vor allem aber plagte mich der Durst, eine Erfahrung, die ich so noch nicht gemacht hatte und auf die ich gern verzichtet hätte. Dennoch, ich erreichte bald darauf den Turm. Im Norden zogen noch immer die Wolken auf und versprachen bald kühlendes Nass, aber hier oben auf der Klippe brannte die Sonne noch unvermindert herab.

Der Turm war quadratisch gebaut und stand in einem Hof aus einer gut doppelt mannshohen Mauer. Durch das zerfallene Tor sah ich die Reste anderer Gebäude, vielleicht war das eine ein Stall gewesen, das andere eine Messe oder eine Unterkunft für die Mannschaften. Über dem Tor prangte noch das eingemeißelte Wappen Askirs, doch ein Riss zog sich senkrecht hindurch.

Das Alte Reich mochte für die Ewigkeit gebaut haben, doch nichts widerstand den Kräften der Natur. Hier hatte die Erde gebebt, und Teile des Bauwerks waren geborsten, vielleicht war es sogar derselbe Ausbruch gewesen, der die Basaltzunge geschaffen hatte, an deren Fuß ich mich wiedergefunden hatte.

Ein Stück der Klippe war weggebrochen und hatte eine Ecke des Hofs und auch des Turms seines Fundaments beraubt. Dass der Turm nicht zur Gänze in sich zusammenfiel, besaß einen Grund … Zugleich erklärten die geborstenen Steine auch das Geheimnis der Baukunst des Alten Reichs. Jeder dieser mächtigen Steine, die hier einst so sauber ineinandergefügt worden waren, enthielt an der Oberfläche Rinnen und Bohrungen, dort hinein hatten die Baumeister ein Stück Stahl versenkt, ähnlich dem eines doppelten liegenden Ts. So saß ein jeder Block gleich zweifach auf einer Stange, die ihn mit dem darunter liegenden Block verband, und jeder war zugleich mit seinen Nachbarn auf beiden Seiten durch diese Stangen verbunden.

Kein Wunder also, dass selbst dieses Beben den Turm nicht zum Einsturz gebracht hatte. Nur an der Kante hatte der Erdstoß die Stangen verbogen und die Steine brechen lassen, und doch hielt rostiges Eisen sie noch über dem Abgrund.

In der Mitte des Hofs sah ich die Umrandung eines Brunnens. Hoffnung beflügelte mich, noch immer war die Öffnung mit schweren Planken verschlossen. Ich zog sie beiseite und sah hinab … und wurde bitter enttäuscht. Es war kein echter Brunnen, sondern nur der Zugang zu einer Zisterne, doch sie enthielt kein Wasser, denn es fiel Licht hinein, der Erdstoß hatte sie bersten lassen, und Teile der Zisternenwand waren von der Klippe gerutscht.

Schon wollte ich den Kopf hängen lassen, als ich sah, dass das Licht der Sonne sich in der Zisterne spiegelte. Ich warf einen Stein hinein, seitlich dorthin, wo ich die Spiegelung wahrgenommen hatte … und der helle Schein schlug Wellen. Es gab dort noch Wasser!

Ich suchte nach einem Seil oder einer Kette, doch ich fand nichts, dort unten, gute sieben Mannslängen tiefer, gab es Wasser … aber keine Möglichkeit für mich hinzugelangen!

Der andere Grund, weshalb ich hierhergekommen war, war die Aussicht. Und tatsächlich waren mir die Götter hold, denn von dem hohen Punkt aus sah ich in der Ferne zwischen Bäumen hindurch ein glitzerndes Band, das ein Bach sein musste.

Wenn ich jetzt aufbrach, würde es kaum mehr als zwei bis drei Kerzen brauchen, diesen Bach zu erreichen. Nur … hier unter meinen Füßen gab es bereits Wasser, und meine Gedanken kreisten nur darum.

Die Lösung war offensichtlich. Es gab zwei Zugänge zur Zisterne und den Wasserresten darin: den Brunnenschacht, durch den ich nicht dorthin gelangen konnte – zu glatt waren die Steine gesetzt, ich wäre abgestürzt –, und den anderen, durch den das Licht in die Zisterne fiel. Die Bruchstelle an der Klippe.

Ich trat an den Rand der Klippe, wo ein Stück des Bodens fehlte und Teile der Mauer in die Tiefe gerissen worden waren, und schaute hinab, nur um hastig wieder zurückzutreten. Es ging dort gut und gern dreißig Mannshöhen steil hinab, und dort unten warteten zerklüftete Felsen auf einen lebensmüden Verrückten.

Doch etwas anderes hatte mir der Blick auch gezeigt: Es gab einen Keller, in den die Zisterne gesetzt worden war, und genau dort, wo eine stabile Wand die Zisterne einst vom Keller getrennt hatte, war der Felsen weggebrochen.

Die Tür zum Turm hing windschief in den Angeln und wehrte sich, also nutzte ich Seelenreißers Scheide, die ich noch immer trug, als Hebel und verschaffte mir so Zugang. Der Abgang zum Keller war nicht offensichtlich, doch ich kannte nun ja den Trick.

Es dauerte nicht lange, bis ich die Platte mit den tiefen Fugen fand, allerdings brach ich den Dolch gleich zweimal bei dem Versuch ab, die Platte aufzuhebeln.

Mit dem letzten kurzen Stück der Klinge gelang es mir dann, und unter der Platte fand sich wie erwartet eine Leiter. So alt sie auch war, hielt sie mich doch, dann zwängte ich mich zwischen Kästen und Truhen hindurch zur Ecke des Kellers. Ich fand einen sicheren Halt an einem der Steine, der noch nicht lose war, knotete ein Ende der Schärpe um das Eisenstück, das aus dem Stein ragte, nahm sie fest in die Hand, tat einen beherzten Schritt um diese Wand herum und stand nun in der Zisterne. Und dort in der Ecke fand sich in der Tat Wasser, wenn auch kaum mehr als eine große Pfütze.

Ich hastete dorthin, kniete mich nieder, schlürfte wie ein Hund das kostbare Nass auf und dankte den Göttern dafür.

Es war Regenwasser, und es schmeckte klar und rein und kühl, denn hier herrschte Schatten. Mir kam es vor wie das köstlichste Getränk auf der Weltenscheibe.

Wie durch ein Wunder hatte ich außer Seelenreißer nichts bei meinem Sturz ins Meer verloren. Ich besaß sogar noch meine zwei Beutel, die ich an ledernen Riemen um den Hals trug. In dem einen war eine Summe Goldes, in dem anderen befanden sich die Torsteine. Aber sonst hatte ich nichts bei mir getragen, als mich das Ungeheuer über Bord beförderte. Auch keinen Wasserbeutel.

Ein zerbrochener Dolch mit einem juwelenbesetzten Griff, eine leere Schwertscheide, meine Stiefel, die verstärkte Weste, die mir Armin besorgt hatte, und meine Gewänder. Das war alles und doch mehr, als ich erwartet hatte. Durch das Gold war ich nicht mittellos, doch der einzige Ort, an dem ich es ausgeben konnte, war ein Nest von Piraten.

Ich schwang mich zurück in den Keller – eben hatte ich ihm wenig Beachtung geschenkt –, denn vielleicht fand sich dort ja etwas.

Der Bereich oben war geplündert worden, den Keller hatte

man übersehen, und ich fand in der Tat eine ganze Kiste voll mit Wasserschläuchen, das Leder so brüchig, dass es zerbrach, als ich es berührte. Alte Uniformen, Rüstungsteile, ein gutes Dutzend Hellebarden in gutem Zustand… Bidenhänder, bei deren Anblick mein Rücken schon zu schmerzen anfing, ein paar verrostete Schwerter. Armbrüste mit geborstenem Schaft und verrosteter Sehne… und endlich eine silberne Flasche, schön verziert mit dem Drachen Askirs. Zu meinem Glück hatte sie keinen vermoderten Korken, sondern einen Stöpsel aus Glas, unter dem Silber verbarg sich eine Flasche aus Kristall. Was sich einst darin befunden hatte, war nur schwer zu erahnen, jetzt roch es nach Essig.

Ich kletterte zurück in die Zisterne, spülte die Flasche zweimal aus und füllte sie ein drittes Mal, noch immer war ein leichter Geschmack zu bemerken, doch so wählerisch war ich nicht mehr. Ich hängte die Flasche zu meinen Beuteln unter meinem Wams und schwang mich zurück in den Keller, dieses Mal allerdings war ich unachtsam und wäre beinahe in den Abgrund gestürzt. Doch ich kam mit dem Schrecken davon und zog mich unversehrt an der Schärpe in den Keller hoch.

Hier suchte ich mir unter den Langschwertern das aus, das am besten erhalten war, und schob es in Seelenreißers Scheide. Sie passte, denn Seelenreißers Form und Ausführung entsprach eben diesen alten Schwertern des Reichs. Zudem fand ich einen alten Dolch, brach damit die Juwelen aus dem Heft des anderen, der zerbrochen war, und machte mich gestärkt auf den Weg, froh über das vertraute Gewicht an meiner Seite. Ich war nun nicht mehr wehrlos.

Aber eins war ich auch nicht: frei. Hätten mich die Delphine an andere Gestade getragen, vielleicht hätte ich mich als Bauer niedergelassen oder auch, wie es lange mein Traum gewesen war, als Wirt.

Ser Roderic von Thurgau war in den Fluten umgekommen, die Legende von dem Mann, der das Schwert des Gottes Soltar trug, hatte endlich ein Ende gefunden. Ohne diese Klinge war ich Leandra und den anderen nicht mehr sonderlich von Nutzen, zumal sie Askir lange vor mir erreichen würden. Das waren die Rechtfertigungen, die ich mir in der Nacht zurechtgelegt hatte, in der ich an diesen Mast gebunden trieb. Als ich nicht glaubte, jemals dem nassen Grab entrinnen zu können.

Jetzt aber ... Ich blieb am Tor des Turms stehen und schaute in die Piratenbucht hinab. Jetzt blieb mir nichts anderes, als von hier zu entkommen. Also konnte ich auch gleich versuchen, zu den anderen nach Askir aufzuschließen.

Im Weg standen mir nur eine uneinnehmbare Festung, ein paar Hundert Piraten und fast drei Dutzend Schiffe voller Halunken und Halsabschneider. Irgendwie ging ich davon aus, dass es nicht einfach nur damit getan war, eine Passage zur Reichsstadt zu buchen.

Vom alten Turm zur Piratenbucht war es nicht weit, ein beherzter Sprung in den Abgrund hätte mir einiges an Weg und zugleich mein Leben erspart. So aber war ich gezwungen, den Resten des alten Wegs zu folgen, der zu dem Turm hochführte.

Kein leichtes Unterfangen, denn zum einen durchzogen tiefe Erdspalten das Land, zum anderen war der Weg oftmals ausgewaschen und auch überwuchert, es gestaltete sich also beschwerlich. Die Wolken waren zwar näher gekommen, aber noch immer brannte die Sonne herab. Als ich den kleinen Bachlauf endlich erreichte, waren gut und gern drei Kerzen vergangen. Ohne das Wasser der alten Zisterne wäre die Strecke eine Qual gewesen.

Ich füllte meine Flasche wieder und folgte dem Bachlauf. Mittlerweile neigte sich auch dieser Tag dem Ende zu, es verblieben vielleicht zwei Kerzen bis zum Sonnenuntergang, als ich die ersten Menschen sah.

Ich duckte mich hinter einen knorrigen Baum und ein stacheliges Gebüsch und spähte die Lage aus. Es gab hier eine kleine Brücke aus Holz, die über den Bachlauf führte, ein Weg verlief dort entlang und führte in etwa hundert Schritt Entfernung zu einem Tor in der Mauer, die den Seehafen auf der Landseite schützte. Bislang hatte ich keinen Strand gefunden, an dem ein

Schiff hätte anlanden können, aber das war den Architekten des Alten Reichs wohl nicht Schutz genug gewesen.

Ich hatte gehört, dass die Reichsstadt sehr wohl noch eine Flotte besaß, und ich mochte wetten, dass ihre Admiräle jedes Mal mit den Zähnen knirschten, wenn sie wieder ein Schiff an die Piraten verloren. Ich verstand die Schwierigkeit nun zur Gänze. Auch mir fiel kein Weg ein, wie diese Festung erobert werden konnte.

Hier nun zeigte sich, dass es mehr als nur Piraten auf der Insel gab. Der eine Bursche mit dem brokatverzierten Hemd und dem Entermesser an der Seite trug um den Kopf ein rotes Tuch und war ganz eindeutig ein Pirat. Der andere, ein ausgemergelter alter Mann, aber eher nicht. Er lag auf dem Boden, der Pirat trat ihn mit Füßen und beschimpfte ihn wüst. Neben den beiden flatterten zwei dürre Hühner verzweifelt über den Boden; sie waren an den Füßen zusammengebunden.

Wenn ich es richtig verstand, hatte der alte Mann sich den Unwillen des Piraten zugezogen, weil er wagte, sich darüber zu beschweren, dass der Seeräuber ihm die zwei Hühner abgenommen hatte, die er in der Stadt hatte verkaufen wollen.

Es ging mich nichts an. Der alte Mann hatte nichts mit mir zu tun, und wenn der Pirat ihn hier zu Tode trat, war es nicht meine Schuld. Es wäre dumm von mir, gleich Aufmerksamkeit zu erregen, geradezu töricht, mich hier mit einem Piraten anzulegen. Mit jedem Tritt, jedem schwächer werdenden Stöhnen des alten Mannes, der ganz gewiss in seiner Jugend selbst ein mörderischer Räuber der Meere gewesen war und jetzt nur von seinem Schicksal ereilt wurde, legte ich mir mehr Gründe zurecht, nicht einzugreifen, bis ich mich letztlich aus meinem Versteck erhob und frech vortrat, während ich mir das rote Tuch zurechtrückte, das ich mir hastig um den Kopf geschlungen hatte.

»Gib dem Kerl noch einen Tritt von mir«, empfahl ich dem Piraten. »Die Hühner hat er mir versprochen, und das hat er nun davon, dass er versucht, sie in der Stadt zu verkaufen!«

Pirat und alter Mann sahen mich beide verständnislos an.

»Dat sin' deine Henner?«, brabbelte der Pirat überrascht.

O Götter, dachte ich entnervt, dafür habt ihr uns die Sprache gegeben?

»Un' ob. Abba mach den Alten mir net kaputt, sonst krieg ich gar keine Henner mehr von ihm«, brabbelte nun ich. »Nemm du ein Vieh, ich dat andere, un' gut is … aber ich brauch' den alten Kerl noch.«

Ich war größer als der Pirat, breiter, besaß ein längeres Schwert und sah gefährlich aus. Ich trug zudem ein rotes Kopftuch wie er selbst. Der Pirat sah unsicher von mir zu dem alten Mann und wieder zurück zu mir.

»Nimm schon dat Henner und lass den Kerl mir!«, riet ich ihm, vielleicht übertrieb ich es dabei. Vom Tor aus kamen zwei weitere Gesellen herbei – beide trugen ebenfalls rote Tücher auf dem Kopf – und sahen neugierig zu uns herüber. Einer von ihnen, der jüngere, war überraschend gut gekleidet und glattrasiert, der andere ein Berg von einem Mann, mit dem Gesicht und den Narben eines Preiskämpfers.

Der alte Mann sah mich mit weiten Augen an. »Ich hab den Kerl nie nich' gesehen!«, rief er. »Er lügt!«, fügte er noch hinzu und wies mit einer zitternden Hand auf mich. »Ich schwöre es!«

»Halt's Maul!«, gab der Pirat zurück und trat ihm gegen den Schädel, es knackte laut, der Kopf fiel schlaff zur Seite. Vorwurfsvoll sah der alte Mann mich an, während sein Blick erstarrte. Eine feuchte Stelle breitete sich zwischen seinen Beinen aus, der Pirat und ich schauten beide hin.

So viel zu Vernunft und guten Absichten.

»Behalt die Henner«, schlug ich nun vor, während die zwei anderen immer näher kamen. »Jetzt isses eh egal.« Ich machte Anstalten, an ihm vorbei zum Tor zu gehen, doch jetzt war sein Misstrauen geweckt.

»Wart!«, rief er. »Ich kenn dich nich'!«

»Ich dich auch nich'«, gab ich Antwort. »Kennst du jeden?«

Er überlegte kurz. »Ja«, sagte er dann. »Zu welchem Kahn gehörste denn?«

»Na, wer ist denn heut eingelaufen?«, fragte ich zurück.

»Die *Blaue Kuh* vom Blutigen Marcus«, teilte er mir mit.

»Siehste«, sagte ich und ging weiter, während er da stand und grübelte.

»Ey«, rief er. »Bleib stehen!« Ich hörte das schabende Geräusch, als er sein Entermesser zog. »Ich bin nich' fertig mit dir!«

Die beiden anderen Piraten waren mittlerweile nahe genug, um sich den Toten anzusehen und die Hühner, die noch immer flatterten.

»Hey«, rief einer der Neuankömmlinge. »Rendor, suchst du wieder Ärger? Kein Händel in der Stadt!«

»Wir sin' vor der Mauer«, protestierte Rendor. »Der hier wollt mir mein' Henner stehlen!«, fügte er vorwurfsvoll hinzu und wies anklagend mit seinem Entermesser auf mich. Der jüngere der beiden Piraten, der Wortführer bisher, sah bedeutsam auf den Toten und die Hühner neben Rendors Füßen.

»Ich hab dich gewarnt, Rendor«, sagte er nun unbeteiligt, musterte mich abschätzend und schaute dann fragend zu seinem großen Begleiter hoch. Der Preiskämpfer zuckte mit den Schultern. »Is' vor der Mauer, Ma'kos.«

Der junge Mann lächelte, doch freundlich war das Lächeln nicht.

Er wandte sich an mich. »Ihr habt noch nicht blankgezogen«, stellte er dann fest. »Geht Ihr auf den Händel ein? Ich stehe für Euch gerade.« Er sah verächtlich zu Rendor, der mir nun etwas verwirrt erschien. »Tut mir nur den Gefallen und schickt ihn zu Soltar, er belastet sonst noch mein Gemüt.«

Ich nickte, etwas Besseres fiel mir nicht ein.

»Also gut!«, rief der Preiskämpfer. »Aufs Blut oder aufs Leben?«

»Verrecken soll er«, rief Rendor und spuckte mir vor die Füße.

»Drei Schläge aufs Leben, das sind die Regeln«, verkündete der große Mann. Kaum hatte er es gesagt, stürmte Rendor mit einem Wutschrei auf mich los. Andere Regeln gab es wohl nicht.

Ich zog mein Schwert.

Besser: ich wollte es ziehen. Seelenreißers Klinge war poliert und scharf wie ein Rasiermesser, zudem war sie immer begierig auf einen Kampf. Dieses Schwert war toter Stahl und rostig, nur eine Handbreit kam es aus der Scheide und blieb dann stecken.

Rendors Entermesser schlug mir fast ein Ohr ab, gerade noch rechtzeitig konnte ich ausweichen. Ich ließ Schwert nun Schwert sein, ergriff den Arm mit dem schweren Dolch, zog ihn herum, trat hinter den Kerl, legte meinen linken Arm um seinen Hals, drehte mich und warf ihn über die Schulter. Er versuchte noch, nach mir zu stechen, aber es war zu spät. Sein Körper zog eine hohe Bahn über mich, der Hals jedoch blieb, wo er war, ein Knacken ertönte, lauter als das des alten Mannes, dann ließ ich ihn los und er fiel zu Boden.

Ein feuchter Fleck breitete sich zwischen seinen Beinen aus.

Die beiden Piraten und ich sahen auf Rendor hinab, dann schüttelte der jüngere den Kopf. »Mit dem Schwert könnt Ihr nicht umgehen, mein Freund, aber Ihr seid trotzdem ein guter Kämpfer.« Er bückte sich und zog Rendor den Gürtel ab, nahm ihm das Entermesser aus den leblosen Fingern und schob es in die Scheide zurück. Dann zog er ihm noch zwei goldene Ringe von den Fingern und fischte einen eher schlaffen Beutel unter dem brokatverzierten Wams hervor, um mir dann Gürtel, Dolch, Ringe und Beutel zu reichen.

»Er hat es nicht anders verdient, der Kerl suchte immer Ärger«, erklärte er mir. »Ich hätte ihn nie an Bord nehmen sollen.« Er musterte mich, während ich langsam die Hand ausstreckte, um mein Beutegut in Empfang zu nehmen. »Ich kann gute Leute gebrauchen, vor allem einen besonnenen Kämpfer«, sagte er. »Ich bin Marcus, Kapitän der *Blauen Kuh*. Ihr findet mich im *Durstigen Becher*, aber nur drei Tage lang, dann laufen wir wieder aus.«

Er gab dem Preiskämpfer ein Zeichen, der nahm Rendor und legte ihn sich über die Schultern. Beide drehten sich um und gingen zur Stadt zurück. Der Blutige Marcus schaute noch einmal zu mir zurück. »Vergesst Eure Hühner nicht«, rief er und lachte laut, bevor er sich abwandte und davonging.

Ich steckte Beutel und Ringe ein und warf mir den Gürtel mit dem schweren Entermesser über die Schulter. Ich tat einen Schritt in Richtung Festung, blieb dann stehen und sah auf den alten Mann hinab.

Letztlich war er gestorben, weil er die Wahrheit gesagt hatte. Das war ein scharf gespaltenes Haar, aber wenigstens war es etwas Gutes, das ich über ihn sagen konnte.

Ich schickte Soltar ein stilles Gebet, drehte mich um, griff die beiden »Henner«, die wild flatterten, und ging zum Festungstor.

Es gab dort ein altes Wachhaus, aber es war nicht besetzt. Also ging ich einfach weiter.

Auf dem Markt konnte ich die beiden dürren Hühner gegen ein halbes zähes Karnickel tauschen, wenigstens war es schon gebraten und musste nicht erst noch abgezogen werden. Also saß ich etwas später unten am Hafen, unweit der Stelle, an der die drei mächtigen schwarzen Schiffe lagen, und tat so, als gehörte ich hierher.

Ich hatte schon gehört, dass Piraten bunt gekleidet sein sollten. Nun, zum Teil traf es zu. Viele trugen die mehr oder weniger gut erhaltenen Reste von kostbaren Kleidungsstücken, vor allem Brokatwesten waren außerordentlich beliebt. Allerdings schien es egal zu sein, ob ein solches Kleidungsstück zu dem passte, was man bereits trug. Ich sah einen Piraten, der einen kostbar bestickten Frauenrock trug, ein Mieder darüber, das ihm den Rücken freiließ, und dazu eine rote, mit goldenen Borten bestickte Jacke. Das unvermeidliche Kopftuch war lavendelfarben, der Kerl war reich mit Henna geschminkt und trug zwei große Äxte durch die Schlingen seines Mieders gesteckt.

Ich lächelte etwas wehmütig, Armin wäre bei dem Anblick sicherlich in Ohnmacht gefallen. Der weitaus größte Teil der Leute aber lief barfuß und in Fetzen umher … Nun, manche der ehemals kostbaren Kleider waren in keinem besseren Zustand.

Zurzeit war auch ich barfuß, hatte meine Stiefel zum Trocknen neben mir auf den steinernen Poller gestellt und schonte meine gequälten Füße. Ihr Zustand würde mich lehren, noch einmal in nassen Stiefeln wandern zu wollen. Ich fürchtete schon jetzt, wie es sich anfühlen würde, wenn ich meine aufgequollenen und blutigen Füße wieder in die Stiefel zwängen musste.

Diese alte Festungsstadt hatte einen kleinen Markt, der zwischen Hafen und den engen Gebäuden eingeklemmt war; dort drängten sich dicht an dicht die ganze Pracht und das Elend zugleich. Es gab solche, die wie feine Herren mit Sänften getragen wurden, andere waren abgemagert bis auf die Knochen, und mehr als einer litt an schwärenden Wunden oder an Geschwüren.

Die Frauen aber waren oft am schrecklichsten anzusehen. Ihre Gewänder waren meist prachtvoll, aber was darin steckte, bereits in jungen Jahren verbraucht. Auf dem Weg vom Tor zum Hafen gab es mehr als eine, die sich mir anbot, von zahnlosen alten Vetteln bis hin zu jungen Mädchen, die gewiss das erste Blut noch nicht gesehen hatten. Meist waren es schwarze Zahnstummel, die das verheißungsvolle Lächeln zu einem Schrecken werden ließen, mehr aber entsetzte mich ihr stumpfer Blick.

Es gab eine Grenze, über die hinweg ein Mensch ein Leid nicht tragen konnte, ohne dabei zu brechen. Ich hatte solche Blicke schon zuvor gesehen, aber nie in dieser Zahl und zugleich in solch jungen Gesichtern, die doch älter schienen als mein eigenes. Es gab hier auch Kinder, sie rannten halbnackt umher, manche von ihnen schon von der Last des Lebens erdrückt, andere jedoch lachten inmitten der Verzweiflung.

Wenn der Blick der Leute nicht von Leid stumpf und tot war, war er misstrauisch oder mordlüstern. Ich trug Schwert und Dolch, damit war ich hier unterbewaffnet; es schien an diesem Ort ein Wettbewerb zu herrschen, wer die meisten Waffen tragen konnte, ohne dabei zu stolpern.

Während ich dort saß und das Karnickel abnagte, kam ein kleines Mädchen zu mir. In Lumpen gekleidet und abgemagert stand es dort und sah mich mit großen Augen an. Es sagte nichts, es schien auch nicht zu betteln, nur wenn ich kaute, kaute es auch, wenn ich schluckte, schluckte auch das Mädchen. Ich hatte Hunger wie ein Wolf, aber jeder Bissen fiel mir schwerer und schwerer, bis mir das Essen im Halse stecken blieb.

Ich hielt ihr den Rest des dürren Bratens hin, sie sah mich ungläubig an und kam dann zu mir, streckte die Hand aus, nicht nach dem Braten, sondern nach meinem … Hosenbund!

Beinahe hätte ich bei dem Versuch, ihr auszuweichen, meine kostbaren Stiefel ins Hafenwasser gestoßen. Ich schüttelte nur entsetzt den Kopf und hielt ihr das Karnickel hin. Endlich verstand sie, riss mir den Braten aus der Hand und rannte davon, als wäre der Namenlose selbst hinter ihrer Seele her.

Ich sah ihr fassungslos nach und hätte es beinahe versäumt, einem alten Mann meine Stiefel zu entreißen. Der zischte mich an wie eine Natter, bedachte mich mit einer unflätigen Geste und rannte ebenfalls davon, so schnell ihn seine dürren Beine trugen.

In meiner Jugend hatte ich Leid und Elend gesehen, war Zeuge geworden, wie der Hunger Menschen dahinraffte, auch wie Gier und reine Selbstsucht sie zu Tieren werden ließen. Dennoch, selbst in Kelars finsterster Stunde, als die Getreidespeicher meiner Heimatstadt nicht ein Gerstenkorn mehr enthielten, war es niemals so übel gewesen wie hier, denn oft genug brachten Menschen die Größe auf, mit Fremden das wenige zu teilen, das sie noch besaßen.

12. Ein Geschäft

Ich sah auf meine Stiefel herab, seufzte und zwängte meine schmerzenden Füße in das Leder. Was hier so auf den Straßen herumlag, ließ mir keine andere Wahl. Nicht allein meine Füße schmerzten, nein, mein ganzer Körper war geschunden, auch meine Rippen stachen. Ganz von selbst war die Reling nicht gebrochen.

Es schien, als ob nach dem Stillen von Durst und Hunger mein Körper mich nun an die anderen Dinge erinnern wollte, die bei mir im Argen lagen.

Ich lebte, war gesättigt, mehr oder weniger unbeschadet, und noch immer wusste ich nicht, was ich tun sollte.

Vielleicht noch eine halbe Kerze blieb, bevor die Sonne unterging, Zeit genug, dieses Piratennest etwas eingehender zu erkunden. Zuerst aber kaufte ich einen Wetzstein bei einem der Händler, drei Kupferstücke wollte er, ich bedachte den unverschämten Kerl mit einem Basiliskenblick, und er duckte sich, doch um mehr als einen Kupferling konnte ich ihn nicht drücken, ohne ihn schlagen zu müssen.

Die Nacht stand bevor, und es stellte sich die Frage, wo ich einen sicheren Ruheplatz finden konnte, wenn es einen solchen hier überhaupt gab. Es existierten mehr als genügend üble Spelunken am Hafen, aus jedem zweiten Haus drang grölendes Gelächter. Ich hatte allerdings meine Zweifel daran, lebend wieder aufzuwachen, wenn ich mir in einer von ihnen ein Bett suchte.

Gedränge und Geschrei erregten meine Aufmerksamkeit.

Es war ein Anblick, den ich so ähnlich schon öfter gesehen hatte: eine Plattform, darauf ein Mann in Ketten, daneben ein grinsender Kerl, der die Vorzüge des Opfers anpries. Eine Sklavenversteigerung. Neben der Plattform standen eine kleine Esse und ein Schmied mit seinem Gesellen, die das Geschehen unbeteiligt beobachteten. Welchen Dienst sie anboten, war leicht zu erkennen, denn auf einer Stange hingen gut drei Dutzend Halsbänder aus Metall, von feinem, zierlichem Silber bis hin zu schwerem, rohem Eisen.

Die Versteigerung hatte gut vier Dutzend Zuschauer, doch nur zwei oder drei boten ernsthaft mit. Zwei Männer und eine Frau, und alle drei sahen mir nicht wie Piraten aus.

Sklavenhändler aus Bessarein. So also kamen die unglücklichen Opfer der Piraten auf den Sklavenmarkt in Janas. Eine vierte Person im Kreis der Zuschauer erweckte meine Aufmerksamkeit. Er trug eine dunkle, lederne Rüstung, die mir irgendwoher bekannt vorkam, besaß pechschwarze Haare und eine blasse Haut. Bewaffnet war er mit einem schlanken Schwert, und seine Haltung sollte wohl erhabene Unberührbarkeit darstellen.

Die bleiche Haut und das pechschwarze Haar erinnerten mich an die Wyvernreiterin, und an ihr hatte ich auch eine solche Lederrüstung gesehen, allerdings in Rot. Das Gesicht des Mannes war feingeschnitten, mit einem schmalen Mund, einer geraden Nase und dunklen Augenbrauen. Die Haut war dünn wie Pergament, und fast meinte ich, Adern durchschimmern zu sehen.

Auf solch bleicher Haut und mit schwarzen Haaren hätte sich ein Bartschatten zeigen müssen, selbst wenn der Mann noch so gut barbiert gewesen wäre, doch das war nicht der Fall. Von der Statur her war er schlank und nicht besonders groß, aus meiner Warte wirkte er sogar etwas zierlich. Dennoch wäre es ein Fehler, ihn zu unterschätzen, denn das Leder seiner Rüstung schmiegte sich an schlanke Muskeln. Nur weil ein Mann kein Berg war und nicht mit quellenden Muskeln daherkam, war er nicht ungefährlich. Menschen dieser Statur waren meist gewandt und schnell. Ein schneller, treffsicherer Stich mit einer schlanken Klinge konnte genauso tödlich sein wie der Hieb mit einer mächtigen Axt.

Sein dunkler Blick glitt gelangweilt über mich, ich sah nicht weg, sondern scheinbar durch ihn hindurch, zu einem ausgezehrten Mann, der hinter ihm stand. Der bleiche Kerl schaute wieder weg, und ich atmete auf.

In der Menge hier gab es mehr als eine gefährlich aussehende Gestalt. Dies waren die Feuerinseln, ein Nest von Piraten, die sich als Pest der Meere verstanden. Aber so dicht gedrängt sie hier auch um die Plattform standen, dem Bleichen ließen sie einen guten Schritt Platz.

Ich brauchte nicht zu raten, um zu wissen, dass dieser Mann von einem der schwarzen Schiffe kam, die hier im Hafen lagen.

Von Leandra hatte ich erfahren, dass die Armeen, mit denen das Imperium von Thalak unsere Lande überzog, meist schlecht gerüstet waren. Sklavensoldaten aus anderen Feldzügen, zum Krieg gepresste Bauern, das war die Hauptmacht unseres Gegners. Aber es gab noch andere, besser ausgerüstete Truppen, darunter auch Veteranen und Elitesoldaten. Man sah sie selten, in der schieren Masse des Fußvolks gingen sie unter. Bei der Unterwerfung von Kelar waren auch dunkle Mächte und Magien zum Einsatz gekommen, also wussten wir bereits, dass Nekromanten Thalak dienten, vielleicht auch Maestros, die sich dunklen Dingen geöffnet hatten.

Dieser Mann wirkte befehlsgewohnt. Er war gewiss kein einfacher Soldat. Von Natalyia wussten wir, dass es in Thalak eine Klasse von Adligen gab, die als Kriegsfürsten bekannt waren. Gut ausgebildet und geschult, sorgsam unterwiesen in Taktik und Strategie, bestand ihr Leben darin, dem Herrscher von Thalak im Krieg zu dienen. Keine Generäle, wie wir sie kannten, sondern Befehlshaber, die dorthin gingen, wo sorgsame Planung notwendig erschien, ohne den Truppen fest zugeordnet zu sein. Natalyia hatte auch erwähnt, dass Kolaron oft bestimmte, wer wen zu ehelichen hatte. Vielleicht betrieb er eine Zucht, um gewisse Eigenschaften zu verstärken … Unser Feind mochte Schönheit um sich herum.

Möglicherweise war dieser Mann also einer der Kriegsfürsten, Spross einer Linie, die seit Jahrhunderten von Kolaron geformt worden war.

Oder ein Maestro der dunklen Künste.

Während ich diesen Gedanken nachhing, war der Unglückliche auf der Plattform versteigert worden, für eine, wie es mir schien, lächerliche Summe. Die acht Silberstücke, die er einbrachte, fanden sich sogar in Rendors schlaffem Beutel.

In meiner Heimat gab es keine Sklaverei. Es hieß in den Schriften, dass kein Mensch über die Seele eines anderen bestimmen sollte. Unsere Priester lasen diese Zeile so, dass kein Mensch einem anderen gehören dürfe, und danach war auch das königliche Recht ausgerichtet.

In Bessarein aber nahm man die gleiche Zeile und las sie anders: Die Seele war frei, doch der Körper konnte besessen werden. Schließlich, so argumentierte man dort, besaß der Vater auch das Recht auf die Kinder und auf den Leib der Mutter. Im Buch Astartes wiederum stand etwas anderes, dort wurde genauer geregelt, *wann* der Mann das Recht auf die Frau besaß... nur dann nämlich, wenn er seinen Pflichten nachgekommen war. Im Buch Borons regelte der Gott den gerechten Umgang aller miteinander, welche Pflichten der Sohn dem Vater, die Tochter der Mutter, die Frau dem Mann und die Menschen untereinander erfüllen sollten.

So weise Boron auch war, schien es mir, als ob er schlichtweg die Möglichkeit übersehen hätte, dass Menschen auf die Idee kommen könnten, andere als Besitz anzusehen. Borons Priester argumentierten, dass es aus dem Gesamten zu erkennen wäre, andere wiederum beriefen sich darauf, dass es nicht ausdrücklich verboten worden war.

Das Schicksal der Prinzessin Marinae trug vielleicht dazu bei, diesen elendigen Handel in Gasalabad weiter einzuschränken, doch in den anderen Emiraten war mit menschlichem Vieh noch immer gutes Gold zu verdienen.

Ich sah zu, wie der Mann von seinen Ketten befreit und ihm vom Schmied ein kupfernes Halsband angelegt wurde. Der Sklave kniete sich ohne Widerstand, aber mit angsterfüllten Augen vor dem Amboss nieder, ein kupferner Stift wurde kalt in die Ösen des Halsbands eingeführt, und der schwere Hammer fuhr hernieder... und traf den Stift genau, ohne den Hals des Mannes zu berühren. Die Blutspritzer um den Amboss herum verrieten, dass es nicht immer so ablief.

Erleichtert stand der Sklave auf, ging die Stufen hinab und kniete sich neben die Frau, neben der schon zwei weitere Sklaven knieten, einer davon ein junges Mädchen. In einer Art großem Leiterwagen hinter ihr lag ein anderer Unglücklicher. Dieser trug ein massives Band aus Eisen um Hals, Hand und Fußgelenke, mit Ketten dazwischen; üble Verbrennungen zeigten, dass sie ihm heiß angelegt worden waren. Das Mädchen, das ergeben neben der Sklavenhändlerin kniete, trug eines dieser leichten Silberbänder um den Hals und zeigte keine Anzeichen von Misshandlung, der andere im Wagen war so hart gegeißelt worden, dass es mir nicht sicher schien, ob er überleben würde.

Damit der neue Besitz nicht auf falsche Ideen kam, wurde die Händlerin von vier kräftigen Männern begleitet, die sowohl lederumwickelte Knüppel als auch gezackte Eisenkeulen an den Gürteln trugen. Einer von ihnen hatte einen Bart, der ihm fast bis an den Bauchnabel ging, und lange fettige Haare, in denen er sich unentwegt kratzte.

Grob kannte ich die Bedeutung der Bänder. Silber stand für den Leib, Kupfer für das Haus und Eisen für das Land und die härtesten Arbeiten. Es gab auch goldene Bänder, aber man sah sie selten, und noch seltener standen solche Sklaven zum Verkauf. Ihr Sinn erschloss sich mir kaum, denn wenn es bedeutete, dass man den Sklaven als Teil der Familie ansah, warum dann nicht das Band ganz entfernen?

Einen Moment lang war die Plattform leer, ich dachte schon, die Versteigerung wäre vorbei, doch das Geraune der Leute nahm eher zu, als würden sie mit Spannung etwas erwarten.

So war es auch, denn offenbar kam der Höhepunkt der Versteigerung erst jetzt. Vier Männer traten aus dem Zelt des Sklavenhändlers und trugen einen mit altem Segeltuch verhüllten Käfig hoch zur Plattform.

Der bleiche Mann verlor seine nachlässige Miene, auch er sah gespannt hoch, die Sklavenhändlerin ließ sich von einem ihrer

Männer den Inhalt einer kleinen schwarzen Kiste zeigen. Ich sah Gold darin funkeln, sie nickte, auch wenn ich Zweifel in ihrer Miene bemerkte. Die beiden anderen Sklavenhändler schauten eher etwas missmutig drein.

Der fettleibige Verkäufer watschelte auf die Plattform, stand nun vor dem verhüllten Käfig, wischte sich den Schweiß von der Stirn und hob nach Aufmerksamkeit heischend die Hände.

»Wir kommen zum Höhepunkt unserer Versteigerung«, sprach er und nuschelte dabei. »Seit drei Dutzend Jahren verkaufe ich die besten Sklaven, die man finden kann, aber noch nie gab es eine solche Gelegenheit! Dieser Sklave wird einem Emir oder gar dem Kalifen oder einem König gehören! Nicht nur, dass sein Anblick die Augen der Seras entzücken wird, er sich sauber hält und Manieren besitzt, nein, all das verblasst neben der großen Gabe des Wissens, das dieser Mann seinem glücklichen Besitzer bringen wird! Dieser Sklave ist gefährlich wie eine Raubkatze, doch fürchtet euch nicht, denn er wird sein Leben geben, um euch zu verteidigen, denn er kommt mit einem Halsband aus Macht und Magie, gebunden an diesen Stein, den ich hier halte!« Der Händler hielt einen silbernen Armreif mit einem großen schwarzen Edelstein darin empor. »Er ist ein Krieger von außerordentlicher Gefährlichkeit, war über lange Jahre eine Plage für unsere neuen Freunde, doch Fürst Celan hier besiegte ihn persönlich in hartem Kampf!« Der Händler verbeugte sich vor dem bleichen Mann in Leder, um dessen Lippen nun ein zufriedenes, wenngleich gehässiges Lächeln spielte.

»Er hätte ihn erschlagen können, doch in seiner Gnade entschied Fürst Celan, ihm ein Leben in Fesseln zu gewähren. Er selbst schuf das magische Band, das nun den Sklaven bindet. Ein solches Geschäft wird es nie wieder geben, denn dieser Sklave ist einer der Letzten seiner Art!«

Also war dieser Celan beides: Kriegsfürst und Maestro. Oder gar ein Nekromant.

Auf ein Zeichen hin zog ein Gehilfe das schwere Segeltuch vom Käfig.

»Ein Sklave für einen Herrscher, und so ist auch das Mindestgebot gesetzt: zehn goldene Kronen für einen der letzten Elfen, magisch gebunden und unsterblich!«

Es war, als ob ein Blitz durch die Menge fuhr, ein großes Geraune, Ahs und Ohs folgten, und noch während ich ungläubig hinsah, hob die Sklavenhändlerin ihren mit allerlei Gold beringten Arm. »Zehn Kronen!«, rief sie schallend über die Menge. Einer der anderen Sklavenhändler hatte die Hand bereits erhoben und warf ihr einen bösen Blick zu. »Elf Kronen!«, rief er jetzt, während der dritte Händler unzufrieden in seinen Beutel starrte und den Kopf schüttelte.

Der Elf stand aufrecht in dem Käfig, nackt, wie die Götter ihn schufen. Er war verletzt, zeigte deutlich die Spuren eines harten Kampfs, aber man hatte seine Wunden versorgt. Mit Runen versehene Stangen hielten seine Hand- und Fußgelenke auseinander, eine Kette um seinen Hals zwang ihn, aufrecht zu stehen, eine Zunge aus Stahl verhinderte, dass er sprechen konnte. Seine Augen, von tiefstem Grün, wanderten verächtlich über die Menge. Sklave mochte er sein, gebrochen war er noch nicht. Er war tatsächlich ein Elf, besaß die feinen Gesichtszüge seiner Art und ähnelte zudem in starkem Maße einem von Prinz Imras Waffenbrüdern, Reat, dem schweigsamsten der Elfen aus Imras Gefolge.

»Elf Kronen und fünf Silberstücke!«, rief die Frau.

»Zwölf!«

»Fünfzehn Kronen!«, rief die Frau, und ihre Stimme überschlug sich fast dabei. Der andere öffnete den Mund, schüttelte dann den Kopf und warf ihr einen mörderischen Blick zu.

»Fünfzehn Kronen für den sagenhaften Elfen!«, rief der Verkäufer mit Goldgier in den Augen. »Bietet jemand mehr für einen der letzten Elfen?«

»Zwanzig«, hörte ich mich sagen, als ich vortrat und die Hand erhob. »Ich biete zwanzig Goldkronen.«

Die Frau fuhr herum, als hätte sie eine Tarantel gestochen, und sah mich ungläubig an.

»Zwanzig Goldkronen und … und sieben Silberstücke!«, rief sie.

Ich schaute sie kalt an. »Fünfundzwanzig Kronen«, erwiderte ich und legte Verachtung in meine Stimme.

Es herrschte Stille. Der Händler schaute zu der Frau, die mich wütend anstarrte und auf ihrer Lippe herumkaute, dann zu mir und musterte mich misstrauisch. »Habt Ihr das Gold dabei, Esseri?«

»Ja«, antwortete ich nur.

Ich trug noch immer die dunklen Gewänder, die bei den Leibwachen in Bessarein so beliebt waren und sich kaum von dem unterschieden, wie Sklavenhändler sich kleideten. Ich griff unter mein Wams und holte meinen Beutel heraus.

»Ich biete dreißig Goldkronen«, sagte die Frau nun entschlossen. »Ihr müsst nur bis morgen warten, Epharin.«

Epharin schüttelte den Kopf. »Ihr kennt die Regeln, Sera«, gab er ihr bedauernd zur Antwort.

Fürst Celan trat an mich heran und beäugte mich. »Sagt, Ser«, sagte er in einem weichen Akzent, »was gedenkt Ihr mit ihm zu tun?«

Ich schaute ihm direkt in diese dunklen Augen. »Ist es wahr, dass er das Wissen der Elfen in seinem Kopf trägt?«

Der Fürst nickte. »So ist es.«

»Und dieser Armreif mit dem Stein zwingt ihn, mir die Antworten zu geben, die ich suche?«

Er nickte erneut.

Ich zuckte mit den Schultern. »Dann werde ich ihn ausquetschen, bis er wie eine vertrocknete Dattel ist … und für danach kenne ich einen Ort der Freuden, wo er mir das Gold wieder hereinholen wird.« Ich sah abschätzig zu dem Elfen hinüber. »Er wird lange jung bleiben und lernen, die Seras glücklich zu machen.«

»Ihr wollt ihn verhuren?«, fragte er erheitert.

»Letztlich, ja«, sagte ich. »Oder ich lege ihn zu den schönsten meiner Sklavinnen und züchte mir Nachwuchs.«

Wenn Blicke töten könnten, wäre ich in diesem Moment in Rauch und Feuer aufgegangen, selten zuvor hatte mich jemand so angesehen, wie es der Elf nun tat.

Doch Fürst Celan nickte befriedigt und gab dem Verkäufer ein Zeichen.

»Nun denn, Esseri«, sagte der. »Wenn Ihr das Gold wirklich habt, dann gehört er Euch.« Er gab mir ein Zeichen, an die Plattform heranzutreten.

Nun, es war knapp. Nachdem er die Münzen aufgewogen hatte, blieben mir noch zwei Goldstücke und die Silberstücke aus Rendors Beutel. Ich erhielt ein Schriftstück in den geschwungenen Buchstaben Bessareins, kein Wort davon konnte ich lesen, dann drückte der Händler mir den Reif in die Hand und gab seinen Schergen ein Zeichen, den Elfen aus seinem Käfig zu befreien.

»Wie beherrsche ich den Kerl?«, fragte ich.

»Gar nicht«, sagte der Händler.

Fürst Celan, der noch in der Nähe war, trat an mich heran. »Es ist einfach«, meinte er. »Die Magie verpflichtet ihn zu höchster Loyalität dem Träger des Reifs gegenüber. Es ist, als ob er Euch über sein Leben hinweg liebt, er wird alles tun, was Ihr wünscht.«

Ich sah zu, wie der Elf aus dem Käfig gezerrt wurde.

»Wozu die Stangen und Ketten, wenn er magisch gebunden ist?«, fragte ich. »Nicht, dass ich Euch nicht trauen würde ... doch es ist durchaus ungewöhnlich, nicht wahr?«

Er lachte leise. »Natürlich traut Ihr mir nicht«, sagte er. »Das ist auch Euer gutes Recht. Es ist so: Die Ketten und Stangen sind mein Besitz. Sie sind nötig, weil er noch nicht auf Euch geprägt ist. Das geschieht jedoch, sobald Ihr ihm den Halsreif umlegt.« Er schaute auf das Schmuckstück in meiner Hand herab. »Legt ihn an und probiert es aus.«

Ich tat wie geheißen, und vorsichtig lösten die Schergen die silbernen Stangen und Ketten vom Elfen, während erst Entsetzen und dann ein leerer Blick in seine Augen trat. Ich ging vor ihm auf und ab, und sein Blick folgte mir wie der eines Hundes.

»Probiert es aus«, forderte mich der Fürst erneut auf. Ich zückte meinen Dolch und zog einen blutigen Schnitt über den rechten Arm des Elfen. Er stand da, schluckte und weinte, in seinen Augen der verständnislose Blick eines Hundes, der nicht begriff, warum er bestraft wurde. Ich steckte den Dolch wieder ein.

»Seht Ihr?«, fragte der Fürst. »Es wirkt vortrefflich!«

Ja, das sah ich. Einen langen Moment überlegte ich mir, ob ich Celan hier und jetzt erschlagen sollte. Hätte ich noch Seelenreißer besessen, wäre es wahrscheinlich schon erledigt.

»Gut«, sagte ich, deutete eine knappe Verbeugung vor dem Fürsten an und ging davon, geradewegs als ob ich wüsste, wohin ich gehen wollte. »Komm!«, rief ich über meine Schulter, und mein Elf trottete hinterher.

13. Kurzweil für Piraten

Während ich zielstrebig davonschritt, schalt ich mich einen Narren. Was hatte mich nur geritten, mich so tief zu verstricken? Nicht nur, dass dieser Fürst Celan sich jetzt an mich erinnern würde, diese drei Sklavenhändler waren mir auch nicht wohlgesonnen. Üblicherweise vergaßen mich Menschen nicht leicht... und was jetzt? Ich hielt inne, löste das Armband von meinem Arm und schaute zu meinem Elfen zurück, doch der sah mich nur treuherzig an. Ich mochte Hunde durchaus, aber nicht solche, die auf zwei Beinen liefen.

»Haltet ein, Esseri«, rief die Sklavenhändlerin hinter mir. Sie war mir nachgeeilt und stellte sich mir nun in den Weg. Ihre Leibwächter waren nicht mitgekommen, die kümmerten sich wohl um die menschliche Ware. »Ich gebe Euch fünfunddreißig Goldkronen für ihn«, rief sie mit bebendem Busen. »Damit habt Ihr in einem Tag zehn Goldstücke gutgemacht!«

»Ich will ihn nicht verkaufen.«

»Ihr seid dumm, wenn Ihr auf den Handel nicht eingeht, Esseri«, beharrte sie. »Nun gut, ich gebe Euch fünfzig... aber ich werde bis morgen Abend brauchen, um das Gold zusammenzubekommen!«

»Nein!«, sagte ich und wandte mich ab. Sie legte ihre Hand auf meinen Schwertarm und hielt mich mit überraschender Kraft zurück. »Das ist mein letztes Angebot, Esseri«, sagte sie mit einem seltsam verzweifelten Ton in der Stimme.

Ich nahm ihre Hand und löste sie mit Nachdruck von meinem Arm. »Ich sagte, er ist nicht zu verkaufen.«

Sie schaute hoch zu mir und rieb sich das Handgelenk, dann nickte sie steif. »Wie Ihr wünscht, Esseri«, entgegnete sie kalt. »Ihr werdet es bereuen.« Damit drehte sie sich mit wehenden Röcken um und marschierte davon. In dem Moment erinnerte sie mich ein wenig an Leandra.

Da war der Poller aus Stein, auf dem ich vorhin noch gesessen hatte, dorthin ging ich und setzte mich, der Elf setzte sich wortlos daneben. Ich sah ihn an, und er erwiderte treu meinen Blick. Die Elfen hatten uns geholfen, ohne nach einer Gegenleistung zu fragen. Sie waren mir fremd, erschienen mir fast wie naive Kinder und zugleich irgendwie weise. Ich mochte sie. Ich hatte ihn nicht in diesem Käfig lassen können. Ich würde es jederzeit wieder tun. Also hatte ich jetzt kein Gold mehr, dafür einen Elfen. Gut, in Ordnung, dann war es so.

Aber was sollte ich jetzt tun?

Ich musterte meinen nackten, geschundenen Besitz und stand auf. Vorhin hatte ich auf dem Markt einen Stand gesehen, an dem Kleider gehandelt wurden. Eine halbe Kerze und zwei Silberstücke später trug der Elf eine dunkle Robe und Sandalen, ein Fortschritt, wenn auch nur ein kleiner. Außerdem hatte ich ihm Rendors Gurt und Entermesser gegeben.

Dann fiel mein Blick auf ein Wirtshaus, ein Stück seitlich abgesetzt vom Markt, das etwas besser zu sein schien. Zumindest lagen keine Betrunkenen vor der Tür, und der weiße Putz blätterte auch noch nicht ab. Über dem Eingang hing ein großer vergoldeter Becher, dem der Boden fehlte. Der *Durstige Becher*, vermutete ich. Ein gewisser Blutiger Marcus hatte hier Quartier genommen. Wenn die Piratenkapitäne hier abstiegen, dann war dies vielleicht eine bessere Wahl als die anderen Spelunken. Oder auch nicht. Am Eingang stand ein bulliger Bediensteter mit einem schweren Knüppel, er musterte mich und den Elfen, sagte aber nichts.

Ich stieß die Tür auf und trat ein.

Es war ruhig hier, die Tische standen gerade, der Boden war sauber, es stank nicht allzu sehr nach Bier, und der Wirt sah nicht aus, als ob er mir seine Mutter verkaufen wollte. Ich war angenehm überrascht. Der Gastraum war vielleicht zu einem Fünftel gefüllt, die Gäste selbst wirkten gesitteter als erwartet. Überraschend viele waren fast schon elegant gekleidet, nur ein paar entsprachen dem bunten Mischmasch, das ich von den Straßen kannte. Alle hatten sich um einen großen Tisch versammelt, nur eine einzige Frau befand sich unter ihnen. Sie war gekleidet wie ein Mann, allerdings klaffte ihr Hemd auf und gewährte einen freizügigen Einblick. Selbst mit der Narbe auf ihrer Wange sah sie deutlich besser aus als die meisten Frauen, die ich bisher auf den Straßen gesehen hatte. Am einen Ende des Tischs saß der Blutige Marcus, hinter ihm stand der Preiskämpfer … und alle sahen überrascht auf. Hinter mir ging die Tür, ich brauchte nicht hinzusehen, um zu wissen, dass es der Mann vom Eingang war.

Vielleicht war es also doch nicht die beste Idee gewesen, diesen Gasthof aufzusuchen. Ich schaute genauer hin. Der Wirt war weder bierbäuchig, noch wirkte er gemütlich. Sein Gesicht war von Narben übersät, und er trug eines dieser Entermesser in einer Scheide unter seinem linken Arm. Er war in Pluderhosen und ein weites grünes Hemd gekleidet und trug diese leichten Schuhe aus Leinen und gedrehtem Tau, die hier auf der Insel üblich zu sein schienen.

»Ihr seid hier falsch«, teilte er mir mit.

»Lasst ihn ruhig ein!«, rief der Blutige Marcus. »Er ist hier, weil ich ihm ein Angebot gemacht habe.«

»Ich sehe, dass ich störe«, sagte ich höflich und deutete eine Verbeugung an. »Ich sollte besser wieder gehen.«

»Warte«, sagte Marcus und beäugte neugierig meinen Elfen. »Bist du hier, um dich mir anzuschließen?«

Einen Moment zögerte ich, dann schüttelte ich den Kopf. »Nein. Ich suche Quartier. Ich werde anderswo weitersuchen.«

»Das Quartier kostet hier ein Silberstück pro Nacht und Nase«, knurrte der Wirt. »Hast du denn das Silber dazu?«

»Das gefällt mir nicht«, sagte einer der anderen am Tisch, ein bärtiger Geselle, der mir leicht zu schielen schien. Es machte ihn nicht hübscher. »Dieser Tisch ist nur für Kapitäne!«

»Dieser Tisch, ja«, meinte Marcus. »Der Gasthof nicht.«

»Doch«, beharrte der Bärtige. »Er ist kein Kapitän und hat hier nichts zu suchen.«

»Solange er zahlen kann und uns nicht stört, soll es mir recht sein«, meinte die Frau und ließ ihren Blick über mich wandern, dann besah sie sich den Elfen, offensichtlich sprach ihr sein Anblick mehr zu. »Sein Freund zumindest gefällt mir«, sagte sie und leckte sich über die Lippen wie eine Katze, die Milch gerochen hatte.

»Ich habe das Silber«, sagte ich. »Aber wir können auch gehen.«

»Es passt mir nicht«, wiederholte der Bärtige stur.

»Dann wirf ihn selbst hinaus«, schlug Marcus gelangweilt vor. »Aber nimm dich in acht, Jarek, er wird dir das Genick schneller brechen, als du schielen kannst.«

Götter. Es schien Marcus' liebstes Spiel zu sein, Streit heraufzubeschwören. Ich konnte fast die Gedanken des bärtigen Jarek lesen. Seine Ehre stand jetzt auf dem Spiel. Wenn er verzichtete und klein beigab, konnte man ihm nachsagen, er hätte sich gedrückt. Wenn das wirklich alles Piratenkapitäne an diesem Tisch waren, dann ging es um seinen Ruf.

Ich blickte über meine Schulter, dort stand noch immer der bullige Kerl und versperrte mir den Weg hinaus. Ich hob beschwichtigend die Hände. »Ich wollte nicht stören, wir werden gehen.«

Der Blutige Marcus, von dem ich langsam verstand, warum er diesen Namen trug, griff an seinen Gürtel und hielt seinen Beutel hoch. »Ich halte zwei gegen jedes Goldstück, das ihr setzt, dass mein Freund hier unserem Jarek den Bart rupft.« Er sah spöttisch zu dem Bärtigen hinüber. »Ich hätte ja nichts gesagt«, sprach er weiter. »Aber dass er dich stört, ist erheiternd, wenn man bedenkt, dass du gar kein Schiff mehr hast!«

»Ich halte mit«, sagte die Frau gelangweilt. »Fünf Goldstücke darauf, dass Jarek deinen Freund zu Soltar schickt.«

»Zwei von mir«, rief ein anderer. »Und vier von mir!«, ein dritter, weitere folgten. Bevor ich mich versah, lag ein Haufen Gold auf dem Tisch, und Marcus lächelte zufrieden. Er sah zu mir hinüber. »Besiege ihn, und die Hälfte der Börse gehört dir ... und das Quartier ist umsonst.«

Ganz offensichtlich war es so, dass der Gedanke an etwas Unterhaltung den Kapitänen gefiel; bis auf Jarek, der wirkte wenig glücklich.

»Das ist alles dein Verdienst«, warf er Marcus vor. Er schaute die anderen an. »Seht ihr nicht, dass er eine falsche Natter ist? Kaum spricht man gegen ihn, sticht er einen in den Rücken!«

»Weißt du, Jarek«, sagte Marcus und schüttelte traurig den Kopf, »wenn du mir nur widersprechen würdest, das darf jeder hier am Tisch, aber du hast nicht nur eins meiner Schiffe verloren, sondern gleich zwei!«

»Es war eine Falle, bei den Göttern«, fluchte der Bärtige. »Wir hatten Mühe zu entkommen!«

»Ja, und du hast die verdammten Seeschlangen direkt zu mir geführt, was beinahe auch mein Ende gewesen wäre«, stimmte Marcus freundlich nickend zu. »Wie du siehst, habe ich meine Gründe. Das nächste Mal geh besser mit dem Schiff unter.« Er lachte. »Weißt du was? Bevor du mir hier Falschheit vorwirfst… Jeder weiß, dass ich noch nie mein Wort gebrochen habe. Wenn du den Kerl besiegst, bekommst du ein neues Schiff von mir. Eine letzte Chance. Mein Wort darauf!«

»Nun gut«, brummte Jarek und erhob sich. »Damit lohnt es sich für mich. Bringen wir es hinter uns!« Er stand auf, griff hinter sich und nahm zwei schwere Handäxte auf.

»Drei Schläge aufs Leben?«, fragte ich.

Die Kapitäne lachten. »Nicht doch«, meinte die Frau und schüttelte den Kopf. »Das würde uns den Spaß noch verderben!«

»So viele Schläge, wie es braucht«, rief Jarek grinsend.

Ich schob meinen Elfen etwas zur Seite, dort blieb er stehen und lächelte freundlich. Götter! Dann zog ich mein Schwert. Es klemmte wieder, bisher hatte ich versäumt, die Klinge vom Rost zu befreien. Wenn ich das hier überlebte, schwor ich, würde ich sie nicht mehr so vernachlässigen.

Ich hielt Seelenreißers Scheide mit der rechten Hand fest, zog hart mit der linken, und knirschend löste sich der alte Stahl. Die Frau kicherte, einige der Kapitäne schüttelten verständnislos den

Kopf, andere lachten. »Ich erhöhe meinen Einsatz, Marcus«, rief einer. »Zehn auf Jarek!«

»Ich kann immer Gold gebrauchen«, entgegnete Marcus. »Der Einsatz steht.«

Der Elf trat vor und legte eine Hand auf sein Entermesser.

»Nein!«, rief ich und wies mit dem Finger auf eine Stelle neben der Tür. »Dorthin!«

Er sah mich bloß an.

»Ich hoffe, er hat andere Vorzüge«, meinte die Frau.

»Du stellst dich dorthin und tust nichts«, befahl ich dem Elfen, und er tat wie geheißen und bedachte mich mit seinem Hundeblick.

Boron, betete ich mit Inbrunst, ich hoffe, du lässt diesen Celan nicht davonkommen!

»Bist du endlich so weit?«, fragte Jarek und ließ seine Äxte kreisen. Götter, ich hasste zweihändige Axtkämpfer. Seine Klingen waren nach unten scharf geschwungen, und wenn er mich erwischte, konnte er meine Klinge mit einer Axt blockieren und die andere … So weit durfte es nicht kommen. Ich zog meinen Dolch, auch er war ein wenig rostig, tat einen Schritt nach vorn und nickte.

Er stürmte nicht vor wie Rendor, sondern kam langsam heran. Ein vorsichtiger Mann. Jarek war stämmig und muskulös, aber auch leichtfüßig. Er kannte mich nicht und beging auch nicht den Fehler, mich zu unterschätzen.

Mein Problem war, dass mich Seelenreißer nicht zu einem begnadeten Kämpfer gemacht hatte. Die Klinge sorgte nur dafür, dass die Vorteile auf meiner Seite lagen. Sie war scharf gewesen, weitaus schärfer, als sie hätte sein dürfen, ließ sich leichter führen, als ihr Gewicht vermuten ließ, und zu allem Überfluss konnte sie selbst im Dunkeln und hinter meinem Rücken den Feind erspüren. Und dennoch hatte ich oft genug böse Wunden davongetragen, Wunden, die mich in mein Grab gebracht hätten, wäre da nicht die verfluchte Magie des Schwerts gewesen, die mich immer wieder heilte.

Außerdem war es das einzige Schwert, an das ich mich gewöhnt hatte. Die rostige Klinge in meiner Hand fühlte sich dagegen schwer und träge an. Ein Treffer mit einer einzigen Axt konnte mich verkrüppeln, diesmal gab es keine wundersame Heilung.

Auf der anderen Seite hatte ich von den besten Schwertmeistern lernen können, die es je in Illian gegeben hatte, und sie hatten auch keine magische Klinge besessen.

Schau nicht auf die Klinge, Havald, schau auf die Augen. Der Rest kommt von selbst. Ich wusste nicht, wie oft ich das gehört hatte, ich hoffte nur, dass es stimmte. Also ignorierte ich die Äxte, sah in seine Augen und lächelte.

Er war ohne Zweifel gut, nur wenige Kämpfer beherrschten wirklich zwei Waffen; es war schwer, sie unabhängig voneinander einzusetzen. Jarek konnte es: Die eine Axt durchtrennte beinahe mein Bein auf Kniehöhe, während die andere mit solcher Wucht meine Klinge niederschlug, dass sie mir fast aus der Hand geflogen wäre. *Gegen eine Axt hilft ein Schild, gegen zwei hilft Beten.*

Noch so ein Satz, der aus meiner Erinnerung hochkam.

Beinahe und *fast* reichten ihm nicht, er trieb mich zwei Schritte zurück, und mir gelang es gerade so, meine Klinge zu lösen und zur Seite auszuweichen. Er lachte siegessicher.

»Das wird schnell beendet sein«, meinte er und hob die Äxte erneut.

Diesmal schlug er mit beiden Waffen von oben zu, nur gerade so konnte ich meine Klinge dazwischen bringen. So hart war der Schlag, dass er mich in die Knie zwang und mir fast die Klinge aus der Hand gerissen hätte, wäre ich nicht imstande gewesen, meinen Stahl mit dem Dolch in meiner Rechten zu stützen. Den winzigen Bruchteil eines Lidschlags war er verwirrt, dass meine Parade hielt.

Jetzt geschah das, was ich befürchtet hatte: Meine Klinge war zwischen Unterseite und Stiel seiner Äxte gefangen. Er grinste, als er den Druck mit einer Axt erhöhte und begann, mir mein Schwert aus der Hand zu winden, während er die andere Axt löste, um einen neuen Schlag zu führen, einen, den ich nicht würde parieren können, da mein Schwert noch immer unter seinem Stahl gefangen war. Dann weiteten sich seine Augen, denn im gleichen Moment, in dem er die eine Axt löste, trat ich an ihn heran und stieß ihm den Dolch durchs Kinn bis ins Gehirn. Er hatte die falsche Axt gelöst und damit meinen Dolch befreit. Und ein Dolch war die schnellere Waffe.

Trotzdem verfehlte mich sein letzter Schlag nur um Haaresbreite. Es war so knapp, dass er den Stoff an meinem Arm aufriss.

Ich zog den rostigen Dolch heraus, trat zur Seite, um dem Blutsturz zu entgehen, und dankte den Göttern und den alten Schwertmeistern dafür, dass ich noch lebte.

Sein Fehler hatte einzig und allein darin bestanden, zu vergessen, dass ich mein Schwert mit der Linken führte. Er hatte die falsche Seite freigegeben.

Ich zitterte am ganzen Körper, als ich die Klinge sinken ließ und Jarek schwer vor mir auf den Boden aufschlug. Auch dieses Zittern war neu für mich, Seelenreißer gab mir sonst immer eine kühle Ruhe im Kampf. Ich trat zur Seite, zog mir einen leeren Stuhl von einem der Tische heran und ließ mich schweratmend darauf sinken. Meine Hand öffnete sich kraftlos, und das Schwert fiel herab. Ich ließ es liegen.

Es war Marcus, der die bestürzte Stille brach. So richtig hatte wohl keiner der Kapitäne daran geglaubt, dass Jarek verlieren würde.

»Gut gemacht, mein Freund«, rief er grinsend und klatschte langsam in die Hände. »So mag ich das. Einen Abend soll man mit voller Börse beginnen!« Die anderen Kapitäne sahen mich an, die Frau hob ihren Becher und prostete mir zu. »Gut gemacht«, rief auch sie. Und dann an den Wirt gewandt: »Schafft Jarek raus, er stört!«

Der Wirt und sein schweigsamer Geselle, der mir die Tür versperrt hatte, traten an Jarek heran, zogen ihm Ringe, Armband und einen Ohrring ab, fischten ihm die Börse vom Gürtel und legten sie mit seinen Äxten zusammen auf den Tisch neben mir. Dann griffen sie den Toten an den Füßen und zerrten ihn zur

Tür hinaus, während ein Schankmädchen von irgendwoher mit einem Eimer und einem Wischmopp auftauchte und ungerührt das Blut aufwischte. Das hatte sie wohl schon öfter getan.

Mein Arm begann zu pochen, ich zog den Stoff zur Seite und sah, dass er mehr als nur den Stoff erwischt hatte: Eine tiefe Wunde klaffte dort, die mir die Haut weggeklappt hatte wie beim Verschluss einer Tasche. Zum Teil war der Knochen freigelegt. Außerdem blutete es, als besäße ich zu viel von diesem Lebenssaft. Also gab es noch einen Grund, weshalb das Schwert mir aus den Händen gefallen war.

Ich schaute auf. »Wirt«, begann ich, »habt Ihr Nadel und Faden und eine Flasche Korn für mich?«

Was daran erheiternd war, verstand ich nicht, jedenfalls brach der Tisch der Kapitäne in grölendes Gelächter aus.

Mein treuer Elf nähte die Wunde. Celans Magie mochte ihm den Geist eines Hundes gegeben haben, aber er wusste, was er tat. Einmal blies er über die Wunde, etwas, das man nicht tun sollte, weil es üble Geister anzog, doch sein Atem war eiskalt und schimmernd, und ich spürte den Druck auf meinen Schläfen. Der Elf verstand sich also auf mehr als nur die gewöhnliche Heilkunst. Ich sah verstohlen auf, niemandem am Tisch der Kapitäne schien es aufgefallen zu sein.

Nach dem Zwischenspiel mit Jarek ignorierten sie mich, sie saßen dort, ich hier, und sie kümmerte es nicht. Ich fragte mich, warum das so war, und kam dann zu dem Ergebnis, dass es ihnen nicht darum ging, etwas geheim zu halten, sondern darum, in Ruhe Dinge zu besprechen. Wenn ich ein Pirat wäre, hätte ich wohl wenig Neues erfahren. Ich war keiner, also lauschte ich schamlos, während der Elf mich versorgte, und auch noch, als wir aßen.

Das Essen war weitaus besser als erwartet. Ich verstand recht schnell, warum der Blutige Marcus am Kopfende des Tischs saß: Zurzeit war er der Oberkapitän der Piraten. Offenbar wählten sie ab und an einen neuen, und den Gesprächsfetzen entnahm ich, dass diese Wahl eine blutige Angelegenheit sein konnte. Lange war Marcus wohl noch nicht Oberkapitän, wohl mit ein Grund, weshalb er dieses kleine Schauspiel inszeniert hatte.

Die Kapitäne hatten Wichtiges zu besprechen.

Der alte Flottenstützpunkt bot ihnen seit Jahrhunderten einen sicheren Hafen. Von hier aus bedrohten sie vor allem den Handel mit Bessarein, wovon der größte Teil über Janas abgewickelt wurde. Dadurch, dass das in Janas herrschende Haus des Turms sie an dem Geschäft mit den Schutzbriefen beteiligte, kassierten sie mit, selbst wenn sie gar nicht ausliefen. Die Ladung der Schiffe, die sie tatsächlich aufbrachten, wurde meist nach Janas verkauft, von dort bezogen sie auch ihre eigenen Versorgungsgüter. Ein lohnendes Geschäft, ganz sicher, vor allem für das Haus des Turms.

Bislang hatte die Flotte der Reichsstadt eher den Handel mit Aldane und den Nordlanden vor Piraten geschützt und war damit zufrieden gewesen, die Seeräuber von dort zu vertreiben. Jetzt aber war es so, dass die Schiffe aus Askir manche der Piratenschiffe bis vor die Einfahrt der Feuerinseln jagten. Zudem brachten die Schiffe Askirs immer öfter die Frachter von Janas auf. Die Ladung wurde über Bord geworfen, und die Kapitäne der Reichsstadt entschuldigten sich für das »Ungeschick«, schließlich gehörte Janas zu einem verbündeten Reich.

Den Piraten half das wenig, denn Güter auf dem Meeresgrund nutzten ihnen nichts. Das war vor allem deshalb ein Problem, weil die neuen Verbündeten an Bord der schwarzen Schiffe übermäßig viel an Nahrung forderten. Also waren die Besatzungen wahrscheinlich deutlich größer, als ich es befürchtet hatte. Die Nahrungsversorgung wurde also langsam zu einem ernsthaften Problem. Außerdem ließ die Reichsflotte keinen Zweifel daran, dass sie es darauf anlegte, jedes Piratenschiff, das sich aus dem Hafen traute, aufzubringen oder zu versenken. Auf diese Art hatte auch Jarek seine zwei Schiffe verloren.

Ich tat, als hörte ich das alles nicht, aber innerlich musste ich schmunzeln. Die Seefeste selbst war vielleicht uneinnehmbar, aber unverwundbar waren die Piraten dadurch nicht. Es gab mir auch ein wenig Hoffnung, denn ich hatte ja gesehen, wie lange es gedauert hatte, bis der Pirat die *Lanze* eingeholt hatte. Wenn eine Flotte der Reichsstadt in der Nähe war, war es möglich, dass Deral ihren Kurs kreuzte und sie sich der Piraten annahm. Eine vage Hoffnung, aber besser als nichts.

Interessant war auch, wie die Piraten ihre neuen Verbündeten sahen und was ich über die schwarzen Schiffe erfuhr. Sie lagen wohl schon seit sechs Wochen hier im Hafen, unter dem Befehl eines gewissen Fürsten Celan.

Ihre Anwesenheit war Folge langwieriger Verhandlungen, die schon vor Jahresfrist begonnen hatten. Sie hatten sich das Recht dazu mit Gold erkauft. Blutgold, wie Marcus es nannte.

Zuerst verstand ich das falsch, aber als ich Jareks Börse zu mir zog und sie öffnete, fand ich darin drei Goldstücke aus Reichsprägung und eines, das deutlich dunkler und rötlicher schimmerte.

Während der langen kalten Nächte im *Hammerkopf* hatte ich mich oft mit Sieglindes Vater unterhalten. Er hatte großes Interesse an Münzkunde, und er hatte mir eine Münze gezeigt, die dieser hier sehr ähnlich war, auch wenn sie um vieles älter sein musste. Ich hatte gelernt, dass die rötliche Färbung von einem größeren Kupfergehalt der Münzrohlinge herrührte. Er machte die Münzen härter, nahm ihnen aber auch zugleich einen kleinen Teil des Werts. Es war ein ziemliches Vermögen, das Thalak für das Recht bezahlte, diesen Stützpunkt für sich selbst zu nutzen, aber die Piraten schienen damit nicht zufrieden. Warum, erfuhr ich wenig später, als einer der Kapitäne sich darüber beschwerte, dass die Händler aus Janas diese Münzen nicht annehmen wollten. Offenbar lehnten es die Geldwechsler aus Askir ab, die Münzen aufzuwiegen.

Marcus hatte mich wohl doch nicht ganz vergessen, er sah, dass ich Jareks Beutel studierte, und lachte, warf mir dann von seinem Tisch aus einen anderen Beutel zu, den ich mit der Rechten auffing.

»Hier, dein Anteil an der Börse«, sagte er. »Schließlich hast du gut gekämpft, und ich halte mein Wort.« Was nun dazu führte, dass die anderen Piraten an mich erinnert wurden, einige wirkten überrascht, dass ich immer noch hier war. Ich bedankte mich artig, erhob mich von meinem Platz, bevor sie auf die Idee kamen, dass ich sie belauschte, und suchte mein Zimmer auf.

Ohne dass ich es ihm aufgetragen hatte, half mein Elf mir, mein Beutegut aufzusammeln, und folgte mir.

Der Raum entsprach wohl dem hier herrschenden Geschmack: Er war mit kostbaren Beutestücken überladen. Was brauchte es in einem Schlafzimmer fünf verschiedene, kostbare Stühle? Ein Kronleuchter hing auch darin, groß genug, eine Halle mit seinem Glanz zu erfüllen, hier aber erdrückte er den Raum und hing so niedrig, dass ich mich bücken musste, wenn ich unter ihm hindurchging.

Hätte man die meisten Möbel entfernt, wäre es ein schönes Zimmer gewesen, es besaß sogar einen eigenen Kamin. Die Feuerinseln lagen nur wenig nördlich von Bessarein, und ich fragte mich, wann es hier so kalt wurde, dass man ein Feuer brauchte. Die Lösung offenbarte sich, als ich mir den Kamin besah: Auch er war ein Beutestück und nur eine Fassade. Wenigstens war der Raum sauber.

14. Elfendank und Fersengeld

Ich schloss die Tür und zählte das Gold, das Marcus mir zugeworfen hatte. Mit den vier Goldstücken, die ich in Jareks Beutel gefunden hatte, kam ich auf eine Summe von fünfundzwanzig Kronen.

Genau die Summe, die ich für den Elfen gezahlt hatte.

Ich besah mir das Gold und runzelte die Stirn. In letzter Zeit hatten sich die Zufälle in meiner Umgebung gehäuft. Aber, wie Zokora schon gesagt hatte, nicht alles drehte sich um mich, und es war vermessen zu glauben, dass der Gott noch immer seine Pläne mit mir hatte. Seelenreißer war verloren, was würde es Soltar also nützen? Ich lachte über mich selbst, und mein Elf sah fragend zu mir auf. Er hatte sich auf einem der brokatverzierten Stühle niedergelassen und saß still da, so still, dass ich ihn leicht vergessen konnte.

Die Elfen um Imra herum waren in ihrer Art so auffällig, dass sie mir fast überlebensgroß erschienen. Einen von ihnen so still und leise zu erleben, schmerzte. Ich tat das Gold zur Seite, winkte ihn heran, schob sein Haar zur Seite und studierte den Reif um seinen Hals. Gold, Silber, polierte Stücke aus Obsidian und Dutzende von Runen, die vor meinen Augen schimmerten und sie schmerzen ließen, wenn ich zu lange hinsah. Sowie ein schwarzer Kristall in der Mitte.

Ein Verschluss war nicht zu erkennen, der Ring schien aus einem Stück gefertigt.

Was war das für eine Magie, die einen Geist so unterwerfen konnte? Jedenfalls keine, die vor den Augen der Götter Gnade finden durfte.

Der schwarze Kristall schien mir der Kern des Ganzen zu sein, vielleicht löste es den Bann, wenn ich ihn zerstörte? Was, wenn die Seele des Elfen in diesem Stein gefangen war? Oder es ihm irgendwie anders schadete?

»Sag, wie heißt du?«, fragte ich ihn.

»Artin.« Ich fand, dass es einen Unterschied machte, seinen Namen zu kennen. Jetzt war er nicht mehr nur *der Elf* für mich. Ich hätte früher fragen sollen.

»Artin, weißt du, was geschieht, wenn ich diesen Stein zerstöre?«

»Ich sterbe.«

So viel dazu.

»Weißt du, wie ich dich von diesem Halsband befreien kann?«

»Ja.«

»Wie?«

»Indem Ihr mir den Kopf abschlagt.«

Ich blinzelte. Sein Vorschlag folgte zwar einer gewissen Logik, doch hilfreich war er nicht.

»Götter«, fluchte ich leise, »es muss doch eine andere Möglichkeit geben!«

Er verstand es als Frage. »Ja.«

»Und was kann ich tun?«

»Nichts.«

Ich ließ Dolch und Schleifstein sinken und sah ihn misstrauisch an. Er begegnete mir mit dem gleichen treuen Blick wie zuvor, er spielte kein Spiel. »Es gibt eine andere Möglichkeit, aber dennoch kann ich nichts tun?«

»Ja.«

»Kannst du etwas tun?«

»Ja.«

Endlich. Halt! Nicht, dass er sich selbst den Kopf abschnitt! »Und was kannst du tun?«

»Ich kann die Magie auflösen, die den Halsreif hält.«

Ich schaute ihn fassungslos an. »Warum tust du es dann nicht?«

»Es wäre nicht loyal Euch gegenüber.«

Ich unterdrückte ein Stöhnen. »Und wenn ich es dir befehle?«

»Dann kann ich es tun.«

»Ist es gefährlich für dich?«

»Ja.«

Ich bemerkte, dass ich mit den Zähnen knirschen wollte, und zwang mich zur Ruhe. »Wie gefährlich?«

»Nicht sehr.«

»Was kann geschehen?«

»Es wird eine Verbrennung geben.«

Mit Verbrennungen, vor allem am Hals, war nicht zu spaßen. »Besteht die Gefahr, dass es dich umbringt?«

»Ja.«

Ich nahm die Flasche, die er so brav von unserem Tisch mit hochgetragen hatte, nahm einen ordentlichen Schluck und seufzte. »Wie groß ist diese Gefahr?«

»Gering.«

Ich trank einen Schluck, dann noch einen weiteren und überlegte dabei. Er kniete vor mir und sah mit diesem treuen Blick zu mir auf. »Entferne das Band von deinem Hals.«

Er griff an das Band, schloss die Augen, es gab ein kleines Feuerwerk aus Funken, und es stank nach verbranntem Fleisch. Als er die Hand sinken ließ, hielt er den Reif in zwei Teilen, sein Hals war von einer üblen Verbrennung gezeichnet.

Er bewegte sich nicht und hielt die Augen geschlossen.

»Artin?«, fragte ich besorgt.

Seine Augen sprangen auf, und diesmal war es kein Hund, der mich ansah, eher ein Tiger. Oder vielleicht auch ein erboster Drache. Seine Augen schimmerten in einem tiefen Rot. Ich kannte dieses Warnzeichen sowohl von Zokora als auch von Leandra. Es zu missachten, wäre dumm.

»Wolltet Ihr mich nicht ausquetschen wie eine Dattel und dann verhuren?«, fragte er gefährlich leise. Ich hatte selten einen solchen Zorn in einer Stimme gehört. Ein Druck entstand auf meinen Schläfen, ich kannte das von Leandra, so fühlte ich mich jedes Mal, wenn sie die Magie um sich sammelte. Langsam und geschmeidig erhob er sich aus seiner knienden Position, während seine Augen mich bannten.

»Offensichtlich war es nicht die Wahrheit«, sagte ich und hielt seinem Blick stand, auch wenn es mir schwerfiel. Irgendetwas in mir wollte sich ein Erdloch suchen und hineinkriechen.

»Offenbar nicht«, sagte er und musterte mich eindringlich. Langsam verschwand das rötliche Glimmen in seinen Augen.

»Wollt Ihr Euch nicht setzen?«, schlug ich vor. »Dann wirkt Ihr nicht so bedrohlich, und wir können uns in Ruhe unterhalten.«

Er lachte leise. Es gab einen Unterschied zwischen den dunklen Elfen, denen Zokora angehörte, und den hellen. Die Hellen hatten ein Gemüt wie Quecksilber. Zokora lachte selten bis nie, aber sie war stetig. Ich verstand sie nicht, aber wenigstens wusste man bei ihr, woran man war.

Er griff nach einem Stuhl und zog ihn heran, zugleich weitete er auf übertriebene Weise seine Augen. »Ich wirke bedrohlich?«, fragte er offensichtlich erheitert.

Ich riss einen Streifen von meinem Ärmel ab und reichte ihn ihm zusammen mit der Flasche Korn. »Kümmert Euch zuerst um Eure Verletzung«, bat ich ihn, als er beides entgegennahm. »Dann reden wir.«

Er sah auf das Leinen herab und schüttelte den Kopf. »Der Korn ist gut«, meinte er und nahm einen tiefen Schluck davon, bevor er die Steingutflasche wieder mit einem Knall auf dem Nachtschrank absetzte. Er hielt den Streifen hoch. »Das Leinen nicht. Seide ist besser, aber beides ist nicht zu gebrauchen, wenn es nicht zuvor gekocht wurde.« Er berührte vorsichtig seinen Hals und verzog das Gesicht. »Im Moment ist es besser, wenn Luft daran kommt, es wird sonst nässen.«

Ich zuckte mit den Schultern. »Es ist Euer Hals«, sagte ich.

Er sah mich seltsam an und nickte. »So ist es wohl. Jetzt wieder.« Dann lachte er leise. »Fürst Celan war so zufrieden mit Euch, wie konntet Ihr ihn nur so enttäuschen?«

»Es fiel mir nicht schwer«, gab ich trocken zurück. »Wollt Ihr mir erzählen, was Euch widerfahren ist?«

»Ihr seid höflich«, stellte er fest. »Habt Ihr Euch das angewöhnt, damit Euch andere nicht fürchten?«

Ich sah ihn erstaunt an.

»Ihr habt etwas Dunkles an Euch«, erklärte er. »Es ist, als wärt Ihr im Schatten, selbst wenn die Sonne auf Euch scheint.« Es war nicht das erste Mal, dass jemand mir so etwas sagte. Vielleicht stimmte es, ich hatte wohl zu lange Seelenreißer getragen.

»Nein. Höflichkeit erspart Ärger, das ist alles. Und wenn es diesen Schatten wirklich gibt«, ich vollführte eine wegwerfende Geste, »dann wird er bald verschwunden sein. Wie kamt Ihr hierher?«, fragte ich erneut.

Er zögerte einen Moment. »Ihr hättet das vorher fragen können und habt es nicht getan. Dafür bin ich dankbar, denn ich trage meine Geschichte ungern jedem vor. Bitte«, sagte er und beugte sich leicht vor, »nehmt es mir nicht übel, doch die Belange der Elfen sind nicht die der Menschen.«

Ich war enttäuscht, und das sah man mir wohl an.

Er schüttelte bedauernd den Kopf. »Es gab eine Zeit«, sagte er und erhob sich, »als die Geschicke der Elfen und der Menschen miteinander verbunden waren. Aber sie ist selbst für uns lange vorbei.« Er verbeugte sich leicht vor mir. »Das Einzige, das ich Euch geben kann, ist meine Dankbarkeit.« Er setzte ein schiefes Lächeln auf. »Vielleicht ist es für Euch von Wert zu wissen, dass ich an Euch denken werde, auch wenn Eure Gebeine schon längst zu Staub zerfallen sind. Und nun, mein Freund, muss ich gehen. Der Fürst und ich, wir haben eine Verabredung.« Er ging zur Tür und legte eine Hand auf die Klinke. »Wie ist Euer Name, Freund?«

»Roderic von Kelar«, antwortete ich. Es klang ungewohnt nach so langer Zeit, aber es war mein Name und ich war nicht mehr Havald der Verfluchte.

Er nickte ernst. »Ich werde meinen Enkeln von dem Mann erzählen, der mir das Leben wiedergab. Selbst in tausend Jahren wird es jemanden geben, der Euch dankbar ist, Roderic von Kelar.«

Leise öffnete er die Tür, trat hindurch und zog sie wieder hinter sich zu. Ich blieb allein zurück. Ich hätte ihm Imras Ring zeigen können, aber hätte das etwas geändert?

Leandra hatte mir in fast schon vorwurfsvollem Ton mitgeteilt, dass sie nicht verstand, warum mir immer wieder Leute folgten. Ich hatte keine Antwort darauf gewusst, aber nun schien es mir, als ob auch das mit Seelenreißer zu tun hatte.

Ich trat ans Fenster, stieß den Laden auf und sah hinaus auf die Piratenbucht. Die Nacht hatte mittlerweile Einzug gehalten, Soltars Auge stand als schmale Sichel über dem Horizont, ein rotes Glühen lag über der Spitze des äußersten linken Vulkankegels. Die Schiffe waren Schatten auf der glitzernden See. Wenn man von dem fernen Grölen und Gelächter absah und dem einen Schrei, der kurz ertönte, könnte man meinen, es wäre friedlich.

Ich stützte mich auf dem Fensterrahmen ab und atmete die laue Nachtluft ein. Es roch nach Meer und Fisch und nur wenig nach Unrat. Es wäre mir lieb gewesen, hätten Artin und ich uns zusammengetan. Ich gab es ungern zu, aber ich fühlte mich etwas einsam und auch ein wenig verloren. Ich gehörte nicht an diesen Ort und hatte noch immer nicht die geringste Idee, wie ich hier wegkommen sollte. Vielleicht wäre Artin und mir gemeinsam etwas eingefallen. Und sei es auch nur, wie man den Fürsten erschlagen konnte. Ich wünschte Artin viel Glück dabei.

Ich schlief unruhig, Albträume plagten mich, und auch wenn ich mich nicht an sie erinnern konnte, ließen sie mich schweißgebadet im Bett aufschrecken. Im Dunkel der Nacht war der Raum von fremden Schatten erfüllt, durch Wand oder Boden hörte ich Gelächter, Grölen und schmerzerfüllte Schreie. Ich stand auf, ging ruhelos auf und ab und fühlte mich wie ein Hase in der Schlinge. Schließlich trat ich ans Fenster und wollte gerade den Laden öffnen, um etwas Luft hereinzulassen, als ich durch einen Spalt im Fensterladen eine Bewegung vor dem Haus wahrnahm. Dort waren Ballen und Kisten gestapelt und schufen Schatten in Schatten. Einen Moment lang wünschte ich mir Seelenreißer wieder herbei; mit ihm hätte ich gewusst, ob sich dort wirklich etwas befand. Ich blieb stehen, wartete und sah erneut, wie der Schatten sich bewegte.

Hastig zog ich meine Stiefel an, gürtete mich und trat wieder ans Fenster, den frisch geschliffenen Dolch in der Hand. Einen Moment zögerte ich, dann verließ ich auf leisen Sohlen mein Zimmer. Aus dem nächsten Zimmer tönte lautes Schnarchen, ohne Zweifel einer der Piraten, und so sehr, wie sie alle dem Wein zugesprochen hatten, hoffte ich auf einen tiefen Schlaf bei diesem Kerl. Der Riegel seiner Tür war leicht zu heben, lautlos glitt ich hindurch und schloss sie hinter mir. Ich ignorierte den Schnarcher, trat ans Fenster, das nicht wie das meine zum Hafen hinausging, sondern in eine kleine Seitengasse, und spähte durch die Spalten des Fensterladens. Zuerst erschien mir alles ruhig und friedlich, dann sah ich auch hier einen Schatten, der sich bewegte. Ich wartete, und langsam schälte sich ein in schwarzes Leder gerüsteter Mann aus dem Dunkel heraus, einer der Soldaten Thalaks.

Neben mir grunzte der Pirat und wälzte sich auf die andere Seite. Ich sah hin, und er öffnete die Augen. Einen Lidschlag lang stierte er nur vor sich hin und versuchte durch den Nebel des Weins zu erkennen, was er da sah, dann war es zu spät. Er lag bäuchlings auf dem Bett, was es mir leicht machte, ihm ein Knie in die Schultern zu drücken, ihm mit einer Hand den Mund zu bedecken und ihn mit der anderen an der Stirn und in den Augenhöhlen zu fassen, um zu ziehen und zu drehen. Es knirschte laut, der Mann erschlaffte unter mir, und ich trat hastig ans Fenster zurück. Dort waren jetzt leise Stimmen zu hören.

Mit klopfendem Herzen erkannte ich Fürst Celan als den Neuankömmling, der sich flüsternd mit dem Soldaten unterhielt. Sie standen nicht weit entfernt, und was ich nicht verstand, konnte ich mir denken.

»Warum der Aufwand, Fürst?«, fragte der Soldat. »Er ist allein und schläft. Warum nicht zwei Männer durch das Fenster schicken und ihn erschlagen?«

»Deshalb seid Ihr ein Leutnant und ich der Fürst«, meinte Celan. »Es ist etwas an dem Mann, das zur Vorsicht rät. Also machen wir ihm den Sack zu und warten, bis die Tür zum Zimmer gesichert ist. Im Übrigen nannte mir der Elf den Namen. Der Kerl heißt Roderic von Kelar.«

»Ist das nicht die Stadt, die Ihr habt schleifen lassen?«

»So ist es. Die Leute dort hatten einen Helden, von dem sie dachten, dass er kommen würde, um sie zu retten. Einen Mann, der nicht sterben kann, einen Hünen mit einem gottgeweihten Schwert. Er trug den gleichen Namen.«

»Ein Diener des Namenlosen?«

»Nein«, sagte Celan und blickte in Richtung Hafen. Was er dort sah, konnte ich nicht erkennen, der Winkel war zu flach, aber er schien zufrieden damit und gab ein Handzeichen nach vorn.

»Weder meine Brüder und Schwestern noch ich noch ein Maestro kann von sich behaupten, nicht sterben zu *können*. Bei ihm ist es anders. Er ist ein Diener Soltars, und der Gott selbst verwehrt ihm den Tod. So jedenfalls heißt es in der Legende.«

»Die Stadt fiel, der Held kam nicht. Er wird gar nicht existieren, die Leute erfinden vieles.«

»Diesen Mann gibt es. Er war vor Kurzem in Gasalabad. Dort wurde einer unserer Tempel zerstört, und einer unserer besten Spione wurde an die Flussdrachen verfüttert. Eine Reiterin sah ihn auf einem Schiff. Sie kam nicht zurück. Das ist das erste Mal seit Jahren, dass wir eine Reiterin verloren haben.«

»Ihr meint, dieser Mann hat all das getan? Wie ist das möglich?«

»Das werde ich erfahren«, sagte der Fürst und schaute nach vorn. Er klopfte dem Leutnant auf den Schulterpanzer. »Es ist so weit. Bringt ihn mir lebend, ich will Antworten von ihm!«

Der Leutnant nickte und glitt geduckt in Richtung Hafen davon, während Celan ihm nachschaute. Zum Überlegen blieb nicht viel Zeit. Von meinem Fenster aus ging es zwei Mannslängen hinab auf die Straße, zwei Schritte weiter stand der Fürst. Mit lautem Krachen barst der Fensterladen im Zimmer nebenan, zugleich stieß ich meinen Laden auf und sprang.

Der Fürst reagierte wie eine Katze. Er fuhr herum, sah mich durch das Fenster fliegen und zog sein Schwert. Ich trat es beiseite, begrub ihn unter mir, während mir ein sengender Schmerz durch die Schulter fuhr, zugleich spürte ich, wie unter meinem Knie seine Rippen brachen, noch während ich ihm den Dolch ins Herz rammte und darin umdrehte. Mit der anderen Hand hielt ich ihm Nase und Mund zu, ließ den Griff des Dolchs los und brach ihm das Genick. Sein dunkler Umhang wehte zu mir empor, doch es war nicht das erste Mal, dass ich einem dieser Ungeheuer begegnete. Dort lag das Schwert des Fürsten, ich riss es hoch, der unheilvolle Mantel wickelte sich darum und um meine Hand, und ich rammte Schwert und Mantel in einen hölzernen Balken am Haus gegenüber. Ich zog dem toten Fürsten den Dolch aus der Brust und schnitt meine Hand aus dem Mantel, der dabei schrie wie eine Ratte.

Schwer atmend trat ich zurück und hörte, wie oben in meinem Zimmer Möbel zerbrachen und im Haus laute Stimmen ertönten. Die Geräusche von rennenden Füßen und berstenden Türen sowie ein lautes Fluchen folgten. Es galt nun, keine Zeit mehr zu verlieren.

Die Soldaten waren unten nahe dem Hafen, also war für mich die andere Richtung gut. So leise, wie ich konnte, rannte ich davon und hielt nur einmal kurz inne, um meine Schulter gegen einen Pfosten zu rammen, damit sie sich wieder einrenkte.

Vor mir zog sich schwarzer Rauch zusammen, und dort stand Fürst Celan in seinen lebenden Bestienmantel gehüllt, ein hartes Lächeln im Gesicht und sein Schwert in der Hand. Noch immer war sein Brustkorb eingedrückt, und blutiger Schaum stand ihm vorm Mund, jetzt knirschte es laut, als er seinen Kopf zurechtrückte.

»Bleib stehen und lass es geschehen«, sagte er mit einem schmalen Lächeln. Ich bewegte mich nicht. »So ist es gut«, meinte er. »Hast du gedacht, es wäre so einfach? Ich bin ein Kriegsfürst des Kaisers, wir sterben nicht so leicht.«

Ich stand da, starrte ihn an und sah gebannt zu, wie sich seine Rippen mit lautem Knacken und Knirschen wieder an die richtigen Stellen schoben.

»Hast du gedacht, ich überlasse den Elfen einfach so einem anderen, ohne sicherzustellen, dass er das erhält, was ich ihm zugedacht habe?« Er schüttelte erheitert den Kopf. »Nein, das konnte ich nicht zulassen, nicht nach der Mühe, die ich mir mit ihm gegeben habe. Also sorgte ich dafür, dass er den Weg zu mir sucht, sobald er vom Band befreit wird. Er kam, kniete sich hin und harrt nun seiner Strafe.« Er hob mein Kinn mit der Spitze seines Schwerts an und trat ein wenig näher. »Du bist der, den sie den Engel des Todes nennen, nicht wahr?«, fragte er neugierig. »Du hättest mich töten sollen, als du die Gelegenheit dazu hattest.«

Nun, ich dachte, ich hätte genau das getan, aber wenn er schon so nahe stand und es erwähnte …

»Ja«, sagte ich und schlug mit der flachen linken Hand das Schwert zur Seite. Ordun hatte es vermocht, mich mit seinem Blick zu bannen, auch der Herr der Puppen hatte mich so gefangen gehalten. Der hier schien ebenfalls davon überzeugt, dass Stimme und Blick mich bannen konnten, doch im Vergleich zu Orduns Talent, das mich wie ein Schraubstock gehalten hatte, war Celans Befehl nicht mehr als eine leichte Berührung, gerade genug, dass ich wusste, was er wollte. Ungefährlich war er dennoch nicht. Er war schneller als eine Katze, wich meinem Tritt mit Leichtigkeit aus … doch genau dort hatte ich ihn haben wollen.

Ungläubig sprangen seine Augen auf, als ich ihm den Dolch ins rechte Ohr rammte. Diesmal warf ich ihn so zu Boden, dass der Umhang unter ihm begraben wurde, stieß ihm sein eigenes Schwert durch Rüstung, Herz und Mantel, sah mich um und fand einen alten Hackklotz, schwer genug für meine Zwecke. Mit dem Klotz brach ich ihm Schultern, Becken, Knie und Hände.

Für jemanden, der tot sein musste, blutete er mir noch immer viel zu viel, also nahm ich seine Ermahnung diesmal ernst, zog seinen Dolch aus der Scheide und begann, ihm den Kopf vom Hals zu trennen.

Doch gerade als die Klinge auf Knochen schabte und ich die weiche Stelle dazwischen suchte, schlug ein Bolzen neben mir im

Pfosten ein. Nur mit Glück und Mühe vermochte ich einen Zweiten zur Seite zu schlagen.

Dann war der Soldat heran, ich duckte mich unter ihm hindurch, griff ihn an Hals und Becken, brach ihm über meinem Knie das Rückgrat und hielt ihn gerade rechtzeitig hoch, dass er die zwei nächsten Bolzen auffing. Dann warf ich ihn auf den wehenden Mantel des Fürsten. Eine windschiefe Tür führte in ein halbverfallenes Haus zu meiner Linken, ich fing die Klinge des nächsten Soldaten mit meinem Dolch ab und stieß das Schwert des anderen durch Lederrüstung, Bauch und Rücken bis in den Pfosten, der eben meiner Schulter noch so dienlich gewesen war. Ich ließ ihn dort hängen und trat dann die Tür ein. Ich rollte mich hindurch, und der Schlag der fetten Frau mit der schweren gusseisernen Bratpfanne krachte auf eben jene Schulter, die sowieso schon wehtat.

Für Freundlichkeiten hatte ich wenig Zeit, ich zog die Bewohnerin zwischen mich und den Soldaten in der Tür. Sein Schwert durchbohrte sie und riss mir das Wams auf. Ich schob sie auf der Klinge dem Soldaten entgegen, der strauchelte, und ich schlug seinen Kopf so hart gegen den Rahmen der alten Tür, dass dieser sich löste und Rahmen, Tür, Soldat, Frau, Bratpfanne und Mauer mit Getöse in die Gasse fielen. Ein anderer fluchte dort, ein Bolzen surrte herein und blieb in der Wand neben meinem Hals stecken.

Es gab keine zweite Tür in diesem Loch, und das eine Fenster war zur klein für mich. Ich schwang mich ins Gebälk des niedrigen Daches und trat die morschen Bretter weg, alte Schieferschindeln fielen herab. Ein zweiter Tritt, und das Loch war groß genug, um mich hindurchzuzwängen.

Der nächste Soldat trat vorsichtig durch das Loch in der Mauer, wo eben noch die Tür gewesen war, und sah zu spät nach oben. Ich traf ihn mit einer zerbrochenen Schindel an der Nasenwurzel, er fiel zurück, einem anderen vor die Füße, dieser strauchelte, und als er sich aufrichtete, war ich schon davon.

Er war schnell, denn einen Atemzug später hing auch er im

niedrigen Gebälk, streckte seinen Kopf durch das Loch und suchte im verfallenen Hof hinter dem Haus nach mir. Doch als er sah, dass ich neben ihm gewartet hatte, war es schon zu spät für ihn. Ich schlug ihm mit dem Schwert den Kopf ein.

Ich sprang in den Hof, über die Mauer, in eine andere Gasse und rannte weiter, riss Tonnen um und Kisten. Keine Zeit mehr, leise zu sein. Flüche und schwere Schritte folgten mir dicht auf dem Fuß. Ich rannte und fand, was ich suchte: einen alten Balken, der aus einem zerfallenen Haus gebrochen war, aber noch immer länger als ich. Ich riss ihn mit, schwang herum, hob ihn an und warf ihn den beiden Soldaten entgegen, die mir auf den Fersen waren, zu nahe, wie sie nun bemerkten. Den einen riss der Balken mit, der andere strauchelte lange genug, dass ich meinen Dolch werfen konnte. Der unter dem Balken starb, als ich ihm das Schwert ins Auge stach.

Ich stand da, blutend und keuchend, außer Atem, Schwert in der Hand, und suchte die dunkle Gasse ab. Aber nichts regte sich dort mehr. Langsam verflog der Blutrausch, ich sackte neben dem Mann, der meinen Dolch im Hals stecken hatte, zu Boden und übergab mich, während er gurgelnd seinen letzten Atemzug tat.

Mit zitternder Hand zog ich ihm den Dolch heraus, wischte ihn ab und richtete mich mühsam auf. Ein Bolzen steckte in meinem Ärmel und hatte mir die Haut geritzt, ich konnte mich nicht daran erinnern, wann das geschehen war. Die Wunde an meinem Arm war aufgerissen, und ein tiefer Schnitt in meinem linken Oberschenkel ließ mich bluten wie ein Schwein. Doch noch immer kam niemand angerannt, rührte sich in dieser Gasse nichts außer einem alten Vorhang, der in einem geborstenen Fenster wehte.

Mein Herz raste, als wollte es zerspringen, mir war schwindlig und leicht im Kopf, und ich stand da und stierte in die dunkle Gasse, unfähig, einen Gedanken zu fassen, der nicht allein davon handelte, dass ich nicht verstand, warum ich noch lebte.

Dann erinnerte ich mich daran, dass ich von dieser Insel wegkommen musste, und taumelte davon.

15. Knüppel auf den Kopf

Ich besaß nur einen Plan, und der war genauso einfach wie dumm, aber ein besserer wollte mir nicht einfallen. Also eilte ich nach Osten, zur Einfahrt des Hafens, dort wo die Festungstürme mit den Ballisten standen und die Zufahrt bedrohten. Die Piraten waren keine kaiserlichen Truppen, sie hielten nicht jeden dieser Türme besetzt, also dauerte es nicht lange, bis ich einen fand, auf dem die Balliste unbemannt war. Der Grund war leicht zu erkennen. Hier war eine der schmalen Brücken zusammengebrochen und hatte eine Kluft von gut vier Schritt zwischen beiden Enden gebildet, darunter brodelte die Brandung und schäumte durch die Lücke empor. Hätte ich darüber nachgedacht, hätte mir wohl der Mut gefehlt, also rannte ich einfach los und sprang. Ich kam auf, spürte, wie der Stein wegbrach, warf mich nach vorn, als der Rest der Brücke unter mir in die Tiefe fiel, fand mit blutigen Fingerspitzen gerade noch so Halt am Tor des alten Turms und zog mich hindurch, wo ich dann blutend und zitternd in einer Ecke lag und wartete, ob jemand mich bemerkt hatte. So war es auch, Laternenschein war zu sehen, dann hörte ich eine raue Stimme.

»Die Brücke ist herabgestürzt… das ist die zweite heute Abend.«

»Dann lass uns gehen, hier ist niemand. Und wenn doch, dann füttert er die Fische.«

Der Schein entfernte sich. Damit war der einfache Teil des Plans also doch gelungen. Später sah ich einige Wyvern über dem Hafen kreisen, eine flog direkt über mein Versteck hinweg, doch ich hatte mich unter einem halbeingestürzten Dach verborgen.

Eine Kerze später, kurz vor Morgengrauen, hatte ich den Schnitt am Bein notdürftig versorgt, kauerte unter der morschen Balliste am Fundament des alten Turms und sah zu, wie sich unter mir langsam ein Schiff durch die Einfahrt zwängte, so nahe, dass ich fast danach greifen konnte. Obwohl hier stetig ein Wind vom Land her wehte, wurde das Schiff gerudert. Dort neben dem Steuer stand die Sklavenhändlerin, die den Elfen hatte kaufen wollen. Das passte gut. Wenn ich schon damit drohen musste, jemandem den Hals durchzuschneiden, dann wenigstens einem, der es verdiente.

Ich wartete einen langen Moment, bis mir alles richtig schien, zog meinen Dolch und sprang. Ich hatte es genau abgeschätzt und landete ganz wie geplant neben ihr. Dann aber knickte mein Fuß um, das Schiff hob sich, ich sah ihr überraschtes Gesicht, als ich nach vorn fiel, den Abgang hinunter, und dann den stämmigen Mann mit Bart, zu dessen Füßen ich hart auf das Deck aufschlug, sein Grinsen und den Knüppel, den er hob …

»Schön«, sagte die Sklavenhändlerin, »dass Ihr es mir so einfach macht.« Ein harter Schlag auf meine Schläfe nahm mir fast die Sinne.

»Zäher Bursche«, meinte der Kerl mit dem langen Bart und den fettigen Haaren.

»Schlagt fester zu«, riet die Sklavenhändlerin. Der zweite Schlag war dann genug.

Als ich erwachte, fand ich mich gebunden und geknebelt auf Deck wieder, die Ruder wurden gerade eingebracht, und über mir blähte sich das Segel im Wind. Ich lag mit dem Kopf zuunterst und den Füßen nach oben über einer Ruderbank, und über mir sah ich das kantige Gesicht des langhaarigen Mannes, der sich gerade ein buntes Hemd auszog und es mit angewidertem Gesichtsausdruck fallen ließ. Er bemerkte, dass ich wach war.

»Lanzenkapitän, der Kerl ist schon wieder wach«, rief er nach hinten. »Du hast wirklich einen harten Schädel«, teilte er mir dann bewundernd mit, während er sich zu meinem Erstaunen den Bart einfach abriss. Er kratzte sich am glattrasierten Kinn.

»Dann ändert etwas an diesem Zustand, Korporal«, kam die Stimme der Sklavenhändlerin vom Achterdeck, das ich nicht einsehen konnte.

»Aye, Ser«, antwortete der Mann über mir und zog sich auch

noch die langen verfetteten Haare vom Kopf, während er nach dem Knüppel an seiner Seite griff. »Gute Nacht«, meinte er noch freundlich und schlug zu.

Ich hatte Seelenreißer fast zweihundertundsiebzig Jahre lang getragen. Einiges hatte ich erlebt, aber bevor ich Leandra getroffen hatte, war es nie dazu gekommen, dass ich in Fesseln aufwachte. Seitdem aber schien mir genau das ständig zu widerfahren.

Diesmal war meine Zelle nicht aus Stein, sondern aus hartem Holz. Es war eher eine niedrige Kammer mit einer stabilen Tür. Der Boden war nicht eben, die harten Planken formten einen Winkel, der zu einem Brett führte, das als Sitzbank dienen konnte. Stehen konnte ich hier nicht, es war zu niedrig dafür. Meine linke Hand war in schweres Eisen geschlagen, eine Kette führte zu einem mit Messing eingefassten Loch in der Wand. Ich zog daran, sie kam rasselnd ein Stück heraus und blieb dann stecken.

Es stank nach fauligem Wasser und Meer, unter mir gurgelte und schwappte es, genauso hinter und über mir. Ein wenig Licht fiel durch den Spalt der massiven Tür, gerade genug, um zumindest etwas zu erkennen. Die ganze Kammer hob und senkte sich, kippte nach vorn und zur Seite, kam wieder empor und drehte sich andersherum. Das Rauschen des Wassers über mir verriet zum einen, dass das Schiff, auf dem ich mich befand, schnelle Fahrt machte, zum anderen, dass ich mich unterhalb der Wasserlinie befinden musste. Ein Gedanke, der mir wenig behagte.

Meinem Magen auch nicht. Bevor ich noch recht bei Sinnen war, hob er sich mit Macht. Ich hatte gehofft, dass ich von dieser Krankheit befreit wäre, aber offenbar war dem nicht so. Es gab eine Schüssel mit einem breiten Fuß an einer kurzen Kette, die vor mir hin- und herschlitterte. Ich griff sie hastig und war dankbar für ihre Anwesenheit. Schlimmer als in dieser Kammer eingesperrt zu sein, wäre gewesen, sie mit meinem eigenen Auswurf teilen zu müssen.

Der Mangel an frischer Luft und Licht verstärkte die Krankheit noch um ein Vielfaches, so elend war mir wahrlich noch nie zuvor gewesen. Außerdem dröhnte mir der Schädel auf eine Art, die mich doppelt sehen ließ; jedes Mal, wenn ich mich bewegte, schien es endlos zu dauern, bis mein Blick der Bewegung folgen konnte. Ein Teil der Übelkeit kam auch von dem Kopfschmerz, meine Gedanken waren träge wie Schnecken.

Dennoch nahm ich die Schritte über mir wahr, die Kommandos, das Knarren des Schiffs, die Rufe der Besatzung.

Dieses Schiff war kein Sklavenschiff. Dazu stank es zu wenig. Der Mann mit dem Knüppel hatte die Sklavenhändlerin *Lanzenkapitän* genannt, sie ihn *Korporal.* Zudem hatte jemand meine Wunden zumindest notdürftig versorgt, etwas, dass man von Sklavenhändlern wohl kaum erwarten konnte.

Das lag daran, dass es gar keine waren.

Vielmehr war die Flotte der Reichsstadt offensichtlich dreist genug gewesen, ein Schiff in den Piratenhafen zu schicken. Es sah aus, als wäre ich jetzt doch noch auf dem Weg nach Askir. Wenn auch nicht ganz so wie geplant.

Ich tastete meine Hand ab. Ja, ich trug noch den Ring des Kommandanten der Zweiten Legion. Das Missverständnis ließ sich also aufklären. Doch der Ring, den mir Imra, der Prinz der Elfen, gegeben hatte, den hatte man mir abgenommen. Und alles andere: Ich war völlig nackt in dieser Kammer.

Ich wusste nicht, wie lange ich da in meinem Elend gelegen hatte, es mochten zwei, drei Glocken oder vielleicht ein halber Tag gewesen sein. Irgendwann zog man mir die Kette an der Hand straff, sodass ich an der Wand gehalten wurde, und die niedrige Tür öffnete sich. Durch einen Abgang in der Nähe fiel etwas Licht, ich sah blinzelnd zu drei doppelten Gesichtern hoch, die unruhig hin- und hertanzten. Eines davon gehörte der Sklavenhändlerin. Sie trug eine enganliegende lindgrüne Uniform mit einem ledernen Brustpanzer und einen angeekelten Gesichtsausdruck dazu. Mit der Verkleidung hatte sie auch die überflüssigen Pfunde abgelegt, und ohne die dicke Tünche war sie fast nicht wiederzuerkennen, nur Augen, Mund und Stimme waren noch dieselben.

»Puh«, meinte sie und wedelte mit der Hand vor ihrer Nase herum. »Der Kerl stinkt.« Sie wandte sich an den Mann zu ihrer Linken. Es war der gleiche, dessen Knüppel ich schon mehrfach zu spüren bekommen hatte. »Korporal, poliert mir den Kerl etwas auf und bringt ihn dann zu mir.« Sie schaute mit dunklen Augen auf mich herab. »Es gibt einige Fragen, die ich an ihn habe.«

»Aye, Ser!«, rief der Mann und schlug sich mit der Faust auf die Brust. Die Frau warf mir noch einen angewiderten Blick zu, machte auf dem Absatz kehrt und ging davon.

»Du hast sie gehört, mein Junge«, meinte der Korporal freundlich, als er mir in die Haare griff und mich hochzog, zugleich wurde die Kette nachgelassen. Ich war schwach wie ein kleines Kind, aber sie gingen kein Risiko ein. Der andere Soldat legte mir erst Hand- und Fußfesseln an, bevor die Kette gelöst wurde. Dann griffen sie mich an beiden Armen und schleiften mich den Aufgang hoch an Deck.

Von der Bauart entsprach dieses Schiff dem eines Schwerthändlers, ähnlich dem Piratenschiff, das uns verfolgt hatte. Gut ein Dutzend Mann waren auf ihren Knien und schrubbten mit großen Bürsten ein Deck, das noch zum Teil vor Dreck starrte. Aber dort, wo schon geschrubbt worden war, sah es anders aus. Da strahlte das Holz fast golden. An anderen Stellen wurden alte Taue gegen neue ausgetauscht und die alten wortlos über Bord geworfen. Vor mir auf dem Bugkastell schraubten Soldaten Teile aus Metall zusammen, aber noch war nicht zu erkennen, was es werden sollte.

All das sah ich, doch ich konnte die Bilder nicht festhalten, immer wieder liefen sie auseinander. Ein heller Fleck tanzte vor meinem linken Auge herum und wollte nicht verschwinden, sosehr ich auch blinzelte.

Dass gerade saubergemacht wurde, kam dem Korporal gelegen. Er ließ mich an den Mast binden und einen Eimer brackigen Seifenwassers über mir entleeren, und die gleichen Bürsten, die zuvor das Deck geschrubbt hatten, fanden nun auch Einsatz an mir. Noch immer war ich kaum imstande, geradeaus zu denken, sah den Korporal doppelt vor mir stehen und war nicht in der Lage, ihn richtig zu erkennen. Er schien es zu bemerken, denn er trat zu mir und griff mir wieder ins Haar, hob meinen Kopf an und sah mir in die Augen. Es knirschte seltsam in meinem Kopf, als er das tat, und der Fleck vor meinen Augen tanzte auf und ab.

»Er ist doch nicht ganz so hart, dein Kopf, nicht wahr?«, meinte er leise. Ich wollte etwas sagen, doch ich würgte stattdessen nur. Er trat einen Schritt zur Seite. »Nicht so grob«, meinte er dann zu den Soldaten, die mich hielten und schrubbten. »Er hat ordentlich was abbekommen.«

Ich wollte ihm meinen Dank ausrichten, doch das Deck zu meinen Füßen drehte sich gerade und es wurde wieder dunkel.

Als ich diesmal aufwachte, lag ich auf einer Koje in einem größeren Raum. Es gab vier weitere Kojen hier, doch sie waren nicht besetzt. Meine Hände und Füße waren mit breiten Lederriemen an den Bettrahmen gebunden, aber ich war sauber, frisch verbunden, und jemand hatte ein Laken über mich gelegt. Es war später Abend oder Nacht, ein glattrasierter blonder Mann in der lindgrünen Uniform der kaiserlichen Marinesoldaten, der Seeschlangen, hielt eine Laterne über mich, während er mit der anderen Hand meinen Schädel abtastete. Die Frau stand mit vor der Brust verschränkten Armen da und sah mich mit gerunzelter Stirn an. Neben ihr stand der Korporal und nickte mir zu. Dafür, dass er es offenbar gut mit mir meinte, verfügte er über einen ziemlich harten Schlag.

»Er ist wach«, stellte der Feldscher fest und musterte mich sorgfältig. Dann hielt er einen Finger hoch. »Folge dem Finger«, wies er mich an. Ich entschied mich für den linken der beiden Finger, aber es wollte mir nicht ganz gelingen.

»Wasser«, krächzte ich, und der Feldscher reichte mir eine Kelle aus Messing, aus der ich gierig trank. Es half ein wenig.

»Was ist mit dem Kerl?«, fragte die Frau. »Tut er nur so?«

»Nein«, antwortete der blonde Arzt. »Amos hat ihn fast erschlagen.« Er tastete noch einmal sanft über meinen Schädel, und selbst ich spürte, dass dort etwas nicht in Ordnung war.

»Er hat ihm den Schädel gebrochen.« Der Druck der Finger schwand. »Der Schädel ist gesplittert, ein Teil des Knochens hat sich unter die Schädeldecke geschoben. Wenn er nicht sterben soll, muss ich ihn operieren. Es ist ein Wunder, dass ihn das Fieber noch nicht ergriffen hat.«

Die Frau verzog das Gesicht. »Er muss nur lange genug überleben, um meine Fragen zu beantworten«, meinte sie in einem harten Tonfall. »Er ist ein Sklavenhändler. Es wäre wenig sinnvoll, ihn zu heilen, bevor wir ihn aufhängen.«

Wieder versuchte ich etwas zu sagen, aber es fiel mir schwer. Der Arzt beugte sich zu mir herab.

»Ich bin kein Sklavenhändler«, flüsterte ich. Es ging besser, wenn ich flüsterte, dennoch musste ich es zweimal wiederholen, bevor er verstand.

Der blonde Mann richtete sich auf, während ich zurückfiel. »Er sagt, er wäre keiner«, meinte er dann.

»Das würde ich an seiner Stelle auch behaupten«, entgegnete sie und schüttelte den Kopf.

»Lanzenkapitän«, gab nun Korporal Amos zu bedenken, »es gibt einige Ungereimtheiten bei diesem Mann.«

»Deshalb will ich ihn ja auch befragen.« Sie ballte ihre Fäuste. »Mir ist egal, ob er verreckt, wenn ich nur die Antworten erhalte, die ich suche.«

»Kapitän, Ser, ich erhebe formellen Protest«, widersprach Amos erneut, diesmal in einem entschlossenen Tonfall. »Es war mein Schlag, der ihn niederstreckte, und ich will sicher sein, dass ich keinen Unschuldigen erschlagen habe.«

»Schau ihn dir an«, sagte die Frau verbittert. »Er ist ein Schläger. Er hat im *Durstigen Becher* genächtigt, dort steigen nur die Kapitäne der Piraten ab. Wenn er kein Sklavenhändler ist, dann ist er von mir aus ein Pirat. So oder so wird er am Halse hängen, bis er stirbt.«

»Ein seekranker Pirat?«, fragte Amos und zog eine Augenbraue hoch. »Wollt Ihr nicht doch besser sichergehen, Elgata? Ihr seid der Kapitän. Sagt mir, ich soll ihn hängen, dann hänge ich ihn. Aber wie sicher seid Ihr, dass er den Strang auch verdient?«

»Sehr«, antwortete sie und schaute auf mich herab. »Ich verwette meinen linken Fuß, dass er schon mehr als eine Seele zu Soltar geschickt hat.« Sie musterte Amos und seufzte. »Aber gut, Korporal, Ihr sollt Euren Willen haben. Eine Operation auf See braucht den Beistand der Götter. Sollen die entscheiden.« Sie nickte dem Arzt zu. »Richtet ihm den Schädel, dann sehen wir weiter. Wenn er überlebt.« Sie drehte sich auf dem Absatz um und ging davon. Wir sahen ihr nach, und ich versuchte, etwas zu sagen.

»Ruhig, mein Freund«, meinte der Korporal. »Sie hat einen Grund dazu.« Er bemerkte meinen Blick und schüttelte ernst den Kopf. »Sei mir nicht dankbar. Wenn du schuldig bist, hänge ich dich eigenhändig auf, ohne mit der Wimper zu zucken.« Damit drehte auch er sich um und ging davon. Ich blieb mit dem Arzt zurück.

Der hängte die Laterne an einen Haken über meiner Koje, entzündete eine zweite und hängte sie daneben. Er zog einen Ständer mit einer Messingschale zu sich heran, goss eine klare Flüssigkeit hinein und wusch sich die Hände.

»Mit dem Kopf ist es eine seltsame Sache«, sagte er im Plauderton. »Es wird nicht sehr schmerzen.« Er öffnete eine lederne Tasche und entnahm ihr einen kleinen Hammer aus Stahl und Messing, etwas, das mir sehr wie ein Meißel vorkam, eine kleine Säge und andere Instrumente, deren Anblick meinem Magen nicht sonderlich gut tat. All das legte er in die Schüssel, in der er sich eben gewaschen hatte. Dann fischte er ein stabiles Holzstück heraus, das mit Leder umwickelt war und eine Vielzahl an Zahnabdrücken enthielt.

»Aufmachen«, riet er mir freundlich. Als ich nicht sofort folgte, griff er mir an den Kiefer und drückte an einer Stelle, sodass er mir fast von selbst aufsprang. Er steckte mir das Holz fest zwischen die Zähne.

»Es ist nicht das erste Mal, dass ich so etwas mache«, meinte er mit einem freundlichen Lächeln. »Zwei von vier haben überlebt… Es kommt sehr darauf an, ob ich jeden Knochensplitter finde.« Er schob einen harten Lederballen unter meinen Nacken, legte dann lederne Schlingen um meine Stirn und zog sie fest an. »Also sei unbesorgt«, erklärte er mir und fing an, mir den Kopf einzuseifen, bevor er nach einem Rasiermesser griff. »Wenn nicht zum falschen Zeitpunkt eine Welle kommt und das Fieber dich nicht umbringt, wirst du quietschfidel sein, wenn wir dich hängen.«

Manchmal plagten mich Albträume. Das hier war nicht viel anders. Es erschien mir unwirklich. Der Arzt hatte sich hinter mich gesetzt, ich sah ihn nicht. Über mir schwankten die Laternen im Seegang und warfen seltsame Schatten, während der Arzt seinem Handwerk nachging. Er hatte recht, es schmerzte nicht. Nicht sehr. Es war nur… verstörend zu fühlen, wie er mir die Haut aufschnitt und sie zur Seite klappte, zu hören, wie es knirschte, sein angespannter Atem in meinem Ohr… Einmal fluchte er, als eine Welle das Schiff traf.

Ich konnte keinen Gedanken halten, mir zerfaserte jeder Sinn, und es war, als ob ich wieder im Meer trieb. Irgendwann glitt ich in einen tiefen dunklen Traum, und die Laternen über mir verblassten zu fernen Lichtern, die schließlich erloschen.

»Wie geht es ihm?«, weckte mich die Stimme von Korporal Amos.

»Ihr habt gesagt, es gäbe einige Ungereimtheiten an diesem Mann«, kam die müde Antwort des Arztes.

»Ja, wieso?«

»Weil es eine weitere gibt. Es geht ihm zu gut.«

»Wie das?«, fragte Amos.

»Hier, seht Ihr? Ich habe ihm hier die Kopfhaut genäht.« Es pikste und zog dort. »Und jetzt ziehe ich ihm den Faden.«

»Aber das war heute Nacht, nicht wahr?«, fragte Amos interessiert.

»Richtig. Er hatte kurz und heftig Fieber, etwa eine halbe Kerze lang. Dann war das vorbei und er schlief. Als ich vorhin nach ihm sah, war die Naht bereits geschlossen. Und Ihr seht selbst ...« Seine Finger tasteten mir über den Schädel. »Es ist zu früh dafür, aber der Knochen sitzt schon wieder fest. Kurz gesagt, er heilt schneller, als das sein dürfte.«

So ganz war ich noch nicht wach, aber mich wunderte es ein wenig, das zu hören. Schließlich besaß ich Seelenreißer nicht mehr.

»Vielleicht hätte er auch ohne meine Operation überlebt. Es ist nicht das erste Mal, dass ihm der Schädel gebrochen ist. Es geschah bestimmt ein halbes Dutzend Mal, und immer ist er ihm wieder zusammengewachsen, jedes Mal fester als zuvor.« Er tastete noch immer über meine Kopfhaut. »Seht Ihr diese Narbe hier? Das war ein Schwertstreich. Er hätte ihm den Schädel spalten sollen. Er *hat* ihm den Schädel gespalten. Und doch lebt er. Es hat sich alles wieder zusammengefügt.«

Ich konnte mich gar nicht daran erinnern, dass es mir den Schädel gespalten hatte. Vielleicht war es am Pass geschehen ... Die Erinnerung an diesen langen Kampf war mehr als unklar. Ich war dort mehr als einmal gestorben.

»Ich zeige Euch etwas anderes«, meinte der Feldscher und griff mir in den Mund wie einem Gaul. »Seht Ihr seine Zähne? Er hat sie noch alle, und selten habe ich ein solch gutes Gebiss gesehen.«

Ich öffnete die Augen und funkelte den Feldscher an, und er nahm seine Finger hastig aus meinem Mund. Dem Licht nach, das durch die Luken fiel, war es früher Morgen.

Amos schwieg und schaute mich nachdenklich an. Ich sah ihn nicht mehr doppelt und dreifach, die Seekrankheit war von mir gewichen, und meine Kopfschmerzen waren erträglich. Ich hatte Hunger genug für zehn und einen Durst, dass ich ein Fass hätte aussaufen können.

»Habt Ihr eine Erklärung dafür?«, fragte er den Arzt.

Der Feldscher schüttelte den Kopf. »Nein. Es widerspricht allem, was ich weiß.«

»Und du?«, fragte mich der Korporal direkt. »Was sagst du dazu?«

Sollte ich ihm nun die Geschichte von Seelenreißer erzählen? Besser nicht. Also schüttelte ich nur den Kopf, was ich sofort bereute.

»Ich habe keine Erklärung«, krächzte ich. Was ja auch stimmte. Ich verstand auch nicht, was geschehen war, denn ohne das Schwert an meiner Seite hätte ich keine Heilung erwartet.

»Er könnte allerdings ein Nekromant sein«, sprach der Arzt weiter, während er seine gereinigten Instrumente sorgfältig in seiner Tasche verstaute. »Von ihnen ist bekannt, dass sie sich selbst heilen können.«

»Götter!«, murmelte ich. »Wie könnt Ihr so etwas sagen!«

Der Arzt schloss seine Instrumententasche mit einem lauten Klicken.

»Weil ich genau das denke«, teilte er mir mit hartem Blick mit. »Ich war schon selbst versucht, Euch ein Ende zu setzen. Nur mein Eid hat mich daran gehindert … und weil ich es nicht genau *weiß*.«

»Was wisst Ihr nicht?«, fragte die Frau von der Tür her. Sie sah etwas müde aus, doch ihre grauen Augen blickten genauso hart wie zuvor.

»Unser Freund hier heilt erstaunlich schnell«, erklärte Amos. »Devon meint, er könnte ein Nekromant sein.«

»Ihr seid von Sinnen«, widersprach ich und zerrte kraftlos an meinen Fesseln. »Ich bin weder ein Sklavenhändler noch ein Pirat noch ein Nekromant! Ich schwöre es bei allen Göttern!«

»Aber da Ihr nun wach und munter seid, könnt Ihr uns ja erklären, *was* Ihr seid«, sagte die Frau. »Bringt ihn zu mir, wir werden ihn anhören.«

»Aye, Kapitän«, meinte Amos und trat auf mich zu.

»Ihr könnt ihn verteidigen«, meinte die Frau noch und ging wieder.

Amos zog seinen Knüppel aus dem Gürtel. »Ihr werdet mir doch keine Schwierigkeiten machen, mein Freund?«

Ich musterte den Knüppel und seufzte.

16. Das Tribunal

Mir ging es besser, aber noch immer fühlte ich mich kraftlos. Außerdem befanden wir uns auf einem Schiff, und um uns herum erstreckte sich die See. Wohin sollte ich fliehen? Korporal Amos ging dennoch kein Risiko ein. Nachdem man mir eine einfache, aber saubere Robe gegeben hatte, wurde ich an Händen und Füßen mit Ketten gefesselt. Mit klirrenden Schritten schlurfte ich über das Deck, eine kleine Treppe hoch, und fand mich dann in der Kabine wieder, die wohl dem Kapitän gehörte. Dort schraubte ein Seesoldat gerade einen stabilen Stuhl an den Deckplanken fest. Es gab schon Vertiefungen dafür, offenbar war es nicht das erste Mal, dass dieser Stuhl hier stand.

Amos wartete, bis der Stuhl fest war, rüttelte daran, nickte zufrieden und setzte mich dann darauf. Er verband meine Ketten mit dem Stuhl, der passende Haken und Ösen aufwies. Wenigstens saß ich und musste nicht stehen, aber bewegen konnte ich mich auch nicht.

Dafür jedoch umschauen.

Die Kabine war mit allem eingerichtet, was es brauchte. Links von mir hing ein Bettlager in Ketten von der Decke, vor mir stand ein breiter Tisch, hinter dem drei Stühle platziert waren. Daneben auf dem Boden eine große Kiste. Zwischen mir und dem Tisch hing eine seltsame Lampe, beinahe wie eine Laterne, nur dass es keine Kerze gab, dafür ragte aus einem Messingbehälter ein breiter Docht heraus, der von einer gläsernen Röhre geschützt war. Eine Art Öllampe also, nur anders, als ich sie aus Bessarein kannte.

Ein Schreibtisch befand sich an der Wand, die Wand selbst war mit einem Regal versehen, das so geschickt gebaut war, dass die Bücher und Rollen, die es enthielt, auch bei Seegang nicht herausfallen konnten. Zwei schlanke Rapiere hingen an der Wand daneben, dazu noch eine Armbrust mit zwei Köchern. An der anderen Wand fand sich ein kleines Gemälde in einem einfachen Rahmen, zwei junge Gesichter schauten mir daraus entgegen. Es waren entweder die Kapitänin mit ihrem Bruder in jungen Jahren oder ihre eigenen Kinder, die Ähnlichkeiten waren überdeutlich. Der Raum war peinlich sauber und ordentlich, die Decke auf der Bettstatt so straff, dass eine Münze darauf gesprungen wäre. Es roch nach Zedernholz. Mehr gab es nicht zu sehen.

Doch, eines noch. An einem Haken an der Wand hing ein stark gepolstertes Kleid, eine Perücke an einem anderen Haken.

Der Soldat, der den Stuhl festgemacht hatte, packte sein Werkzeug ein und verließ uns, Amos und ich waren vorerst allein.

»Was ist das für ein Schiff?«, fragte ich ihn.

»Dies ist die *Schneevogel*, ein Schwertschiff der kaiserlichen Marine«, teilte er mir bereitwillig mit. Er stand hinter mir und hielt eine schwere Hand auf meiner Schulter. Das war unnötig, die Ketten hielten mich gut genug. Aber ich hatte schon gelernt, dass diese Marinesoldaten nichts dem Zufall überließen. Selbst wenn ich voll bei Kräften gewesen wäre, hätte es bislang wenig Gelegenheit gegeben, zu entkommen. »Wir sind im Sondereinsatz, aber das hast du dir ja bereits denken können.«

Ich reckte meinen kahl geschorenen Kopf und sah zu ihm hoch. »Wessen klagt Ihr mich an?«, fragte ich.

»Ihr meint, abgesehen davon, dass Ihr mit blanker Klinge fast auf unseren Kapitän gefallen seid?«, fragte er breit grinsend.

»Abgesehen davon, ja.«

»Ihr habt einen Elfen ersteigert«, erklärte Amos. »Hättet Ihr ihn dem Kapitän weiterverkauft, wäre das etwas anderes. Ihr müsst wissen, sie kann Sklavenhändler nicht ausstehen. Und das, mein Freund, ist noch milde ausgedrückt.« Er sah mich hart an. »Was Ihr mit ihm gemacht habt, wird wohl die erste Frage sein, die sie an Euch hat.«

»Freigelassen habe ich ihn«, klärte ich ihn auf.

»Wirklich? Nun, das könnt Ihr ihr gern erzählen. Ob sie es glaubt, das steht auf einem anderen Blatt.«

»Oh, es gibt noch ein paar weitere Fragen«, hörte ich eine

neue Stimme. Sie gehörte zu einem Neuankömmling, einem glattrasierten, hageren Mann, der schon etwas älter war. Sein kurzes Haar war bereits ergraut, und sein Gesicht zeigte die Furchen, die Wind, Wetter und Sonne auf Dauer graben konnten. Lachfalten um seine Augen ließen ihn freundlich erscheinen, der harte Blick seiner blauen Augen war es nicht. Auch er trug diese lindgrüne Uniform.

»Das ist Schwertleutnant Mendell«, erklärte Amos. »Er ist der Erste Offizier an Bord und wird die Anklage vertreten.«

»Richtig«, meinte der Mann und trat hinter den Tisch, um auf dem linken äußeren Stuhl Platz zu nehmen. Er musterte mich. »Ihr seht munter aus für jemanden, der gestern noch im Sterben lag.«

»Was nur dafür sorgte, dass ich nun der Nekromantie verdächtigt werde«, antwortete ich.

Er zog eine Augenbraue hoch und sah Amos fragend an. Der nickte.

»Piraterie, Sklavenhandel und auch Nekromantie«, stellte der Schwertleutnant fest und schüttelte den Kopf. Er öffnete eine Schublade am Tisch und entnahm ihr Papier, Feder und ein Tintenfass sowie einen Sandstreuer zum Ablöschen. Ein Offiziersring ähnlich dem, wie ich einen trug, glänzte an seiner linken Hand. »Warum nicht noch Mord, Totschlag und Verrat?« Er schaute auf und an mir vorbei. »Elgata, du lehnst dich weit aus dem Fenster damit.«

»Das werden wir sehen«, sagte die Stimme der Kapitänin hinter mir. Ich hörte, wie die Tür zugezogen wurde, dann ging sie an mir vorbei und setzte sich neben Mendell. Amos löste die Hand von meiner Schulter, kam um mich herum und setzte sich auf den letzten freien Stuhl.

»Gut, bringen wir das hinter uns«, meinte die Frau und fixierte mich. »Zuerst haben wir ein paar Fragen an Euch. Ihr seid gut beraten, sie wahrheitsgemäß zu beantworten.« Sie nickte Mendell zu. »Fangen wir an.«

»Gut«, meinte der und nahm eine Feder zur Hand. »Name?«

»Roderic von Kelar.«

»Woher?«

»Kelar.«

Mendell sagte nichts, nur seine Feder kratzte über das Papier. »Euer Beruf?«

Ich zögerte etwas. Was sollte ich darauf antworten? Letztlich passte nur eins wirklich zu mir, also gab ich es an. »Bauer.«

»Wirklich?«, fragte die Sera und schüttelte erheitert den Kopf. »Ihr seht gewiss aus wie einer.«

»Glaubt Ihr an einen Gott? Wenn ja, an welchen?«, fragte Mendell knapp, während seine Feder mit erstaunlicher Geschwindigkeit über das Papier glitt.

»Soltar.«

»Bekennt Ihr Euch der Piraterie schuldig?«

»Nein.«

»Des Sklavenhandels?«

»Nein.«

Der Lanzenkapitän zog zweifelnd eine Augenbraue hoch.

»Der Nekromantie?«

»Nein!«

»Ihr steht vor einem Schiffstribunal nach den Gesetzen des Seerechts der Reichsstadt Askir. Es ist für alle Bürger der sieben Reiche gültig. Auch die Feuerinseln fallen darunter, selbst wenn Ihr das nicht glauben wollt. Sie sind imperialer Besitz. Erkennt Ihr also die Gerichtsbarkeit Askirs an?«

»Nein.«

»Nicht?«, fragte Amos erstaunt. »Mit welcher Begründung?«

»Ich bin ein Bürger Illians.«

»Wo befindet sich dieses Land?«, wollte Amos wissen.

»Etwa siebenhundert Meilen südlich von hier.«

Die Sera Kapitän sah mich an und trommelte mit ihren Fingern. »Seid daran erinnert, dass Ihr die Wahrheit zu sagen habt.«

»Es ist die Wahrheit.«

Mendell schaute mich an, steckte die Feder sorgfältig in das Tintenfass und blickte dann zur Sera Kapitän hinüber. »So kommen wir nicht weiter. Allein der Vorwurf der Nekromantie erwirkt, dass man ihn in Askir verhandeln müsste. Wir haben keine Möglichkeit, es zu überprüfen.«

»Ich würde gern etwas sagen«, meinte ich.

»Sprecht«, entgegnete die Sera.

»Ihr habt mir vorgeworfen, den Elfen gekauft zu haben. Das wolltet Ihr auch. Warum werft Ihr mir dann Sklavenhandel vor?«

»Ich wollte ihn erstehen, um ihn zu befreien«, sagte sie verärgert. »Wolltet Ihr das auch?«

»Ich *habe* ihn befreit«, entgegnete ich. »Er ging, kurz bevor mich Fürst Celan überfallen hat.«

»Das sagt *Ihr*«, meinte sie stur.

»Es gab dort in der Nacht mehrere Kämpfe«, berichtete Amos. »Etwas hat dieses Piratennest derart aufgescheucht, dass es zuging wie in einem Ameisenhaufen. Außerdem wurde berichtet, dass er den Elfen eingekleidet und bewaffnet hat.«

»Das sagt nichts aus«, meinte die Frau ungerührt. »Der Elf stand unter einem magischen Bann.«

Götter, war diese Frau stur. »Die Piraterie werft Ihr mir vor, weil ich in dem Gasthof genächtigt habe. Dass er Kapitänen vorbehalten war, wusste ich nicht, sonst wäre ich dort nicht eingekehrt. Einer der Kapitäne nahm Anstoß daran, und es kam sogar zu einem Kampf.«

»Was gegen Euch spricht«, sagte die Sera verbissen. »Es ist bekannt, dass nur Kapitäne andere Kapitäne herausfordern dürfen.« Ihre Augen funkelten. »Es erhärtet nur den Vorwurf. Warum hättet Ihr den Elfen befreien wollen?«

»Weil ich ein Freund der Elfen bin.«

»Ja?« Sie öffnete eine Schublade und entnahm ihr einen flachen Kasten. »Warum habt Ihr ihm dann seinen Ring gestohlen?«, fragte sie.

»Das ist *mein* Ring.«

»Lanzenkapitän«, sagte Amos ruhig. »Ich war auch anwesend, als der Elf versteigert wurde. Roderic trug den Ring bereits, der Elf besaß keinen einzigen.«

»Seid Ihr sicher?«, fragte sie misstrauisch.

»Ja«, gab Amos zur Antwort. »Ganz sicher. Deshalb ergriff ich auch das Wort für ihn, nachdem ich gesehen habe, was das für ein Ring ist.«

»Das ist absurd«, sagte die Sera. »Ihr habt gehört, was er mit dem Elfen vorhatte. Er wollte ihn verhuren.«

»Vielleicht hat er gelogen«, schlug Mendell vor.

Sie funkelte ihn an. »Euer Teil ist die Anklageerhebung«, erinnerte sie ihn kühl. »Amos verteidigt ihn, nicht Ihr.«

»Gut«, meinte Mendell ungerührt. »Welche Beweise habt Ihr, dass er den Elfen *nicht* gehen ließ?«

»Sie gingen zusammen in den Gasthof. Der Elf verließ ihn nicht.«

»Und doch war er nicht mehr da«, warf Amos ein. »Also verließ er den Gasthof doch. Wir sahen ihn nur nicht dabei. Es gab dort einen Toten. Einer der Piratenkapitäne, den man mit gebrochenem Genick in seinem Bett auffand.« Er schaute mich fragend an.

»Er wachte auf, als ich gerade aus dem Gasthaus fliehen wollte«, erklärte ich.

»Jedenfalls war es nicht der Elf«, schloss Amos. »Es gibt also keine Beweise dafür, dass er ihm etwas angetan hat.«

Die Sera atmete tief durch. »Warum sollte er fünfundzwanzig Goldstücke für einen Fremden ausgeben?«

»Aus dem gleichen Grund wie Ihr«, warf ich ein, was mir einen bitterbösen Blick einbrachte.

»Glaubt nicht, meine Gründe zu kennen!«, fauchte sie.

»Ich kann die Anklage wegen Sklavenhandels nicht aufrechterhalten«, sagte Mendell knapp. »Genauso gut könnte ich Euch anklagen, Elgata.« Es war deutlich zu erkennen, dass es ihr nicht gefiel, aber sie nickte widerstrebend.

»Welche Beweise legt Ihr für die Piraterie vor?«

»Er wohnte im Haus der Kapitäne.«

»Das hat er schon erklärt«, meinte Amos. »Dieser Punkt ist mehr als dürftig.«

»Er wohnte in einem Gasthof, in dem Piraten verkehren.«

»Auch das habt Ihr schon getan«, sagte Mendell ruhig.

»Er trug das Kopftuch der Piraten.«

»Nicht jeder Pirat trägt ein Kopftuch, und ich kenne allein hier an Bord mehrere Leute, die gern solche Tücher tragen, wenn die Sonne brennt«, meinte Amos. »Und Ihr wisst das.«

»Der Mann ist ungewöhnlich«, sagte Mendell. »Allein durch seine Größe fällt er auf. Ich kenne gewiss nicht alle Berichte, aber ich habe niemals von einem Piraten seiner Statur gehört.« Er schüttelte den Kopf. »Ich kann verstehen, was Ihr vermutet, Lanzenkapitän, aber auch für die Piraterie gibt es keinerlei Beweis.«

Sie öffnete den Mund, aber er unterbrach sie.

»Vergesst die Nekromantie«, meinte er. »Ich kannte jemanden, der das Talent zur Heilung besaß, obwohl er kein Priester war. Dass er schneller gesundet, kann genauso gut ein Zeichen für die Gunst der Götter sein. Was genau werft Ihr ihm vor? Dass er Eure Pläne durchkreuzt hat? So kenne ich Euch nicht, Lanzenkapitän.«

»Dann soll er mir ein paar andere Dinge erklären«, meinte sie. Sie stand auf, ging an einen Schrank, öffnete ihn und nahm mein Schwert heraus, das sie auf den Tisch legte. Daneben legte sie die silberne Flasche aus dem alten Turm und meine zwei Beutel.

»Seht Euch diese Schwertscheide an. Seht die Runen darauf … es sind Tempelrunen. Diese Scheide hat einst einem Tempel Soltars gehört.«

Amos zog das alte Schwert heraus. »Das Schwert jedenfalls nicht.«

Mendell strich über die Klinge unter dem Griffstück und betrachtete den Rost daran. »Sieht mir nicht so aus.«

»Diese Flasche trug er bei sich«, sagte die Sera. »Seht Ihr den Drachen? Es ist der persönliche Besitz eines Offiziers des Reichs.«

»Was wenig zu sagen hat«, meinte Mendell. »Ich habe meine eigene schon vor Jahren verloren.«

Sie war bereits dabei, meinen Beutel zu öffnen. »Hier«, meinte sie und hielt ein paar Münzen hoch. »Das ist Blutgold von Thalak.«

»Es ist auf den Feuerinseln in Umlauf«, meinte Amos milde.

»Aber diese Münzen nicht«, sagte sie und hielt triumphierend eine andere Münze hoch, die frisch geprägt glänzte. »Es ist Soldgold. Von der Zweiten Legion. Eine Reichsmünze, die es gar nicht geben dürfte! Das soll er erklären. Und das hier!«

Sie schüttelte den zweiten Beutel aus, und Dutzende von daumengroßen Edelsteinen fielen heraus und fingen das Licht der frühen Morgensonne ein.

»Kann er uns erklären, wie ein *Bauer* an ein solches Vermögen kommt? Nichts an diesem Mann stimmt. Und er ist mir einige Antworten schuldig!«

Mendell nahm langsam einen der Torsteine auf und betrachtete ihn nachdenklich. Er hielt ihn gegen das Licht und legte ihn dann sanft wieder vor sich auf den Tisch und fing die Steine ein, als der Seegang sie verrutschen ließ. Dann schob er sie zusammen und legte sie sorgfältig wieder in den Beutel.

»Ihr klagt ihn an, weil er den Elfen ersteigert hat. Er sagt, er ließ ihn frei, und Ihr habt keine Beweise dafür, dass es nicht stimmt«, sagte er. Er blickte auf den Beutel und das Gold herab und auf Seelenreißers Scheide. »Es wirft Fragen auf, das stimmt. Ich kenne mich mit Edelsteinen ein wenig aus, meine Tochter hat einen Juwelier geheiratet, wie Ihr wisst. Er zeigte mir manchen Stein, aber keinen wie diese. Diese Steine sind unermesslich wertvoll. Es sollte sie in dieser Größe nicht geben.« Er musterte mich. »Der Mann kann halb Askir damit kaufen. Aber reich zu sein ist nicht verboten. Er scheint mir kein Bauer zu sein, aber auch das lässt sich nicht beweisen und ist nicht Punkt der Anklage. All das ist kein Grund, ihm den Prozess zu machen, Elgata«, sagte er leise und sah ihr dabei fest in die Augen. »Imperiales Recht ist keine Willkür. Ich kann keine der Anklagen aufrechterhalten. Es tut mir leid.« Er schaute zu mir. »Dieses Tribunal befindet, dass es ausreichend Verdachtsmomente für den Sklavenhandel gab, um Euch in Gewahrsam zu nehmen und anzuklagen. Doch dieser Verdacht ließ sich nicht erhärten. Ich verwerfe alle Anklagen gegen Euch. Ihr seid frei. Korporal, löst ihm die Ketten.« Er sah mich an, dann die Sera. »Wenn Ihr Fragen habt, Lanzenkapitän«, sagte er leise, »dann stellt sie ihm. Fragt ihn. Aber ich sehe keine Veranlassung für ein weiteres Verhör.«

Die Sera fixierte mich mit funkelnden Augen. »Alles an diesem Mann ist seltsam«, sagte sie. »Seht Ihr das nicht?«

»Doch«, entgegnete Mendell, während mir Amos bereits die ersten Ketten löste. »Aber ich weiß auch, wo ich den Namen Kelar zum ersten Mal gelesen habe.«

»Und wo?«

»Auf einer alten Karte. Es wissen nur wenige, aber vor vielen Jahrhunderten wurden die Länder tief unten im Süden besiedelt. Eine der ersten Städte, die dort gegründet wurden, hieß Kelar.« Er deutete hinüber zu dem Regal. »Es war die Karte Eures Großvaters, auf der ich diesen Namen gesehen habe. Schaut selbst nach, wenn ich mich nicht irre, habt Ihr sie dort im Regal liegen.«

Sie sah ihn überrascht an, und er lächelte. »Ihr solltet öfter mal den Balladen lauschen. Habt Ihr vergessen, wo die Zweite Legion verschwand? Tief unten im Süden. In den neuen Landen.« Er hob die Soldmünze hoch und ließ sie in meinen Beutel fallen. »Es ist schlüssig. Er weiß den Namen der Stadt, weiß, wo sie liegt, und er hat Soldgold der Zweiten Legion bei sich. Das Land dort mag Illian heißen oder nicht, aber er ist kein Bürger der sieben Reiche. Und vielleicht finden sich dort solche Edelsteine genauso leicht wie bei uns die Flusskiesel.« Er stand auf. »Ich verstehe Euren Hass, Elgata«, sprach er leise. »Aber sorgt dafür, dass Ihr Euch nicht davon irreleiten lasst. Es gibt genügend Piraten und Sklavenhändler, bei denen Ihr Euch sicher sein könnt. Wenn ich mich nicht irre, jagen wir gerade jemanden, dem Euer Hass zu Recht gilt. Wenn wir ihn erwischen, wird keiner Euch widersprechen, wenn Ihr ihn zu Soltar schickt.« Er verbeugte sich knapp, ging zur Tür hinaus und zog sie leise hinter sich zu.

»Mendell ist ein verdammt guter Offizier«, meinte Amos zu der Sera, als er mir die letzten Ketten löste. »Ihr wisst das.«

Die Sera seufzte. »Könnt Ihr mir dieses Kelar auf der Karte zeigen?«, fragte sie mich in vernünftigerem Tonfall.

»Gern«, antwortete ich höflich, während ich mir die Handgelenke rieb. Ich fuhr mir über den rasierten Schädel und spürte zum ersten Mal die Wülste dieser neuen Narben. Ich konnte mir nur schwer vorstellen, dass der Feldscher tatsächlich seine Instrumente in meinem Kopf gehabt hatte, aber es war wohl so gewesen. »Ich habe Schwierigkeiten, eine Karte zu lesen«, erklärte ich ihr, »aber Kelar finde ich.« Ich schenkte ihr mein bestes Lächeln. »Wäre es zu viel verlangt, wenn ich zuvor etwas essen könnte? Mein Magen frisst sich sonst noch selbst auf.« Mein Magen hatte mitgehört und knurrte vernehmlich.

Zum allerersten Mal sah ich ein Lächeln auf dem Gesicht des Lanzenkapitäns. »Das wird sich einrichten lassen.« Sie schaute sich in der Kabine um und schüttelte den Kopf. »Amos«, sagte sie. »Sorgt dafür, dass unser... Gast seinen Magen füllen kann.«

Sie wies auf den Tisch, an dem eben noch Gericht über mich gehalten worden war. »Setzt Euch«, bat sie mich. »Wir haben keinen Platz für Passagiere an Bord. Seid so lange mein Gast, bis wir ein Quartier für Euch gefunden haben.«

»In meinem Quartier ist noch eine Hängematte frei«, sagte Amos und lächelte leicht. »Es sind nur fünf Unteroffiziere an Bord«, erklärte er mir. »Einen haben wir verloren. Du kannst dich dort einrichten.«

»Gern«, sagte ich. »Aber später, ja?«

Er nickte, nahm die Ketten an sich, zwinkerte mir kurz zu und zog die Tür hinter sich zu.

Elgata betrachtete mich ganz offen. »Nehmt Ihr meine Entschuldigung an?«, fragte sie. »Mendell hat recht, ich habe mich blenden lassen.«

Ich lachte, es gab wenig Worte, die meine Erleichterung ausreichend hätten beschreiben können. »Sicherlich«, antwortete ich ihr. »Nachdem mein Magen voll ist.«

»Ihr wirkt nicht nachtragend.«

»Ich sehe solche Dinge gelassen«, erklärte ich ihr, während ich an ihrem Tisch Platz nahm. Es klopfte an der Tür, und ein Seemann kam herein und stellte eine dampfende Schüssel und einen Krug vor mich. Mein Magen knurrte erneut ungeduldig. »Da ich noch lebe, gibt es wenig Grund, mich zu beschweren«, erklärte ich, als ich den Löffel in dem Eintopf versenkte. Es waren nur Kartoffeln und Gemüse mit Fischstücken, aber es roch göttlich. »Auf Euer Schiff zu springen war ein verzweifelter Akt, eine wenig durchdachte Flucht. Ich stellte mir vor, dass ich Euch mit einem Dolch am Hals hätte dazu zwingen können, nach Askir zu segeln, doch selbst mir erschien dieser Plan überaus dürftig. Den Kopfschmerz nehme ich gern dafür in Kauf, dass Ihr dieses Problem gelöst habt.«

Sie lachte ungläubig auf und schüttelte erheitert den Kopf. »Ihr wolltet tatsächlich das Schiff kapern? Wäre es nicht so lachhaft, könnte man es als versuchte Piraterie werten. Wie kam es dazu, dass Ihr mir vor die Füße gefallen seid?«

Sie breitete eine Karte vor mir aus, ich sah nur kurz hin und legte meinen Finger auf den kleinen Punkt an der Küste von Illian. Kelar. Ich konnte es immer noch nicht richtig glauben, dass es meine Heimatstadt nicht mehr gab. Wahrscheinlich musste ich dazu erst in den Ruinen stehen.

»Ich war schiffbrüchig«, erklärte ich ihr, während sie lange die alte Karte ansah. »Ich war mit einem Schiff auf dem Weg nach Askir, als wir von Piraten überfallen wurden. Ich fiel über Bord. Mit Glück und der Götter Gunst wurde ich bei den Feuerinseln an Land gespült, dort traf ich Euch und den Fürsten Celan bei der Auktion. Ich kaufte den Elfen und ließ ihn frei, doch er befand sich unter einem magischen Bann, der ihn zu dem Fürsten zurücktrieb. Der war nicht erfreut darüber und versuchte, meiner habhaft zu werden.« Ich erinnerte mich daran, wie ich ihn zweimal getötet hatte. »Wir gerieten aneinander, und er scheint mir nachtragend zu sein, also hielt ich es für besser, die Inseln zu verlassen.« Ich betastete meinen Hinterkopf.

»Habt Ihr wirklich gedacht, Ihr könntet allein ein Schiff kapern?«, fragte sie.

Ich zuckte mit den Schultern. »In dem Moment schien es mir besser, als Gefahr zu laufen, dem Fürsten Celan in die Hand zu fallen. Er *ist* ein Nekromant, müsst Ihr wissen.«

»Wir vermuten es auch, aber woher wollt Ihr das wissen?«

»Er versuchte, mich in seinen Bann zu ziehen, und es gelang mir nicht, ihn zu töten.«

Sie rollte die Karte langsam wieder zusammen und schob sie sorgfältig in eine Messingröhre. »Das hört sich an, als wäre das Töten etwas, worauf Ihr Euch versteht«, stellte sie fest. »Wollt Ihr noch immer vorgeben, ein Bauer zu sein?«

»Es ist das, was ich war und wieder sein *will*«, teilte ich ihr mit. »Nicht das, was ich zuletzt war.«

Sie nickte bedächtig. »Ich habe eine Frage an Euch. Ihr standet unter Anklage, und dennoch schien es mir nicht, als ob Ihr Angst gehabt hättet.«

»Das stimmt nicht«, widersprach ich. »Als Nekromantie zur Sprache kam, fürchtete ich das Schlimmste. Da zögert man meistens nicht lange.« Ich kaute und schluckte. »Ich wundere mich ein wenig darüber, dass Ihr mich nicht gleich erschlagen habt. Aber ich bin auch beeindruckt.«

»Wovon?«, fragte sie, zugleich aber klopfte es an der Tür.

»Ich hörte vom Recht der Reichsstadt, habe es aber noch nie in Ausübung gesehen. Dass Euer Erster Offizier die Anklagen fallen ließ, hat auch mich überrascht.«

»Das kaiserliche Recht ist die Grundlage des Kaiserreichs«, erklärte sie mit Überzeugung in der Stimme. »Nur so ist sichergestellt, dass Macht dem Frieden verpflichtet bleibt.«

Es hörte sich seltsam an, vielleicht war es ein Zitat. Ich wollte nachfragen, aber es klopfte wieder.

Sie rief »Herein«, und die Tür sprang auf. Ein Seemann stand dort und salutierte. »Sera«, begann er. »Der Schwertleutnant lässt melden, dass die *Bluthand* in Reichweite der Balliste ist.«

»Gut«, sagte die Sera und nahm eines der Rapiere von der

Wand, um sich die Waffe an den Gürtel zu hängen. »Er soll den Angriff beginnen lassen, ich komme gleich nach.«

»Aye, Sera«, rief der Soldat und zog die Tür wieder hinter sich zu.

»Habt Ihr etwas dagegen, wenn ich Euch auf Deck folge?«, fragte ich höflich.

Sie sah mich erstaunt an und schüttelte dann den Kopf. »Mitnichten. Ihr könnt zusehen, wie die Reichsmarine mit Piraten verfährt.« Sie deutete auf die Schüssel vor mir. »Aber wollt Ihr nicht zuerst zu Ende essen?«

»Das werde ich tun«, sagte ich, stand auf und nahm die Schüssel einfach mit.

Ich hatte gewiss wenig Ahnung von der Seefahrt, aber was ich nun vom Achterkastell der *Schneevogel* aus sah, beeindruckte mich. Es gab etliche Unterschiede zur *Lanze*. Zum einen war die *Schneevogel* gut dreimal so groß wie mein Schiff, zum anderen besaß sie rechteckige Segel und eine andere Takelage. Das Schiff bewegte sich irgendwie anders im Wasser. Ich brauchte eine Weile, bis ich verstand, dass es der Wind war, der sich anders anfühlte, er kam nicht von achtern, sondern seitlich. Ich dachte bislang immer, dass Schiffe nur vor dem Wind fahren konnten.

Die Mannschaft war ebenfalls um ein Vielfaches größer als die der *Lanze*, es waren bestimmt gut achtzig Marinesoldaten an Bord, nur ein Teil davon war damit beschäftigt, das Schiff zu segeln, der Rest prüfte Waffen und Ausrüstung. Fast jeder der Soldaten trug eine Armbrust, dazu noch meist leichte Rapiere, manchmal auch Äxte oder kurze Schwerter. Die Entermesser der Piraten wurden offensichtlich verschmäht, dafür hielt jeder der Soldaten sechs bis acht Wurfmesser in Schlaufen am Brustpanzer bereit.

Die Stimmung an Bord war gut, obwohl man sich auf einen Kampf vorbereitete. Ein jeder schien genau zu wissen, was zu tun war. Hohe Schilde an den Seitenwänden gaben Schutz vor feindlichem Beschuss. Das Krähennest auf dem Mast war größer, als ich es gewohnt war, und bot hinter hohen Wänden sechs Scharfschützen Platz.

Als man mich am Mast geschrubbt hatte, hatte das Schiff noch recht verwahrlost ausgesehen, das konnte man jetzt nicht mehr behaupten. Überall glänzten das Messing und das Holz frisch poliert. Nur die Deckplanken nicht, auf denen zwei Jungen, kaum älter als zehn oder zwölf, Sand verteilten.

Elgata stand neben mir und hielt eines der kaiserlichen Sehrohre in der Hand. Sie bemerkte mein Interesse an dem Sand und lächelte grimmig. »Das ist, damit man nicht auf dem Blut ausrutscht«, erklärte sie mir. Sie hob das Rohr, hielt es einen kurzen Moment an ihr Auge und setzte es dann wieder ab. »Schießen nach Gelegenheit!«, bellte sie, ein Seemann weiter vorn griff den Befehl auf.

»Aye, Sera, schießen nach Gelegenheit!«, rief er, und nur einen Moment später gab es vom Vorkastell einen harten mechanischen Schlag.

Ein solches Geräusch hatte ich noch nie von einer Balliste vernommen. Nicht nur das, das gegnerische Schiff erschien meinen ungeübten Augen noch deutlich zu weit entfernt für einen Schuss.

Neugierig trat ich etwas zur Seite, um einen besseren Blick unter dem Segel hindurch auf das Vorkastell zu erhaschen, und was ich dort sah, überraschte mich. Diese Balliste war nicht aus Holz, sondern aus Metall, auch waren es nicht gedrehte Taue, die ihre Arme spannten, sondern stählerne Federn. Gleich vier Soldaten legten sich dort mächtig ins Zeug, um die Waffe wieder zu spannen.

»Ist das Geschütz nicht zu schwer für das Schiff?«, fragte ich.

»Hm?«, meinte die Sera; sie verfolgte das Geschehen so konzentriert, dass sie meine Frage nicht verstanden hatte. Ich wiederholte sie.

»Nein. Das Metall ist hohl«, teilte sie mir kurz mit und rief einen Befehl nach vorn. Das Schiff legte sich noch etwas mehr auf die Seite; ich wunderte mich, dass es nicht kenterte. Sie warf mir einen Blick zu, in dem ihre Anspannung deutlich zu erkennen war. »Sucht Euch einen sicheren Platz, aber hebt Euch Eure Fragen für später auf.« Wieder rief sie ein Kommando.

Ich trat zur Seite und beobachtete, wie die Balliste neu geladen wurde. Es war Amos, der dort vorn über die Spitze des Bolzens schaute und dann entschlossen einen Hebel umlegte. Wieder folgte dieser harte Schlag, diesmal aber auch sogleich ein Jubel, offenbar war der Schuss ein Treffer.

Im Verlauf der nächsten zwei Stunden lernte ich mehr über Seegefechte, als ich hatte wissen wollen. Die Taktik der Reichsflotte war klar zu erkennen. Nicht der Kampf Mann gegen Mann entschied hier, sondern die überlegene Reichweite der Balliste und die Armbrustschützen. Als der Pirat erkannte, dass er nicht entkommen konnte, änderte er seine Taktik und versuchte die *Schneevogel* in den Nahkampf zu zwingen. Elgata wollte davon nichts wissen. Sie ließ ihn nicht heran... Wenn er doch mal näher kam, beschossen die Scharfschützen im Krähennest das Achterdeck des Piraten.

Ein paar vereinzelte Pfeile oder Bolzen schlugen in die Schilde ein, aber die meisten gegnerischen Schüsse lagen deutlich zu kurz. Immer wieder donnerte die Balliste im Bug, und nach und nach zeigte sich ihre zerstörerische Wirkung. Der Pirat lag tiefer im Wasser und schien nur noch träge dem Ruder zu gehorchen. Nach gut drei Dutzend Schüssen legte Korporal Amos gleich zwei Bolzen auf den Schlitten auf, und als er sie abschoss, sah ich, dass zwischen den Bolzen eine Kette gespannt war. Der Schuss war gut und traf, riss die Takelage des Piratenschiffs auf und ließ den Mast auf halber Höhe abbrechen.

Der Rest war ein Gemetzel. Die letzten zehn Schüsse der Balliste waren Brandbolzen. Lanzenkapitän Elgata hielt auch dann noch einen sicheren Abstand, als das brennende Wrack langsam kenterte. Kurz darauf hob sich das Heck des Piraten und sank unter die Wasseroberfläche.

Trümmer trieben auf dem Wasser, hier und da hielten sich einige Piraten daran fest. Mit dem, was folgte, hatte ich nicht gerechnet. Die *Schneevogel* kroch vorsichtig näher, und die Armbrustschützen an Bord verrichteten ihr blutiges Handwerk mit grimmigen Gesichtern, bis keiner der Piraten mehr lebte.

»Es ist eine Gnade«, meinte Elgata, als sie zu mir trat. »Die meisten der Piraten können nicht schwimmen, und selbst wenn, das Meer ist zu weit und zu tief, um hier auf Rettung hoffen zu können.«

Was sollte ich dazu sagen? Nur zu gut erinnerte ich mich an diese eine Nacht, als ich in den Wellen getrieben war.

»Aber Ihr wollt auch gar nicht, dass sie gerettet werden, nicht wahr?«

»Nein«, sagte sie, während ihre Wangenmuskeln mahlten. »Es gibt keine Zweifel an ihrer Schuld. Es sind Piraten, und jeder Einzelne würde gehängt werden. So ist es einfacher.«

Ein einziger verirrter Bolzen hatte seinen Weg durch die Schilde gefunden und einen der Soldaten am Arm verletzt.

»Die Piraten nennen uns feige«, erklärte Lanzenkapitän Elgata in hartem Tonfall. »Wir nennen es klug. Warum sollten wir uns ihnen zu ihren Bedingungen stellen?«

Die *Schneevogel* setzte wieder Segel und nahm Fahrt auf. Ich sah zu, wie die Sonne über den Mastarm wanderte.

»Wohin geht der Kurs?«, fragte ich.

»Zurück zu den Feuerinseln.«

»Aber ich dachte, das Schiff fährt nach Askir?«

»Ja, dorthin kehren wir zurück, Ser Roderic. Aber erst in sechs Wochen. Wir haben einen Auftrag zu erfüllen.«

Das passte mir wenig, aber was sollte ich sagen? Es war ihr Schiff. »Darf ich fragen, welcher Auftrag das ist?«

Sie lachte. »Wir werden uns die Feuerinseln zurückholen.« Ihre grauen Augen zogen sich zu Schlitzen zusammen, als sie über das Meer schaute. »Die Inseln sind kaiserlicher Grund und Boden. Es wird Zeit, dass wir das Geschmeiß dort herauswerfen.«

Etwas später folgte ich ihr in ihre Kabine. Mendell war dort und schrieb in ein dickes Buch. Er schaute auf, als wir eintraten, und nickte mir freundlich zu. Ich hatte mittlerweile erfahren, dass Mendell und Elgata neben dem Schiffsarzt die einzigen Offiziere an Bord waren. Er war nicht allein, einer der Jungen, die vorhin den Sand auf das Deck geschüttet hatten, war ebenfalls dort, er deckte sorgfältig den Tisch mit vier Gedecken für das Mittagsmahl. Jetzt, wo ich ihn aus der Nähe sah, erkannte ich, dass es kein Junge, sondern ein Mädchen war. Es gab noch ein anderes Kind an Bord sowie einen Jungen, der vielleicht ein Dutzend und drei Jahre alt war. Sie trugen alle diese lindgrünen Uniformen und ebenfalls Wurfdolche über ihren Herzen.

Ich sah dem Mädchen nach, als es leise die Tür hinter sich zuzog.

»Es sind Schwertkadetten«, erklärte Mendell, während er das Buch sorgfältig schloss und Federn, Tinte und Löschsand in der Schublade verstaute. »Sie werden an Bord ausgebildet. Vielleicht wird einer von ihnen mal ein Admiral.«

»Das gefällt Euch nicht?«, fragte Elgata, die ihr Rapier wieder an die Wand gehängt hatte.

»Ich mag es nicht, im Krieg Kinder zu sehen«, antwortete ich. Im gleichen Moment ging die Tür auf, und ein Seemann brachte eine dampfende Terrine herein. Amos kam hinter ihm herein und nahm ebenfalls am Tisch Platz.

»Ich bin der ranghöchste Unteroffizier«, erklärte er, obwohl ich nicht gefragt hatte. »Es ist üblich, dass er am Kapitänstisch sitzt. Es verbindet die Mannschaften mit den Offizieren, so bleibt der Kontakt zwischen den Rängen erhalten. Meist gesellt sich auch noch unsere Feder zu uns, aber Devon ist beschäftigt und lässt sich entschuldigen.«

»Setzt Euch«, meinte Elgata und wies auf den vierten Stuhl, der mittlerweile am Tisch stand. »Gut geschossen«, sagte sie dann zu Amos, der bloß nickte.

Wieder öffnete sich die Tür, es war das Mädchen, das ein Tablett mit einer Flasche und vier Kristallgläsern darauf hereinbrachte. Mit aufmerksamem und ernstem Gesichtsausdruck stellte es die Gläser neben den Gedecken auf, schenkte uns klares

Wasser ein, um uns dann die Teller aus der Terrine zu füllen. Danach stellte es sich breitbeinig einen Schritt hinter Elgata auf, die Hände hinter dem durchgedrückten Rücken, Kinn erhoben, und blickte starr geradeaus.

»So lernen sie, wie an Bord Entscheidungen gefällt werden«, erklärte Amos. »Ignoriert sie«, wies er mich an. »Es ist ihre Aufgabe zuzuhören, aber unsichtbar zu sein.«

»Ihr habt mich gefragt, warum ich keine Angst zeigte während des Verhörs«, wandte ich mich an Elgata.

Sie lächelte auffordernd, doch ihre Augen blieben kühl. Sie hatte vielleicht ihr Verhalten geändert, aber so ganz war das Misstrauen nicht verschwunden.

Ich hatte lange gegrübelt. Auf der einen Seite war es so, dass mir nichts lieber wäre, als endlich meine Ruhe zu finden, auf der anderen Seite trieb ich nicht mehr allein im Meer. In ein paar Wochen würde das Schiff Askir anlaufen, dann konnte ich, wenn auch mit Verspätung, zu den anderen aufschließen. Ohne Seelenreißer war ich nicht sonderlich nützlich, aber ein Mann sollte das zu Ende bringen, was er anfing.

Leandra wollte vor dem Kronrat sprechen, aber noch wussten wir zu wenig über die Menschen, die in der Reichsstadt lebten. In den nächsten Wochen bot sich mir nun die Gelegenheit, sie kennenzulernen. Es waren Soldaten wie diese, die gegen Thalak in den Krieg ziehen würden, und es schien mir wichtig zu wissen, was sie bewegte und wofür sie zu kämpfen bereit waren.

»Ich habe auf einen glücklichen Ausgang gehofft«, erklärte ich, als die Blicke der drei fragend auf mir ruhten. »Wir haben uns unter unglücklichen Umständen kennengelernt. Anders …« Ich sah Amos an und fuhr mir bezeichnend über den Hinterkopf. »… wäre es leichter gewesen.« Ich legte meine Hand vor ihnen auf den Tisch. »Was seht Ihr hier?«, fragte ich.

Sie schauten neugierig hin. »Eure Hand?«, meinte Amos. Elgata hob fragend eine Augenbraue.

Was es mit der Magie des Generalsrings auf sich hatte, hatte sich mir noch nicht zur Gänze erschlossen. Manchmal nahm niemand ihn wahr. Jedes Mal, wenn ich in Gefangenschaft geriet, wurde er übersehen, wohl damit ich ihn nicht verlor. Auch Elgata und Mendell trugen einen solchen Ring, aber die hielten sich nicht verborgen wie meiner.

Ich schaute auf den Ring, konzentrierte mich und versuchte ihm mitzuteilen, dass ich wollte, dass er sichtbar wäre. Was wusste ich, wie diese Magie wirkte? Aber man musste ihn doch jemandem zeigen können, sonst ergab er keinen Sinn. Bis jetzt hatte jeder, der den Bullen angehörte, den Ring auch ohne Probleme erkannt, vielleicht lag es daran, dass das hier eine Einheit der Seeschlangen, der kaiserlichen Marine, war. Aber die Streitkräfte Askirs mussten auch untereinander Kontakt haben. Einen Versuch war es wert. Doch die Gesichter der anderen blieben verständnislos, oder, in Mendells Fall, höflich abwartend. Schon glaubte ich, dass der Ring mich im Stich lassen würde, als Elgata plötzlich fluchte und Mendells Augen sich überrascht weiteten.

Bei Amos dauerte es einen Moment länger, dann lachte er bissig und lehnte sich in seinem Stuhl zurück, um erheitert den Kopf zu schütteln. Sein Blick schien mir zu sagen, dass mir ein guter Scherz gelungen war.

Elgata war die Erste, die sich vorbeugte und den Ring genauer untersuchte. »Neun Steine«, sagte sie mit Unglauben in der Stimme. »Und ist das wirklich das Zeichen der Zweiten Legion?« Sie schaute zu Mendell. »Wie ist das möglich?«

Der zuckte nur mit den Schultern und sah mich aufmerksam an.

Ich beschloss, auf den größten Teil der Geschichte zu verzichten. »Die Neuen Reiche, meine Heimat, werden von einem fremden Reich bedroht. Es nennt sich Thalak. Der Name des Herrschers ist Kolaron, und er ist sowohl ein Maestro als auch ein Nekromant und hat sich, soviel wir wissen, dem Namenlosen verschrieben. Die Zweite Legion wurde ausgesandt, um diese Kolonie zu schützen. Der Auftrag gilt noch immer, und zurzeit wird in Gasalabad die Zweite Legion erneut aufgestellt. Kommandant Keralos hat meine Ernennung zum Kommandeur der

Zweiten Legion bestätigt. Ohne die Zustimmung des Kronrats kann Askir keine weiteren Legionen schicken, es ruht also bisher alles auf den Schultern der Zweiten Legion.« Ich sah drei fassungslose Gesichter vor mir. »Nur weil die Schlachten Hunderte von Meilen südlich geschlagen werden, bedeutet das nicht, dass Thalak keine Gefahr für Askir darstellt. Ganz im Gegenteil, denn vieles deutet darauf hin, dass Askir das eigentliche Ziel dieses Nekromantenkaisers ist. Es geht ihm um die magische Macht der Knotenpunkte der Magie, der Kreuzungen des Weltenstroms.«

Amos schaute abwartend, Elgata verwirrt, und Mendell trug ein feines Lächeln zur Schau, als ob er eben etwas bestätigt gefunden hatte.

»Die drei schwarzen Schiffe, die Ihr im Hafen der Feuerinsel gesehen habt, und dieser Fürst Celan, der den Elfen verkaufen ließ, sie kommen aus diesem Reich und haben die Piraten überzeugt, ihnen die Feuerinseln als Stützpunkt zur Verfügung zu stellen. Askir und die sieben Reiche befinden sich bereits im Krieg mit Thalak, nur wissen sie es noch nicht.«

Elgata beugte sich wortlos vor und hielt ihren Ring gegen den meinen. Ihrer leuchtete strahlend hell auf, weitaus heller, als es damals Kasales Ring getan hatte. Sie zuckte zurück, als hätte der Ring sie gebissen, und schaute mir entgeistert ins Gesicht.

»Das war deutlich«, meinte Mendell und tunkte seinen Löffel in die Schüssel vor sich. Elgata wirkte angesichts seiner Lässigkeit fast schon erbost, aber er lächelte nur. »Kein Grund, das Essen kalt werden zu lassen«, meinte er. Er warf mir über seinen Löffel hinweg einen erheiterten Blick zu, der seine Lachfalten hervorhob. »Damit haben sich auch Eure anderen Fragen erledigt, Elgata.«

»Scheint so«, meinte sie, schien dabei aber wenig glücklich.

Amos schüttelte breit grinsend den Kopf. »Ich habe beinahe einem Lanzengeneral den Schädel eingeschlagen? Da bin ich aber froh, dass Ihr über einen solchen Dickkopf verfügt, General.« Er schnaubte. »Wie lange tragt Ihr diesen Ring schon?«

»Vielleicht vier Wochen«, gab ich zur Antwort. Ich war selbst etwas erstaunt darüber, denn es kam mir unendlich viel länger vor, so viel war in der Zwischenzeit geschehen. Aber es war tatsächlich noch keine zwei Monde her, dass der Wolfswinter den Gasthof *Zum Hammerkopf* in ein eisiges Gefängnis verwandelt hatte.

»Warum machte Kommandant Keralos Euch zum Kommandeur der Zweiten Legion?«, fragte Elgata. »Ich kenne einige der hochrangigen Bullen, und ich erinnere mich nicht, Euch jemals gesehen zu haben.«

»Er kommt aus den Neuen Reichen«, erinnerte Mendell sie freundlich. »Das erklärt beides. Er kennt Land und Leute.«

»Ich war in diplomatischer Mission unterwegs nach Askir«, fuhr ich fort. »Ein Teil der Mission besteht darin, dass die Neuen Reiche sich offiziell dem Reich anschließen, der andere Teil darin, bei den sieben Reichen um Unterstützung für den Kampf zu werben.«

»Viel Glück dabei«, meinte Mendell trocken. »Es gibt den einen oder anderen Kronenträger, dem Ihr diesen Gedanken mit einem Vierkantholz über den Schädel ziehen müsst. Sie sind meist damit beschäftigt, Nabelschau zu betreiben, und mögen es nicht, dabei gestört zu werden.« Er wechselte einen Blick mit Elgata. »Zumindest erklärt es die Order der letzten Wochen.«

Lanzenkapitän Elgata nickte nachdenklich. »Das mag wohl sein. Sie waren aber dennoch schon lange überfällig.« Sie fixierte mich. »Wenn wir schon bei der Order sind… Wie lauten Eure Befehle, General?«

Jetzt war es an mir, verblüfft dreinzuschauen. »Ich dachte, meine Befehlsgewalt erstreckt sich nur über die Zweite Legion.«

»Es sind die neun Steine, General«, erklärte Mendell sanft. »Wusstet Ihr das nicht? Wir unterstehen Admiral Jilmar in Askir, und das wird auch so bleiben«, fügte er schmunzelnd hinzu. »Sonst zieht der Euch noch die Ohren lang. Aber diese neun Steine geben Euch das Recht, uns zu requirieren.«

»Was bedeutet das?«

Elgata und Mendell wechselten einen Blick.

»Ich habe an keiner Akademie studiert«, erklärte ich etwas

schroff. »Ich kann nicht alle Wörter kennen. Ich frage, damit ich es verstehe!« Wenn die Herrschaften unbedingt schöne Wörter verwenden wollten, dann sollten sie sich mal mit Leandra unterhalten!

Mendell hob entschuldigend die Hand. »Es bedeutet, dass Ihr Euch die *Schneevogel* ausleihen könnt, solange Ihr es für notwendig erachtet.«

»Ihr müsst verstehen«, sagte Elgata. »Es ist üblicherweise so, dass ein Soldat eine umfassende Bildung braucht, um die Prüfung für den Offiziersdienst zu bestehen.« Sie sah stirnrunzelnd auf den Ring herab. Von diesen Ringen hieß es, dass es unmöglich wäre, sie zu fälschen oder sie ohne Anrecht zu tragen. Sie hätte es auch laut sagen können, denn in diesem Moment fragte sie sich überdeutlich, ob diese Legende wirklich stimmte.

Ich stand am Bug, in einer kleinen Ecke zwischen Vorkastell und Bugspriet, wo stabile stählerne Bänder den Bugspriet einfassten und sicher mit dem Rest des Schiffs verbanden. Es gab hier eine Art Doppelhaken, auf dem ein Tau aufgewickelt und verknotet war, sonst schien dieser kleine Winkel keinen Nutzen zu haben. Wenigstens war ich hier nicht im Weg.

Hinter mir befand sich die Plattform mit der Balliste, zwei Seeleute beschäftigten sich gerade damit, sie zu überprüfen und einzufetten, die Spannung der Federn einzustellen und die schwere Sehne aus Metall sorgfältig in Augenschein zu nehmen.

Unter meinen Füßen schäumte die Bugwelle, und auf der rechten Seite sprang ein Delphin über die Welle, sein helles Kichern schien mich auszulachen oder aufmuntern zu wollen.

Ich hatte mich nie für dumm gehalten. Ich konnte lesen und schreiben, sogar recht ordentlich. Ich kannte die Schriften und das Buch Soltars auswendig und hatte bestimmt in meinem Leben noch gut und gern zwei Dutzend andere Bücher gelesen. Ich kannte vier Sprachen und ein Dutzend Dialekte und wusste, wie ich mich in feiner Gesellschaft zu bewegen hatte. Ich konnte nicht singen, wenigstens nicht so, dass man keine Schmerzen davon bekam, aber ich kannte eine Menge Balladen und Legenden. Ich war nicht dumm. Ich kannte nur manche Wörter nicht. Wie denn auch, wenn ich sie nie zuvor gehört hatte?

Und jetzt stand ich da und überlegte, ob ich zu Recht schmollte. Ich schaute hoch zu den geblähten Segeln und seufzte. Serafine hatte recht, ich war nicht der geeignete Mann, die Zweite Legion zu führen. Selbst die Schwertkadettin, die so still am Tisch gestanden hatte – Marje hieß sie, wie ich mittlerweile erfahren hatte –, wäre besser dazu geeignet.

Jeder der Seeleute hier an Bord konnte lesen und schreiben. Jeder Einzelne von ihnen! Sie lernten es neben ihrer Waffenausbildung. In meiner Heimat konnten die Adligen schreiben, manche jedenfalls, die Priester, die reichen Handelsherren, manche Wirte und natürlich die Schreiber selbst, die für andere Briefe verfassten oder Bücher führten. Und hier in der Kabine von Lanzenkapitän Elgata stand ein Regal, in dem sich acht ledergebundene Bücher befanden. Acht! Gut, sechs dieser Bücher waren Vorschriftensammlungen und Gesetzestexte, aber eines enthielt eine Sammlung von Gedichten, das andere mehrere Theaterstücke. Vorhin hatte ich Letzteres vorsichtig geöffnet… Wer auch immer der Schreiber gewesen war, er besaß die Schrift eines Gottes.

Die *Schneevogel* war ein Schwertschiff. Eine Art Jagdboot für das offene Meer, eines der kleinsten Schiffe der Reichsstadt. Und doch hatte sie einen Arzt an Bord, der sich nichts dabei dachte, einem den Schädel zu öffnen und darin herumzustochern. Und das auch noch so, dass man es überleben konnte.

Vielleicht war ich neidisch. Ich hatte jedes Buch gelesen, dessen ich hatte habhaft werden können. Ich hatte nicht gewusst, dass es in der Kronstadt eine Tempelakademie gab. Wenn ich dort Zugang gehabt hätte, hätte ich liebend gern jedes Buch gelesen und sicherlich gewusst, was es bedeutet, etwas zu *requirieren*. Leandra wusste es ganz bestimmt.

Elgata und Mendell waren nicht hochnäsig oder arrogant, nur überrascht. Warum also lag es mir so schwer im Magen?

Zweihundertundsiebzig Jahre lang hatte ich das Schwert Soltars getragen. In meiner Heimat kannte jeder die Legende vom Wanderer, dem Schweinehirten, der durch Soltars Tor ging, um eine Stadt zu retten. Die Ballade von Ser Roderic und den vierzig Getreuen wurde auch noch immer gesungen. Es gab noch andere Legenden über mich. Wenn jemand wusste, wer ich war, begegnete er mir mit Respekt, manchmal sogar mit Ehrfurcht. Wenn ich sprach, hörte man mir zu. Niemand zweifelte an mir, denn ich brauchte nichts anderes zu tun, als Seelenreißer neben mich zu stellen, um den Beweis zu erbringen, dass ich der Wanderer war. Immer wieder hatte ich behauptet, dass es mir nicht recht gewesen war, dass ich meistens keine Wahl gehabt hatte ... Ich hatte mit falscher Bescheidenheit die Menschen in die Irre geführt. Wie hatte ich mich geziert, als Leandra mich fragte, ob ich Roderic von Thurgau sei!

Ich hatte Seelenreißer verflucht. Soltar auch. Ihn für alles verantwortlich gemacht. Es war ein Wunder, dass der Gott mir keinen Blitz geschickt hatte. Nun, einmal hatte er das getan, aber das war schon so lange her, dass ich es fast vergessen hatte. Und damals hatte ich meinen Gott noch nicht verflucht.

Diesmal hatte Soltar meine Gebete erhört. Seelenreißer lag auf dem Grund des Meeres, ich war aus dem Dienst meines Gottes entlassen. Hier im Alten Reich kannte niemand Roderic von Thurgau oder den Wanderer, der nicht sterben konnte. Niemand hier erstarrte in Ehrfurcht vor mir, wenn er nur meinen Namen hörte.

Elgata, Mendell und Amos bewerteten mich nicht anhand des Schwerts, das ich an der Seite trug, sondern anhand dessen, was sie sahen. Ohne den Ring, den ich mir selbst angesteckt hatte und der nur einfach nicht mehr abgehen wollte, hätten sie mich höflich ignoriert, bis sie mich irgendwo an Land setzen konnten.

Ohne Seelenreißer in der Hand war ich nur ein mittelmäßiger Kämpfer. Als Jarek mir beinahe die Klinge aus der Hand geschlagen hatte, hatte mich die Angst derart gepackt, dass nicht viel fehlte, und ich hätte mich vor den Piratenkapitänen selbst befleckt. Es war keine überlegene Kampfeskunst, die mich gegen Jarek bestehen ließ, es war sein Fehler und einfach nur meine Reaktion darauf. Danach war mir so schlecht gewesen, dass ich wie Espenlaub gezittert hatte und mir das Schwert aus der Hand fiel.

Was Celan anging ... Es gab einfach kein anderes Wort dafür: Ich war feige vor ihm geflohen.

»So nachdenklich, General?«, fragte Amos hinter mir, während er sich geschickt über das massive Geländer des Vorkastells schwang. Er kam federnd neben mir auf und grinste breit. »Ich sehe, Ihr habt nicht lange gebraucht, um den besten Platz des Schiffs ausfindig zu machen.«

Es hatte mir besser gefallen, als er mich noch geduzt hatte.

»Es ist ein guter Ort«, stimmte ich ihm zu. »Man fühlt sich den Elementen nahe.«

»Ach«, meinte er. »Wenn Ihr lange genug an Bord seid, dann werdet Ihr den Elementen näher kommen, als Ihr es möchtet. Wartet mal einen anständigen Sturm ab ... Wenn es keine Trennung zwischen den Himmeln und den Wassern gibt, wenn eines zum anderen wird, dann betet man nur noch darum, dass es aufhört.« Er lachte und zeigte weiße Zähne. »Anschließend gibt man freilich in der Taverne damit an, dass die Wogen höher waren als der Mast.« Er stützte sich neben mich auf das Geländer und beobachtete den Delphin. »Es gehört zur Seefahrerei dazu. Genau wie das nasse Grab, das vielen von uns bevorsteht. Glaubt nicht, dass die Piraten anders verfahren als wir«, sagte er. »Sie erlauben sich manchmal nur noch einen zusätzlichen Spaß. Schlitzen einem den Bauch auf, damit die Haie kommen, bevor sie einen schwimmen schicken. Oder ziehen einen als Köder hinter dem Schiff her oder unter dem Kiel hindurch, wo die Muscheln einem die Haut bis auf die Knochen von den Rippen reißen. Es gibt keine Liebe zwischen uns und den Piraten.«

»Das habe ich gesehen.«

»Die Reichsstadt besitzt eine große Handelmarine«, erklärte er, während er auf den Horizont hinaussah. »Viele von uns haben

Verwandte, Brüder, Väter, Schwestern, die auf den Handelsschiffen Dienst tun. Nicht jeder, der das Meer in seinem Blut hat, will eine Seeschlange sein. Wir wissen, dass wir hier draußen sterben können, es ist unsere Aufgabe, den Kopf hinzuhalten. Aber manchmal laufen wir in den Hafen ein, froh darüber, noch zu leben, und erfahren dann, dass die Piraten ein Schiff geentert haben, auf dem der Bruder Dienst tat oder die Schwester.« Er schaute noch immer in die Ferne. »In anderen Reichen werdet Ihr keine Frauen im Militärdienst finden. Oder an Bord der Handelsschiffe. Sie denken, es bringt Unglück. In Askir ist das anders, es wird nach Fähigkeit entschieden. Wenn eine Frau will und fähig ist, kann sie auf unseren Schiffen Anstellung finden.« Er schaute zum Achterkastell. »Manchmal vergessen wir, dass sie Frauen sind. Sie sind Kameraden, Untergebene oder Vorgesetzte. Solange wir an Bord sind, gibt es keine Frauen, nur Kameraden. In der Handelsmarine ist es nur wenig anders.« Er schaute jetzt wieder mich an. »Was meint Ihr, was geschieht, wenn die Piraten unsere Frauen in die Hände bekommen?«, fragte er. »Manchmal nämlich haben auch wir Pech. Ein Mast kann brechen … Und wenn dann diese Hunde aufkreuzen, können wir uns nur so teuer verkaufen wie möglich. Die Männer leben nicht lange. Es mag unschön sein, wie wir unser Ende finden, aber wir finden es schlussendlich. Die Frauen dagegen …«

Ich nickte. Ich wusste, was er sagen wollte, nur nicht, warum er es mir erzählte.

»Es kommt vor, dass wir ein Schiff verlieren. Manchmal haben wir dann das Glück, den Piraten aufzubringen, der unsere Besatzung ermordet hat. Und manchmal finden wir eine unserer Frauen noch lebend vor und können sie retten.« Er betrachtete gedankenverloren seine Hände. »Die meisten mustern aus, viele können nie verwinden, was ihnen zugestoßen ist. Ein paar wenige … ein paar wenige verfügen über die Kraft und den Willen, es hinter sich zu lassen. Aber vergessen werden sie nicht und auch nicht verzeihen.« Er schaute wieder zum Achterkastell zurück. »Elgata ist der beste Kapitän, unter dem ich je gefahren bin, und das will etwas heißen. Sie ist fast so geachtet wie Schwertmajor Rikin, die in Askir die Hafenwacht befehligt. Es sind außergewöhnliche Frauen. Aber sie bezahlen auch einen Preis dafür.« Er rieb sich über die Wangen. »Es ist nicht so, dass sie Euch im Besonderen misstraut. Es liegt einfach daran, dass sie niemandem mehr vertraut.« Er reckte sich und atmete tief durch, bevor er sich daranmachte, zum Vorkastell hinaufzuklettern. »Es ist wirklich der schönste Platz auf einem solchen Schiff«, meinte er. »Früher hättet Ihr Elgata auch hier finden können. Jetzt nicht mehr.« Damit ließ er mich wieder allein.

Warum hatte er mir das erzählt? Fürchtete er, dass ich dem Lanzenkapitän ihr Verhalten übel nehmen würde? Ich sah auf den Ring an meinem Finger herab. Wie konnte ein jahrhundertealter Ring noch immer einen solchen Einfluss besitzen? Ich zog daran, er blieb fest, als wäre er mit dem Knochen verwachsen. Ich hatte mir den Ring selbst angesteckt, es war mein eigener Fehler gewesen. Nicht zu wissen, was man tat, war aber nur in den seltensten Fällen eine gültige Entschuldigung.

17. Admiral Esen

»Was ist das für eine Mission?«, fragte ich Mendell später. Wir standen auf dem Achterkastell, etwas abseits vom Steuermann, der sich hier nicht wie bei der *Lanze* gegen einen langen Hebel lehnte, sondern ein großes Rad führte, das über Seile ein an der Mitte des Hecks angebrachtes Ruder bediente. Ich suchte den Himmel ab, sah aber nur Möwen.

»Wir sind Teil eines Flottenverbands aus sieben Schiffen«, erklärte der Schwertleutnant. »Unser Auftrag ist dreigeteilt. Zum einen sollen wir Informationen sammeln, zum anderen den Hafen blockieren und zum dritten einen Weg finden, die Feuerinseln wieder für das Reich zu gewinnen.«

»Warum wurde die Seefeste eigentlich aufgegeben?«

Er seufzte. »Dummheit. Der Vertrag von Askir regelte, dass bis auf die Reichsstraßen und die Wegestationen, die deren Schutz dienen, alle Stützpunkte auf fremdem Hoheitsgebiet aufgegeben und die entsprechenden Streitkräfte nach Askir zurückverlegt werden sollten. Die Feuerinseln waren davon zuerst nicht betroffen, sie sind kaiserliches Gebiet und unterstehen der Reichsstadt Askir. Doch schon bei der allerersten Kronratssitzung verlangte der Kalif von Bessarein die Rückverlegung der hier stationierten Flottenteile nach Askir, da er die Präsenz der Reichsmarine als eine Bedrohung und einen Eingriff in die Souveränität seines Reichs empfand. Er argumentierte, dass die Feuerinseln keine sechzig Seemeilen von Janas entfernt liegen und somit unter die Hoheit Bessareins fallen sollten. Die anderen sechs Prinzen oder Könige stimmten dem Vorschlag fast ohne Bedenkzeit zu. Der damalige Kommandant, der ohnehin nach dem plötzlichen Verschwinden des Kaisers mehr als genug Probleme bewältigen musste, fand sich in der wenig beneidenswerten Lage, schon bei der ersten Kronratssitzung dem Rat der Könige widersprechen zu müssen oder aber ihrem Wunsch nachzukommen. Militärisch war es ein Fehler, politisch war es vielleicht sogar eine gute Entscheidung.«

»Wieso?«, fragte ich überrascht.

»Der Handelsrat der Stadt argumentierte, dass die Reichsstadt nunmehr einen solchen Stützpunkt nicht mehr brauchen würde und die Kosten für den Unterhalt nicht mehr zu rechtfertigen seien. Die Marine zog ab, und man sagt, dass bereits eine Woche später der erste Pirat in den Hafen einlief.« Er schüttelte verständnislos den Kopf. »Es gab noch ein Nachspiel. Als der Kalif nach Bessarein zurückkehrte, ertrank er in der ersten Nacht in seinem eigenen Bad. Einige behaupten bis heute, dass Attentäter der Reichsstadt ihn ermordet hätten, um sich für den Verlust der Feuerinseln zu rächen.« Er sah mich eindringlich an. »Die Feuerinseln sind *nicht* Reichsgebiet von Bessarein. Es war niemals so, und die Reichsstadt hat auch nicht auf den Anspruch verzichtet. Seitdem werden die Küsten von Aldane, der Reichsstadt selbst und den Varlanden – den Nordlanden, wie Ihr sie nennt – von unseren Schiffen bewacht. Aber Bessarein hatte ja darauf bestanden, seine Küstenlinien selbst zu schützen.« Er lachte bitter. »Heute weiß man, wie gut ihnen das gelang.«

»Wie konnte sich die *Schneevogel* denn in den Hafen einschleichen?«

»Wir brachten einen Sklavenhändler auf, eine feine Sera aus Janas, die sich nicht zu schade war, mit menschlichem Vieh zu handeln. Ihr Schiff war ein Schwerthändler, das unserem Schiff sehr ähnelte. Elgata ließ die *Schneevogel* mit alter Farbe streichen, wir montierten die Balliste ab und ließen sogar Teile der Segel und Takelage des Sklavenhändlers aufziehen. Ich sage Euch, es war eine Schande, wie das Schiff aussah. Dann haben wir den Namen mit dem des anderen übermalt, uns in wildeste Kostüme gezwängt und sind einfach frech in den Hafen eingefahren. Elgata kannte sich ein wenig dort aus, sie war vorher schon einmal dort.« Sein Gesicht verdüsterte sich, er führte es nicht weiter aus, aber nach dem, was Amos mir erzählt hatte, konnte ich mir denken, wie Elgata auf die Feuerinseln gekommen war.

»Der Trick gelang so gut, dass wir ihn noch mehrfach verwendeten. Jedes Mal gelang es unserem Kapitän, auf dem Sklavenmarkt überlebende Seeschlangen zu erwerben. Deswegen war sie dort. Als sie hörte, dass ein Elf versteigert werden sollte, musste sie handeln. Die Elfen sind noch immer unsere Verbündeten, wir konnten ihn dort nicht zurücklassen.«

Ich nickte, denn das verstand ich. »Also wurde dieser Trick mehrfach benutzt. Warum jetzt nicht mehr?« Ich schaute mich um. Niemand konnte die *Schneevogel* jetzt noch für ein verkommenes Sklavenschiff halten.

»Die *Bluthand*«, erklärte Mendell. »Das war das Schiff, das die alte *Arandis Stolz* versenkt hatte. Elgata diente an Bord der *Arandis* als Erster Offizier, zusammen mit ihrem Bruder. Sie musste mit ansehen, wie er zu Tode gefoltert wurde. Sie hat fünf Jahre auf die Gelegenheit gewartet und hat sie ergriffen, aber Ihr könnt Euch sicher sein, dass die Piraten sich gemerkt haben, dass wir der *Bluthand* aus dem Hafen folgten. Jetzt, wo sie nicht mehr zurückkehren wird, können sich die Piraten den Grund an einem Finger abzählen. Also brauchen wir uns auch nicht mehr zu verstellen.«

»Die Sklaven, die sie auf dieser Auktion gekauft hat, waren alles Seeschlangen?« Ich erinnerte mich an das zierliche Mädchen mit dem silbernen Halsband. Sie hatte mir nicht nach einem Marinesoldaten ausgesehen.

»Nein«, meinte Mendell und schüttelte den Kopf. »Nur einer davon. Allerdings war er in so schlechter Verfassung, dass er noch am gleichen Abend starb.«

Das war wohl der Mann, der blutig gegeißelt in dem Leiterwagen gelegen hatte.

»Und die anderen Sklaven?«

»Sie sind unter Deck. Wir werden sie an das Flaggschiff übergeben, wenn wir es treffen. Sie werden wohl nach Askir gebracht und dort freigelassen werden.«

»War das der ganze Zweck des Einsatzes?«, fragte ich.

Er hob eine Augenbraue. »Natürlich nicht! Wir haben den

Hafen vermessen und die Lage der Befestigungen sowie die Schussfelder der Ballisten überprüft. Wir wissen jetzt, dass die Piraten die Befestigung verwahrlosen ließen, ob uns das helfen wird, wird sich noch zeigen.« Er sah prüfend zum Mast hoch, einen Moment sah es so aus, als wollte er vortreten und einen Befehl geben, im gleichen Moment jedoch kam schon ein Kommando von vorn, und er entspannte sich. »Sorge bereiten uns allerdings diese drei schwarzen Schiffe. Aus Thalak, wie Ihr sagt. Wisst Ihr, dass sie alten imperialen Plänen entsprechen?«, fragte er, und ich schüttelte erstaunt den Kopf.

»Es ist wahr«, sagte er. »Ich habe die alten Pläne auf der Marineschule gesehen. Sie sind nicht ganz baugleich, aber die Ähnlichkeit ist verblüffend. Wenn sie sich mit den Piraten verbünden und unter dem Schutz dieser Schlachtschiffe den Hafen verlassen, um den Kampf zu suchen, könnte es haarig werden.«

Ich dachte an den Blutigen Marcus zurück. Er hatte versucht, die anderen Kapitäne zur Zusammenarbeit zu bewegen.

»Ich kann Euch zumindest sagen, dass ihre Ballisten noch der alten Bauart entsprechen.«

Er nickte. »Ich weiß. Wir haben sie selbst gesehen. Es sind trotzdem schwere Ballisten, unsere hier ist eine mittlere. Sie wurde knapp drei Tage vor unserem Auslaufen zusammenmontiert. Es war eine Überraschung, niemand wusste, dass wir solche Waffen besitzen.«

»Sie ist furchterregend«, stimmte ich ihm zu.

»Die Schmiedegilde hat sich damit selbst übertroffen. Aktuell gibt es aber nur vier von ihnen, sie befinden sich zurzeit wie hier auf der *Schneevogel* in Seeerprobung.«

»Es sieht aus, als würde sie die Erwartungen übertreffen.«

Er lachte. »Und ob. Bleibt nur die Frage, ob es uns nützt. Die Reichweite von schweren Geschützen entspricht in etwa der unserer mittleren Balliste. Allerdings sind die schweren Bolzen weitaus verheerender. Es bräuchte nur einen oder zwei Treffer unterhalb der Wasserlinie, um uns zu versenken. Und diese schwarzen Schlachtschiffe sind viel stabiler. Wir könnten ihnen fünfzig Bolzen in den Rumpf jagen, ohne dass einer durchschlägt. Wir haben nur einen Vorteil.«

»Welchen?«

»Die *Schneevogel* ist ein neues Schiff. Sie wurde erst vor acht Wochen in Dienst gestellt. Unser Rumpf ist noch frei von Muscheln und Algen. Im Moment dürfte sie das schnellste Schiff auf den Meeren sein. Die schwarzen Schiffe jedoch liegen seit Wochen im Hafen und haben eine lange Reise hinter sich. Ihre Rümpfe sind wahrscheinlich vollständig überwuchert, es wird sie deutlich langsamer machen.« Er schaute mich aufmerksam an. »Habt Ihr eine Entscheidung getroffen, Lanzengeneral?«

»Ja«, teilte ich ihm mit. »Eure Mission erscheint mir wichtig. Ich werde sie nicht dadurch stören, dass ich die *Schneevogel* abziehe, sie wird hier gebraucht. Keine neuen Order.«

Er nickte erleichtert. »Das wird Elgata freuen.«

Am frühen Abend entdeckte die *Schneevogel* zwei andere Schiffe des Flottenverbands. Das Wetter war nicht das beste, der Seegang wurde immer rauer, und so wie sich mein Magen anfühlte, fürchtete ich, dass die Seekrankheit wiederkommen würde. Die Schiffe, mit denen wir uns trafen, waren die *Norvins Saga*, ein weiteres Schwertschiff, und die *Samara*, eine mächtige Galeasse, wie mir Amos erklärte. Sie war um ein gutes Drittel kleiner als die schwarzen Schiffe, aber immer noch beeindruckend.

Elgata schien überrascht, die *Samara* zu sehen. Als wir nahe genug heran waren, stiegen dort an den Leinen Signalfahnen auf, und ich hörte Elgata fluchen, Mendell und Amos tauschten einen Blick untereinander aus und sahen dann besorgt zu ihr hinüber.

Um was es ging, erfuhr ich zunächst nicht. Auch bei uns wurden Signalfahnen gehisst, es ging etwas hin und her, dann wurde Lanzenkapitän Elgata an Bord der *Samara* befohlen, eine Einladung, die auf mich ausgeweitet wurde, nachdem weitere Fahnen geschwungen worden waren.

Amos hatte dafür gesorgt, dass ich wieder anständig gekleidet war. Eine neue lindgrüne Robe diente mir als Ersatz für diejenige, die Jarek zerrissen hatte. Die Wunde am Arm war nur noch eine dünne Narbe, auch sie war schneller verheilt, als ich hätte erwarten können. Zudem erhielt ich meine Stiefel zurück und hatte endlich die Gelegenheit, mein neues Schwert von Rost zu befreien. Man bot mir ein anderes Schwert an, aber ich lehnte ab. Diese Klinge war gut genug, ich versah nur den Griff mit neuen Lederriemen.

Die See war, wie mir Amos lachend versicherte, »nur ein wenig rau«, mir kam es aber ganz anders vor, als ich die Strickleiter herunterkletterte und das tanzende Boot unter mir sah, das mich zur *Samara* übersetzen sollte.

Überraschenderweise hielt mein Magen. Die Strickleiter an der steilen Bordwand der *Samara* hinaufzuklettern, war eine neue Herausforderung. Einmal verlor ich den Halt und wurde nur durch Amos' beherzten Griff gerettet.

Wir wurden von einem Stabskapitän Henos und Admiral Esen erwartet. Henos war lang und dürr, kein Fleisch auf seinen Knochen, mit einer grauen Halbglatze und stechend blauen Augen, denen nichts zu entgehen schien.

Admiral Esen war eher klein und stämmig und besaß ein freundliches, rundes Gesicht mit einer rasierten Glatze. Der freundliche Eindruck, den mir Esen am Anfang vermittelt hatte, täuschte, denn er verschwendete keine Zeit, um Lanzenkapitän Elgata dafür zu maßregeln, dass sie ihre Tarnung aufgegeben hatte.

»Wir brauchen Zugang zu den Feuerinseln, und Euer persönlicher Rachefeldzug hat ihn uns gekostet!«, wetterte er. Wir befanden uns in seiner Kajüte an Bord der *Samara*, er saß hinter dem Tisch, wir standen vor ihm. Vier bequeme Stühle standen an der Seite, sie wurden uns nicht angeboten. Drei Personen saßen an dem Tisch, Henos war noch dabei und ein anderer Offizier, der mir nicht vorgestellt wurde. Er schrieb nieder, was gesagt wurde. Ich wurde unangenehm an das Tribunal erinnert.

Zuvor hatte ich Mendell angesprochen, und wir waren übereingekommen, ein paar Einzelheiten unter den Tisch fallen zu lassen. Elgata schien es nicht recht, jetzt aber warf sie mir einen erleichterten Blick zu, als sie berichtete, dass sie mir nach Klärung der Missverständnisse um die Ersteigerung des Elfen Passage nach Askir angeboten hätte. Es war die Wahrheit, es war ja nicht unbedingt nötig, dass Amos' harter Knüppel und Elgatas Drang, mich baumeln zu sehen, hier Erwähnung fanden.

Der Admiral unterbrach sie des Öfteren mit spitzen Fragen, während sie ihren Bericht abgab.

Schließlich kam ich an die Reihe und berichtete von der Versteigerung. Als Esen erfuhr, dass der Elf entschieden hatte, auf der Insel zu verbleiben, missfiel ihm das deutlich. Er verlangte meinen Ring zu sehen und hielt seinen dagegen, der in einem schwächeren Licht aufleuchtete. Er gab einen Grunzlaut von sich und teilte mir mit, dass er keine Zeit für einen General der Bullen hätte. Er ließ mich außerdem wissen, dass es auf dem Ozean nichts zu marschieren gab. Dann war er fertig mit mir. Er verzichtete darauf, nach meinem Namen zu fragen, und wandte sich wieder dem Lanzenkapitän zu. Nichts, was Elgata berichtete, fand Gnade vor dem Mann. Obwohl sie wenig dafür konnte, dass ich sie übersteigert hatte, wies er sie dafür zurecht, dass sie nicht genügend Geldmittel mitgenommen hatte, um den Elfen zu retten. Dass sie gar nicht gewusst hatte, dass überhaupt ein Elf versteigert wurde, ließ er nicht gelten. Vielmehr machte er sie nun dafür verantwortlich, dass er einen Bericht schreiben musste, in dem er keinen Zweifel daran lassen würde, dass der Fehlschlag Elgatas Schuld sei.

Derart abgekanzelt schmiss man uns vor dem Abendessen von Bord, eine Beleidigung, wie Amos mir mitteilte.

»Ich wusste gar nicht, dass der gesamte Einsatz nur der Rettung des Elfen diente«, sagte ich zu Amos, während das kleine Boot wie ein bockiges Pferd über die raue See zur *Schneevogel* zurückgerudert wurde. Es war eine nasse Überfahrt, immer wieder trieb der Wind die Gischt über uns.

»Spart Euch die Ironie«, antwortete Amos etwas gereizt und wischte sich das Wasser aus dem Gesicht. Er sah nach vorn zum

Bug des Boots, wo Elgata aufrecht stand und die Wellen ausritt. Sie hatte wenig gesprochen, seitdem wir die Kajüte des Admirals verlassen hatten. »Der Mann ist ein Idiot«, informierte er mich dann, und ich brauchte nicht zu fragen, wen er meinte.

18. Hammer und Amboss

Zurück an Bord der *Schneevogel*, begab sich Elgata sofort in ihre Kabine und öffnete die versiegelte lederne Mappe, die ihr Stabskapitän Henos in die Hand gedrückt hatte, als wir uns daranmachten, das Flaggschiff zu verlassen.

Ich war mit hineingekommen und zog meinen nassen Umhang aus, als sie ein seltsames Geräusch ausstieß. Ich sah zu ihr herüber. Sie saß da, noch nass von der Überfahrt, Tropfen liefen ihr aus ihrem Haar übers Gesicht, aber ich war mir nicht sicher, ob es wirklich nur Meerwasser war. Ihr Gesicht war starr und ihre Fäuste geballt, sie sah geradeaus und nahm mich nicht wahr. Dann tat sie einen tiefen Atemzug und sah mich an.

»Wir haben den Befehl, südwestlich der Feuerinseln Position zu beziehen und dort das Gebiet gegen Piraten zu sichern«, teilte sie mir mit.

»Liegt die Hafeneinfahrt nicht nordöstlich?«, fragte ich überrascht. Wenn der Hafen blockiert werden sollte, was sollten wir auf der anderen Seite der unwirtlichen Inseln? Dort gab es nichts zu bewachen.

»Damit habt Ihr unbestreitbar recht, Lanzengeneral«, meinte sie. »Ich weiß, dass ich Euch meine Kabine anbot«, fuhr sie fort. »Und ich stehe auch dazu, aber wärt Ihr so freundlich, mich für einen Moment allein zu lassen? Und richtet Schwertleutnant Mendell aus, er soll zu mir kommen.«

»Frische Luft ist nie verkehrt«, sagte ich, griff meinen nassen Umhang und ging wieder hoch an Deck, wo ich Amos und Mendell, vertieft in eine leise Unterhaltung, auf dem Achterkastell vorfand.

Ich trat an die beiden heran. Amos nickte mir zu, und Mendell begrüßte mich mit einem freundlichen Lächeln, das dennoch etwas gequält wirkte.

Ich deutete mit meinen Augen zu der *Samara*. »Was ist eben

dort geschehen?«, fragte ich leise. »Vorher hatte ich das Gefühl, dass der Lanzenkapitän nicht sonderlich erfreut darüber war, den Admiral zu sehen, jetzt scheint sie mir nachgerade unglücklich darüber.«

»Das habt Ihr höflich ausgedrückt, General«, meinte Mendell und stieß einen Seufzer aus. »Eigentlich hätte es die *Hildfas Wacht* unter Admiral Jilmar sein sollen. Doch wie es scheint, wurde er dringlich nach Askir abberufen. Stattdessen ist es Admiral Esen.« Er verzog das Gesicht, als hätte er etwas in seinem Essen gefunden, das sich noch bewegte.

»Ihr sollt zu ihr kommen«, teilte ich ihm mit.

Er nickte höflich und eilte davon.

Ich wandte mich an Amos. »Ihr könnt mir die Hängematte zeigen, von der Ihr gesprochen habt, und mir dann erklären, was es mit diesem Admiral Esen auf sich hat.«

Er schüttelte den Kopf. »Ihr seid ein General«, sagte er. »Keine Hängematte für Euch. Jedenfalls nicht im Quartier der Unteroffiziere. Ihr müsst schon mit Elgatas Kabine vorliebnehmen. Und ich weiß nicht, ob ich Eure Frage beantworten sollte, es gehört sich nicht, schlecht über einen vorgesetzten Offizier zu sprechen.«

»Damit habt Ihr es auch schon getan«, sagte ich und stützte meine Arme auf die Reling. »Was ist mit den beiden, Amos? Selbst ein Blinder hätte sehen können, dass der Admiral kein Freund unseres Kapitäns ist.«

»Sie waren beide im selben Jahrgang auf der Marineakademie«, berichtete er, was mich überrascht blinzeln ließ. Elgata hätte ich höchstens für drei Dutzend Jahre alt gehalten, Esen sah deutlich älter aus. »Sie bestand mit Auszeichnung, und Esen kam gerade so durch. Elgata wurde noch vor Abschluss der Akademie zum Schwertleutnant befördert. Das sind die Fakten. Alles Weitere sind nur Gerüchte, General.«

»Ich habe nichts gegen einen guten Tratsch. Manchmal hilft es, den Rauch zu sehen, dann weiß man, dass man nach dem Feuer schauen muss.«

»Nun denn«, meinte Amos. »Es heißt, Esen habe versucht zu betrügen und Elgata habe ihn gemeldet. Beinahe wäre er von der Akademie geflogen. Allerdings ist seine Frau die Tochter eines reichen Handelsherrn, und in ihrem Vater hat er einen Gönner. Es gab einen Eklat, doch der wurde unter den Tisch gekehrt. Vor fünf Jahren – ich habe es schon angedeutet – geriet Elgata in Gefangenschaft der Piraten. Es war reines Glück, dass wir sie retten konnten, aber es waren zwei lange Jahre für sie. Dann blieb sie fast ein halbes Jahr im Tempel der Astarte, so lange brauchte es, bis sie genesen war. Esen war eine treibende Kraft darin, Zweifel an ihren Fähigkeiten zu streuen. Er selbst wurde über andere hinweg zum Hafenadmiral befördert.« Amos verzog das Gesicht. »Es ist ein ruhiger Posten an einem Schreibtisch. Viele verdiente Männer und Frauen hatten diesen Posten inne, aber meist erst, *nachdem* sie Jahre zur See gefahren waren. Ein Ruheposten, versteht Ihr? Der letzte Hafenadmiral starb an den Folgen einer alten Wunde, und Esen wurde über die Köpfe vieler anderer zu seinem Nachfolger bestimmt. Er war zuvor der Adjutant des alten Admirals gewesen. Ich glaube, Esen befand sich insgesamt keine vier Monate auf See, bei Elgata werden es gut zwölf Jahre sein.«

»Aber ich dachte, dass so etwas gerade in Askir nicht vorkommen würde. Ich hatte bislang den Eindruck, dass die Reichsstadt die Fähigsten belohnt.« Nun, ganz stimmte das nicht. Von Gering, der Botschafter der Reichsstadt in Gasalabad, war auch ein Idiot. Vielleicht war das aber auch ungerecht, denn in Friedenszeiten bedurfte es anderer Qualitäten.

Amos' Wangenmuskeln arbeiteten. »So ist es auch. Wir haben unsere Möglichkeiten, die faulen Äpfel auszusortieren. Bislang wurde der Posten des Hafenadmirals von verdienten Veteranen eingenommen. Ein kluger Mann ist auch dann klug, wenn ihm ein Arm oder Bein genommen wurde. Aber es ist kein wichtiger Posten.«

»Also ein Ehrenposten und ohne großen Einfluss?«

Er nickte. »So ist es. Aber es gibt niemanden, der den Posten weniger verdient als Esen. Es ist ein offenes Geheimnis, dass

Schwertmajor Rikin alle Belange im Hafen regelt. Sie tut seine Arbeit mit… Und es heißt, dass Admiral Jilmar Esen sogar untersagt habe, sich einzumischen.« Er blickte zu dem Flaggschiff hinüber. »Und Esen ist der eine Stern noch nicht genug. Er will mehr und denkt, es steht ihm zu. Seine Frau bestärkt ihn noch darin. Er versteht es, einen guten ersten Eindruck zu hinterlassen, und duckt nach oben. Es hat ihn dorthin gebracht, wo er ist. Wenn er mehr will, muss er sich auf See beweisen.« Amos seufzte. »Es ist unser Unglück, dass er es ausgerechnet jetzt und hier tun will.«

Mendell kam wieder an Deck und sah noch unglücklicher aus als zuvor. Er gab Befehl, die Segel wieder zu setzen, und wandte sich dann an den Steuermann. Der nickte und warf das große Rad herum. Langsam setzte sich die *Schneevogel* in Bewegung, und in der Ferne wanderten die Feuerinseln über den Horizont.

Mendell blickte prüfend zu den Segeln hoch, gab einen weiteren Befehl und nickte dann zufrieden, anschließend kam er zu uns.

»Wir beziehen Position auf der Rückseite der Feuerinseln«, erklärte er Amos knapp. Der schüttelte nur den Kopf.

»Wie kommt es, dass dieser Handelsrat so großen Einfluss hat? Ich dachte, Kommandant Keralos wäre alleiniger Herrscher«, fragte ich.

Mendell warf Amos einen scharfen Blick zu. Der zuckte mit den Schultern. »Ich habe dem General etwas über unseren Freund erzählt. Er hat danach gefragt.«

»Ich bin an Bord, und es geht auch mich etwas an«, verteidigte ich Amos.

Mendell winkte ab. »Es gehört sich nicht, über Vorgesetzte schlecht zu sprechen«, sagte nun auch er. »Seid versichert, dass Admiral Jilmar genau weiß, aus welchem Holz Esen geschnitzt ist. Allzu viele Fehler kann sich der Mann nicht erlauben. Und«, er zuckte mit den Schultern, »wer weiß, vielleicht besitzt Esen verborgene Qualitäten. Dumm ist er nicht.«

»Das sehe ich anders«, widersprach Amos.

»Er ist nachtragend«, meinte Mendell. »Das macht ihn blind. Aber unterschätzt den Mann nicht, Korporal.«

»Wieso hat der Handelsrat diesen Einfluss?«, fragte ich erneut.

»Askir ist kein Militärstaat, auch wenn es den Anschein hat. Es ist noch immer Sitz des Kaisers. Kommandant Keralos ist Askannons Statthalter, und dieser verfügte einst, dass die Geschicke der Stadt von einem Rat der Handelsherren und der Stände gelenkt werden sollten. Die militärischen Belange liegen in der Befehlsgewalt des Kommandanten, aber es gibt Überschneidungen. Wir haben zudem Gesetze und Vorschriften, die bindend sind. Der Hafen ist für den Wohlstand der Stadt von entscheidender Bedeutung, deshalb hat der Handelsrat dort Einfluss. Es ist klug, dass es so ist, nur manchmal …« Der Schwertleutnant zuckte vielsagend mit den Schultern. Manchmal gab es einen faulen Apfel. Es gab sie überall.

»Außerdem«, fuhr Mendell fort, »müssen unsere Soldgelder irgendwoher kommen. Der Handelsrat bewilligt die Ausgaben für das Militär. Doch Askir ist durch Handel reich, nicht durch Waffengewalt, das wissen auch die Handelsherren. Der Kommandant kann gegen eine Entscheidung des Handelsrats ein Veto einlegen. Er ist allerdings gut beraten, es nicht oft zu tun.«

»Also brachte der Einfluss seiner Frau Esen auf diesen Posten, aber weiter wird er nicht kommen, wenn er sich nicht bewährt?«

Mendell warf mir einen scharfen Blick zu. »Gut erkannt. Genau so ist es. Esen wird alle Hebel in Bewegung gesetzt haben, um den Posten zu erhalten. Und Henos ist einer unserer erfahrensten Kapitäne. Offenbar hofft Admiral Jilmar, dass es reicht, um Esens Fehler zu begrenzen. Es ist allerdings unschön, dass es schlechtes Blut zwischen Elgata und dem Admiral gibt.«

Ich sah zurück zu Esens Flaggschiff, es lag schon weit zurück. Es hatte immer mehr aufgefrischt, und dunkle Wolken hingen am Himmel, meinem Magen gefiel der Anblick wenig. Aber vor dem Grau der Wolken meinte ich in der Ferne einen noch dunkleren Punkt zu erkennen.

»Reicht mir bitte Euer Sehrohr«, bat ich Mendell.

Der sah mich kurz erstaunt an, trat dann ans Steuerrad und holte das Sehrohr aus einem Kasten dort, um es mir zu geben.

Ich hatte Mühe, den Punkt am fernen Himmel wiederzufinden, doch schließlich erhaschte ich einen Blick. Es war ein Wyvern. Er flog hoch und schien eine Entdeckung vermeiden zu wollen.

Ich reichte das Sehrohr an Mendell weiter. »Seht dort«, sagte ich und deutete auf den fernen Punkt, doch noch während Mendell das Rohr ansetzte, verlor sich der Wyvern in der Ferne.

»Nach was soll ich suchen?«, fragte er.

»Zu spät. Der Wyvern ist weg.«

Mendell setzte das Rohr ab und sah mich irritiert an. Auch Amos schien nicht zu wissen, wovon ich sprach.

»Der Feind benutzt Wyvern, um uns aus der Luft auszuspähen«, erklärte ich. Beide blickten ungläubig drein. Ich erklärte ihnen, wie ein Wyvern uns aus Janas verfolgt hatte.

»Ein fliegendes Biest mit einem Reiter darauf?«, fragte Amos und kratzte sich am Hinterkopf. »Ihr seid sicher, dass Ihr Euch das nicht einbildet?«, fragte er vorsichtig. »Es *war* ein harter Schlag«, fügte er fast entschuldigend hinzu.

»Wie lange habt Ihr im Hafen der Feuerinseln gelegen?«, fragte ich.

»Zwei Tage.«

»Und Ihr habt die Wyvern nicht gesehen? Ich sah einen am frühen Morgen über dem Hafen kreisen.«

Die beiden schauten sich gegenseitig an und zuckten mit den Schultern. »Ich habe oft genug in den Himmel geschaut, um das Wetter zu prüfen«, meinte Amos. »Aber eine Bestie, wie Ihr sie beschreibt, sah ich nicht. Daran könnte ich mich erinnern.« Er seufzte. »Doch ich will Euch glauben. Ihr habt nichts davon, Euch so etwas auszudenken.«

»Mir fällt es etwas schwer«, meinte Mendell. »Eine Bestie, auf der man durch die Lüfte reiten kann? Von so etwas hätte man doch hören sollen.«

»Was ist mit den Greifen?«, fragte ich ihn.

Er nickte. »Der Punkt geht an Euch, General. Obwohl ich auch die nur aus den Sagen kenne …«

Etwas anderes erregte meine Aufmerksamkeit, und ich schaute auf die fernen Masten der *Samara*. »Warum setzt er keine Segel?«, fragte ich. Ich war kein Seemann, aber die Wolken am Himmel verrieten auch mir, dass es demnächst stürmisch werden würde. Es ergab für mich keinen Sinn, dass diese beiden Schiffe dort dümpelten. Selbst ich hatte schon gelernt, dass sich das Schiff besser führen ließ, wenn es Wind in den Segeln hatte.

»Es ist der Treffpunkt«, erklärte Mendell. »Er wird auf die anderen Schiffe warten. Seht Ihr?« Er wies mit der Hand auf einen anderen fernen Punkt, ein weiteres Schiff, das sich näherte. Er fuhr unter vollen Segeln. Mendell hob das Rohr kurz an.

»Es ist eines von unseren. Die *Verana*, wenn ich mich nicht täusche. Und jetzt lässt auch Esen Segel setzen.« Seine Augen zogen sich zusammen. »Die *Verana* hat es eilig«, stellte er dann fest. Er schaute sich um und rief einen Schwertkadetten herbei. »Teilt dem Lanzenkapitän mit, dass ihre Anwesenheit an Deck vonnöten scheint«, meinte er knapp.

»Aye, Ser«, rief der Junge und eilte los, doch Elgata hatte Mendell wohl durch die Deckplanken gehört, oder sie besaß ein besonderes Gespür für den richtigen Moment, denn sie kam bereits die Treppe hoch, noch bevor der Junge mehr als drei Schritte hatte gehen können.

»Was gibt's, Mendell?«, fragte sie, während er ihr das Rohr reichte.

Ich blickte zurück. Ohne das Rohr waren die Segel der *Samara* mit bloßem Auge kaum mehr zu erkennen. Was hatte Mendells Aufmerksamkeit erregt?

»Die *Verana*, Kapitän. Sie läuft unter vollen Segeln. Und Esen hat nun auch Segel gesetzt.«

Elgata setzte das Rohr kurz an, runzelte die Stirn, klemmte sich das Rohr unter den Arm und kletterte mit überraschender Behändigkeit die Takelage hoch, bis sie das Krähennest erreichte.

Dort setzte sie das Rohr wieder ans Auge. Im nächsten Moment gab sie den überraschenden Befehl zum Wenden. Und einen anderen, den ich schon einmal gehört hatte.

»Klar zum Gefecht!«, befahl sie mit klingender Stimme. Und zum Steuermann: »Haltet auf die *Samara* zu!« Während sich das ruhige Deck im nächsten Moment in einen Ameisenhaufen verwandelte, glitt Elgata an einem Tau zu uns herab, ein Kunststück, das mich nicht wenig beeindruckte.

»Ich habe vier Segel im Kielwasser der *Verana* gesehen. Es sind Piraten. Nur ein Schwertschiff dabei«, informierte sie uns grimmig, während die *Schneevogel* sich so weit auf die Seite legte, dass ich mich festhalten musste, um nicht wegzurutschen. Es schien, als würde das Schiff unter unseren Füßen lebendig, als wäre es begierig darauf, sich dem Kampf zu stellen.

Ich war es nicht.

Sie schaute zur Sonne. »Viel Zeit haben wir nicht, bevor es dunkel wird«, stellte sie fest. »Aber es wird reichen, sie zu versenken.«

Ich sah den Blutigen Marcus wieder vor mir, wie er davon sprach, dass Jarek zwei seiner Schiffe verloren hatte, weil er in eine Falle geraten war. Dann war dieser Wyvern am Himmel gewesen. Von den Piratenkapitänen war der Blutige Marcus der Jüngste, und doch war er Oberkapitän dieser Brut. Zumindest die anderen Piratenkapitäne hielten ihn also für fähig.

Ein ungutes Gefühl beschlich mich, und meine Gedanken rasten, während das Deck unter mir immer steiler wurde, bis ich mich wunderte, warum die *Schneevogel* nicht kenterte. Doch Elgata kannte ihr Schiff, langsam richtete es sich wieder auf und ritt über die Wellen wie ein galoppierendes Pferd. Gischt flog auf, hoch genug, um auch uns auf dem Achterdeck zu benässen. Natalyia hatte davon gesprochen, dass die Kriegsfürsten Thalaks in Strategie und Taktik unterrichtet wurden … Und Fürst Celan hatte den Befehl über drei mächtige Schiffe. Schiffe, die weit von ihrer Heimat entfernt waren. Niemand, der unfähig war, erhielt ein solches Kommando.

Ich hatte wenig Ahnung von der Seefahrt. Für mich stellte es sich anders dar, eher als ob die leichte Kavallerie des Feindes ahnungslos vor die Lanzen unserer schweren Kavallerie reiten würde. Nur … der Wyvern hatte uns gesehen. Es gab keinen Zweifel daran. Also war der Gegner nicht tatsächlich ahnungslos, er tat nur so. Und das bedeutete …

»Lanzenkapitän«, sagte ich leise. »Es ist eine Falle.«

Drei Gesichter wandten sich mir mit dem Ausdruck von Überraschung und Verwunderung zu.

»Die … die Piraten werden abdrehen, wenn sie die *Samara* sehen. Sie werden fliehen. Esen wird die Verfolgung aufnehmen. Mit der *Samara* und zwei Schwertschiffen sieht er in diesen Piraten keine Gefahr, also folgt er dorthin, wo sie ihn haben wollen.« Ich sah Amos an. »Ihr habt mir erklärt, dass die schwarzen Schiffe nicht schnell sein werden. Sie können nicht jagen. Aber sie können Amboss und Hammer sein, vor allem in einer See, die ständig schwerer wird. Je größer das Schiff, desto weniger hat der Seegang Einfluss auf die Ballisten, nicht wahr?« Meine Gedanken rasten. »Es wird bald dunkel … Wird Esen die Piraten auch bei schwachem Licht verfolgen?«

»Sicherlich«, meinte Mendell und legte die Stirn in Furchen.

»Auch bei Nacht?«

Er nickte.

»Esen ist begierig darauf, einen Piraten zu versenken. Er braucht solche Siege«, erklärte Amos.

Elgata sagte nichts, sie sah mich nur nachdenklich an und kaute an ihrer Unterlippe.

»Kein Mond«, ich sah zum bewölkten Himmel hoch. Bald würde es zu regnen anfangen. »Ohne Mond und Sterne … Wie nahe muss man einem Schiff kommen, das zur Gänze schwarz ist, bevor man es sieht? Es ist das perfekte Wetter dafür.«

Ich sah es vor mir, die leichte Kavallerie, die in scheinbarer Panik durch einen Hohlweg in einen dunklen Wald ritt, die schweren Dragoner dicht auf den Fersen. Es war immer ein Fehler, wenn Schweres etwas Leichtem nachjagte.

Elgata schaute zu den fernen Segeln. Ich wusste bereits, dass eine Aufholjagd einige Zeit dauern würde.

»Ihr mögt recht haben«, sagte sie. »Mendell«, wandte sie sich an den Schwertleutnant, »lasst die Signallaterne klarmachen und gebt Signal an das Flaggschiff.« Sie zögerte kurz und sah Mendell dann fragend an. »Wie formulieren wir es?«

»Wir fragen nach, ob wir auch nach Sonnenuntergang jagen sollen, weil die Gefahr besteht, dass uns die schwarzen Schiffe unter dem Schutz des Wetters eine Falle stellen.« Mendell kratzte sich am Ohr. »Das ist klar genug und sollte ihn nicht reizen.«

Ich sah interessiert zu, wie eine große Laterne mit Spiegeln und Klappen von einer Plane befreit und entzündet wurde. Sie besaß geschliffene Gläser und schien ungewöhnlich hell. Nachdem sie ordentlich brannte, klappte Mendell ein längeres Rohr davor und richtete es auf das ferne Flaggschiff aus. Vor dem Rohr befanden sich Klappen. Ich hatte eine ähnliche Konstruktion schon auf dem Dach des Palasts der Monde in Gasalabad gesehen. Mendell legte Hand an den Hebel und fing an zu klappern, mit längeren und kürzeren Pausen dazwischen.

»Das kann man verstehen?«, fragte ich erstaunt.

Amos nickte. »Wir benutzen solche Signale schon seit Langem. An Land werden tagsüber Semaphoren verwendet, um Befehle zu übermitteln, in der Nacht sind es Laternen wie diese. Es ist noch nicht Nacht, aber auf die Entfernung wird man an Bord der *Samara* unsere Signalflaggen nicht lesen können. Unser Kapitän hofft, dass man dort Ausschau nach uns hält. Vier Schiffe sind besser als drei, und sie müssen gesehen haben, dass wir gewendet haben.«

Mendell blieb an der Laterne und klapperte, allmählich hörte ich genug heraus, um zu bemerken, dass er sich wiederholte. Gleichzeitig hielt Elgata mit dem Rohr nach Antwort Ausschau. Es dauerte eine Weile, vielleicht brauchte es drüben auch eine Zeit, bis die Laterne klar war, dann sah ich das ferne Licht flackern. Es ging lange, und Mendell schrieb mit.

»Gebt *Befehl verstanden* zurück«, meinte Elgata einen Moment später mit unbewegtem Gesichtsausdruck.

Mendell klapperte noch ein paarmal, dann schloss er die Klappe der Laterne ein letztes Mal und drehte den breiten Docht herunter, bis sie erlosch. Auch er schien nicht glücklich. Das ferne Licht verschwand.

»Was war die Antwort?«, fragte ich.

»Wir sollen aufschließen und in die Formation einfallen«, erklärte Elgata.

»Das war ein ziemlich langes Signal für eine solch kurze Nachricht«, sagte ich zweifelnd. Mendell hielt mir ein lederbezogenes Schreibbrett hin und sah Elgata fragend an, sie nickte seufzend.

Ich nahm das Schreibbrett, schlug das lederne Deckblatt hoch und las die Nachricht. Esen hatte es für nötig befunden, Elgata ausführlich darauf hinzuweisen, dass sie unter seinem Kommando stand und er Feigheit nicht dulden konnte. Sie habe sich der Formation anzuschließen, und er würde ein Auge auf sie haben, wenn es zum Kampf käme, um zu sehen, ob sie ihre Pflicht erfüllen würde.

Eine Menge persönlicher Worte für einen Befehl.

»Sind Duelle in Askir erlaubt?«, fragte ich, als ich das Brett an Mendell zurückgab.

»Nicht ohne Weiteres«, meinte Mendell bedauernd. »Es bedarf der Erlaubnis des Kommandanten persönlich. Er wird sie nicht erteilen. Leider.«

»Er kann uns befehlen, was er will«, stellte Elgata fest. »Wir machen bereits volle Fahrt, und es wird trotzdem dauern, bis wir zu ihm aufgeschlossen haben. Er läuft uns davon.« Sie sah mit zusammengekniffenen Augen zu den fernen Segeln. »Es ist, wie Ihr vermutet habt, General«, sagte sie. »Die Piraten haben abgedreht, und er ist hinter ihnen her.«

»Wenigstens ist er klug genug, Formation zu halten«, meinte Mendell. »Eine Galeasse sollte immer von einem wendigeren Schiff begleitet werden.« Er schaute zu mir herüber. »Es ist, wie Ihr sagt. Die schweren Schiffe sind der Amboss.«

19. Drachenfeuer

Es war seltsam, untätig dabei zuzusehen, wie sich das Drama abspielte. Man fühlte zwar, wie schnell die *Schneevogel* die Wellen ritt – die Gischt stieg jedes Mal hoch auf, wenn sie ihren Dorn in die nächste Welle rammte –, doch zu den anderen Schiffen der Reichsflotte schlossen wir nur langsam auf. Ich war überrascht, wie schnell die Galeasse war. Der Regen hatte bereits eingesetzt und behinderte noch zusätzlich die Sicht.

»Sie ist schnell«, sagte Amos. Wir befanden uns jetzt auf dem Vorkastell, Mendell und Elgata waren beschäftigt, und auch Amos war mit dem größten Teil seiner Gedanken bei der Balliste, die er prüfend musterte. »Alle Schiffe der Reichsstadt sind schnell. Aber die Galeasse ist nicht wendig. Nicht bei diesem Seegang und unter Segeln. Unter Rudern ist es besser, aber dafür ist die See zu rau.«

»Ruder?«, fragte ich erstaunt. Mir waren sie nicht aufgefallen.

»Sie hat zwei Ruderdecks mit hundertzwanzig Rudern. Sie waren nur nicht ausgebracht, deshalb habt Ihr sie nicht gesehen. Sie ist eine Mischung aus einer Galeere und einem Segelschiff. Die hohe See ist nicht ihre Heimat, sondern die Küsten. Dort ist sie tödlich. Hier…« Er schüttelte den Kopf. »Für einen Kampf unter Segeln ist sie nicht wendig genug, deshalb braucht sie Schutz durch die Schwertschiffe.« Er prüfte die mannslangen Bolzen, die an der Seite aufgeschichtet waren, und beugte sich vor, um an einer stählernen Spitze zu rütteln. Sie saß fest und sicher. Er richtete sich auf und schaute nach vorn, wo die *Samara* nur langsam größer wurde. Die Abenddämmerung setzte allmählich ein, das Wetter und das Licht machten es schwer, die Piraten in der Ferne auszumachen.

»Ich bin der Ansicht, dass Ihr recht habt«, sagte er. »Zumindest das Schwertschiff hätte schon einen größeren Abstand erreichen müssen. Man könnte vermuten, dass sie die kleineren Schiffe nicht wehrlos zurücklassen wollen, aber es sind Piraten, solche Gedanken sind ihnen fremd. Es ist, wie Ihr sagt: Wir werden angelockt. Ein gutes Stück Seemannskunst, es so präzise auszuführen, aber niemand sagt, dass die Piraten nicht segeln können.«

»Wieso sind die kleineren Schiffe nicht schneller?«

»Ein großes Schiff ist nicht immer langsam. Es kommt darauf an, wie viel Segel es setzen kann und wie es getakelt ist. Die Schwertschiffe und auch die Schwerthändler sind sehr schnelle Schiffe, gerade bei solchem Wind. Dennoch, die Piraten könnten schneller sein. Sie sorgen dafür, dass die Galeasse nachkommt. Auf sie haben sie es abgesehen.« Er schüttelte den Kopf. »Henos ist ein guter Mann. Er muss auch wissen, dass etwas faul ist.«

Ich hatte etwas anderes bemerkt und wies mit dem Finger hoch in den immer dunkler werdenden Himmel.

»Götter!«, rief er, als er den Wyvern über uns hinwegziehen sah. »Was sind denn das für Biester?« Er schaute dem Wesen nach. »Das Biest sieht wie ein kleiner Drache aus! Oder eine fliegende Schlange!«

»Ich habe gehört, dass sie wie Drachen Feuer speien können, aber selbst gesehen habe ich es nicht.«

»Feuer, Holz und Segeltuch passen gar nicht zusammen«, stellte er mit gerunzelter Stirn fest. »Vor allem nicht auf See.« Er beäugte unsere Segel. »Wenigstens sind sie nicht trocken. Trotzdem brennen sie gut genug, wenn man ihnen einen Anreiz dazu gibt.«

Der Wyvern flog weiter in Richtung des Flaggschiffs, er war von achtern gekommen. Dort war weithin kein Land. Er flog einen Bogen und kam dann zurück, führte einen kleinen Schlenker aus, um über uns hinwegzurauschen, und flog dann fort in die gleiche Richtung, aus der er gekommen war. Ich sah ihm nach.

»Ich weiß, was Ihr denkt, General«, sagte Amos. »Ihr vermutet dort eines dieser schwarzen Schiffe.«

»Wenn ich drei Schiffe hätte, würde ich nicht nur mit einem auslaufen«, sagte ich. »Außerdem würde ich dafür sorgen, dass die Falle sich von allen Seiten schließt.«

Doch Amos hörte nicht zu, sondern fluchte leise. Ich folgte seinem Blick zur *Samara*. In der Dämmerung und mit dem Regen war es immer schwerer geworden, die Schiffe zu erkennen. Doch jetzt hatte die *Samara* ihre Laternen entzündet, und die beiden anderen Schwertschiffe taten es ihr nach.

Ich nickte Amos zu und eilte zu Elgata. Sie stand an der Reling und schaute durch ihr Sehrohr. Als ich an sie herantrat, setzte sie es ab. »Esen ist ein Idiot«, verkündete sie.

»Dem entnehme ich, dass Ihr nicht vorhabt, die Laternen zu entzünden.«

»Um den Piraten damit den Weg zu uns zu weisen?«, fragte sie mit einem freudlosen Lachen. »Nein.«

»Gut. Aber es gibt ein anderes Problem.« Ich berichtete ihr von der Jagd auf die *Lanze* und welche Rolle der Wyvern dabei gespielt hatte. Je länger ich sprach, desto mehr verhärtete sich ihr Gesicht.

»Amos hat dieses Biest auch gesehen?«, fragte sie.

»Ich wundere mich, dass es sonst niemand erblickt hat«, gab ich Antwort. »Ich sah Euch oft genug nach oben schauen, um das Wetter einzuschätzen.«

»Im Moment liegt unser Augenmerk auf anderen Dingen, General«, sagte sie mit Blick auf das Flaggschiff. Dann schaute sie nach oben, aber außer den dunklen Wolken und den Möwen gab es dort nichts zu sehen. »Was Ihr mir berichtet, ändert die Lage deutlich. Ihr sagt, dieser Wyvern hat die Piraten direkt zu Eurem Schiff geführt?«

Ich nickte. Sie überlegte kurz und winkte Mendell heran, zugleich gab sie einem der Schwertkadetten den Auftrag, Amos zu ihr zu schicken. Der Korporal berichtete den beiden Offizieren, was er gesehen hatte.

»Was meint Ihr, Amos«, sagte Mendell beinahe lässig, »könnt Ihr das Biest treffen?«

»Ich habe meine Zweifel«, gab Amos zu. »Vor allem weil ich nicht so steil nach oben schießen kann, der Rahmen lässt nur einen bestimmten Winkel zu.«

Elgata schaute zum Flaggschiff und traf eine Entscheidung. »Sobald es gänzlich dunkel ist, ändern wir den Kurs.« Ihr Blick lag nun auf mir. »Seid Ihr sicher, dass sich das feindliche Schiff hinter uns befindet und uns folgt?«

»Der Wyvern flog so gerade wie ein Pfeil«, antwortete ich.

»Gut«, meinte sie. Sie trat an den kleinen Kartentisch vor dem Ruder und klappte den Deckel auf. »Wir müssten uns hier befinden«, sagte sie und legte einen Finger auf einen Punkt der Karte. Sie sah fragend zu Mendell, der blickte hinüber zu den fernen Kegeln der Feuerinseln und nickte. »Nach unserer letzten Positionsbestimmung, dem Winkel zur Insel, unserer Geschwindigkeit... ja.«

Sie wandte sich an Amos. »Also müsste sich dieses Schiff hier befinden?«

Der runzelte die Stirn. »Vier Strich weiter östlich, würde ich sagen.«

Sie bewegte ihren Finger leicht. Ich sah auf die Karte hinab und versuchte zu verstehen, was die anderen dort sahen. Für mich war es ein Stück Papier mit Linien darauf. Zu vielen Linien... Ich verstand nicht, was sie bedeuteten. Sie warf einen Blick auf den Magnetstein, der in einem Messinggehäuse am Ruder schwamm, nahm ein dreieckiges Lineal und legte es an der Karte an. »Mendell«, sagte sie, »wir brechen nach Backbord aus, zwölf Grad Süd-Süd-Ost.« Sie spreizte die ersten beiden Finger und drehte ihre Hand, um die Entfernung zu markieren. »Für eine Kerze. Dann schlagen wir einen Haken. Ich will hinter dieses Schiff gelangen. Wenn wir es binden können, geben wir vielleicht Esen eine kleine Chance, der Falle zu entkommen.«

Mendell nickte knapp. »Er wird uns dennoch einen Vorwurf daraus machen, dass wir seinem Befehl nicht gefolgt sind.«

»Dazu muss er erst mal überleben!«, sagte sie hart. »Wir versuchen es doch nur, um ihm eine Chance zu geben. Wenn er das nicht einsieht, ist er wirklich dumm.«

»Wenn er uns anklagen will, müssen auch wir überleben«, gab

Amos zu bedenken. Er kratzte sich am Hinterkopf. »Es ist schon etwas kühn, uns allein mit diesem Schiff anzulegen.«

Sie lächelte. »Habt Ihr wirklich gehofft, Ihr würdet Euren Ruhestand noch erleben?«

Amos lachte. »Den Gedanken habe ich schon aufgegeben, als ich das erste Mal an Bord ging.«

»Ihr seid schon immer klug gewesen, Amos.« Sie grinste und wurde sofort wieder ernst. »Korporal, bereitet das Drachenfeuer vor. Devon soll Euch helfen, es anzumischen, er hat eine ruhige Hand. Ich will dieses schwarze Schiff brennen sehen.«

»Drachenfeuer anmischen? Bei diesem Seegang?«, fragte Amos zweifelnd.

»Ihr habt recht«, entgegnete Elgata mit einem strahlenden Lächeln. »Ihr solltet darauf achten, dass nicht wir es sind, die brennen.«

»Aye, Ser!«, rief Amos und salutierte, bevor er davoneilte.

Elgata klappte den Kartentisch wieder zu und schaute zu mir hoch. »Es tut mir leid, General.« Was ihr leidtat, sagte sie nicht, aber ich konnte es mir denken.

Als die Nacht endgültig hereinbrach, stand ich auf dem Achterkastell und sah zu, wie die Welt von Dunkelheit verschluckt wurde. Die dunklen Wolken über uns nahmen den Monden und Sternen jedes Licht, das schlechte Wetter tat ein Übriges dazu. Nur ab und zu sah ich in der Ferne die Laternen des Flaggschiffs aufblinken, so schwach, dass es auch eine Täuschung hätte sein können.

»Ihr könntet dem Lanzenkapitän befehlen, von ihrem Plan abzulassen«, sagte Mendell leise, als er neben mich trat.

»Ratet Ihr mir das?«, fragte ich, und er schüttelte entschieden den Kopf.

»Nein. Ich stehe voll und ganz hinter ihr. Ich wollte eher fragen, warum Ihr den Befehl nicht gebt. Ihr seid keine Seeschlange, General, das ist nicht Euer Kampf. Warum befehlt Ihr uns nicht, Euch nach Askir zu bringen?«

Der Wind trug Gischt zu uns, ich wischte mir das Salzwasser aus dem Gesicht, ohne es richtig zu bemerken. Es war schon erstaunlich, wie schnell man sich an manches gewöhnen konnte. Ich hatte schon vergessen, wie es sich anfühlte, trocken zu sein. Überraschend war nur, dass mein Magen keine Probleme mit der rauen See hatte. Sie schien ihn eher zu beruhigen.

»Diese drei schwarzen Schiffe haben einen Grund, hier zu sein«, sagte ich. »Sie werden uns schaden, wenn sie nicht aufgehalten werden.« Ich zuckte mit den Schultern. »Das ist schon alles.«

»Elgatas Plan ist kühn«, meinte er. »Die Aussichten auf ein erfolgreiches Gelingen sind eher gering.«

»Wenn man nichts versucht, scheitert man immer«, meinte ich. »Was genau ist der Plan? Und was hat es mit diesem Drachenfeuer auf sich?«

»Drachenfeuer ist eine Paste, die wir auf unsere Bolzen schmieren und anzünden«, erklärte Mendell. »Es ist nicht leicht, sie herzustellen, sie kann sich selbst entflammen. Brennt sie einmal, kann man sie nicht löschen. Diese Paste brennt auch unter Wasser. Unsere Alchemisten liefern sie uns in zwei Töpfen, deren Inhalt man in einem genauen Verhältnis mischen muss. Wenn Devon und Amos einen Fehler machen, sind wir es, die brennen. Daraus folgt Elgatas Plan. Sie will dieses schwarze Schiff abfackeln. Wenn unsere Brandbolzen treffen, wird der Wind das Feuer zu einem Feuerbrand anfachen, der nicht zu löschen ist.«

»Klingt einfach«, sagte ich.

Er lachte. »Damit habt Ihr sicher recht«, meinte er und trat an den Steuermann heran. Der warf das große Rad herum, während Mendell weitere Befehle nach vorn rief. Wieder wurden Taue gestrafft und andere gelöst. Es ging wohl darum, den Wind bestmöglich einzufangen. Wenn das Schiff seinen Kurs ändern wollte, mussten auch die Segel anders gesetzt werden. Es war ohne Zweifel eine Kunst.

Ich lehnte mich an die Reling und sah zu, wie die schattenhaften Gestalten die Strickleitern zu den Masten hochstürmten oder an Tauen zogen, alles ohne genau sehen zu können, was sie taten. Ich mochte mich ein wenig an die See gewöhnt haben, aber ein Seefahrer würde ich nie werden.

Die *Schneevogel* war im Vergleich zur *Lanze* ein großes Schiff, dennoch fühlte ich mich an Bord eingesperrt. Wie der Admiral schon gesagt hatte: Über Wasser konnte man nicht marschieren.

Beinahe hätten wir das schwarze Schiff verfehlt, wäre nicht etwas Absonderliches geschehen. Mitten in der Nacht tauchte plötzlich eine Reihe von gut zwanzig trübrot glühender Punkte am Himmel auf. Elgata, die ihr Sehrohr zur Hand hatte, sah sie als Erste und fluchte laut und ausdauernd. Ich war beeindruckt; den Fluch mit dem Esel und der Meerjungfrau kannte ich noch nicht. Wortlos reichte sie erst das Rohr an Mendell weiter, und der dann, nach einem unterdrückten »Götter!«, auch an mich.

Wie üblich hatte ich Schwierigkeiten, bis ich das Rohr richtig ausgerichtet hatte. Es waren Wyvern, dunkle Schatten gegen den dunklen Himmel. Es waren kaum Einzelheiten zu erkennen. Sie hielten Körbe aus Draht in den Krallen, darin lagen rotglühende eiserne Wurfpfeile. Gerade als ich einen der Wyvern im Bild hatte, senkte das Tier den langen Hals und blies ein heißes Feuer auf den Korb in seinen Krallen, gleich darauf taten die anderen Wyvern es ihm gleich, und für einen Moment wurde der Himmel von Feuer erhellt und zeigte uns diese Bestien in einem unheilvollen roten Licht. Jeder sah sie diesmal, und die Besatzung konnte ihr Entsetzen nicht verbergen. Gebete und leise Flüche wurden hervorgestoßen, bis Mendell vortrat und Ruhe befahl.

»Dort«, meinte Elgata und wies mit der Hand in die Schwärze. Zuerst sah ich es nicht, dann plötzlich fügte sich das Bild zusammen: ein riesiger Schatten in der Dunkelheit. Ein roter Schein spielte auf dem Bug und dem Heck, dort wo Platz für weitere Ballisten gewesen wäre. Ich verstand, warum sie fehlten: Die Wyvern brauchten diesen Platz. Und etwas anderes ergab nun auch Sinn: die Beschwerde der Piraten über den hohen Nahrungsverbrauch dieser Schiffe.

»Ihr hattet recht«, sagte Elgata hart, als sie die Hand nach dem Rohr ausstreckte. Ich reichte es ihr zurück. »Es war eine Falle, aber sie gestaltet sich anders, als wir dachten. Götter, diese Wyvern lassen glühende Bolzen auf die Schiffe herabfallen!«

Ich konnte nur fassungslos den Wyvern nachschauen, wie sie mit ihrer todbringenden Last davonflogen.

»Seeschlangen!«, rief Elgata mit lauter Stimme. »Wir haben gesehen, was sie unseren Kameraden zugedacht haben, aber wir geben ihnen ihre eigene Medizin zu schlucken! Wir haben nur wenig Zeit, bis diese Bestien zurückkehren, lasst sie uns nutzen!«

Die Seeschlangen brachen in ein donnerndes »Aye, Aye, Ser!« aus.

Das Schiff schwenkte herum, Mendell war selbst am Ruder, der Steuermann stand neben ihm bereit. Drei weitere Soldaten hielten schwere Schilde hoch, um das Steuerrad zu schützen.

Wie ein wildes Biest stob die *Schneevogel* an den Riesen heran, der uns offenbar noch nicht gesehen hatte. Auf dem Deck knieten die Soldaten in drei Reihen nieder und legten sorgsam Bolzen auf ihre Armbrüste.

Elgata stand neben Mendell, ihr Gesicht eine harte Maske in der Dunkelheit, nur ihre Augen glänzten entschlossen.

Ich war nur ein Passagier, aber auch mich packte dieser Moment. Wir schossen auf das fremde Schiff zu, als wäre der Namenlose hinter uns her, höher und höher ragte das Heck des Riesen vor uns aus dem Wasser. Ein donnernder Schlag, und ein Bolzen flog davon, noch in der Luft entzündete er sich und schlug dann hart und weiß brennend in das Heck des Feindes. Noch immer gab es von dort keine Reaktion. Immer weiter hielt Elgata auf den Riesen zu, ein zweites Mal donnerte die Balliste. Dieser brennende Bolzen allerdings schlug nicht in die Bordwand ein, sondern traf durch glückliche Fügung eines der breiten Fenster oben im Heck, durchschlug es und landete im Innern.

Mendell gab einen neuen Befehl, und zu meinem Erstaunen wurden die Segel gerafft, die Leute zogen an den Tauen, als ob ihr Leben davon abhing. Immer näher kam der mächtige Rumpf mit seinem Ruder, das höher als unser Schiff war. Die *Schneevogel* verlor etwas Fahrt, aber nicht viel, und jetzt erst verstand ich, was Elgata vorhatte, und fluchte. Kein Wunder, dass Mendell ihren Plan kühn genannt hatte.

»Festhalten!«, rief er, aber ich klammerte mich ohnehin schon mit der Kraft der Verzweiflung an die Taue der Takelage.

Mit einem berstenden Geräusch, das alle Sinne erschütterte, fuhr die *Schneevogel* dem Riesen von hinten ins Heck, nur knapp vorbei an dem mächtigen Ruder, das uns sicherlich gespalten hätte, wenn Mendell den Kurs nicht so fein ausgerichtet hätte. Die Armbrustschützen schossen ihre Pfeile ab, ein Schauer von gut fünf Dutzend Bolzen stieg steil empor, über das hohe Heck hinweg, um irgendwo ungesehen einzuschlagen, die meisten dieser Bolzen entzündeten sich schon beim Abschuss.

Dieselben Soldaten, die soeben noch geschossen hatten, ließen ihre Armbrüste fallen und brachten in einem geübten Manöver große Ruder aus, ein guter Teil von ihnen allerdings hob schwere Schilde über sich und ihre Kameraden. Aus gutem Grund, denn jetzt regnete eine Wolke von Pfeilen und Bolzen auf uns herab, darunter auch, zu meinem Erschrecken, ein gutes Dutzend glühender Bolzen, die schwelend in der Deckbeplankung stecken blieben. Man hatte uns jetzt wohl doch bemerkt.

Einer der Schwertkadetten rannte herbei und schüttete einen Eimer über drei der glühenden Bolzen aus, ein weiterer Bolzen und ein Speer trafen ihn und nagelten ihn zuckend an Deck fest. Ich schlug einen Armbrustbolzen mit der Hand zur Seite, sodass er harmlos an mir vorbeisurrte, und duckte mich hinter die Reling. Kein Grund, dem Gegner noch ein Ziel zu bieten.

Vorn donnerte die Balliste, aus kürzester Entfernung schoss Amos einen Bolzen in ein Gelenk des mächtigen Ruders. Er schlug erst ein und entzündete sich dann in diesem weißen Feuer.

Die *Schneevogel* schwankte und knirschte, die Ruder bogen sich fast durch, als die Mannschaft sich gegen sie stemmte, eine Welle hob unser Schiff, es knirschte erneut, und mit einem Ruck waren wir frei.

»Das Ruder!«, rief Elgata zu Mendell und wies auf das Steuerruder des feindlichen Schiffs, das sich nur noch wenig bewegte, der Aufprall der *Schneevogel* hatte es zur Seite gedrückt, und Amos' Bolzen hatte es dort fixiert. Mit gebleckten Zähnen warf Mendell unser eigenes Ruder nach Steuerbord herum, während die Soldaten an den langen Rudern ihr Letztes gaben, um mit purer Entschlossenheit und Willen die *Schneevogel* zurückzusetzen. Das riesige Schiff zog nach Backbord davon.

Über mir knallten die Segel, als sie herabfielen und sich mit Wind füllten, von vorn stieg ein weiterer brennender Bolzen auf, diesmal hatte Amos einen Wellenkamm abgewartet und schoss, als sich der Bug der *Schneevogel* anhob. Das feurige Geschoss flog hoch über die Bordwand des Feindes und traf durch Können oder glückliche Fügung einen der vier mächtigen Masten des schwarzen Schiffs.

Was auch immer dieses Drachenfeuer war, es brannte weiß, nicht rot, und es musste von ungeheurer Hitze sein, denn kaum einen Atemzug später standen dort oben am Mast des Feindes schon die schweren Taue in Flammen.

Die *Schneevogel* bockte wie ein Pferd, als der Wind die Segel ergriff. Hastig wurden die Ruder eingebracht, während das Schiff sich stark auf die Seite legte. Neben mir verschwand ein Teil der Bordwand mit lautem Bersten, eine tiefe Scharte im Deck entstand, wo eben noch drei Seeleute ihr Ruder einholen wollten. Mehr als Schatten hatte ich nicht gesehen, als die schweren Bolzen uns trafen.

»Roderic!«, rief Mendell, der mit dem Ruder kämpfte. »Hierher!«

Ich ließ den sicheren Halt los und schlitterte über das steile Deck zu ihm, unter meinen Füßen knirschte der blutige Sand, dort lag der Steuermann und tastete ungläubig an sich herum. Sein linkes Bein war ihm mit einem Teil des Beckens abgerissen worden. Mit der anderen Hand hielt er sich an einer Stange am Fuß der Steuersäule fest. Das Schiff hob sich... Sein Blick traf den meinen, er verzog das Gesicht zu einem schiefen Lächeln, ließ die Stange los und rutschte durch die Bresche in der Bordwand ins Meer.

Ich warf meine ungeschickt eingesetzte Kraft gemeinsam mit Mendell gegen das Ruder. Ich hätte nicht gedacht, dass es so schwer zu halten wäre. Weiter und weiter schwang die *Schneevogel* herum. Vorn donnerte unsere Balliste, und ein weißer Brand stieg auf, um nur knapp eine der Ballistenplattformen des Feindes zu verfehlen, dann schoss die *Schneevogel* weg von dem verwundeten Riesen. Sein verklemmtes Ruder zwang ihn nach Backbord, wir wichen nach Steuerbord aus, schnell vergrößerte sich die Entfernung, und als die schweren Ballisten des Feindes ein letztes Mal schossen, lagen sie deutlich zu kurz.

Auch unsere Balliste schwieg. Obwohl sie drehbar gelagert war, reichte der Winkel nicht. Einen Moment lang war es still, nur das Brausen der Wellen und das Knarren des Schiffs waren zu hören, dann stöhnte jemand, ein anderer schrie, weitere fluchten.

»Die Brandbolzen!«, rief Elgata und zeigte auf die schwelenden Brände. »Und schafft das Drachenfeuer von Bord!«

Mit schweren Zangen, Decken oder Ketten zogen die Soldaten die Bolzen aus dem Deck, einer vergaß, was er tat, und griff mit bloßer Hand nach einem, er schrie, riss aber den glühenden Bolzen heraus und warf ihn über Bord.

Ich sah zwei Seeleute, die mit panischem Gesicht zur Reling rannten, einen schweren Trog aus Eisen zwischen sich, den sie hastig über Bord wuchteten. Als er auf dem Wasser aufschlug, entflammte er in gleißendem Weiß, ein Licht, das nur umso heller zu brennen schien, als der Trog in der Tiefe versank. Ich sah dem sinkenden Licht entgeistert nach. Ein mächtiger dunkler Schatten zog in der Tiefe vorbei, vielleicht war es aber nur der Wellengang, der das Licht falsch brach. Es versank tiefer in der Dunkelheit, dann war es weg.

Das Deck war gespickt mit Bolzen, Pfeilen und Speeren, dazwischen lagen Körper herum, einige still, die meisten bewegten sich, fluchten, schrien oder wimmerten vor Schmerzen. In manchen Schilden steckten so viele Bolzen und Pfeile, dass man sie kaum mehr tragen konnte.

Es mussten Hunderte von Pfeilen gewesen sein, die auf uns herabgeregnet waren; das Erschreckendste daran war, dass ich mich kaum daran erinnern konnte, wie es sich abgespielt hatte.

Elgata stand still und aufrecht, sie hielt sich den rechten Arm und schaute zum Feindschiff hinüber, wo der Feuerschein immer stärker wurde. Das Feuer hatte auch die Segel erreicht. Zu ihren Füßen kniete ein Seeschlangen-Soldat und hielt noch immer einen schweren Schild zu ihrem Schutz hoch. Ich fragte mich, warum er ihn nicht ablegte, und sah dann erst, dass ihn ein Speer durch den Schild hindurch ans Deck genagelt hatte.

»Ihr könnt das Ruder jetzt loslassen!«, keuchte Mendell neben mir. Ich sah auf meine Hände, die sich immer noch um die Speichen krampften, atmete tief durch und ließ los.

»Wir müssen hier weg!«, rief Elgata dem Schwertleutnant zu, Mendell nickte und hielt weiter seinen Kurs, der uns von dem brennenden Riesen wegführte. Wie lange der Angriff gedauert hatte, wusste ich nicht, aber früher oder später würden die Wyvern zurückkehren.

Als der Kampf begonnen hatte, war unser Feind kaum zu sehen gewesen, jetzt brannte er lichterloh. Plötzlich schien es, als hätten die Götter das Feuer angefacht, eine Stichflamme stieg auf, weit über die hohen Masten hinweg, dann hob und drehte sich der Bug, als das Schiff langsam kenterte. Ein letztes Flackern, dann herrschte dort wieder Dunkelheit.

Auch bei uns wurden die Flammen gelöscht, während Seeleute ihre getroffenen Kameraden unter Deck brachten. Amos' stämmige Gestalt schälte sich aus der Dunkelheit, er schwankte, und gleich zwei abgebrochene Bolzen ragten aus seinem Brustpanzer, einer hoch in der Schulter, einer in der Seite.

»Devon soll sich um Euch kümmern«, meinte Elgata als Erstes zu ihm.

Amos winkte ab. »Solange die Bolzen noch stecken, blutet es kaum, Devon hat anderes zu tun. Warum geht Ihr nicht zu ihm?«

Sie lachte leise. »Aus dem gleichen Grund. Wie hoch ist der Blutzoll?«

»Neun tot, vier werden noch sterben, bei acht oder neun ist es ungewiss und von der Gnade der Götter abhängig. Gut zwei Dutzend sind verletzt, einige schwer.« Er kratzte sich am Kopf, sah verwundert auf seine blutige Hand herab und zuckte dann mit den Schultern. »Da waren eine Menge Pfeile in der Luft, Lanzenkapitän, Ser«, meinte er. Ein blutiges Rinnsal lief ihm aus dem Mundwinkel, er wischte es achtlos zur Seite.

»Sie hatten auch Speerschleudern«, bemerkte sie und schaute auf den toten Soldaten herab, der noch immer vor ihr kniete.

»Das«, meinte Amos grimmig, »habe ich auch bemerkt.«

Sie schloss erschöpft die Augen. »Wie steht es um das Schiff? Hat der Sporn gehalten?«

»Ja«, meinte Amos, hustete und stützte sich schwer auf das Geländer auf. »Der Sporn hielt, es gibt ein paar kleine Lecks, aber nichts, das uns gefährdet.« Er schaute in die Dunkelheit, dorthin, wo der gekenterte Feind treiben musste. »Ich dachte schon, Ihr fahrt mitten durch ihn hindurch«, meinte er. Er wankte, doch der Seegang war nicht der Grund.

»Devon soll sich um Euch kümmern, Amos«, sagte Elgata. »Jetzt! Das ist ein Befehl, hört Ihr?«

»Aye, Ser, Lanzenkapitän, Ser!«, stieß Amos hervor und schüttelte benommen den Kopf. »Sobald ich Luft bekomme, Ser«, sagte er und wischte sich schaumiges Blut vom Mund.

Ich trat an ihn heran und nahm ihn auf meine Arme. Ich wusste ja, wo sich der Arzt finden ließ.

»Ich bin kein Kind«, protestierte er flüsternd.

»Ich weiß. Ihr steht nur im Weg herum, das will ich ändern.«

»Na, wenn das so ist«, sagte er und schloss die Augen.

Die Kabine des Arztes enthielt fünf Kojen… Als er mir den Schädel zurechtgeschoben hatte, waren sie leer gewesen, jetzt lagen Verwundete in ihnen, auf dem Boden zwischen den Kojen und auch draußen im Gang. Als ich mich mit Amos auf den Armen durch die niedrige Tür zwängte, empfing mich die Hölle des Namenlosen. Auf dem lederbezogenen Bett lag eine weibliche Seeschlange, die gleichen Lederbänder, die zuvor mich gehalten hatten, fesselten nun auch sie. Sie schrie und weinte und schüttelte verzweifelt den Kopf. Vier kräftige Kameraden hielten sie fest, einer von ihnen weinte, aber er drückte sie unbarmherzig nieder, als Devon seine Säge über dem zerstörten linken Knie ansetzte. Der Feldscher sah zu mir hinüber, dann auf Amos.

»Er muss warten!«, rief er mir zu und zog die Säge durch. Die Frau schrie und zuckte in der mitleidlosen Umarmung ihrer Kameraden. Das tanzende Licht der Laternen, die Schreie, der Geruch von Blut, die abgetrennte Hand, die zu meinen Füßen über den blutigen Boden schlitterte, das alles war zu viel für mich. Ich suchte mir hastig eine Stelle an der Wand und rutschte mit Amos in den Armen an ihr herab, bis ich saß.

Amos öffnete unvermittelt die Augen. »Ihr habt wirklich keinen Magen für die Seefahrt«, bemerkte er und starb.

Ich saß dort und hielt ihn eine Weile, dann meinte ich staunend seine Seele zu sehen, wie sie sich aus seinem Körper löste, aufrichtete und sich traurig umschaute. Ich bildete mir noch ein, dass er mich mit einem schiefen Lächeln bedachte, dann blinzelte ich und er war fort.

Schwer erhob ich mich mit ihm.

»Ich habe gleich Zeit für ihn!«, rief der Feldscher, während er mit einem glühenden Eisen hantierte. Die Frau wimmerte nur noch leise. Ich vermied es, genauer hinzusehen, schüttelte nur den Kopf und trug Amos zur Seite, dort wo schon fünf seiner Kameraden still an der Wand lagen. Ich schloss ihm die Augen und ging wieder hoch an Deck.

Als ich das Achterkastell erreichte, fand ich dort nur Mendell am Steuer vor und zwei andere Seeleute, die den Toten von dem Speer lösten.

»Was ist mit dem Lanzenkapitän?«, fragte ich.

»Sie war vernünftig genug, ihre Kabine aufzusuchen, sie wird gerade verbunden«, teilte er mir mit. Er klang erschöpft.

»Wie geht es ihr?«

»Ein Bolzen hat ihr die Seite aufgerissen. Schmerzhaft, sicherlich, aber nichts, das ihr Leben bedroht. Was ist mit Amos?«

»Er ist tot.«

Mendell stieß einen Seufzer aus. »Hoffentlich war es das wert«, sagte er leise.

Gleich drei Blitze zuckten in der Ferne herab und erhellten die See. Wenige Lidschläge später rollte der Donner über uns hinweg. Ein weiterer Blitz zuckte über das Firmament, während ein Windstoß die Masten ächzen ließ. Gegen das gleißende Licht des Donners meinte ich, in der Ferne die Umrisse einer Schar Wyvern zu sehen, doch dann öffneten sich die Schleusen des Himmels. Es war, als ob jemand Eimer ausschütten würde. Seit Wochen war das der erste richtige Regen für mich. Ich hob dankbar mein Gesicht dem Himmel entgegen. Bei diesem Wetter würden uns die Wyvern schwerlich finden können.

20. Gerechtigkeit der See

Als die Sonne sich aus dem Meer erhob, warteten sechzehn Seelen darauf, durch Soltars Tor zu gehen, darunter auch die Frau, die unter der Säge gelegen hatte. Und Amos. Drei weitere lagen in den blutigen Kojen unter Deck, bei ihnen hatten es die Götter noch nicht entschieden.

Ich hatte in der Nacht wenig Schlaf gefunden, denn als ich müde die Kabine betrat, lag Elgata in ihrem Bett und weinte leise. Ich zog es vor, sie nicht zu stören, und zog die Tür wieder hinter mir zu. Ich verbrachte die Nacht im Bug, während die *Schneevogel* sich durch das Unwetter kämpfte. Manchmal schien es mir, als ragte der Bug des Schiffs über einen Abgrund, dann wieder bohrte er sich in eine Wand aus Wasser, die über mich hereinbrach. Es war seltsam, ich wusste nur, dass ich nichts weiter tun musste, als mich gut und sicher festzuhalten, es kam mir gar nicht der Gedanke, dass die *Schneevogel* versagen könnte.

Als der Morgen anbrach, war es, als ob das Unwetter nie gewesen wäre. Das Meer kräuselte sich bloß, und ein leichter Wind trieb uns voran.

Jetzt bei Licht waren die Schäden besser zu sehen, wie Pockennarben waren die Einschläge der Bolzen und Pfeile zurückgeblieben. Auf ihren Knien schrubbten Seeschlangen das Deck, bis die dunklen Stellen verblassten.

An einer Seite lagen die Säcke mit den Toten, ein weiterer wurde eben gerade auf Deck getragen. Das Schiff hatte nun einen neuen Ersten Maat, einen kleinen drahtigen Kerl mit einem skeptischen Grinsen, das ihm im Gesicht festgewachsen war. Als Elgata ihn das erste Mal bei seinem neuen Rang rief, sah ich mich nach Amos um. Aber es war Korporal Derkin, der herantrat und mich neugierig musterte.

»Also, Ihr seid der Kerl mit dem harten Schädel, von dem

Amos sprach«, meinte er. Er hielt mir die Hand hin. »Ich bin Derkin.«

Ich erwiderte den festen Griff. »Roderic.«

Er nickte mir zu und trat neben Mendell, der mit einem Schreibbrett in der Hand an der Reling stand. Der Schwertleutnant hatte ebenfalls nicht geschlafen, man sah es ihm an. Elgata schaute mit zusammengekniffenen Augen übers Meer. In der Ferne waren die Feuerinseln näher gerückt.

»Wir müssten bald da sein«, sagte sie.

Sie behielt recht, es dauerte nicht lange, bis ein Ruf vom Ausguck kam. Etwas polterte gegen die Schiffswand, ich trat an die Reling und sah nach unten. Ein großes Stück Holz trieb dort, an einer Seite war es zerbrochen, an einer anderen Stelle verkohlt.

Immer dichter wurde das Trümmerfeld. Ein paar Seeschlangen deuteten grimmig auf ein hellblaues Stück Rumpfbeplankung, es musste zu einem der Piraten gehört haben, also hatten Esen und die anderen zumindest einen von ihnen mit ins nasse Grab genommen.

Langsam fuhr die *Schneevogel* durch das Trümmerfeld. Elgata hatte das Boot ausbringen lassen. Zehn Seeschlangen ruderten mit angestrengten Mienen, während andere mit langen Haken Körper aus dem Wasser fischten, Namen hoch zu Mendell riefen oder manchmal nur mit den Schultern zuckten. Oft waren es nur Trümmerteile, einmal löste ein Haken einen Mann, der sich auf ein treibendes Brett gerettet hatte, doch als er ins Wasser sank, zeigte sich, dass etwas ihm die Beine abgebissen hatte.

Es war ein Festmahl für die Fische, hier und da zogen mächtige dreieckige Flossen vorbei. Seeschlangen standen mit Armbrüsten bereit, Korporal Derkin schwenkte drohend die Balliste herum, aber die Raubfische – Steinhaie, wie Mendell mir tonlos erklärte – ignorierten das Boot, es gab genug anderes zu fressen.

Es ereignete sich aber auch ein Wunder, denn ein trillernder Pfiff machte uns auf einen Delphin aufmerksam, der aus dem Wasser sprang – nicht nur einen, wie sich zeigte, sondern ein ganzer Schwarm der klugen Tiere, die dort die Raubfische vertrieben. Sie kreisten um ein größeres Stück Rumpf, das etwas höher aus dem Wasser ragte, mehr als ein Dutzend Seeschlangen hatten sich dorthin gerettet. Nicht alle hatten die Nacht überstanden; als das Boot heran war, zeigte sich, dass ein paar von ihnen nur noch tot geborgen werden konnten.

Doch der Götter Gnade hatte elf Seeschlangen überleben lassen, ein Wunder, das manchem hartgesottenen Soldaten die Tränen in die Augen trieb und ihn dankbar zu Soltar beten ließ.

Dass der Gott eine besondere Form von Humor besaß, zeigte sich, als sich ein kleiner, stämmiger Mann auf dem Wrackstück aufrichtete und drohend die Faust hob.

»Eure Feigheit werdet Ihr mir büßen, Elgata!«, rief Esen bitter. »Ich werde Euch noch hängen sehen!«

Hinterher waren wir uns nicht sehr einig darüber, was dann geschah. Esen schien den Halt zu verlieren, während eine Seeschlange scheinbar noch versuchte, ihn zu greifen. Wir hörten Esen schreien. Der Seemann, der ihn festhalten wollte, hatte einen Dolch in der Hand, das sah ich auch. Aber ich war mir nicht sicher, ob er zustach oder nicht. Halten konnte er den Admiral jedenfalls nicht, denn seine Hand löste sich und Esen rutschte ins Wasser. Er war zu diesem Zeitpunkt noch nicht tot, denn er tauchte prustend wieder auf.

»Dafür hängst du!«, rief er und hob drohend die Faust. Er konnte Elgata meinen oder auch den Soldaten. Im nächsten Moment hob sich eine riesige dreieckige Schnauze aus den brodelnden Wassern um ihn, so groß war das Maul, dass es den Admiral umfasste, ohne dass die mächtigen Zahnreihen ihn berührten. Mit aufgerissenen Augen verfolgten wir das Schauspiel. Dieser Raubfisch war ohne Zweifel groß genug, unser Boot entzweizubeißen.

Der riesige Fisch hatte es nicht eilig und schloss fast sachte den mächtigen Kiefer. Der Fisch war schwarz und weiß, fast majestätisch in seiner Erscheinung. Ein strahlend blaues Auge musterte mich, und fast schien es mir, als ob er uns zuzwinkern würde, während er wieder gemächlich unter das Wasser glitt. Ich sah noch seinen hellen Bauch, als er sich in der Tiefe zur Seite drehte und langsam davonzog. Die Delphine hielten Abstand von ihm, eine kluge Wahl, wie ich meinte.

»Das war kein Steinhai«, flüsterte Mendell. »Das war ein Reißwal.« Er schüttelte ungläubig den Kopf. »Ich habe bisher nur zweimal einen gesehen.«

Hastig wurden die letzten Überlebenden geborgen, von ängstlichen Blicken ins Wasser begleitet, doch es geschah nichts weiter.

Wir fanden auch einen überlebenden Piraten. Ich denke, dass ihn gut zwanzig Bolzen trafen.

Es war früher Morgen gewesen, als wir das Trümmerfeld erreicht hatten, und die Sonne stand hoch am Himmel, als das Boot eingeholt wurde und Elgata die Segel setzen ließ. Der Segelmacher und vier weitere waren fleißig dabei, die Toten einzunähen. Ich hörte von einem Seemann, dass man befürchtete, das Tuch würde nicht reichen.

Elgata hatte Mendell in ihre Koje befohlen, sie saß stolz und gerade auf ihrem Stuhl und nahm den Bericht der Überlebenden entgegen, diesmal saß ich mit hinter dem Tisch und führte das Buch, auch wenn ich nicht so schnell und sauber schrieb wie Mendell. Derkin saß auf Elgatas anderer Seite.

Was genau auf dem Rumpfstück geschehen war, konnte nicht geklärt werden, Elgata schien auch nicht erpicht darauf. Wichtig war ihr zu erfahren, was sich in der Nacht zuvor zugetragen hatte.

Mit brüchiger Stimme erzählten die Überlebenden davon, wie ein riesiges Schiff aus der Dunkelheit aufgetaucht war, begleitet von zwei Dutzend weiteren Piratenschiffen und von Bestien, die glühende Bolzen aus den Himmeln auf die Schiffe herabregnen ließen. Eine Überraschung gab es zu vermelden: Die Piraten hatten die *Samara* lediglich geentert und nicht versenkt.

»Sie ist beschädigt, Ser«, erzählte ein Seemann. Er hatte seinen Namen als Anson angegeben und war einer von vier Überlebenden der *Samara*. »Aber sie wurde nicht versenkt, dessen bin ich mir sicher.«

»Und Esen?«, fragte Elgata.

Anson zuckte mit den Schultern. »Er sprang über Bord, als die Piraten enterten.«

Elgata sah mich an und legte eine Hand auf meinen Arm. »Schreibt das nicht. Er ging während des Kampfs über Bord.« Sie sah den Seemann an. »Das wolltet Ihr sagen, nicht wahr?«

Er zögerte. »Esen war ein Schwein«, meinte er trotzig. »Er geriet in Panik, und Stabskapitän Henos musste ihn niederschlagen. Ich sah später selbst, wie der Admiral sich feige verdrückte. Einer der Piraten schoss auf ihn, und er duckte sich hinter einen Kameraden, um dem Bolzen zu entgehen.«

Elgata bedachte ihn mit einem strengen Blick. »Es gab in dieser Nacht eine Menge Heldentaten«, sagte sie leise. »Wollt Ihr, dass von denen berichtet wird oder von der Feigheit eines einzelnen Mannes? Ihr wisst, wie es ist: Die schlechte Kunde reitet schneller.«

»Joren hat es auch gesehen«, meinte Anson nach einer kleinen Pause. »Ich werde ihn daran erinnern, wie der Admiral stolperte und über Bord fiel.« Er schaute Elgata offen an. »Aber ein Held war er nicht, das werde ich vor Boron beschwören!«

»Ein Held war er gewiss nicht«, entgegnete Elgata langsam. »Ich glaube auch nicht, dass man das von ihm behaupten wird.«

Der Mann nickte und schaute dann mich an. »Ihr seid der General, nicht wahr?«

Ich nickte überrascht.

»Ist es wahr, dass Ihr vor einer Falle gewarnt habt? Joren ist der Signalmaat der *Samara*, er sagt, wir wären gewarnt worden.«

Elgata sprang für mich ein. »Ja, er hat uns gewarnt.«

»Esen meinte, Ihr hättet uns feige im Stich gelassen«, sagte Anson. »Die *Schneevogel* sieht nicht so aus, außerdem habe ich die Toten bemerkt. Darf ich fragen …«

»Wir haben eines der schwarzen Schiffe angegriffen und versenkt«, meinte Elgata müde.

»Einen dieser Riesen?«, fragte der Mann ungläubig.

»Ja«, sagte Elgata. »Der Preis dafür war hoch.«

»Das glaube ich gern.« Anson lächelte ohne Humor. »Ein Bulle hat uns also den Arsch gerettet. Darf ich fragen, welche Legion?«

»Die Zweite«, hörte ich mich antworten.

Er blinzelte. »Die Unbesiegbare?« Er schüttelte verwundert den Kopf. »Sachen gibt es. Nun, wenn Ihr noch herausfindet, wie man über Wasser marschiert, werde ich selbst zum Bullen!«

»Anson«, meinte Elgata müde. »Wir sind hier noch nicht fertig.«

»Aye, Ser!«, meinte der Seemann, und ich schrieb nieder, wie Admiral Esen über Bord gefallen war.

Elgata hatte sich dazu entschieden, südöstlich der Feuerinseln zu kreuzen. Es entsprach Esens letzten Befehlen, aber das war nicht der Grund. Sie ging davon aus, dass die Piraten wie aufgescheuchte Hornissen vor der Insel kreuzten, und sie wollte den Wyvern entgehen. Kurz bevor die Sonne unterging, sahen wir ein fernes Segel.

Müde bereitete sich Elgata auf den nächsten Kampf vor, doch es war das kaiserliche Schiff *Lanteras Glaube*, ein Schwesterschiff der *Schneevogel*. Es wurde von Schwertkapitän Jennik kommandiert, der einen niedrigeren Rang als Elgata innehatte und ihr somit unterstellt war. Sie lud ihn zum Abendessen an Bord, und er erstattete Bericht, während wir aßen. Diesmal schenkte uns ein anderer Schwertkadett ein. Marja war auch unter den Toten. Sie hatte einen brennenden Bolzen gelöscht und war dafür gestorben.

Es war wenig erfreulich, was Jennik zu erzählen hatte.

Zwei weitere Schiffe der Reichsflotte waren verloren, wieder waren es Wyvern gewesen, die sie gefunden und die Piraten zu ihnen geführt hatten.

»Wir sind nur entkommen, weil ein Unwetter aufzog. Es scheint die Viecher zu stören, wenn es regnet.« Er sah mit funkelnden Augen auf. »Wir haben eins von ihnen erwischt, als es zu nahe kam. Aber es gibt Dutzende dieser Bestien.« Dann ließ er wieder den Kopf hängen. »Wie lauten Eure Befehle, Lanzenkapitän?«, fragte er.

Elgata seufzte und rieb sich die Schläfen. »Kehrt auf die *Glaube* zurück. Ihr werdet morgen früh Eure Befehle erhalten, Kapitän. Doch zuvor werden wir unsere Toten bestatten.«

»Vier Schiffe verloren, die *Samara* in der Hand der Piraten«, stellte Elgata etwas später niedergeschlagen fest. »Das wird Jilmar nicht gefallen.« Sie rieb sich ihre Seite und verzog das Gesicht. Wir befanden uns in der Kabine, Mendell und Derkin waren auch dabei. Vor uns auf dem Tisch stand ein guter Tropfen Rotwein.

»Zwei Schiffe sind zu wenig, um unseren Auftrag auszuführen«, meinte Mendell. »Diese Wyvern machen den Unterschied.« Er nippte an seinem Wein. »Unter den gegebenen Umständen können wir froh sein, dass wir eines der schwarzen Schiffe versenken konnten. Noch einmal wird uns das nicht gelingen.«

»Hätte Amos dem Schiff nicht das Ruder blockiert…«, seufzte Derkin.

Elgatas Blick ging in eine unbestimmte Ferne. »Wir können unseren Auftrag nicht mehr ausführen«, meinte sie. »Wir werden nach der Zeremonie Kurs auf Askir nehmen.« Sie schaute zu mir und lächelte ein wenig. »Ihr kommt also doch früher an Euer Ziel.« Sie hob ihren Becher. »Auf die Kameraden«, sagte sie, und wir tranken.

Diesmal hielt nicht ich den Gottesdienst. Es war Elgata, die aus den Schriften vorlas. Ihre Stimme war belegt, sie machte oft Pausen, um sich zu sammeln. Die Mannschaft der *Schneevogel* war in Reih und Glied auf Deck angetreten. Jeder trug seine beste Uniform. Unter dem ganzen Lindgrün stach meine Uniform heraus, ein Schwertkadett hatte sie mir am Morgen gebracht. Sie bestand aus grauen Hosen mit einer goldenen Doppellinie an den Seiten und einer weißen, doppelt geknöpften Jacke mit hohem Kragen. Ein weißer Schwertgurt mit einem Paradedolch gehörte noch dazu. Auf dem linken Ärmel prangte ein frisch eingestickter goldener Stern, über dem waagerecht eine Lanze lag. Zu der Aufmachung gehörten noch weiße Handschuhe und ein weißes Kragentuch, das sorgfältig geknotet werden musste, damit es den Kragen richtig ausfüllte. Die Uniform hatte man irgendwo für genau solche Fälle an Bord gehabt, doch damit meine braunen Stiefel schwarz wurden, hatte der arme Schwertkadett sie die ganze Nacht poliert. Ich hatte mich freundlich bedankt, woraufhin der Junge fast zu weinen anfing und hastig seinen Abschied nahm. Ich hatte ihm verständnislos nachgesehen.

»Ist es falsch, sich zu bedanken?«, hatte ich Elgata gefragt, als sie hinter der Decke hervortrat, die ihre Koje von meiner Hängematte abtrennte.

Sie hatte den Kopf geschüttelt. »Er bat mich darum, das tun zu dürfen. Weil Ihr freundlich zu Marja gewesen seid und nach ihrem Namen gefragt habt. Und weil Ihr uns gerettet habt.«

Jetzt stand ich hier und trug die Uniform eines Lanzengenerals der Bullen, mit der kaiserlichen Zahl Zwei auf meinem rechten Ärmel. Die Blicke der geretteten Seeleute ruhten auf mir. Wie die anderen stand ich breitbeinig da, die Hände auf dem Rücken verschränkt, und sah starr geradeaus, während Elgata die Namen der Toten verlas. Wie lange war ich nun an Bord der *Schneevogel*? Es musste der vierte Tag sein. Amos hatte ich kaum gekannt, Marja noch weniger, und doch wurde mir der Kragen eng, als Elgata ihre Namen vorlas.

In Paaren traten die Kameraden an ihre toten Freunde heran und hoben die Planken, bis die Toten ins Meer rutschten. Es waren Derkin und Mendell, die Amos' Planke kippten. Wieder spielten Delphine um das Schiff, und allmählich begann auch ich an die Legenden zu glauben.

Ich hatte schon an zu vielen Bestattungen teilgenommen. Diese beeindruckte mich auf seltsame Weise. Es war eine schlichte Feier, nicht einmal Trommeln geleiteten die Toten in die Tiefe. Auch auf der *Lanteras Glaube* waren die Seeschlangen angetreten, und sie wirkten nicht weniger betroffen. Sie waren eine eingeschworene Gemeinschaft, die von ihren Toten Abschied nahm und davon nicht gebrochen wurde, sondern in den einfachen Worten des Lanzenkapitäns Stärke und Zuversicht fand.

»Das habt Ihr gut gemacht«, sagte ich zu Elgata, als sie zurücktrat und das Buch zuklappte, und erinnerte mich an Varoschs Worte auf der *Lanze*.

»Meint Ihr?«, sagte sie leise. »Mir scheint es nie genug.«

»Vielleicht begegnet Euch der eine oder andere von ihnen noch mal in Eurem Leben«, sagte ich und ertappte mich dabei, dass ich es ernst meinte. Es lag mehr als Trost in dem Gedanken, es war auch Hoffnung. Sie nickte bloß und atmete tief durch.

Mendell trat vor und gab neue Befehle. Die Reihen der Besatzung lösten sich auf, als sie sich wieder um das Schiff kümmerten. Nur wenig später blähten sich die Segel der *Schneevogel*, und sie nahm Kurs auf die Rückseite der Feuerinseln.

»Es ist der sichere und bessere Weg«, erklärte Elgata. »Ich hoffe, dass die Wyvern vor allem das Gebiet um den Hafen sichern. Ich will nicht von ihnen entdeckt werden. Wir fahren an den Inseln vorbei ins offene Meer, die meisten Piraten navigieren anhand der Küstenlinien. Sie verlieren ungern den Blick aufs Land.«

Das Mittagessen bestand aus eingelegten Eiern, Fisch und Kartoffeln in einer pampigen gelben Senfsoße. Elgata bemerkte meinen zweifelnden Blick, als ich auf den Teller schaute, und schmunzelte. »Ihr werdet Euch an solches Essen gewöhnen müssen«, sagte sie. »Wenn man bedenkt, dass wir nun schon gute sechs Wochen auf See sind, ist es fast schon eine Köstlichkeit.«

»Wenn wir Askir wie geplant in zwölf Tagen erreichen, habt Ihr Glück gehabt, General«, meinte Mendell mit einem freundlichen Grinsen. »Wenn wir noch länger auf See bleiben, müsstet auch Ihr Euch bald mit Schiffszwieback begnügen. Der ist so hart, dass die Legionen ihn schon als Katapultgeschosse verwendet haben.«

Da ich hungrig genug für Steingeschosse war, machte ich mich über mein Essen her. So schlecht war es nicht. Kelar war eine Hafenstadt gewesen, und ich hatte dort im Hafen alle möglichen wilden Geschichten über das Essen auf See gehört, von Fleisch, das von Maden nur so wimmelte, bis hin zu Schiffszwieback, den man mit dem Hammer zerschlagen musste. Wenn man das bedachte, gab ich Elgata recht: Es war eine Köstlichkeit.

Es klopfte an der Tür. Devon, der Schiffsarzt. Er hatte sich umgezogen, ich war froh darum, denn ich erinnerte mich noch zu gut daran, wie ich ihn das letzte Mal gesehen hatte, von oben bis unten mit Blut verschmiert.

»Was gibt es, Devon?«, fragte Elgata. Ich hatte mittlerweile erfahren, dass der Schiffsarzt zu den Federn gehörte, also zu dem Teil der kaiserlichen Streitkräfte, der sich hauptsächlich um Verwaltung und Logistik kümmerte. Sein Rang war der eines Schwertleutnants der Federn, und als solcher stand er, wie ich auch, außerhalb der Rangfolge hier an Bord. Ich wusste mittlerweile auch, dass die Federn mehr als Schreiber waren, sie stellten auch die Ingenieure, Militärbaumeister und die Feldscher oder Ärzte. Seitdem er mir mitgeteilt hatte, dass er mich für einen Nekromanten hielt, waren wir nicht mehr dazu gekommen, uns zu unterhalten. Ich nahm an, dass er informiert war. Das ganze Schiff wusste von dem General. Jetzt nickte er mir und Mendell knapp zu, bevor er sich Elgata zuwandte.

»Ich habe vier Leute im Krankenquartier liegen, die sterben werden, wenn sie nicht bald einen Tempelsegen erhalten«, teilte er Elgata schroff mit. »Ich hörte, dass Ihr die Mission abgebrochen habt und wir nun Kurs auf Askir nehmen. Askir ist zu weit, wir müssen nach Aldar. Dort gibt es Tempel. Ein Freund von mir, Stabsmajor Bendrik, hat Borons Weihen empfangen und dient als Heiler im Tempel dort. Er steht hoch in der Gunst des Gottes und ist zumindest für Kosla die einzige Rettung.«

Mendell und Elgata wechselten einen Blick, dann wandte sich Elgata mir zu. »General, wir …«

Devon unterbrach sie und sah mich zornig an, obwohl ich bislang nichts anderes getan hatte, als weiterzuessen. »Wenn Ihr Euch für so wichtig haltet, dass Ihr drei Männer und eine Frau dafür sterben lasst, um vier Tage früher in Askir zu sein, dann verdient Ihr es nicht, diese Uniform zu tragen!«, fauchte er. »Denkt daran: Auch Ihr werdet Eure Entscheidungen vor Boron verantworten müssen!«

»Ich habe nichts dagegen«, sagte ich milde. »Ich werde dem Lanzenkapitän nicht in seine Entscheidungen hineinreden.«

»Devon«, sagte Elgata, »wir folgen Eurer Empfehlung und setzen Kurs auf Aldar. Ich will keine weiteren Leute verlieren. Aber Euer Ton ist unangebracht.«

»So?«, fragte Devon bitter. »Seitdem er an Bord ist, sterben die Leute wie die Fliegen!«

»Was wollt Ihr damit unterstellen?«, fragte Mendell gefährlich leise. »Denkt Ihr immer noch, er sei ein Nekromant?«

»Ich weiß nicht, was ich denken soll«, meinte Devon. »Er trägt einen Ring, den er anders nicht tragen könnte. Wenn er echt ist …«

»Er ist echt«, sagte Elgata hart. »Mein Ring hat seinen erkannt. Was werft Ihr ihm vor?«

Devon holte tief Luft und schüttelte den Kopf. »Ich bin zu alt, um abergläubisch zu sein. Und doch ist es … Ser Roderic ist mir unheimlich.« Er sah mir direkt in die Augen. »Ich weiß nicht, was es mit Euch auf sich hat, aber kommt meinen Verwundeten nicht zu nahe.«

»Warum?«, fragte ich ruhig.

»Sie sterben mir dann zu schnell«, antwortete er und deutete eine Verbeugung vor uns an. »Entschuldigt mich, ich habe noch mit Soltar zu kämpfen.« Mit diesen Worten drehte er sich um und stapfte hinaus. Hätte ein Schwertkadett die schwere Tür nicht aufgefangen, wäre sie wahrscheinlich hart ins Schloss geschlagen.

Elgata schaute auf ihren Teller, der fast noch unberührt war, dann seufzte sie und tupfte sich mit einem Tuch die Lippen ab. Sie erhob sich, nickte mir zu und begab sich hoch an Deck. Kurz darauf hörte ich durch die Planken über uns, wie sie Befehle gab. Mittlerweile war ich lange genug an Bord, um zu spüren, wie die *Schneevogel* ihre Bewegungen vor Wind und Seegang veränderte. Es war nur ein leichtes Knarzen, und die Lampe pendelte etwas weiter nach Steuerbord als zuvor.

Mendell sah mich aufmerksam an. »Ihr wirkt betroffen«, sagte er leise. »Warum? Selbst Devon kann nicht ernstlich glauben, dass Ihr ein Nekromant seid.«

»Doch in einem hat er recht«, entgegnete ich und schob meinen Teller von mir weg; ich hatte genug. »Wenn ich in der Nähe bin, stirbt es sich leicht.« Ich erhob mich. »Ich denke, ich brauche etwas frische Luft.«

Ich spürte Mendells Blicke in meinem Rücken, als ich die Tür hinter mir schloss.

Ich ging zum Bug und rauchte meine Pfeife, einer der Seeleute hatte mir etwas von seinem Tabakvorrat verkauft. Der Rauch war bitter und ließ die Weichheit des Bessareiner Apfeltabaks vermissen, den ich so lieb gewonnen hatte, aber es beruhigte mich, dort am Bug zu stehen und zuzuschauen, wie der Wind den Rauch verwehte.

21. Aldar

Wir hatten günstigen Wind, und Elgata ließ jeden Fetzen Segel setzen, dennoch dauerte es fast zwei Tage, bis am Abend die Küste von Aldane zu sehen war.

»Das war eine Rekordfahrt«, meinte Mendell, der sich auf dem Achterdeck zu mir gesellt hatte, während die Sonne unterging. »Ein neues Schiff, glatte Planken … Es ist eine Freude, sie so über das Wasser fliegen zu sehen.«

Er trat neben mich und stützte seine Hände auf die Reling. Dort, wo er stand, war das Holz hell, fast weiß, der Schiffszimmermann hatte gute Arbeit geleistet. Ich erinnerte mich daran, wie der Steuermann mich angesehen hatte, als er hier durch die Bresche ins Meer geschlittert war.

»Miran ist gerade gestorben«, teilte er mir mit. Damit waren es jetzt nur noch zwei, die Devon in Aldar zu retten hoffte, einer der anderen war schon letzte Nacht gestorben. Ich hielt mich fern vom Krankenquartier, vermied sogar die Stelle auf Deck, unter der es sich befand. Ich sagte nichts dazu.

»Ich bin seit meinem elften Lebensjahr bei den Seeschlangen«, sprach Mendell weiter. »In dieser Zeit habe ich zu viele Menschen sterben sehen. Manchmal dachte ich auch, dass es nicht so sein sollte, dass ich lebe und andere nicht.« Er lachte freudlos. »Sechsmal war ich an einem Seegefecht beteiligt, zweimal haben wir geentert, einmal wurden wir geentert. Mein erstes Schiff, die alte *Handirs Schwert*, ging in einem Wintersturm unter. Ich rettete mich mit zwei anderen. Wir hatten Glück, denn ein Fischer holte uns fast sofort aus dem Wasser. Einer meiner Kameraden war unbemerkt gestorben, der andere verlor zwei Finger und alle seine Zehen, sie waren ihm erfroren. Die einzige Verletzung, die ich mir in all den Jahren zuzog, bestand darin, dass ich mir den Finger brach, als ich als Schwertkadett betrunken versuchte, auf das Schiff zurückzukehren, und der Bordwache vor die Füße fiel.« Er schaute nach oben, dorthin, wo die Nacht bereits aufzog und die fernen Gestirne zu funkeln begannen. »Ist Soltar ungerecht, weil er mich leben lässt? Oder erhört er nur die Gebete meines Eheweibs und meiner Tochter, die jeden Tag in seinem Tempel für meine Rückkehr beten?«

»Einer seiner Priester meinte zu mir, dass der Gott nimmt, was er nehmen muss«, entgegnete ich nachdenklich. »Warum der Gott überhaupt etwas muss, hat mir der Priester jedoch nicht erklärt.«

»Auch Götter werden Regeln haben«, meinte Mendell.

»Könnt Ihr mir etwas über Aldane berichten?«, fragte ich, weil ich nicht weiter über Soltar nachdenken wollte. Er hatte lange genug mein Denken beherrscht, und ich wollte mich nicht wieder auf den gleichen alten Pfad begeben. Ich war frei von ihm, egal was Devon dachte.

»Aldane.« Mendell seufzte leise. »Es ist ein Ort, den unser Kapitän nur ungern ansteuert. Wir besitzen nur noch einen kleinen Flottenstützpunkt in Aldar, der Kronstadt des Landes. Das Königreich hat seine eigene Flotte und ist stolz darauf. Mit Recht, denn nach der unseren ist es die größte Flotte in den sieben Reichen. Aber obwohl Aldane von allen Reichen unser wichtigster Verbündeter ist, gibt es viele Spannungen. Vor fast sieben Jahren starb die Königin von Aldane bei einem Reitunfall. Seitdem ist ihr Bruder, Herzog Haltar von Bergen, Regent für den Prinzen Tamin, bis der seine zwei Dutzend Jahre erreicht hat und gekrönt werden kann. Was in wenigen Monaten der Fall sein wird.«

»Zwei Dutzend Jahre ist spät für eine Krönung«, sagte ich verwundert. »Meine Königin übernahm die Krone schon mit weniger als einem Dutzend.«

»In Aldane ist alles etwas anders«, meinte Mendell. »Der Herzog ist ein fähiger Regent. Außerdem berät er sich in allen Dingen mit dem Prinzen. Tamin ist der Herrscher von Aldane, nur trägt er noch keine Krone.«

»Ist das Land unruhig?«, fragte ich. »Besteht Gefahr, dass jemand anders nach der Krone greift? Ihr schaut so grimmig drein.«

»Nein, nach dem Prinzen wäre der Herzog selbst wieder der Thronerbe, dann dessen Kinder. Er hat zwei. Sie haben schon verlauten lassen, dass sie froh wären, wenn Tamin endlich die Krone trägt.«

»Das haben schon andere gesagt.«

»Das mag sein«, gab Mendell zu. »Aber man scheint es ihnen zu glauben. Wichtiger ist, dass der Baron, seine Familie und auch der Prinz fest daran glauben, dass die Königin Opfer einer Verschwörung wurde. Es ist vorstellbar, denn ich weiß mit Sicherheit, dass es mindestens ein Attentat auf sie gab, als sie zur letzten Kronratssitzung in Askir war. Es wurde nur knapp abgewendet. Das alles spielt mit hinein, wenn der Kapitän nicht gern in Aldar vor Anker geht.«

»Wie das?«

»Aldane ist stolz darauf, ein Königreich zu sein. Es herrscht dort noch immer ein altes System mit einem undurchschaubaren Geflecht aus Ehren- und Lehensbeziehungen. Ehre ist das höchste Gut eines Menschen, ohne Ehre ist er nichts. Ein Gefallen erzeugt einen anderen. Der Lehnsherr ist der Richter und ist wiederum nur seinem Lehnsherrn verpflichtet. Prinz Tamin ist ein absoluter Herrscher. Es gibt keinen Rat, der ihn einschränkt, sein Wort ist Gesetz, er selbst ist nur den Göttern verantwortlich.«

»Keinen Adels- oder Ständerat?«, fragte ich nach, und Mendell schüttelte den Kopf.

»Nein. Es ist nicht erwünscht. Die Götter gaben Aldane einen König, damit der herrscht. Das gilt auch für die Geschlechter. Die Götter haben entschieden, dass die Frau dem Mann untertan ist, und die Aldaner nehmen das sehr ernst.«

»Ihr wisst schon, dass das eine gewagte Interpretation der Schriften ist?«, fragte ich, und Mendell lachte.

»Das braucht Ihr *mir* nicht zu erzählen. Aber auch das Buch der Astarte sagt, dass die Frau dem Mann untertan sei. Darauf beruft man sich in Aldane.«

»Ja«, sagte ich. »Ich kenne die Stelle. Astarte rät den Frauen zu akzeptieren, dass der Mann stärker ist, wenn es um die Kraft des Körpers geht. Sie rät, sich nicht darin gegen ihn zu stellen, vielmehr fordert die Göttin die Frauen auf, den Mann dort zu ergänzen, wo er schwach ist, sodass die gemeinsame Stärke beiden Nutzen bringen möge.« Ich lächelte. »Es folgen dann zwei Seiten mit Ausnahmen, in denen geregelt ist, wann eine Frau dem Mann widersprechen und sich nicht fügen soll.«

»Bis zu dieser Stelle liest man in Aldane gar nicht erst«, meinte Mendell schmunzelnd. »Der erste Satz reicht ihnen.« Er wurde wieder ernst. »Demzufolge glauben viele Aldaner, dass die Reichsstadt dem Willen der Götter zuwiderhandelt, indem sie Frauen erlaubt, Posten zu beziehen, die von den Göttern für Männer vorgesehen sind. Frauen haben den Haushalt zu führen, die Kinder zu bekommen und sie gemäß den Schriften zu erziehen. Ganz gewiss sollten sie kein Schwert tragen oder gar ein Schiff befehligen. Als ich das letzte Mal in Aldar war, tobte gerade ein erbitterter Streit darüber, ob es Frauen erlaubt sein sollte, ein Pferd zu reiten.«

»Warum denn nicht?«

»Es könnte durchgehen und so weit weglaufen, dass der männliche Beschützer nicht mehr in der Nähe ist. Ihr müsst wissen, eine Frau darf ohne einen männlichen Beschützer das Haus nicht verlassen.«

»Ah«, meinte ich. Ich schmunzelte, als ich mir vorstellte, wie jemand Leandra oder gar Zokora den Gedanken an einen männlichen Beschützer erläuterte.

»Es gibt noch etwas, was man über Aldane wissen muss«, fügte Mendell säuerlich hinzu. »Jede Form der Magie wird dort der Nekromantie gleichgesetzt und mit dem Tod auf dem Scheiterhaufen geahndet. Aber nach königlichem Recht muss ein Angeklagter einem Priester vorgeführt werden. Wenn man Glück hat, geschieht das auch, aber wahrscheinlicher ist es, dass Ihr von einer aufgebrachten Menschenmenge auf einen schnell errichteten Scheiterhaufen gezerrt werdet. Vor allem auf dem Land ist dieser

Fanatismus verbreitet, Ihr findet genügend Dörfer, wo auf dem Marktplatz dauerhaft ein Scheiterhaufen bereitsteht. Diese entlegenen Orte bieten einem fanatischen Kult, der Weißen Flamme, Unterschlupf und Rückhalt, einem Kult, der den Aberglauben und die tiefsten Ängste der einfachen Leute schürt. Er ist verboten, aber niemand kümmert sich darum. Es geht so weit, dass sogar manche ihre eigenen Kinder den Flammen übergeben.« Er betrachtete mich eingehend. »Eines sage ich Euch, General: Es ist in Aldane leichter, als Nekromant auf dem Scheiterhaufen eines Lichtbrands zu landen, als sich einen Schnupfen einzufangen.«

»Und das ist Askirs wichtigster Verbündeter?«, fragte ich zweifelnd.

»Ja, noch«, entgegnete Mendell seufzend. »Wenigstens solange der Prinz noch lebt. Aber der Kult stellt eine Gefahr dar, die alle sieben Reiche erschüttern könnte und sogar den Vertrag von Askir gefährdet.«

»Ihr malt ein düsteres Bild, Schwertleutnant. Ist es wirklich so schlimm?«

»Seit der Vertrag von Askir dem Königreich seine Unabhängigkeit zurückgab, hat es sich mehr und mehr abgeschottet. Es gibt kaum noch Grenzverkehr zwischen den Reichen, nur der Handel mit den Erzvorkommen, über die Aldane so reichhaltig verfügt, floriert noch. Es ist nach Bessarein das größte Königreich und das reichste. Dort nahm die Sage von Askannon ihren Anfang, es war das erste Reich, das er sich untertan machte, und durch ihn gelangte es zu einer beispiellosen Blüte. Und dennoch, obwohl die Aldaner dem Kaiser so viel zu verdanken haben, haben sie sich am weitesten von dem entfernt, für was Askir und das Kaiserreich einst standen. Sie halten sich an die Buchstaben des Vertrags, aber nur dort, wo sie die Worte nicht verdrehen können.«

Ich hoffte nur, dass er damit nicht recht behielt. Als die Küste näher kam, lieh ich mir von ihm das Sehrohr, schaute hindurch und war nun selbst versucht zu seufzen. Mit den Wiesen und

Wäldern und dem Bauernhof, den ich in der Ferne sah, hätte es beinahe meine Heimat sein können. Dann fiel mir ein Turm auf, der sich in der Ferne emporreckte. Er war aus den glatten kaiserlichen Quadern erbaut – zuerst eine rechteckige Mauer mit einem Gebäude dahinter, daneben ein schlanker quadratischer Turm, der sich überraschend weit in die Höhe streckte, darauf ein Mast, an dem sich sechs Arme befanden, die sich ruckartig auf und ab bewegten. Hinter dieser seltsamen Konstruktion wuchs ein Stab aus Metall in die Höhe, der an seiner Spitze das glänzende Blatt einer Speerspitze trug. Der Turm selbst war zu klein, um mehr als einem Treppenhaus Platz zu bieten, besaß aber im obersten Stockwerk einen umlaufenden Balkon, auf dem ich große Signallaternen erkannte, ähnlich der, die sich auch auf der *Schneevogel* befand.

Ich erinnerte mich an etwas, das Mendell mir über die Signale berichtet hatte, schwenkte das Sehrohr herum und schaute weiter die Küste entlang, und dort in der Ferne, fast nicht mehr zu sehen, stand ein weiterer Turm dieser Art. Der Turm, in dessen geborstener Zisterne ich das Wasser gefunden hatte, war in gleicher Art gebaut gewesen, und jetzt wusste ich auch, welche Funktion er einst besessen hatte.

»Ist das einer dieser Signaltürme, von denen Ihr gesprochen habt?«, fragte ich Mendell, als ich ihm das Sehrohr zurückgab.

»Klug erkannt«, sagte er. »Es gab einst Hunderte von ihnen. Es heißt, es wäre zur Zeit des Alten Reichs möglich gewesen, eine Nachricht von einer Grenze zur anderen zu schicken und in wenigen Kerzen Antwort zu erhalten. Es gab solche Verbindungen zu jeder größeren Stadt und Garnison, und nicht nur das Militär nutzte sie. Aber nach dem Vertrag von Askir wurden die Federn von diesen Türmen abgezogen, die Reiche sollten sie mit ihren eigenen Leuten bemannen. Am Anfang geschah das auch, aber unvollständig, oder die Leute übermittelten die Botschaften falsch. Mit der Zeit hörte man auf, sie zu nutzen, und die Türme zerfielen. Jetzt gibt es nur noch wenige Signalstrecken, diese hier ist noch in Benutzung, weil die Reichsflotte die Küstenlinie von

Aldane und den Varlanden schützt. Die Türme erlauben uns, mit der Admiralität in Verbindung zu bleiben. Sobald wir näher heran sind, werde ich eine Meldung abgeben, und zwei Kerzen später weiß Admiral Jilmar in Askir, was geschehen ist. Wenn wir in Aldar einlaufen, wird man uns bereits erwarten.«

»Von einer Seite des Reichs zur anderen, wie viele Meilen waren das in der größten Strecke?«, fragte ich neugierig.

Mendell zuckte mit den Schultern. »Fünfzehnhundert Meilen vielleicht.«

»Und eine Antwort in zwei bis drei Kerzen … Das bedeutet, eine Nachricht konnte mehr als fünfhundert Meilen in einer Kerze zurücklegen«, stellte ich fassungslos fest. »Manchmal dauerte es in der Kronstadt länger, einen Boten von der Kronburg runter zum Fischmarkt zu schicken!«

»Das glaube ich gern«, meinte der Leutnant schmunzelnd. »In Askir selbst werden die Semaphoren noch immer ausgiebig genutzt. Auch von den Händlern oder von einfachen Bürgern. Meine Schwester hat einen Bauern im Ostzirkel geheiratet, und ab und zu schickt sie mir Nachricht oder er ihr. Es kostet ein Kupferstück pro Satz.« Er sah sehnsüchtig zum Land hin. »Das Erste, was ich tun werde, wenn wir festes Land betreten, ist, Nachrichten an meine Frau, Tochter und an meine Schwester zu schicken.« Er erlaubte sich ein feines Lächeln. »Aus irgendwelchen Gründen sind sie immer in Sorge um mich, wenn wir auslaufen.«

»Schickt ihnen doch gleich von hier eine Botschaft«, schlug ich vor und zeigte auf das Signalgerät, doch er schüttelte den Kopf. »Das wäre gegen die Regeln. Es dürfen nur dienstliche Nachrichten übertragen werden.«

Einen Moment lang schien mir diese Regel dumm, dann sah ich ein, dass es gegenüber den anderen Besatzungsmitgliedern ungerecht wäre. Wollte man allen erlauben, Nachrichten zu senden, würde das Ganze ewig dauern und vielleicht die Signalstrecke blockieren. Ich warf einen verstohlenen Blick zu Mendell, der in Richtung Land sah. Auf ihn wartete jemand. Eine Familie. Es war lange her, dass jemand auf mich gewartet hatte.

Es dauerte nicht lange, bis die Signallaterne entzündet war und zu klappern anfing. Wir sahen zu, wie in der Ferne eine Laterne am Turm aufflackerte, und ich verstand allmählich, wie vielfältig die Errungenschaften des Alten Reichs gewesen waren. Um so unverständlicher erschien mir, wie viel in den Jahrhunderten davon verloren gegangen war. Warum nur hatte Askannon den Thron aufgegeben und war verschwunden?

Ich dachte an Mendells Worte, als wir spät in der Nacht zwischen den beiden Leuchtfeuern hindurchfuhren, welche die Einfahrt zu Aldars Hafen markierten. Der Himmel war klar, nur einige wenige hohe Wolken bedeckten die Sterne, und beide Monde waren am Himmel zu sehen, genug Licht, um mir einen ersten Eindruck von Aldane und dessen Kronstadt zu machen.

Askirs Baumeister verwendeten für jede Art von Gebäude denselben weißen Quader, mit glatten, gesägten oder gar polierten Flächen, ein jeder bis aufs Haar im gleichen Maß aus festem Fels geschnitten. Immer wurde der gleiche Bauplan verwendet, ob man einen Turm in eine Mauer setzte oder freistehen ließ, es war doch die gleiche Art Turm. Wenn die Kaiserlichen eine Schmiede bauten, dann bauten sie sie immer wieder. Es hatte seinen Nutzen, ohne Zweifel, aber manchmal wirkte es auch erdrückend.

Aldar war anders und erinnerte mich mehr an meine Heimat als jeder andere Ort, den ich bisher in den sieben Reichen gesehen hatte. Der große runde Wehrturm, der dort die Einfahrt des Hafens bewachte, war aus unregelmäßig behauenen Sandsteinen gebaut, über den massiven Zinnen erkannte ich einen runden Aufbau aus Fachwerk, der mit Schiefer gedeckt war. Es brannten Fackeln, weit und breit war keine Öllampe zu sehen, und die Soldaten, die uns von der Mole aus beobachteten, waren ähnlich gerüstet, wie ich es kannte: in schwere Plattenharnische, von denen viele reich verziert waren. Der Hafen von Aldar war groß, nicht so groß wie der des alten Flottenstützpunkts auf den Feuerinseln, aber dennoch beeindruckend. Galeeren, Schwertschiffe und behäbig wirkende Koggen füllten die Liegeplätze, und selbst zu dieser späten Zeit waren die Kräne unermüdlich in Bewegung. Sie hoben schwere Netze mit Tonnen, Kisten oder Säcken aus den Laderäumen der Schiffe oder beluden sie. Ein solches Gedränge so spät in der Nacht zu erleben, verwunderte mich. Um den eigentlichen Hafen herum hatte man gut dreißig Schritt Platz gelassen, damit er Raum zum Atmen hatte, dahinter reihten sich dicht an dicht Fachwerkhäuser, manche von ihnen gut und gern acht Stockwerke hoch. Nur vereinzelt sah ich Gebäude, die gänzlich aus Stein errichtet waren. Wenn man über diese Häuser hinwegschaute, konnte man in der Ferne das Rund einer mächtigen, hellerleuchteten Burg erkennen.

Die Stadt stellte ihren Reichtum stolz zur Schau. Überall gab es Ornamente zu bewundern, Statuen von tapferen Rittern in heldenhafter Pose säumten den Hafen, und es brannten so viele Laternen, als gäbe es die Kerzen umsonst. Zentraler Punkt des Hafens war ein großer Brunnen, prächtig aus schwarzem Marmor geschlagen, und auch hier trugen heldenhafte Statuen zur Zierde bei.

Armut schien hier verboten, kaum jemand, der durch zerschlissene Gewänder auffiel, oft trug man zu Schuhen sogar feine Strümpfe, die mit auffallenden Mustern versehen waren. Barfuß sah ich hier niemanden gehen.

Der Lotse, der vor dem Hafen an Bord gekommen war, schien mir schon alles zu bestätigen, was Mendell erzählt hatte. Etwas gedrungen, mit dickem Bauch, dem Nacken eines Stiers und einem kantigen Kiefer, den er herrisch nach vorn streckte, war er angezogen wie ein Pfau, in schwerem rotem Samt, einer gelben, brokatbestickten Weste, hautengen Kniebundhosen aus Samt, die sein Geschlecht unschicklich betonten, und kräftigen Waden, die von bestickten Strümpfen zur Schau gestellt wurden. An den Füßen endete die Pracht in schwarz glänzenden Schuhen mit hohen Absätzen. Wenn ich mich nicht täuschte, bestanden die Schnallen aus poliertem Silber. Er trug einen sorgsam eckig gestutzten Kinnbart, und eine Art Sack aus rotem Samt mit einer Feder daran krönte sein Haupt. Der missmutig-mürrische Blick, den er über das Deck der *Schneevogel* gleiten ließ, tat ein Übriges dazu, um den ersten Eindruck von dieser schönen Stadt und ihren selbstbewussten Bewohnern zu vervollständigen.

Kurz, die Stadt gefiel mir, bei den Bewohnern war ich mir noch nicht ganz sicher.

Ein Jagdboot ähnlich denen, die uns nahe Janas diese Sorgen bereitet hatten, war herangekommen, noch bevor die *Schneevogel* die Hafeneinfahrt passiert hatte. Fast schon barsch forderte man uns auf, diesen Lotsen an Bord zu nehmen.

Er kletterte die Strickleiter hoch, rückte sich das kostbare Wams zurecht und beschwerte das Achterdeck mit seiner Wichtigkeit.

»Der Götter Gnade mit Euch«, begrüßte Elgata ihn etwas steif.

Er gab nur einen Grunzlaut von sich und musterte ihre Hosen. »Tretet beiseite«, befahl er dann barsch. »Bevor Ihr mich noch in meiner Arbeit behindert.«

Mit kurzen Befehlen und ohne irgendjemanden an Bord eines Blicks zu würdigen, brachte er die *Schneevogel* zu einem Liegeplatz am hinteren linken Ende des Hafens. Allein schon durch die Art der Bauten dort konnte man erkennen, dass dies der kaiserliche Flottenstützpunkt sein musste.

Anhand der Lage der Molen war klar, dass er einst wohl viel größer gewesen war, von gut zwei Dutzend Liegeplätzen waren nur noch sechs übrig. Außerhalb der hohen Mauer, die den Stützpunkt vom Hafen abtrennte, sah ich mehrfach die Fundamente alter kaiserlicher Bauten. Die Häuser darauf waren abgerissen und durch solche im Stil Aldanes ersetzt worden.

Als die Leinen an den Pollern festgemacht wurden und eine Planke Schiff und Land verband, drehte sich der Lotse wortlos um und stapfte davon; die Planke bebte unter seinem Gewicht, als er an Land ging. Dort marschierte er schnurstracks auf das Tor zu und verschwand aus meinem Blick.

Zwei andere Liegeplätze hier waren leer gewesen, er hatte die *Schneevogel* zu einem dritten steuern lassen. Ich schaute zur Hafeneinfahrt zurück. Die *Schneevogel* hatte einen flachen Bogen nach Steuerbord gezogen und war dann geradewegs an die Mole herangefahren.

»Warum haben wir dafür einen Lotsen gebraucht?«, fragte ich verwundert. Ich hatte schon gelernt, dass es mit der Seefahrt oft einfacher aussah, als es in Wirklichkeit war, aber ich dachte, dass sogar ich das noch hinbekommen hätte, einfach indem ich dem Steuermann befohlen hätte, »dort« anzulegen.

»Stadtgesetz. Jedes Schiff, das nicht unter aldanischer Flagge fährt, braucht für die Hafeneinfahrt einen Lotsen«, erklärte Mendell. Elgata sagte nichts dazu, sie sah immer noch mit gerunzelter Stirn zu dem Tor, durch das der Lotse verschwunden war. »Dass wir hier noch immer einen Flottenstützpunkt unterhalten, gefällt ihnen auch nicht«, ergänzte Mendell. »Das lassen sie uns wissen.«

»Mendell«, befahl Elgata, »lasst die Verwundeten an Land bringen und stellt eine Eskorte zum Tempel des Boron zusammen. Keine Frauen.«

»Aye«, sagte Mendell und rief Kommandos nach vorn.

Sie wandte sich an mich. »General, wir werden mindestens zwei Tage hier vor Anker liegen und die Gelegenheit nutzen, uns neu zu versorgen. Es wird allen kaiserlichen Soldaten nahegelegt, den Stützpunkt nicht zu verlassen. Es gab in der Vergangenheit… Missverständnisse.«

»Nahegelegt oder befohlen?«, fragte ich.

»Es ist eine Empfehlung«, antwortete sie und seufzte. »Dieser Stützpunkt ist klein und etwas eng, aber innerhalb der Mauer werdet Ihr alle Annehmlichkeiten finden, die Ihr sucht.« Sie schaute mir in die Augen. »Ihr werdet Euch nicht daran halten, nicht wahr?«, fragte sie.

»Ich werde die Eskorte zum Tempel des Boron begleiten.«

Sie lächelte, das erste Lächeln, seitdem wir die Hafenfeuer von Aldar gesichtet hatten. »Daraus kann man Euch schwerlich einen Vorwurf machen. Wollt Ihr beten?«

»Vielleicht«, sagte ich. »Vordringlich geht es mir aber darum,

Devon zu beweisen, dass ich kein Nekromant bin. Ich glaube, das befürchtet er noch immer.«

»Ihr habt recht, es sollte aus der Welt geschafft werden, bevor es noch zu Konflikten führt.« Sie deutete dorthin, wo nahe der Mauer ein gedrungenes Gebäude stand. »Das ist die Kommandantur des Stützpunkts. Ein Lanzenmajor namens Wendis führt hier das Kommando. Ihr seid keine Seeschlange, aber es wäre dennoch angebracht, Euch ihm vorzustellen. Soll ich ihm sagen, dass Ihr ihn zur dritten Glocke aufsuchen werdet?«

»Tut das«, sagte ich. Es war jetzt knapp nach der ersten Glocke, also hatte ich noch fast sechs Kerzen bis zur dritten. Ich sollte bis dahin wieder zurück sein, vielleicht fand sich sogar noch die Zeit, ein wenig zu schlafen.

22. Das Haus Borons

Devon war nicht begeistert, als ich an ihn herantrat. »Ich meinte es ernst, General, bitte haltet Abstand von den Verwundeten.«

»Ich beabsichtige, Euch zum Tempel des Boron zu begleiten«, erklärte ich ihm, und er blinzelte überrascht. »Ich war zwar schon länger nicht mehr im Haus des Gottes, aber es ist nicht das erste Mal, und es wird auch nicht das letzte Mal sein. Aber ich werde Abstand halten.«

»Ihr fürchtet ihn nicht?«

»Wen? Boron? Nein. Denkt Ihr wahrhaftig noch immer, ich sei ein Nekromant?«

»Was schert es Euch, was ich denke, Ser?«, fragte er schicksalsergeben. »Man hat anderweitig entschieden. Aber ich sah, was ich sah, und Eure Heilung ist mehr als unnatürlich verlaufen.«

»Ich kann es auch nicht erklären, aber wenn ich vor Boron stehe, sollte das nicht Beweis genug sein, dass ich nicht der Finsternis verfallen bin?«

»Das wird sich zeigen, wenn ich Euch dort stehen sehe, Ser«, antwortete er. »Bis dahin ... haltet Abstand.«

Ich seufzte. »Dort kommt die Eskorte, Devon. Bringt Eure Leute zum Tempel, ich werde mit gebotenem Abstand folgen.«

Je zwei Seeschlangen trugen die Bahren, die Eskorte selbst bestand aber aus Bullen der Fünften Legion in ihren schweren Harnischen. Sie salutierten vor dem Schiffsarzt, aber ich sah ihre neugierigen Blicke zu mir hinüberschweifen. Der Anführer der Tenet, ein Stabskorporal, stutzte sichtbar, als er die Zahl Zwei auf meinem rechten Ärmel sah. Wie bei den anderen Bullen auch erkannte ich seinen Namen in feinen, glühenden Linien auf dem Brustpanzer, der Mann hieß Bernik. Devon sagte etwas zu ihm und nickte, dann eilte der Stabskorporal zu mir und salutierte.

»Ser, Stabskorporal Bernik, Ser. Bitte um Erlaubnis, Euch geleiten zu dürfen, Ser!«

Ich erwiderte den Salut. Es war das erste Mal, dass ich das tat, und es fühlte sich seltsam an. Ich hoffte nur, es richtig getroffen zu haben. Wenn ihm etwas daran auffiel, dann hatte der junge Mann genügend Taktgefühl, es nicht zu zeigen.

»Erlaubnis erteilt«, antwortete ich. »Aber warum bleibt Ihr nicht bei der Eskorte?«

»Stabssoldat Mannis wird die Eskorte führen, er braucht die Übung, Ser!«

»Und Ihr wollt sichergehen, dass ich mich nicht aus Versehen verlaufe?«, fragte ich lächelnd.

Bernik sah mich an und erlaubte sich ebenfalls ein feines Lächeln. »Aye, Ser!«

Die zehn Mann starke Eskorte schien mir ein wenig aufwendig für die ruhigen nächtlichen Straßen der Hauptstadt eines verbündeten Reichs, aber ich sagte nichts und folgte. Schnell kamen wir nicht voran, denn die Träger gaben sich Mühe, ihre verwundeten Kameraden nicht zu sehr zu erschüttern, also hatte ich Muße, diese Tenet des Fünften Bullen zu beobachten. Sie waren unterschiedlich ausgerüstet, vier von ihnen trugen zusätzlich zu ihrem Langschwert und dem Schild auf ihrem Rücken auch noch eine Armbrust, zwei trugen Hellebarden, nur vier waren so bewaffnet, wie ich es erwartet hatte, mit den schweren Bidenhändern, die sie scheinbar bequem auf ihrer linken Schulter trugen.

Wir marschierten den Hafenstreifen entlang, bis wir an eine breitere Straße kamen, die hoch zur Kronburg führte. In die bogen wir ein, aber wir kamen nicht allzu weit, bis sich uns fünf Männer in prächtig verzierten, schweren Rüstungen in den Weg stellten.

»Im Namen des Prinzen, halt!«, rief einer der aldanischen Soldaten und hob herrisch die Hand. »Was begehrt Ihr, Soldat?« Der Mann war hochgewachsen und trug einen prächtig gesäumten tiefroten Mantel aus feinstem Samt, und die Gravuren auf seiner Brustplatte waren mit Gold unterlegt. Allein schon sein Schwert war ein Vermögen wert.

Einer der Bullen, wohl Stabssoldat Mannis, trat vor und salutierte vor dem Mann. Bernik neben mir schien bereit, ebenfalls nach vorn zu gehen, doch er wartete ab.

»Ser, wir bringen zwei schwerverwundete Kameraden zum Tempel des Boron, um dort die Gnade einer Heilung für sie zu erbitten.«

»Warum diese Eskorte? Ihr seid in Aldar, erwartet Ihr, überfallen zu werden?«

»Nein, Ser. Es ist Vorschrift.«

»Sprecht mich mit meinem Rang an, Soldat. Es sei Euch verziehen, dass Ihr mich nicht kennt. Dieses Mal. Der Name ist di Cortia, der Titel ist Baron. Wiederholt die Antwort, und diesmal höflicher.«

»Nein, Ser, Baron di Cortia, Ser. Es ist Vorschrift.«

Der Mann musterte die Bahrenträger, die Eskorte, dann mich und den Korporal. Schließlich trat er zur Seite und gab Mannis ein Zeichen, weiterzugehen.

Kaum hatten sich die Eskorte und die Bahrenträger in Bewegung gesetzt, trat der Baron wieder vor und hob die Hand. »Halt!«, rief er erneut. »Was ist das?« Er deutete auf die zweite Bahre.

»Schwertkorporal Janis, Baron!«, antwortete Mannis prompt.

»Sie ist eine Frau!«

»Aye… Ja, Baron!«

»Ist sie unter diesem Laken züchtig gekleidet?«

Mannis sah hilfesuchend zu Devon. Der trat vor den Baron und verbeugte sich höflich. »Mein Name ist Schwertleutnant Devon, Feder und Schiffsarzt der Reichsstadt. Korporal Janis ist schwer verletzt und trägt unter dieser Decke Verbände. Wir hoffen auf die Gnade Borons und auf ein Wunder, denn es steht schlecht um sie.«

»Ist ein Bruder, Vater oder Ehemann anwesend?«, fragte der Baron.

Devon sah sich hilfesuchend um, neben mir murmelte Bernik ein Schimpfwort.

»Nein, Baron«, antwortete Devon zögerlich. »Aber sie braucht dringend die Gnade und Hilfe des Gottes!«

»Die Gesetze sind eindeutig«, meinte der Baron. »Keine Frau darf ohne männliche Begleitung nach Sonnenuntergang Haus oder Hof verlassen.«

»Sie hat Schutz und Begleitung, Baron. Uns«, sagte Mannis tapfer.

»Sie ist unter dieser Decke unzüchtig und wird von zehn Männern begleitet, ohne dass jemand für ihren Schutz einsteht. Das ist nicht erlaubt. Bringt sie zu Eurem Stützpunkt zurück, der andere darf passieren!«

»Aber Baron, sie wird sterben, wenn sie keine Heilung erfährt«, protestierte Devon.

Ich beugte mich zu Bernik hinüber. »Richtet dem Baron aus, dass Graf Roderic von Thurgau ihn auf ein Wort bittet«, flüsterte ich.

Er sah mich erstaunt an, schien einen Moment lang sogar protestieren zu wollen, aber dann eilte er doch zum Baron, während ich etwas zur Seite trat. Ich glaubte selbst nicht daran, dass der Arzt recht hatte und meine Nähe den Verletzten das Sterben erleichtern würde, aber es konnte ja auch nicht schaden, etwas Abstand zu halten.

Bernik ging zu dem Baron und verbeugte sich knapp. »Baron, Graf Roderic von Thurgau bittet um ein Wort.«

Der Baron sah zu mir herüber, schenkte mir ein schmales Lächeln, sagte etwas zu einem der anderen vier Gewappneten und trat dann an mich heran. Er deutete eine leichte Verbeugung an und ließ seinen Blick über meine Uniform und meinen kahlen Schädel schweifen.

»Graf von Thurgau?«, fragte er und zog eine Augenbraue hoch. »Ich habe von diesem Ort noch nie gehört.«

»Er liegt in den Neuen Reichen, Baron«, antwortete ich. »Dass ich nun die Uniform der Reichsstadt trage, ist nebensächlich. Wenn Ihr wünscht, können wir das zu einer anderen Zeit erörtern. Ich habe nur eine Frage an Euch … Ich hörte von Aldane, dass man hier noch ehrenhaft handelt, dass man die Frauen schützt und gottesfürchtig ist. Ist das so?«

Jetzt, wo der Graf vor mir stand, sah ich unter seinem schweren Helm ein langes schmales Gesicht. Im Licht der Fackeln wirkten seine Augen grau.

»So ist es«, entgegnete er und lächelte schmal. Er witterte ganz eindeutig einen Fallstrick in meiner Frage.

»Und seid Ihr ebenso ein Ehrenmann?«

»Ja, Graf.« Er stand gerader und legte seine Hand auf den Griff seines Schwerts. »Wenn Ihr es anzweifeln wollt, bitte ich darum, dass Ihr Euren Sekundanten wählt.«

»Nein, es liegt mir fern, Euer Wort anzuzweifeln, denn ich bin froh, dass es so ist.«

Seine Augen zogen sich zusammen. »Was wollt Ihr, Graf?«, fragte er und legte eine besondere Betonung auf den Titel.

»Hier liegt eine junge Frau im Sterben. Es ist wahr, dass es niemanden gibt, der nach Eurem Recht ihr Beschützer sein kann. Aber Ihr führt hier eine Wache an, seid von Adel und ein Ehrenmann. Wäre nicht jemand wie Ihr geeignet, die junge Frau sicher zum Tempel des Boron zu geleiten? Schließlich steht in Borons Schriften, dass jedem, der sich seiner Gerechtigkeit unterwerfen will, die Tore zu seinem Haus offen stehen. Eine Sterbende, die sich seiner Gnade unterwirft, gehört sicherlich zu denen, die der Gott meinte. Und mit Euch an ihrer Seite ist wohl sichergestellt, dass ihr nichts Unschickliches widerfahren kann.«

Er sah mich an und blinzelte. Dann stieß er ein unterdrücktes Lachen aus und verbeugte sich erneut, tiefer und kurios elegant für jemanden, der eine solch schwere Rüstung trug. »Verzeiht, dass ich an Eurem Stand gezweifelt habe«, meinte er und zeigte gerade Zähne. »Aber jemand, der mir einen solchen Strick auslegen kann, wird seinen Witz mit Sicherheit am Hof geschliffen haben.« Er schaute zu den Bahren zurück, schüttelte den Kopf und sah mich dann wieder eingehend an. »Ich kann an Eurem Argument keinen Fehler finden, Graf, also sei es so. Niemand soll behaupten, dass ein di Cortia einer Frau seinen Schutz verweigert!« Er griff an die Schnalle seines Umhangs, löste sie und trat mit dem Umhang über dem Arm an Janis' Bahre heran. Die Soldaten beäugten ihn misstrauisch, aber sie taten einen Schritt beiseite. Sorgsam breitete der Baron den Umhang über sie und trat dann zurück. Er wandte sich an seine vier Kameraden. »Diese Frau, Janis ist ihr Name, steht unter dem Schutz von di Cortia. Wir geleiten sie zum Tempel des Boron.«

So kam es dann, dass unsere beiden verletzten Seeschlangen von einer Tenet kaiserlicher Legionäre und fünf königlichen Gardisten in das Haus des Boron geleitet wurden. Als uns dort ein verschlafener Priesterschüler das Tor öffnete und ein anderer davonrannte, um einen Priester zu wecken, reichte ich dem Baron respektvoll seinen Mantel zurück. Er nahm ihn mit einer Verbeugung an.

»Heute Abend wird im Theater das *Lamento des Buro* gegeben. Es wäre mir eine Ehre, Euch bei diesem Anlass in meiner Loge begrüßen zu dürfen.«

»Habt Dank für Euren Schutz, Baron«, sagte ich und deutete eine Verbeugung an. »Ich werde da sein.«

Er warf mir noch einen letzten forschenden Blick zu, gab seinen Männern ein Zeichen, drehte sich um und marschierte mit ihnen davon.

»Danke, General«, sagte Devon leise zu mir. »Ich beginne zu glauben, dass ich mich in Euch getäuscht habe.« Dann eilte er tiefer in den Tempel, um einen hageren Mann zu begrüßen, der die Roben Borons trug.

Ich zögerte einen kurzen Moment, dann tat auch ich den Schritt über die Schwelle des Tempels. Als einziger Gott erlaubte Boron den Gläubigen, Waffen mit in den Tempel zu nehmen, das war also kein Problem, dennoch fühlte ich mich unwohl.

Bernik nahm seinen Helm ab und folgte mir, der Rest der Tenet nahm vor den Tempelstufen eine bequeme Haltung ein. Der Korporal sagte nichts, als ich tiefer in den Tempel ging. Wie die meisten Gotteshäuser war auch das Haus Borons um die zentrale Halle herum errichtet, ein breiter Gang führte dorthin. In der Mitte der Halle, auf einer Insel, umgeben von einem Wassergraben, stand die Statue des Gottes. Anders als in anderen Tempeln trug er keine Robe mit einer Kapuze, die sein Gesicht zum Teil bedeckte, sondern einen altmodischen Plattenharnisch. Er stand aufrecht da, die Arme vor der Brust verschränkt, eine schwere goldene Kriegskeule hing an seiner Seite.

Das Gesicht des Gottes war in jedem Tempel gleich, die Künstler, die solche Statuen schufen, gehörten meist dem Glauben des entsprechenden Gottes an und verrichteten ihre Arbeit in einer ekstatischen Trance. Dass die Gesichter dabei immer gleich ausfielen, galt als einer der Beweise für die Wahrhaftigkeit der Götter.

Boron wurde als ein junger, glattrasierter Mann mit kurzen, sorgfältig geschnittenen Haaren dargestellt, mit geraden Augenbrauen und Nase, einem kantigen Kinn und durchdringenden stahlblauen Augen, die durch einen Trick der Künstler lebendig wirkten und tief in die eigene Seele zu blicken schienen.

Ich blieb vor seinem Standbild stehen und sah hoch zu ihm. Zum ersten Mal fiel mir auf, dass es kaum jemanden gab, der das Antlitz Soltars kannte. Auch Astarte wurde verhüllt gezeigt, aber einmal im Jahr stand die Göttin nackt in all ihrer makellosen Schönheit vor ihren Gläubigen. Nur Soltar zeigte sich immer bis aufs Kinn verhüllt. Wenn für seine Statue nach Jahren eine neue Robe nötig wurde, war es der Hohepriester selbst, der sie ihm anlegte.

Boron blickte streng auf seine Gläubigen hinab, aber es lag auch Verständnis in diesen Zügen. Dann fiel mir auf, dass er eine kleine Narbe am linken Auge trug, eine, die genäht worden war. Wie konnte es sein, dass ein Gott eine Narbe hatte? Etwas anderes fand ich ebenfalls befremdlich: Ich hatte ihn mir größer vorgestellt. Soltar war von meiner Größe, doch Boron war gut anderthalb Köpfe kleiner. Das letzte Mal, als ich einer seiner Statuen gegenübergestanden hatte, war er mir größer und bedrohlicher erschienen, doch das mochte daran liegen, dass ich damals noch ein Kind gewesen war.

Ich machte einen kleinen Schritt zur Seite, die Augen des Gottes folgten mir.

Wenn ich letztlich durch Soltars Tor ging, würde ich auch Boron gegenüberstehen. Die Liste meiner Verfehlungen war sicherlich lang genug, um gleich mehrere Bücher zu füllen. Und zu jedem Vorwurf hatte ich nur eine Verteidigung: Es schien mir angebracht, so zu handeln, wie ich es tat. Ich hatte allerdings meine Zweifel, ob das reichen würde.

Ich verbeugte mich tief vor ihm, drehte mich um und ging wieder hinaus.

Ein Priesterschüler trat mir in den Weg. »Boron ist der gerechte Gott. Er wiegt die Seelen, und er ist es, der Gnade walten lässt. Sein Haus ist Zuflucht für all jene, die verfolgt werden, und er speist die Armen«, intonierte der junge Mann und wies bedeutsam auf eine silberne Schale neben den Tempeltoren.

Seit ich Seelenreißer trug, hatte ich mich geweigert, Soltar zu spenden. Ich zahlte auf andere Weise. Mit Boron hatte ich keinen Zwist, dennoch, es fühlte sich falsch an, ihm zu spenden, was ich meinem Gott vorenthalten hatte. Ich schüttelte den Kopf und tat einen weiteren Schritt, doch der Schüler stellte sich mir erneut in den Weg.

»Bedenkt, Ser, dass auch Eure Seele von ihm gewogen wird.«

»Wollt Ihr damit sagen, dass mein Gold die Waage meiner Seele neigen wird?«, fragte ich ihn.

Es war ein Trick der Baumeister, dass Stimmen an manchen Stellen der Tempel anders klangen. Die Stimme des Priesters, der vor dem Standbild des Gottes predigte, erfüllte den ganzen Tempel, ohne dass er laut sprechen musste. Diese Stelle hier musste ähnlich sein, denn meine Stimme donnerte durch das Haus Borons wie ein Herbststurm. Hinter mir ließ ein anderer Schüler vor Schreck eine Schale fallen, und ich besaß mit einem Mal die volle Aufmerksamkeit der wenigen Menschen, die um diese Zeit im Tempel waren. Nur mit Mühe unterdrückte ich einen Fluch. Der Junge wurde blass um die Nase und trat hastig einen Schritt zurück.

Ich seufzte. »Besteht der Gott auf einer Spende? Dann geht und fragt einen Priester, was angemessen für eine Heilung tödlicher Wunden ist«, sagte ich und war froh, dass meine Stimme nun leiser klang. Er hastete davon. Ich blieb stehen, neben mir der Korporal, dessen Blicke ich die ganze Zeit auf mir spürte.

Der Priesterschüler kam wieder herbeigeeilt, an seiner Seite ein älterer Mann in den Roben Borons. Ich verbeugte mich leicht vor ihm.

»Ich bin Recard«, stellte sich der Priester vor. »Ich habe Euch eben gehört.«

Ich verzog das Gesicht. »Entschuldigt«, sagte ich rasch. »Es lag nicht in meiner Absicht.«

Der Priester wischte meine Worte mit einer Geste zur Seite. »Es geht um das, was Ihr sagtet, nicht wie gut man es hören konnte«, erklärte er lächelnd. »Ich habe nun eine Frage an Euch. Glaubt Ihr, dass es einen Preis für Eure Seele gibt oder einen Preis für das Leben?«

»Zu beidem: Nein«, antwortete ich. Ich trat etwas mehr zur Seite, um nicht mehr inmitten des Eingangs zu stehen, denn die lauten Punkte waren oft eng eingegrenzt. Dann löste ich meinen Beutel, zog zwei der schweren Soldmünzen der Zweiten Legion heraus und ließ sie in die silberne Schale fallen. »Für die Verwundeten, die heute Nacht hierhergebracht wurden, erbitte ich Borons Gnade. Dieses Gold ist für die Armen, die der Tempel speist.«

»Und was erbittet Ihr für Euch?«, fragte der Priester sanft.

»Gerechtigkeit«, sagte ich, verbeugte mich und ging davon. Er und der Priesterschüler sahen mir nach, ich dachte schon, das wäre alles, als ich die leise Stimme des Priesters hörte.

»Haltet ein, bitte.«

Ich blieb auf den Treppen stehen und sah zurück zum Tor. Der Priester winkte mich heran. Ich schaute an ihm vorbei zu der Statue des Gottes und seufzte, aber ich ging die Stufen wieder hoch.

»Ein Mann liegt auf seinem Krankenbett, die Krankheit ist sein Alter. Seine Söhne und Töchter knien um ihn herum, beten für ihn und erbitten Heilung. Nicht weit entfernt ringt eine junge Frau mit dem Tod, sie gab ihr Leben für ein Ideal, doch jetzt wird sie sterben, wenn der Gott ihr keine Heilung gewährt. Was ist nun gerechter, ihn sterben zu lassen oder sie?«

»Das ist die falsche Frage, Priester«, antwortete ich leicht gereizt. Ich kannte solche Fragen aus meiner Kindheit, damals waren es die Priester Soltars, die mich derart geprüft hatten.

»Warum?«, fragte der Priester und sah mich aufmerksam an.

»Die richtige Antwort wäre eine Frage: Warum sollte einer der beiden der Gnade des Gottes weniger bedürfen als der andere? Denn es ist die Gnade, die entscheidet, nicht die Gerechtigkeit.« Wieder wandte ich mich zum Gehen.

»Haltet ein«, sagte der Priester erneut.

Ich seufzte und deutete mit meinem Blick auf den Priesterschüler. »Solltet Ihr nicht ihm solche Fragen stellen?«

»Er kennt die Antwort nicht. Ich habe nur noch eine Frage, Ser, dann könnt Ihr mit dem Segen Borons gehen.«

»So stellt sie.«

»Welcher von beiden, der alte Mann oder die junge Frau, bedarf der Gnade des Gottes?«

»Sie.«

»Warum?«

»Das ist Eure dritte Frage, Priester.«

»Warum?«, fragte er erneut.

»Der alte Mann hat die Gnade bereits erfahren.«

»Warum?«

»Er ist alt und liegt im Kreis seiner Familie, sie beten für ihn, er wird geliebt. Diese Gnade erleben viele nicht.«

Der Priester winkte den Schüler herbei und legte ihm die Hand auf die Schulter. Der Schüler senkte die Augen vor mir und räusperte sich. »Ich entschuldige mich, Ser, ich habe ungerecht von Euch gedacht.«

Mit allem hätte ich gerechnet, nur nicht damit. »Es gibt nichts zu verzeihen. Ein Schüler lernt, damit er später lehren kann«, sagte ich. Er sah so geknickt aus, dass ich fast gegen meinen Willen lächeln musste. Wie oft hatte ich so dagestanden? Wie oft den gleichen Satz gehört? Ich warf dem Priester einen letzten Blick zu, er lächelte leicht. Irgendwie sind sie alle gleich, dachte ich, nickte ihm zu und ging die Treppe hinunter.

Diesmal rief er mich nicht zurück.

»Das war der Hohepriester des Gottes«, flüsterte Bernik, als ich mich zu der wartenden Tenet gesellte. Ich suchte meine Pfeife, fand sie und den Tabak in den Taschen der Uniform, an die ich mich noch immer nicht so ganz gewöhnt hatte, und stopfte den Pfeifenkopf, während ich nachdenklich hoch zum Tempel schaute, wo zwei junge Soldaten mit dem Tod rangen. »Er findet Zeit für einen Priesterschüler«, verkündete ich. »Das spricht für ihn.«

»Das meinte ich nicht«, sagte der Korporal unbehaglich. »Ihr wart nicht sonderlich höflich zu ihm.«

»Ich war nicht unhöflich«, antwortete ich, legte meinen Daumen auf den Tabak und rief die Glut herbei. Zu spät fiel mir ein, was Mendell mir über die Angst der Aldaner vor der kleinsten Magie erzählt hatte. Ich blickte mich verstohlen um, niemandem schien es aufgefallen zu sein, auch der Korporal achtete wenig auf meine Pfeife.

Es war noch immer tiefste Nacht, und das hier konnte dauern. Ich suchte mir eine passende Stelle, fand einen Platz auf dem Sockel einer Laterne, hängte Seelenreißer aus und setzte mich auf die Stufe. Als ich das Schwert neben mich stellte, fiel es klirrend zu Boden. Ich sah völlig perplex hinab, bemerkte die gewöhnliche Klinge in der vertrauten Scheide, seufzte und legte sie mir über die Beine.

Andere konnten in die Tempel der Götter hineingehen, ihren Gott verehren und unbehelligt wieder hinausmarschieren. Wenn ich hingegen auch nur in die Nähe eines Tempels kam, fand sich bestimmt ein Priester, um mich in irgendwelche Gespräche zu verwickeln. Wenigstens hielt mich Devon nicht mehr für einen Nekromanten, allein dafür hatte es sich gelohnt, dieses alte Spiel erneut zu spielen.

»Es sind doch die Priester, die die Antworten auf die Fragen kennen«, brummte ich leise. »Warum stellen sie immer diese Fragen?«

»Ser?«, kam es von Bernik.

»Nichts«, sagte ich. Ich sah auf zu ihm, er stand gerade da, als wäre er zum Appell angetreten. Der Rest der Tenet war seinem Beispiel gefolgt und stand stocksteif in der Gegend herum. »Bernik, sucht Euch eine Stufe und macht es Euch bequem. Eure Leute auch. Es wird noch länger dauern.«

»Ser?«, fragte Bernik zögernd. »In der Dienstvorschrift steht, dass ein kaiserlicher Soldat jederzeit die Bereitschaft und Entschlossenheit zum Schutz des Reichs darzustellen hat, zu der ihn sein Eid verpflichtet!«

»Die Füße tun Euch nicht weh? Die Schultern sind nicht verspannt, der Helm drückt nicht, und auch das Schwert ist nicht zu schwer geworden? Setzt Euch, Korporal, denn an den Stufen zum Tempel Borons sehe ich die Sicherheit des Reichs gerade wenig gefährdet.«

Es gab erleichterte Seufzer und einiges an Geklapper, als die Tenet sich setzte. Er mochte recht haben – als die zehn Soldaten in Reih und Glied gestanden hatten, hatte es beeindruckender gewirkt –, aber auf diesem nächtlichen Tempelplatz gab es nur wenige, die man einschüchtern musste.

Die Soldaten hatten ihre Helme abgenommen und ihre Waffen zur Seite gelegt, und es dauerte nicht lange, bis einer einen Würfelbecher herauskramte. Das Licht der Laterne war gerade so ausreichend, um die Augen auf den Würfeln zu erkennen, viel mehr brauchte es nicht.

Ich saß auf den Tempelstufen, rauchte meine Pfeife und schaute ihnen dabei zu, während die Monde in ihren Bahnen über den Himmel zogen. Die Soldaten erschienen mir alle fürchterlich jung.

Bei Sonnenaufgang füllte sich der Tempelplatz mit Verkaufsständen, Priester und Gelehrte boten ihre Texte an, ein Obstverkäufer machte an mir ein gutes Geschäft, als ich ihm einen ganzen Korb Äpfel abkaufte. Ein paar nahm ich mir, den Rest ließ ich unter den Soldaten verteilen, von denen einige mittlerweile ihre Bereitschaft und Entschlossenheit zum Schutz des Reichs schnarchend darstellten. Bernik sah mich ratsuchend an, ich schüttelte den Kopf, also ließ er sie schlafen.

Von den Feuerinseln aus hatten wir drei Tage zur See gebraucht, um hierherzukommen. Dort schlugen sich Frauen um verfaulte Nahrung, hier herrschte ein Überfluss, wie ich ihn noch nie gesehen hatte, die Preise waren zudem lächerlich niedrig. Derselbe Priesterschüler, der sich bei mir entschuldigt hatte, kam irgendwann aus dem Tempel heraus und bot uns einen Krug mit frischem Wasser an. Wir waren dankbar dafür.

Als mehr und mehr Leute neugierig den Haufen schwerer Harnische vor den Stufen des Tempels betrachteten, weckte Bernik die Leute. Einer von ihnen setzte sich aufrecht hin, verschränkte die Arme und war bald wieder am Schnarchen.

Wäre es nach dem Korporal gegangen, hätte die Tenet nun schon gut fünf Kerzen in Paradehaltung ausgeharrt. Einst hatte ich die Ehre gehabt, vierzig der besten Streiter des Königreichs Illian anzuführen, aber keiner von ihnen wäre auf die Idee gekommen, auf eine Gelegenheit zum Schlafen zu verzichten.

Als sich die Morgenröte zeigte, wurden auf der anderen Seite die schweren Tore des Soltartempels weit geöffnet und ein Priester trat hervor und zitierte laut aus den Schriften, während ganz in unserer Nähe ein etwas übergewichtiger Mann eine schwere Maschine aufbaute, die er schwitzend auf seinem Leiterwagen herangezogen hatte. Was die Maschine auf dem Wagen nicht an Platz einnahm, war mit Büchern vollgestopft. Der Mann zerrte da mehr Bücher über den Platz, als ich jemals zuvor auf einem Haufen gesehen hatte. Ich stand auf, was Bernik fast panisch ebenfalls aufspringen ließ, und ging hinüber zu dem Händler, Bernik im Schlepptau, der hastig seinen Helm aufsetzte und die Gurte seiner Brustplatte festzog.

Was der Händler feilbot, war außergewöhnlich. Er hatte um die fünfzig verschiedene Bücher dabei und versprach, für die

Summe von drei Goldstücken noch bis zum Abend jedes davon zu kopieren.

»Frisch gedruckt und in feinstes Kalbsleder gebunden, den Titel und Euren Namen in Gold in den Einband geschlagen, Ser! Ihr müsst zugeben, es ist ein gerechter Preis, drei Goldstücke für ein ganzes Buch!«

Da er das vor dem Tempel Borons verkündete, musste es wohl wahr sein. Eines der Bücher trug den Titel *Das Lamento des Buro*. Ich fragte den Händler, ob ich es öffnen dürfte, er erlaubte es mir, und ich sah in schönster Schrift den Anfang des Lamento vor mir, ein sterbender Feldherr, der seine Missgeschicke beklagte. Offenbar hatte er Schlacht, Krieg und Leben verloren und wollte nicht zu Soltar, bis er mit dem Beschweren fertig war. Nach zwei Seiten schloss ich das Buch mit einem Seufzer. Die Schrift war wunderschön und klar, der Inhalt jedoch … Ich suchte weiter und fand eine Perle: einen dünnen Band mit Gedichten und Versen, der mich ergriff, kaum dass ich die erste Strophe gelesen hatte. Ich schloss das Buch ehrfürchtig und sah auf dem Einband einen Namen, der mir bekannt vorkam.

Taride vom Silbermond.

»Wie viel für dieses Buch?«, fragte ich und musste schlucken, meine Stimme klang belegt.

»Wie ich sagte, Ser, drei Goldstücke für ein jedes dieser kostbaren Werke. Heute Abend habt Ihr Euren Druck. Zwei Silberstücke mehr, wenn Ihr dieses Buch hier wollt, es ist besonders sorgfältig eingeschlagen, und alle Seiten sind bereits sauber geschnitten.«

Ich drückte ihm wortlos Gold und Silber in die Hand und begab mich mit dem Buch zu meinem Platz unter der Laterne.

»Ihr mögt die Poesie?«, fragte Bernik zurückhaltend.

Ich hörte ihn kaum, so sehr schlugen mich die Worte der Bardin in den Bann. Ich schaute auf. »Es kommt darauf an, wie sie geschrieben ist«, sagte ich leise.

»Ich habe sie singen gehört«, meinte der Korporal fast schüchtern. »Sie ist eine der größten Barden, die das Reich jemals gesehen hat. Sie hat schon vor Königen gesungen und hohen Herren. Sie füllt die Theater bis auf die Straßen ... Und doch könnt Ihr sie am Hafen von Askir sitzen sehen, wie sie ihre Laute stimmt und ihren Hut herumgehen lässt, als wäre sie nicht die Größte ihrer Zunft. Sie ist ...« Er schüttelte den Kopf, als er die Worte nicht auf Anhieb fand. »Sie ist wie ein Engel, herabgestiegen aus Astartes Garten, und ihre Stimme lässt einen weinen«, sagte er mit einem Blick so voller Sehnsucht, dass ich lächeln musste.

»Aber sie wird niemals wieder in Aldane singen«, hörte ich Mendells Stimme von der Seite. Ich fand das irritierend, denn solange ich Seelenreißer getragen hatte, war es nur Wenigen möglich gewesen, an mich heranzutreten, ohne dass ich es bemerkt hatte. Jetzt, ohne das Schwert, fühlte ich mich fast taub und blind.

»Der Götter Gnade mit Euch, Leutnant«, begrüßte ich ihn und erhob mich von meinem Laternensockel. »Was führt Euch hierher?«

»Der Kapitän ist in Sorge«, sagte er, ordnete seine Gewänder und nahm neben dem Sockel auf einer Stufe Platz. Er schaute hoch zum Tempel. »Die Nacht ist schon vorbei, und wir haben noch nichts von Euch gehört. Ist Devon im Tempel?«

»Ja. Wir haben bislang auch noch nichts gehört. Wir haben ihn seit über einer Glocke nicht gesehen.«

»Ein gutes Omen, denke ich«, befand Mendell. »Also kämpfen sie noch um ihr Leben.« Er lehnte sich gegen die nächste Stufe zurück, schloss die Augen und massierte sich die Schläfen. Auch er war schon seit vorletzter Nacht auf den Beinen, und wenn er Schlaf gefunden hatte, dann war es auf jeden Fall zu wenig. »Aber das ist nicht der alleinige Grund. Elgata schickt mich, Euch daran zu erinnern, dass Lanzenmajor Wendis Euch zur dritten Glocke erwartet.«

Ich fluchte leise, ich hatte das tatsächlich vergessen.

»Ihr habt noch fast zwei Kerzen Zeit bis dahin«, meinte er. »Aber vielleicht wollt Ihr Euch vorher noch erfrischen?« Er sah zu Bernik. »Ich bin sicher, dass der Schwertkorporal unsere Kameraden unbeschadet zum Stützpunkt geleiten kann, auch wenn Ihr nicht dabei seid.«

»Aye, Ser!«, salutierte dieser. »Darauf könnt Ihr Euch verlassen, Ser!«

Ich musterte Mendell misstrauisch. »Wollt Ihr damit andeuten, dass es sich für einen General nicht geziemt, auf den Stufen eines Tempels zu sitzen und zu lesen?«

»Ich hätte es nicht besser ausdrücken können.«

»Meint Ihr, der Lanzenmajor hätte jetzt schon Zeit für mich?«, fragte ich. »Ich bin müde und würde es vorziehen, mich so bald wie möglich zur Ruhe zu begeben.«

»Ihr seid der ranghöhere Offizier«, antwortete er. »Glaubt mir, der Lanzenmajor wird Zeit für Euch finden.«

»Was habt Ihr damit gemeint, dass Taride niemals mehr in Aldane singen wird?«, fragte ich Mendell später, als wir uns dem Stützpunkt näherten. Ich spürte jetzt die Müdigkeit und wünschte mir nichts mehr als ein Bett. Ich hoffte nur, dass der Lanzenmajor mich nicht allzu lange aufhalten würde.

»Es ist eine üble Geschichte«, erzählte Mendell. »Sie kam vor zehn Jahren her und eroberte die Herzen der Leute im Sturm, bis sie plötzlich der Nekromantie verdächtigt wurde. Eines Nachts überfiel der Kult das Haus, in dem sie nächtigte, und steckte es in Brand. Ein junger Mann ermöglichte ihr die Flucht und wurde dafür selbst von einem der Anhänger des Kults erschlagen. Ihr gelang es mit Mühe, sich schwer verletzt in den Tempel Astartes zu flüchten. Es wurde zu einem Skandal, als sich herausstellte, dass der junge Mann zu einer angesehenen Adelsfamilie gehörte und wohl insgeheim ihr Geliebter war.« Er sah mich von der Seite an. »Obwohl die Priesterin der Astarte ihre Unschuld bestätigte, hält sich noch immer das Gerücht, dass sie der Nekromantie schuldig sei und dass sie es gewesen sei, die ihren Geliebten erschlug.«

»Götter!«, sagte ich betroffen.

Er nickte knapp. »*Jetzt* fangt Ihr an zu verstehen.«

»Was geschah mit ihr?«

»Als ihr klar wurde, dass es in Aldane für sie keine Gerechtigkeit gab, reiste sie an Bord eines kaiserlichen Schiffs nach Askir. Kein aldanisches Schiff hätte sie an Bord gelassen.«

»Hat man die Schuldigen gefunden?«

»Wo denkt Ihr hin, General?«, sagte Mendell bitter. »Obwohl der Herzog selbst die Aufklärung des Falls forderte, wurde nie jemand für diese Tat zur Rechenschaft gezogen.«

Wir hatten das Tor erreicht, ein Bulle salutierte, ein anderer zog das schwere Tor für uns auf. Mendell führte mich über den Vorplatz zu dem gedrungenen Gebäude der Kommandantur. Rechts von ihm stand ein hoher, schmaler Turm, auf dessen Dach sich eine dieser Semaphoren befand.

Knapp unterhalb war auch noch ein Balkon, auf dem ich ein schweres, schwenkbares Sehrohr und zwei Signallaternen erkannte. So hoch, wie der Turm war, gab es keinen Zweifel daran, dass man von dort aus jedes Schiff schon frühzeitig ausmachen konnte.

Der Kontrast zwischen den kaiserlichen Bauten und dem Fachwerk Aldanes war deutlich. Das Gebäude hier stand für sich allein, sein Grundriss entsprach dem Haupthaus des Gasthofs *Zum Hammerkopf*.

Es war fast so, als käme ich nach Hause.

Wir gingen durch einen seitlichen Eingang hinein und dann die Treppe hinauf. Mendell klopfte an einer Tür, es wurde »Herein« gerufen, und wir betraten das Vorzimmer des Lanzenmajors, wo ein junger Stabsleutnant aufsah und uns neugierig musterte.

»Das ist Stabsleutnant Goch, der Adjutant des Lanzenmajors«, teilte mir Mendell mit. »General Roderic, Zweite Legion«, stellte er mich vor. Der Mann war, wie viele der Seeschlangen, eher drahtig als muskulös und etwas kleiner als Mendell, mit kurzgeschnittenen braunen Haaren, aufmerksamen braunen Augen und einem Lächeln, das seine Augen nicht erreichte. Die lindgrüne Uniform saß perfekt und war gewiss von einem Schneider auf Maß angefertigt worden. Das Rapier, das am Schreibtisch lehnte, war kostbar verziert.

Goch erhob sich und salutierte, ich erwiderte den Salut, ohne nachzudenken, während Mendell sich verabschiedete.

»Lanzenmajor Wendis erwartet Euch bereits«, sagte der Adjutant mit einem skeptischen Blick auf die kaiserliche Zahl Zwei auf meinem Ärmel und öffnete uns eine weitere Tür. »Bitte«, sagte er höflich und schloss dann die Tür hinter mir mit einem leisen Klicken.

23. Traum und Pflicht

Lanzenmajor Wendis war ein schlaksiger Mann mit einem Kranz kurzgeschorener grauer Haare, dunkelgrünen Augen und einer etwas zu langen Nase. Er mochte um die drei Dutzend Jahre alt sein; die Art, in der er mich musterte, zeigte, dass er schon viel gesehen hatte und nicht bereit war, jede wilde Geschichte zu glauben, die man ihm auftischte. Er stand zusammen mit Elgata an der Wand, wo eine große Karte ausgezogen war. Vielleicht fing ich doch langsam an zu verstehen, wie man Karten las, denn ich erkannte die Mündung des Gazar, Janas und die Umrisse der Feuerinseln. Vielleicht auch deshalb, weil die Namen daneben geschrieben waren.

»Der Götter Gnade mit Euch, General«, begrüßte mich Elgata förmlich. »Lanzenmajor Wendis, General Roderic«, stellte sie uns einander vor. »Wie geht es Janis und Larin?«

»Als ich ging, hatten wir noch keine Nachricht aus dem Tempel«, berichtete ich. »Mendell und ich denken, dass es ein gutes Omen ist.«

»General Roderic von der legendären Zweiten Legion«, sagte Wendis in skeptischem Tonfall. »Ich hoffe, Ihr vergebt mir, wenn ich leichte Zweifel daran hege. Würdet Ihr mir bitte Euren Ring zeigen?« Er hielt mir die offene Hand hin.

»Ich kann ihn nicht abnehmen«, sagte ich, zog den Handschuh aus und hielt ihm meine Hand entgegen.

»Ihr erlaubt?«, fragte er, fasste an den Ring und zog hart. Mehr und mehr war ich der Ansicht, dass der Ring sich mit meinem Fingerknochen verbunden haben musste, denn er bewegte sich keine Haaresbreite. Ich zog scharf die Luft ein und entwand ihm meine Hand.

»Das war unangebracht, Lanzenmajor«, sagte ich steif, während ich mir den schmerzenden Finger massierte.

»Vielleicht«, meinte Wendis ungerührt. »Aber ich hoffe, Ihr

versteht, wie schwer es zu glauben ist. Bitte, ich muss die Probe machen.«

Als ich ihm diesmal meine Hand hinhielt, zog er nicht an dem Ring, sondern hielt nur den seinen dagegen. Schweigend sahen wir zu, wie sein Ring aufleuchtete.

»Wendis, ich sagte Euch bereits, dass der Ring echt ist«, meinte Elgata.

»Daran habe ich nunmehr keinen Zweifel«, sagte der Lanzenmajor. »Ich frage mich nur, ob der Mann auch echt ist.« Noch immer lag sein Blick prüfend auf mir.

»Kommandant Keralos hat mich auf dem Posten bestätigt«, teilte ich ihm mit. »Allerdings habe ich keine Schriftstücke dabei, die das beweisen können. Die Botschafterin von Illian, Maestra di Girancourt, verwaltet unsere Dokumente. Sie ist in diplomatischer Mission unterwegs nach Askir und wird dort in Kürze eintreffen.«

»So lange werden wir nicht warten müssen«, sagte Wendis. »Ich habe eine Anfrage nach Askir geschickt, wir werden in wenigen Kerzen Antwort erhalten.« Während er das sagte, beobachtete er mich scharf, und ich erlaubte mir ein schmales Lächeln.

»Ich mache Euch ein Angebot«, sagte ich. »Gebt mir eine Zelle mit einer bequemen Pritsche darin. Ich kann etwas Schlaf gebrauchen. Weckt mich, wenn Ihr Eure Antwort habt.«

Wendis sah mich an und schüttelte den Kopf. »Das wird nicht nötig sein, General. Ich muss nicht verstehen, wie es dazu kommt, dass jemand aus einem fremden Reich den Generalsring einer legendären Legion trägt.«

»Vielleicht hilft es, wenn ich Euch sage, dass ein Teil unserer Mission darin besteht, die Neuen Reiche offiziell dem Reich anzugliedern und unter Askirs Schutz zu stellen.«

»Nur wenig«, meinte er. »Vor allem missfällt mir, dass ich zuvor nie etwas von diesen Neuen Reichen gehört habe.« Er winkte ab, bevor ich etwas sagen konnte. »Ich weiß, General, es sind ehemalige Kolonien. Elgata erwähnte es in ihrem Bericht.« Er trat an seinen Schreibtisch, wo er eine Mappe aufnahm und sie öffnete. Stirnrunzelnd betrachtete er die enggeschriebenen Zeilen. »Diese Neuen Reiche … Lanzenkapitän Elgata berichtet mir, dass sich Eure Heimat in einem verzweifelten Kampf mit den Truppen eines Reichs befindet, das sich Thalak nennt. Ein Reich, das von einem unsterblichen Nekromanten und Maestro geführt wird, der sich dort als Gott verehren lässt. Ist das richtig?«

»Ja.«

»Das bedeutet auch, dass Ihr uns in einen Krieg hineinziehen werdet, der nicht der unsere ist.«

»Es gibt reichlich Hinweise darauf, dass Thalak es weniger auf uns als auf Askir abgesehen hat«, widersprach ich. »Wir haben das zuerst auch nicht geglaubt, aber auf unserer Reise sind wir auf Schritt und Tritt seinen Agenten begegnet. Glaubt mir, Askir befindet sich bereits im Krieg mit Thalak, ob Ihr es nun wahrhaben wollt oder nicht.«

»Wenn Ihr es sagt«, meinte er, legte die Mappe zurück und trat an die Karte heran. »Diese schwarzen Schiffe, die im Hafen der Feuerinseln liegen, stammen aus diesem Reich?«

»Ja. Sie waren Teil der Falle, die Admiral Esens Verband dezimierte. Ihre feindliche Absicht dürfte damit unbestritten sein.«

»Ich habe den Bericht gelesen«, sagte Wendis und schaute zu Elgata, die bislang wenig gesagt hatte. »Er ist ausführlich. Auch diese Wyvern, wie Ihr sie nennt, wurden schon von anderen Schiffen gesichtet, bislang maß man diesen Aussagen allerdings wenig Bedeutung bei.« Er lächelte knapp. »Seeleute erzählen gern Geschichten.« Er musterte stirnrunzelnd die Karte an der Wand. »Dennoch bin ich geneigt, Euch Glauben zu schenken. Wusstet Ihr, dass Esens Verband sogar vor mir geheim gehalten wurde?«

»Nein, Lanzenmajor, das wusste ich nicht.«

Wendis nickte steif. »All das zusammen ergibt für mich ein düsteres Bild.« Er warf mir einen scharfen Blick zu. »Ihr scheint mir erleichtert, obwohl es eine schlechte Kunde ist.«

»Ja, ich bin erleichtert«, gab ich zu. »Darüber, dass Kommandant Keralos unseren Bericht, den er vom Botschafter in Gasalabad erhielt, ernst nahm. Meine Gefährten und ich haben lange befürchtet, dass es nicht so wäre.«

»Glaubt mir, wenn es um die Reichsstadt geht, nimmt der Kommandant jede Bedrohung ernst. General, wie beurteilt Ihr die Lage in Eurer Heimat?«

»Wir haben seit Wochen nichts mehr von dort gehört. Aber nach allem, was ich weiß, gibt es nur ein Wort, das passend wäre: verzweifelt. Es mag gut sein, dass in diesem Moment die letzten Mauern vor der Macht des Feindes fallen.«

»Also hofft diese Maestra di Girancourt auf Hilfe in einem verlorenen Krieg?«

Ich schüttelte den Kopf. »Nein, Ser. Bis Askir fällt, ist der Krieg nicht verloren. Ich sagte es bereits, es muss Askir sein, auf das es der Feind abgesehen hat. Sonst ergäbe es keinen Sinn, dass die Agenten Thalaks in den sieben Reichen aktiv sind.«

Wendis nickte ernst. »Ich will hoffen, dass Ihr Euch täuscht. Eine Frage noch. Ihr nanntet die Botschafterin eine Maestra. Bedeutet das, dass sie in den Künsten der Magie ausgebildet ist?«

»Ja, Lanzenmajor. Sie verfügt über eine mächtige magische Begabung.«

»Das ist bedauerlich«, sprach Wendis. »Allein aus diesem Grund wird man ihr in Aldane und in anderen Reichen jegliche Unterstützung verwehren.«

»Das wäre dumm«, meinte ich. »Ich hoffe, dass man Vernunft walten lässt.«

»Vielleicht. Aber das Misstrauen gegenüber magischen Talenten sitzt tief, da niemand außer einem Priester dazu imstande ist, einen Nekromanten von einem Maestro zu unterscheiden.«

»Sie wird nicht zögern, sich der Prüfung durch Priester zu unterziehen.«

»Wollen wir hoffen, dass es nützt. Aber das liegt nicht in unserer Macht.« Er tippte mit dem Finger auf Elgatas Bericht. »Ich habe noch andere Fragen an Euch, General. Ich habe die Berichte Elgatas und das Logbuch der *Schneevogel* gelesen. Bitte schildert mir nun ergänzend Eure Eindrücke von der Zeit, in der Ihr Euch an Bord des kaiserlichen Schiffs *Schneevogel* befunden habt.«

Bis Wendis zufrieden war, dauerte es fast zwei Kerzen, vielleicht sogar eine ganze Glocke. Ich war hundemüde, als wir endlich die Kommandantur verließen. Mendell wartete draußen, Elgata sah ihn fragend an, und er schüttelte den Kopf. »Noch keine Nachricht.«

Doch bevor sie etwas sagen konnte, kam uns auch schon Korporal Bernik entgegengeeilt und salutierte.

»General, Lanzenkapitän, ich kann Euch berichten, dass beide Kameraden die Gnade des Gottes erfahren haben, sie werden überleben!«, rief er und strahlte. »Wir bringen sie gerade ins Krankenquartier.«

Elgata atmete erleichtert auf.

»Das ist gut zu wissen«, meinte ich und wandte mich an den Korporal. »Könnt Ihr mir den Weg zu den Quartieren zeigen? Ich brauche dringend ein Bett. Eines, das nicht schwankt.«

»Aye, Ser. Ich führe Euch hin, Ser.«

»Einen Moment noch.« Ich sprach Elgata an. »Wann habt Ihr vor, auszulaufen?«

Sie zögerte kurz. »Morgen Nacht mit der Ebbe«, sagte sie. »Wenn nichts dazwischenkommt.«

»Aber Ihr geht davon aus, dass das geschieht?«

»Ja«, sagte sie. »Wir haben fünf Schiffe verloren. Ihr könnt sicher sein, dass es eine Reaktion aus Askir geben wird.« Sie musterte mich und lächelte. »Wir sehen uns, General«, meinte sie und salutierte.

Ich erwiderte den Salut, und wir sahen ihr nach, als sie davonging.

»Es wurde schon ein Quartier für Euch vorbereitet, Ser«, informierte mich Bernik. »Ihr habt für Aufregung gesorgt, da wir nicht so oft einen General hier auf dem Stützpunkt sehen, aber wir hoffen, dass Ihr mit dem Quartier zufrieden sein werdet. Bitte, Ser, hier entlang.« Doch er führte mich nicht in den hinteren Teil des Stützpunkts, wo sich die Baracken befanden, sondern steuerte ein großes Gebäude an, das nicht weit von der Kommandantur entfernt lag.

»Das Zeughaus«, erklärte er, als er eine schwere Tür öffnete. »Es enthält ein Quartier, das hochrangigen Offizieren zur Verfügung gestellt wird, wenn sie den Stützpunkt besuchen. Es gibt einiges an Annehmlichkeiten.«

Der Korporal führte mich zwei steile Treppen empor, an einem Dienstzimmer vorbei, wo ein Sergeant neugierig aufschaute und dann salutierte, dann weiter durch einen Gang.

Der Korporal behielt recht, die Quartiere über dem Zeuglager waren großzügig bemessen und boten einiges an Annehmlichkeiten, eine eigene Küche gehörte dazu, sowie ein mit blauen Fliesen gekacheltes Bad, in dem es auch warmes Wasser gab. Ein Abort befand sich auf dem gleichen Stockwerk, ein kleiner fensterloser Raum mit einem Sitz aus Porzellan und einer Hebelpumpe, um mit Wasser nachzuspülen, damit es nicht zu sehr stank. All das zeigte mir der Korporal, dann führte er mich zu einem Arbeitszimmer mit Schreibtisch, Stühlen, hohen, aber leeren Regalen an der Wand, zwei schmalen Fenstern mit schweren Läden, die Schießscharten ähnlich sahen, und zwei weiteren Türen an den Seiten. »Links befindet sich der Waschraum«, teilte mir Korporal Bernik mit. »Rechts ist das Schlafzimmer. Wenn Ihr etwas benötigt, zieht an dieser Schnur, dann läutet vorn im Dienstzimmer eine Glocke und der Sergeant wird kommen, um Euch nach Euren Wünschen zu fragen. Mögen die Götter Euren Schlaf segnen.«

»Danke, Korporal«, sagte ich, und er salutierte. Ich schloss die Tür, tat zwei Schritte zum nächsten Stuhl, zog meine Stiefel und die Jacke aus, löste meinen Schwertgurt und ging ins andere Zimmer. Ich ließ mich auf das Bett fallen, legte das Schwert daneben und schloss erschöpft die Augen.

Eine leichte Berührung weckte mich. Ich öffnete die Augen und blinzelte. Das war nicht der Raum, in dem ich mich zur Ruhe gebettet hatte. Doch wo ich jetzt erwachte, war ich lange zu Hause gewesen. Graue, roh gemauerte Steine bildeten die Wände, eine davon war halbrund und enthielt eine mit einem schweren Teppich abgedeckte Schießscharte. Das Bett war breit und schwer; ein Kamin, groß genug, einen Ochsen zu braten, beherrschte die südliche Wand, daneben stand auf einem Rüstgestell der Harnisch eines Ritters, auf seinem Schild die Rose von Thurgau. Die niedrige Tür, an der ich mir so oft den Schädel angeschlagen hatte, war offen, und neben meinem Bett stand ein junges Mädchen, das ich seit Jahrzehnten nur noch in meinen Träumen gesehen hatte.

»Roderic, ich befehle Euch, erwacht!«, rief Eleonora und lachte fröhlich. Sie zerrte an meiner Hand. »Kommt, Roderic, kommt mit mir und seht das Ende des ersten Akts.« Ich erhob mich und fand heraus, dass ich blaue Kleider trug. Blau war ihre Lieblingsfarbe, und als sie mir diese Kleider geschenkt hatte, war sie schon ans Bett gefesselt gewesen. »Kommt, Roderic, und schaut.«

Damit zog sie an meiner Hand, und wir standen unvermittelt auf dem Wehrturm des Osttors der Kronstadt. Es war Winter, dickes Eis bedeckte die Zinnen, und neben uns schlug ein Soldat gerade Eis von seinem Schild, auf dem das Wappen von Illian prangte.

Vor den Toren der Kronstadt lag verwüstetes Land. Was einst die Oststadt gewesen war, bestand nur noch aus rauchenden Ruinen. Dort in der Ferne, jenseits des Schussfeldes selbst der schwersten Armbrüste, standen Hunderte von Pfählen, Krähen flogen auf und hackten auf dem herum, was einst Menschen gewesen waren.

Dahinter erstreckte sich ein endlos großes Lager aus schwarzen Zelten: die Armee des Nekromantenkaisers.

Vor dem massiven Torhaus zu unserer linken Seite saßen drei schwer gewappnete Reiter auf ihren Streitrössern. Der rechte

Reiter führte in Steigbügel und Hand die Fahne von Thalak. Hinter ihnen standen, mit schweren Seilen oder Ketten aneinander gebunden, Dutzende von ausgemergelten Gestalten, meist Frauen und Kinder. Vor ihren Füßen lag der Wassergraben der Stadt, zum Teil zugefroren. Im Eis waren tote Körper gefangen. Hinter den Gefangenen sah ich in Reih und Glied schwarz gewappnete Soldaten hinter hohen Turmschilden und mit langen Spießen stehen.

»Die Mauern der Kronstadt sind stark«, berichtete Eleonora. »Die Katapultsteine prallen an ihnen ab, unsere Speicher sind voll, und für jeden Tag, an dem sie uns belagern, sterben dort in diesen schwarzen Zelten Hunderte, wenn nicht noch mehr an Krankheit, Kälte oder Hunger. Ihre Verluste sind hoch, doch sie lassen uns dafür zahlen. Jeden Tag schieben sie Kinder und Frauen mit Lanzen vor sich her, treiben sie in den Wassergraben, füllen ihn mit den Körpern meiner Bürger, töten und schlachten zum Sport oder nur, um uns eine Schau des Grauens zu bieten. Und jeden Tag aufs Neue fordern diese drei Boten das Gleiche: Sie wollen die Königin, das pochende Herz Illians. Hört Ihr sie, wie sie nach Eleonora rufen? Dort, der in der Mitte, dieser Fürst, gleich wird er aus seiner Rolle vorlesen und die Herausgabe der Königin verlangen, im Austausch für den Frieden im Land. Er verspricht, die Stadt zu verschonen, sie nicht zu schleifen, die Belagerung aufzuheben und alle die am Leben zu lassen, die sie in der Kälte zusammengetrieben haben. Doch sie erwarten gar nicht, dass ihre Bedingung erfüllt wird, es ist ihnen nur ein Vorwand für das Morden.« Sie schaute zu mir hoch, in ihren Augen ein Blick, als ob ihr ein guter Scherz gelungen wäre. »Schaut, die Zugbrücke senkt sich, und die Tore der Stadt werden geöffnet. Seht die Überraschung auf den Gesichtern der Tyrannenboten. Und schaut, wer dort herausgeritten kommt!«

Auf einem weißen Schimmel und in einem Kleid, das jede Frau sich für ihren Hochzeitstag erträumte, ritt langsam eine zierliche Gestalt durch das Tor. Nur wenn man genau hinsah, sah man die Stangen, die sie im Sattel aufrecht hielten. Neben uns bückte sich der Soldat mit grimmigem Gesicht, nahm eine kostbare Armbrust hoch und stützte sie sorgsam auf die Gabel.

»Sie haben Ihre Überraschung überwunden«, sagte Eleonora. »Seht Ihr den Mann in der Mitte? Er ist der Kriegsfürst, der hier das Kommando hat. Jetzt winkt er die Priester herbei.«

Zwei hagere Gestalten in schwarzen Kutten traten neben die drei zu Pferde. Neben uns zog der Soldat eine Flasche, die das Zeichen Borons trug, aus seinem Wams. Sorgsam träufelte er den Inhalt auf einen Bolzen, der mit Runen nur so übersät war und hinter der scharfen Spitze mehrere Lagen aus feinem Tuch trug.

Die beiden Priester kamen auf die Zugbrücke und traten an die Frau im Hochzeitsgewand heran. Rüde zerrten sie die Wehrlose vom Pferd, dann sah ich, wie ein mit Reisig gefüllter Wagen herangefahren wurde. Dort vorn hielt er an, die Räder wurden verkeilt, die Pferde ausgespannt und ein Pfosten in den Wagen gesetzt.

»Sie weiß schon lange, was der Feind für sie geplant hat«, sagte Eleonora. »Die Soldaten Thalaks vergehen sich an den Frauen, wie sie wollen, und lassen sie dann wieder laufen. Dabei vergessen sie, dass ihre Opfer nicht nur Fleisch sind, sondern auch Ohren besitzen und Augen zum Sehen.« Sie hielt meine Hand fester. »Hört, wie der Feind die Anklage vertritt: Wie unnatürlich es ist, dass eine Frau die Krone trägt. Wie es gegen die Gesetze der Götter verstößt. Wie hier eine gerichtet wird, die ihren Platz nicht kennt. Hört, wie einer der verfluchten Seelenreiter von einem gerechten Krieg spricht, einem Krieg, der säubert, was falsch war, der das richtet, was einst verbogen wurde. Er glaubt selbst daran und ist blind für die Wahrheit.«

Die Priester zerrten die Frau hoch auf den Wagen und banden sie an dem Pfahl fest.

Hinter und neben uns füllten sich die Zinnen mit grimmigen Soldaten. Keiner von ihnen trug sichtbar eine Waffe, sie lehnten an der Innenseite der Zinnen, wo sie nicht zu sehen waren. Nur der Soldat neben uns tat etwas. Er warf Rosenblätter in die Luft und studierte sie, während der Wind sie umhertrug. Es waren gute achtzig Schritt von hier bis zum Wagen, kein unmöglicher Schuss, aber er wollte sicher sein.

»Sie weiß, was der Feind plant, sie weiß auch, dass ihre Zeit gekommen ist. An diesem Morgen schlug ihr Herz nicht mehr, nur die Gebete der Priester und die stärkste Medizin halfen ihr zu leben, eine Medizin so stark, dass sie sie töten wird. Aber noch lebt sie. Sie ist die Königin, sie ist das Herz Illians, sie ist der Wille, die Kraft und der Glauben unseres Volkes. Sie selbst entscheidet, wie sie stirbt.« Sie trat an mich heran und umklammerte meine Hand, ich zog sie vor mich, und sie lehnte sich gegen meine Hüfte, wie sie es so oft getan hatte. Ich hielt ihre Hände fest in meinem Griff. Sie fühlte sich so zerbrechlich an, doch ich wusste, wie das täuschte.

»Sie spricht jetzt. Ihr könnt sie nicht hören, ihre Stimme trägt nicht weit. Sie erinnert den Feind an seinen Schwur, erinnert ihn daran, dass er die Stadt verschonen will und versprach, die Gefangenen gehen zu lassen. Doch noch während sie spricht, schreitet man zur Tat.«

Der Priester warf eine Fackel in den Haufen aus Reisig, es musste in Öl getränkt sein, denn schnell breitete sich das Feuer aus, eine dichte Rauchwolke stieg auf. Keiner der Soldaten auf den Zinnen regte sich oder sagte nur ein Wort, sie standen still wie Statuen.

»Das Kleid ist gesegnet, sie ist gesalbt. Sie hat gebeichtet und ruht sicher in der Hand des Gottes«, fuhr Eleonora mit erstickter Stimme fort. »Jetzt!«, flüsterte sie.

Eben brannte das Feuer noch rot und gelb und rußte schwarz, doch jetzt wurde die Flamme immer heller und schien aus sich selbst heraus ein weißes Licht zu erzeugen.

»Seht Ihr den Reiter rechts, der sie so unverwandt fixiert?«, fragte sie leise. »Er ist es, der ihre Seele und ihr Wissen haben will. Allerdings stellt er gerade fest, was ein Wille zu tun vermag, der über Jahrzehnte in Leid und Schmerz gestählt wurde. Er hat es schon so oft getan, hat viele Seelen geritten, doch niemals hat ihm jemand so die Stirn geboten. Und seht, wie heiß das Feuer jetzt brennt...«

Die Flamme brannte nun weiß, wuchs und wuchs, bis sie wie eine Säule aus Licht vor uns stand und weithin sichtbar war.

»Ein Lichtbrand«, hauchte ich ergriffen. »Das heilige Feuer Borons!«

Vor uns wichen die Priester und die Männer in den schwarzen Rüstungen zurück, der eine, der sie so unverwandt gemustert hatte, wandte sich gar ab und floh, doch es war zu spät.

»Jetzt!«, rief sie erneut und drückte meine Hände.

Die Säule aus Licht teilte sich und berührte die beiden Priester und die Reiter, die in der Helligkeit aufflammten und vergingen.

Dort, wo der Wagen gewesen war, der Scheiterhaufen und der Pflock, dort stand nun nur die Frau in einem weißen Kleid, von den Flammen gänzlich unberührt.

Einen langen Moment starrten alle nur ungläubig, während auf den Zinnen die Soldaten jubelten, dann kam der Befehl vom Feind.

Mit einem Aufschrei stürmte die vordere Reihe der feindlichen Soldaten mit erhobenen Speeren auf sie zu. Sie stand still, doch bevor der erste Speer sie berührte, schoss der Soldat, der neben uns so lange gezielt hatte, und brach dann weinend zusammen.

Noch in der Luft verwandelte sich der Bolzen in ein helles Licht. Er traf die Königin ins Herz, das Licht pulsierte und wurde gleißend. Als es verging, war das Herz Illians verschwunden, nur ein verglühter und verbogener goldener Reif lag dort, wo sie gestanden hatte.

»Sie ist jetzt frei«, sagte das Mädchen leise zu mir und zog an meiner Hand. »Lasst uns gehen, Ihr braucht nicht zu sehen, wie der Feind Verrat begeht. Er hat niemals daran gedacht, seine Versprechen einzuhalten.« Ich sah noch, wie die Soldaten auf den Zinnen sich bückten, jeweils einer von zwei nahm einen schweren Schild auf, der andere eine gespannte Armbrust.

Wir standen nun im Thronsaal. Sie ließ meine Hand los und trat vor mich, streckte die Hand aus und wischte etwas von meinen Wangen.

»Ihr braucht nicht um sie zu weinen. Sie ist frei. So lange Jahre musste sie ausharren in dem, was ihr Gefängnis geworden war. Und die letzte Gnade ist, dass sie den Bolzen nicht spürte. Ihre Seele ruht nun in Borons Hand, er wird Gericht halten über sie, doch sie wird ihn nicht fürchten.« Sie ergriff wieder meine Hand. »Ihr wart es, Roderic, der ihr die Kraft gegeben hat, auszuharren. Seid stolz darauf, sie ist es auch. Weint nicht um sie, denn das Land wird erfahren, was geschah: dass sie sich in die Hände des Feindes begab, um ihr Volk zu schützen, wie der Handel gebrochen wurde, wie man sie verbrennen wollte und wie sie aufging in Borons Licht und der Gott die Feinde bestrafte. Da niemand sie sterben sah, wird sie in den Herzen ihres Volkes leben. Und sie trägt mit dem Licht ihre letzte Botschaft weit ins Land.« Sie zeigte auf das große Schwert, das hinter dem Thron an der Wand hing. »Geht dorthin und reicht mir das Schwert, ich bin zu klein, um es zu erreichen, ich müsste auf die Lehne des Throns klettern, wie damals, als Ihr mich hier gefunden habt. Einer Königin geziemt es nicht, auf dem Thron zu spielen, das habt Ihr mir selbst gesagt, also müsst Ihr mir Steinherz geben.«

Ich trat an die Wand heran und nahm das Schwert, Steinherz' rote Augen glühten auf, als ich es berührte. Es mochte mich wohl immer noch nicht, selbst in meinen Träumen.

»Das Schwert des Reichs«, sagte sie, als ich vor ihr kniete und es ihr auf beiden Händen darbot. »Wenn die Mauern fallen, werden sie nach ihm greifen, doch Ihr wisst wie ich, dass dies nicht Steinherz ist. Es ruht in anderen Händen als den meinen.«

Sie griff nach dem Heft des Schwertes, drückte gegen die glühenden Augen und drehte an dem Drachenkopf. Er löste sich mit einem leisen Klicken. Dort im Heft des Schwerts lag ein enggerolltes Pergament.

»Es ist eines der letzten Geheimnisse, die mir bleiben, Roderic. Es ist das Schwert des Reichs, weil ein jeder Herrscher in ihm seinen Willen verkündet. Im Heft der wahren Klinge werdet Ihr, mit meinem Siegel versehen, auch meinen Willen finden, in dem entschieden ist, wer das neue Herz von Illian sein soll.«

Sie bemerkte meinen Blick und lächelte belustigt. »Nein, seid beruhigt, Euch bürde ich das nicht auf, Euer Schicksal ist ein anderes.« Das Schwert verschwand aus meinen Händen und hing wieder an der Wand. »Diese Mauern werden halten. Der Feind wird weiter morden, doch für jeden, den er erschlägt, wird Kälte, Hunger und Pest zehn von seinen nehmen. Mit jedem Mord an uns wird das Volk an Entschlossenheit gewinnen. Und solange die Kronstadt ausharrt, bleibt der Feind gebunden und kann nicht mit voller Macht in die Nordlande vordringen.« Sie lächelte. »Wer weiß, vielleicht stehen diese Mauern noch, wenn Ihr zu uns zurückkehrt, Roderic. Dann wisst Ihr, wie Ihr bestimmen könnt, wem dieser Thron gebührt. Es mag sein, dass schon jemand darauf sitzt. Wenn es der Falsche ist, dann tut, was getan werden muss.«

Noch immer kniete ich vor ihr. Sie trat an mich heran und umarmte mich, schenkte mir dieses Lächeln, das einst so voller Vertrauen und Freude gewesen war, bevor ein Attentat sie niederstreckte und ihr alle Freude nahm und ihr stattdessen das Leid schenkte. Sie umarmte mich, ich roch die Äpfel in ihrem Atem. »*Er* versprach mir, dass wir uns wiedersehen«, sagte sie mit einem freudigen Lächeln und legte mir einen Apfelkern in die Hand. »Für Euch. Pflanzt einen Baum für mich«, flüsterte sie, dann vergingen sie und Illian in einem weißen Licht.

Ich saß in meinem Bett und weinte. Es war nur ein Traum, sagte ich mir, ein Flug der Einbildung, aus Erschöpfung und Trauer geboren, bestimmt war es nicht wahr. Ich hob die Hand, um mir die Wange abzuwischen, und etwas fiel herunter. Ein Apfelkern …

Lange hatte ich nicht geschlafen, es war wohl kaum mehr als eine Kerze nach der vierten Glocke, kurz nach Mittag also. Ich wusch mich, betrachtete mein Gesicht im polierten Silberspiegel, bemerkte die Seife dort und den Lederriemen an dem Haken. Ich hatte mich schon seit Wochen nicht mehr rasiert, in Bessarein waren nur Eunuchen bartlos. Ich zog meinen Dolch, musterte ihn skeptisch und zog ihn übers Leder. Diese einfache Tätigkeit half mir zumindest, meine Gedanken zu ordnen.

Während ich dort stand und mir den Bart abschabte, dachte ich über die Träume nach, die ich von unserer Königin gehabt hatte.

Das letzte Mal, als ich sie sah, war sie ein Kind gewesen und hatte mich in die Schlacht am Pass von Avincor geschickt, um dort den Barbaren den Zugang zum Reich zu verwehren. Eile war geboten, denn es dauerte zu lange, bis die Armee des Reichs unter dem Befehl des Grafen Filgan den Pass erreichen konnte, also brach ich mit vierzig Rittern eines Ordens auf, um den Pass zu halten, bis die Armee in Stellung war.

Sie wusste, was sie von uns verlangte, und auch, dass wir uns nicht wiedersehen würden. Die vierzig Getreuen starben auf dem Pass, den wir zwölf lange Tage hielten.

Der Graf jedoch entschied, dass es keinen Sinn ergeben würde, den Pass zu verstärken, und bezog im Hinterland mit der Armee Stellung. Er saß auf seinem faulen Arsch und wartete nur ab, derweil beschäftigte er sich mit der Falkenjagd. Als er nachsehen ließ, warum die Barbaren nicht kamen, fand er die vierzig Getreuen erschlagen und einen Berg aus Leichen vor, so hoch, dass die blutigen Körper den Pass wie einen Wall verschlossen.

Die Barbaren hatten sich zurückgezogen, es gab keine weitere Schlacht, und der Graf von Thurgau war verschwunden.

Ich mied die Kronstadt, zog ruhelos durchs Land und machte meiner Königin den Vorwurf, dass es ihre Schuld gewesen war, ihr Versagen, den Grafen Filgan als Heerführer benannt zu haben. Und doch wusste ich um die Ungerechtigkeit meines Urteils. Die Königin tat, was sie hatte tun müssen, und wäre es sinnvoll gewesen, hätte sie selbst ihre Bahre dort an den Pass bringen lassen. Sie besaß all den Mut und den Willen, an dem es dem Grafen mangelte.

Immer wieder spielte ich mit dem Gedanken, zurückzukehren, sie noch einmal zu sehen, doch ein jedes Mal redete ich mir ein, dass sie nun älter war, nicht mehr das Kind, das mich damit aufzog, dass ich Apfelbäume pflanzte. Nicht mehr das Mädchen, das von jedem Apfel, den sie aß, die Kerne für mich sammelte. Nicht mehr das Kind, nicht mehr die, die ich geliebt hatte wie meine eigene Tochter.

Ob Traum oder nicht, ich wusste tief in meinem Herzen, dass unsere stolze Königin nun tot war. Es war zu spät, zu lange hatte ich gezaudert, mich gewunden, Gründe gesucht, sie zu meiden. Im Traum zumindest hatte sie es mir nicht nachgetragen.

Das brauchte sie auch nicht, ich vermochte es ganz gut für mich allein. Sie, die niemals bei einem Mann hatte liegen können, hatte in meinem Traum ihr Hochzeitskleid getragen. So viele Wunder konnten die Priester der Götter wirken, warum nur war es niemandem von ihnen gelungen, ihr Rückgrat zu richten? Wieso ließen die Götter zu, dass dieses Mädchen ein Leben lang in ihrem Körper gefangen blieb, ausgerechnet sie, die sie doch so gern herumsprang und lachte?

Dreihundertzwanzig Jahre lang regierte ihre Linie unser Land, gute und schlechte Könige waren darunter, tapfere Männer, weise, dumme und auch Trunkenbolde und Taugenichtse. Aber an Größe kam ihr keiner auch nur nahe.

Unter dem Schaum kam mein Gesicht zum Vorschein und erschien mir fremder als jemals zuvor. Es schien mir, als habe die Sonne Bessareins alles weggebrannt, was einst freundlich gewirkt hatte. Dieses sture Kinn erkannte ich kaum wieder, die tiefen Falten und die Narben gaben dem Mann im Spiegel eine Härte und Grausamkeit, die mich erschreckte.

Ich hatte sterben wollen, also hatte ich mich dem Alter überlassen und es vermieden, Seelenreißer auch nur zu berühren. Das Altern dauerte viel zu lange, aber zuletzt holte es mich doch ein, bis es mir schien, dass in Wochen Jahre vergehen würden.

Bis sich in einem einsamen Gasthof in den Bergen Seelenreißers fahler Stahl erneut ein Leben nahm, es mir übertrug und mir damit meine Jugend wiedergab. Aber diese tiefen Falten waren geblieben.

Ich wusch mir das Gesicht, musterte das fremde Antlitz und

sah, dass es nicht nur Grausamkeit war, sondern auch Verbitterung. Ein Kind, das ich liebte, hatte mich und vierzig andere in den Tod geschickt, um ein Reich zu retten, und ich hatte es ihm nie verziehen. Wie konnte sie mich wegschicken, wie konnte sie uns so verraten … Und doch war ich es gewesen, der sie verraten hatte, nicht weniger als der, der seine Falken jagen ließ, während andere für ihn starben.

Wie hatte ich gegen sie getobt, gegen das Schicksal, gegen den Gott! Ich hatte sie für etwas verflucht, das niemals ihre Wahl gewesen war. Nicht Soltar war es, der mich daran gehindert hatte, in die Kronburg zurückzukehren, ich selbst war dieser bockige Esel gewesen.

Als neues Unheil in Gestalt des Reichs Thalak in die Drei Reiche einbrach, hatte sie noch immer nicht den Glauben an mich verloren. Sie schickte ihren Paladin, Leandra, um mich zu suchen und mir aufzutragen, das Reich zu retten. Und wieder hatte ich gebockt, bei jedem Schritt nur stur den Esel gegeben, blind die Augen vor dem einen verschlossen, das ich nicht erkennen wollte: dass es nicht zu viel von einem Mann verlangt war, für das, was er liebte und schützen wollte, zu sterben. Dass ohne die Bereitschaft, für das einzustehen, an das man glaubte und das man liebte und achtete, Ehre nichts anderes war als ein hohles Wort.

Natalyia, drittes Tuch der Nacht, eine Attentäterin Thalaks, hatte nicht gezögert. Sie wusste, was ihr wichtig war, woran sie glaubte, hatte keinen Grund gesehen, zu zweifeln oder gar zu zögern. Denn hätte sie anders gehandelt, wäre sie sich selbst nicht treu geblieben.

Ich hingegen hatte nicht nur meine Königin verraten, meinen Schwur und meinen Gott, sondern auch mich selbst. Hinter meinem Bild im Spiegel sah ich Eleonora, Natalyia und all die anderen, die einst an meiner Seite gefallen waren.

Ich nickte ihnen zu. Manchmal dauerte es eben länger, bis ein alter Esel verstand.

24. Diplomatische Bedenken

Ich öffnete die Tür zum Hauptraum und sah mich einem unerwarteten Besucher in der Uniform der Bullen gegenüber. Er stand an einem der schmalen Fenster, hatte den Laden geöffnet und schaute hinaus auf den Hafen. Nun drehte er sich zu mir um und salutierte, das aber eher nachlässig. Dafür warf er mir einen prall gefüllten Beutel zu.

»Ich hörte, Ihr hättet eine Leidenschaft für Bessareiner Apfeltabak«, sagte er. »Wir teilen uns diese noble Unterkunft. Ich bin Kurtis Blix, Schwertmajor, zweite Lanze, Dritte Legion. Ihr habt wahrscheinlich schon von uns gehört.«

Ich wog den Beutel in der Hand und musterte den Neuankömmling. Er war größer als die meisten, schlank, aber mit den Muskeln versehen, die man bekam, wenn man über Jahre den schweren Harnisch der Bullen trug. Kurze blonde Haare, die wirr abstanden, eine mehrfach gebrochene Nase und ein schlecht verheilter Riss durch seine rechte Augenbraue gaben ihm ein verwegenes Aussehen. Mit seinen Lachfalten, unerwartet hellen, grünen Augen und diesem halben Lächeln, war er ein Mann mit diesem gewissen Etwas von Gefahr und guter Laune, das die Seras so leicht begeistern konnte.

»Danke, Major, das ist aufmerksam«, sagte ich und schaute mich um. »Habt Ihr Euch im Zimmer geirrt?«

Seine Augen funkelten belustigt. »Wohl kaum. Aber ich gebe zu, dass ich meiner Neugier Folge geleistet habe. Ich hörte, dass ein General hier wäre, und fragte nach, welche Legion er befehligt. Könnt Ihr Euch vorstellen, wie groß mein Erstaunen war, als ich die Antwort vernahm?«

»Nein«, sagte ich kurz angebunden. Seine gute Laune passte nicht zu meiner eigenen, die Gelegenheit war in meinen Augen alles andere als günstig.

»Nicht?«, fragte er verwundert und hob eine Augenbraue.

»Nun, ich gestehe meinen Unglauben ein und fragte nach, wie Ihr hergekommen seid. Die Spur führte mich zur *Schneevogel* und einem Ersten Offizier, der Großes auf Euch hält. Ich fragte ihn, wie man Euch bestechen kann, und er empfahl mir diesen Tabak. Ich hoffe, er hat mich gut beraten, denn Ihr habt einen teuren Geschmack.«

»Wollt Ihr etwas von mir, Major?«, fragte ich leicht verärgert. »Ich erhielt soeben eine schlechte Nachricht, es ist nicht der günstigste Moment.«

Jetzt schien ich ihn überrascht zu haben. »Ihr wisst es schon? Woher? Ich musste den Signalsergeanten bestechen, um es zu erfahren!«

»Es geht Euch nichts an«, sagte ich und wunderte mich nun selbst, wie die Nachricht vom Tod der Königin hierher gefunden hatte.

»Dann frage ich besser auch nicht weiter«, sagte er. »Ich habe das Gefühl, dass Ihr mir sagen könnt, was dem Schiff zugestoßen ist.«

»Welchem Schiff?«, fragte ich überrascht.

»Ah, dann meintet Ihr etwas anderes. Es geht um die *Ormul*. Sie lief vor sechs Tagen von Janas aus. Sie ist ein Schwerthändler und befährt mit Fracht und Passagieren in regelmäßigen Abständen die Strecke Janas, Aldar und Askir. Sie kam hier nie an. Piraten werden es kaum gewesen sein, ich weiß, dass der Kapitän stets die Schutzgebühr bezahlt. Ich fragte Wendis, und er meinte, dass er mir dazu nichts sagen kann. Er meinte, dass die *Glaube* und die *Schneevogel* die letzten Schiffe waren, die aus dieser Richtung gekommen sind. Ihr wart an Bord der *Schneevogel*, Ihr seid ein General einer Legion, die es nicht gibt. Bitte, General, sagt mir, was Ihr über das Schicksal der *Ormul* wisst oder vermuten könnt.«

»Warum wollt Ihr das wissen?«

»Meine Lanze wurde von den Ostgrenzen abgezogen und hierher nach Aldar verlegt. Kommandant Keralos tut nichts ohne Grund«, sagte er und zeigte ein grimmiges Lächeln. »Je mehr man weiß, desto leichter fällt es zu überleben. Es ist etwas im

Busch, und das Verschwinden der *Ormul* ist nur ein Teil des Ganzen. Also, General, wisst Ihr, worum es hier geht?«

»Ich weiß nur, dass zwei Schiffe aus Thalak im alten Stützpunkt auf den Feuerinseln liegen. Vielleicht haben sie etwas damit zu tun. Mehr kann ich Euch nicht sagen.«

Er kratzte sich am Hinterkopf. »Thalak? Nie davon gehört.«

»Es ist ein Reich, das tief im Süden liegt und von einem Nekromantenkaiser regiert wird. Zurzeit unterwirft er meine Heimat, die Drei Reiche, ehemals Kolonien des alten Kaiserreichs, seiner Gewalt. Doch das ist nicht allein sein Ziel. Er hat es auf Askir abgesehen, und wir denken, er will den Knotenpunkt des Weltenstroms dort unter seine Gewalt bringen.«

»O Götter«, sagte Blix und verzog das Gesicht. »Fangt mir nicht an mit Magie, Nekromanten und dem Weltenstrom, das ist alles nichts für mich, General. Ich bin es gewohnt, meinem Gegner Geisteswitz und Stahl entgegenzusetzen, nicht Magie oder das Unheilige, und bin zufrieden, wenn mein Gegner auch nichts Derartiges tut. Wie bekämpft man die Unheiligen und Magie, General?«

»Mit Mühe, Leid und Verlusten«, gab ich ihm zur Antwort. »Bislang habe ich aber nichts gefunden, das gegen Magie, welcher Art auch immer, mehr hilft als Glück.«

»Glück hilft immer, wenn man denn welches hat«, stimmte er mir zu. Er musterte mich und schüttelte dann den Kopf. »Ich denke, ich sollte Euch besser nicht weiter stören, General. Ihr seht aus, als könntet Ihr Ruhe gebrauchen.« Er nickte in Richtung meiner Hand, in der ich noch immer den Beutel mit dem Tabak hielt. »Genießt ihn, er soll gut sein. Solltet Ihr mich aus irgendeinem Grund brauchen, und sei es auch nur für ein Bier und vernünftige Gesellschaft, findet Ihr mich nebenan, ich habe das Quartier neben dem Euren bezogen, einfach die nächste Tür links den Gang hinunter.«

Er salutierte nachlässig, ging zur Tür, zog sie auf, blieb aber im Rahmen stehen und schaute zu mir zurück. »Eine Frage brennt mir noch auf der Zunge. Stimmt es, dass Ihr es wart, der dieser jungen Emira in Gasalabad das Leben gerettet hat?«

»Ich würde eher sagen, dass es dem Willen des Gottes entsprach«, antwortete ich.

Er bedachte das einen Moment, nickte knapp und zog die Tür hinter sich zu.

Ich kramte meine Pfeife heraus. Wenn ich nun schon guten Tabak hatte, sah ich keinen Grund, ihn nicht auch zu genießen. Ich stellte mich ans Fenster und zündete mir die Pfeife an, während ich auf den Hafen hinaussah und versuchte, meiner Unruhe Herr zu werden. Ich machte mir Sorgen um die anderen auf der *Lanze des Ruhms*.

Als ich über Bord gegangen war, hatte es mindestens noch zwei weitere Schiffe gegeben, die sie verfolgten. Leandras magische Fähigkeiten waren beeindruckend, zumal sie fast täglich zu wachsen schienen. Mit einem einzigen Angriff hatte sie das Piratenschiff bezwungen, doch ich konnte mich noch viel zu gut daran erinnern, wie erschöpft sie danach gewirkt hatte. Hatte sie genügend Kraft übrig gehabt, um die beiden anderen Schiffe ebenfalls mit ihrem Blitz in Brand zu stecken?

Ruhelos schritt ich auf und ab, dann hielt ich es nicht mehr aus, verließ mein Quartier, ging hinüber zu dem Signalturm mit der Semaphore und bestieg ihn. Oben angekommen, fand ich eine kleine Plattform vor, einen älteren Sergeanten der Federn und einen jungen Rekruten, der eifrig das mitschrieb, was der Sergeant ihm diktierte.

Er saß bequem auf einem Stuhl und hielt ein Auge an ein Sehrohr, das gut und gern zehnmal so groß war wie das, über welches Leutnant Mendell so sorgsam wachte. Der Mann ließ sich durch meine Anwesenheit nicht stören, diktierte weiter und gab dann dem Rekruten Anweisung, ein Signal zu senden, dass die Nachricht verstanden worden war. Jetzt erst wandte er sich mir zu und zog eine Augenbraue hoch, als er das Rangabzeichen bemerkte.

»Ein General?«, fragte er mit freundlicher Neugier. »Was verschafft uns die Ehre? Wenn Ihr ein Signal senden lassen wollt, müsst Ihr es unten in der Kommandantur diktieren, es muss in den Nachrichtenbüchern vermerkt werden.«

»Ich komme aus einem anderen Grund«, erklärte ich und wies auf das schwere Sehglas. »Ich kam heute Nacht mit der *Schneevogel* hier an und sah, wie Signale ausgetauscht wurden. Ihr habt von hier oben einen weiten Blick über das Meer. Seht Ihr alle Schiffe, die Aldar passieren?«

Er lachte und schüttelte den Kopf. »Die Sicht ist gut hier oben, da habt Ihr recht, aber alle Schiffe sehen wir trotzdem nicht. Nur jene, die klug genug sind, sich nahe der Küste zu halten.«

Nach dem, was ich wusste, hatte Deral vorgehabt, entlang der Küste zu segeln. »Könnt Ihr Euch zufällig daran erinnern, ob in den letzten drei Tagen eine Dhau Aldar passierte?«

»Nein, aber das will nichts heißen. Der Turm wird in vier Schichten besetzt, manchmal sind wir sogar zu dritt hier oben. Vielleicht hat einer der anderen etwas gesehen. Gebt mir einen Moment, und ich werde es Euch sagen können.« Er erhob sich von seinem Stuhl, um einen dicken, ledergebundenen Folianten aus dem Regal neben der Tür zum Balkon zu nehmen, und legte das schwere Buch auf den Tisch, an dem der andere Soldat noch immer eifrig schrieb.

»Eine Dhau verirrt sich selten genug in unsere Gewässer. Sie sind meist nicht hochseetüchtig«, informierte er mich, während er die engbeschriebenen Seiten durchblätterte. »Selbst wenn wir nicht wissen, welches Schiff wir sehen, schreiben wir doch Art, Größe, Masten, eben alles Erkennbare auf. Also sollte es nicht schwer sein …« Er blätterte zur nächsten beschriebenen Seite, dann sah er hoch zu mir und schüttelte den Kopf. »In den letzten zwei Wochen ist hier keine Dhau vorbeigekommen. Der Kapitän könnte sich entschieden haben, die Küste zu meiden, aber das wäre mehr als unüblich. Was ist der Ursprung und der Zielhafen dieses Schiffs?«

»Es kam aus Gasalabad und wollte nach Askir.«

»Dann wäre es erst recht unüblich, wenn es nicht in Aldar haltmachen würde. Üblicherweise frischen die Schiffe hier ihre Vorräte und das Wasser auf, bevor sie wieder in See stechen. Wie heißt das Schiff? Vielleicht wurde irgendwo etwas vermerkt.«

»Die *Lanze des Ruhms.*«

Er klappte dieses Buch zu und zog ein anderes aus dem Regal, öffnete es und überflog rasch die letzten Seiten. Ich war nahe genug, um die Schrift zu sehen, aber sie ergab für mich keinen Sinn, kein einziges Wort kam mir bekannt vor.

Der Mann bemerkte meinen Blick und lächelte. »Wir Federn haben eine eigene Schriftsprache, zum einen ist es eine Art, schnell zu schreiben, wir kürzen vieles auf spezielle Weise ab, zum anderen verschlüsseln wir unsere Texte nach dem Tagesschlüssel. Mit der Zeit allerdings kann man lernen, es zu lesen wie die Reichssprache.« Auch hier hatte er das Ende der beschriebenen Seiten erreicht und schüttelte bedauernd den Kopf. »Nichts, General, tut mir leid. Das Einzige, das Ihr noch tun könntet, wäre eine Nachricht nach Askir zu schicken, um dort anzufragen, ob das Schiff eingelaufen ist. Ich will ehrlich sein, General, die Wahrscheinlichkeit ist höher, dass die Piraten es gekapert haben, denn in den letzten fünf Tagen ist kein einziges Schiff aus Richtung Janas mehr hier im Hafen eingelaufen.«

Das hatte ich befürchtet. »Wie sende ich eine Nachricht? An wen wende ich mich?«, fragte ich ihn.

Er zeigte mit der linken Hand hinab auf die Kommandantur. »Dort unten. Geht hinein, ins Haupthaus, an der Messe vorbei, die Stiege hoch und dann den Gang entlang, der Euch zu Wendis führt. Die erste Tür rechts, dort befindet sich die Schreibstube der Federn. Almac heißt der Sergeant, der die Stube verwaltet, er wird Eure Nachricht aufnehmen.« Er blinzelte zu mir hoch. »Wenn der Läufer mir sie dann bringt, werde ich sie unverzüglich senden.« Er lächelte verschmitzt. »Ich kann ein kleines Zeichen hinzufügen, meine Kameraden wissen dann, dass es eilig ist, und mit etwas Glück habt Ihr schnell Eure Antwort.«

»Danke, Sergeant«, sagte ich höflich und wandte mich zum Gehen.

»Wartet bitte, General«, sagte er überraschenderweise. »In meiner Position erfährt man so einiges und ist verpflichtet zu vergessen, was man liest und versendet. Aber … General, wie schlimm ist es? Wie groß ist diese Bedrohung durch dieses ferne Reich?«

Ich schaute ernst drein. »Groß genug. Wir werden Glück brauchen, um sie abzuwehren.«

Glück war so eine Sache, dachte ich, als ich die steilen Stiegen wieder hinunterging, gebückt, um mir nicht den Kopf zu stoßen; diese enge Treppe war nicht für meine Größe gedacht. Glück war gut und schön, aber wie einer meiner Ausbilder einmal sagte, besser war es, kein Glück zu brauchen, denn wenn man es brauchte, hatte man etwas falsch gemacht.

»Eine einfache Anfrage, ob ein Schiff mit dem Namen *Lanze des Ruhms* Askir erreicht und dort angelegt hat?«, fragte der Sergeant in der Schreibstube der Kommandantur noch einmal nach. »Ist das alles? Wenn Ihr wünscht, kann ich noch eine private Nachricht anhängen, sofern es weniger als zwanzig Wörter sind.«

So viel zu den Regeln, dachte ich und schüttelte den Kopf. »Nein danke.« Wen sollte ich in Askir schon kennen? »Wie lange wird es brauchen?«

»Mit etwas Glück werdet Ihr noch vor dem Abend Antwort erhalten«, meinte der Sergeant, klappte ein Leder über das Schreibbrett, band geschickt eine dünne farbige Schnur darum und siegelte sie. Dann reichte er das Schreibbrett mit der Nachricht an einen jungen Soldaten, der damit davonrannte. Er bemerkte meinen neugierigen Blick.

»Die Nachrichten sind vertraulich, General«, erklärte er. »So wird gewährleistet, dass niemand sonst sie einsehen kann.« Er wies mit seiner Schreibfeder auf ein dickes Buch, in das er zuvor meine Botschaft eingetragen hatte. »Hier trage ich die Nachrichten verschlüsselt ein, diese Nummer hier entspricht der Art der Verschlüsselung, die für heute gültig ist. Das Buch hier wird bewacht, und selbst wenn jemand es stehlen würde, jeden Tag sind die Nachrichten anders verschlüsselt.«

»Dafür schreibt Ihr aber sehr flüssig«, stellte ich fest.

»Übung«, entgegnete er. »Es braucht am Morgen für die ersten Nachrichten etwas, aber dann …« Er zuckte mit den Schultern. »Ein paar von uns könnten dieses Buch auch so lesen, aber wir sind geschult darin, Dinge zu vergessen.«

»Also wird es niemandem nutzen, diese Bücher zu stehlen?«

Er nickte. »Es gibt vielleicht zehn Federn in den ganzen Reichen, die dieses Buch lesen könnten, ohne die Schlüssel zu kennen.« Er schaute zu mir auf. »Glaubt mir, General, wir sind alle tunlichst darauf bedacht, dass dieses Wissen nicht in die falschen Hände gerät.«

»Wurde der Versuch schon unternommen?«

»Ja, aber bislang ohne Erfolg. Erst vor zwei Monaten gab es einen Versuch, eines dieser Bücher zu stehlen. Es wurde schnell geklärt. Einer der Händler in Askir wollte sich einen Vorteil verschaffen.«

»Er versprach sich sicherlich guten Profit davon«, meinte ich.

»Er gehörte der Schmiedegilde an, also sollte man meinen, er hätte genug Gold«, sagte der Sergeant kopfschüttelnd. »Aber einige bekommen eben nie genug.«

Ein Händler, dachte ich erleichtert, als ich die Schreibstube verließ und die Tür hinter mir zuzog. Geldgier, aber kein Agent Thalaks. Ich schüttelte erheitert den Kopf. Wenn das so weiterging, dann würde ich noch Agenten des Feindes unter jedem Bett und hinter jeder Wand sehen.

»General?«, fragte eine Stimme. Ich drehte mich um und sah dort einen jungen Rekruten stehen, der mich fast schon ehrfürchtig ansah. »Lanzenmajor Wendis wünscht, Euch zu sprechen.«

Ich schaute von ihm zu der Tür zu Wendis' Amtsstube, die keine zehn Schritt entfernt den Gang hinauf lag. »Dafür schickt er Euch?«, fragte ich überrascht.

Der Soldat lächelte verlegen. »Er wusste nicht, dass Ihr hier seid, er wies mich an, den Stützpunkt nach Euch abzusuchen.«

»Nun, Ihr habt mich schnell gefunden«, sagte ich und lächelte zurück. »Dann wollen wir sehen, was der Major wünscht.«

»Ich fürchte, General«, verkündete Wendis, als Stabsleutnant Goch die Tür hinter mir geschlossen hatte, »dass Ihr wenig erfreut sein werdet.«

»Warum?«, fragte ich, als ich seiner Geste Folge leistete und mir den Stuhl vor seinem Schreibtisch heranzog.

»Schaut Euch das hier an«, sagte er, öffnete eine Ledermappe, entnahm dieser ein mehrfach gesiegeltes Blatt aus Pergament und schob es über den Schreibtisch zu mir herüber. Er lehnte sich in seinem Stuhl zurück und beobachtete meine Reaktion.

»Botschafter Melchor, unser Gesandter hier in Aldane, brachte es mir«, erklärte Wendis, während ich fassungslos die eng und sorgfältig geschriebenen Zeilen las. »Er meinte, es könnte Euch interessieren.«

Ich erkannte nur zwei der sieben Siegel auf dem Dokument, das erste war das des Königs von Letasan, dem Reich, in dem Kelar lag und in dem ich geboren wurde. Es war ein Beglaubigungsschreiben von Loswik dem Dritten, König von Letasan, in dem er einen gewissen Baron Riburk als Botschafter für das Reich Aldane bestimmte.

Loswik der Zweite hatte vor etwa einhundert Jahren regiert. Das Beste, was man von ihm sagen konnte, war, dass er nicht allzu viel falsch gemacht hatte, bevor er ein Opfer der Falschen Jungfer wurde. Man erkannte den beginnenden Wahn früh genug, brachte ihn aufs Land und ließ ihn in dem Glauben, er regiere noch das Reich, während sein Sohn für fast zwanzig Jahre die Regentschaft übernahm.

Der einzige Loswik aus dieser Blutlinie, von dem ich wusste, konnte nicht viel mehr als zwölf Jahre alt sein, ein Neffe des letzten Königs. Sicher war ich mir nicht, es war schon lange her, dass ich mich am Hof von Letasan aufgehalten hatte.

Das zweite Siegel war das von Thalak.

Diesem Schreiben nach war Letasan Teil des Kaiserreichs Thalak, nicht viel anders, als Aldane einst Teil des Alten Reichs unter Askannon gewesen war.

Nichts auf diesem sorgsam geschriebenen Dokument wies darauf hin, dass es in meiner Heimat einen Krieg gab. Ich sah auf das Datum und fluchte leise. Dieses Beglaubigungsschreiben musste unmittelbar nach dem Fall von Kelar aufgesetzt worden sein, viel Zeit hatte der neue Herrscher des Landes also nicht verloren.

»Was sagt Ihr dazu?«, fragte Wendis, als ich langsam das Schriftstück wieder sinken ließ.

»Wie lange ist dieser Baron von Riburk schon hier?«, fragte ich rau.

»Schon mehrere Wochen, zumindest habe ich Botschafter Melchor so verstanden«, antwortete Wendis. »Noch hat der Herzog ihn nicht als Botschafter bestätigt. Es scheint diesen Baron nicht daran zu hindern, die Vorzüge der hohen Gesellschaft in Aldane zu genießen. Es sieht aus, als fühle er sich am hiesigen Hof wohl.« Er beugte sich leicht vor. »Nun, General, was haltet Ihr davon? Ist dieses Schreiben echt?«

Ich reichte es ihm wieder zurück. »Es mag durchaus echt sein«, sagte ich und schluckte. »Letasan ergab sich, nachdem eine der wichtigsten Städte, Kelar, das über lange Jahre belagert wurde, schließlich fiel. Was mit dem alten König und dem Kronprinzen geschah, kann ich Euch nicht sagen.« Ich warf einen letzten Blick auf das Schreiben, als Wendis es wieder sorgfältig in die Mappe legte.

»Letasan ist eines der Drei Reiche, von denen Ihr gesprochen habt, nicht wahr?«, sagte Wendis. »Vielleicht ist der Krieg in Eurer Heimat vorüber.«

»Letasan und Jasfar sind gefallen«, antwortete ich mit belegter Stimme. »Illian, das dritte der Reiche, hält noch aus.«

»Das hofft Ihr«, sagte der Lanzenmajor leise. »Aber Ihr wisst es nicht mit Sicherheit, oder?«

»Woher denn auch?«, gab ich gereizt zurück. »Ich habe seit Wochen keine Nachricht aus der Heimat erhalten.« Ich musterte den Lanzenmajor sorgfältig. Wenn ich mich nicht sehr täuschte, gab es noch andere Gründe, weshalb er mich hergebeten hatte. »Was ist der Grund dafür, mir dieses Schreiben zu zeigen?«

Er blinzelte und lächelte dann. »Seid Ihr aufmerksam oder nur misstrauisch, General?«, fragte er mit einem Lächeln.

»Beides. Also?«

»Ser Melchor, der Botschafter der Reichsstadt hier in Aldar, ist besorgt.«

Ich fragte mich, was für ein Ruf mir hier vorauseilte. Ich war noch keinen ganzen Tag hier, und schon sorgte sich ein Botschafter der Reichsstadt um mich.

»Kommt zum Punkt, Lanzenmajor«, sagte ich verdrossen. »Bitte«, fügte ich hinzu, als ich sah, wie sich sein Gesicht verhärtete. »Major, ich schwöre Euch, ich wüsste keinen einzigen Grund, warum der Botschafter besorgt sein sollte.«

Er zögerte einen Moment, dann schaute er mir direkt in die Augen. »Der Botschafter ist, wie die meisten Botschafter der Reichsstadt, eine Feder. Er hält den Rang eines Stabsmajors. Ich will damit sagen, dass er ein Soldat ist und kein Zivilist, er also Verständnis für Eure Lage besitzt.«

Gut. Dafür verstand ich jetzt umso weniger. »Mag sein. Aber ich weiß noch immer nicht, worum es geht.«

»Der Botschafter ist besorgt, weil ihm zu Ohren gekommen ist, dass Baron di Cortia von der königlichen Garde Euch für heute Abend ins Theater geladen hat.«

»Das *Lamento des Buro*«, sagte ich. »Richtig. Was ist damit?«

»Der Baron ist ein Vertrauter des Prinzen und wird sich in der Loge aufhalten. Aber auch dieser Baron Riburk wird anwesend sein. Vielleicht sogar der Prinz selbst oder der Herzog und seine Tochter. Der Botschafter ist in Sorge, dass …«

»Dass ich etwas Unschickliches tun werde?«, fragte ich und war wider Willen amüsiert. Was dachte sich der Botschafter? Dass ich mein Schwert ziehen und auf diesen Baron losstürmen würde?

»Richtet dem Botschafter aus, dass er ganz beruhigt sein kann«, sagte ich. »Ich habe ein paar Zeilen des *Lamento* gelesen, es war genug für mich, ich denke, ich werde heute Abend auf das Theater verzichten können. Keine Angst«, fuhr ich fort, als ich die Erleichterung im Blick des Lanzenmajors sah. »Ich werde die Reichsstadt nicht blamieren.« Ich stand auf. »Ich nehme an, Lanzenmajor, dass das alles war?«, fragte ich knapp.

Wendis erhob sich ebenfalls und nickte unbehaglich. »Ja, General«, sagte er. »Ihr müsst verstehen …«

»Keine Sorge«, sagte ich, als ich den Salut des Majors erwiderte. »Das tue ich.«

Ich verstand ihn. Er wusste nichts weiter über mich, als dass hier ein Mann vor ihm stand, der behauptete, der General der Zweiten Legion zu sein, um die sich Legenden rankten. Der Lanzenmajor kommandierte diesen Stützpunkt, es konnte ihm nicht gefallen, dass ich hier war. Die Wachen auf dem Stützpunkt waren Bullen, zudem war die zweite Lanze der Dritten Legion hier stationiert. Ich nahm an, sie waren ihm unterstellt, aber wie gestaltete sich die Befehlskette, wenn ein General der Bullen anwesend war? Außerdem war der Lanzenmajor kein Mann, der seine Gedanken gut verbergen konnte. Er mochte widerwillig zugegeben haben, dass der Ring echt war, aber das bedeutete nicht, dass er seine Zweifel an dem Mann, der den Ring trug, beiseitelegte.

Es sprach sehr für die Disziplin und den Glauben der Soldaten der Reichsstadt an Askannons Unfehlbarkeit, dass man mir überhaupt die Höflichkeiten zukommen ließ, die ich hier empfangen hatte.

Umgekehrt, Ring oder nicht, hätte ich mir selbst kein Wort geglaubt.

Einen Moment zögerte ich, dann betrat ich die Schreibstube der Federn. Es war wohl nur höflich, Baron di Cortia eine persönliche Nachricht zukommen zu lassen, mich für die Einladung zu bedanken und ihm mitzuteilen, dass mich neuere Verpflichtungen daran hindern würden, die Ehre seiner Gesellschaft zu genießen. Oder so. Ich war mir sicher, der Schreiber würde wissen, wie man so etwas angemessen formulierte.

25. Die Rückkehr der *Lanze*

Nachdem ich die Kommandantur verlassen hatte, stand ich einen Moment lang unschlüssig da und blinzelte gegen die Mittagssonne an, dann suchte ich mir einen großen Steinpoller aus, ganz ähnlich dem, den ich mir auf den Feuerinseln als meinen Beobachtungsplatz gewählt hatte, lehnte mich dagegen und stopfte meine Pfeife mit dem Apfeltabak des Schwertmajors.

Am liebsten wäre ich auf und ab gelaufen, doch ein General tat so etwas nicht. Wenigstens nahm ich das an.

Wieder, wie so oft zuvor, beäugte ich den Ring und versuchte ihn zu lösen, aber er steckte fest, schien untrennbar mit dem Finger verbunden. Damals, als wir die Flagge der Zweiten Legion gefunden hatten, schien es eine gute Idee, diesen alten Geist wiederzubeleben, doch ich hatte nie daran gedacht, dass ich es sein sollte, der diese Legion führte. Welcher üble Geist hatte mich nur geritten, diesen Ring anzustecken?

Esen hatte mich wenig beeindruckt, dafür Elgata umso mehr. Auch Wendis kam mir in seiner steifen Art wie ein fähiger Mann vor, und dieser Blix... Ich mochte wetten, dass die Reichsstadt ihre Offiziere sorgfältig auswählte. Sie hatten wohl lange und hart für ihren Rang gearbeitet, sie steckten ihn sich nicht einfach an den Finger und glaubten dann ein General zu sein!

Ein Ring machte noch keinen General, das wusste ich genauso gut wie Wendis.

Einen kurzen Moment dachte ich daran, mir den Finger abzuschneiden. Aber ich hing an ihm, und ohne Seelenreißer würde er mir kaum nachwachsen.

Einmal hatte ich die Fingerkuppe meines linken Daumens verloren, es dauerte Monate, bis sie wieder da war, und bis es so weit war, konnte ich Seelenreißer kaum richtig führen. Die Götter hatten sich etwas dabei gedacht, dass der Mensch zehn Finger besaß.

Also war die einzige Möglichkeit die, nach Askir zu reisen und den Kommandanten darum zu bitten, diesen Ring von mir zu nehmen. Denn eines war sicher: Noch weniger als zum Befehlegeben eignete ich mich dafür, welche entgegenzunehmen.

Das nächste Schiff nach Askir würde wohl kaum lange auf sich warten lassen, also waren es nur noch einige wenige Tage, bis ich den Kommandanten sehen würde. Ich hoffte nur, dass er Verständnis für meine Erklärungen aufbringen konnte und mich nicht sofort aufhängen ließ.

»General?« Ich drehte mich um und erkannte den jungen Soldaten, der oben im Signalturm als Läufer Dienst tat. Er sah eingeschüchtert aus, also versuchte ich, freundlich zu lächeln.

»Was gibt es?«

»Der Sergeant bat mich, Euch auszurichten, dass er soeben Nachricht von Eurem Schiff erhalten hat. Wenn es Euch genehm ist und Ihr noch einmal hoch zum Turm…«

Ich hörte den Rest seiner Worte nicht mehr, ich war schon unterwegs.

»Hier«, meinte der Sergeant mit einem breiten Grinsen, als ich schweratmend oben auf der Plattform des Signalturms ankam. »Bevor ich Euch die Nachricht vorlese, werft einen Blick durch das Glas.« Er trat zur Seite und machte mir den Weg zu dem riesigen Sehrohr frei, das auf seinem schweren Messingständer auf die See ausgerichtet war. Ich trat an das Rohr heran und schaute durch die Augenlinse. Ich erwartete wie bei den anderen Sehrohren das Bild wieder auf dem Kopf stehend vorzufinden, aber dieses hier drehte die Welt nicht um. Zuerst sah ich nichts als Wasser, dann erkannte ich irgendetwas weiter seitlich, drehte das schwere Rohr ein wenig und bemerkte zwei Schiffe in der Ferne. Eines davon war ein Schwertschiff der Reichsstadt, baugleich zu Elgatas *Schneevogel*. Das andere, das dem ersten Schiff in kürzester Entfernung folgte, nein, geschleppt wurde, war unmissverständlich die *Lanze*.

Ich nahm das Auge vom Sehrohr und schaute über das Meer hinaus; mit bloßem Auge waren die Schiffe nicht zu erkennen.

Wenn ich aber hindurchblickte, schien es, als wären sie nur wenige Hundert Meter entfernt, so nahe, dass ich fast sicher war, den Mann zu erkennen, der dort mit nacktem Oberkörper am Ruder stand, einen Arm nachlässig um den Ruderbalken gelegt, in der anderen Hand etwas, das nur ein Bierhumpen sein konnte.

Die *Lanze* hatte keine Segel gesetzt, und bis auf Angus regte sich an Bord zuerst nichts, dann sah ich eine schlanke Gestalt aus der Achterkabine treten. Mein Herz schlug heftig, aber es war nicht Leandra. Dieses lange dunkle Haar konnte nur Serafine gehören.

Die *Lanze* sah mitgenommen aus, die große Besanrute, an der das dreieckige Segel festgemacht gewesen war, war zu einem Drittel abgebrochen, verkohlte Reste von Segeltuch hingen herunter, Teile der Reling zeigten große Breschen, und an zwei Stellen sah ich Ballistenbolzen in der Bordwand stecken. Aber sie schwamm und wurde von einem Schiff der Reichsstadt geschleppt. Sie hatten es geschafft!

Ich atmete tief durch und trat dann langsam vom Sehrohr zurück. »Es ist mein Schiff, Sergeant«, sagte ich und merkte, wie erleichtert ich wirklich war. Ich hatte mir wohl deutlich mehr Sorgen gemacht, als ich es mir selbst eingestehen wollte. »Wie lautet die Nachricht?«

»Sie ist nicht für Euch bestimmt, General«, meinte der Sergeant, »sondern für den Dockmeister, aber ich denke, in Eurem Fall kann ich eine Ausnahme machen.« Er zwinkerte mir zu. »Erwähnt es nicht Wendis gegenüber. Er mag es, wenn alles seinen geregelten Gang nimmt.«

»Spannt mich nicht auf die Folter, Mann«, meinte ich. »Was sagt die Nachricht?«

»Es sind leider auch schlechte Nachrichten, General«, sagte der Sergeant nun ernst. »Die *Meteus* fand die Dhau auf offener See, etwa hundert Seemeilen von hier entfernt, sie fuhr unter einem Notsegel und war sichtbar beschädigt. Die *Meteus* eilte zu Hilfe, und wie Ihr sehen könnt, nahm sie Euer Schiff in Schlepptau.« Der Sergeant schaute auf sein Signalbuch. »Es ist wohl zu einem Gefecht mit Piraten gekommen. Der Kapitän der *Meteus* vermerkt hier, dass er den Gottesdienst für zwei Eurer Besatzungsmitglieder abhalten ließ und dass der Schiffsarzt sich um die Verwundeten kümmert. Er schreibt von sieben Überlebenden, Ser.«

»Nennt er Namen?«, fragte ich. Ich trat erneut an das Rohr, suchte die *Lanze*, und diesmal ängstigte mich der Anblick des leeren Decks. War es denn tatsächlich leer? Dort im Vorschiff, war das ein lebloser Körper? Nein, das konnte nicht sein, nicht wenn es eine Seebestattung gegeben hatte.

»Nein, Ser«, sagte der Sergeant.

»Könnt Ihr …?«, fragte ich, aber er schüttelte den Kopf.

»Nein, General. Die Nachricht geht jetzt ihren Weg, es würde auffallen, wenn ich nachfrage, und ich will mir keinen Ärger einhandeln.« Er lächelte aufmunternd. »Ihr müsst Euch nur ein wenig in Geduld üben, die *Meteus* wird Euer Schiff bald hier in den Hafen schleppen. Sie sind schon nahe, es wird keine Kerze mehr dauern, bis sie hier anlegen, dann werdet Ihr alles erfahren.«

»Wie lange?«, fragte ich angespannt und wollte wieder an das Sehrohr treten, aber diesmal legte der Sergeant seine Hand auf das Rohr und schwenkte es zur Seite.

»Etwas mehr als eine halbe Kerze, General«, sagte er. »Ich wollte Euch nicht im Unklaren lassen, weil ich sah, wie sehr Ihr in Sorge wart. Aber mehr kann ich jetzt für Euch nicht tun. Ihr müsst Euch in Geduld üben.«

Der Mann hatte recht.

»Ich danke Euch, Sergeant«, sagte ich. »Gibt es irgendetwas, was ich für Euch tun kann?«

»Es gibt nichts zu danken. Wir dienen derselben Flagge, Ser.« Er lächelte. »Wenn Ihr in Zukunft Signale schickt, denkt einfach an die Leute, die sie für Euch senden.«

»Das werde ich tun, Sergeant«, sagte ich. Bevor ich ging, warf ich von dieser hohen Warte aus einen letzten Blick auf das Meer, doch mit bloßem Auge waren die Schiffe kaum zu erkennen.

Den größten Teil der nächsten Kerze verbrachte ich damit, auf diesem steinernen Poller zu sitzen, meine Pfeife zu rauchen und mich dazu zu zwingen, nicht ruhelos wie ein gefangenes Tier auf und ab zu laufen. Es hätte die *Lanze* auch nicht schneller in den Hafen gebracht.

Währenddessen überschlugen sich meine Gedanken. Sieben Überlebende. Angus und Serafine hatten überlebt, ich hatte sie an Deck gesehen. Was war mit Leandra, Varosch und Zokora? Mit Deral und seinen Leuten?

Immer wieder schaute ich zur Hafeneinfahrt hin, mein Herz fing an zu rasen, als ich hinter der Seemauer ein paar Masten sah, doch es war zu früh. Es war nur ein Handelsschiff unter aldanischer Flagge.

Dann, endlich, sah ich ein Schwertschiff der Reichsstadt unter Rudern in den Hafen einlaufen. Der Name *Meteus* stand in stolzen Lettern am Bug, also waren sie endlich doch angekommen! Ein schweres Tau ging vom Heck herab und verschwand aus meinem Sichtfeld, die *Lanze* selbst war nicht zu sehen, noch war sie hinter Gebäuden und anderen Schiffen verborgen, doch der Mast ragte hoch empor, und an ihm flatterte die Flagge mit dem Wappen von Gasalabad.

Ein Jagdboot der Reichsstadt schoss über das Hafenwasser, und ich beobachtete, wie das Tau vom Heck der *Meteus* gelöst wurde und das Jagdboot das Schlepptau übernahm.

Ein anderes Jagdboot, diesmal unter der Flagge von Aldar, wurde hastig über den Hafen gerudert, in seinem Bug der gleiche Lotse, der Elgatas *Schneevogel* in den Hafen gebracht hatte. Er fuhr an das kaiserliche Jagdboot heran und schien aus irgendeinem Grund aufgebracht. Es war zu weit entfernt, um zu hören, was dort gesprochen wurde, aber den Gesten nach verlief die Unterhaltung mehr als hitzig.

Es änderte nichts daran, dass das kaiserliche Jagdboot die *Lanze* weiter in den Hafen schleppte und dann Kurs auf den kaiserlichen Stützpunkt nahm. Nun konnte ich auch das Deck der *Lanze* einsehen. Der Anblick der Kampfspuren ließ mir das Herz pochen, überall waren tiefe Scharten in dem ehemals so sorgsam polierten Holz zu sehen, und dort am Bug lag ein Haufen Rüstungsteile aus schwarzem Leder, wie ich sie an den Truppen Thalaks auf den Feuerinseln gesehen hatte.

Doch der Anblick ihres Steuermanns ließ mich wider Willen lächeln. Dort stand ein großer, massiv gebauter Mann in ledernen Hosen, mit nacktem, von Tätowierungen verziertem Oberkörper, einem roten Bart, der in drei Zöpfen geflochten war. Angus Wolfsbruder hatte eine Hand leicht auf das Ruder gelegt. Jemand kam aus der Heckkabine heraus, streckte sich und sah sich um. Ich erkannte Serafine, im nächsten Moment kam auch Zokora an Deck.

Ich griff mein Schwert und rannte los.

Es dauerte allerdings noch eine Weile, bis die *Lanze* im Hafen lag. Das Jagdboot löste erst die Schleppleine, ruderte dann zurück, setzte den stumpfen Bug an die Flanke meines Schiffs und schob es über das Wasser.

Es war der Liegeplatz neben der *Schneevogel*, und als ich ankam, standen Lanzenmajor Wendis und Schwertleutnant Mendell schon dort.

Meine Freunde befanden sich an Deck und schauten in meine Richtung, aber noch schienen sie mich nicht erkannt zu haben. Ich winkte, Zokora merkte auf, und dann sah ich sie lachen, was selten genug vorkam. Sie stieß Serafine in die Seite und deutete auf mich.

»Der Ausguck im Turm sah es herankommen. Als er die Flagge beschrieb, sandte ich das Jagdboot los«, erklärte mir Wendis. »Ist das Euer Schiff?«

»Das ist es«, antwortete ich und suchte das Deck nach Leandra und Varosch ab. Noch hatte ich sie nicht gesehen, auch Deral blieb verborgen.

»Götter«, sagte Wendis ergriffen, als die Steuerbordseite der *Lanze* in Sicht kam. Auch mir stockte fast der Atem. Sie war mittschiffs eingedrückt, eine große Bresche war dort geschlagen worden, fast bis auf die Wasserlinie hinab. »Ein Wunder, dass sie noch schwimmt! Euer Schiff sieht aus, als hätte es sich mit allen Dämonen des Meeres angelegt.« Er runzelte die Stirn. »Ich hoffe nur, General, dass die Verluste nicht hoch sind.«

Bevor ich etwas dazu sagen konnte, weiteten sich seine Augen, als sich das Wasser plötzlich hob, die *Lanze* nach vorn schwang, sich drehte und dann längsseits gegen die Mole getrieben wurde, dass Wasser überschwappte und die Seeschlangen durchnässte, die dort bereitstanden, um die Leinen aufzunehmen.

»Was, bei allen Göttern…«, begann Wendis, aber mich kümmerte es nicht, was Serafine mit ihrer Gabe da tat. Ich lief schon los, ihr entgegen. Sie hatte wohl nicht mehr warten wollen, bis das Schiff endlich richtig lag oder den Steg ausgebracht hatte. Sie kam mit strahlenden Augen auf mich zugerannt und sprang mich so heftig an, dass ich sie auffangen musste und dabei taumelte.

»Du lebst!«, rief sie glücklich. »Ich wusste, dass du nicht tot bist! Aber… wie…« Dann vergrub sie ihr Gesicht in meiner Halsbeuge und weinte, während ich sie hilflos hielt und an mich drückte.

Über ihre Schulter hinweg sah ich Angus und Zokora näher kommen, Angus grinste breit, während Zokora ernster dreinblickte. Zokora trug ihre schwarze Rüstung, Angus nicht viel mehr als eine verdreckte Lederhose und seine Axt. Serafine eine dunkle Jacke mit Hosenrock und weichen Stiefeln und ein Schwertgehänge mit Steinherz darin hoch über der Schulter. Wieso trug sie Steinherz? Wo war Leandra? Jetzt, aus der Nähe, bemerkte ich, dass sie allesamt verwundet waren, Angus hatte mehrere üble Schnitte, Zokora musste ihn verarztet haben, denn ich erkannte die Art der Nähte. Auch unter dem Stoff von Serafines Jacke spürte ich einen Verband, und sie verzog leicht das Gesicht, als sie sich von mir löste. Ich sah hoffnungsvoll zu dem Schiff hinüber, aber dort regte sich nichts weiter.

»Was… was ist passiert?«, fragte ich leise, während ich das Schlimmste befürchtete. Wo war Leandra? Warum stand sie nicht mit den anderen hier und begrüßte mich?

»Wir wurden geentert und gefangen genommen«, teilte mir

Zokora in hartem Tonfall mit. »Wir befreiten uns und segelten hierher.« Sie sah mich ungehalten an. »Ist das nicht offensichtlich?«

»Du hättest nicht über Bord gehen dürfen«, sagte Angus grimmig. »Du hast einen harten Kampf verpasst.«

»Wo sind Leandra, Varosch, Deral und seine Leute?«, fragte ich, während sich mir der Magen zusammenkrampfte und mein Puls zu rasen anfing.

»Da gibt es ein Problem«, meinte Angus und kratzte sich am Hinterkopf. »Deral lebt noch, aber von seinen Leuten hat nur ein weiterer überlebt. Varosch hat es übel erwischt. Und Leandra ist weg.«

»Wie, weg?«, rief ich aufgebracht.

»Havald«, sagte Serafine beschwichtigend. »Ich glaube, sie lebt noch.«

»Was ... was ist mit ihr? Wie kannst du glauben und nicht wissen?«

»Wir wurden geentert und gefangen genommen. Als ich Leandra das letzte Mal sah, lebte sie und war mit magischen Fesseln gebunden. Ein Halsreif, der ihr jeden Widerstand nahm. Viel mehr kann ich dir nicht sagen, ich sah sie nur kurz, bevor man sie auf ein anderes Schiff brachte. Havald ... man hat sie auf die Feuerinseln gebracht.«

Auf die Feuerinseln? Mit einem dieser verfluchten Halsreifen gebannt? Götter!

»Du bist sicher, dass sie lebt?«, fragte ich angespannt.

Serafine nickte. »Ziemlich sicher. Ich hörte, wie einer der Seeleute sagte, dass ihr nichts geschehen dürfe, weil man sich sonst den Zorn eines Fürsten zuziehen würde.«

Fürst Celan! Also lebte der Kerl doch noch! Und jetzt befand sich Leandra in seiner Gewalt. Ich ballte die Fäuste, und diesmal wusste ich, dass ich nichts unversucht lassen würde, bis Leandra befreit war und dieser Fürst so tot, dass nicht einmal Soltar selbst ihn wieder ins Leben zurückrufen konnte.

Serafine schaute mich ernst an. »Havald«, sagte sie leise. »Ich glaube, sie wussten, wer Leandra ist. Sie war der Grund, weshalb man uns so hartnäckig verfolgt hat. Sie hatten den Auftrag, Leandra gefangen zu nehmen und zu den Feuerinseln zu bringen.« Ihr Blick wanderte hoch zu meinem Schädel. »Götter«, rief sie dann. »Was habt Ihr nur mit Eurem Haar gemacht?«

Hinter mir räusperte sich Lanzenmajor Wendis. Ich sah zu ihm zurück, er war nicht allein: Auf sein Zeichen hin rannten Seeschlangen an uns vorbei und eilten an Bord der *Lanze*. Zokora stellte sich zweien von ihnen in den Weg. »Du und du!«, rief sie. »Ihr kommt mit mir und helft, die Verletzten zu bergen!« Die beiden Soldaten sahen sie überrascht an. »Aber ...«, begann der eine.

Zokora trat an ihn heran. »Tut, was ich sage!«, fauchte sie und ging dann los. Die beiden Soldaten wechselten einen Blick und trafen eine kluge Wahl: Sie folgten ihr.

»Ich verehre diese Frau«, sagte Angus andächtig.

Auch Wendis hatte das Zwischenspiel erstaunt verfolgt, doch er griff nicht ein, sondern wandte sich an mich. »Sind das Eure Begleiter, General?«

»Sie sind meine Gefährten, Teil der Delegation aus meiner Heimat, von der ich Euch berichtet habe«, erklärte ich und wandte mich wieder Serafine zu. »Finna, was ist mit Varosch?«

»Er ist verletzt, doch er wird leben.« Sie sah zum Schiff zurück und zuckte hilflos mit den Schultern. »Als Zokora sich befreien konnte ...« Sie schluckte. »Nun, Ihr wisst, wie sie ist.«

Ja, das wusste ich. Zokora war wie eine Urgewalt. Fast hatte ich Mitleid mit den Soldaten Thalaks. Aber nur fast.

»Weißt du, warum Leandra zu den Feuerinseln gebracht wurde?«, fragte ich Serafine.

Sie nickte zögerlich. »Leandra war der Grund, weshalb die *Lanze* verfolgt und aufgebracht wurde. Zokora befragte den Anführer der Soldaten ausführlich dazu, er konnte uns sagen, dass sein Kapitän den Befehl hatte, die *Lanze* um jeden Preis aufzubringen und Leandra so schnell wie möglich zu den Feuerinseln bringen zu lassen, damit sie an diesen Fürsten übergeben werden konnte.«

Celan. Nur mit Mühe zwang ich mich zur Ruhe. Vielleicht hätte ich mir doch noch einen Moment länger für den Mistkerl Zeit nehmen sollen, um sicher zu sein, dass er zu seinem dunklen Gott ging.

»Hat Zokora sonst noch etwas von ihm erfahren?«

Serafine schüttelte den Kopf. »Nein. Er starb, bevor sie mit ihrer Befragung fertig war.« Sie schaute sich im Hafen um. »Ist es möglich, hier Quartier zu bekommen?«, fragte sie. »Ich ... wir könnten alle etwas Ruhe gebrauchen.«

»Ja«, gab ich ihr mit belegter Stimme Antwort. »Ich habe ein Quartier, dort drüben, im obersten Stock des Zeughauses, es dürfte groß genug sein. Erzählt mir, was genau geschehen ist. Wie kam es dazu?« Ich sah ungläubig zu der halbzerstörten *Lanze* zurück. »Wie konntet ihr entkommen?«

»Später, Havald«, sagte Serafine leise. »Lasst uns in Euer Quartier gehen, alles andere wird folgen.« Ich schluckte und nickte. Zwei Soldaten brachten eben auf einer Bahre Deral vom Schiff, er war wach, erkannte mich und hob müde die Hand. Ein Offizier der Seeschlangen war bei ihm und trat zur Seite, als ich herankam.

Er hatte einige üble Verletzungen abbekommen, sein Oberkörper war fast vollständig verbunden, und hier und da zeigten sich bereits wieder dunkle Flecken auf dem Verband.

»Tut mir leid, Esseri«, sagte er so leise, dass ich ihn fast nicht verstand. »Euer Schiff... es wird nie wieder segeln!«

Ich ergriff seine Hand und drückte sie. »Das ist jetzt nicht wichtig«, sagte ich. »Werdet einfach wieder gesund.« Mir schien, als ob er noch etwas sagen wollte, aber dann schlossen sich seine Augen, und er war still.

»Ich bin Erim, der Schiffsarzt der *Meteus*«, stellte sich der junge Offizier der Federn vor. »Ich habe zusammen mit der Sera Zokora alles getan, was uns möglich war. Euer Freund Varosch ist am schwersten verletzt, aber wenn die Götter nichts dagegen haben, werden sie alle durchkommen.«

Ich nickte dankend, sagte aber nichts weiter, sondern schaute nur zu, wie die Soldaten mit der Bahre in Richtung Kommandantur davoneilten, wo sich auch das Krankenquartier befand.

Selten hatte ich mich so hilflos gefühlt wie in diesem Moment. Leandra in der Hand dieses Ungeheuers! Ich fürchtete, dass ich wusste, warum Celan Leandra wollte. Er war ein Nekromant, ein Seelenfresser, und für jemanden wie ihn musste Leandras machtvolles magisches Talent ein Festschmaus sein.

Ich hatte vergessen, dass Angus noch dastand. Nun räusperte er sich.

»Es wird wieder gut werden, Roderic«, sagte er entschlossen. »Wir werden sie befreien und diesen Fürsten bestrafen. Sein Schicksal wird so schrecklich sein, dass man in hundert Jahren noch zittern wird!« Er legte mir die Hand auf die Schulter und sah mir treu in die Augen. »Ich werde an deiner Seite kämpfen, wenn du sie dir zurückholst, Havald.«

»Danke«, sagte ich rau. »Das werde ich Euch nicht vergessen.«

»Dafür sind Freunde da«, meinte er nur und drückte mir die Schulter. »Gut, dass du dir die Haare abrasiert hast«, meinte er dann. »Die Frauen mögen so etwas. Außerdem bekommt man dann seltener Läuse.« Er kratzte sich an einer anderen Stelle. »Wenigstens dort nicht mehr.«

Ich hatte noch nicht die geringste Idee, *wie* es geschehen würde, aber hier und jetzt wusste ich, dass ich Leandra befreien und Celan töten würde. Endgültig. Ich wandte mich an Wendis, der Angus gerade mit einem außerordentlich zweifelnden Blick musterte. »Lanzenmajor«, begann ich. »Ich brauche ein Schiff!«

Wendis riss seinen Blick von Angus los und sah mich fast schon überrascht an. Eine tiefe Furche erschien auf seiner Stirn. »General, Ser«, begann er unbehaglich. »Ich bin der Kommandant dieses Stützpunkts und eine Seeschlange. Ihr könnt hier nicht so über alles verfügen.«

»Dann *bitte* ich Euch darum, Lanzenmajor«, sagte ich eindringlich. »Ihr seht doch selbst, dass jemand etwas tun muss. Oder meint Ihr ernsthaft, es gäbe für das alles noch eine friedliche Erklärung?«

Er hob die Hand in einer Geste der Kapitulation. »Ihr hattet recht, General«, sagte er. »Ich habe vor Kurzem noch andere Nachrichten erhalten. Offenbar unternimmt jemand Anstrengungen, den Schiffsverkehr zwischen Janas und Aldar und dem Rest des Alten Reichs zu unterbinden.«

»Sie werden das nicht grundlos tun«, stellte ich fest. »Sie bezwecken etwas damit.«

»Aber was?« Er musterte die *Lanze* mit gerunzelter Stirn. »Nichts von dem, was mir einfällt, behagt mir.« Er wandte sich wieder mir zu. »Ich hörte, was die Sera Euch berichtet hat. Die Frau, die entführt wurde … Ist das die Botschafterin, von der Ihr gesprochen habt?«

»Ja. Maestra Leandra di Girancourt, Paladin und Botschafterin von Eleonora, der Königin von Illian. Sie ist zudem die Liebe meines Herzens.«

»Ich verstehe, General.« Er zögerte einen Moment und nickte dann steif. »Ich will sehen, was ich tun kann.«

Zokora erschien wieder auf Deck, die zwei Seeschlangen folgten ihr, sie trugen einen regungslosen Varosch auf einer Bahre. Ich wartete, bis er sicher über den Steg an Land gebracht worden war, und trat dann besorgt an die Bahre heran. Jemand hatte eine dünne Decke über ihn gelegt, und er war so still und bleich, dass ich einen Herzschlag lang fürchtete, dass er schon nicht mehr lebte.

»Ich werde ihm nicht erlauben zu sterben.« Zokora funkelte mich mit Augen an, in denen ganz hinten ein dunkles rotes Licht zu glühen schien. »Sie werden mir nicht noch einmal einen Liebhaber stehlen. Rigurd war genug.« Ihr Busen hob und senkte sich, als sie tief einatmete, dann legte sie den Kopf auf die Seite. »Havald«, sagte sie. »Du willst auf die Feuerinseln und diesen Fürsten erschlagen.«

»Das habe ich vor.«

»Gut. Ich komme mit.« Sie wandte sich an die beiden Seeschlangen, die Varoschs Bahre trugen. »Folgt mir!«

Die Seeschlangen wirkten unsicher. »Er ist verletzt. Sollten wir ihn nicht ins Krankenquartier bringen?«, meinte einer von ihnen.

Sie schaute ihn verständnislos an. »Was soll er da?«, fragte sie. »Er ist verletzt, nicht krank!«

Sie ging davon, blieb aber nach ein paar Schritten stehen, um zu den beiden Seeschlangen zurückzusehen. »Seid Ihr taub? Folgt mir!«

Die Soldaten schauten hilflos von ihr zum Lanzenmajor.

Der seufzte. »Bringt ihn dorthin, wo sie ihn haben will.«

Sie nahmen die Bahre auf und eilten ihr nach, und ich erhaschte einen letzten Blick auf Varoschs bleiches Gesicht. Eine Hand ragte unter der Decke hervor, sie war blutig und geschunden.

»Geht und kümmert Euch um Eure Gefährten, General«, sagte Wendis. »Ich werde alles Weitere veranlassen.«

»Hast du wirklich vor, die Feuerinseln anzugreifen?«, fragte Angus, als wir den anderen folgten.

»Ja. Ich bin diesem Fürsten schon einmal begegnet und habe es versäumt, ihn richtig zu erschlagen. Er heißt Celan. Es ist Zeit, ihn jetzt endgültig seinem verfluchten Gott zuzuführen.«

»Gut!« Angus strahlte und rieb sich voller Vorfreude die Hände. »Es wird ein verzweifelter und blutiger Kampf werden, gegen eine hundertfache Übermacht und ohne jede Aussicht auf Erfolg! Aber bei den Göttern, ich werde dir folgen und in Leandras Namen meine Axt im Blut unserer Feinde waschen und ihr die Köpfe der Erschlagenen vor die Füße legen. Bei diesem Unterfangen werden die Götter auf unserer Seite sein, denn das, was ihr angetan wurde, muss bestraft werden, und wenn wir zehnmal dafür sterben!« Er schlug mir so hart auf die Schulter, dass ich wankte. »Es ist gut, dass du nicht sterben kannst, Havald, so wird es wenigstens jemanden geben, der ein Lied darüber singen wird!«

»Angus«, begann ich. »Du irrst! Ich …«

»Wenn du nicht singen kannst, solltest du es lernen. Ein Mann sollte singen können. Aber zur Not kann ein Barde es für dich tun.«

»Angus, es geht nicht ums Singen. Ich kann jetzt sehr wohl sterben!«

»Ja«, meinte er. »Das sagst du ständig. Ich habe gesehen, wie du dich auf diese Flugschlange gestürzt und sie über Bord gerissen hast. Ich habe gesehen, wie du versunken bist... Und doch stehst du hier!« Er schlug mir freundschaftlich gegen den Arm. »Mach dir keine Gedanken, Havald«, sagte er. »Dein Geheimnis ist bei mir sicher. Weißt du, was das Beste ist?«

Der Mann machte mich wirr im Kopf. »Nein«, seufzte ich. »Was denn?«

»Sie kamen nicht dazu, das Fass anzustechen, bevor Zokora sie erschlug«, rief er freudestrahlend. »Wenn das kein Zeichen für die Gunst der Götter ist, was denn dann?«

Ich war mir ziemlich sicher, dass ich Angus gut leiden konnte, aber manchmal brachte er mich zur Verzweiflung.

»Woher kennst du diesen Celan?«, fragte er jetzt.

»Ich war dort«, sagte ich.

»Auf den Inseln?« Er war überrascht. »Und wie bist du wieder weggekommen?«

»Ich sprang auf ein Schiff, und man schlug mir den Schädel ein.«

»Dann bist du von den Toten auferstanden, hast das Schiff erobert und bist hierher gesegelt?«

»Nein, Angus«, sagte ich geduldig. »Ganz so war es nicht.«

Serafine kam aus dem Schlafzimmer und zog leise die Tür hinter sich zu. Sie lächelte etwas wehmütig und ließ sich dann erschöpft auf einen der Stühle im Arbeitszimmer nieder. Zokora kniete neben Varoschs Bahre, Angus saß auf einem Stuhl und schien den Raum fast ganz allein auszufüllen. Vorher war mir das Zimmer als groß erschienen, aber jetzt...

»Kannst du mir sagen, was genau passiert ist?«, fragte ich sie. Ich hatte zuvor an der Schnur gezogen und den Sergeanten gebeten, uns etwas zu trinken zu bringen, jetzt füllte ich ihr ein schweres Glas aus geschliffenem Kristall mit Wein und verzichtete darauf, ihn zu wässern.

Sie nahm es dankbar entgegen und nippte daran, bevor sie es auf dem Tisch absetzte. Ich stand an den Schreibtisch gelehnt, halb saß ich darauf und hielt ebenfalls ein Glas in der Hand, mein zweites.

»Kurz bevor du über Bord gefallen bist, sahen wir noch, dass zwei weitere Schiffe uns verfolgten.« Ich nickte, das hatte ich noch miterlebt. »Deral entschied, dass er dem kleineren Schiff davonsegeln wollte, er hielt es für schneller als das zweite Schiff, ein schwerer Irrtum, wie sich bald zeigte.« Sie lachte bitter. »Es hieß *Dornenblut*, was für ein Name für ein Schiff!«

»Ich kann mir bessere vorstellen«, meinte ich. »Was geschah dann?«

»Es holte schneller auf, als es Deral für möglich gehalten hätte. Leandra war von ihrem letzten Blitz erschöpft.« Serafine nahm einen weiteren tiefen Schluck. »Sie meinte, dass es ihr eine Lehre wäre, ihre Kräfte in Zukunft besser einzuteilen, aber sie hoffte auch darauf, dass es ihr noch mal gelingen würde. Aber das Schiff kam nicht nahe genug, dass sie ihren Blitz schleudern konnte, dafür schossen sie auf uns und schleuderten Dutzende kleine Tonkrüge, und erst als das ganze Schiff in diesen beißenden Rauch gehüllt war, griffen sie an. Leandra versuchte ihren Blitz anzuwenden, aber sie konnte es nicht, denn das Gift in dem Rauch behinderte ihre Fähigkeit zur Magie. Zokora ging es nicht viel besser. Wir versuchten, uns so teuer wie möglich zu verkaufen. Auch ohne Magie ist Zokora fürchterlich, und Leandra hatte Steinherz, Angus seine Axt und Varosch erwischte gut ein Dutzend, noch bevor sie uns entern konnten. Es waren keine Piraten, Havald, sondern Soldaten aus Thalak, gut gerüstet und ausgebildet. Bislang habe ich immer gedacht, dass dieses Reich in den Dienst gepresste Bauern in die Schlacht wirft, aber diese hier waren erfahrene Kämpfer. Zudem hatten sie offenbar den Befehl, uns lebend gefangen zu nehmen, sie versuchten es mit Netzen, Stangen und Knüppeln. Allein Steinherz und Leandra streckten fast ein Dutzend nieder, Zokora war wie ein Dämon, Varosch schoss vom Mast aus, und Angus warf sich mit Entschlossenheit in den Kampf. Er ist furchtlos, Havald, und wenn er eine Wunde erhält, scheint er es kaum zu merken.«

»Man braucht nur den festen Willen, siegreich zu sein, dann bemerkt man solche Kratzer nicht«, meinte Angus bescheiden. »Es war ein wahrlich glorreicher Kampf!«

»Er wäre noch glorreicher gewesen, wenn Ihr ab und an nach hinten gesehen hättet«, meinte Serafine lächelnd.

»Ein Netz ist keine ehrenhafte Art, einen Krieger zu besiegen!«, empörte sich Angus.

»Sie warfen ein Netz über ihn«, erklärte sie mir. »So konnten sie ihn überwältigen und bewusstlos schlagen. Etwas später verfuhren sie genauso mit mir, auch ich fiel diesem Netz zum Opfer.«

»Es ist feige, so etwas zu tun«, beschwerte sich Angus. »Man kann sich kaum wehren!«

»Ich glaube, das ist die Absicht«, sagte Zokora trocken. »Dann traf ein Schleuderstein Varosch, und er fiel aus dem Mastkorb«, fuhr sie für Serafine fort. »Sie stürzten sich auf ihn und hätten ihn beinahe erschlagen. Für ihn galt der Befehl, ihn lebend zu fangen, wohl nicht.«

»Oder seine Schüsse waren zu tödlich, und sie vergaßen es aus Wut«, meinte Serafine. »Ich habe noch nie jemanden so schießen sehen«, fügte sie fast ehrfürchtig hinzu.

»Leandra und ich versuchten, ihm zu Hilfe zu eilen«, fuhr Zokora fort. »Aber dann waren es einfach zu viele.«

»Als man mich bewusstlos schlug, standen Leandra und Zokora Rücken an Rücken«, nahm Serafine den Faden wieder auf. »Doch es war schon abzusehen, dass sie nicht bestehen konnten. Ich denke, das schwarze Schiff hatte eine Besatzung von gut siebzig Mann, und jeder Einzelne von ihnen schien erpicht auf einen Kampf. Als ich niederging, waren bestimmt mehr als zwei Dutzend von ihnen unter unseren Klingen zu Boden gegangen.«

»So viele waren es nicht. Ich erschlug nur fünf«, berichtigte Zokora von dort, wo sie vor Varoschs Bahre kniete. »Varosch traf vier tödlich. Leandra ebenfalls fünf, Angus drei, und du hast auch drei erschlagen. Zwanzig fielen tödlich getroffen, die Verletzten nicht eingerechnet.«

»Du hast mitgezählt?«, fragte Angus überrascht. »Bist du sicher, dass ich nur drei erschlagen habe? Ich könnte schwören, es wären fünf gewesen!«

»Es waren drei«, meinte Zokora knapp. »Ich besitze ein gutes Gedächtnis.«

»Aber …«, begann Angus.

»Es waren drei.« Ihr Ton machte deutlich, dass damit das letzte Wort gesprochen war.

»Wie ging es weiter?«, fragte ich hastig, bevor Angus noch etwas nachsetzen konnte.

»Sie ließen nur eine kleine Entermannschaft auf der *Lanze* zurück. Nicht ganz ein Dutzend Leute.« Sie bleckte die Zähne wie ein Wolf. »Das war unvorsichtig von ihnen.«

»Weshalb so wenige?«, fragte ich. »Wenn sie sich so viel Mühe gaben, die *Lanze* zu entern …?«

»Wir hörten sie reden«, berichtete Serafine. »Kurz bevor sie uns angriffen, müssen sie ein anderes Schiff geentert haben. Ein Schiff aus Janas, die *Murmel* oder so ähnlich.« Sie lächelte gequält. »Der Name blieb mir im Gedächtnis, weil er mir für ein Schiff unpassend erschien.«

»Das Schiff hieß *Ormul*«, stellte Zokora richtig.

»Siehst du, wie einen das aufregen kann?«, beschwerte sich Angus bei Serafine. »Immer weiß sie alles besser!«

»Es ist nicht meine Schuld, wenn dein Gedächtnis versagt«, meinte Zokora, ohne von Varoschs Lager aufzusehen.

»Das ist jetzt wohl kaum wichtig«, entgegnete Serafine gereizt. »Wie dem auch sei, deshalb war die Entermannschaft so klein. Ich hörte auch, dass ihr Kapitän befürchtete, die *Lanze* könnte untergehen, und deshalb so wenige an Bord schickte.«

»Sie haben die halbe Ladung über Bord geschmissen, um das

Schiff leichter zu machen«, erzählte Angus. »Ich danke den Göttern dafür, dass sie mein Fass in Ruhe ließen!« Er sah Serafine fast vorwurfsvoll an. »Ich verstehe nicht, wie die Frau daran denken konnte, Leandras Schwert zu verstecken, und mein Fass einfach so offen dastehen ließ!«

»Welche Frau?«, fragte ich etwas verwirrt.

»Die fremde Frau«, erklärte Angus. »Du weißt schon, die immer da saß und nichts aß oder trank. Als wir geentert wurden, verschwand sie plötzlich.« Er schüttelte irritiert den Kopf. »Ich weiß nicht, wie man auf so einem kleinen Schiff so spurlos verschwinden kann. Ich dachte zuerst, sie wäre über Bord gegangen, aber dem war nicht so. Kaum war es dunkel, kam sie in den Laderaum geschlichen, in dem wir gefesselt lagen, und löste unsere Ketten.«

»Sie hat ein Talent dazu, übersehen und vergessen zu werden«, sagte Serafine kopfschüttelnd. »Ich schwöre, dass ich sie manchmal nicht gesehen habe, obwohl ich *wusste*, dass sie dort an der Reling saß.«

Ich nickte, mir war es nicht viel anders ergangen. Dennoch war es schwer zu glauben, dass sie sich vor den Soldaten Thalaks hatte verstecken können. So groß war die *Lanze* schließlich auch nicht.

»Dennoch muss sie uns genau beobachtet und wohl auch mehr verstanden haben, als wir dachten«, fuhr Serafine fort. »Denn sie wusste um die Bedeutung von Steinherz. Als Leandra gefangen genommen wurde, nahm einer der feindlichen Soldaten Steinherz auf, um es auf das andere Schiff zu bringen. Wir erfuhren später von dem Anführer der Entermannschaft, dass der Mann nie dort ankam. Sie muss ihn abgepasst haben, denn als sie in der Nacht kam, hatte sie Steinherz dabei und überreichte es Serafine.«

Diese fremde Frau wurde mir immer rätselhafter. »Sie kam also und hat euch befreit?«

»Richtig«, sagte Zokora. »Dann gab sie mir ein Zeichen, ihr zu folgen, und wir erschlugen die Entermannschaft. Sie ist… sie ist gut«, stellte sie nachdenklich fest. »Ich wusste nicht, dass man ohne Waffen so kämpfen kann.« Sie kniete noch immer neben Varoschs Bahre, jetzt schaute sie zu mir hoch und schien ernsthaft beeindruckt. »Sie ist fast so gut, wie ich es bin. Nun, zwei hatten unter Deck geschlafen, die hat sie selbst erschlagen, bevor sie uns aus den Fesseln befreite, die anderen sechs waren an Deck, aber es war dunkel, und in der Nacht sieht mich niemand, wenn ich es nicht will. Wir erschlugen alle bis auf den Anführer, den ich noch befragen wollte.«

»Du hättest sie sehen sollen, Havald«, meinte Angus mit Ehrfurcht in der Stimme. »Sie war wie ein Dämon der Nacht. Ich weiß jetzt, weshalb die Menschen Eurer Heimat so viel Angst vor ihrer Art haben.«

Fast hatte ich Mitleid mit den Soldaten Thalaks, wie sollten sie etwas bekämpfen, das sich in undurchdringliche Dunkelheit hüllte und ungesehen zuschlug?

»Wie ging es weiter?«, fragte ich.

»Wie üblich«, erklärte Angus. »Wir nahmen ihnen die Ausrüstung ab und warfen sie über Bord. Dann hat Zokora den Anführer befragt, aber er hat uns nicht viel sagen können.«

»Das ist nicht richtig«, meinte Serafine. »Wir erfuhren einiges. So auch, dass der Kapitän der *Dornenblut* den Auftrag hatte, die *Lanze des Ruhms* aufzubringen. Uns und dieses andere Schiff, die *Ormul*.«

»Sie hatten den Auftrag dazu?«, mutmaßte ich mehr für mich selbst. »Es war also kein Zufall?«

Serafine schüttelte den Kopf. »Sicher nicht. Sie wollten Leandra und Steinherz, das war ihr Auftrag. Der Rest von uns interessierte sie wenig. Sobald sie uns überwältigt hatten, legten sie Leandra in magische Ketten und brachten sie an Bord der *Dornenblut*, uns andere warfen sie gefesselt und blutend in den Laderaum. Sie haben das Schiff auch nach Steinherz durchsucht, einer der Soldaten befragte uns recht unsanft dazu, aber keiner von uns wusste, was mit dem Schwert war. Bis die Frau es uns brachte, nahmen wir an, es wäre über Bord gefallen.« Sie betastete die Schwellung unter ihrem linken Auge. »Damit mussten sie sich dann zufriedengeben. Sie hatten es eilig, zu den Feuerinseln zurückzukommen, aber wegen des Lochs in der Bordwand und dem gebrochenen Mast konnte die *Lanze* nicht so schnell segeln, deshalb ließen sie die Entermannschaft zurück und segelten mit Leandra schon vor zu den Feuerinseln.« Sie sah mich direkt an. »Es ging ihnen ausschließlich um Leandra und Steinherz. Dieser Fürst hat ausdrücklich nach ihr verlangt.«

»Seid Ihr sicher?«, fragte ich ungläubig.

»Ganz sicher«, beteuerte Zokora. »Ich habe den Mann mehrfach dazu befragt, selbst im Angesicht des Todes beteuerte er es.«

Ich warf einen Blick zu Steinherz, das neben Serafine auf dem Boden stand. Die dunkelroten Rubine schienen mich verärgert anzufunkeln, als wäre all das allein meine Schuld.

»Wo ist diese fremde Frau eigentlich?«, wollte ich wissen. Falls ich sie wiedersehen sollte, wollte ich ihr meinen Dank aussprechen.

»Das ist eine gute Frage«, meinte Serafine. »Als wir vorhin in den Hafen einliefen, war sie noch da, als wir an Land gingen, jedoch nicht mehr.«

»Hat sie eigentlich jemals etwas gesagt?«, fragte ich.

»Nein«, sagte Angus. »Sie blieb maulfaul.« Er sah zu Serafine und Zokora. »Manchmal ist es sinnvoll, wenn eine Frau schweigt.«

»Noch sinnvoller ist es, wenn ein Narr das tut«, meinte Zokora dazu. Sie strich mit der Hand über Varoschs bleiche Wange.

»Wie habt ihr es geschafft, mit dem leckgeschlagenen Schiff noch so weit zu segeln?«

»Angus war unsere Rettung«, erklärte Serafine. »Er wusste auch, wie man nach den Sternen steuert. Hast du das Loch im Rumpf gesehen?« Ich nickte nur. »Er wusste auch, wie man so etwas mit Segeltuch notdürftig abdichten konnte.«

»Wir lernen das schon als Kinder«, meinte Angus mit stolzgeschwellter Brust. »Ich habe viele verborgene Talente.«

»Ja«, meinte Serafine und verdrehte die Augen, aber sie lächelte dabei. »Es stimmt schon, er hat uns gerettet. Nun, viel

Fahrt konnten wir nicht machen, und wir waren alle froh, als wir das kaiserliche Schiff sahen. Wir hätten es ohne die *Meteus* nicht geschafft.«

»Ich mag das Meer nicht«, stellte Zokora fest und blickte zu mir. »Da du es bislang vermieden hast, das Schwimmen zu erlernen, wie kommt es eigentlich, dass du nicht ein Mahl für die Fische wurdest?«

»Erinnert ihr euch an die Delphine, die wir sahen?«, fragte ich, und sie nickten. »Ich fand ein Maststück, das mich über Wasser hielt, und am Morgen kamen die Delphine zu mir und trugen mich an Land. Es scheint fast, als wären die Legenden über diese schlauen Tiere wahr.«

»Ein schöner Gedanke«, meinte Serafine und lächelte. »Wo wurdest du angespült? War es ein weiter Weg hierher?«

»Ja, denn die Delphine brachten mich zu den Feuerinseln, von dort gelang mir dann die Flucht nur durch Glück und die Gunst der Götter.« Ich erzählte ihnen, wie ich auf die *Schneevogel* sprang, wie es sich zeigte, dass Elgata kein Sklavenhändler war, von den schwarzen Schiffen, den fliegenden Schlangen und der Seeschlacht, die Admiral Esens Flottille zerschlug, von dem Kampf gegen das riesige schwarze Schiff und den glühenden Bolzen der Wyvern. Ich schloss damit, wie die *Schneevogel* in den Hafen von Aldar einlief und was Mendell mir über die Aldaner erzählt hatte. »Also seid etwas vorsichtig, wenn ihr den Stützpunkt verlasst. Sie haben hier einige seltsame Ideen, was Frauen angeht.«

»In nächster Zukunft habe ich kaum vor, den Stützpunkt zu verlassen«, meinte Serafine. »Aber ich verstehe das nicht! Das Alte Reich ist aus Aldane hervorgegangen, und das Kaiserreich gewährte den Frauen einst die gleichen Rechte wie den Männern. Ihr wollt wirklich sagen, dass es nicht mehr so ist?«

Ich zuckte hilflos mit den Schultern. »Mendell hat es so beschrieben. Ich habe den Stützpunkt nur ein einziges Mal verlassen und kann es noch nicht selbst beurteilen. Er meint, sie tun es, weil sie die Frauen schützen wollen.«

Zokora schnaubte. »Sie denken, sie beschützen die Frauen? Das ist Unsinn. Die Frauen sollen sich bilden und lernen, sich selbst zu schützen, das wäre klug.« Sie schüttelte ungläubig den Kopf. »Die Dummheit der Menschen kennt wohl wirklich keine Grenzen.«

»Hm«, meinte Serafine und wandte sich an Zokora. »Eine Frage an Euch, Zokora. Wenn Ihr so denkt, warum höre ich dann, dass Euer Volk Männer wie Sklaven hält?«

»Etwas in den Höhlen lässt Männer dumm werden«, antwortete sie. »Ich musste erst an die Oberfläche kommen, um glauben zu können, dass Männer nicht dumm sein müssen.« Sie sah zu Varosch hinüber, und ein Lächeln spielte um ihre Lippen. »Mehr und mehr glaube ich, dass Menschen und Elfen voneinander lernen können.« Jetzt lachte sie tatsächlich. »Es scheint mir allerdings unbestritten, dass ihr mehr von uns lernen solltet als wir von euch.«

»Das mag sein«, sagte ich, doch im Moment hatte ich wenig Interesse daran, dieses Gespräch zu vertiefen. »Wir sollten überlegen, wie wir Leandra befreien können.«

»Wenn wir es können«, meinte Serafine niedergeschlagen.

»Ich werde einen Weg finden«, sagte ich und stand auf. »Ich muss Lanzenmajor Wendis sprechen. Er ist der Stützpunktkommandant, und es liegt an ihm, ob wir ein Schiff bekommen oder nicht.«

Als ich an die Tür trat, hob Zokora den Kopf. »Havald, ich bin weit von meinem Tempel entfernt. Solante ist zwar auch dort, wo ihre Geschwister sind, aber außerhalb der tiefen Höhlen ist meine Fähigkeit zur Heilung eingeschränkt. Also geh und hole einen Priester des Gottes Boron für Varosch.«

Ich fand Wendis im Hafen, während gut zwei Dutzend Soldaten den Rest der Ladung löschten, die nicht von den Soldaten Thalaks über Bord geworfen worden war.

»Sie wird nie wieder segeln, General«, sagte Wendis zur Begrüßung. »Es ist ein Wunder, dass sie nicht auseinandergebrochen ist. Die Schiffsbauer in Bessarein verstehen etwas von ihrem Handwerk.« Er sah mich aufmerksam an. »Wie geht es Euren Freunden?«

»Einer von ihnen braucht priesterliche Hilfe«, sagte ich. »Ich bin auf dem Weg zum Tempel des Boron, um dort nach einem Heiler zu fragen.« Mir fiel etwas ein. »Ich habe soeben erfahren, dass noch ein anderes Schiff, die *Ormul*, gekapert wurde. Es sieht sogar so aus, als hätte der Feind gezielt auf die *Lanze* und die *Ormul* Jagd gemacht. Fürst Celan, der Anführer der Truppen Thalaks auf den Feuerinseln, wollte Leandra, deshalb ließ er die *Lanze* aufbringen. Aber warum er hinter der *Ormul* her war, weiß ich nicht.«

Er blickte missmutig drein. »Es wird ein ähnlicher Grund gewesen sein. Etwas oder jemand Wichtiges war auf dem Schiff, das scheint mir sicher.«

»Wollt Ihr mir das näher erklären?«

»Ich weiß selbst nichts Genaues«, sagte der Lanzenmajor zurückhaltend. »Ich weiß nur, dass man in Askir sehr an dem Schicksal der *Ormul* interessiert ist. Aber ich kann nur spekulieren.«

Ich nahm mir vor, Blix zu fragen. Der Mann hielt seine Ohren offen und besaß ebenfalls ein Interesse an dem gekaperten Schiff. Vielleicht wusste er mehr.

Jetzt erst hatte ich die Muße, mir die *Lanze* näher anzuschauen. Überall waren die Spuren des Kampfs zu sehen, ich versuchte mir vorzustellen, wie Zokora die Dunkelheit um sich hüllte und ungesehen zuschlug, Angst und Panik unter den Seeleuten verbreitete … und fragte mich zum wiederholten Mal, ob ich mich in ihr täuschte oder ob sie wirklich so ein guter Freund war, wie ich glaubte.

»Wir haben etwas gefunden«, meinte Wendis jetzt. »Das Enterkommando brachte Karten mit an Bord. Sehr interessante Karten, wie ich meine. Wollt Ihr sie Euch ansehen?«

Ich folgte Wendis in die Achterkabine der *Lanze*. Es kam mir wie eine Ewigkeit vor, dass ich sie das letzte Mal gesehen hatte, und doch waren es nur wenige Tage. In der Ecke lag noch immer meine Bettrolle, aber sie war blutgetränkt, und ein großer dunkler Fleck verunzierte den Boden.

»Diese Karten können uns sehr nützlich sein. Auf ihnen sind Länder eingetragen, von denen ich noch nie gehört habe. Auch Eure Heimat ist offenbar dabei.« Wendis trat an das Regal heran und zog eine Karte heraus, die er auf dem Tisch ausbreitete und mit zwei Dolchen beschwerte. »Hier ist Eure Heimat, General«, sagte er und wies auf die Drei Reiche. Sie waren auch für mich leicht zu finden, dort war die Bucht von Kelar, und auch die Donnerberge waren eingezeichnet. »Diese Küstenlinie hier ist gut tausend Meilen lang, und wie Ihr seht, beansprucht das Kaiserreich Thalak all diese Länder für sich. Einige sind kaum mehr als Grafschaften oder Herzogtümer, andere weitaus größer. Zählt man Illian nicht mit, aber Jasfar und Letasan, dann hat Thalak siebenundzwanzig Königreiche erobert und eine Ausdehnung erreicht, die fast das Vierfache des Alten Reichs darstellt. Hier unten…«, er zeigte mit seinem Finger auf eine lange Grenzlinie, »…das ist Xiang. Wir kennen es als das Zweite Reich oder das Goldene Reich.« Er schmunzelte. »Dort sollen die Straßen mit Gold gepflastert sein. Sagt man wenigstens. Ich kenne jemanden, der seinen Lebensunterhalt damit bestreitet, die Handelskarawanen dorthin zu eskortieren. Er sagt, dass man entweder dabei verreckt oder als reicher Mann zurückkehrt. Aber er sah dort nie Gold auf der Straße liegen.«

»Was ist mit diesem Reich… Xang?«

»Xiang«, berichtigte mich Wendis. »Wie Ihr seht, ist die Karte nicht vollständig, die Kartographen Thalaks scheinen nicht viel über Xiang zu wissen. Wir schon, denn wir unterhalten seit Jahrhunderten rege Handelsbeziehungen zu ihnen, auf dem Landweg, weil die Strecke durch einige wichtige Handelsstädte geht. Aber seht Euch die Grenzlinie mit Xiang auf dieser Karte an und vergleicht es dann mit dieser anderen Karte.«

Die Karte, die er jetzt auslegte, enthielt nur geringe Informationen über meine Heimat, es waren deutlich mehr weiße Flecken auf ihr zu erkennen.

»Diese Karte muss älter sein, und wenn Ihr die Grenze zu Xiang vergleicht, dann stellt Ihr fest, dass auf der neueren Karte die Grenzen deutlich anders verlaufen. Das lässt nur einen Schluss zu: Xiang und Thalak führten schon mindestens einmal Krieg gegeneinander. Und Xiang war imstande, dem Kaiser von Thalak zu trotzen.« Er klopfte mit dem Finger bedeutungsvoll auf die Karte. »Vielleicht ist es möglich, dass wir Xiang als unseren Verbündeten gewinnen können. Auf jeden Fall werden sie noch mehr über den Feind wissen.« Er verzog das Gesicht. »Jemand sollte daran denken, sie zu befragen.«

»Also glaubt Ihr mir nun, dass wir es mit einem Feind zu tun haben? Dass Askir sich in einem Krieg befindet, auch wenn es keiner wahrhaben will?«

»Ja, General«, sagte er. »Betrachtet mich als überzeugt.« Er rollte die Karte wieder zusammen und tat sie in das Regal zurück. »Allein schon ein Blick auf diese Karten zeigt, wie ernst wir diesen Gegner nehmen müssen. Bei einer Küste dieser Länge wird er eine große Flotte haben, und bei der Ausdehnung seines Reichs mangelt es ihm auch nicht an Soldaten.«

»Thalak hat in meiner Heimat Tausende von in den Dienst gepressten Bauern gegen uns geworfen, und für jeden, der starb, rückten zwei neue nach. Ihr habt recht, an Soldaten mangelt es ihnen gewiss nicht. Aber meine Gefährtin Serafine sagt, dass die Marinesoldaten, die unsere *Lanze* enterten, Veteranen waren und gut gerüstet.«

»So etwas stand zu befürchten.« Er schaute sorgenvoll zu mir auf. »Auf jeden Fall kann ich eines sagen: Niemals zuvor war das Reich derartig bedroht.«

Ich betrachtete die Karte des Feindes, etwas zwickte und zog in meinen Gedanken. Etwas war falsch, passte nicht… aber ich kam nicht darauf.

Karten und ich verstanden uns nicht. Bislang schien niemand Probleme damit zu haben, sie lesen zu können, ich hingegen brauchte meine Zeit und vor allem gute Erklärungen.

Was war es also, was an dieser Karte so falsch war? Dabei handelte es sich um eine, mit der sogar ich etwas anfangen konnte, überall waren in feiner Schrift Erklärungen und Kommentare eingefügt.

Der Gegner hatte unsere Küste gründlich erforscht. Hier und da waren Zahlen eingetragen, stand *tiefes Wasser* oder *Vorsicht Untiefen* oder *flacher Sandstrand, gut zum Anlanden*. Selbst die Flussmündung des Gazar war sauber eingezeichnet, mit Entfernungsangaben und Meilen und Wegestunden. Und auch hier wieder eine Notiz über eine Balliste in der Flusseinfahrt: *Reichweite 300 Fuß*.

Der Zeichner hatte eine ordentliche Handschrift besessen, so klein er teilweise auch schrieb, hatte ich doch wenig Mühe, seine Worte zu … *lesen*!

Das war es!

»Sagt, Major«, fragte ich, während sich meine Gedanken überschlugen, »welche Sprachen kennt Ihr?«

»Ich bin schon zwei Jahre hier, also kenne ich einige Brocken Alda. Ich kann in der Sprache der Varländer einen Streit anzetteln und in Bessari gut genug fluchen, um dafür ausgepeitscht zu werden. Und natürlich die Reichssprache. Warum fragt Ihr?«

»Wie sieht es mit Xiang aus?«, fragte ich.

Er schüttelte den Kopf. »Weder die Laute noch ihre Schrift ergeben einen Sinn für mich.«

»Unser Feind liegt weiter im Süden als Xiang«, stellte ich fest. »Ich weiß, dass in unserer Heimat noch hier und da einige der alten Dialekte gesprochen werden, aber auch wir sprechen die Reichssprache, weil unsere Vorfahren aus dem Reich kamen.«

Er lachte. »Sonst hätten wir jetzt auch Schwierigkeiten, uns zu unterhalten.«

»Richtig«, stimmte ich ihm zu. »Also sagt mir, Lanzenmajor, habt Ihr eine Erklärung dafür, dass die Anmerkungen auf diesen Karten in Reichssprache verfasst sind?«

»Götter!«, stieß er aus und starrte fassungslos auf die Karte. »Wieso ist es mir nur vorher nicht aufgefallen?« Er schaute zu mir auf. »Glaubt mir, General, ich bin sonst nicht so langsam.«

Ich schüttelte den Kopf. »Eine meiner Gefährtinnen stammte aus Thalak. Sie sprach die Reichssprache mit einem leichten Akzent. Und niemandem von uns fiel das auf! Bis jetzt.«

»Fragt sie, ob es wirklich ihre Muttersprache ist!«

»Das wird nicht möglich sein«, gab ich leise zur Antwort. »Sie ist bei Soltar.«

Ich bat den Major noch, mir alles, was er an Unterlagen über die Feuerinsel besaß, auf mein Quartier bringen zu lassen, dann verabschiedete ich mich, ging tief in Gedanken versunken zum Tor des Stützpunkts und machte mich auf den Weg, einen Priester für Varosch zu finden. Meine Gedanken überschlugen sich.

Vielleicht war es uns nicht aufgefallen, weil wir es gewohnt waren, die Sprache zu sprechen, die aus dem Alten Reich stammte. Aber Thalak lag so weit im Süden, dass man sie dort kaum kennen konnte. In Illian war es mir mehr als einmal so ergangen, dass ich meine eigenen Landsleute nicht verstand. Gerade im Süden des Landes gab es eine Region, in der die Sprache des Kaisers so schändlich missbraucht wurde, dass ich davon Zahnschmerzen bekam. Umso verwunderlicher war es, dass wir den Feind so gut verstanden.

Ich hatte ja auch schon gehört, dass die Schiffe des Feindes alten kaiserlichen Schiffen so ähnlich sahen, dass man meinen könnte, sie wären nach dem gleichen Bauplan erstellt.

Kurz vor dem Tor blieb ich so unvermittelt stehen, dass ein Soldat der Bullen beinahe in mich hineingerannt wäre.

Die neuen Kolonien, unsere Heimat, waren vor Jahrhunderten vom Alten Reich aus besiedelt worden. Aber wer sagte uns, dass wir die einzige Kolonie waren, die Askannon damals gegründet hatte? Unserer Meinung nach war es dem Kaiser auch um den Ort der Macht gegangen, den Knotenpunkt des Weltenstroms, der nahe dem *Hammerkopf* in den Tiefen des Donnergebirges lag.

Von Leandra wusste ich, dass es nur wenige Orte geben konnte, an denen sich mehr als vier Flüsse des Weltenstroms kreuzten. Wenige, ja, aber nur zwei?

Was, wenn tief im Süden ein weiterer solcher Ort existierte? Was, wenn Askannon auch dort eine Flotte Kolonisten hingeschickt hatte, um das Land und die Quelle der Magie für sich zu gewinnen?

Kolaron Malorbian. Maestro und Nekromant. Wenn ich Leandra glauben konnte, gab es kein Land auf dieser Weltenscheibe, das so mächtige Magier hervorbrachte, wie Askir es einst tat. Über die Jahrhunderte hatten sich die Eulen Askirs und die Nekromanten einen erbitterten Kampf geliefert.

Ich selbst war jedes Mal froh gewesen, die Begegnung mit einem dieser unheiligen Diener des Namenlosen überlebt zu haben. Es waren fürchterliche Gegner, die immer nur weiter an Macht gewannen, je länger sie lebten.

Warum war ich nie auf die Idee gekommen, dass das Alte Reich im Kampf gegen die Unheiligen nicht immer siegreich gewesen war?

Was wäre, wenn eine Eule irgendwann einem Nekromanten unterlegen war und der Unheilige sich Wissen und Talent eines dieser ausgebildeten Maestros zunutze machte? Was wäre dann geschehen?

Ich fürchtete, dass ich die Antwort bereits kannte. Serafine bestand noch immer darauf, dass Balthasar sie und die anderen Soldaten des Ersten Horns nie verraten hätte, auch wenn sie selbst durch Sieglindes Augen hatte sehen können, was aus dem Mann geworden war. Balthasar war einst eine Eule gewesen, doch als er starb, war er unzweifelhaft ein Nekromant.

Der Herr der Puppen hatte mir gedroht, dass er mich seinem Willen untertan machen würde, um mich dazu zu verwenden, meine Freunde und die Emira Faihlyd zu erschlagen. Zuvor schon war es ihm gelungen, den Geist des Botschafters der Reichsstadt in Gasalabad, von Gering, zu unterwerfen und Zwist zwischen der Reichsstadt und Gasalabad zu schüren.

Auf jeden Fall hatte er keine Schwierigkeiten damit gehabt, *mich* zu überwältigen.

Bislang hatte ich vermutet, dass diese mächtigen Eulen, die

Maestros der Reichsstadt, gegen die Beeinflussung der Nekromantie immun waren, aber wer konnte das schon mit Sicherheit sagen?

Ich eilte weiter, denn jetzt hatte ich einige weitere drängende Fragen zu klären. Dabei hatte ich Mühe, nicht an Leandra zu denken oder das Schicksal, das ihr in der Hand dieses Seelenreiters bevorstand. So oder so, Celan würde dafür büßen.

Es kam mir wie eine Ewigkeit vor, seit ich das erste Mal den Stützpunkt verlassen hatte, und doch war es erst heute am frühen Morgen gewesen. Jetzt war es später Nachmittag, noch immer war der Hafenmarkt voller Leute, und es herrschte ein dichtes Gedränge.

Ich wollte Varosch nicht zu lange auf einen Priester warten lassen, aber einen kurzen Umweg verzieh er mir hoffentlich. Märkte, vor allem solche, die ich zuvor nicht kannte, übten schon immer eine besondere Faszination auf mich aus. Oft gab es fremdartige Dinge zu sehen, die mich fragen ließen, woher sie kamen oder wer sie erschaffen hatte.

Im Vergleich zu den Märkten Gasalabads war dieser deutlich weniger farbenprächtig und sogar etwas ruhiger. Es gab Marktschreier, aber sie waren nicht so penetrant und riefen nicht so laut, und die Wege zwischen den Marktbuden waren breiter. Es herrschte dennoch Gedränge, denn zwischen Hafen und den herrschaftlichen Häusern, die den Marktplatz säumten, war weitaus weniger Platz als auf den Märkten Bessareins.

Der Markt selbst war allerdings eine Enttäuschung. Es gab wenig Neues zu sehen, und im Vergleich zu den Märkten Gasalabads erschienen mir viele Waren von minderer Qualität.

Was ich in Gasalabad selten gesehen hatte, hier jedoch überreichlich, waren Schwert- und Rüstungsschmiede. Schwere Rüstungen, reich verziert, Lanzen und Reiterschilde, das war es, auf das sich die ganze Kunstfertigkeit des Landes zu besinnen schien.

Ich blieb an einer Marktbude stehen, an der ein junger Mann lauthals die Vorzüge der Waren seines Vaters anpries. Angeblich seien die Brustharnische gut genug, um einem direkten Schuss aus einer schweren Armbrust zu widerstehen. Ich trat heran und musterte einen dieser Harnische. Im *Hammerkopf* hatte ich zum ersten Mal in meinem Leben einen Ofen aus geschmiedetem Stahl gesehen, und dieser Brustharnisch kam mir kaum weniger schwer vor. Kaum vorstellbar, dass jemand damit tagein, tagaus zu reiten vermochte.

Wie ich dann erfuhr, war das auch gar nicht der Sinn dieser Rüstungen, denn all die Kunstfertigkeit diente nur dazu, den Rittern Aldanes einen Harnisch für den Schrankengang zu liefern. Für die Kriegskunst, so teilte der junge Mann mir fast schon verächtlich mit, gäbe es ja die normalen Reiterharnische, die man dort *drüben* kaufen könnte, *hier* wäre ich wohl am falschen Ort.

Ich verstand sehr schnell, wie wichtig den Aldanern ihre Schrankengänge waren. Das jährliche Königsturnier war nach den Sommer- und Winterwendefesten das wichtige Ereignis in Aldar. Die Heldenstatuen auf dem Brunnen waren keine Krieger, die ihr Leben für das Reich gegeben hatten, sondern Gewinner dieser Wettbewerbe. In jeder kämpferischen Disziplin gab es Recken, die zu sogenannten Schrankenhäusern gehörten und von diesen unterstützt wurden. Zudem war es so, dass beträchtliche Summen Goldes auf den Ausgang dieser Wettbewerbe gesetzt wurden. Der Lanzengang und der Schwertkampf waren die wichtigsten, eine Börse von hundert Goldstücken wartete auf den Sieger. Aber es gab noch andere Wettbewerbe, mit dem Streitkolben und sogar – was mich schmunzeln ließ – mit dem Dreschflegel, dem einzigen Wettkampf, der nicht den Adligen vorbehalten war, sondern ausschließlich den Bauern. Auch hier gab es eine stattliche Börse zu gewinnen: zwanzig Goldstücke als Siegeslohn.

Dafür lief man allerdings Gefahr, den Kopf eingeschlagen zu bekommen. Ich kannte Lanzengänge aus meiner Heimat, ritterlicher Wettstreit war auch dort geachtet. Auch auf dem Schrankenfeld von Illian gab es immer mal wieder einen, der den Waffengang nicht überlebte, ein unglücklicher Sturz, eine geborstene Rüstung, so etwas kam vor. Aber hier in Aldane legte man es auf

Blut förmlich an, denn mir schien die Liste der im ehrenhaften Wettbewerb Gefallenen ungewöhnlich lang.

Dafür konnte der Gefallene ewigen Ruhm damit gewinnen, dass sein Name in eine große Tafel eingraviert wurde. Sie war gut und gern zehn Schritt lang und anderthalb Mannslängen hoch, die Namen klein und sorgfältig in den polierten Stein eingraviert und sogar noch mit Gold unterlegt.

Diese Wand der Toten befand sich unter einer blumengeschmückten Statue eines heldenhaften Ritters, der, von einer schweren Reiterlanze durchbohrt, gerade mit schmerzverzerrtem Gesicht zu Boden ging.

Offenbar war den Aldanern ein ehrenhafter Tod Anreiz genug. Ich studierte die Namen und schüttelte den Kopf: Ich hatte Feldzüge erlebt, die weniger Tote gefordert hatten als dieser alljährliche Blödsinn.

Genug getrödelt, dachte ich. Sollten die Aldaner doch machen, was sie wollten. Wenn sie sich im Namen eines seltsamen Ehrbegriffs gegenseitig die Köpfe einschlugen, hatte das wenig mit mir zu tun.

Als ich den Tempelplatz erreichte, zögerte ich einen langen Moment, dann wandte ich mich dem Tempel des Boron zu. Varosch war ein Adept dieses Gottes, außerdem wusste ich noch immer nicht, wie ich zu Soltar stand.

Als ich die Treppen zum Tempel hinaufging, sah ich den Priesterschüler von letzter Nacht mit einem Besen in der Hand dort stehen. Ich winkte ihn herbei, er kam vorsichtig näher, vielleicht befürchtete er einen weiteren Sermon.

»Ein Adept des Boron liegt schwer verletzt in seinem Quartier im kaiserlichen Marinestützpunkt«, informierte ich ihn. »Er braucht dringend Heilung und Beistand. Könnt Ihr mir einen Priester nennen, an den ich mich wenden kann?«

Er schaute zu mir auf und dann an mir vorbei, ich drehte mich um, und dort stand Bruder Recard.

»Ich werde selbst gehen, Lesor«, teilte er dem Priesterschüler mit und wies ihn mit einer Handbewegung an, sich wieder seiner

Kehrarbeit zuzuwenden. Ein endloses Unterfangen, denn noch während er kehrte, brachten die Gläubigen immer wieder neuen Dreck auf die Stufen.

Der Priester wandte sich nun mir zu und zeigte auf die schwere Leinentasche, die er über einer Schulter trug. »Wie Ihr seht, habe ich schon gepackt.«

Ich griff unter mein Wams, öffnete meinen nunmehr doch recht leichten Beutel, entnahm ihm ein Goldstück und ließ es klingelnd in die nahe Opferschale fallen.

»Es ist eine glückliche Fügung«, sagte ich und verbeugte mich leicht vor ihm. »Ich habe gehofft, Euch anzutreffen.«

»Danke für Eure Spende«, sagte der Priester wohlwollend. »Wenn Ihr mich sprechen wolltet, dann bietet sich der Weg zum Stützpunkt dazu an.« Er lächelte. »Mit einer Unterhaltung lässt es sich leichter gehen. Aber eine Fügung war es nicht«, fuhr er fort. »Ich habe gewusst, dass Ihr kommen würdet.«

»Ich wünschte, die Götter würden mir weniger Beachtung schenken«, brummte ich, und er lachte.

»Es war nicht der Gott, der mir den Hinweis gab. Ich sah Euch, wie Ihr dort standet und zum Haus Soltars und unserem hingesehen habt, wie Ihr mit den Schultern gezuckt habt und dann zu uns gekommen seid. Manchmal braucht der Mensch nicht die Zeichen der Götter, sondern nur seine eigenen Augen.« Er hob eine buschige Augenbraue an. »Seid Ihr es gewohnt, dass die Götter Euch Aufmerksamkeit schenken?«

»Fragt besser nicht!«, knurrte ich.

Wir gingen über den Markt zum Stützpunkt zurück. Er wartete einige Zeit ab, doch als ich nichts weiter sagte, ergriff er das Wort. »Ihr wolltet mich etwas fragen?«

»Ja.« Ich blieb kurz stehen und schaute zum Tempel zurück. »In meiner Heimat liegen in den Tempeln die Archive der Priester, die dem Gott dienten, seitdem der Tempel geweiht wurde.«

»So ist es auch bei uns.«

»Wie alt ist Euer Tempel?«, fragte ich, während ich einem schweren Ochsengespann auswich, das sich hochbeladen durch das Gedränge auf dem Markt zwängte. Der Kutscher fluchte so laut, dass ich die Antwort des Priesters nicht verstand. Als das Poltern der eisenbewehrten Räder verging, bat ich ihn, die Antwort zu wiederholen.

»Ich denke, er ist etwas über neunhundert Jahre alt. Aber die Archive reichen noch weiter zurück. Es gab vorher einen anderen Tempel an gleicher Stelle.« Er lächelte. »Bei manchen heißt er immer noch *der neue Tempel.*«

Menschen waren so. In Kelar gab es einst eine Mühle, die man die *neue Mühle* nannte, obwohl sie schon seit dreihundert Jahren stand.

»Gut. Ich möchte eine Anfrage stellen, damit man etwas für mich in den Archiven nachforscht. Wie gehe ich vor?«

»Fragt mich. Ich habe die Archive selbst lange und ausführlich studiert. Was wollt Ihr wissen?«

»Vor etwa siebenhundert Jahren verließ eine Flotte mit Kolonisten das Alte Reich und brach auf, um meine Heimat zu besiedeln. Was ich wissen will, ist, ob das Alte Reich nur diese eine Kolonie gründete oder ob es auch andere gab.«

»Oh«, sagte er. »Vor siebenhundert Jahren? Das ist in der Tat lange her. Ich müsste selbst noch einmal die Archive sichten, aber ja. Ich erinnere mich daran, etwas Derartiges gelesen zu haben. Ich fragte mich damals, ob ich je erfahren würde, was aus den Kolonien wurde, deshalb kann ich mich noch daran erinnern.« Er lächelte sanft. »Es gibt viele Bücher in den Archiven.«

Das glaubte ich ihm gern, aber im Moment war mir anderes wichtiger.

»Kolonien? Es gab also mehr als eine?«

»Ja. Es gab derer mindestens zwei. Vielleicht noch weitere. Einer meiner Vorgänger im Amt segnete damals mit anderen Priestern zusammen die Flotte, die von Aldar auslief. Er schrieb, dass auch von anderen Orten Flotten ausliefen, und wünschte den mutigen Frauen und Männern alles Glück der Götter.«

»Wisst Ihr, wo sich diese Kolonien befanden?«, fragte ich, als wir uns dem Tor des Stützpunkts näherten.

»Leider nein«, sagte er. »Aber vielleicht steht etwas in den Archiven, ich werde nachsehen, sobald wir unseren Bruder geheilt haben.« Er sah mich forschend an. »Er ist ein Diener meines Gottes, sagt Ihr?«

»Ja. Wir ehren die Götter nicht anders als Ihr. Der Mann, um den es geht, ist ein treuer Freund und Kamerad, ein Adept Eures Gottes auf Wanderjahren.«

»Ein guter alter Brauch«, sagte er und lächelte etwas wehmütig. »Hierzulande ist es selten geworden, dass ein Adept auf Wanderschaft geht, um seinen Weg für sich zu finden. Ihr sagt, er ist schwer verletzt?«

»Er geriet in die Gewalt von Piraten«, sagte ich. »Über seinen Zustand kann ich Euch wenig berichten, er ist in guten Händen und wird gepflegt, er wird leben, doch er benötigt eine Heilung.«

Er zog eine Augenbraue hoch. »Ihr sagt, er ist Euer Freund, und doch wisst Ihr nicht genau, wie es um ihn steht?«

Sollte ich ihm erklären, dass es für Varosch kaum bessere Pflege als die von Zokora geben konnte und ich mir deshalb keine Gedanken gemacht hatte? Es änderte nichts daran, dass er recht hatte: Ich hatte mich wenig um den Mann gekümmert, den ich eben gerade selbst als Freund bezeichnet hatte.

»Ja«, sagte ich und ging schneller, als die Wachen das Tor für uns öffneten. »Genau so ist es.«

Die Begegnung zwischen Recard und Zokora verlief anders, als ich dachte. Sie tauschten nur einen Blick aus, dann zog sie vorsichtig die Decke von Varoschs geschundenem Körper. Es war nicht so schlimm, wie ich befürchtet hatte, aber schlimm genug. Zokora hatte bereits die Wunden gereinigt und genäht, jetzt verstand ich auch, warum sie einen Priester für ihn hatte haben wollen. Knochen wuchsen unter dem Segen der Götter besser und gerader zusammen. Varosch schien das Bewusstsein verloren zu haben. Ich wandte den Blick ab, öffnete die Tür zum Schlafzimmer und fand dort Serafine friedlich schlafend vor. Leise schloss ich die Tür wieder. Ich hatte nicht vor, sie zu stören.

Ein letzter Blick zu Varosch hinüber und auf das konzentrierte Gesicht Recards, und ich entschied mich, hier nicht länger zu verweilen. Ich hatte noch einige Fragen an Wendis.

»Habe ich Euch richtig verstanden, General?«, fragte Lanzenmajor Wendis etwas ungläubig.

Ich hatte ihn in seinem Arbeitszimmer in der Kommandantur aufgesucht. Stabsleutnant Goch erschien erst etwas unwillig, mich vorzulassen, doch dann entschied er anders, vielleicht hatte er den Ausdruck in meinem Gesicht richtig gedeutet. Tatsächlich lagen Stapel von Briefen, Schriftrollen und Nachrichtentafeln auf dem Schreibtisch des Majors, und er schien etwas gehetzt. Nur zu verständlich, aber im Moment hatte ich wenig Neigung, Rücksicht zu nehmen. Aber er nahm sich die Zeit, mich anzuhören.

»Es ist noch immer Eure Absicht, zu den Feuerinseln zu reisen, um die Botschafterin zu befreien? Ich verstehe, warum Ihr es tun wollt, aber Euch muss klar sein, dass das kaum gelingen kann.«

»Wir werden sehen«, antwortete ich so ruhig ich konnte. »Lanzenmajor, ich brauche Eure Hilfe. Wie man mir schon mehrfach erklärt hat, marschiert es sich schlecht auf dem Wasser. Wir brauchen ein Schiff.«

Er stand auf und ging ruhelos auf und ab. »Ich habe mittlerweile vom Kommandanten die Bestätigung erhalten, dass Ihr in der Tat der Befehlshaber der Zweiten Legion seid. Aber Ihr wisst, dass Ihr nicht berechtigt seid, innerhalb der Grenzen des Alten Reichs tätig zu werden.«

Ich nickte. »So hat man es mir erklärt.«

»Ich will mich klar ausdrücken: Hier auf einem Stützpunkt der Seeschlangen gilt Eure Befehlsgewalt nicht.« Er fixierte mich aus schmalen Augen. »Streng genommen hätte sich Lanzenkapitän Elgata auch nicht an Euren ›Rat‹ halten müssen.«

»Das weiß ich, Lanzenmajor«, sagte ich beschwichtigend. »Es ist ja auch nur eine Bitte und kein Befehl. Wenn Ihr sie mir nicht erfüllen könnt oder wollt, wäre ich Euch dankbar, wenn Ihr mir einen vertrauenswürdigen Kapitän nennen könnt, der bereit ist, für Gold in See zu stechen.« Ich hoffte zumindest, dass wir noch immer unser Gold besaßen. »Was mich an etwas erinnert. Habt Ihr eine Schatzkiste von unserem Schiff bergen können?«, fragte ich.

Der Major nickte. »Genug Gold, um zehn Schiffe dafür kaufen zu können. Soldgold der Zweiten Legion, nicht wahr? Als ich die Prägung der Legion sah, wusste ich, dass es Euch gehört.« Er lachte leise und schüttelte den Kopf. »Ich kann immer noch kaum glauben, dass die Zweite Legion wieder auferstehen wird. Wie dem auch sei, der Schatz ist sicher verwahrt. Wenn Ihr ihn benötigt, gebt mir Bescheid.« Er blieb am Fenster stehen, legte die Hände auf den Rücken und schaute auf den Hafen hinaus. Einen langen Moment stand er so da, dann wandte er sich wieder mir zu. »Ich kann Euch nicht direkt helfen, General. Aber ich kann ein Schiff auf eine Aufklärungsmission schicken, um die Lage vor Ort zu erkunden. Ich werde Elgatas *Schneevogel* dazu abstellen, aber es liegt an ihr, wie nahe sie der Küste der Feuerinseln kommen will.« Er sah mich direkt an. »Es tut mir leid, dass ich nicht mehr für Euch tun kann, General.«

»Ich danke Euch dennoch. Ihr gebt mir ein Schiff, mehr brauche ich nicht.«

»Dankt mir nicht zu früh. Ich werde Kapitän Elgata keinen Befehl dazu geben, es muss ihre Entscheidung sein. Bedenkt eins: Solange es diese fliegenden Schlangen gibt, ist es ein gefährliches Unterfangen. Es dürfte schwierig genug sein, an Land zu kommen, noch schwieriger – nein, fast schon unmöglich – dürfte es sein, von der Insel wieder zu fliehen. Habt Ihr schon überlegt, wie Ihr das bewerkstelligen wollt?«

Ich zuckte mit den Schultern. »Ich werde einen Weg finden.«

Er erlaubte sich ein schmales Lächeln. »An Vertrauen in die Götter mangelt es Euch offenbar nicht. Auf jeden Fall wünsche ich Euch Glück und Erfolg bei dieser Unternehmung.«

»Danke, Ser«, sagte ich. »Wenn alles gut läuft, werden sie erst bemerken, dass ich da war, wenn alles schon vorbei ist.«

»Wenn alles gut läuft...«, wiederholte er. »Ihr wisst schon, dass Ihr dem Wahn verfallen seid, nicht wahr?«

»Ja«, gab ich zur Antwort. »Das hat man mir oft genug gesagt.«

26. Ein Plan

Als ich die Tür zu unserem Quartier aufstieß, sah ich als Erstes Varosch, der dort am Fenster stand und sich mit Serafine unterhielt, die wohl nur kurz hatte schlafen können. Als er die Tür hörte, drehte er sich um und begrüßte mich mit einem erfreuten Lächeln.

»Also war es doch keine Phantasie des Fiebers! Es ist eine Freude, Euch lebend wiederzusehen, Freund Havald!«, rief er und trat an mich heran, um mich zu umarmen. Verdutzt ließ ich es zu und erwiderte die Umarmung eher unbeholfen.

»Und auch, Euch auf den Beinen zu sehen«, gab ich ehrlich zurück. Noch immer plagten mich die Worte des Priesters und mein schlechtes Gewissen. »Wie geht es Euch?«, fragte ich ihn.

Er hatte sich gewaschen und neue Kleider angelegt; er trug nun ebenfalls die Uniform einer Seeschlange, aber ohne Rangabzeichen. Es lag nahe, dass man davon hier genug im Lager hatte, dennoch war es ein ungewohnter Anblick. Er hatte deutlich an Gewicht verloren, und er schien mehr Falten zu besitzen als noch vor wenigen Wochen. Immer wieder vergaß ich, wie jung er noch war.

Sein Gesicht jedoch war offen wie immer, und seine Freude war nicht gespielt. Das und die unverhoffte Umarmung berührten mich seltsam.

»Es war eine Ehre, Bruder Recard kennenzulernen«, erzählte er mir. »Es ist beeindruckend, wie stark seine Heilgabe ist.«

»Ich bin froh darum«, meinte ich und sah mich suchend um. »Wo ist Zokora?«

Varosch zuckte mit den Schultern. »Nachdem meine Heilung abgeschlossen war, meinte sie, dass sie etwas Ruhe bräuchte, und ging davon. Wohin, weiß ich nicht.«

»Und Ihr seid vollständig genesen?«

»Ich bin müde und hungrig, aber sonst fehlt mir nichts.«

»Das ist gut zu hören«, meinte ich, als ich nach der Karaffe mit dem Wein griff. Auf dem Arbeitstisch lagen Rollenbehälter, wohl die Pläne und Unterlagen, um die ich Lanzenmajor Wendis gebeten hatte. Ich füllte meinen Becher, nahm einen tiefen Schluck und wandte mich dann an Serafine. »Sagt, wie gut könnt Ihr Karten und Pläne lesen?«

»Warum?«, fragte sie überrascht.

»Es gilt, diesen Handstreich vorzubereiten, und mir fällt es schwer, Karten und Pläne zu verstehen.«

»Ist es denn überhaupt möglich?«, fragte sie.

»Das wissen nur die Götter«, entgegnete ich. »Aber ich habe Wendis bereits gefragt, ob er mir ein Schiff gibt, das mich zur Feuerinsel bringen kann. Ohne entsprechende Befehle kann er mir offiziell nicht helfen, aber er schickt ein Schiff auf Erkundungsmission in die Nähe der Insel. Elgatas *Schneevogel*. Ich muss sie allerdings noch fragen, ob sie bereit ist, mich so nahe an die Küste zu bringen.«

»Euch?«, sagte sie und zog eine Augenbraue hoch. »Ihr wollt allein gehen?«

»Ja. Sagte ich das nicht eben? Es hat keinen Sinn, euch alle in Gefahr zu bringen.«

Varosch räusperte sich. »Das sehe ich anders«, sagte er. »Ich werde Euch auf jeden Fall begleiten, Havald, denn je mehr wir sind, desto größer ist die Wahrscheinlichkeit eines Erfolgs. Schaut, wenn Euch etwas geschieht, hat Leandra ihre letzte Chance verwirkt.« Er deutete auf das Schwert an meiner Seite. »Seelenreißer vermag viel zu tun, aber auch er kann Euch nicht garantieren, dass Euer Plan gelingt. Glaubt mir, wenn wir gemeinsam handeln, hat das Unternehmen mehr Aussicht auf Erfolg.«

Seelenreißer. Offenbar dachte er, ich besäße das Schwert noch. Nun, jetzt war nicht der geeignete Zeitpunkt, um darüber zu reden, vor allem da ich nicht mit ihm einer Meinung war. Geheilt mochte er sein, aber er sah mir zu erschöpft aus.

»Einer allein wird unauffälliger sein«, widersprach ich.

»Nicht wenn Ihr derjenige seid«, entgegnete Varosch.

Serafine schien der gleichen Ansicht zu sein. »Wann habt Ihr das letzte Mal in den Spiegel geblickt, Havald?«, fragte sie erheitert. »Wenn man Euch einmal sieht, bleibt Ihr in Erinnerung. Egal wie sehr Ihr Euch verkleidet, an Eurer Größe werdet Ihr nichts ändern können, und Ihr werdet immer auffallen. Varosch und ich sind von der Statur eher durchschnittlich, und vor allem ich werde wenig auffallen, denn soweit ich weiß, stammen die meisten Piraten dort aus Bessarein.«

»Mein Gesicht und die Hände sind braun genug«, meinte Varosch dazu. »An anderen Stellen kann ich mit Walnussöl nachhelfen.«

»Ihr seid eben erst von Euren Wunden genesen«, protestierte ich.

»Ihr sagt es selbst. Ich bin genesen. Außer einem ordentlichen Hunger ist nichts zurückgeblieben. Ich sagte schon, dass Bruder Recard hoch in der Gunst meines Gottes steht.«

»Havald«, sagte Serafine. »Gebt es auf. Wir kommen mit.«

»Ihr könnt es drehen und wenden, wie Ihr wollt«, meinte auch Varosch.

»Was wird Zokora dazu sagen?«, fragte ich.

Er wollte gerade etwas entgegnen, als die Tür aufging und Zokora eintrat. Natürlich. »Ich gehe ebenfalls mit«, sagte sie bloß, und ich seufzte vernehmlich.

Die Elfe setzte sich und nahm sich einen Becher Wein. »Wir werden gemeinsam gehen. Das wäre hiermit beschlossen. Und jetzt, Havald, erzählst du mir, was mit deinem Haar geschehen ist.«

Ich seufzte erneut. »Ich habe schon erzählt, dass ich bei meiner Flucht von den Feuerinseln von einer Verschanzung hinunter auf das Deck der *Schneevogel* sprang, als sie den Hafen verließ. Dabei schlug ich mir den Kopf auf. Der Schiffsarzt rasierte ihn, damit er die Wunde besser versorgen konnte.«

Serafine schüttelte den Kopf. »Nein«, meinte sie und schien etwas ungehalten dabei. »Ich glaube, diese Einzelheiten habt Ihr vergessen zu erwähnen. Die *Schneevogel* befand sich also im Hafen der Feuerinseln? Wie war das möglich?«

Ich erzählte ihnen kurz die Geschichte von meinem Aufenthalt auf der Insel, von Artin, dem Elfen, und wie sich Elgata als Sklavenhändlerin verkleidet hatte. Und von Celan, den ich wohl noch ein drittes Mal töten musste.

»Also seid Ihr diesem Kriegsfürsten bereits begegnet«, stellte Serafine fest. »Und er ist der Mann, der nun Leandra in seiner Gewalt hat?«

Ich nickte nur.

»Das lässt nur Übles für Leandra vermuten«, stellte Serafine betrübt fest. »Ich werde für sie beten.«

Schaden würde es wohl nicht, allerdings gedachte ich mehr zu tun, als nur auf den Beistand der Götter zu hoffen.

»Dieser Elf, ist er noch dort?«, fragte Zokora fast wie nebenbei. »Ich nehme an, du wirst ihn ebenfalls retten wollen?«

»Wenn es möglich ist.«

»Ist er vom gleichen Stamm wie die Elfen, die euch in Gasalabad halfen?«

»Ja. Ich bin mir nicht sicher, aber ich glaube, er ist der Vater eines der Elfenkrieger, die wir dort trafen. Reat. Es gibt da eine große Ähnlichkeit.«

»Das ist gut möglich«, meinte Serafine. »Der Name Artin kommt mir bekannt vor.«

Zokora sah nachdenklich drein, als sie sich zurücklehnte und an ihrem Becher nippte.

Wieder ging die Tür auf, Angus trat ein und zuckte angesichts unserer fragenden Blicke nur mit den Schultern. Er war wohl austreten gewesen oder hatte sich den Hafen angesehen. Ich hatte keinen Zweifel daran, dass auch er mitkommen wollte. Er hatte sich ja bereits ausführlich dazu geäußert.

»Lasst uns noch mal zu Eurer Frage zurückkehren«, sagte Serafine. »Ihr habt mich gefragt, wie gut ich Karten und Pläne lesen kann.«

»Ich bat Lanzenmajor Wendis, mir alles an Unterlagen und Plänen herauszusuchen, was man hier über die Feuerinseln besitzt. Es gibt auf der Insel eine alte Festung, die von den Truppen aus Thalak besetzt wurde. Dort hält sich auch Fürst Celan auf, und ich denke mir, dass es praktisch sein könnte, zu wissen, wie es in dem Gemäuer aussieht. Es ist zum Teil durch schwere Erdstöße beschädigt, und ich vermute, dass man die Schäden reparieren wird. Aber zum größten Teil wird der alte Bauplan noch gelten.«

»Davon ist auszugehen«, meinte Varosch nachdenklich. »Allerdings scheint es mir sinnvoller, diesen Fürsten außerhalb der Festung abzupassen.«

»Schon«, sagte ich. »Ich habe auch daran gedacht. Die größte Schwierigkeit sehe ich darin, wieder von der Insel wegzukommen. Das ist der andere Grund, weshalb ich den Lanzenmajor um die Pläne von der alten Festung bat. Bislang war es immer so, dass wir an Orten, die dem Alten Reich wichtig waren, Tore gefunden haben. Die Feuerinseln waren einmal der wichtigste Flottenstützpunkt des Alten Reichs und als Insel auch schwer zu erreichen. Wenn ich Askannon wäre und wüsste, wie ich ein solches Tor errichten kann, hätte ich auf jeden Fall eines in dieser Festung gebaut.«

»Natürlich!«, rief Varosch und schlug sich gegen die Stirn. »Darauf hätte ich auch selbst kommen können.«

»Ich war nie auf den Feuerinseln«, mischte sich Serafine ein, »aber ich weiß, dass es dort ein Tor gab. Mit Eurer Vermutung habt Ihr also recht, Havald.«

»Wisst Ihr auch, wo es sich befindet?«, fragte ich hoffnungsvoll, doch sie schüttelte nur den Kopf.

»Schade«, meinte ich und öffnete einen der Rollenbehälter. »Dann müssen wir es suchen.« Es war natürlich der falsche Behälter, denn der hier enthielt eine Karte der Insel. Darum wollte ich mich erst später kümmern. Doch der nächste Behälter erhielt tatsächlich sechs Blätter voll mit Linien und Strichen, die offenbar den Plan der Festung darstellten.

»Bislang war es immer so, dass die Torräume einem achteckigen Muster folgten«, stellte ich fest. »Also, wenn es einen solchen Raum gibt, müsste er sich finden lassen«, befand ich, schob

Zokoras Weinbecher etwas zur Seite und rollte das erste Blatt der Pläne auf dem Tisch aus.

»Wenn sie den Raum überhaupt eingezeichnet haben«, gab Serafine zu bedenken und beugte sich über den Plan. »Oft waren sie ja geheim.«

»Vielleicht findet sich etwas«, sagte ich. »Schaut aber auch danach, ob Ihr die Amtsstube und das Quartier des kaiserlichen Kommandeurs finden könnt. Ich glaube nicht, dass sich Fürst Celan mit geringeren Räumen zufriedengibt. Ich möchte wissen, wo ich ihn finden kann.«

»Wenn ich es recht verstehe, willst du in die Festung eindringen, Leandra unter der Nase dieses Kriegsfürsten stehlen und ungesehen wieder verschwinden?«, fragte Zokora, nachdem auch sie einen neugierigen Blick auf den Festungsplan geworfen hatte.

»Das ist meine Absicht, ja«, sagte ich abwesend. Ich hatte die Festung ja gesehen, und irgendwie erhoffte ich mir, dass diese ganzen Striche einen Sinn ergaben, aber es blieb vergebens. Kaum jemand hatte solche Probleme, warum ich? Aber es musste sich erlernen lassen.

Zokoras Blick lag noch immer abwartend auf mir.

Ich schaute sie verwirrt an.

»Ich warte auf weitere Einzelheiten deines Plans«, sagte sie.

»Ich denke, alles andere wird sich vor Ort ergeben«, antwortete ich, während ich angestrengt versuchte, ein achteckiges Muster in dem Gewirr zu erkennen. »Wenn wir das Tor finden, haben wir damit auch einen Weg von der Insel herunter gefunden. Wenn nicht, stehlen wir ein Schiff.«

»Und wie?«, fragte Serafine.

Ich seufzte. Warum mussten sie alle so viele Fragen stellen?

»Wir gehen an Bord und sagen der Besatzung, wohin wir segeln wollen«, antwortete ich etwas unwirsch.

Angus nickte weise. »Das geht. Man muss es nur mit Nachdruck sagen. Am besten hält man dabei den Kopf des Kapitäns in der Hand, das erleichtert es oft. Wenn das nicht hilft, wird es meistens interessant.«

»Guter Plan«, meinte Varosch ironisch.

»Unterschätze Havald nicht, Varosch«, meinte Serafine mit einem verschmitzten Lächeln. »Auf diese Art hat er schon einmal ein Schiff gekapert.«

»Schwimmt es noch?«, fragte Varosch erheitert.

Sie lachte nur. »In Ordnung. Wir wissen, *was* wir tun wollen, weißt du auch schon, wie?«

Ich trat an den Schreibtisch heran, öffnete die Röhre von vorhin und zog den Plan von Insel und Hafen heraus. »Deswegen sind wir hier«, sagte ich und schüttelte einen meiner Dolche aus dem Ärmel, aber Serafine war schneller.

»Hier«, sagte sie und zog eine Klappe an dem Regal an der Wand heraus. »Du kannst die Karte dort einklemmen«, wies sie mich an und zeigte auf eine Reihe von Klemmen, die ich vorher nicht wahrgenommen hatte. Schweigend befestigte ich die Karte und trat zurück.

Serafine löste die Karte wortlos wieder, drehte sie einmal nach links und hängte sie erneut auf. Ich hatte sie falsch herum angeklemmt.

»Dieses Zeichen hier zeigt die Himmelsrichtungen an«, erklärte sie und zeigte auf ein Kreuz in einem Kreis, das sich rechts unten befand. Dann verstand ich nur nicht, warum die Schrift auf Karten nicht immer so ausgerichtet war.

Ich studierte die Karte. Nun, auf dieser *war* die Schrift jetzt richtig herum, aber ich hatte oft genug Karten gesehen, bei denen es sich anders verhielt. In meinem ganzen Leben hatte ich nur sehr wenige erblickt, davon waren die meisten höchst einfach gehalten. Zudem stimmten sie oft nicht. Leandra und Serafine schienen jedoch davon überzeugt, dass man sich auf kaiserliche Karten verlassen konnte.

Bei dieser hier sah es jedenfalls so aus, denn dadurch, dass ich den Hafen von dem alten Signalturm aus so gut hatte sehen können, war es mir diesmal möglich, eine Übereinstimmung in den Strichen und Linien zu erkennen.

»Was bedeuten diese Zeichen?«, fragte ich Serafine und tippte mit der Fingerspitze auf ein geschwungenes Kreuz in einem Kästchen nahe der Einfahrt.

»Ballisten, verschanzt«, erklärte sie mir. »Und dieses Kreissegment zeigt die Reichweite an.«

Es gab eine ganze Menge dieser Kreise. Sie reichten bis zu zwei Dritteln in den Hafen hinein. Ich nahm eine andere Karte heraus – sie zeigte die gesamten Feuerinseln – und klemmte sie auf eine andere Leiste. Diesmal offenbar richtig herum, denn Serafine korrigierte mich nicht. Es dauerte eine Weile, bis ich das Kästchen fand, das ich suchte, eines mit einem dreifachen Kreuz darin, ähnlich einer Semaphore, einem Signalturm.

»Und diese Wellenlinien?«

»Es sind Höhenlinien, die Zahlen sind Schritt über dem Meeresspiegel. Diese Kringel hier zeigen eine kegelförmige Erhebung.« Es gab davon reichlich, aber fünf waren besonders deutlich ausgeprägt. Die Vulkankegel. So schwierig war das mit den Karten gar nicht.

»Schritt, nicht Mannslängen?«

»Strecken werden bei den Legionen mit Meile, Viertelmeile, Schritt, Fuß und Daumenbreite angegeben«, erklärte sie mir lächelnd. »Mannslängen sind zu unterschiedlich, jeder stellt sich etwas anderes darunter vor.«

»Nun, Schritte sind auch unterschiedlich«, sagte ich, und sie lachte.

»Nicht bei den Legionen«, entgegnete sie. »Wir lernen sogar, so zu marschieren. Vier Fuß pro Schritt. Von den Fersen an gerechnet.«

Nun, wenn sie es sagte. Ich studierte weiter die Karte. Langsam ergab sie doch einen Sinn für mich. Dort war der alte Signalturm, das war der Weg, dann musste hier die Lavazunge sein, an der mich die Delphine an Land geworfen hatten. Die Lava war zwischen den Klippen ins Meer geflossen. Die Brandung war dort flacher, nicht so mörderisch wie an anderen Stellen. Aber noch immer mörderisch genug. Also mussten wir es bei Ebbe versuchen.

»Dort soll es also hingehen«, stellte Zokora fest und trat näher an die Karte heran. »Wie ich sehe, besitzt der Hafen eine Wallanlage, die gegen einen Angriff von Land schützt.«

»Dieser Wall ist von den Erdstößen so zerstört, dass er niemanden mehr aufhalten wird«, informierte ich sie und wandte mich an Serafine. »Habt Ihr das Tor schon gefunden?«

Sie schüttelte den Kopf. »Es gibt insgesamt sechs Pläne von der Festung. Ich habe noch zwei zu studieren.« Sie wies auf den, der vor ihr auf dem Tisch lag. »Ich bin fast fertig mit dem hier, der nächste zeigt die unterirdischen Räume der Festung. Ich denke, dort wird es zu finden sein.«

»Also, wie wollen wir auf der Insel anlanden?«, fragte Varosch. Ich wandte mich wieder der Karte zu und tippte mit den Fingern auf die Stelle, von der ich vermutete, dass mich die Delphine dort an Land gebracht hatten.

»Wenn man den Wellengang auch nur ein wenig abdämpfen kann, gibt es hier eine Stelle, wo wir unbeschadet an Land gehen können.« Ich schaute fragend zu Serafine. »Seid Ihr dazu imstande?«

»Ja«, antwortete sie. »Wenn es sein muss, wird das Meer dort ruhig wie ein Teich sein.«

»Wir müssen nachts dort landen«, meinte ich. Es klopfte an der Tür, und ich rief »Herein«, bevor ich weitersprach. »Allein schon wegen der schwarzen Schiffe.«

»Wer kommt da?«, fragte Serafine.

»Ich hoffe, es ist Kapitän Elgata von der *Schneevogel*«, antwortete ich ihr. Ich behielt recht.

Varosch bemerkte sie kaum, er brütete noch immer über etwas anderem. »Havald, sagt mir noch mal, was es mit diesen Schiffen auf sich hat. Warum sind sie so gefährlich?«

»Es sind Schlachtschiffe«, sagte Elgata von der Tür her und zog sie hinter sich zu. »Sie transportieren fliegende Schlangen, Wyvern heißen sie wohl, die von unseren Gegnern geritten werden. Diese Wyvern sind dazu imstande, einen feurigen Atem auszustoßen oder aus großer Höhe Brandpfeile auf uns herabregnen zu lassen. Sie beobachten unsere Bewegungen und führen den Feind zielsicher an unsere Stellungen oder Schiffe heran. General von Thurgau ist zudem der Meinung, dass zumindest ein paar der Wyvernreiter Nekromanten sind, auf jeden Fall aber Elitesoldaten. Es gab drei Schiffe dieser Art, eins haben wir versenkt. Jedes von ihnen kann zwei Dutzend dieser fliegenden Schlangen an Bord nehmen und versorgen. Solange diese Wyvern fliegen, wird es so gut wie nicht möglich sein, den Gegner zu überraschen.«

»Ich glaube, diese Antwort ist mehr, als ich erwartet habe«, seufzte Varosch und musterte Elgata sorgfältig.

»Willkommen, Lanzenkapitän«, begrüßte ich sie und korrigierte mich sogleich, als ich die neuen Rangabzeichen eines Schwertmajors sah. »Meinen Glückwunsch zur Beförderung.«

Sie schenkte mir ein schmales Lächeln. »Danke. Wollen wir hoffen, dass ich die Beförderung überlebe«, sagte sie. »Ihr wolltet mich sprechen?«

In kurzen Worten erklärte ich ihr, was wir vorhatten.

»Seid Ihr sicher, dass Ihr das tun wollt?«, fragte sie.

»Es hängt an Euch«, antwortete ich. »Lanzenmajor Wendis hat deutlich gemacht, dass es Eure Entscheidung ist.«

»Ihr könnt auf meine Hilfe zählen, General«, sagte Elgata. »Also, was habt Ihr gerade besprochen?«

Ich war erleichtert, hatte aber irgendwie auch nichts anderes von ihr erwartet. »Es geht darum, zu überlegen, wie wir an Land gehen können, ohne dass wir dabei ersaufen.«

Elgata nickte und trat nun selbst an die Karte heran, um sie zu studieren. »Das Problem ist, dass wir euch ungesehen anlanden müssen. Meine *Schneevogel* ist neu, aber wir müssen dennoch mit mindestens drei Tagen Fahrt rechnen und es dann so einrichten, dass die Wyvern uns nicht bemerken.«

»So ähnlich habe ich es mir bereits gedacht«, sagte ich. »Ihr müsst uns hierher bringen. In den frühen Morgenstunden, im Schutz der Dunkelheit, genau dann, wenn Ebbe ist.« Ich zeigte mit dem Finger auf den Delphinstrand, wie ich ihn bei mir nannte.

»Warum dort?«, fragte sie.

»Die Küste ist dort nicht weniger zerklüftet als an anderen Stellen der Insel«, erklärte ich, »aber irgendwann in den letzten Jahrhunderten brach einer der Vulkane aus. Ein Strom von Lava ergoss sich ins Meer. Wenn nicht gerade Ebbe ist, sieht man es nicht, aber hier erstreckt sich die erkaltete Lava unter der Meeresoberfläche ein Stück weit in den Ozean hinein. Durch den steten Wind ist die See dort immer rau, aber ein geschickter Bootsmann kann sein Boot gezielt auflaufen lassen. Ich habe die Lavazunge bei Ebbe gesehen, sie ist glatt wie ein Tisch und bricht erst tiefer im Wasser in scharfe Stücke auf.« Ich warf einen Blick in die Runde. »Dann haben wir etwas weniger als die Länge einer Stundenkerze Zeit, dort auszuschiffen und an Land zu waten.«

Varosch pfiff leise durch die Zähne. »Besser als schwimmen ist es allemal«, meinte er.

»Hm«, sagte Elgata. »Ich wage es fast nicht zu glauben, aber es könnte tatsächlich möglich sein.«

»Gut«, sagte Serafine. »Wir sind an Land, wie geht es weiter? Was nehmen wir an Ausrüstung mit?«

»Wir brauchen noch eine dieser Signallampen. Ich will Verbindung zur *Schneevogel* halten können. Vielleicht ist es möglich, dass wir auf dem gleichen Weg die Insel verlassen.«

»Das bedeutet, ich muss versuchen, dort ungesehen wegzukommen, um mich später wieder anzuschleichen«, stellte Elgata fest und biss sich auf die Lippe.

»Ich fürchte, ja«, sagte ich. »Es kann sein, dass die *Schneevogel* die einzige Möglichkeit ist, die wir haben, um von der Insel zu kommen.«

»Wenn es so ist, ist es so«, befand Elgata. »Aber diese Signallampen sind schwer, General«, gab sie dann zu bedenken. »Es braucht Kraft, sie zu tragen.«

»Ich werde mich darum kümmern«, sagte ich. »Es ist im Moment der einzige Weg, der mir einfällt, um die Insel ungesehen verlassen zu können.«

Sie schaute mich fragend an. »Warum die Signallampen? Wir

können doch vereinbaren, dass ich mich mit der *Schneevogel* am nächsten Tag an der gleichen Stelle einfinde.«

Ich schüttelte den Kopf und zeigte mit dem Finger auf den alten Signalturm. »Das werdet Ihr nur dann tun, wenn Ihr von diesem Turm aus ein Signallicht seht. Schaut um Mitternacht des nächsten Tages danach. Wenn es nicht zu sehen ist, wartet einen weiteren Tag bis Mitternacht. Wenn Ihr auch dann kein Licht seht, kehrt nach Aldar zurück. Ich will nicht die *Schneevogel*, Euch und die gesamte Mannschaft riskieren, wenn es sich vermeiden lässt.«

»Und wenn Ihr länger braucht als zwei Tage?«, fragte sie mich.

Ich schüttelte den Kopf. »Wenn es länger dauert als zwei Tage, gibt es niemanden mehr, den Ihr von der Insel abholen könnt.«

»Zwei Tage sind genug«, bestätigte Varosch. »Dennoch sehe ich Schwierigkeiten. Wir werden uns am Tag vor den Wyvern verstecken müssen.« Er sah mich fragend an. »Das Land dort ist, wie Ihr erzählt habt, recht karg, und es gibt wenig Deckung. Wisst Ihr auch schon, wo wir uns verstecken können?«

»Ja. Es gibt einen Ort, der sich dazu anbietet. Wir warten dort auf die nächste Nacht und schlagen dann zu.«

»Die Nacht ist gut«, meinte Zokora. »Dann sieht man mich nicht.«

»Nachts anlanden, Leandra befreien, Signal, des Nachts an Bord gehen, abfahren«, sagte Varosch und schüttelte erheitert den Kopf. »Hört sich einfach an.«

»Was mir an dem Plan gefällt, ist, dass er zumindest vorsieht, dass wir die Insel wieder verlassen«, meinte Serafine. »Aber Pläne halten oft der Begegnung mit dem Feind nicht stand.«

»Richtig«, stimmte ich ihr zu. »Deswegen werden wir die Einzelheiten vor Ort klären.« Ich sah sie alle nacheinander an. »Auch wenn ich die Möglichkeit berücksichtige, dass wir nicht rechtzeitig das Signal geben können, bedeutet das nicht, dass ich Zweifel habe. Wir werden erfolgreich sein.«

»Wenn du es sagst«, meinte Serafine und warf einen schnellen

Blick in Richtung unseres Nordmanns. »Ich bin gespannt, was Angus von dem Plan hält. Wenn Ihr dafür seid, wissen wir sicher, dass wir allesamt wahnsinnig sind.«

»Mir gefällt er«, sagte Angus.

Serafine seufzte etwas übertrieben. »Also sind wir verrückt.«

»Wieso?«, fragte Angus ernsthaft. »Wir greifen an, erschlagen diesen Fürsten Celan, befreien die Sera Leandra und verziehen uns. Das ist ein guter Plan. Allerdings wäre es besser, wenn wir zusätzlich noch die Schiffe im Hafen versenken könnten.«

»Ihr traut uns allerhand zu«, meinte ich. »Davon, die Schiffe anzugehen, habe ich nichts gesagt.«

Er lachte. »Aber wenn es möglich wäre, wäre das doch gut, oder nicht?«

Damit hatte er unbestritten recht. Dennoch … »Mir geht es vorrangig darum, Leandra von dort zu befreien. Das ist unser Hauptziel, und erst wenn wir das erreicht haben, können wir weitersehen.«

»Das ist kein Plan«, erklärte Serafine. »Es ist eine Absichtserklärung.« Dann seufzte sie und nickte. »Aber ich gebe zu, wir müssen es versuchen.«

»Wir sind also doch nicht wahnsinnig«, schmunzelte Varosch. »Es sieht nur für jene so aus, die nicht auf die Götter vertrauen.«

Serafine wollte etwas entgegnen, doch dann stutzte sie plötzlich und beugte sich vor, um ein Detail auf den Plänen besser erkennen zu können. »Hier, Havald!«, rief sie. »Ich habe das Tor gefunden!«

»Seid Ihr sicher?«, fragte ich.

»Schaut es Euch selbst an.« Sie legte einen schlanken Finger auf den Plan.

Ich schaute dorthin, und im Gewirr der Linien erkannte ich ein doppeltes Achteck: das Tor, von dem ich gehofft hatte, dass wir es dort finden würden. Ihr Finger wanderte etwas nach rechts. Dort waren drei Punkte in einem Dreieck eingezeichnet, ein doppelter Ring darum, ein rechteckiger Kasten davor. Und darauf ein Symbol, wie ich es an der Tür zum Wolfstempel in den Höhlen unterhalb der Donnerberge das letzte Mal gesehen hatte.

»Ein Wolfstempel?«, fragte ich erstaunt. »Damit habe ich nicht gerechnet.«

»Ja, es ist ein Tempel«, sagte sie. »Aber schaut, wo er sich befindet.« Ich sah hin und erkannte nichts, nur Linien.

»Er befindet sich in der Mitte eines großen Hohlraums und wird von drei Brücken getragen, die sich dort kreuzen«, erklärte sie, als sie meinen verständnislosen Blick sah. »Und dieser Hohlraum…« Sie trat an die Karte vom Stützpunkt. »Hier ist die Festung eingezeichnet, seht Ihr?«, fragte sie und deutete auf ein Rechteck zwischen der Stützpunktmauer und dem zentralen Vulkankegel der Inseln. »Wenn der Maßstab stimmt, dann befindet sich der Wolfstempel mitten in der Basis des Vulkans, und der Torraum liegt direkt darüber.«

»Im Vulkan?«, fragte ich fassungslos.

Sie nickte. »Ich kann Euch nicht sagen, wie das möglich ist, aber wenn diese Pläne stimmen, dann verhält es sich genau so: Tor und Tempel befinden sich mitten im Krater des Vulkans.« Sie schenkte mir ein übertrieben freundliches Lächeln mit einem gewissen Biss darin. »Aber wie wir dort hingelangen, gehört wohl zu den paar Einzelheiten, die wir vor Ort klären werden.«

Danach sah es mir auch aus. Ein Tor im Vulkan. Und ein Wolfstempel. Ich kratzte mich am Hinterkopf. Irgendetwas hatten diese Wolfstempel mit den Toren zu tun, aber was? Leandra hätte vielleicht eine Idee dazu gehabt. Leandra.

Nun, redete ich mir ein, es war ja nicht so, dass der Gegner uns erwartete. Das war unser Vorteil, und ich gedachte, ihn zu nutzen.

»Hier ist noch etwas«, unterbrach Serafine meine Gedanken. »Es scheint auch einen Ausgang zu geben, der vom Tempel hoch zur Außenwand des Vulkans führt. Wenn wir ihn finden, haben wir Zugang zur Festung.«

»Es dürfte ein Fluchtgang sein«, mutmaßte ich. »Nach all den Jahrhunderten wird es kaum möglich sein, ihn zu finden.« Natalyia hätte es gekonnt. »Wir können es versuchen, aber ich fürchte, wir müssen einen anderen Weg zum Tor finden.«

»Darf ich fragen, von welchem Tor Ihr sprecht?«, fragte nun Elgata neugierig.

»Es gab einst magische Tore, die Askir mit dem Rest der Welt verbanden«, erklärte ich ihr. »Wir hofften darauf, dass sich ein solches Tor auch auf den Feuerinseln befindet.«

Elgata musterte Serafine, die immer noch sorgfältig die Pläne studierte. »Und Ihr habt jetzt eines dieser Tore in diesen Plänen gefunden?«

»Zumindest einen Raum, der so aussieht, als gehöre dort ein Tor hinein«, erklärte ich ihr. »Bislang befand sich jedes Tor in einem Raum mit achteckigem Grundriss. Danach hat sie in den Plänen der Festung gesucht.«

»Hm«, meinte Elgata. »Ich habe schon von diesen Toren gehört, dachte aber bisher immer, dass sie nichts weiter als Legenden sind.«

»In der letzten Zeit habe ich mir abgewöhnt, etwas nur als Legende zu betrachten. Zu oft hat sich herausgestellt, dass sie einen wahren Kern besitzen.«

»Diese Tore existieren, wir haben sie sogar schon benutzt«, erklärte Serafine abgelenkt und sah jetzt mich an. »Das bringt mich auf eine andere Idee. Wir sollten nachfragen, ob jemand auch hier in Aldar etwas von einem achteckigen Raum weiß«, schlug sie vor. »Wir könnten dann von hier aus …« Sie schüttelte den Kopf. »Nein, wer weiß, womöglich landen wir direkt im Vulkan. Es ist zu unsicher, ohne das Tor auf den Feuerinseln zuvor überprüft zu haben. Aber wenn es noch funktioniert, könnten wir es nutzen, um hierher zurückzukehren. Ich habe nicht die geringste Lust, noch einmal die ganze Strecke übers Meer zu fahren.«

»Das wäre aber der sichere Weg«, meinte ich.

»Das ist wohl wahr«, seufzte sie. »Aber hier ein Tor zu finden, wäre mir lieber.« Dann weiteten sich ihre Augen. »Havald!«, rief sie. »Habt Ihr die Torsteine noch?«

»Ja«, beruhigte ich sie. »Noch einmal werde ich sie nicht verlieren.«

»Gut«, meinte sie erleichtert. »Ich glaube, wir sind hier fertig, oder?«

»Sie hat recht«, sagte nun auch Elgata. »Mehr können wir von hier aus nicht tun. Ihr habt noch immer vor, mit der Ebbe auszulaufen?«

Ich nickte. »Ich glaube nicht, dass wir noch mehr Zeit verlieren dürfen.«

»In Ordnung«, sagte Elgata. »Ich werde das Schiff zur Ausfahrt vorbereiten lassen. Darf ich die Karte mitnehmen? Ich will meine Karten an sie angleichen.«

»Nur zu«, sagte ich.

Sie rollte die Karte sorgfältig zusammen, steckte sie wieder in den Rollenbehälter aus Leder und ging zur Tür.

»Wir sehen uns also spätestens zwei Kerzen nach Mitternacht auf der *Schneevogel*. Bis dahin sollten wir auch neu verproviantiert sein.« Sie runzelte die Stirn. »Wendis versprach mir, die Verluste unter meiner Mannschaft auszugleichen, doch bislang haben sich nur sieben Rekruten an Bord gemeldet, es fehlen mir noch vier. Ich hoffe sehr, dass er mir noch jemanden mit Erfahrung schickt.«

»Ich kann …«, begann ich, doch sie schüttelte den Kopf.

»Besser nicht«, sagte sie. »Lasst das meine Sorge sein. Es ist eine Angelegenheit der Seeschlangen, und ich kann Euch versichern, dass Wendis ungehalten reagieren wird, wenn Ihr versuchen solltet, darauf Einfluss zu nehmen.« Sie erlaubte sich ein schmales Lächeln. »Mit etwas Glück und der Götter Segen werden wir auf dieser Fahrt keine Feindberührung haben.« Sie legte die Hand auf die Türklinke. »Seht Ihr nur zu, dass Ihr alles rechtzeitig erledigt, die Ebbe wartet auf niemanden.« Sie sah uns alle ernst an. »Ihr wollt das wirklich wagen?«

»Es bleibt uns nichts anderes übrig«, sagte ich.

Sie nickte noch einmal knapp und zog die Tür hinter sich zu.

27. Das Tor

Ich dachte über das nach, was Serafine aus den Plänen herausgelesen hatte. Ein Tor in einem Vulkan. Ein Tempel, auf drei schmale Brücken gesetzt. Die Schiffe im Hafen. Den Wind, der auf den Feuerinseln immer aus der gleichen Richtung blies. Schiffe, die dicht an dicht gedrängt im Hafen lagen.

»Wir werden Seil brauchen. Steigeisen, viel Trinkwasser«, stellte ich fest. »Netze, Wurfhaken, zwei Arbalesten und Bolzen aus Stahl.« Ich schaute fragend zu Serafine. »Meint Ihr, das bekommen wir alles noch rechtzeitig?«

Noch hatten wir Zeit, aber ob es reichte, all das auf dem Markt zusammenzutragen, erschien mir fraglich.

Serafine sah mich verblüfft an und lachte dann. »Habt Ihr vergessen, wo wir uns befinden? Dies ist ein kaiserliches Zeughaus! Havald, Ihr habt keine Vorstellung, was sich in einem Zeughaus im Lauf der Jahrhunderte so alles ansammeln kann.«

»Ist das ein Ja?«

»Ich denke, wir sollten sehen, was sich finden lässt«, sagte Serafine entschlossen. »Wollt Ihr mich begleiten?«

»Ich habe meine Vorschriften«, brummte der Zeugwart, ein Schwertsergeant der Seeschlangen, aber dann öffnete er uns doch die schwere, vergitterte Tür. »Sagt, was Ihr braucht, und ich suche es für Euch heraus. Ihr werdet sowieso nichts finden, das Lager ist nach einer bestimmten Ordnung aufgebaut, die man erst erlernen muss, und die Lagerlisten sind in Abkürzungen gehalten, die Ihr nicht versteht.«

Serafine schenkte ihm ein bezauberndes Lächeln, griff sich eines der schweren Bücher, die in einem Regal seitlich von der Ausgabetheke standen, öffnete es, blätterte und wanderte mit dem Finger eine Reihe von Buchstaben und Zahlen entlang.

»Sondergeschosse, Arbalesten, schwer, Gang dreizehn, Regal

acht, Lagerplatz zweiundzwanzig«, las sie mit einem breiten Grinsen vor und zwinkerte dem Zeugwart schelmisch zu. »Habe ich recht?«, fragte sie, und er grummelte nur etwas, das ich nicht verstehen konnte.

»Wofür braucht Ihr stählerne Bolzen?«, fragte sie mich, als sie eine flache Kiste herauszog und den Deckel öffnete. Dort lagen in ölgetränkte Leinen eingewickelt Packen von jeweils fünf Bolzen, so lang wie mein Arm, schwer und mit einer mörderisch aussehenden Spitze. Ein solcher Bolzen würde mit so viel Wucht auftreffen, dass er alles durchschlug.

»Ich will ein Seil an den Bolzen anbringen und sie im Gestein verankern. Es könnte uns in mancherlei Hinsicht nützlich sein.« Nicht nur beim Klettern in Gestein, sondern auch um einen Bolzen fest in einer Schiffswand zu verankern.

Serafine nickte, zog einen flachen Wagen herbei und lud vierzig der Bolzen auf. Steigeisen für Stiefel und Hände, Seile, Wasserflaschen, Wurfhaken, Arbalesten, drei Flaschenzüge, Krampen, all das landete auf den Wagen, und noch andere Dinge, die Serafine für nützlich befand.

»Wer denkt sich so etwas aus?«, fragte ich, als sie mir ein seltsam gewundenes Eisenstück demonstrierte, das man in ein Seil einhängen konnte, ohne dass es abrutschte.

»Die Eulen und der Kaiser selbst. Er verbrachte den größten Teil seiner Zeit bei den Eulen.« Sie hielt inne und schaute etwas traurig hoch zu mir. »Er wollte alles ergründen und verstehen. Er sprach von Schiffen, die fliegen können, von der Kraft des Feuers, von vielen anderen Dingen, die ich nicht verstand. Er wusste so viel, und doch sagte er zu meinem Vater, dass es weitaus mehr gäbe, von dem er keine Ahnung hätte.«

»Woher kam sein Interesse an all dem?«, fragte ich.

»Mein Vater stellte ihm einmal die gleiche Frage. Der Kaiser antwortete, dass er verflucht sei, von allen Dingen immer alle Seiten zu sehen, zugleich den Anfang und das Ende, die Struktur darin, das Wie, das Wann und das Warum. Und da er es sehen konnte, war er neugierig, ob es sich auch in Wirklichkeit so verhielt.« Sie bemerkte meinen Gesichtsausdruck und lachte leise. »Mein Vater konnte mit seiner Antwort auch nicht mehr anfangen als Ihr, also fragte er nach. Der Kaiser erzählte ihm, wie er als kleines Kind einmal an einem Bach gespielt hat. Ein Blatt fiel hinein und schwamm davon, und er fragte sich, warum das so war. So hat alles angefangen.« Sie schmunzelte. »Es gab einen Brunnen in Askir, in dem das Wasser aufwärts floss. Es scheint ihm also wirklich keine Ruhe gelassen zu haben.«

Jetzt war ich immer noch nicht schlauer. Warum sollte man sich überlegen, weshalb ein Blatt im Wasser schwamm? Es schwamm. Es lag in der Natur der Dinge. Etwas anderes fiel mir ein, und ich wandte mich an den Zeugmeister, der uns begleitet hatte. »Sagt, kennt Ihr irgendwo auf dem Stützpunkt einen Raum mit einem achteckigen Grundriss?«

»Ah…«, meinte er. »Ich kenne nur einen solchen Raum, aber Ihr werdet ihn wohl kaum betreten wollen.«

Er führte uns zu einer schweren Tür, die zu einem Raum gehörte, der aus schweren Steinen in die Halle hineingebaut worden war. Er schlug drei stabile Riegel zur Seite und zog die Tür auf, die dabei protestierend quietschte. Es gab nur ein schweres Regal in diesem Raum, beladen mit alten Helmen. Einer lag am Boden, er bückte sich, hob ihn auf und legte ihn sorgsam in das Regal zurück. Ich setzte meine Kiste ab, und wir schoben gemeinsam das schwere Regal zur Seite; es klapperte laut, und zwei weitere Helme fielen zu Boden. Dahinter fehlten Steine in der Wand, und es kam verbogenes Metall zum Vorschein.

»Hier«, meinte der Stabssergeant und zeigte auf ein Stück gesprungenes Glas, das in Metall gefasst war. »Es ist schwer, etwas zu sehen, aber versucht es. Seid gewarnt, es ist ein Blick in die Höllen Soltars, schaut nicht zu lange dort hinein.«

Er reichte mir die Laterne, und ich hielt sie hinter mich, sodass etwas Licht durch das Glas fallen konnte, ohne mich zu blenden. Er hatte recht, es war schwer, etwas zu erkennen. Nur langsam verstand ich, was ich da sah. Die steinernen Wände des achteckigen Raums waren geschmolzen, zwei verkohlte Skelette lagen auf dem Boden, im Tode noch immer umeinander geschlungen, gelbe Zähne grinsten spöttisch zu mir hoch. Im geschmolzenen Boden waren noch Spuren eines goldenen Bands zu sehen, auch ein Torstein war noch zu erkennen; obwohl er in zwei Teile zersprungen war, schien er noch immer von einem inneren Licht erfüllt zu sein. Je länger ich dastand und hinsah, desto stärker wurde der Druck auf meine Schläfen, und ich bemerkte ein feines Leuchten, das um diese beiden Skelette tanzte, sah an einem der Toten die Reste einer blauen Robe und, in einem goldenen Schimmern, das Symbol einer Eule im Stoff. Ich wollte mir nicht vorstellen, wie heiß das Feuer dort gebrannt haben mochte, aber ich erkannte nun, wie die Eule gestorben war. Mit einer knochigen Hand hielt er ein Amulett des Namenlosen umfasst, das um den Hals des anderen hing. Mit der anderen Hand presste er ein halbgeschmolzenes Schwert an die verkohlte Brust des Verfluchten. Noch immer tanzten blaue Funken über diese alte Klinge und ließen meine Augen schmerzen. Das Unheimlichste aber war, dass die Augenhöhlen des Verfluchten meinen Blick einzufangen schienen, als ob noch etwas darin leben würde. Hastig trat ich von dem gesprungenen Glas zurück und senkte die Laterne.

Ich musste mich räuspern, bevor ich sprechen konnte. »Wisst Ihr, was sich hier zugetragen hat?«

Der Zeugmeister schüttelte den Kopf. »Es ist schon vor Jahrhunderten geschehen. Was es auch war, es erschütterte das Zeughaus, einer meiner Vorgänger trug etwas darüber ins Dienstbuch ein.« Er klopfte gegen das verbogene Metall, das einst eine mit Stein verkleidete Tür aus Stahl gewesen war. »Er schreibt, dass das Metall über Wochen glühte und erst nach Monaten kalt genug war, um es zu berühren. Ich weiß, dass hinter dieser Scheibe auf Jahre noch ein blaues Licht flackerte. Wenn man zu lange hineinsieht, meint man sogar noch heute, dass die beiden darin sich bewegen. Es hängt einem in den Träumen nach.« Er schaute mich mit einem warnenden Blick an. »Wir haben nie versucht, die Riegel zu lösen, ich hoffe, Ihr habt das auch nicht vor.«

»Nein«, sagte ich und trat weiter von diesem unheimlichen Ort zurück. »Das werden wir ganz gewiss nicht tun.«

Ich half ihm, das schwere Regal wieder vor die Tür zu stellen. Die Helme lagen nicht sauber darin gestapelt, sondern auf ihrer Rundung. Wenn man das Regal nur leicht berührte, bestand die Gefahr, dass sie laut scheppernd herausfielen.

»Wie ist es, hier unten die Nacht zu verbringen?«, fragte ich ihn.

»Ruhig«, antwortete er. Er zuckte mit den Schultern. »Ich beziehe den dreifachen Sold für meinen Rang, und die Tür hält seit Jahrhunderten.«

Dennoch war er sehr gewissenhaft darin, die schweren Riegel der Außentür wieder vorzulegen.

»Das würde Leandra nicht gefallen«, sagte Serafine leise, als wir das Lager verließen und die schmale Treppe zu unserem Quartier erklommen.

»Es lässt sich nicht ändern«, sagte ich. »Das Tor ist zerstört, das goldene Achteck im Boden geschmolzen. Nicht für alles Gold der Weltenscheibe würde ich diesen Raum betreten wollen.«

»Einer der Helme lag auf dem Boden, als wir die Tür zum Vorraum geöffnet haben.«

»Ja«, sagte ich. »Glaubt mir, es ist mir aufgefallen. Da war schon vor uns jemand neugierig.«

»Und außerdem, Havald«, fügte sie hinzu. »Die Welt ist keine Scheibe, sondern …«

»Ja. Das sagt man mir immer wieder. Genug davon. Für mich ist sie eine Scheibe. Ich fühle mich wohler so!«

Sie sagte nichts weiter dazu.

Der Zeugwart hatte uns versprochen, dass das gesamte Material rechtzeitig zur *Schneevogel* gebracht werden würde, darum mussten wir uns nicht kümmern. Es war erst kurz nach der fünften Glocke, Nachmittag also, und bis die *Schneevogel* auslaufen würde, waren noch fast drei Glocken oder neun Kerzen Zeit.

Beim besten Willen fiel mir nicht ein, was wir noch von hier aus tun konnten, vielleicht sollte ich die Gelegenheit nutzen, zum letzten Mal in einem Bett zu schlafen. Ich erwähnte es Serafine gegenüber, und sie sah mich neidvoll an.

»Ich wollte, ich könnte an Schlaf denken«, meinte sie, als ich ihr die Tür zu unserem Stockwerk aufhielt. »Aber so etwas macht mich verrückt.«

»Was macht Euch verrückt?«

»Das Warten. Darauf, dass das Schiff abfährt, darauf, dass wir die Insel erreichen ...« Sie lächelte etwas verlegen. »Bis es so weit ist, wird wenig mit mir anzufangen sein. Wie geht es Euch bei solchen Dingen?«

»Ich sage mir, dass sich nichts ändern lässt, und mache das Beste daraus. Meist bedeutet das, zu schlafen.«

»Beneidenswert«, stellte sie fest.

Vielleicht. Nur diesmal würde ich mir den Kopf darüber zermartern, wie es Leandra gerade erging.

»Jerbil war genauso«, meinte sie, als wir an der Wachstube vorbeigingen. »Er ließ sich auch nie aus der Ruhe bringen.«

Ich sagte nichts dazu, denn hier irrte sie: Ruhig war ich beileibe nicht. Mir war eher danach, mir die nicht mehr vorhandenen Haare zu raufen.

»Kommt Ihr nicht mit?«, fragte sie mich, als ich stehen blieb.

Ich schüttelte den Kopf. »Ich will noch einmal nach Deral sehen, bevor wir ablegen«, sagte ich.

»Ich war schon bei ihm, er wird es überstehen. Aber er wird sich sicherlich freuen, Euch zu sehen.«

»Es geht mir gut, Esseri«, versicherte mir Deral höflich. »Die Betten sind sauber, das Essen ist gut, und das Beste von allem ist, dass der wertvollste Teil der Ladung nicht verloren ging. Es wird den Familien meiner Männer nur ein kleiner Trost sein, aber wenigstens bleiben sie nicht in Armut zurück.«

»Das ist gut, Deral«, sagte ich leise. Ich sah mich in dem kargen Raum um, ein weiteres Bett stand dort, leer und sorgfältig gemacht, ein kleines Schränkchen neben dem Bett, mit einer Schüssel, einem Becher und einem Krug darauf, ein kleines Fenster, vergittert und hoch unter der Decke, durch das nur wenig Licht fiel, mehr gab es nicht. »Mangelt es Euch an etwas?«

»Die Essera Helis war schon da und versprach mir, einen Schreiber zu schicken«, meinte Deral. »Ich will meiner Tochter Bescheid geben, dass ich noch lebe, und dem Herrn des Adlers Bericht erstatten. Er verlangte danach.«

Einen Moment wusste ich nicht, wen er meinte, dann verstand ich. Der Herr des Adlers musste Armin sein. Deral sprach schon weiter. »Essera Zokora war auch da, sah nach meinen Wunden und gab mir ein Pulver gegen die Schmerzen, das vorzüglich wirkt. Fragt sie nach dem Rezept, man kann ein Vermögen damit verdienen!« Er bemerkte meinen Blick und lächelte. »Nein, sorgt Euch nicht um mich. Die Götter haben es gut mit mir gemeint, ich will mich nicht beklagen.« Er hob seine linke Hand, die dick verbunden war. »Mit etwas Glück bleiben mir die Finger alle erhalten. Wenn einer oder zwei steif werden, ist es wahrlich ein geringer Preis.« Er sah auf und musterte mich sorgfältig. »Ihr geht zu den Inseln, nicht wahr? Ihr wollt die Essera befreien?«

»Das ist der Plan.«

»Es ist schade, dass man Inseln nicht versenken kann«, meinte er. »Aber wenn Ihr mir eine Freude machen wollt, versenkt ein paar Schiffe für mich.«

»Ich werde sehen, was ich tun kann«, versprach ich ihm und ging zur Tür, dort zögerte ich unbehaglich und wusste nicht so recht, was ich noch sagen sollte.

»Der Götter Segen mit Euch, Esseri«, meinte Deral leise. »Und jetzt geht und stellt diesen räudigen Hunden in meinem Namen eine Rechnung aus!«

Nach Schlachten war es stets notwendig, die Verwundeten zu versorgen. Immer wieder war ich dabei denselben Blicken begegnet: Warum liege ich hier, blute und verrecke, warum nicht Ihr? Gesagt hatte jedoch nie jemand etwas.

Deral hingegen schien ernsthaft erfreut, mich zu sehen, aber ich fühlte mich deswegen nicht weniger unbehaglich. Ich berührte das Schwert an meiner Seite, guter kaiserlicher Stahl, aber nicht mehr als das. Diesmal war es mehr als wahrscheinlich, dass ich nach dem Kampf auch bluten würde … oder gar verrecken.

Nachdenklich ging ich zu unserem Quartier zurück, wo ich Serafine und Zokora vorfand, wie sie über den Plänen der Festung brüteten. In einer Ecke stapelte sich der Teil unserer Ausrüstung, der von den Seeschlangen vom Schiff geborgen worden war. Eine große Kiste, sorgsam beschriftet und genagelt, stand dort auch für mich bereit, die Ausrüstung eines Lanzengenerals der Zweiten Legion und noch in Gasalabad von Kasale als Geschenk des Kommandanten an mich zusammengestellt. Dazu noch ein fleckiger Sack aus altem Leinen, der meine alte Rüstung enthielt, die ich in Gasalabad kaum getragen hatte.

Varosch hatte sich schlafen gelegt. Die Heilung mochte gut verlaufen sein, doch er war erschöpft, der Schlaf würde ihm guttun. Angus war nirgendwo zu sehen, ich fragte nach ihm.

»Er meinte, er müsse unsere Rettung mit einem guten Bier und schlechten Weibern feiern, sei aber rechtzeitig zurück«, erklärte Serafine und verdrehte die Augen.

»Hm«, brummte ich. Angus war sein eigener Herr, also konnte er tun und lassen, was er wollte.

Ich öffnete meinen Sack, überprüfte mein Kettenhemd und anderes, wechselte noch ein paar belanglose Worte mit den anderen, dann ging ich zu Bett. Varosch hatte sich sein Lager daneben auf dem Boden bereitet.

Ich schlief unruhig und träumte von Dingen, die mich einmal schweißgebadet erwachen ließen, ohne dass ich mich an sie erinnern konnte. Serafine lag neben mir und schlief tief und fest, das Warten war ihr wohl doch zu lang geworden. Varosch schnarchte.

Zokora saß auf einem Stuhl und las im Halbdunkel des frühen Abends ein Buch. Sie schaute auf. »Es ist noch Zeit«, verkündete sie. »Schlaf weiter, ich wecke euch alle, wenn es so weit ist.«

Ich ließ mich in die Kissen zurückfallen, sah mir gegenüber im Dunkel das friedliche Gesicht Serafines, roch ihr Haar und ihren

Atem. Einen langen Moment sah ich sie nur an, dann drehte ich mich auf die andere Seite und schlief.

Wie oft bei solchen Gelegenheiten war es zuerst, als ob die Zeit nicht verstreichen wollte, und dann, als ob jemand die Stundenkerze an beiden Enden abbrennen würde. Eben noch hatten wir mehr als genug Zeit, träge einen Tee zu trinken und den Schlaf aus dem Geist zu verbannen, im nächsten Moment reichte die Zeit kaum mehr, um rechtzeitig an Bord der *Schneevogel* zu gelangen. Doch letztlich trafen wir dann doch eine gute halbe Kerze vor der vereinbarten Zeit dort ein. Alle bis auf Angus, der noch immer nicht zurückgekehrt war.

28. Abfahrt

Als wir an Bord kamen, begrüßte mich Mendell mit einem knappen Nicken, Elgata war wohl noch auf dem Stützpunkt unterwegs, um letzte Dinge zu regeln. Offenbar gab es ein Problem mit einem Fass Wasser, in dem sich Algen gebildet hatten. »Außerdem wollte man uns vier Fässer mit verdorbenem Fleisch unterschieben«, erklärte der Stabsleutnant erzürnt, während er einem Rekruten ein Zeichen gab, unsere Ausrüstung entgegenzunehmen und in die Kapitänskabine zu bringen, die wir uns teilen würden. »Der Kapitän reagiert immer recht ungehalten auf so etwas. Sie will sicherstellen, dass es nicht noch einmal geschieht, selbst wenn wir nicht zurückkommen sollten.«

Das konnte ich mir vorstellen. Man stelle sich ein Schiff auf hoher See vor und eine Besatzung, die an diesem Fleisch erkrankte … kein schöner Gedanke.

Ich stellte dem Leutnant meine Gefährten vor, dann führte er uns zu Elgatas Kabine, die sie für uns geräumt hatte. Auf dieser Fahrt würde sie mit Mendell eine Kabine teilen.

Die Kabine war ohne Zweifel der größte Raum an Bord des Schiffs, doch nun lagen fünf sorgsam aufgerollte Hängematten an den Wänden, und wenn sie erst einmal aufgespannt waren, würde es eng. Das war es jetzt schon, denn Elgata hatte weitere Stühle an ihrem Tisch anbringen lassen.

»Es wäre uns auch lieber, auf der *Samara* zu fahren«, meinte Mendell, als ich mich unter einem der Deckenbalken hindurchduckte und an einem der festgeschraubten Stühle vorbeidrückte.

»Es wird gehen«, meinte Serafine lächelnd. Sie schaute sich um. »Sie bauen diese Schiffe immer noch so wie vor Jahrhunderten«, stellte sie fest. »Was ist mit den Fregatten?«, fragte sie den Stabsleutnant. »Haben sie sich nicht als tauglich erwiesen?«

»Was meint Ihr?«, fragte Mendell überrascht. »Die Schwertschiffe sind schon immer das Rückgrat unserer Flotte gewesen.«

»Ich dachte, es wäre beabsichtigt gewesen, sie gegen schnelle Dreimastsegler auszutauschen?«

Mendell schaute sie verwundert an und schüttelte dann den Kopf. »Davon weiß ich nichts. Die Schwertschiffe haben sich in den flachen Küsten Aldanes und der Varlande bestens bewährt, woanders werden sie kaum eingesetzt. Warum fragt Ihr?«

»Ich las etwas davon«, meinte Serafine rasch. »Es ist nicht weiter wichtig.«

Der Stabsleutnant nickte, sah sie noch einmal nachdenklich an und ließ uns dann in der Kabine allein.

Varosch musterte die aufgerollten Hängematten und schaute sich dann um. »Fünf Stück. Rechnet Ihr damit, dass Angus noch kommen wird?«

»Ich denke schon«, sagte ich. »Er hat es versprochen, und Angus ist jemand, der sein Wort hält.« Ich zeigte auf das Fass und die große Axt, die in einer Ecke der Kabine neben einem Packen standen. »Ich glaube nicht, dass er sein Fass im Stich lassen will.«

Varosch blinzelte und schüttelte den Kopf. »Angus und sein Fass. Bei den Göttern, ich wünschte mir, er würde es einfach austrinken. Aber wenn er doch zu spät kommt, hat es auch sein Gutes, dann müssen wir wenigstens nicht sein Schnarchen ertragen.«

»Zum Glück schnarchst du ja nicht«, befand Serafine. Zokora, die es sich bereits mit ihrem Buch in einer Ecke auf dem Boden bequem gemacht hatte, schaute auf.

»Es reicht schon, dass Havald ganze Wälder abholzt«, gab Varosch zurück, als er eine Stelle suchte, um seinen Sack zu verstauen. »Es ist nicht nötig, dass ich ihm dabei auch noch zur Hand gehe.«

»Wenn du meinst«, sagte Serafine und trat an eines der beiden bleiverglasten Fenster heran, um es zu öffnen. »Wenigstens gibt es hier Fenster.« Sie lehnte sich hinaus und atmete tief ein. »Das ist es, was ich an der *Lanze* mochte. Es gab genügend frische Luft. Auf diesen Schiffen kann es unter Deck leicht muffig werden.« Sie schaute auf das schwarz glänzende Wasser des Hafens hinaus, hinüber zum zivilen Teil des Hafens, dann hoch zu den beiden Leuchtfeuern, die in der Nacht die Hafeneinfahrt markierten.

»Es wird nicht mehr lange dauern, bis die Ebbe einsetzt«, meinte sie und deutete mit der Hand auf eine Messlatte, die an einem der Poller angebracht war. »Wir haben fast schon Höchststand.«

Ich sah sie verwundert an. »Wie kommt es, dass Ihr solche Dinge wisst? Wart Ihr schon einmal in Aldar?«

»Ja«, meinte sie. »Wir machten aber nur kurz Station, und das Einzige, an das ich mich erinnere, ist, dass ich wenig von der Stadt sah.« Sie lächelte belustigt. »Den Tidenstand aber habe ich vorhin von einem der Soldaten erfragt, er war es auch, der mich auf diese Messlatte hinwies.«

»Wenn Angus noch kommen will, wird er sich also beeilen müssen«, sagte Varosch und trat neben uns ans Fenster. »Es ist friedlich«, meinte er und atmete tief durch. »Das darf man nie vergessen: Es gibt auch Frieden auf der Welt.«

Drüben, auf der zivilen Seite des Hafens, waren wie aufs Stichwort laute Rufe zu hören, jemand läutete eine Glocke, und in der Entfernung sahen wir eine Gruppe Stadtgardisten den Pier entlang rennen. Einer von ihnen hielt eine Fackel hoch, schrie etwas und deutete auf das Wasser zwischen den Schiffen, die dort lagen, dann rannten sie weiter, einen Moment später sah ich einen einzelnen Gardisten zwischen den Schiffen hindurch. Auf die Entfernung war es schwer zu erkennen, aber er schien mit einer Armbrust auf etwas in der Ferne zu schießen.

»Vielleicht ist es doch nicht ganz so friedlich«, korrigierte sich Varosch und wirkte enttäuscht.

»Es mag auch sein, dass die Stadtgarde gerade einen Dieb stellt«, meinte Serafine. »Wenn es so ist, halten sie gerade die Ordnung aufrecht, damit andere in Frieden ruhen können.«

Es klopfte an der Tür, Varosch ging hin und öffnete, es war Mendell.

»Sers, der Kapitän ist soeben an Bord gekommen. Sie wird in wenigen Augenblicken den Befehl zum Lösen der Leinen geben.

Wenn Euer Kamerad dann nicht erschienen ist, werden wir ohne ihn abfahren.«

»Dann ist es so«, meinte ich. Es überraschte mich, wie enttäuscht ich von Angus war, ich hätte wetten können, dass er mit uns kommen würde. Aber dort stand noch immer seine Axt. War ihm etwas zugestoßen?

»Der Kapitän bittet Euch außerdem, unter Deck zu bleiben, bis wir den Hafen verlassen haben«, sprach Mendell weiter. »Bei einer Abfahrt bei Nacht kann es auf Deck etwas hektisch werden.«

»Das wird kein Problem sein«, teilte ich ihm mit, er nickte dankbar und zog die Tür hinter sich zu, während über unseren Köpfen das Getrampel von vielen Füßen zu hören war. Das Achterdeck befand sich direkt über uns, und es war nicht schwer, Elgata zu hören, als sie den Befehl zum Lösen der Leinen gab. Nur einen Moment später veränderte sich die sanfte Bewegung der *Schneevogel* unter unseren Füßen, Ruder wurden ausgebracht, um uns vom Pier abzudrücken, vom Bug her hörte ich Stimmen, als das Jagdboot die Leine aufnahm, um uns aus dem Hafen zu schleppen.

»Es geht los«, verkündete Serafine und schlang ihre Arme um sich selbst. »Es ist lange her, dass ich das letzte Mal in einen Kampfeinsatz ging. Mein Problem ist, dass ich mich noch zu gut daran erinnere, wie es ist zu sterben.« Sie schaute mit weiten Augen zu mir auf. »Ich hielt mich nie für mutig, aber jetzt … Seht mich an, ich schlottere vor Furcht.«

Ich beäugte sie. »Aber es gibt Dutzende von Legenden über Eure Heldentaten«, sagte ich. »Ich weiß es sicher, ich habe sie selbst gelesen. Ich bat den Hüter des Wissens, sie herauszusuchen.«

»Habt Ihr das? Ich kenne sie nicht. Ich kann Euch nur sagen, dass ohne Ausnahme jede sogenannte Heldentat damit begann, dass mir die Knie schlotterten und mir schlecht wurde.«

»Es geht uns allen so«, meinte Varosch. »Wir geben es nur ungern zu.«

»Sprich nicht für mich«, sagte Zokora von ihrer Ecke aus, ohne von ihrem Buch aufzusehen. »Ich bin vorher nie aufgeregt.«

»Nicht?«, fragte Varosch.

»Nein«, meinte sie und ließ jetzt doch das Buch sinken. »Warum sollte ich es sein? Es würde doch nur bedeuten, dass ich mir in meinem Unterfangen nicht sicher bin.«

»Ihr seid Euch sicher, dass dieses Unterfangen ein Erfolg sein wird?«, fragte ich sie, und sie schenkte mir einen strafenden Blick.

»Nein«, sagte sie. »Wie kommt Ihr darauf?«

»Aber …«, begann ich, doch sie hob die Hand.

»Ich bin mir sicher, dass ich die richtige Entscheidung getroffen habe«, erklärte sie. Sie nahm das Buch wieder auf, warf mir dann aber noch einen letzten Blick zu. »Alles fängt mit dem ersten Schritt an. Man sollte sich sicher sein, bevor man ihn tut. Alles Weitere folgt daraus.«

Eine Welle ließ die *Schneevogel* schwanken, und ich griff hastig nach einem Deckenbalken. Ich hatte gehofft, dass mich die Wellenkrankheit diesmal verschonte, aber im Moment schien das eine trügerische Hoffnung zu sein.

Die *Schneevogel* schwenkte herum, dann lag der Hafen vor uns und wich langsam immer weiter zurück. Dort drüben, im zivilen Teil, waren nun auf mehreren Schiffen Gardisten zu sehen, die mit Fackeln und Laternen versuchten, das dunkle Wasser zu beleuchten, selbst auf die Entfernung waren ihre verärgerten Gesten zu erkennen.

Ich schaute von den Fackeln weg, dorthin wo Angus' Fass und Axt auf ihn warteten, dann wieder zurück zum Hafen, während ein unangenehmer Verdacht in mir keimte.

»Ich glaube, die wollen zu uns«, meinte Serafine jetzt und deutete auf ein aldanisches Jagdboot, das mit schnellen Schlägen über das Wasser gerudert wurde. Sie hatten klar und deutlich Kurs auf uns gesetzt.

Serafine behielt recht. Mit lauter Stimme verlangte der Gardist im Bug des Jagdbootes, dass die *Schneevogel* anhalten sollte, damit die Garde das Schiff nach einem flüchtigen Sittenstrolch absuchen konnte.

»Götter«, meinte Serafine mit einem Seufzer. »Ich frage mich, was Angus wieder angestellt hat.«

»Er ist Frauen nachgestiegen«, stellte Zokora fest und blätterte eine Seite weiter. »Was sonst?«

Elgata entschied, den Anordnungen der Garde Folge zu leisten, und es dauerte nicht lange, bis unsere Tür aufgerissen wurde und ein Gardist den Kopf hereinsteckte.

»Wo habt Ihr den Nordmann versteckt?«, fragte er barsch. »Wir wissen, dass er zu diesem Schiff gehört.«

»Wenn du ihn findest, kannst du ihn behalten«, meinte Zokora gefährlich leise und bedachte den Mann mit einem harten Blick. »Du hast Augen und kannst sehen, dass er sich hier nicht versteckt. Also geh wieder!«

Der Gardist wirkte verblüfft.

»Es ist besser, wenn Ihr tut, was sie sagt«, meinte Varosch milde. »Sie kann ungehalten werden.«

Wortlos schloss der Gardist die Tür, und ich fragte mich zum wiederholten Male, wie sie es anstellte, dass ein einziger ihrer Blicke solche Wirkung zeigte. Ich hatte sie dazu schon einmal befragt.

»Manche Menschen besitzen noch gute Instinkte«, hatte sie gemeint. »Sie wissen einfach, dass es besser ist, das zu tun, was ich wünsche.« Sie hatte mich angesehen und vage gelächelt. »Du weißt es ja auch.«

Ich sah das etwas anders, denn meistens war es die Vernunft ihrer Argumente, die mich überzeugte. Wie dem auch sei, der Bursche hatte die Tür fast so schnell geschlossen, wie er sie zuvor aufgerissen hatte.

Es dauerte dennoch eine gute Weile, bis das aldanische Jagdboot ablegte und die *Schneevogel* wieder Kurs aufs offene Meer nahm.

Als die Leuchtfeuer des Hafenwalls hinter uns zurückfielen,

legte Zokora ihr Buch zur Seite, trat ans offene Fenster und schaute hinunter auf das dunkle Wasser. »Wenn du noch länger da hängst, verlassen dich die Kräfte und du ersäufst«, meinte sie. »Also komm besser gleich herein.«

»Würde ich ja, wenn ich könnte«, hörte ich Angus' schwache, eigenartig nuschelnde Stimme. Irgendwie war ich nicht überrascht. »Kann mir jemand helfen? Ich hänge hier ein wenig fest.«

Er hatte sich mit einem Seil an der oberen Zarge des Ruders festgebunden, doch irgendwie hatte sich der Knoten zugezogen. Zokora kletterte hinaus und schnitt das Seil durch, während Varosch und ich Angus mit vereinten Kräften durch das Fenster in die Kabine wuchteten.

Er sah übel aus, ganz so, als ob eine Horde Ochsen über ihn hinweggetrampelt wäre.

»Was, bei allen Göttern, ist geschehen?«, fragte Serafine entsetzt, als Angus wie ein nasser Sack über das Fenstersims rollte und nackt und nass auf dem Boden liegen blieb. Als er sich mühsam umdrehte, warf sie ihm hastig eine Decke zu.

Beide Augen waren zugeschwollen, und seine Nase schien gleich mehrfach gebrochen. An Hand- und Fußgelenken waren üble Abschürfungen zu sehen, als ob er in festem Eisen gelegen hätte, Platzwunden und Striemen bedeckten seinen ganzen Körper.

»Habt ihr etwas zu trinken da?«, fragte er nuschelnd, richtete sich mühsam auf und betastete vorsichtig seine geschwollene Nase. »Bier?«, fragte er hoffnungsvoll.

»Hier«, meinte Varosch und reichte ihm einen Becher mit gewässertem Wein. »Habt Ihr Euch mit einem Stier angelegt?«, fragte er und half ihm beim Trinken.

Es dauerte eine Weile, bis er sich so weit erholt hatte, dass er erzählen konnte, was ihm widerfahren war.

»Ich war vor Jahren schon einmal hier«, berichtete er mühsam mit Pausen und Unterbrechungen. »Für gut einen Mond, unser Schiff hatte einen gebrochenen Mast, und es dauerte etwas, bis er gerichtet werden konnte. Damals lernte ich eine Sera kennen, die gut und willig im Bettsport war, sie tanzte in einer der Tavernen und wurde nicht nur von mir begehrt«, erklärte er und betastete vorsichtig einen Zahn, der lose zu sein schien. »Vor der Abfahrt dachte ich, ein wenig Bettsport könnte mir nicht schaden, also suchte ich sie auf. Es dauerte, bis ich sie fand. Sie tanzte nicht mehr in der Taverne, aber jemand sagte mir, wo ich sie finden konnte. Sie schien erfreut, mich zu sehen, und nicht abgeneigt.« Er hob das verbeulte Gesicht an, als ob er meinen Blick suchen würde. »Ich wollte keinen Ärger machen, Havald, es war sie, die über mich herfiel und meinte, es wäre ewig her, dass sie einen anständigen Mann gehabt hätte.« Er verzog die geplatzten Lippen zu einem schmerzlichen Lächeln. »Ich sage ja, keine Frau vergisst es, wenn sie erst einmal einen Varländer im Bett hatte.«

»Und weiter?«, fragte Serafine ungeduldig und warf einen Blick zur Tür. Ich fragte mich auch schon, was ich dem Kapitän erzählen sollte. So wie ich sie kannte, würde Elgata wenig erfreut sein.

»Willst du das wirklich wissen?«, fragte Angus und schien ernsthaft überrascht. »Ich fing wie üblich an, warf sie auf ihr Bett und …«

»Das nicht«, unterbrach ihn Serafine hastig. »Wie kommt es, dass du in diesem Zustand bist?«

»Oh«, sagte er. »Das.«

»Ja, das. Was hast du angestellt?«

»Ich? Gar nichts. Ich bin schuldlos!«, beteuerte er. »Es war ihr Mann, der gerade dann hereinkam, als sie am lautesten schrie. Er war wütend und schlug auf mich ein. Ich warf ihn aus dem Fenster. Ein Fehler, denn er fiel seinen Freunden vor die Füße.«

»Freunden?«, fragte Varosch skeptisch.

»Gardisten«, meinte Angus und verzog das Gesicht, als Zokora mit einem feuchten Tuch seine Wange abtupfte. »Sie hat ausgerechnet einen Gardisten heiraten müssen, und ein Nachbar alarmierte ihn.« Er schüttelte den Kopf. »Könnt Ihr Euch vorstellen, dass der Kerl gar nicht wusste, wie laut seine Frau werden kann? Er dachte zuerst, ihr würde Gewalt angetan, als er dann herausfand, dass das Gegenteil der Fall war, wurde er erst recht wütend. Sie fielen zu viert über mich her und fesselten mich, brachten mich in eine Zelle und schlugen dann munter auf mich ein, bis ihnen die Fäuste bluteten. Aber nur, weil ich keinen Ärger machen wollte und mich nicht wehrte. Nicht viel jedenfalls. Es waren ja nur vier, es hätte leicht sein können, dass ich aus Versehen einen erschlage, und das wollte ich vermeiden.«

»Danke«, sagte ich bissig. »Das weiß ich zu schätzen.«

»Danach kam einer der Offiziere und meinte, dass das so nicht ginge und man mich dem Richter vorführen müsste. Er ordnete an, mich zu waschen und neu einzukleiden, und als man dafür die Fesseln löste, sah ich zu, dass ich davonkam.« Er hob den Kopf an und suchte mühsam meinen Blick. »Havald, ich schwöre dir, ich habe nichts getan … Es war ihre Schuld. Sie hat mir nicht einmal gesagt, dass sie einen Gardisten als Mann hat.«

»Wenn du es gewusst hättest, wäre nichts davon geschehen. Willst du das sagen?«, fragte Serafine spitz.

»Richtig«, meinte Angus würdevoll. »Hätte ich es vorher gewusst, hätte ich den Kerl nicht aus dem Fenster geworfen, sondern wäre gleich abgehauen.«

Elgata war nicht erfreut. »Dieser Mann«, sagte sie in einem kalten Tonfall und wies anklagend mit einem schlanken Finger auf Angus, der Mühe hatte, sie durch seine zugequollenen Augenlider zu sehen, »ist nicht nur ein gesuchter Verbrecher, der die Unverschämtheit besaß, sich auf *meinem* Schiff der Gerichtsbarkeit der Aldaner zu entziehen, er ist vor allem eins, General!« Sie wirbelte herum und bedachte mich mit einem Basiliskenblick, ihr anklagender Finger war nun direkt auf mich gerichtet. »Er ist vor allem *Euer* Problem! Ich schwöre Euch, General, wenn der Kerl hier an Bord auch nur den geringsten Ärger macht, dann lasse ich ihn in Ketten schlagen, oder, noch besser, sofort aufhängen. Und Euch, General, werde ich dafür verantwortlich machen!«

»Aber …«, begann Angus, und Elgata fuhr zu ihm herum wie eine wütende Katze. »Ihr, Ser, seid gut beraten, mir aus den Augen zu bleiben! Und noch eins: Ich kenne euch Nordmänner und euren Wahn, jeder Sera weismachen zu wollen, wie gut ihr im Bettsport seid. Hier an Bord gibt es keine Sera, Nordmann, es gibt weibliche Soldaten, Marinesoldaten der Reichsstadt, und wenn ich auch nur ein Wort darüber höre, dass Ihr gegafft habt, gegrabscht, anzügliche Bemerkungen von Euch gabt oder auch nur die geringste Anspielung habt fallen lassen, dann, so wahr ich hier stehe, lasse ich Euch am Vormast auspeitschen!« Schwer atmend funkelte sie Mendell an, der neben der Tür stand, durch die Elgata vor wenigen Augenblicken hereingestürmt war, nachdem er Angus hier vorgefunden hatte. »Sagt ihm, Mendell, dass ich es ernst meine, dass ich es tun kann, will und werde! Sagt ihm, dass ich nur darauf warte, ihn an seinen Eiern aufzuhängen, wenn er mir nur den geringsten Grund dazu gibt!« Mit diesen Worten wirbelte sie herum und schlug die Tür mit lautem Knall ins Schloss, dass wir alle zusammenzuckten.

»Oha«, stellte Serafine fest und sah fast bewundernd auf die Tür, durch die der Kapitän soeben verschwunden war. Mendell und ich wechselten einen Blick.

»Sie meint es wortwörtlich so, wie sie es sagt, Nordmann«, meinte der Leutnant. »Schlimmer noch, sie hat so etwas schon einmal getan.«

»Jemanden an den… ich meine, da aufgehängt?«, fragte Varosch ungläubig.

»Ja«, antwortete Mendell und verzog schmerzlich das Gesicht. »Sie ließ einen Piraten… *daran* aufhängen und durchs Wasser ziehen. Nach einer halben Kerze war die Schlinge leer und der Pirat verschwunden. Es mag auch an den Haien gelegen haben, dass wir ihn nicht mehr wiedersahen.«

Ich seufzte und wandte mich an Angus. »Hörst du mich?«, fragte ich ihn.

»Ich bin nicht taub.«

»Gut, dann hast du auch sie gehört. Halte dich daran«, wies ich ihn an. »Wir werden durch dich noch Ärger bekommen.«

»Ich finde es ungerecht.«

»Was?«, fragte Serafine. »Dass du erwischt wurdest, wie du einem anderen Hörner aufgesetzt hast?«

»Nein«, meinte Angus und sah traurig wie ein Hund aus verquollenen Augen zur Tür. »Dass ich unter diesen Umständen die Frau kennenlerne, von der ich meine Kinder haben will und die ich bis an mein Ende lieben werde!«

Wir schauten ihn allesamt fassungslos an, sogar Zokora hob eine Augenbraue.

»Du hast gesagt, sie war eine Tänzerin und hat einen anderen geheiratet. Dass du sie liebst, davon …«, begann Serafine, doch Angus schüttelte stur den Kopf.

»Doch nicht die! Als sie noch tanzte, war die halbe Stadtgarde bei ihr zu Gast. Und es würde mich nicht wundern, wenn es immer noch so ist! Nein, ich meinte *sie*!«

»Wen?«, fragte Mendell verblüfft, dann weiteten sich seine Augen. »Ihr könnt doch nicht den Schwertmajor meinen!«, stieß er dann entgeistert hervor. Ich sah sprachlos auf Angus herab. Zokora blinzelte zweimal, als sie das hörte, und ließ sogar ihr Buch sinken.

»Doch«, meinte Angus niedergeschlagen und sah trübe zu Boden. »Sie … sie ist es. Ich weiß es. Meine Modder hat es mir gesagt.«

»Deine Mutter?«, fragte Serafine und musterte unseren doppelt niedergeschlagenen Nordmann mit einem seltsam faszinierten Blick.

»Sie sagte, ich soll auf die Frau warten, die mir furchtlos ins Auge blickt, sich nicht von Worten beeindrucken lässt oder Prahlereien. Die kein Interesse hat an Reichtümern oder Stand und Namen, sondern nur an einem, einem Herz, das treu sein kann bis in den Tod.« Angus schaute traurig zu uns auf. »Sie ist die Frau. Ich weiß es einfach. Sie ist meine Bestimmung.« Er ließ niedergeschlagen den Kopf sinken. »Aber sie hasst mich und will mich hängen lassen. An den Eiern auch noch!«

Mendell schaute ihn zuerst noch fassungslos an, dann fingen seine Mundwinkel an zu zucken und er lachte lauthals.

»Es ist nicht lustig«, protestierte Angus aufgebracht. »Ich kann doch auch nichts dafür! Ich sah sie, und… Götter, wie bin ich verflucht!«

Mendells Mundwinkel zuckten noch immer. »So schlimm ist es nicht«, meinte er und warf mir einen schnellen Seitenblick zu. »Am Anfang bestand sie auch darauf, den General hängen zu lassen. Das Gute an unserem Kapitän ist, dass sie imstande ist, über ihren eigenen Schatten zu springen, wenn sie einsieht, dass sie nicht im Recht ist. Einen Rat aber solltet Ihr befolgen, Nordmann: Geht ihr nicht aufs Gemüt. Zeigt ihr, wer Ihr seid, ohne sie damit zu belästigen.« Er lachte noch einmal kurz auf. »Ihr werdet das Glück der Götter dazu brauchen, Nordmann, das ist gewiss!« Damit zog er die Tür hinter sich zu und ließ uns zurück. Alle blickten fragend zu mir, sogar Angus hielt sich mit der linken Hand ein Auge auf, um mich besser sehen zu können.

»Sie wollte Euch hängen lassen?«, fragte Varosch schmunzelnd. »Irgendwie habt Ihr auch vergessen, das zu erwähnen. Erzählt uns doch, wie es dazu kam.«

Auch Serafine sah mich nun spekulierend an, die Art, wie ihre Mundwinkel sich hoben, gefiel mir gar nicht.

»Es ist eine lange Geschichte und jetzt wahrlich nicht wichtig«, versuchte ich abzuwiegeln, bevor sie mich noch mehr in die Ecke drängten.

Ich war aufs Achterdeck geflüchtet, lehnte wie üblich neben der großen Hecklaterne und sah dem Mondlicht zu, wie es auf den Wellen spielte. Neben mir stand Serafine.

»Was ist?«, fragte ich sie. »Was liegt Euch auf dem Herzen?«

»Ihr… du… kommst mir manchmal so vertraut vor, dass ich vergesse, wer du bist«, sagte sie leise. »Warum bist du immer so formell? Darf ich das fragen?«

Ich tastete meine Taschen nach meiner Pfeife ab und fluchte leise, dann sah ich, dass Serafine mir Pfeife und Beutel hinhielt.

»Ihr habt sie unten liegen lassen.«

»Danke«, meinte ich und stopfte mir meine Pfeife, während

ich nach Worten suchte. »Du kannst ruhig beim Du bleiben. Es macht mir nichts aus.« Ich setzte den Tabak in Brand. »Es ist so«, fuhr ich eher zögerlich fort, »dass ich es mag, Freundschaften zu schließen. Darin geht es mir nicht anders als anderen. Doch wenn man immer wieder Freunde sterben sieht… hilft es, die Menschen davon abzuhalten, einem zu nahe zu kommen.« Ich warf ihr einen gespielt erzürnten Blick zu. »Bis auf solche, die jede Warnung ignorieren.«

»Hilft es wirklich?«, fragte sie.

Ich dachte kurz nach und schüttelte den Kopf. »Nein«, gab ich dann zu. »Manche Menschen scheinen dazu bestimmt, einem nahe kommen zu können. Egal wie abweisend ich bin.«

»Sonderlich erfolgreich bist du darin nicht«, meinte sie.

»Genau das ist es. Bei manchen Menschen fällt es mir schwer. Genug davon.« Ich betrachtete sie. »Was ist los? Machst du dir Sorgen um Angus?«

»Nein«, sagte sie und schüttelte den Kopf. »Das ist es nicht. Ich mache mir Sorgen um dich. Eben gerade, als ich an Deck gehen wollte, hielt mich einer der Offiziere zurück. Er heißt Devon, und er sagt, er wäre der Schiffsarzt.«

»Er ist derjenige, der mich operiert hat«, sagte ich. »Soviel ich weiß, ist alles bestens verheilt. Wieso, was hat er gesagt?«

»Er versuchte mich auszuhorchen, also habe ich ihn direkt gefragt, worum es geht«, meinte sie zögerlich und lehnte sich neben mir an die Reling. »Er sagt, er hätte noch nie jemanden gesehen, der so schnell heilt wie du. Er wollte wissen, ob ich eine Idee habe, weshalb das so ist. Bevor du in den Tempel des Boron gegangen bist, war er sogar fest davon überzeugt, du seist ein Nekromant. Er sagt, dein Schädel wäre zersplittert gewesen, so sehr, dass er Knochenteile aus deinem Gehirn hätte entfernen müssen, und doch war am nächsten Tag alles verheilt.«

Götter. Um Arzt zu werden, brauchte es sicherlich eine gewisse Portion an Neugier und Wissensdurst, aber ich wünschte, er würde es endlich auf sich beruhen lassen.

»So war es auch«, gab ich zu und zog an meiner Pfeife, um mir meine nächsten Worte reiflich zu überlegen. »Es lag an Seelenreißer. Manchmal heilte er mich schneller, als die Wunde entstehen konnte. Einmal flickte er mir das durchbohrte Herz zwischen zwei Schlägen. Auf dem Schiff… Der Nekromant, den wir zuerst für den Herrn der Puppen hielten, zerdrückte mir das Herz in der Brust, wie er es beim alten Emir getan hat. Noch bevor ich wusste, wie mir geschah, erschlug Seelenreißer einen Mann in der Nähe, und im nächsten Moment schlug mein Herz wieder.«

»Aber du hast Seelenreißer nicht mehr«, stellte sie dann fest. »Leandra und ich haben gesehen, dass es in dem Biest steckte und unterging.« Sie schaute mich fast schon vorwurfsvoll an. »Ich habe gewartet, dass du darauf zu sprechen kommst.«

»Wozu?«, fragte ich. »Es würde nichts ändern. Es liegt auf dem Grund des Meeres, und ich bin froh darum. Ich vermisse die Klinge, das gebe ich gerne zu, aber nicht den Dienst, den Soltar mir aufzwang.« Ich schaute hoch zu Soltars Tuch und betrachtete die ungewohnten Sternbilder. »Jetzt, da ich es nicht mehr trage, finde ich langsam meinen Frieden.«

»Das ist gut«, meinte sie leise. »Aber es geht nicht um Seelenreißer, nicht mehr. Du hast es verloren… und du heilst trotzdem noch so schnell. Woran liegt das?«

Ich seufzte. »Vor vielen Jahren hat mir jemand mit einem Streitkolben den Kiefer eingeschlagen. Es dauerte lange, fast ein Jahr, aber zum Schluss waren alle meine Zähne wieder nachgewachsen.« Ich rieb mir das Kinn. »Bei Knochen, Zähnen oder verlorenen Fingern zeigten sich Seelenreißers Grenzen. Die Wunden heilten zwar, aber wenn alles von selbst gehen musste, weil ich das Schwert nicht berühren wollte, dauerte es lange. Als ich jedoch dort unten im Wolfstempel unter den Donnerbergen stand, richtete mich Balthasar mit seiner Magie so übel zu, dass nicht einmal Seelenreißer mir helfen konnte. Und trotzdem heilte ich zwischen zwei Herzschlägen vollständig.«

Sie sah mich fragend an.

»Unten in meinem Sack befindet sich ein Beutel aus Leder, darin ist eine schwere silberne Kette, von einer Magie erfüllt, die selbst Leandra nicht verstand. Das war, bevor du zu uns gestoßen bist. Ich nahm die Kette vom Hals eines Wolfsmenschen, den ich dort im Gasthof erschlug. Ich hatte sie unten im Tempel dabei, und als ich sie umlegte, verwandelte sie auch mich in einen Wolfsmenschen, schwach an Verstand, dafür aber vollständig geheilt.« Ich schaute auf die schimmernden Wellen hinaus und lachte leise. »Ich war dumm wie ein Stück Stein. Ich hatte nicht erwartet, dass es wirken würde, es war eine letzte verzweifelte Idee.« Aber nicht die meine. Es war Jerbil Konai gewesen, die Säule der Ehre und Serafines Ehegemahl, der mir als Geist erschienen war und mich mühsam dazu gebracht hatte, die Kette umzulegen. Aber ich hielt es für besser, das jetzt nicht zu erwähnen. »Was dann geschah, war eine Überraschung, das kann ich dir versichern.«

»Das glaube ich dir gern«, meinte sie. »Wer glaubt schon an Werwölfe?«

»So dachte ich auch mal«, bestätigte ich. »Es ist noch gar nicht so lange her. Jedenfalls glaube ich, dass das die Erklärung ist. Eine, die Devon wahrscheinlich genauso wenig gefällt wie die Vorstellung, dass ich ein Nekromant bin.«

»Die Erklärung wofür? Du denkst, du bist ein Werwolf?«, fragte sie fassungslos.

Ich lachte, ich konnte nicht anders. »Nein, das bezweifle ich. Das ist auch gut so, denn dieses eine Mal hat mir vollkommen gereicht. Götter, war das Biest blöde! Nein, ich glaube einfach, dass etwas zurückblieb, diese Heilkraft. Aber es gelüstet mich nicht nach rohem Fleisch, und wenn ich den Mond sehe, verspüre ich keine Neigung, ihn anzuheulen.« Götter, ich hoffte, dass es auch so blieb. »Vergiss nicht, dass in diesem Tempel einst ein alter Wolfsgott verehrt wurde. Vielleicht hat er mich berührt, als ich die Kette trug. Aber ich bin ganz sicher kein Werwolf.«

Sie sah nachdenklich drein. »Dort unten im Wolfstempel … wie ist die Heilung vonstatten gegangen?«

»Als ich die Kette umlegte, verwandelte sich mein ganzer Körper, ordnete sich neu und war unverletzt. So blieb es auch, als ich wieder menschliche Form annahm.«

»Hm«, sagte sie. »Aber seitdem wurdest du nicht mehr zum Wolf?«

»Um der Götter willen, nein!«, rief ich mit Inbrunst. »Die Kette liegt gut verwahrt in einem dicken Lederbeutel in meinem Sack. Ich habe sie seitdem nicht mehr angefasst.«

»Aber, Havald, dann ist dein Gedanke nicht schlüssig. Denn du wurdest erst geheilt, als du dich verwandelt hattest.« Sie trat nahe an mich heran und musterte mich intensiv, so nahe kam sie mir, dass ich in ihren Augen den Widerschein der Laterne sah. »Ich glaube nicht, dass es das ist«, meinte sie langsam. »Es ist etwas anderes ...«

»Es könnte auch daran liegen, dass ich Seelenreißer so lange getragen habe. Nachwirkungen, die irgendwann vergehen werden. Ein Nekromant bin ich jedenfalls nicht.«

»Das wird es wohl sein«, meinte sie nachdenklich, doch der Blick, mit dem sie mich nun betrachtete, gefiel mir gar nicht.

29. Sturmwarnung

In dieser Nacht schlief ich unruhig, wie so oft in letzter Zeit. Wieder plagten mich unbestimmte Albträume, an die ich mich nicht erinnern konnte, als ich erwachte. So schweißgebadet, wie mich der Traum zurückließ, war ich dankbar dafür, erwacht zu sein. Zudem lernte ich, dass es keine gute Idee war, erschreckt aus dem Schlaf aufzufahren, wenn man in einer Hängematte lag. Doch die harte Begegnung mit den Deckplanken half zumindest dabei, wach zu werden.

Die Reise, so berichtete Elgata kühl, als sie uns an diesem Mittag an den Kapitänstisch bat, verlief bislang gut, dank günstiger Winde machten wir sogar bessere Fahrt. Es gab kleine Probleme, auch einen Zwischenfall mit einem der neuen Rekruten, aber nichts Besonderes. Der Wind, so schätzte sie, würde uns auch noch weiterhin gewogen bleiben.

»Genau dieser Wind könnte aber noch zu einem Problem werden«, informierte sie uns dann. »Er frischt ständig auf.« Es war deutlich enger am Tisch als bei unserer letzten Reise, deshalb hatten sich Zokora und Varosch entschieden, nicht am Tisch zu speisen, sie hatten sich einen Platz etwas abseits gesucht und benutzten eine von Elgatas Truhen als Unterlage. Angus hatte sich gewaschen und neu eingekleidet. Keine der an Bord befindlichen Uniformen passte ihm, also trug er eines von meinen Gewändern aus Bessarein. Abgesehen davon, dass er sich einmal in den Ärmel schnäuzte und die ganze Zeit über Elgata unverwandt ansah, gab er keinen Grund zur Klage. Wenn sie seinen Blick bemerkte, zeigte sie es nicht; sie ignorierte ihn vollständig.

»Und das bedeutet?«, fragte ich. Einen guten Wind zu haben, der unsere Reise verkürzte, schien mir wünschenswert.

»Sie meint, dass es Sturm geben könnte«, erklärte Angus und nuschelte nur ein wenig. Ein großer Teil der Schwellungen war zurückgegangen, dafür schillerte sein Gesicht jetzt in allen

Farben des Regenbogens. »Er kommt von Norden, und seine Ausläufer treiben uns vor sich her, aber heute Nacht, spätestens am Morgen, wird er uns erreichen. Ich spüre es in meinen Knochen.«

Ich war kurz zuvor noch an Deck gewesen, zumindest im Moment war der Himmel noch strahlend blau.

»Das ist eine recht genaue Vorhersage«, meinte Mendell und besah sich den Varländer etwas länger. »Habt Ihr Erfahrung in solchen Dingen?«

»Ich wurde während eines Sturms auf einem Schiff geboren«, entgegnete Angus. »Es liegt mir im Blut, und ich irre mich selten.« Er sah aus geschwollenen Augen zu mir herüber. »Es wird ein heftiger Sturm werden. So heftig, dass wir uns überlegen sollten, einen sicheren Hafen anzulaufen.«

»Es gibt zwei Häfen mit Seemauern, die Schiffen im Sturm Schutz geben können. Der eine ist in Aldar, der andere in Janas«, meinte Elgata. »Drei. Die Feuerinseln gelten auch als sturmsicher. Keiner dieser Häfen kommt für uns in Betracht. Wir werden den Sturm ausreiten.« Sie lächelte freudlos. »Dies ist ein gutes Schiff, und es wird uns sicher durch den Sturm bringen.«

»Es gibt noch einen anderen Ort, an dem wir vor dem Sturm Schutz suchen könnten«, sagte Angus. »Ein natürlicher Hafen, hinter einer Zufahrt durch die Klippen, kurz vor der Grenze zu Bessarein. Er ist zwar nur groß genug für eine Handvoll Schiffe, dafür aber ist er mit gutem, sicherem Grund für die Anker gesegnet. Der Weg durch die Klippen ist eng und verschlungen, gerade noch für ein Schiff dieser Größe passierbar, aber die hohen Steilwände werden den Sturm brechen.«

»Meint Ihr Alderloft?«, fragte sie.

Er nickte.

Ich sah sie beide fragend an.

»Es ist ein Schmugglerhafen«, erklärte Elgata. »Euer Freund hat recht, es wäre eine Möglichkeit, doch es kann sein, dass wir nicht willkommen sind. Es liegen oft Schiffe der Schmuggler dort, manchmal auch Piraten. Es liefe dann auf ein Gefecht hinaus.« Sie schüttelte den Kopf. »Ich denke, es ist besser, wir stellen uns dem Sturm auf See.«

Zokora regte sich in ihrer Ecke. »Wir wollen auf die Feuerinseln, aber wir wollen auch wieder von dort weg. Dazu brauchen wir ein Schiff. Wenn in diesem Alderloft Piraten zu finden sind, haben wir unser Schiff.«

»Stimmt«, meinte Serafine und wandte sich an den Kapitän. »Havald berichtete, dass Ihr auf ähnliche Weise Zugang zur Feuerinsel gefunden habt, und das nicht nur einmal. Warum nicht das Gleiche erneut probieren?«

»Es ist nicht gesagt, dass das immer noch so leicht geht«, gab Mendell zu bedenken. »Wir wissen nicht, ob sie die Schiffe jetzt kontrollieren, wenn sie in den Hafen einlaufen. Bedenkt, sie betreiben keinen Handel mehr mit Janas und haben die Seewege blockiert.«

Elgata schüttelte den Kopf. »Es ist zu gefährlich. Wenn wir erst einmal im Hafen der Feuerinseln sind und dann entdeckt werden, ist jede Flucht unmöglich.«

»Das mag sein«, sagte ich nachdenklich. »Aber ...«

»Diese Entscheidung müsst Ihr mir überlassen, General«, unterbrach mich Elgata knapp.

»Bitte, hört mich erst einmal an. Ihr habt recht, es mag gefährlich sein, in den Hafen einzulaufen, aber ein Piraten- oder Schmugglerschiff, das der Küste der Feuerinseln nahe kommt, wird weit weniger Aufsehen erregen als ein kaiserliches Schwertschiff, nicht wahr? Wenn eine dieser Flugschlangen uns nur von Weitem sieht, wird sie die Inseln alarmieren. Aber ein Schmugglerschiff, das an der Küste vorbeifährt, könnte unbeachtet bleiben.«

»Das ist ein guter Punkt, General«, stellte sie fest und schaute zu Angus hinüber. »Wie oft irrt Ihr Euch, Nordmann?«

»Ich habe mich einmal geirrt«, erklärte Angus bedächtig. »Damals habe ich den Sturm unterschätzt.«

»Einmal nur?«, fragte Elgata, dann sah sie uns reihum an. »Ihr kennt den Nordmann«, sagte sie. »Ist er ein Aufschneider?«

Angus öffnete den Mund, um zu protestieren, überlegte es sich dann aber anders und schwieg.

»Was die Schürzenjagd angeht, wohl schon«, meinte Serafine schmunzelnd. »In anderen Dingen haben wir gelernt, dass er meist genau das sagt, was er meint, und zu seinem Wort steht. In dieser Sache vertraue ich ihm.«

Ich konnte hören, wie Angus aufatmete.

»Also gut«, meinte Elgata. »Wir laufen Alderloft an… aber wir werden dort in der Nacht ankommen. Wie gut kennt Ihr den Hafen, Nordmann? Könnt Ihr in der Nacht navigieren?«

»Am besten ohne Licht, das meint Ihr doch, oder?«, fragte Angus.

»Ja. Wir wissen nicht, ob dort schon Schiffe liegen, und wenn dem so ist, will ich die Überraschung auf meiner Seite haben.«

»Nur ein Wahnsinniger würde ein Schiff in der Dunkelheit durch diese Einfahrt führen«, meinte Angus. »Also bin ich Euer Mann.« Er sah zu Serafine und grinste breit. »Wenn sie mir hilft, dann wird es sicher gelingen.«

»So?«, fragte Elgata und musterte Serafine, die den Blick mit sichtbarem Unbehagen erwiderte. »Wie das?«

»Sie fühlt das Wasser, Kapitän«, meinte Angus. »Wenn sie mir hilft, brauchen wir kein Licht und auch kein Lot. In meiner Heimat nennen wir solche wie sie Wasserhexen oder Wegfinder.« Er schenkte Serafine ein strahlendes Lächeln. »Die Größten unter ihnen gebieten sogar Stürmen Einhalt.«

»Eine Hexe?«, fragte Mendell entsetzt und schlug das Zeichen der drei Götter vor seiner Brust.

»Nein«, sagte ich hart und mit einem scharfen Blick zu Angus. »Die Sera kann schwerlich etwas dafür, was Angus vermutet oder wie er sie nennt.« Ich war nur froh, dass keiner der Rekruten gerade bediente. Wegen der Enge hatte Elgata darauf verzichtet, und auch der Erste Maat, Derkin, war nicht am Tisch. Nicht auszudenken, wenn so ein Gerücht unter der Mannschaft seine Runde machen würde. Am Ende würde es womöglich Devon auf den Plan rufen.

»Ich bin keine Hexe«, sagte Serafine leise, aber bestimmt. »Aber es ist, wie er sagt: Ich kann das Wasser fühlen.« Sie schaute Mendell und Elgata eindringlich an. »Ich bitte euch, behaltet für euch, was Angus eben so vorlaut zum Besten gab.«

»Warum nicht stolz sein darauf?«, fragte Angus verständnislos. »Ihr seht mich so zornig an, als wäre es eine Sünde, es auch nur zu erwähnen. Bei uns werden solche wie Ihr hoch geehrt.«

»Und in den meisten anderen Reichen würde sie dafür auf einem Scheiterhaufen enden«, sagte ich kalt. »Es ist nichts, was man eben so mal daherplappert.«

»In der Reichsstadt aber nicht«, widersprach Angus. »Das weiß ich. Und dies ist ein kaiserliches Schiff, hier sollte niemand so denken.«

»Es gibt auch in der Reichsstadt genügend Leute, die abergläubisch sind«, mahnte Elgata. »Es ist besser, es für sich zu behalten.« Sie wandte sich an Serafine. »Seid unbesorgt, von uns wird es niemand erfahren. Wir sind keine Aldaner, und wir laufen nicht vor jedem Schatten unterm Bett davon.« Sie sah uns der Reihe nach an und nickte dann entschlossen. »Gut. Wir setzen Kurs auf Alderloft. Und dann, Varländer, liegt das Schicksal der *Schneevogel* in Euren Händen. Wenn Ihr mir nur einen einzigen Kratzer in mein Schiff macht, werde ich Euch büßen lassen, verstanden?«

»Ja«, sagte Angus ernst. »Aber das wird nicht geschehen. Ihr werdet auf See nur schwerlich einen besseren Steuermann als mich finden können.« Er sah beinahe flehentlich drein. »Es ist keine Prahlerei, Sera. Wenn Ihr wollt, könnt Ihr mich vorher prüfen. Es wäre sicher nicht verkehrt, wenn ich ein Gefühl dafür bekäme, wie dieses Schiff sich fährt.«

»Dann erwarte ich Euch zur sechsten Glocke an Deck«, meinte Elgata. Sie schob ihren leeren Teller von sich und stand auf. »Und wir werden sehen, ob Ihr prahlt oder nicht.«

»Ich werde Euch nicht enttäuschen«, sagte Angus leise. »Niemals.«

Elgata, die gerade aufgestanden war und schon die Hand nach

dem Türknauf ausstreckte, hielt inne. Einen Moment sah es aus, als wollte sie noch etwas sagen, aber dann ging sie.

Auch Mendell erhob sich, doch bevor er wegtrat, wandte er sich noch einmal an Angus. »Das ist der richtige Weg, Nordmann. Beeindruckt sie mit Taten, nicht mit leeren Worten. Wenn Ihr sie tatsächlich besser kennenlernt, werdet Ihr feststellen, wie großmütig sie darin ist, Euch die Gelegenheit zu geben, Euch zu beweisen. Versaut es Euch nicht, Varländer.«

Angus nickte nur. Mendell folgte dem Kapitän und zog sachte die Kabinentür hinter sich ins Schloss.

»Es tut mir leid«, sagte Angus zerknirscht zu Serafine. »Es kommt mir nur so dumm vor, vor einem Geschenk der Götter Angst zu haben.«

»Tut es einfach nicht wieder«, entgegnete Serafine. »Damit soll es gut sein.« Sie betrachtete ihn nachdenklich. »Ist es Euch ernst mit ihr? Dem Schwertmajor, meine ich?«

»Ja. Aber das gilt nicht nur für sie, sondern für euch alle.« Er hob sein Gesicht, das in allen Farben schillerte. »In meiner Heimat ist es üblich, mit seinen Heldentaten zu prahlen. Es ist eine Kunst, es so zu tun, dass die Leute lachen und zugleich beeindruckt sind. Es verkürzt die langen, kalten Nächte. Aber wenn man mit dem Falschen prahlt oder mit anderer Leute Taten, wird man nie wieder an die Tische der großen Hallen geladen. Es ist eine Frage der Ehre, und es schmerzt und beleidigt mich, wenn Ihr mich für einen Aufschneider haltet.«

»Das ist es nicht«, sagte Zokora aus ihrer Ecke heraus und lehnte sich gegen die Kabinenwand, während Varosch das Geschirr von der Truhe abräumte. »Es ist egal, was jemand getan hat oder nicht. Nur das, was er tut und tun wird, das zählt.« Sie nahm ihr Buch wieder auf. »Fragt Havald, er kann es Euch erklären.«

»Ja«, meinte Serafine erheitert. »Erklär du es ihm, Havald.«

Prompt sah Angus erwartungsvoll zu mir.

»Nun …«, meinte ich und sah hilfesuchend zu Zokora. »Ich glaube, sie meint wohl, dass der Rest von uns schon länger zusammen ist und wir wissen, dass wir aufeinander zählen können.«

Ich schien es richtig getroffen zu haben, denn Zokora hielt es nicht für nötig, ihre Lektüre zu unterbrechen.

»Es ist in Illian auch etwas anders als in Eurer Heimat«, informierte Varosch unseren Nordmann. »Bei uns gilt es als unfein, ein hohes Lied auf sich selbst zu singen. Dafür ist es bei uns üblich, einen Barden zu bezahlen, dass er es tut.«

»Wenn man selbst noch lebt?«, fragte Angus erstaunt. »Barden sind dafür da, die Heldentaten derer zu besingen, die es nicht mehr selbst tun können!«

»Der Vorteil daran ist«, meinte Varosch mit einem Lachen, »dass man es auf den Barden schieben kann, wenn die Heldentaten übertrieben werden. Es ist dann nur etwas, das er tut, damit es besser klingt und sich reimt. Außerdem glaubt man bei uns kaum den zehnten Teil von dem, was dort gesungen wird.« Er grinste nun mich an. »Fragt Havald, wie in unserer Heimat die Balladen übertreiben. Er kann ein Lied davon singen.«

»Er?«, fragte Angus verblüfft. »Er sagt doch, er kann nicht singen.«

Ich stand auf. »Ich gehe an Deck«, meinte ich zu niemand Besonderem und warf Varosch einen bösen Blick zu. »Mir ist es hier zu eng.«

An Deck war zu spüren, wie sehr der Wind aufgefrischt hatte. Die *Schneevogel* schoss über das Wasser, als könne sie wahrlich fliegen, die Bugwelle schäumte und glitzerte im Sonnenlicht. Achteraus allerdings wurde der Himmel dunkler, und es zogen schwere Wolken auf.

Wir näherten uns wieder der Küste, Elgata und Mendell standen neben dem Steuermann und berechneten den neuen Kurs. Jetzt, wo alle Segel gesetzt waren und die *Schneevogel* hart am Wind segelte, die Gischt schäumte und das ganze Schiff mit jeder Welle zu vibrieren schien, machte mir das Meer nichts aus. Es waren die langsamen Bewegungen, die meinen Magen nach oben drückten.

Ich blieb dort, an die Hecklaterne gelehnt, an der frischen Luft und hing meinen düsteren Gedanken nach. Diesmal wurde ich in Ruhe gelassen, Varosch und Serafine kamen mit Angus zusammen an Deck, aber sie hielten sich abseits und sahen zu, wie Angus das Steuer übernahm.

Ich selbst konnte kaum beurteilen, wie er sich anstellte, aber ich sah, dass Elgata zufrieden nickte, und hörte Angus befreit lachen. Es fiel mir nicht schwer, mir den Schankwirt als wilden Seemann vorzustellen, er schien tatsächlich dafür geboren.

Den Rest des Tages flog die *Schneevogel* nur so dahin. Manchmal neigte sich das Schiff so sehr zur Seite, dass man sich festhalten musste, und gegen Abend begann die Mannschaft kreuz und quer über Deck Seile zu spannen. Hinter uns wurde der Himmel immer dunkler, und als die Abenddämmerung kam, war die schwarze Wolkenfront zu bedrohlichen Ausmaßen herangewachsen. Die See selbst wurde immer härter, immer mehr Gischt stob auf, ich war vollständig durchnässt. Aber alles war mir lieber, als jetzt unten in der Kabine zu verbleiben.

Als die Nacht aufzog, verzichtete Elgata darauf, die Lampen anzünden zu lassen. Wir fuhren mittlerweile wieder nahe genug an der Küste, um die Signaltürme sehen zu können. Tatsächlich flackerte bald auch in der Ferne ein Licht, Mendell schrieb die lange Nachricht auf, zeigte sie Elgata, und diese winkte mich zu sich heran.

Wir gingen hinunter in die Kabine, und Mendell breitete eine Karte auf dem Tisch aus. Auch die anderen waren neugierig gefolgt und sahen schweigend zu, wie der Stabsleutnant einen Finger auf die Küstenlinie Aldars legte.

»Das hier ist Terolheim«, erklärte er. »Ein Fischerdorf mit etwa hundertzwanzig Seelen. Es gibt dort eine alte Burg, die diese Flussmündung hier bewacht. Heute Morgen, direkt bei Sonnenaufgang, wurde das Dorf von See her angegriffen. Es ist die Rede von gut hundert Soldaten und auch von einer riesigen Kampfbestie, die an Land gingen.«

»Versuchen sie einen Brückenkopf zu errichten?«, fragte Varosch angespannt. Ich musterte ihn sorgfältig, er erschien mir noch immer müde und wenig erholt. Ab und an ertappte ich ihn dabei, wie er sich die Seite hielt und das Gesicht schmerzlich verzog. Geheilt mochte er sein, aber auch alte Wunden konnten einen plagen.

»Nein«, sagte Mendell, aber er schien nicht glücklich damit. »Sie griffen das Dorf an, erschlugen jeden, der ihnen Widerstand leistete, und nahmen den Rest gefangen. Dann steckten sie das Dorf an.«

»Und dann?«, fragte ich, als er zögerte.

»Nichts. Es steht hier, dass sie drei Kerzen im Dorf verblieben und nichts weiter taten. Dann gingen sie wieder an Bord und segelten davon. Sie ließen die überlebenden Dorfbewohner sogar wieder ziehen. Es gab dennoch mehr als zweihundert Tote.«

»Was tat die Besatzung der Burg?«, fragte ich.

»Nichts. Hier wird erwähnt, dass sie nur mit vier Mann besetzt war. Sie schlossen die Tore und warteten ab.«

»Haben sie nicht versucht, den Flüchtenden Zuflucht zu gewähren?«, fragte Serafine betroffen.

»Offenbar ging alles so schnell, dass niemand dazu kam, es auch nur zu versuchen«, erklärte Mendell. »Sie sandten die Nachricht, mehr konnten sie nicht tun.«

Einen Moment lang sagte niemand etwas.

»Wo sind wir eigentlich?«, fragte ich dann.

Mendell bewegte den Finger etwas weiter nordwärts. »Hier.«

»Also liegt dieses Dorf noch vor uns«, stellte ich fest.

»Ja. Wir werden es etwa in einer halben Kerze passieren. Aber es gibt dort nichts mehr für uns zu tun. Die Häuser wurden abgebrannt, und sie haben die toten Dorfbewohner in den Brunnen geworfen. Es wird dauern, bis der Brunnen wieder rein ist, bis dahin kann niemand mehr dort leben.«

»Ich verstehe nicht, warum sie drei Kerzen lang blieben und dann wieder abzogen«, grübelte Varosch. »Das ergibt für mich keinen Sinn.«

»O doch«, sagte Serafine bitter. »Es war eine Probe, nicht mehr. Sie wollten wissen, wie schnell wir reagieren. Als nichts geschah, zogen sie wieder ab. Sie wissen jetzt, dass die Küste ungeschützt ist.«

»Ist sie das?«, fragte ich die beiden Schiffsoffiziere.

»Ja«, bestätigte Elgata mit harter Miene. »Die meisten unserer Truppen stehen im Osten, wo wir unsere Grenzen gegen die Barbaren verteidigen, die immer wieder versuchen, in die Ostmark einzudringen. Die einzigen Streitkräfte, die Aldane zur Verfügung hat, sind etwa vierhundert Reiter der königlichen Garde. Wenn Prinz Tamin heute eine Lehenschau einberuft und auch wirklich jeder der Adligen mit seinen Männern erscheint, kann er ein Heer von etwa viertausend aufbringen.«

»Wird er das? Eine Lehenschau einberufen?«, fragte Varosch.

»Wohl kaum«, meinte Mendell bitter. »Der Prinz wird auf die Garde bauen. Versteht, die Lehenschau wäre eine politische Kraftprobe. Nachdem der Kult der Weißen Flamme in letzter Zeit so viel an Einfluss gewonnen hat, könnte es sein, dass ein großer Teil der Adligen dem Aufruf nicht folgt. Wenn das geschieht, wäre es allzu offensichtlich, dass der Thron Aldanes nicht so fest steht, wie man glauben sollte.«

»Und wenn er es doch täte?«, fragte Serafine. »Wie ist das Heer der Aldaner aufgebaut? Ich meine, das ist eine klare Bedrohung!«

»Ein Drittel davon schwere Kavallerie, der Rest ...« Elgata seufzte. »Der Rest besteht aus leichter Infanterie. In Aldane denkt man, dass man keine schwere Infanterie braucht.«

»Was ist mit Bogenschützen und Speerwerfern?«, fragte ich.

»Eine Handvoll«, sagte Mendell grimmig. »Es ist unehrenhaft, aus der Entfernung auf jemanden zu schießen.«

»Ist es das?«, fragte Varosch schlechtgelaunt.

»Es ist vor allem nützlich«, stellte Zokora fest und trat nun auch an die Karte heran. »Über manche Ehrbegriffe der Menschen bin ich nur erstaunt.« Sie musterte die Karte genauer. »Bedeutet es, dass in ganz Aldane nur diese königliche Garde und die zweite Lanze der Dritten Legion zur Verfügung stehen, um einen Feind abzuwehren?«

»Ja«, bestätigte Mendell. »Genauso ist es. Ihr müsst verstehen, dass Aldane seit Jahrhunderten keiner Bedrohung ausgesetzt war. Die Küste wurde von der Reichsflotte geschützt, alle angrenzenden Länder gehören zum Alten Reich. Die einzigen Kampfhandlungen, die wir in den letzten Jahrzehnten sahen, waren die gegen die Barbaren im Osten.«

»Das ist also das Alte Reich, von dem sich Leandra Hilfe erhofft hat«, stellte Varosch enttäuscht fest. »Und jetzt erfahren wir, dass es schutzlos ist.« Er schüttelte den Kopf. »Irgendwie bin ich froh, dass Leandra gerade nicht hier ist.«

»Ganz so ist es nicht«, widersprach Elgata. »In acht Wochen könnten wir fünf volle Legionen ins Feld werfen. Bessarein ist von allen Reichen am dichtesten besiedelt, allein dort kann man innerhalb von zwei Wochen fünfzigtausend Mann aufstellen.«

»Wenn der Kalif den Befehl dazu gibt und die Emirate ihm Folge leisten«, meinte Varosch. »Aber es gibt im Moment keinen Kalifen.«

»Und in acht Wochen mag es gut sein, dass der Feind schon in Aldane sitzt. Ich hoffe, sie haben die Wehrmauern instand gehalten?«, fragte Serafine.

»Haben sie«, antwortete Elgata. »Aber Aldane ist die einzige größere befestigte Stadt. Ansonsten verlassen sich die Aldaner darauf, dass ihre Burgen ausreichend Schutz bieten.«

»Burgen? Die werden sie sich einzeln holen oder ignorieren, ganz wie es ihnen passt«, meinte Serafine. »Burgen halten keine Armeen auf.« Sie schüttelte den Kopf. »Es gab doch Festungen in Aldane. Siebenstein und Turmwacht. Dort standen die Dritte und Vierte Legion. Was ist mit denen?«

»Entsprechend der Bedingungen des Vertrags von Askir wurden sie geräumt und an die Aldaner übergeben. Soviel ich weiß, wurden die Festungen abgerissen, da sie an die ungeliebte imperiale Besatzung erinnerten«, klärte Mendell sie auf und sah dabei aus, als hätte er in eine Zitrone gebissen. Ich verstand ihn, mir ging es ähnlich. »Ich weiß, dass man jahrelang die Festungswälle abtrug, um den Stein für andere Bauvorhaben zu nutzen«, fügte er hinzu.

»Aber warum hat man die Festungen überhaupt aufgegeben?«, fragte Serafine.

»Aldane bestand darauf, wieder zur Feudalherrschaft zurückzukehren«, erklärte Mendell verärgert. »Wenn man heute mit einem Aldaner über die Zeit des Reichs spricht, reden wir vom Reich und er von der Zeit der Besatzung.«

»Aber das Reich ist aus Aldane hervorgegangen!«, protestierte Serafine.

Mendell zuckte mit den Schultern. »Das scheint man vergessen zu haben.«

Einen Moment lang herrschte betretenes Schweigen.

»Gab es zusammen mit der Nachricht neue Befehle?«, fragte ich, doch zu meiner Erleichterung schüttelte Elgata den Kopf.

»Wir sollen die Augen offen halten, das ist alles.« Sie rollte die Karte wieder ein. »Für uns ändert sich nichts. Allerdings wissen wir jetzt, dass wir schon früher feindlichen Schiffen begegnen können als angenommen.«

»Das erinnert mich an etwas«, sagte ich. »Steht in der Nachricht etwas davon, dass Flugschlangen gesichtet wurden?«

»Nein«, meinte Mendell. »Es war nur die Rede von einer Kampfbestie. Was auch immer damit gemeint ist.«

»Ich fürchte, das werden wir früher herausfinden, als uns lieb ist«, stellte Serafine fest. Niemand widersprach.

Als die Nacht hereinbrach, übernahm Angus das Steuer. Solange der Himmel noch klar war, bestimmte Mendell anhand der Sterne Kurs und Position. Obwohl es noch fast zwei Kerzen dauern würde, bis wir diesen Schmugglerhafen erreichten, wuchs die Anspannung an Bord.

Ich blieb an Deck bei der Hecklaterne, zu meinen Füßen ein stabiles Seil, mit dem ich mich festbinden konnte, sollte es notwendig werden.

Noch war der Sturm nicht da, doch die ersten Böen eilten ihm bereits voraus, ließen die Takelage singen und peitschten die *Schneevogel* vor sich her, sodass das Schiff bockte und tanzte wie ein stures Pferd. Bald war ich durchnässt bis auf die Knochen und froh um das Seil. Dann kam der Regen, und bald, so verkündete Angus, würde man die Hand nicht mehr vor Augen sehen. Wie er hoffen konnte, in dieser Dunkelheit und bei diesem Wetter eine schmale Einfahrt zwischen Klippen finden zu können, blieb mir unverständlich. Er jedoch schien wenig Zweifel an seinem Können zu hegen, und während den Offizieren der Reichsmarine die Anspannung anzumerken war, schien unser Varländer die Herausforderung zu genießen.

Die Dreieinigkeit der Götter, Soltar, Boron und Astarte, hatte die meisten anderen Religionen verdrängt, jetzt aber, wo sich mir die Macht der Elemente offenbarte, war auch ich geneigt, ein Stoßgebet an Marenil, die Göttin der Meere, zu richten.

Die Einfahrt in den Schmugglerhafen würde mir noch lange in Erinnerung bleiben. Mittlerweile hatte sich der Himmel weiter zugezogen, das Wenige, was vom Licht der beiden Monde noch übrig war, reichte gerade, um eine dunkle Masse zu erkennen, an deren Fuß die Brandung tobte und schäumte, als der herannahende Sturm die Wellen gegen die Steilküste trieb. Für mich sah es aus, als steuere Angus das Schiff geradezu in diese finstere Wand hinein. Zugleich wurde der Regen immer dichter, von einem auf den anderen Moment wurde die Sicht so schlecht, dass ich kaum mehr das Steuerrad erkennen konnte, das keine fünf Schritte von mir entfernt war.

Angus störte es nicht, ich hörte ihn lachen und sah schemenhaft, wie er die Faust zum Himmel reckte. Dann rief er plötzlich ein Kommando. Dutzende Seeschlangen eilten hoch in die Takelage und brachten die Segel so schnell ein, dass es mir vorkam, als wäre es in einem Augenzwinkern geschehen, gleichzeitig wurden die Ruder ausgebracht, ein Manöver, das ich bereits in dem nächtlichen Kampf gegen das schwarze Schiff gesehen und bewundert hatte.

In der Dunkelheit erschien es mir zuerst, als würden wir uns langsam auf diese schwarze Wand zubewegen, doch jetzt ging alles rasend schnell. Eben noch waren die steilen Klippen weit weg, dann befanden wir uns mittendrin in der tosenden Brandung.

Unter mir hob und senkte, drehte und wand sich das Deck so heftig, dass es mir ein Rätsel war, wie Angus sich auf den Füßen halten konnte. Ich selbst hatte schon längst das Tau um mich gewickelt und fest um die Laterne geschlungen. Einmal schon hatte ich den Halt verloren und mich nur durch die gespannten Seile retten können, jetzt aber, als ich die dunklen Felsen auf uns zurasen sah, hoffte ich nur, dass ich mich schnell genug losschneiden konnte, wenn das Undenkbare geschehen und die *Schneevogel* zerschellen sollte.

Nicht zum ersten Mal schwor ich mir, bei nächster Gelegenheit das Schwimmen zu erlernen.

Serafine stand nahe bei Angus, hielt die Augen geschlossen und hatte nur eine Hand auf die rechte Schulter des Varländers gelegt. Ein Seil, das sie sich um ihre schlanke Hüfte gewickelt hatte, hielt sie, doch sie schien es nicht zu brauchen. Nicht ein einziges Mal verlor sie das Gleichgewicht oder gar den Halt. Aber jetzt war auch ihr die Anspannung anzumerken, während sie Angus Anweisungen ins Ohr schrie, damit er sie in dem Tosen überhaupt noch hören konnte.

Einmal reagierte die Mannschaft zu langsam, und an Backbord wurden die Ruder nicht rechtzeitig gehoben, fast ein halbes Dutzend davon brachen, als die Felswand unerbittlich die Ruder zur Seite drückte. Die Seeschlangen an den Rudern wurden davongeschleudert, als wären sie Puppen. Elgata fluchte laut, dann hörte ich das Schiff unheilvoll aufstöhnen, als es mit der Seite an einem unsichtbaren Felsen entlangschabte.

Nur der schnellen Reaktion der Rudermannschaft war es zu verdanken, dass sich kein größeres Unheil daraus entwickelte. Fast so schnell, wie die Ruder verloren waren, wurden neue ausgebracht und andere Seeschlangen sprangen beherzt für ihre verletzten Kameraden in die Bresche.

In der Dunkelheit erschienen mir die schwarzen Felsen zu beiden Seiten noch bedrohlicher, mehr als einmal glaubte ich nicht, dass zwischen ihnen Platz genug für das Schiff wäre oder dass Angus noch rechtzeitig dazu imstande war, das Schiff auch noch um die nächste Biegung herumzutreiben. Doch plötzlich hob sich das Deck nicht mehr so stark unter meinen Füßen, wichen die hohen Felsen zurück, entfernte sich das Tosen der Brandung.

30. Ein dunkler Spiegel

Lautlos glitt die *Schneevogel* in den dunklen Hafen, in dem kaum mehr ein Windhauch zu bemerken war. Nur der Regen fiel so dicht, dass man aus der Hand hätte trinken können.

Angus gab ein letztes Kommando, die Ruder wurden angehoben, dann schwenkte die *Schneevogel* nach Backbord, um dem dunklen Schatten auf dem Wasser vor uns den gepanzerten Bug zu präsentieren. Elgata fluchte und gab ein leises Kommando nach vorn, woraufhin ein halbes Dutzend der Seeschlangen in den Bug eilten, um die Balliste dort klarzumachen.

Zokora konnte uns mit ihrer guten Sicht bei Nacht bestätigen, was hier vor uns lag: ein Schiff von der gleichen Art wie das, das unsere *Lanze* aufgebracht hatte. Eines der schwarzen Schiffe.

»Wir hätten es uns denken können«, stellte Elgata fest. »Alderloft liegt von Terolheim nicht weit entfernt. Natürlich haben sie hier vor dem Sturm Schutz gesucht!«

»Kein Zweifel?«, fragte Varosch leise.

»Kaum«, meinte Elgata. »Es liegt nahe, dass es das gleiche Schiff ist, das Terolheim überfallen hat.«

»Wir haben Glück«, stellte Mendell fest. Er schaute nach oben und wischte sich das Wasser aus dem Gesicht. »Der Regen hilft uns, sonst hätten uns die Schiffswachen schon längst gesehen.«

Angus kniff die Augen zusammen, starrte grimmig in die Dunkelheit und schüttelte dann entschieden den Kopf. »Das ist es nicht. Sie haben keine Wachen aufgestellt, sie fühlen sich hier sicher.« Er deutete auf die fernen Lichter an Land, die durch den Regen gerade so auszumachen waren. Es war zu dunkel, um Genaueres zu erkennen, aber mir kam es vor, als ob es dort etwa ein halbes Dutzend langer niedriger Gebäude gab sowie ein größeres Haus, wie ein großer Bauernhof oder ein Gasthaus. »Sie werden Leute auf dem Schiff zurückgelassen haben, aber keiner hält Wache. Warum auch? Bei diesem Wetter und in der Nacht…

wer sollte sich schon durch diese Einfahrt trauen? Dieses Schiff ist größer als unseres. Sie werden ihre liebe Not gehabt haben, die Einfahrt zu durchschiffen. Sie wissen, dass es fast unmöglich ist, sie bei solchem Wetter zu passieren.«

»Uns ist es gelungen«, stellte Angus klar.

Mendell warf ihm einen scharfen Blick zu. »Ja«, sagte er. »Auch wenn ich nie verstehen werde, wie.«

»Weil ich der beste Steuermann bin, den Ihr jemals kennenlernen werdet?«, schlug Angus bescheiden vor.

»Ich glaube, es lag nicht so sehr an Euch«, meinte Mendell und blickte unwillkürlich zu Serafine, die das Geplänkel zu ignorieren schien. Sie schaute mit zusammengekniffenen Augen zum Ufer, wo nur schwach die fernen Lichter zu erkennen waren.

»Wenn es einhundert Soldaten sind, dazu noch die Besatzung des Schiffs, lässt das den Schmugglern nicht mehr viel Platz in ihrem Nest«, befand sie.

»Richtig«, meinte Angus. »Aber nur, wenn es die Schmuggler noch gibt.«

»Was machen wir jetzt?«, stellte Mendell die Frage, die uns allen auf der Zunge lag.

Elgata musterte einen langen Moment den dunklen Schatten vor uns, dann sah sie hinüber zum Land. Sie hob den Kopf zum Himmel, wo nun Blitze die dunklen Massen erleuchteten. Lange würde es nicht mehr dauern, bis der Sturm uns in voller Stärke heimsuchte. »Der Sturm wird uns Deckung geben. Bei solchem Wetter werden sich die meisten unter ein festes Dach zurückgezogen haben. Wir werden sie angreifen.« Sie sah uns der Reihe nach an. »Wir kapern das Schiff und bekämpfen diese Brut an Land.«

»Dann wollen wir hoffen, dass uns Boron geneigt ist«, meinte Varosch. »Ich werde um seinen Segen bitten.«

»Schaden wird es nicht«, meinte Elgata. In der Dunkelheit sah ich ihre Zähne schimmern. »Aber für solche Dinge sind wir Seeschlangen ausgebildet. Unser Gegner wird gar nicht wissen, wie ihm geschieht.«

Zokora tippte Varosch auf die Schulter. »Dort«, sagte sie leise. »Auf dem Schiff, an der Reling. Dort steht einer von ihnen und erleichtert sich ins Wasser. Schnell, bevor er aufsieht.«

Varosch hob seine Armbrust an und ließ sie wieder sinken. »Ich sehe gar nichts«, beschwerte er sich.

»Dann leihe ich dir meine Augen«, sagte Zokora und legte ihm die Hände an die Schläfen. Varosch stutzte, dann lächelte er, hob die Armbrust und schoss. Ich sah nach vorn und erkannte nur dunkle Schatten.

»Er ist ins Wasser gefallen«, teilte uns Varosch zufrieden mit.

»Hübsches Kunststück«, meinte Elgata und sah Zokora neugierig an. »Könnt Ihr das wiederholen?«

»Die ganze Nacht lang«, meinte die Elfe.

»Das hört sich nach einem guten Vorschlag an.«

»Ich habe einen besseren«, sagte Zokora.

»Und der wäre?«, fragte Elgata.

Doch Zokora drehte sich nur wortlos um und ging nach unten. Wir schauten ihr verblüfft nach.

»Ist sie immer so?«, fragte Mendell Varosch.

Der zuckte mit den Schultern. »Meistens erklärt sie gar nichts.«

Elgata rief Korporal Derkin hinzu, dann gingen wir in unsere Kabine, um Kriegsrat zu halten. Dort fanden wir auch Zokora vor, die nur noch eine dünne Hose aus dunklem Leder und eine kurze Weste trug, die ihren Bauch freiließ. Als sie sich bückte, um einen zweiten Ledergurt mit schlanken Dolchen aus ihrem Packen aufzunehmen, und ihn sich über Kreuz über die Schulter legte, sah ich, wie sich ihre Muskeln unter der Haut bewegten. Ich schaute hastig wieder weg, doch Zokora schien sich ihrer Nacktheit kaum bewusst zu sein.

»Ich werde mich um das schwarze Schiff kümmern«, sagte sie, während sie den Sitz ihrer Dolche überprüfte. In jedem Gurt befanden sich zehn dieser tödlich aussehenden Klingen. »Ich werde außerdem ein paar Fragen stellen. Vielleicht finde ich mehr darüber heraus, was dieser Fürst von Leandra will.«

»Aber…«, begann Serafine und stockte. »Ist es tatsächlich die *Dornenblut*?«

Zokora nickte. »Ja.« Sie fixierte Elgata. »Ich kümmere mich um das Schiff, Ihr um die Soldaten auf dem Land.«

»Wir wissen nicht, wie viele Leute auf dem Schiff sind«, gab Elgata zu bedenken. »Seid Ihr sicher, dass…«

Zokora lächelte bösartig. Sie tippte mit dem Finger auf eines ihrer Wurfmesser. »Man kann sie auch mehrfach verwenden«, sagte sie, drehte sich um und schob den Vorhang vor den Fenstern zur Seite, um eines zu öffnen. »Es ist dunkel«, befand sie und glitt wie ein Schatten durch das Fenster. Varosch und ich traten gleichzeitig heran, um hinauszusehen, doch sie war bereits in Dunkelheit und Regen verschwunden, als hätte es sie nie gegeben.

Derkin pfiff leise durch die Zähne. »Sie fackelt nicht lange, was?«

»Scheint so«, meinte Elgata, doch sie schien wenig erfreut darüber. »In solchen Fällen ziehe ich es allerdings vor, unsere Handlungen zu koordinieren. Ich hoffe dennoch, dass Boron ihr beisteht.«

»Ihr erinnert mich ein wenig an Santer«, meinte Derkin, als er mühevoll die Laschen meiner Lederrüstung zuzog. »Manche lästern, dass wir die großen Größen nur wegen ihm an Bord haben.«

Wie alle anderen trug nun auch ich die Rüstung einer Seeschlange. Angeblich konnte man darin sogar schwimmen. Was das anging, hätte ich auch einen schweren Kampfharnisch tragen können.

»Wer ist dieser Santer?«, fragte Serafine, die gerade Varosch half, die Schnallen seiner Rüstung zu schließen.

»Eine Legende bei den Seeschlangen. Er ist fast so groß wie der General und genauso breit. Er ist unverwüstlich, so ziemlich der zäheste Bursche, den ich kenne. Amos kannte ihn gut, er hielt große Stücke auf ihn.« Derkin lachte leise. »Eigentlich hätte so jemand wie er zu den Bullen gehen sollen, aber er zog es vor, etwas Anständiges zu werden.« Er trat zurück und nickte zufrieden. »So, das sitzt. Als Santers letztes Schiff unterging, schwamm er gute zwölf Meilen in kalter See zur nächsten Küste. Nicht nur das, die ganze Strecke über zog er noch einen verwundeten Kameraden mit sich. Außerdem ist er der beste Scharfschütze der Seeschlangen. Seit vier Jahren gewinnt er jedes Mal die Legionsmeisterschaften.« Er seufzte. »Ich würde mir weniger Sorgen machen, wenn er bei uns wäre.«

Als wir ins Boot stiegen, fragte mich Serafine leise, wer denn Amos sei. »Der Erste Maat sprach von ihm, als ob du ihn kennen würdest.«

»Ja«, sagte ich knapp. »Ich kannte Amos. Er starb beim Gefecht mit dem schwarzen Schiff, dem Schiff, das diese Flugschlangen an Bord hatte.« Aber im Moment hatte ich wenig Zeit für Erklärungen, sondern war zu sehr damit beschäftigt, das tanzende Boot zu erreichen, ohne ins Wasser zu fallen.

Das Jagdboot der *Schneevogel* war kieloben zwischen den beiden Masten auf Deck verzurrt gewesen, ich hatte mich schon öfter gefragt, wie es möglich sein sollte, das Boot, das gut und gern zwanzig Mann Platz bot, ins Wasser zu bekommen.

Tatsächlich dauerte es kaum einen Docht, bis das Boot an den Mastarmen über die Seite gehievt und ins Wasser abgelassen worden war. Dann ging es für uns über eine Strickleiter an der Bordwand hinab.

Mendell, der den Angriff leitete, ließ es einfach aussehen, als ob er bloß eine Treppe hinabging und nicht über eine glitschige Bordwand bei Sturm, Regen und tiefster Dunkelheit in ein tanzendes Boot stieg.

Dagegen scheiterte mein erster Versuch kläglich. Gerade als ich den Fuß ausstreckte, sank das Boot unter mir weg und kam hart wieder hoch. Ich versuchte das Gleichgewicht zu halten, es misslang, und ich fiel ins tiefschwarze Wasser.

Doch bevor ich Zeit genug hatte, in Panik zu geraten, zogen mich feste Hände grob ins Boot hinein.

»Kann jedem passieren, General«, meinte Derkin. »Seht es so: Ich kann dafür nicht reiten.«

»Danke«, sagte ich rau, während ich mich mit aller Gewalt an der Ruderbank festhielt. Angus sparte sich die ganzen Umstände. Er sprang einfach vom Deck der *Schneevogel* ins Wasser und zog sich mit einer flüssigen Bewegung hoch ins Boot. Er schüttelte sich wie ein nasser Hund und bleckte die Zähne. »Du kannst dir gar nicht vorstellen, wie sehr ich das vermisst habe!«, rief er mir fröhlich zu, als er sich mit dem kleinen Finger im Ohr herumpulte.

Nachdem Zokora uns durch ihr Handeln dazu gezwungen hatte, nun auch rasch zu agieren, hatten wir uns schnell auf einen Plan geeinigt. Es gab hier in der Bucht nur eine kleine Ansiedlung mit neun oder zehn Gebäuden.

»Vier Langhallen, ganz in dem Stil, in dem die Varländer bauen, ein Bootshaus nahe den zwei Stegen«, berichtete Mendell. Er hatte eine grobe Karte gezeichnet, die jetzt auf dem Tisch lag. Nacheinander wies er mit der Spitze seines Dolchs auf die Umrisse der Gebäude. »Hier, hier und hier. Das hier ist ein Lagerhaus, das aus festem Stein gebaut ist, und dies hier der Hof mit etwa einem Dutzend Zimmer, den der Anführer der Schmuggler früher für sich in Anspruch nahm. Es gibt etwas außerhalb noch einen alten Schrein Soltars und zwei größere Ställe für die Lastpferde, mit denen das Schmuggelgut ins Inland gebracht wird. Die Langhallen haben jeweils an den Kopfenden ein Tor als Eingang, das Hauptgebäude hier im Hof hat vier. Einen an der Vorderseite, zwei im Hof und einen an der Rückseite, der zu einem schmalen Weg zwischen den beiden Stallungen führt.« Er blickte in die Runde. »Wir hoffen, dass zumindest ein Teil der Gegner in den Langhäusern schlafen wird. Wir überwältigen die Wachen an den Toren, falls vorhanden. Derkin und seine zwei Teneti werden sich um den Hof kümmern, er gibt uns ein Fackelzeichen, wenn er den Angriff dort starten wird. Für jede der Langhallen stellen wir zwei Teneti ab, jeweils eine Tenet wird durch das vordere und das hintere Tor stürmen, sobald das Zeichen gegeben wird. Wir anderen werden mit zwei weiteren Teneti den Ersatz stellen, damit wir auf Unvorhergesehenes schnell reagieren können. Hauptsächlich werden wir Derkin beim Angriff auf den Hof unterstützen, wo wir die Offiziere und den Kapitän des Schiffs vermuten.«

»Es wird lange dauern, all diese Leute mit dem einen Boot abzusetzen«, stellte ich fest.

»Richtig«, stimmte Mendell mir zu. »Das Boot ist für Euch und Eure Leute, General. Der Rest von uns wird an Land schwimmen.«

Elgata hatte bislang nur zugehört. »In Ordnung«, sagte sie jetzt. »So machen wir es. Mendell, Ihr übernehmt die Führung des Angriffs.« Sie sagte das mit einem bedeutsamen Blick in meine Richtung, die Botschaft war klar genug.

»Die Mannschaft im Boot bekommt noch Spieße mit, und vier Leute werden mit Arbalesten ausgerüstet. Wir wissen nicht, was mit dieser Kriegsbestie ist, ich will keine Überraschungen erleben.« Sie schaute uns erwartungsvoll an, aber niemand von uns hatte noch etwas zu sagen. »Gut. Dann los.«

Als das Boot jetzt durch den strömenden Regen über die dunkle Bucht gerudert wurde und der Sturm über uns anfing, seine volle Wucht zu entfesseln, fiel mir auf, dass mich niemand gefragt hatte, ob ich überhaupt mitgehen wollte. Elgata war an Bord geblieben, sie war der Kapitän, das war sinnvoll. Galt das nicht auch für einen General?

Wenn ja, dann hätte ich früher daran denken sollen. Jetzt jedenfalls, als das dunkle Ufer und die fernen Lichter immer näher kamen, war es zu spät. Als sich diesmal mein Magen zusammenkrampfte, lag es nicht an den Wellen. Ein Frösteln ergriff mich, ich begann zu zittern, und von einem Moment auf den anderen war mir speiübel.

Diesmal gab es keinen Seelenreißer, der mir meine Wunden noch im Kampf heilen würde, keinen göttlichen Auftrag, der mich am Leben hielt. Diesmal trug ich guten kalten Stahl an der Seite und nicht ein dem Gott des Todes geweihtes Schwert.

Wenn mich ein Streich traf, würde ich es vielleicht sein, der schreiend auf Devons Pritsche lag, während er die Säge ansetzte, um mir einen Arm oder ein Bein zu nehmen.

Angus rief etwas. Ich sah zu ihm, und er bleckte die Zähne in einem wahnsinnigen Grinsen. Er schrie wieder etwas, diesmal konnte ich ihn gerade so verstehen.

»Ist es nicht großartig, wieder in den Kampf zu ziehen?«

Ich konnte kaum mehr tun, als zu nicken, zu sehr war ich damit beschäftigt, meinen rebellierenden Magen im Zaum zu halten. Es gelang mir nicht.

Als ich dem dunklen Wasser mein letztes Mahl geopfert hatte und mich sterbenselend an die niedrige Bordwand klammerte, klopfte mir Derkin wohlwollend auf die Schultern.

»Es ist etwas rau, aber wir sind gleich da, General. Es hat eben nicht jeder den Magen dazu.«

Das hatte Amos auch gemeint. Aber wenn Derkin und die anderen dachten, die Wellenkrankheit sei daran schuld, dann war mir das nur recht. Ich war durchnässt, das mochte mein Zittern erklären.

Als das Boot auf dem schmalen Strand auflief, war es zu spät für solche Gedanken. Zusammen mit den anderen beeilte ich mich, das Boot zu verlassen, während um uns herum zehn Teneti der Seeschlangen wie unheilvolle Schemen den von Wind und Regen gepeitschten Fluten entstiegen.

Bevor ich mich versah, rannte ich mit den anderen auf den großen Hof zu, wo Derkin mit einem kurzen Handzeichen die zweite Tenet zur Hinterseite schickte. Etwas regte sich neben mir, dort trat ein Soldat Thalaks in seiner schwarzen Lederrüstung aus einem niedrigen Schuppen, in seiner Hand einen Eimer voll mit frisch gemolkener Milch. Er sah mich überrascht an, ließ den Eimer fallen und griff nach seinem Schwert, im nächsten Moment schoss ihm Blut aus dem Mund, ein kräftiger Unterarm um den Hals hielt ihn fest, dann zog die Seeschlange ihren dunklen Dolch aus dem Hals des Toten und ließ ihn langsam zu Boden sinken. Die Marinesoldatin nickte mir zu und eilte weiter, ich ihr hinterher. Erst jetzt dachte auch ich daran, mein eigenes Schwert zu ziehen.

Immer heftiger wurde der Sturm, nun schienen die Schleusen des Himmels endgültig geöffnet worden zu sein. Manchmal kam es mir vor, als hätte man bald Verwendung für die Kiemen eines Fischs. Ein Gutes hatte es, das Heulen und Pfeifen der Winde und das Prasseln des Regens, der nun fast waagerecht durch die Luft getrieben wurde: Es überdeckte jedes Geräusch, sogar die Schreie der Sterbenden.

Derkins Tenet und wir kauerten neben dem Haupteingang des Hofs, das Gelände selbst war schon durchkämmt, kein Soldat Thalaks würde heute noch eine Kuh melken. Derkins Mund bewegte sich, als er dort hockte und wartete. Als die andere Tenet loszog, um den Hintereingang anzugehen, hatten beide Korporale angefangen zu zählen, jetzt nickte er und hob einen Stock an, an dessen Spitze sich eine Schnur befand. Er wies uns an, die Augen fest zu schließen, und zog hart an der Schnur. Der Stock verwandelte sich in eine gleißende Fackel, die für einen Moment hell erstrahlte, bevor Derkin den glühenden Rest fallen ließ. Selbst im nassen Schlamm brannte die Fackel noch einen langen Moment weiter und erleuchtete den Hof mit einem rötlichen, unheilvoll flackernden Licht, bevor sie erlosch.

Korporal Derkin sah sich noch einmal um, musterte unsere entschlossenen Gesichter, nickte dann und gab Angus ein Zeichen, der sich bereitmachte, die Tür einzutreten. Serafine griff an die Klinke und drückte, die Tür flog vom Wind getrieben auf, sie war nicht verschlossen gewesen.

Wir stürmten in den Gang, dort am Fuß einer Stiege stand ein Mann in Unterzeug, der verschlafen eine Laterne hob. Neben mir legte Varosch an und schoss, der Bolzen durchschlug dem Mann das linke Auge. Noch bevor er fiel, war Serafine bei ihm und fing Mann und Laterne auf.

Links von mir sprang eine Tür auf, ein Soldat stand dort im

Dunkel, sein Schwert in der Hand. Meines zuckte hoch und zur Seite und schlitzte ihm die Kehle auf. Ich stieß ihn um und stolperte über ihn hinweg in den Raum hinein, wo gerade drei weitere schlaftrunkene Soldaten von ihren Lagern aufsprangen. Ich schlug nach links und rechts, entleibte einen, der gerade Serafine von der Seite angehen wollte, und verlor mein Gleichgewicht, als ein anderer Körper schwer und leblos gegen mich fiel. Ihn hatte ich nicht gesehen, er hatte neben der Tür gelegen und war hinter meinem Rücken aufgesprungen. In der Tür stand Varosch und legte einen neuen Bolzen ein. Einer der feindlichen Soldaten lebte immer noch und versuchte davonzukriechen. Serafine ließ ihr Schwert herabschnellen, er bäumte sich auf und lag still.

Wir eilten weiter, während um uns herum der Sturm toste und an den Wänden des alten Hofs zerrte; dunkle, schemenhafte Gestalten, Funken, als Stahl auf Stahl schlug, das einzige Licht waren die gleißenden Blitze des Sturms, die durch jede Ritze und Fuge leuchteten. Kaum vernehmbare Schreie, Körper, die zuckend oder leblos zu Boden fielen, der Geruch, nein, der Gestank von Blut und Angst und anderem.

Manchmal war es schwer, im Dunkel Freund und Feind zu unterscheiden, einmal reichte ich einem gestrauchelten Kameraden die Hand, um ihm aufzuhelfen, nur um die harte Lederrüstung des Feindes unter meiner Hand zu spüren. Aber Soltar war mir hold, ich bemerkte das Versehen einen Hauch eher als der andere, und so war er es, der blutend wieder zu Boden fiel.

Letztlich, irgendwann nach einem endlos langen Albtraum, stand ich keuchend an der Wand eines großen Raums, in dem noch immer eine Kerze brannte, obwohl der Lampenständer umgefallen war, und hielt mir die Seite, in der anderen Hand mein bluttriefendes Schwert und vor mir ein Bild der Verwüstung und des Todes. Zwei von uns lagen hier und fünf der Gegner, unter ihnen auch der Kapitän der *Dornenblut*. Ein Streich von Angus' Axt hatte ihn fast entzweigeschlagen, als er einen Dolch nach Serafine warf. Die schlanke Klinge hatte Serafine nur gestreift, er kam nicht mehr dazu, den zweiten Dolch zu werfen, den er noch immer in der Hand hielt.

Derkin kniete neben dem Toten, blutend, die linke Hand schlaff in seinen Gürtel geklemmt, und richtete sich nun kopfschüttelnd auf.

»Wir hätten ihn lebend gebraucht«, meinte er. »Nicht, dass ich Euch einen Vorwurf machen will, Varländer, aber...« Er schüttelte den Kopf. »Lebend hätte er uns mehr genutzt.«

»Mag sein«, sagte Serafine, die dabei war, eine flache, lederumhüllte Truhe durchzusehen. »Aber wir haben das hier!« Sie hob ein dickes Buch hoch und einen Packen Schriftstücke. »Das Logbuch der *Dornenblut* und die letzten Befehle, die der Mann erhalten hat.«

»Gut«, rief Derkin. »Dann raus!«

Vorsichtig verließen wir das Haus, Derkin, Serafine, Varosch, Angus, ich und die sechs Überlebenden der Tenet, keiner von uns ungeschoren, aber alle noch am Leben. Einen langen Moment verharrten wir vor dem Eingang, unsicher, ob wir auch an den anderen Stellen den Sieg davongetragen hatten, dann trat eine Seeschlange aus der Dunkelheit heraus und salutierte.

»Es war ein Gemetzel, Ser!«, schrie der Mann über das Heulen des Winds hinweg. »Aber wir haben die Langhallen geklärt!« Zwei weitere Seeschlangen erschienen wie Schatten vor uns, zwischen sich hielten sie einen verletzten feindlichen Soldaten, der durch eine grüne Halskrause an seiner Rüstung auffiel. Eine lange silberne Hundepfeife hing ihm um den Hals, und er starrte uns hasserfüllt an.

»Was ist mit dem Mann?«, schrie Derkin gegen den Sturm.

»Er scheint eine Art Offizier zu sein, jedenfalls übernahm er das Kommando. Wir dachten, vielleicht könnte man ihn befragen«, rief der Soldat zurück.

»Gut gemacht!«, schrie Derkin. »Wir... was macht er da?«

Der Mann hatte sich aus den Händen des einen Soldaten losgerissen und griff nun hastig nach der Pfeife um seinen Hals. Zu spät fiel mir etwas ein, was Mendell erwähnt hatte.

»Nein!«, rief ich und wollte ihn greifen, doch es war zu spät. Bevor ich ihm die Pfeife aus der Hand riss, blies er noch kräftig hinein. Kein Ton war zu hören, doch der Pfiff galt ja auch nicht uns.

Ich hielt die Pfeife mit der zerrissenen Kette in der Hand, der Mann war wieder in Gewahrsam, doch sein Blick versprach nichts Gutes.

»Fahrt zu den Dämonen!«, rief er und versuchte mir ins Gesicht zu spucken, aber der Wind trieb den Auswurf davon.

»Weg hier!«, rief ich. »Zurück ins Haus!«

»Aber …«, begann Derkin. Was er weiter sagen wollte, blieb ungehört, denn eine dunkle graue Masse aus Metall und knöchernen Panzern stürmte aus der Dunkelheit auf uns zu, ihr Ziel einer der Männer, die den Gefangenen hielten. Eben noch stand er da, im nächsten Moment durchbohrte ihn ein mächtiges Horn und schleuderte ihn hoch und davon. Ein graues Ungetüm, fast doppelt so hoch wie ich, mit einem scharfgeschliffenen Horn auf der breiten, langen Nase, stürmte an uns vorbei, der massige, gepanzerte Körper streifte die Kante des Hauses, sodass es erbebte, ich selbst wurde von der riesenhaften Schulter lediglich angerempelt und dennoch zur Seite geschleudert, als wäre ich nicht mehr als eine Puppe.

Über den Sturm hinweg hörte ich ein schauerliches Tröten, das Wutgeheul des Biests, als es überraschend behände herumwirbelte und uns aus wütenden Schweinsaugen fixierte.

Neben mir lag Derkin am Boden, das Wesen hatte ihn gegen die Wand gepresst und dort fast zerrieben, ein Wunder, dass er noch lebte.

Blitze zuckten und offenbarten uns die Bestie in ihrem ganzen Schrecken. Das Metall des Horns glänzte im Regen, genauso die schweren Panzerplatten, die die Kreatur am ganzen Körper schützten.

Varosch hob seine Armbrust und schoss, ich sah die Funken, als sein Bolzen von der Rüstung nahe dem linken Auge abprallte, dann schnaubte die Bestie wütend auf und schoss auf uns zu. Nie hätte ich geglaubt, dass etwas so Großes aus dem Stand so rennen konnte!

Doch dort stand plötzlich Angus, rief etwas, das lauter hallte als der Sturm selbst, und schwang seine mächtige Axt in einem im Blitz gleißenden Bogen nieder, um dann nach dem Horn selbst zu greifen, als wäre es die Stange eines Erntefestbaums, während Serafine und ich gerade noch so dem Ansturm der Bestie ausweichen konnten.

Diesem Aufprall war die Wand des Hofs hinter uns nicht gewachsen. Als wäre sie nur aus Schilf und Stroh, rannte das Biest durch die Wand und brach dort zusammen; ein mächtiger, stahlbewehrter Hinterlauf zuckte noch einmal und lag dann still.

Angus stand da und schrie, reckte die Fäuste gegen den Himmel, wo die Blitze immer dichter wurden, die Augen weit aufgerissen, den Mund geöffnet, während ein Zittern durch ihn lief. Dann kam er mit einem seltsam wankenden Gang und rotunterlaufenen Augen näher, die Fäuste erhoben, der Blick irr und blutigen Schaum vorm Mund.

Fast wäre es ihm gelungen, mich zu ergreifen, nur gerade so konnte ich ihm ausweichen, doch sein nächster Hieb warf mich mit der Wucht eines Sturmbocks zurück. Ich konnte im letzten Moment den Kopf zur Seite reißen, als seine Zähne neben meinem Ohr aufeinander schlugen.

Serafine hing an seinem Rücken, doch er schien sie nicht einmal zu bemerken. Aber als er diesmal zu seinem nächsten gewaltigen Schlag ausholte, war ich schneller.

Meine ledergepanzerte Faust traf ihn so hart am Kinn, dass ich spürte, wie meine Fingerknochen brachen. Dann stand er da, sah mich mit leeren Augen an, hob langsam die Hand zum Kinn, um dann wie ein Baum rückwärts umzufallen und Serafine dabei unter sich zu begraben.

Nur mit Mühe gelang es Varosch, mir und einem Soldaten, den Varländer von Serafine zu wälzen. Zuerst dachte ich, er hätte sie im Fall erdrückt, so tief hatte er sie in den Schlamm gepresst, aber dann regte sie sich, spuckte Blut und Schlamm aus und richtete sich mühsam auf ein Knie auf, um dort keuchend zu verharren und den Nordmann fassungslos anzustarren.

Ich rief mir Erzählungen Ragnars in Erinnerung, in denen es darum ging, dass manche Nordmänner im Kampf einen Wutrausch entwickelten. Und dass es ihnen schwerfiel, diese Wut nach dem Schlachten wieder abzuschütteln.

Eine Bewegung neben mir riss mich aus diesen Gedanken: Es war der Gefangene, der taumelnd versuchte, in die Dunkelheit zu entkommen. Ich hob mein Schwert, aber Varosch war schneller und schlug ihm den Schaft seiner Armbrust in den Nacken. »Du bleibst hier«, klärte er ihn auf, während er regungslos zurück in den Schlamm fiel.

Es war Derkin, der unter Devons Säge schrie und litt, nicht ich. Ich war mit einem tiefen Schnitt an der Seite, zwei gebrochenen Fingern und einem malträtierten Handgelenk davongekommen. Derkins linkes Auge war verloren, und das Ungetüm hatte ihm das linke Knie zerschmettert. Hier half keine ärztliche Kunst, auch Derkin wusste das, als er tapfer die zwei Flaschen Rum ansetzte und trank. Die Götter waren gnädig mit ihm, er spürte nur die ersten Schnitte, bevor er das Bewusstsein verlor.

Vielleicht hätte Zokora helfen können, ihre Heilkunst war nichts weniger als erstaunlich, doch sie und Varosch wurden an anderer Stelle gebraucht. Es gab genug für jeden zu tun, der sich auf Heilung verstand.

Was Zokora anging, sie hatte uns bereits auf der *Schneevogel* erwartet. Denn auf dem feindlichen Schiff hatte sie nur drei Gegner vorgefunden, und zwei von ihnen waren noch im Schlaf gestorben.

»Unser Blutzoll war erstaunlich niedrig«, berichtete ein erschöpfter Stabsleutnant Mendell einer düster dreinschauenden Elgata etwas später. Auch jetzt war im Hafen die See noch rau, und die Laterne schwankte wild über unseren Köpfen. Es berührte mich nicht, ich war zu müde für die Wellenkrankheit. Ich saß nur mit am Tisch und hielt in der guten Hand einen Steinkrug mit gebranntem Schnaps, mit dem ich mir einen Becher füllte, und war froh darum, dass der Alb vorbei war. Links von mir, müde an mich gelehnt, saß Serafine, bis auf blaue Flecken und einen üblen Schnitt im linken Oberschenkel unverletzt. Angus saß auf der anderen Seite des Tischs und hielt sich mit beiden Händen seinen Schädel. Sein Kiefer hatte sich als härter als meine Hand erwiesen, er selbst hatte außer ein paar blutigen Schrammen nichts davongetragen. Die Erinnerung an seinen Wutrausch fehlte ihm. »Fünf tot, drei werden noch sterben, bei einem ist es ungewiss. Knapp zwei Dutzend Verletzte, zwei davon … Selbst wenn sie genesen, werden sie nicht mehr zur See fahren können. Derkin hat sein Bein verloren und das linke Auge.«

»Und Ihr, Stabsleutnant?«, fragte Elgata. Mendell griff sich an seinen Schädel, wo ein frischer Verband die Stelle bedeckte, an der sich vorhin noch sein Ohr befunden hatte. »Ich habe noch ein anderes Ohr«, meinte er. »Ich weiß nicht einmal, wie es geschah, plötzlich war es nicht mehr da.«

Elgata schaute ihn einen Moment lang schweigend an, dann nickte sie. »Was ist mit dem Feind?«

»Wir sind noch nicht mit dem Zählen fertig, aber es müssen über hundertvierzig Mann gewesen sein. Hätten wir sie nicht im Schlaf überrascht, wäre der Ausgang ungewiss gewesen, es waren allesamt zähe Burschen.« Er schüttelte andächtig den Kopf. »Sollte man mich jemals so im Schlaf überraschen, hoffe ich, dass ich meine Haut so teuer verkaufe, wie sie es getan haben.« Er räusperte sich. »Wir haben auch die Schmuggler gefunden. Etwas mehr als fünf Dutzend. Sie liegen in einem Massengrab ein Stück weit vom Hof entfernt. Es sind auch Frauen und Kinder unter den Toten.«

Elgatas Gesicht verhärtete sich, doch das war die einzige Regung, die sie zeigte. Sie sah von Mendell zu dem flachen Koffer, den Derkin aus dem Hof hatte retten können. »Das Logbuch und die letzte Order des Feindes, sagt Ihr?«

Neben mir regte sich Serafine. »Ja. Es scheint die Kapitänskiste zu sein«, berichtete sie. »Wir können die Schrift lesen, Order und Buch sind in Reichssprache verfasst.«

»Es ist mehr drin als nur das Buch und die Order«, sagte Mendell mit rauer Stimme. Er öffnete die Truhe, nahm einen sorgsam gearbeiteten Dolch heraus und legte ihn vor uns auf den Tisch. Es war ein Offiziersdolch, ganz ähnlich denen, die auch Elgata und Mendell trugen, in Form, Art und Ausführung zum Verwechseln ähnlich. Die mit Gold und Elfenbein auf der Scheide des Dolchs eingearbeiteten Rangabzeichen waren die gleichen wie an Elgatas linkem Ärmel.

»Bei allen Höllen Soltars!«, hauchte sie. »Mit was für einem Feind haben wir es hier zu tun?«

Hinter uns öffnete sich die Kabinentür, und Zokora kam herein, ihr Gesicht so ausdruckslos wie ganz am Anfang, als ich sie kennengelernt hatte. Hinter ihr schloss ein müde aussehender Varosch, dem die Anstrengung mehr als deutlich anzusehen war, die Tür und lehnte sich erschöpft gegen das Türblatt. Beide kamen direkt aus dem Krankenquartier, und ich bildete mir ein, den Geruch von Blut an ihnen zu riechen. Obwohl er darauf bestand, dass alles in Ordnung war, machte ich mir um Varosch Sorgen, so bleich kannte ich ihn nicht.

»Fragst du das im Ernst?«, wollte Zokora wissen, während sie Varosch stützte, als er sich wie ein alter Mann von der Tür löste und zum nächsten Stuhl schleppte.

»Ihr habt gute Ohren, Elfe«, stellte Elgata fest.

»Und du eine laute Stimme«, gab sie zurück. »Ich verstehe die Frage nicht. Mittlerweile hat der Feind doch sein Gesicht gezeigt.«

»Tatsächlich?«, fragte Elgata. »Dann gebt uns doch die Antwort, wenn Ihr sie schon kennt.«

»Ich kenne sie, ja«, sagte Zokora, und diesmal spielte ein hartes Lächeln um ihre Lippen. »Auch wenn du in einen dunklen Spiegel schaust, siehst du nur dich selbst.«

Der nächste Morgen begrüßte uns mit einem strahlend blauen Himmel, als hätte es den Sturm nie gegeben. Mir fehlte der Appetit zum morgendlichen Mahl, auch der Schlaf entzog sich mir. Als der Tag anbrach, stand ich allein auf dem Achterdeck, nur die Deckwache leistete mir Gesellschaft. Aber nicht lange, denn Schiffsarzt Devon kam hoch zu mir, um sich müde gegen die Reling zu lehnen. Er schaute auf die stille Bucht hinaus, wo sich das Wasser jetzt kaum noch kräuselte.

»Derkin ist gestorben. Die Wunde, die ihn das Auge gekostet hat, hat ihm auch einen Knochensplitter ins Hirn getrieben. Er wachte nicht mehr auf. Das Letzte, was er in diesem Leben sah und spürte, war meine Säge.« Er massierte sich die Schläfen und nickte dann in Richtung meiner Hand. »Was macht die Hand? Schon geheilt?«

»Noch nicht«, sagte ich. »Aber sie fühlt sich besser an.« Ich zögerte einen Moment, bevor ich weitersprach. »Macht Ihr mich auch für Derkins Tod verantwortlich?«

Er schüttelte müde den Kopf. »Nein. Ich weiß nicht, was es mit Euch auf sich hat, General. Aber ich glaube nicht mehr, dass Ihr ein Nekromant seid. Wie heißt der Kerl, der dort unten im Süden sitzt und uns seine Armee schickt? Der Nekromantenkaiser?«

»Kolaron Malorbian.«

Er nickte. »Damit habt Ihr den, den ich verantwortlich mache.« Er drehte sich um, lehnte sich mit dem Rücken an die Reling und sah hinunter aufs Hauptdeck, wo die Rekruten und der Segelmeister damit beschäftigt waren, die Toten in Leinensäcke einzunähen. Zwei weitere Seeschlangen brachten eben einen letzten Toten den Aufgang hoch und legten ihn ans Ende der stillen Reihe. Derkin.

»Ich hörte, es brauchte drei unserer Leute, um die Axt Eures Freundes aus dem Vieh zu lösen, das Derkin umbrachte. Es muss ein mächtiger Schlag gewesen sein. Eure Freundin, diese Dunkelelfe… Ich habe lange die Heilkunst studiert, aber sie weiß zehnmal mehr als ich. Sie hat die beiden anderen gerettet, die ich verloren glaubte. Varosch, der Adept des Boron, blieb und half, bis ich ihn wegschickte, da ich befürchtete, er würde mir zusammenbrechen. Sera Helis...« Er schüttelte den Kopf. »Ich hörte, sie stammt aus dem Adel Bessareins. Sie gibt sich mehr wie ein Veteran der Legion, wenn Ihr mich fragt.« Er blinzelte. »Ihr umgebt Euch mit eindrucksvollen Gefolgsleuten, General.«

»Sie beeindrucken auch mich«, sagte ich. »Aber es sind Freunde, keine Gefolgsleute.«

»Das spricht für Euch, General«, meinte Devon. »Aber selbst wenn die Legion, die Ihr wieder aufbauen wollt, aus solchen Leuten besteht, weiß ich nicht, ob es reichen wird.«

»Wie meint Ihr das?«

»Ich habe an der Akademie studiert und wie alle Federn auch etwas über die Historien gelernt. Wisst Ihr, dass es einst auf den kaiserlichen Schiffen Marineinfanterie gab? Truppen, die dazu ausgebildet waren, unter widrigsten Bedingungen von See her Ziele an Land zu erobern?«

»Nein, das wusste ich nicht.«

»Ich hatte es auch vergessen«, sagte er. »Aber heute Nacht brachte man mir einen überlebenden Feind, er ist schwer verletzt, aber er wird leben. Ich half, ihn aus seiner Rüstung zu befreien.« Er sah mich direkt an. »Was geht hier vor, General? Warum bringt man mir einen Verletzten in der Rüstung eines Marineinfanteristen des Alten Reichs?«

Ich schaute ihn verdutzt an. Hätte Serafine nicht diese Rüstungen erkennen müssen? Doch der Arzt sprach bereits weiter. »Die Seeotter wurden lange vor der Abdankung des Ewigen Herrschers außer Dienst gestellt. Die Seeschlangen übernahmen diese Aufgabe mit, zumal es selten genug vorkam, dass wir feindliche Ziele von See aus stürmen mussten. Diese Nacht war es das erste Mal seit Langem. General, wie kommt es, dass wir Truppen aus dem Alten Reich gegenüberstehen?«

Ich sah zu dem schwarzen Schiff hinüber, das ruhig und still in der Bucht lag, nur ab und zu erkannte ich Bewegung dort drüben. Mendell und Elgata waren dort, um sich das feindliche Schiff genauer anzusehen und zu ermitteln, ob sie weitere Unterlagen und Karten des Feindes in die Hand bekommen konnten. Noch in der Nacht hatte mir Serafine mitgeteilt, dass dieses feindliche Schiff den Fregatten ähnelte, an die sie sich erinnerte. Devon sprach weiter. »Warum finden wir bei dem Feind Karten, Logbücher, Waffen, Rüstungen und Rangabzeichen aus dem Alten Reich, und warum sind sie unser Gegner?«

»Das ist eine gute Frage«, sagte ich. »Ich gäbe viel darum, die Antwort zu kennen.«

»Der Kommentar der Sera Zokora macht unter den Leuten die Runde und beunruhigt sie. Er ist zutreffend«, meinte Devon. »Der dunkle Spiegel.« Er seufzte. »Wir haben einen Überlebenden des Gegners, einen Gefangenen, und ich weiß, dass Ihr ihn verhören werdet. Er sieht aus, als käme er aus dem gleichen Dorf wie ich. Ich kannte jemanden dort, der sein Bruder sein könnte. Unter meinem Messer sah ich in seinem Blut und Schmerz keinen Unterschied zu uns. Und doch, als er klarer bei Sinnen war, bemerkte ich einen Hass und eine Verachtung in seinem Blick, eine Abscheu, als hätten ihn meine Hände befleckt und nicht von Soltars Schwelle gezogen.« Er schaute zu mir auf. »Wenn Ihr ihn befragt, stellt ihm diese Frage für mich. Warum verachtet er jemanden, der sein Leben retten will?«

»Genau das werde ich tun«, versprach ich.

Der Schiffsarzt nickte. »Das war auch schon alles, um das ich Euch bitten wollte, General«, sagte er und wandte sich ab, um erschöpft und müde davonzugehen. Ich sah ihm nach und dachte, dass das tatsächlich eine sehr gute Frage war.

31. Die Gunst der Göttin

»Wir haben mit diesem Schiff einen außergewöhnlichen Preis gewonnen«, teilte uns Elgata mit, als sie mit Mendell an Bord der *Schneevogel* zurückgekehrt war. »Aber es ist für den Plan von Sera Zokora wenig geeignet.«

Wir befanden uns wie üblich in Elgatas ehemaliger Kabine, und wieder war es eng. Wir waren alle hier, dazu kamen noch Elgata, Mendell und diesmal auch Devon, der aussah, als ob er vor Erschöpfung im Stehen schlafen wollte.

Zokora, die sich mit ihrem Buch direkt neben dem Lager, in dem Varosch noch ruhte, in eine Ecke zurückgezogen hatte, nickte zustimmend. »Du hast recht, Kapitän. Ein Piratenschiff hätten sie vielleicht ignoriert. Aber eines ihrer Schiffe, das dort ist, wo es nicht sein sollte, erregt nicht weniger Aufmerksamkeit, als es ein feindliches Schiff tun würde. In beiden Fällen müssen wir vermeiden, gesehen zu werden. Dann kann es auch dein Schiff sein.«

Elgata nickte und warf Zokora einen scharfen Blick zu. »Es ist vielleicht nicht wichtig, aber ich ziehe es vor, formeller angesprochen zu werden. Am besten mit meinem Rang.«

»Wenn es nicht wichtig ist, warum es ansprechen?«, fragte Zokora kühl und richtete sich etwas auf, um aus ihrer Ecke heraus den Blick des Schwertmajors zu suchen. »Ich bestehe auch nicht darauf, dass du den Blick gesenkt hältst, wenn du mit mir sprichst.« Sie vollführte eine abwertende Handbewegung. »Es ist wahrlich nicht von Belang.«

»Den Blick gesenkt halten?«, fragte Elgata fast schon aufbrausend. »Wie käme ich dazu?«

»Es entspräche meinem Rang, Alter, Status und meiner Stellung als Priesterin meiner Göttin, diesen Respekt einzufordern.« Zokora lächelte. »Wenn Ihr wollt, nenne ich Euch Schwertmajor, und Ihr kniet dafür ehrfürchtig nieder und wartet auf

Audienz, wenn Ihr mich sprechen wollt. Nein? Gut. Das feindliche Schiff ist ungeeignet für unseren Auftrag. So weit waren wir. Bleib dabei und ignoriere die unwichtigen Dinge.« Sie lehnte sich zurück und vertiefte sich wieder in ihr Buch. Mendell hob eine Augenbraue, und Devon hustete verhalten, beide sahen angespannt zu Elgata, die Zokora anstarrte, als wäre ihr ein zweiter Kopf gewachsen.

»Stimmt das?«, fragte sie mich und hatte sichtlich Mühe, ihre Stimme ruhig zu halten. »Ist sie von hohem Rang?«

»Ich kenne die Gebräuche ihres Volkes nicht, aber sie ist das, was wir eine Kronprinzessin nennen würden, und zugleich eine Hohepriesterin der Solante, einem Aspekt Astartes, der von ihrem Volk verehrt wird.« Ich zuckte mit den Schultern. »Sie erklärte mir einmal, dass sie mich duzt, weil ich kein Gott bin.«

»Es ist etwas gewöhnungsbedürftig«, meinte Varosch von seinem Lager aus. »Aber es hilft zu wissen, dass sie es nicht persönlich meint. Es lohnt also nicht, sich darüber Gedanken zu machen.«

»Hör auf, mich erklären zu wollen«, wies Zokora ihn überraschend milde zurecht. »Sie versteht mich, und ich verstehe sie. Auf diesem Schiff darf es niemanden geben, der höher steht als sie. Das Gleiche verlangen mein Glaube und meine Stellung von mir. Es ist einfach so. Und deshalb ist es nicht weiter von Belang.«

»Geschickt gesagt«, meinte Elgata. »Damit kann ich leben.« Zokora sah sie an, zog eine Augenbraue hoch und lächelte. Ein wenig nur.

»Zurück zu dem schwarzen Schiff«, fuhr der Schwertmajor fort, als hätte es das kleine Zwischenspiel nie gegeben. »Sera Zokora hat recht, das Schiff ist ungeeignet für diesen Auftrag, obwohl ich sicher bin, dass die Admiralität eine passende Verwendung dafür finden wird. Allein die Karten und die weiteren Logbücher, die wir an Bord fanden, werden die Federn der Reichsstadt noch lange beschäftigen. Wir wissen jetzt deutlich mehr über den Feind. Zum einen, dass er in vielen Dingen dem

Beispiel des Alten Reichs folgt, zum anderen auch etwas mehr über das Schicksal Eurer Gefährtin, Leandra di Girancourt.« Sie machte eine kurze Pause, um sich ihre nächsten Worte sorgsam zurechtzulegen. »Es wurde schon vermutet, dass es eine Order gab, sie lebend zu diesem Fürsten Celan zu bringen. Die Befehle, die wir fanden, bestätigen es. Nicht nur das, dem Logbuch ist auch zu entnehmen, dass der Kapitän der *Dornenblut* zwei seiner eigenen Leute hängen ließ, weil sie im Kampf die Sera di Girancourt verletzt haben.« Das war eine Neuigkeit für mich.

»Er ließ seine eigenen Leute aufhängen?«, fragte Serafine erstaunt.

»So ist es. Es gibt einen interessanten Satz in der Order: *In jeder Art und Weise ist ihr der Respekt entgegenzubringen, der dem eines Fürsten des Reichs entspricht.*« Sie schaute mich bedeutsam an. »Ich glaube, Ihr könnt die Furcht fahren lassen, dass man sie misshandelt oder gar der Folter aussetzt. Die Befehle sind eindeutig. Man wird sie eher auf Rosen betten, als ihr ein Haar zu krümmen.«

Zokora sah verständnislos auf. »Rosen haben Dornen, oder nicht?«

Elgata wirkte einen Moment irritiert. »Rosenblätter!«

Ich hoffte nur, dass sie recht behielt.

»Die Frage ist«, fuhr sie fort, »warum dieser Befehl erging und er sich nur auf sie bezog. Nur der General mit dem Namen Havald fand noch Erwähnung, der Rest Eurer Freunde sollte nur lebend gefangen genommen, aber zwecks späterer Vernehmung in Ketten gelegt werden. Was ist an Eurer Gefährtin so besonders, dass der Feind so mit ihr verfährt?«

»Einiges«, sagte ich nachdenklich. »Sie stammt zur Hälfte von den Elfen ab, eine Seltenheit, wie mir scheint. Zum andern ist sie eine außerordentlich fähige Maestra. Zudem ist sie schwertgeschworen und mit einem Bannschwert des Alten Reichs verbunden, der Klinge Steinherz. Jedes dieser Dinge mag dazu führen, dass man sie besonders behandelt.«

»Ein Bannschwert?«, fragte Elgata überrascht. »Es gibt sie also wirklich?«

»Ja«, sagte ich nur, ich wollte im Moment darauf nicht näher eingehen. Nicht jetzt, wo Steinherz von Serafine verwahrt wurde und Leandra wohl kaum helfen konnte.

Elgata gab sich damit zufrieden. »Die gute Nachricht ist also, dass wir davon ausgehen können, dass die Sera noch lebt und nicht misshandelt wird. In dieser Hinsicht besteht also Hoffnung darauf, dass dieser Auftrag erfolgreich abgeschlossen werden kann.« Sie legte ihre Hände übereinander. »Was das schwarze Schiff angeht, werde ich eine Prisenmannschaft abstellen, die es nach Aldar segeln soll. Mit den Verlusten, die wir hatten, werden uns diese Männer fehlen, eine weitere Feindberührung sollten wir also vermeiden. Aber wir werden gleich nach der Trauerfeier auslaufen und wieder Kurs auf die Feuerinseln nehmen.« Sie schaute zu Angus. »Zu Euch, Varländer, sage ich eins: Ich danke den Göttern, dass wir Eurem Rat gefolgt sind und hier einliefen, ich habe in all den Jahren auf See nie einen schlimmeren Sturm gesehen. Hätten wir ihm auf See getrotzt, wären wir wahrscheinlich abgesoffen. Außerdem konnten wir uns so für Terolheim rächen.«

»Danke«, sagte Angus und neigte höflich den Kopf. Er gab sich wirklich sichtbar Mühe, wenn sie in der Nähe war. »Es ist immer gut, wenn eine Frau auf den Ratschlag eines weisen Mannes hört«, fügte er hinzu. Ich vermied es gerade noch, den Kopf zu schütteln. Mühe hin oder her, auch Angus konnte wohl kaum aus seiner Haut.

Sie schaute ihn noch einen Moment lang mit gerunzelter Stirn an, dann wandte sie sich an Devon. »Wie ist der Zustand des Gefangenen? Kann er befragt werden?«

»Nein, dazu ist er noch zu schwach«, teilte der Arzt uns mit.

»Devon, ist Euch klar, dass ich nicht unbedingt daran interessiert bin, den Mann am Leben zu erhalten?«, fragte sie scharf.

»Ja. Dennoch bleibe ich dabei.« Er hielt ihrem glühenden Blick stand. »Er ist nur von Nutzen für uns, wenn er lebt. Tote beantworten keine Fragen.«

»Teilt uns mit, wann wir ihn befragen können, Devon. Befragen, nicht foltern«, fügte Elgata hinzu. »Er hat Antworten. Es liegt an ihm, wie es ihm dabei ergeht. Sagt ihm das. Ist er sicher untergebracht?«

»Er ist in einer Kabine an sein Bett gefesselt, vor der Tür stehen Wachen. Zudem habe ich ihn mit Mohnsaft betäubt. Im Moment wäre er nicht einmal imstande, auch nur zu krabbeln, von seinen Wunden einmal abgesehen. Und die, Schwertkapitän, sind schwer genug, dass Soltar sich jederzeit entscheiden könnte, ihn doch noch zu holen.«

»Dann seht zu, Schwertleutnant, dass er bei uns bleibt. Soltar weiß die Antworten schon, in seinen Hallen ist der Mann für uns verschwendet.« Elgata erhob sich vom Tisch. »Ich habe ein Schiff zu führen, Sers. Wir sprechen uns heute Abend.«

Wieder stand ich auf dem Achterdeck, als Elgata Soltar anflehte, die Seelen der Gefallenen sicher zu sich zu führen. Jetzt konnte wohl kaum noch ein Zweifel daran bestehen, dass das Alte Reich sich in einem Krieg befand.

Schon hatten gute Männer und Frauen Blut und Leben in einem Kampf verloren, den von uns noch niemand verstand.

Nach der Feier holten beide Schiffe die Anker ein, und wir segelten los. Es war Angus, der die *Dornenblut* durch die enge Einfahrt navigierte, und kaum hatten wir die offene See erreicht, überließ er dem Offizier der Prisenmannschaft das Kommando, sprang ins Wasser und schwamm zurück zur *Schneevogel*.

Irgendwann war ich doch müde genug, um mich zur Ruhe zu betten, doch kaum hatte ich mich in die Hängematte gelegt, klopfte es und einer der Rekruten bat mich, wieder an Deck zu kommen.

Der Grund war leicht zu erkennen: Wir passierten gerade ein Trümmerfeld aus Kisten und Fässern, die im Wasser tanzten, dazwischen, von Wind und Strömung auseinandergetrieben, hier und da eine Leiche. Viele der Toten hatten sich mit Seilen an Fässern festgebunden, aber es hatte ihnen nicht geholfen. Schweigend reichte mir Mendell das Sehrohr und wies auf die Küste, dort, an hohen Klippen zerschellt, lagen die Reste eines der schwarzen Schiffe, eine weitere Fregatte des Feindes.

Ich schwenkte das Rohr herum, folgte dem dünnen Rauchfaden eines Feuers und sah dort ein kleines Lager, um das sich weniger als ein Dutzend gegnerische Soldaten kauerten. Einer von ihnen stand und schaute mit einem Rohr zu mir hinüber. Dann geschah etwas Seltsames: Der Mann hob die Hand und salutierte.

»Sollen wir sie gefangen nehmen?«, fragte ich Elgata, als ich das Sehrohr an Mendell zurückreichte.

Der Schwertmajor musterte die Küste und schüttelte dann den Kopf. »Nein. Es gibt hier weit und breit keine Stelle, wo wir gefahrlos anlanden könnten.« Sie sah zu den Überlebenden zurück. »Für sie ist der Krieg vorbei. Aber dieses Gebiet gehört schon zu Bessarein, und es heißt, es gäbe hier noch wilde Wüstenstämme. Vielleicht werden sie sich bald wünschen, sie wären ersoffen.«

Es dauerte nicht lange, dann war der Rauch des Lagerfeuers nicht mehr zu sehen. Bald fiel auch die Küste hinter uns zurück, als Elgata wieder Kurs auf die offene See und die Feuerinseln nahm. Oben in den beiden Krähennestern wurden jetzt auch jeweils zwei der schweren Arbalesten angebracht. Mit etwas Glück waren diese Handballisten sogar imstande, den Flugschlangen eine unangenehme Überraschung zu bereiten.

Varosch jedenfalls schien überzeugt davon, am liebsten wäre er selbst dort oben gewesen, doch Zokora war anderer Ansicht. Sie hielt ihn in seinem Lager fest und schien besorgt um ihn.

»Was ist mit ihm?«, fragte ich sie leise, nachdem ich sie außerhalb von Varoschs Hörweite abgepasst hatte.

»Ich weiß es nicht«, sagte sie. »Ich war bei der Heilung durch den Priester anwesend, sie war beeindruckend. Es kann keine Wunden mehr geben, er ist geheilt. Und dennoch… etwas stimmt nicht. Er will es nicht zugeben, aber er hat Schmerzen im Unterleib und in der Seite, auch blutet er im Urin.« Sie schaute zu mir auf, diesmal trug sie nicht diese unbewegte Maske, sondern all das, was sie für Varosch empfand, war offen in ihrem Gesicht zu lesen. Es war sicher ein Versehen, dass sie so ihre Gefühle zeigte, aber jetzt kam mir an ihr nichts mehr befremdlich vor. Zum ersten Mal bemerkte ich Angst in ihren Augen. Es war wohl so, wie man sagte: Vor Astartes Gabe waren alle gleich. Liebe traf jeden von uns.

»Ihr seid doch eine Priesterin Eurer Göttin und versteht Euch auf die Heilkunst nicht minder als Bruder Recard. Könnt Ihr nichts tun?«

»Es gäbe ein Ritual, das mir erlauben würde, zu erkennen, was mit ihm ist«, erklärte sie. »Doch ich benötige dazu vier Gläubige der Solante, und wir sind weit von meinen Höhlen entfernt. Nein, ich fürchte, ich kann nur wenig tun.« Als sie jetzt zu mir aufsah, war ihr Gesicht wieder eine Maske. »Deshalb ist es für uns falsch, zu lieben. Es schwächt einen.«

»Nicht immer«, widersprach ich. »Aber habt Ihr selbst nicht auch gesagt, dass die Götter überall sind?«

»Ja«, meinte sie. »Aber nur, wenn man an sie glaubt.«

Es dauerte nicht lange, bis überdeutlich war, dass mit Varosch etwas nicht stimmte. Noch vor dem Mittag hatte das Fieber ihn fest im Griff.

Auch Devon kam, um sich ihn anzusehen, doch auch er konnte nichts feststellen. »Alle Wunden scheinen sauber verheilt, es ist sogar schwer zu erkennen, welche Wunden die frischen sind. Bruder Recard steht wirklich hoch in der Gunst des Gottes. Es muss etwas im Inneren sein … hier irgendwo.« Er legte leicht die Hand auf Varoschs Seite, knapp über den Lenden und drückte. Selbst im Fieberwahn stöhnte Varosch auf. »Eine Krankheit ist es nicht«, fuhr der Arzt fort, und auch Zokora nickte.

»Alles spricht dafür, dass etwas in seinem Körper entflammt ist«, meinte sie leise und legte sanft eine Hand auf Varoschs Stirn, der sich unruhig hin und her wälzte. »Wenn man wüsste, was es ist … aber so …«

»Ich kenne Varosch nicht so lange wie du«, meinte Serafine, als wir uns an meinem üblichen Platz auf dem Achterdeck nahe der

Laterne trafen. »Aber ich mag ihn. Es ist leicht, ihn ins Herz zu schließen.«

»Ja. Er ist einer der stetigsten und zuverlässigsten Menschen, die ich kenne. Ich habe ihn nie wanken gesehen, weder in seiner Überzeugung noch im Glauben oder der Tat. Er sieht viele Dinge mit überraschender Klarheit.« Ich schüttelte den Kopf. »Zokora ist in der Heilkunst unübertroffen. Wenn sie ihm nicht helfen kann, fürchte ich um ihn.«

»Aber wenn sie so in der Gnade ihrer Göttin steht, wieso vermag sie es dann nicht?«, fragte sie.

»Sie sagt, es gäbe ein Ritual, das helfen könnte, aber dazu bräuchte sie vier weitere Gläubige der Solante. Aber die wird sie auf diesem Schiff nur schwerlich finden.«

Serafine schwieg einen Moment, dann schaute sie zu mir auf. »Entschuldige, ich muss etwas in Erfahrung bringen.« Mit diesen Worten eilte sie davon, hinunter auf das Hauptdeck, wo sie Elgata ansprach. Die schaute sie erstaunt an.

»Hier habt Ihr Eure Gläubigen«, meinte Serafine kurze Zeit später zu Zokora, die verwundert von Varoschs Krankenbett aufsah. »Ihr sagtet, Solante sei ein anderer Aspekt von Astarte«, fuhr Serafine fort. »Ich habe den Schwertmajor gefragt.« Sie wies auf Elgata, die mit ernstem Gesichtsausdruck neben der Tür zu unserer Kabine stand. »Wir haben Glück, die meisten hier glauben an Boron und Soltar, aber es gibt vier, die an Astartes Gnade glauben.« Sie öffnete die Tür, und vier Seeschlangen kamen herein, drei davon weiblich, der vierte einer der jungen Rekruten, die Elgata erst kürzlich an Bord genommen hatte.

»Solante ist Teil Astartes und Astarte Teil Solantes«, sagte Zokora leise. »Eine Idee, auf die auch ich hätte kommen sollen. Es wird trotzdem nicht gehen.«

»Aber wenn es doch dieselbe Göttin ist?«, fragte Serafine enttäuscht.

»Das ist es nicht. Das Ritual ist für fünf Frauen bestimmt.« Sie musterte den jungen Mann, der unter ihrem Blick rot wurde. »Er ist keine Frau.« Sie schaute zu Elgata. »Gibt es noch weitere Frauen an Bord, die Astarte dienen wollen?«, fragte sie. Elgata schien zu zögern, bevor sie den Kopf schüttelte. »Nein«, sagte sie dann. »Es sei denn ...«

»Es sei denn, was?«, fragte Zokora.

»Ich habe sie früher auch verehrt«, erklärte der Schwertmajor leise. »Aber ich habe etwas erlebt, das mich den Glauben verlieren ließ. Ich war seitdem nie wieder im Tempel.«

»Und du hast seitdem nie wieder ihre Gnade erfahren?«, fragte Zokora eindringlich.

Wieder zögerte Elgata. »Ich weiß es nicht«, sagte sie leise. »Manchmal ... manchmal kam es mir vor, als ob es so gewesen wäre.«

»Willst du mir helfen, Varosch zu retten?«

Elgata schaute zu Varosch hinüber, der in seinem Fieberwahn leise murmelte und stöhnte. »Wenn ich es kann«, sagte sie. »Dann will ich es gern tun.«

»Gut«, sagte Zokora. »Dann lass Tisch und Stühle hier entfernen und uns Platz schaffen.«

»Wir können für das Ritual auch an Deck gehen«, schlug Elgata vor.

Zokora sah erstaunt zu mir herüber. »Hast du mir nicht gesagt, dass Menschen sich schämen, sich vor anderen nackt zu zeigen?«, fragte sie mich.

»Nun ...«, begann ich, doch Elgata war schneller.

»Wieso nackt?«, fragte sie, während die anderen Seeschlangen sich unbehaglich ansahen und der junge männliche Rekrut rot wurde wie ein reifer Apfel und sich hastig in Richtung Tür bewegte.

»In dem Ritual treten wir vor die Göttin, wie sie uns erschuf«, erklärte Zokora und sah mich vorwurfsvoll an. »Diesmal wollte ich Rücksicht auf menschliche Empfindsamkeit nehmen und ...«

»Ich werde Stühle und Tisch entfernen lassen«, unterbrach Elgata sie hastig, und eine leichte Röte stieg ihr den Hals hoch. »Es dauert gewiss nicht lange.«

So war es auch. Wenige Augenblicke später waren Tisch und Stühle entfernt und alles an den Rand geschoben, das stören konnte. Zokora ging Länge und Breite der Kabine ab und nickte dann befriedigt. »Es wird reichen.«

Sie begann an dem Riemen ihrer Lederbluse zu nesteln, hielt dann inne, sah zu mir, dann zu den anderen Seeschlangen, die unbehaglich herumstanden. Schließlich wies sie mit dem Finger auf die Tür. »Raus!«

Es wäre nicht nötig gewesen, ich befand mich bereits auf der Flucht, Serafine an meiner Seite, die das Ganze offensichtlich erheiternd fand.

»Havald?«, hielt mich Zokoras Stimme zurück, gerade als ich die Tür schließen wollte.

Ich drehte mich um und versuchte, die sich bereits abzeichnende Nacktheit der Teilnehmerinnen zu ignorieren. »Ja?«

»Sag Angus, dass, wenn er jetzt stört, es das Letzte ist, was er in diesem Leben jemals tun wird. Sag ihm, ich gebe ihm mein Wort darauf.«

Ich nickte hastig und zog die Tür hinter mir zu. Angus war vielleicht manchmal wahnsinnig, aber dumm war er dann doch nicht.

»Schade«, meinte er bedauernd. »Dabei hätte ich gern zugesehen. Der Anblick von Frauen ist schließlich von den Göttern dafür gedacht, den Mann zu erfreuen. Bist du sicher, dass …«

»Angus«, sagte Serafine scharf. »Er ist sich sicher. Ich bin es auch. Es ist eine ganz schlechte Idee, dabei zu stören.«

»Aber …«, begann Angus.

»Keine Widerrede«, sagte Serafine.

Er trat an die Reling und sah hinunter. Dort unter uns befanden sich die Fenster zu unserer Kabine.

»Nein«, sagte Serafine. »Denk nicht mal daran!«

Sie sah ihm nach, wie er sich mit hängenden Schultern zum Vorschiff begab, um sich dort an die Reling zu stellen und auf die See zu starren.

»Manchmal ist er wie ein kleiner Junge«, sagte sie. »Ich könnte schwören, er schmollt. Und bei all dem werde ich das Gefühl nicht los, dass er genau weiß, was er tut, und alles pure Absicht ist. Meinst du, das wäre möglich?« Sie schüttelte ungläubig den Kopf. »Selbst Angus kann nicht so blind sein!«

»Du meinst, er verstellt sich irgendwie?«, fragte ich.

Serafine nickte. »So kommt es mir manchmal vor.«

»Nordmänner sind so. Frag mich nicht, warum. Aber Ragnar ist genauso.«

»Dein Freund hat sich eine Frau genommen und mit ihr vor den Göttern das Gelübde abgelegt. Hat er nichts von ihr gelernt?«

»Doch«, sagte ich, als ich mich daran erinnerte, wie Ragnar sich darüber beschwert hatte, dass ihn seine Frau ausschimpfte, wenn er sich in den Ärmel schnäuzte oder auf den Boden spuckte. »Er gibt sich tunlichst Mühe, sie nicht zu verärgern. Sie ist klein und zierlich und er so massiv und groß wie Angus. Und doch … sie weiß sich durchzusetzen.«

Serafine schmunzelte. »So ist es auch richtig.« Ihr Blick wurde wieder ernst. »Aber Angus übertreibt es immer wieder. Er müsste es besser wissen. Also, warum tut er es dann?«

Ich zuckte mit den Schultern. Ich wusste es auch nicht. Dann hörte ich unter mir in der Kabine Varosch gedämpft aufschreien und danach stöhnen und wimmern. Wir rannten beide den Abgang hinunter, doch an der Kabinentür hielt uns Devon auf.

»Sie sagt, das Ritual war erfolgreich. Sie weiß jetzt, was geschehen ist. Ein Splitter hat sich von seiner Rippe gelöst und ist in seine Leber eingedrungen. Sie … sie bat mich um saubere Tücher und Rum. Sie ist dabei, den Splitter zu entfernen.«

»Wie soll das gehen?«, fragte Serafine.

»Sie bat mich, ihr einen Kasten mit einem Arztbesteck aus dem Besitz der Botschafterin di Girancourt zu bringen. Ich nehme an, sie schneidet ihn gerade auf. Sie sagt außerdem, dass das Ritual noch im Gange ist, damit sie sieht, was sie tut. Mehr kann ich Euch auch nicht sagen, nur, dass ich unter keinen Umständen jemanden einlassen darf.«

Wieder schrie Varosch gedämpft, dann war er still und ich hörte Zokora leise murmeln. Jetzt war ich es, der versucht war, ihre Warnung zu ignorieren. Im gleichen Moment öffnete sich die Tür einen Spaltbreit, und Elgata schaute mit einem Auge heraus. »Es ist vollbracht«, teilte sie uns atemlos mit. »Er wird leben.« Sie musterte mich mit diesem einen Auge. »Was nicht bedeutet, dass ich nicht jeden auspeitschen lasse, der jetzt stört!« Damit drückte sie die Tür wieder ins Schloss.

Ich starrte auf die Tür, dann zu Serafine. »Warum müssen sie immer gleich drohen?«, fragte ich. »Es reicht doch, es einfach zu sagen!«

Sie lächelte. »Vielleicht, weil wir Frauen davon ausgehen, dass alle Männer wie Angus sind. Wir müssen es euch deutlich mitteilen, damit ihr es hört.«

Einen Moment lang war ich versucht, ihr darauf etwas zu entgegnen, dann sah ich Devons Blick, der diesen Wortwechsel aus nächster Nähe mitbekommen hatte. Er hatte recht, es war sinnlos, dagegen zu protestieren.

»Es beweist zumindest zweifelsfrei den theologischen Grundsatz von der Einheit der Götter«, meinte Varosch zwei Kerzen später, als wir uns zum Abendbrot in der Kabine einfanden. Er hütete noch immer sein Lager, war bleich und offensichtlich geschwächt. Doch nachdem ihm Zokora ein Pulver gegeben hatte, hatte er sich aus den Klauen des Fiebers befreien können und schien bester Dinge, auch wenn seine Augen noch zu sehr glänzten und er sehr leise sprach, um sich nicht anzustrengen. »Solante ist tatsächlich ein Aspekt Astartes, sodass man jetzt belegen kann, dass Zokoras Volk zu den Gläubigen der Dreieinigkeit gehört.«

»Ist das alles, worum du dir Gedanken machst?«, fragte Zokora.

»Es ist jetzt nicht wichtig«, sagte er. »Aber vielleicht wird diese Erkenntnis später einmal von großer Bedeutung sein.«

»Warst du eigentlich bei Sinnen, als das Ritual abgehalten

wurde?«, fragte Angus und zuckte dann zusammen. Er sah Serafine empört an. »Warum hast du mich getreten?«

»Sers«, meinte Elgata kühl. »Bitte. Wir haben anderes zu besprechen.« Auf den ersten Blick wirkte sie wie zuvor, dennoch schien sie mir verändert. Als ob eine Last von ihr gefallen wäre. Es hinderte sie nicht daran, Angus mit einem scharfen Blick zu bedenken. »In etwa zwei Kerzen wird es dunkel genug sein, dass wir keine Entdeckung durch die Flugschlangen mehr fürchten müssen. Morgen früh werden wir euch an den Feuerinseln absetzen. Es ist auch für uns nicht ohne Gefahr, denn kurz nachdem wir euch abgesetzt haben, wird der Tag anbrechen und wir können entdeckt werden.« Sie suchte meinen Blick. »Seid Ihr noch immer entschlossen, das Unternehmen zu wagen?«

»Ja«, sagte ich. »Aber Varosch wird nicht mitkommen.« Diesmal würde ich keinen Widerspruch dulden.

»Ich werde euch auch schwerlich von Nutzen sein können«, bestätigte er. »Ich bin froh, einen Finger heben zu können, und wäre eher eine Last als eine Stütze.«

»Ich werde dich dennoch begleiten«, sagte Zokora.

»Du willst nicht bei ihm bleiben?«, fragte ich erstaunt.

»Nein. Ich weiß jetzt, dass er gesund werden wird. Er ist hier in guten Händen.« Sie und Elgata wechselten einen eigentümlichen Blick. »Ich habe jetzt nur noch mehr Grund mitzukommen, Havald«, sagte Zokora entschlossen. »Versuch gar nicht erst, mich umzustimmen.«

»Es bleibt dabei«, sagte Angus, und auch Serafine nickte.

»Gut«, entschied ich. »Dann werden wir es wagen.«

»So soll es sein«, verkündete Elgata und schaute zum Fenster hinaus, wo sich die Abenddämmerung bereits ankündigte. »In acht Kerzen etwa wird es so weit sein.«

Mendell räusperte sich. »Ich habe den Schwertmajor gefragt, und sie ist einverstanden, dass ich Euch begleite, um die Signallaterne zu bedienen«, teilte er uns mit. »Auf diese Weise …«

»Das ist nicht nötig«, unterbrach ich ihn. »Außer uns wird niemand dort auf dem alten Turm ein Licht entzünden. Wenn

Ihr dort ein Licht seht, holt uns in der Nacht ab. Wenn zwei Nächte ohne ein Signal verstreichen, dann segelt nach Aldar zurück.«

Elgata sah mich lange an, dann nickte sie, auch Mendell wirkte erleichtert. Ich rechnete es ihm hoch an, aber es war unnötig, ihn in Gefahr zu bringen.

»Gibt es sonst noch etwas zu besprechen?«, fragte Elgata. Doch es war alles gesagt und entschieden.

32. Die schwarze Legion

Kurz vor Sonnenuntergang gab es noch einmal Aufregung an Bord, denn der Ausguck sichtete drei der schwarzen Fregatten des Feindes mit nördlichem Kurs die Küste hinauf. Vielleicht hatte unser Ausguck die besseren Augen, oder die Aufmerksamkeit der anderen Schiffe war zu sehr auf die Küste gerichtet, aber es schien, als ob sie uns nicht gesehen hätten. Elgata ließ sofort den Kurs wechseln, aber es dauerte eine Weile, bis wir erleichtert aufatmen konnten.

»Diese… diese Fregatten, so hat mir Euer Varländer berichtet, sind sehr schnell«, meinte Elgata später zu mir, als ich mich mit der Pfeife in der Hand zu ihr ans Steuerrad gesellte. Nur noch ein Rest des Abendrots war zu sehen; es versprach eine sternenklare Nacht zu werden. Der größere der beiden Monde war heute Nacht fast voll und bereitete Elgata Sorgen. Wir hatten die Flugschlangen auch schon des Nachts gesehen, als sie den Angriff auf Esens Flottille flogen, also konnten diese Biester bei Dunkelheit durchaus fliegen. Bis sie uns abgesetzt und wieder sicheren Abstand zwischen sich und die Inseln gebracht hatte, konnte sie sich wohl kaum entspannen. »Sie fahren schneller als meine *Schneevogel*«, sprach sie weiter. »Das macht mir Sorgen.«

Ich verstand sie. Mit der *Dornenblut*, dem Schiff, das im Sturm an der Küste zerschellt war, dem versenkten schwarzen Schiff und diesen drei Fregatten waren es jetzt schon sechs Schiffe des Feindes, die wir zu Gesicht bekommen hatten. Das Meer war groß, und wir konnten davon ausgehen, dass der Feind noch mehr Schiffe besaß.

»Eine kampfbereite Flotte aufzustellen, auszurüsten und zu bemannen, ist keine leichte Aufgabe«, fuhr sie nachdenklich fort. Sie sprach nicht direkt zu mir, sondern wirkte eher, als ob sie ihre Gedanken laut ordnen würde. »Das sind unsere Gewässer, nicht die des Feindes, der nach allem, was wir wissen, weit entfernt im

Süden seine Heimat hat. Eine Flotte über diese Entfernung zu schicken, zu unterstützen, überhaupt dazu abzustellen …« Sie schaute zu mir hoch. »Es besteht die Gefahr, dass uns dieses Reich Thalak sogar in seiner Flottenstärke überlegen ist.«

»Ich dachte, die Reichsstadt verfügt über die größte bekannte Flotte«, merkte ich an.

»*Bekannt* ist hier wohl das Stichwort«, sagte sie. »Wir haben lange keinen Krieg zur See mehr führen müssen. Unsere Flotte ist groß genug, um den Piraten entlang unserer und der aldanischen Küste Einhalt zu gebieten. Wenn wir jedes Kriegsschiff zählen, das Askir besitzt, kommen wir auf vielleicht siebzig Schiffe. Eine gewaltige Flotte für unsere Verhältnisse. Aber ich erinnere mich gerade an etwas, das mir mein Großvater erzählte.«

Ich sah sie fragend an.

»Vor etwas über siebzig Jahren kam eine Delegation aus Xiang auf Staatsbesuch nach Askir. Es gab im Zweiten Reich einen dynastischen Wechsel des Kaiserhauses, deshalb kam einer der Prinzen der neuen Dynastie hierher, um verschiedene Verträge neu zu verhandeln. Dieser Prinz kam nicht über Land, sondern zur See. Mit einer Flotte, die so groß war, dass man sie fast nicht zählen konnte, ein ganzer Hofstaat, nein, eher eine Stadt auf Reisen.« Sie schüttelte ungläubig den Kopf. »Der Kern der Flotte bestand aus über vierzig Schiffen, von denen jedes einzelne gut dreihundert Schritt lang und über sechzig Schritt breit war. Sie hatten sechs Masten, die turmhoch über die Wellen ragten, bunte und farbenprächtig bemalte Segel mit leichten Stangen darin. Diese Schiffe waren anders als unsere, mit breitem Bug, doppelten Rudern und riesigen Aufbauten. An Bord gab es alles, sogar Gärten, manche mit Teichen, großen Wasserbehältern, in denen Fische schwammen, die man angeln konnte. Ich glaubte, mein Großvater hätte es zu sehr aufgebauscht, aber später las ich die Berichte der Admiralität aus dieser Zeit. Er hat eher noch untertrieben. Diese Flotte bestand aus vierhundertundachtzig Schiffen.« Sie schüttelte den Kopf. »Nein, General, unsere Flotte ist bei Weitem nicht die größte bekannte.«

Ich versuchte, mir eine solche Flotte vorzustellen. Wie es sein musste, derart große Schiffe zu sehen, schwimmende Städte, die sich frei auf dem Meer bewegten. Es gelang mir nicht. Allein wie viele Menschen man brauchte, um sie zu bemannen, entzog sich meiner Vorstellungskraft. Wendis hatte mich darauf hingewiesen, dass Askir freundlich zu diesem Kaiserreich Xiang stand und es vielleicht möglich wäre, es als Verbündeten gegen Thalak zu gewinnen. Ich konnte nur hoffen, dass das gelang.

»Ich glaube, wir können uns einfach nicht mehr darauf verlassen, dass unsere Flotte jeder Bedrohung zur See gewachsen ist. Wir hatten immer die besten und schnellsten Schiffe, die besten Soldaten, aber wir können nicht davon ausgehen, dass das immer noch so ist.«

Sie blickte zum Horizont, wo die Sonne nun endgültig unterging. »Ich bin es nicht gewohnt, auf die Nacht zu hoffen und darauf, dass ich mich verstecken kann. Es liegt mir nicht, General.«

Während ich noch überlegte, was ich darauf antworten sollte, sprach sie bereits weiter. »Was ich nicht verstehe, ist, wie es dazu kommen konnte.« Sie sah abrupt hoch zu den Segeln und rief einen Befehl nach vorn, wo gleich sechs Mann hoch in die Wanten eilten. »Es wäre besser, wir könnten den Gefangenen verhören.« Sie seufzte fast unhörbar. »In diesem einen Fall wünschte ich mir, unsere Leute wären nicht so gründlich vorgegangen und wir hätten mehr Überlebende.« Sie schaute noch mal zu den Segeln hoch, offenbar waren sie jetzt zu ihrer Zufriedenheit ausgerichtet, dann wandte sie sich wieder mir zu. »Ich spüre etwas in mir, in meinen Leuten, in den Gesprächen, die ich hier auf meinem Schiff höre, etwas, das ich so nicht kenne: Angst. Angst vor diesem Feind und einer ungewissen Zukunft. General, ich weiß, dass es Euer Ziel ist, die Botschafterin zu befreien. Ich hoffe und bete zu den Göttern, dass Ihr darin Erfolg haben werdet. Aber verzeiht, wenn ich Euch eines sagen muss: Noch wichtiger ist es, Antworten zu bekommen.« Sie sah mich eindringlich an. »Befreit die Botschafterin, aber bringt uns auch die Antworten, die wir brauchen.«

»Wir werden tun, was wir können«, sagte ich, und sie nickte. »Mehr bleibt uns ja auch nicht übrig.«

In der Nacht steckte Elgata einen Kurs ab, der uns von südwestlicher Seite an die Insel bringen sollte, von dort würde der Gegner keinen Angriff erwarten. Außerdem, so erklärte sie mir, würden wir so zum richtigen Zeitpunkt am rechten Ort sein. »Es hat wenig Sinn, irgendwo die Segel zu streichen und dahinzudümpeln«, meinte sie.

Während sie die *Schneevogel* immer näher an die feindliche Küste führte, überprüften wir noch einmal unsere Ausrüstung. Bis auf die Signallaterne konnte jeder von uns seinen Teil bequem in einem Rucksack tragen. Während mir die Worte des Schwertmajors noch nachhingen, ging mir Angus mit seiner offensichtlichen Vorfreude auf einen »anständigen, heldenhaften Kampf« etwas aufs Gemüt. Er saß da und schliff fröhlich die Schneide seiner Axt und schien sich um nichts anderes Sorgen zu machen als darum, dass es gar nicht erst zum Kampf kommen könnte.

Wenn man ihn so hörte, konnte man meinen, es wäre die beste Taktik, offen vor den Feind zu treten und ihn aufzufordern, uns mit einer Armee anzugreifen …

»Es geht nicht darum, dass wir heldenhaft sterben«, fuhr Serafine ihn an, nachdem er zum dritten Mal von einem großen Kampf erzählt hatte, in dem jeder genauso heldenhaft wie brutal und schmerzhaft gestorben war. »Es geht darum, dass wir Leandra befreien und lebend von der Insel kommen!«

Er schüttelte den Kopf. »Das ist falsch«, widersprach er. »Wir können nicht hoffen zu gewinnen, wenn wir nicht bereit sind, dafür auch zu sterben. Ich versuche nur, mir vorzustellen, wie ich am besten sterbe, damit ich den Tod nicht fürchten muss.«

»Davon halte ich nichts«, meinte Zokora schroff von Varoschs Lager her. »Es ist nur dann sinnvoll, in einen Kampf zu gehen, wenn man überzeugt ist zu gewinnen. Wenn man dem Feind überhaupt erst eine Gelegenheit gibt, sich zu wehren, verfolgt man schon die falsche Strategie.« Sie lächelte schmal. »Also ist die beste Art zu kämpfen die, dass der Feind einen nicht sieht.«

»Das ist feige und wenig ehrenhaft«, protestierte Angus.

»Aber wirkungsvoll.«

»Ihr findet es besser, sich von hinten anzuschleichen und dem Feind den Dolch in den Rücken zu jagen?«

»Nein. Es ist besser, ihm die Kehle durchzuschneiden«, korrigierte sie ihn. »So kann er niemanden mehr warnen.«

»Aber…«, begann Angus, doch jetzt wurde es mir zu viel.

»Es wird nicht das letzte Mal sein, dass wir diesem Feind gegenüberstehen. Tretet in die Legion ein, dann findet sich schon eine Gelegenheit, sich ihm offen zu stellen. Jetzt aber geht es nicht ums Kämpfen.«

»Sag mir, Angus«, unterbrach mich Zokora. »Hast du einen Grund, warum du sterben willst?« Sie musterte ihn von oben bis unten. »Jemanden, der nur einen Weg sucht, sich in den Tod zu stürzen, will ich nicht an meiner Seite haben.«

Angus schaute sie fast erschreckt an und schüttelte dann den Kopf. »Nein«, rief er. »Ich will nur helfen!«

»Warum?«, fragte Varosch und richtete sich mühsam auf, um den Nordmann besser sehen zu können. »Warum wollt Ihr an unserer Seite kämpfen?« Varoschs Blick war hart. »Wagt es nicht, einem Adepten Borons in die Augen zu sehen und zu lügen!«

»Damit man Gutes über mich spricht, wenn ich vor Soltar stehe«, sagte Angus leise, fast schon beschämt. Serafine und ich wechselten einen Blick, denn diese letzten Worte unseres Varländers klangen zum ersten Male unbestreitbar wahr.

»Es ist, als ob die Götter uns verspotten würden«, meinte Elgata, als wir zusahen, wie das Boot der *Schneevogel* zu Wasser gelassen wurde. Die See war auch ohne Serafines Zutun ruhig und glatt wie ein seidenes Tuch, der Himmel klar, als ob Soltar uns die Sterne ausgerechnet jetzt in seltener Pracht präsentieren wollte. Auf dem ganzen Schiff gab es keine einzige brennende Laterne, allerdings spendete der größere der beiden Monde so viel Licht, dass wir sie auch kaum gebraucht hätten. Vor uns lag die dunkle Masse der Feuerinsel und zeichneten sich die Kegel der Vulkane in größter Klarheit ab.

»So ist es oft«, sagte Serafine, als sie sorgfältig den Gürtel von Steinherz' Schwertgehänge über ihre Schulter schnallte. »Nach einem Sturm ist die Luft wie reingewaschen und die Sicht klar.« Auch sie schaute zu den fernen Kegeln hinüber. »Wenn dort jemand ist und in unsere Richtung schaut, wird er uns sehen.«

Ein Ruf kam von der Seite, die Männer, die das Boot herabgelassen hatten, holten die Seile wieder ein, während ein gutes Dutzend Seeschlangen über die Bordwand gingen, um das Boot zu besetzen. Zwei kräftige Männer ließen an einem Seil die schwere Laterne ins Boot, dann gaben sie ein Signal nach oben.

Elgata wandte sich uns zu. »Es ist so weit«, verkündete sie. »Das Glück der Götter mit Euch.« Sie salutierte vor uns, Mendell und Devon taten es ihr nach.

»Danke«, sagte ich und erwiderte den Salut.

Es war seltsam. Ich konnte nicht weiter denken als bis zum nächsten Schritt. Zuerst ging es mir darum, ins Boot zu kommen, dann darum, die aufkommende Übelkeit zu unterdrücken, um mich nicht vor den anderen zu blamieren, dann darum, die schwere Laterne aus dem Boot auszuladen, ohne dass sie zerbrach. Ich hatte recht behalten: Das Boot hatte nicht die geringsten Schwierigkeiten, sauber aufzulaufen, das Wasser war ruhig und ging mir nur bis knapp über die Knie. Die Lavazunge war wie eine glatte Rampe, die bequem zwischen den gezackten Felsen hoch zum Land führte.

Jemand an Bord hatte aus Tau ein Geschirr gebaut, das es mir erlaubte, die Laterne auf dem Rücken zu tragen. Jetzt half Angus mir, sie aufzuladen, dafür nahm er meinen Rucksack an sich. Ein paar geflüsterte Worte, ein Segen der Götter, und der nächste Schritt bestand darin, durch die Felsen hoch an Land zu kommen.

Als ich in der Ferne sah, wie das Wasser glitzerte und die

Schneevogel die Ruder ausbrachte und sich langsam vom Land entfernte, da wurde mir erst klar, dass wir nun ganz allein versuchen mussten, Leandra aus der Gefangenschaft des Feindes zu befreien.

»Wo geht es lang?«, fragte Serafine leise.

Ich wandte mich vom Wasser ab und zeigte mit der Hand zu der Turmruine hoch, die im Mondlicht klar und deutlich zu erkennen war. »Dorthin.«

Sie nickte, und wir gingen los. Niemand sonst sagte etwas, auch Angus brachte keinen Ton heraus. Meine Hand schmerzte, obwohl sich die Knochen wieder aneinandergefügt hatten. Es lenkte mich ab, also brauchte ich nicht an das zu denken, was vor uns lag.

Wir erreichten den Turm gut eine Kerze nach Sonnenaufgang. Das letzte Mal hatte ich mich vollständig ausgedörrt gefühlt, diesmal brannte mir die Lunge, denn den letzten Rest der Strecke hatten wir im Lauf zurückgelegt. Denn kaum war die Sonne aufgegangen, bemerkten wir auch schon die ersten Flugschlangen, die von der Festung aus in den Himmel aufstiegen. Zum größten Teil flogen sie von der Feuerinsel aus ostwärts in Richtung Janas davon, doch manche stiegen auch auf, um in großer Höhe ihre Kreise zu ziehen. Die Gefahr einer Entdeckung stieg mit jedem Augenblick, zumal es hier kaum Deckung für uns gab.

Einmal flog eine der Schlangen fast direkt über uns hinweg. Es war Zokora, die sie entdeckte und uns anwies, ruhig und still stehen zu bleiben.

»Bewegung lässt sich leichter erkennen als alles andere«, erklärte sie uns, als wir dort auf dem kargen Abhang erstarrten. »So aber sind wir nur Punkte unter vielen anderen.«

Sie mochte recht haben, aber es war dennoch eine Tortur, dort offen auf dem felsigen Abhang zu stehen und zu warten, bis die Flugschlange weiterflog. Als wir dem Turm nahe genug waren, begannen wir schneller zu laufen, ohne dass jemand ein Signal dazu gegeben hätte.

In der Turmruine angekommen, lehnte ich mich keuchend gegen die Wand und versuchte zu Atem zu kommen, während Angus mir die schwere Laterne vom Rücken nahm.

Hier konnten uns die Flugschlangen nicht entdecken, das war vorerst mein einziger Gedanke.

Serafine wühlte nun in ihrem Packen und zog einen Wasserschlauch heraus, aus dem sie gierig trank, bevor sie ihn weiterreichte. Ich trank ebenfalls und gab den Schlauch Zokora, die neben dem Spalt im Turm stand und durch ihn auf den Hafen der Feuerinseln hinaussah. Sie reagierte nicht auf meine Geste.

»Zokora?«, fragte ich. Sie schaute zu mir zurück und griff nach dem Schlauch, gleichzeitig bedeutete sie mir mit einem Kopfnicken, durch den Spalt zu blicken. War sie erstaunt darüber, wie steil und tief es hier herunterging, oder hatte sie Zweifel daran, dass wir hinabklettern konnten?

Aber das war es nicht, was sie mir zeigen wollte.

Vor mir lag das Dreiviertelrund des Hafens der Feuerinseln, mit seiner gewundenen Einfahrt, den Bastionen für die Ballisten, die den Hafen und die Einfahrt beherrschten, den langen Kaianlagen und den alten kaiserlichen Warenhäusern. Dahinter drängten sich die gleichen alten, zum Teil windschiefen Gebäude, die ich schon das letzte Mal gesehen hatte, aber das war auch das Einzige, das unverändert geblieben war.

Der größte Teil der farbenprächtigen Piratenschiffe war spurlos verschwunden, nur in einer kleinen Ecke des Hafens weiter nördlich sah ich noch zwei von ihnen liegen, daneben die *Samara* und ein Schwertschiff, vielleicht die vermisste *Ormul*.

Jeder andere verfügbare Platz des Hafens war mit Schiffen besetzt. Zu den zwei riesigen hatten sich drei weitere gesellt, sodass nun fünf dieser Titanen den Hafen beherrschten, doch sie waren nicht allein. Schon auf den ersten Blick zählte ich gut und gern dreißig Fregatten und noch mal weitere vierzig oder mehr dickbäuchige Handelsschiffe, groß, behäbig und langsam, aber mit drei Masten versehen.

Am Hafen selbst herrschte geordnetes Chaos, als dort Soldaten in der vertrauten schwarzen Lederrüstung ein Schiff nach dem anderen entluden. Und immer wieder eilten Soldaten von den Schiffen herab, bildeten Reihen und Karrees, um dann geeint in fünf Gruppen zu zehn Mann, also in jeweils fünf Teneti geordnet, zur Festung hinaufzumarschieren.

Von dem farbenprächtigen Markt der Piraten war nichts mehr übrig, der Platz vor der Festung war geräumt worden, denn dort sammelten sich jetzt die Truppen des Feindes zum Appell. Die Festung selbst, von hier aus wegen des Winkels schwer einzusehen, war ebenfalls ein Ort der Betriebsamkeit. Gerüste waren vor den Mauern errichtet worden, eine ganze Armee von Arbeitern und Steinmetzen war damit beschäftigt, die alten Wehrwälle und die durch Erdstöße entstandenen Risse in der Mauer zu reparieren.

So oder so ähnlich musste es hier zu den Tagen des Alten Reichs zugegangen sein, nur war es jetzt die Flagge Thalaks, die über den Zinnen der Festung wehte.

»Götter«, hauchte Angus. »Das sind Tausende!«

»Willst du dich ihnen noch immer im offenen Kampf stellen?«, fragte Serafine. Sie war neben mich getreten und beobachtete das Geschehen unter uns.

»Wo sind die Piraten hin, von denen du erzählt hast?«, fragte Angus und kratzte sich gedankenverloren den tätowierten Schädel. Wortlos hob Zokora die Hand und zeigte auf etwas. Ich löste das Sehrohr von meinem Gürtel und zog es aus. Dort unten entlang des Hafens waren dicht an dicht Galgen aufgebaut worden. Bestimmt dreihundert der ehemaligen Schrecken des Meeres baumelten daran und boten Krähen und Möwen ein reiches Mahl.

»Nun«, sagte Angus leise, »ich glaube nicht, dass wir so bald wieder Probleme mit Piraten haben werden.«

Da hatte er zweifellos recht. Ich hätte nie gedacht, dass ich mir einmal wünschen würde, es wäre anders. Mit den Piraten war man hier über die Jahrhunderte irgendwie zurechtgekommen, aber ich bezweifelte, dass Janas vom Reich des Nekromantenkaisers Schutzbriefe erhalten würde.

Auch Zokora zog nun ein Sehrohr auseinander und musterte den Hafen unter uns. Es war das von Varosch, er hatte es ihr mitgegeben.

»Da hinten, das vorletzte Schiff an dem zweiten Landfinger, siehst du, wer dort herausströmt?«

Ich schwenkte das Sehrohr herum. »Ja?«

»Es sind Verletzte.«

Die gut fünf Dutzend Soldaten, die das dickbäuchige Transportschiff verließen, waren zum Teil schwer verletzt, manche von ihnen wankten, andere stützten sich gegenseitig, ihre Rüstungen waren beschädigt, und die Erschöpfung war den Soldaten selbst auf diese Entfernung anzusehen. Ein besonders freundlicher Empfang wurde ihnen nicht zuteil, trotz ihres Zustands ließ ein Offizier sie in der heißen Sonne vor dem Schiff antreten und führte die Gruppe dann hoch zur Festung. Einer der Verletzten strauchelte und fiel, die ganze Gruppe hielt, der Offizier rief einen Befehl, und dann standen sie alle da und sahen zu, wie der Verletzte versuchte, wieder auf die Beine zu kommen.

Es gelang ihm nicht rechtzeitig. Der Offizier zog seinen Dolch und trat an den Soldaten heran. Der kniete sich mühsam vor dem Vorgesetzten nieder und senkte sein Haupt, woraufhin der Offizier ihm den Dolch in den Nacken stieß. Leblos sackte der Soldat zusammen, der Offizier wischte den Dolch an dem Toten ab, rief einen neuen Befehl, und die Gruppe marschierte weiter Richtung Festung.

Einen Moment lag der tote Soldat dort auf den Steinen, dann kamen zwei andere, die ihn seiner Ausrüstung beraubten, dann den nackten Leichnam an Händen und Füßen nahmen und zu einem Wagen hinübertrugen, auf dem bereits fünf andere Tote lagen. Der Mann wurde dort hinaufgeworfen, dann kehrten die beiden Soldaten zu ihrer Arbeit zurück.

Ich ließ wortlos das Sehglas sinken und reichte es an Serafine weiter.

»Ich kenne Menschen«, sagte Zokora mit einem seltsamen Unterton in der Stimme. »Ich studiere sie seit langen Jahren. Ich bin oft erstaunt über ihre Blindheit oder darüber, wie kurzsichtig sie zu sein scheinen. Aber so etwas habe ich bisher bei ihnen nicht gesehen.«

»Habt Ihr es schon woanders gesehen?«, fragte Serafine, die den Unterton in Zokoras Stimme wohl richtig gedeutet hatte, denn die Priesterin der Solante nickte.

»Ich sah es in den alten Träumen, als ich den Krieg studierte, der einst unsere Völker entzweite. Ich sah es in diesen alten Bildern von den Legionen der Dunkelheit, jenen, die Omagor dienten. Es ist das *dire'argent'e*, die goldene Wahl.«

»Was bedeutet das?«, fragte ich, noch immer aufgebracht von dem, was ich gesehen hatte. Ich hatte erlebt, dass man auf Schlachtfeldern den Verwundeten den Gnadenstoß gab, um ihnen die Qual eines elenden Tods zu ersparen, aber ein Feldscher hätte den Mann dort unten zweifellos retten können.

»Es läuft auf eines hinaus: Es ist eine Belastung für jede Armee, die Verwundeten zu versorgen. Also versorgt man nur die, die kämpfen können. Wer zu schwach ist, stirbt, damit er die anderen nicht aufhält.« Zokora lächelte freudlos. »Das ist auch ein Grund, warum die Elfen so dezimiert wurden. Diejenigen, die auf der Seite des Lichts kämpften, machten es sich zunutze. Sie verwundeten die Gegner, wo sie nur konnten, meistens aber nicht tödlich. Nur so viel, dass sie eine Belastung wurden. Es war sehr beliebt, dem Feind die Fußsehnen durchzuschneiden.« Sie schüttelte ungläubig den Kopf. »Man hätte denken sollen, dass der Feind verstand, was wir da taten, aber er hielt an der goldenen Wahl fest.«

»Wir?«, fragte Angus neugierig.

»Ja. Wir. Mein Stamm kämpfte für Solante auf der Seite des Lichts.« Sie sah zu ihm. »Dieser Krieg half den Menschen, denn als Euer Zeitalter kam, fandet Ihr eine Welt vor, in der unser Volk nur noch ein Bruchteil dessen darstellte, was es einst gewesen war. Nur deshalb begann Eure Zeit, Mensch, weil Ihr gedankenlos auf den Knochen derer gesiedelt habt, die lange vor Euch da waren.«

»Wie lange ist das her, Zokora?«, fragte ich sie.

»Die letzte Schlacht wurde vor 7872 eurer Jahre, vier Monden und drei Tagen geschlagen. Damals verehrten eure Vorfahren uns als Götter. Wir waren es, die euch zeigten, dass man Fleisch besser über dem Feuer gart, oder dass es Pflanzen gibt, die man essen kann, ohne dass man ihnen hinterherlaufen muss.« Sie schüttelte den Kopf. »Ihr saht uns so ähnlich und wart doch nicht viel mehr als Tiere. Es war eine Beleidigung des Werks der Götter, euch so dahinvegetieren zu sehen. Aber hätten wir gewusst, was daraus wird, hätten wir es bestimmt aufgegeben und euch mit Stöcken vertrieben.«

»Hasst Ihr uns, Zokora?«, fragte Serafine.

»Nein«, antwortete die Dunkelelfe. »Ihr wart es nicht, die uns den Untergang gebracht haben. Ihr habt nur geerbt, was wir euch hinterließen.« Sie schaute mit glühendem Blick hinab auf den Hafen. »Dort sehe ich das, was ich hasse. Und die Erkenntnis, zu der du mich geführt hast, Havald.« Ihre Augen ruhten nun auf mir.

»Welche Erkenntnis, Zokora?«, fragte ich.

»Das«, sagte sie und wies mit der Hand hinunter auf den Hafen. »Es sind nicht nur die Truppen eines verfluchten Nekromanten. Es ist die Wiedergeburt der schwarzen Legion.« Ihre Augen schienen mich durchbohren zu wollen. »Götter sterben nicht. Sie verlieren nur an Macht, und es ist, als ob sie ruhen und schlafen, bis es wieder genügend gibt, die an sie glauben. Dann erwachen sie aus ihrem Schlaf. Und das ist es, was ich befürchte.« Sie atmete tief durch. »Havald«, sagte sie danach ganz ruhig, »du wolltest wissen, was der Gegner bezweckt. Zum Teil weiß ich das jetzt. Dieser Kolaron Malorbian … Er nennt sich einen Gott und lässt sich verehren?«

»Das ist es, was Natalyia uns berichtet hat, ja.«

»Ihr habt gesehen, dass der Soldat freiwillig niederkniete und seinen Nacken entblößte? Das *dire'argent'e* ist mehr als eine kalte Wahl, es ist auch ein Opfer. Damit wissen wir, wer es ist, der sich den Mantel von Omagor umlegen will. Wenn man ihm keinen

Einhalt gebietet, wird es ihm vielleicht gelingen. Denn mit jedem Tod in seinem Namen kommt dieser Nekromantenkaiser der Göttlichkeit einen winzigen Schritt näher.« Sie sah mich ernst an. »So werden Götter geboren, Havald, aus der Asche eines alten Gottes, unter einem neuen Namen und aus dem Glauben daran, dass es so ist. Wenn man ihn nicht aufhält, wird Kolaron sein Ziel erreichen und das werden, von dem er jetzt nur behauptet, es zu sein: ein Gott.«

»Wie könnt Ihr Euch dessen so sicher sein?«, fragte ich ungläubig. »Wir haben nur zugesehen, wie ein Mann getötet wurde. Ist es nicht ein gewagter …«

»Nimm dein Sehrohr, Havald, und such das Schiff, von dem die Leute kamen«, unterbrach sie mich. »Dort, wo die Planke zum Schiff hochführt, such einen Mann in einem schwarzen Ornat.«

Ich fand ihn leicht. Er stand neben einem Offizier des Schiffs und erteilte ihm Anweisungen. Ich sah, wie der Seemann ergebenst mit dem Kopf nickte. Der Mann in der schwarzen, mit silbernem Brokat verzierten Robe war klein und eher drahtig als kräftig. Zuerst sah ich ihn von hinten, doch dann griff er seinen Stab mit beiden Händen und fuhr herum, als hätte ihn eine Bremse gestochen, um mit glühenden Augen direkt zu mir aufzuschauen. Es konnte nicht sein, dass er mich wahrnahm, selbst wenn seine Augen so gut wie die von Zokora sein sollten, dennoch trat ich hastig tiefer in den Schatten des Turms zurück.

»Was ist, Havald?«, fragte Serafine besorgt. »Du siehst aus, als hättest du einen Geist gesehen.«

»Nein«, sagte ich, »nur einen Albtraum. Der Mann, den mir Zokora gezeigt hat, ist einer aus ihrem Volk. Ein dunkler Elf.«

»Hast du den Stab gesehen, den er trägt?«, fragte Zokora.

»Ja.«

»Beschreibe ihn.«

»Etwa fünf Fuß lang, aus dunklem Ebenholz. Darauf, an der Spitze, ein aus schwarzem Stein geschnittener Schädel.«

Sie nickte. »Das Zeichen eines Dieners der Dunkelheit. Ein

Priester Omagors, der nicht einsehen will, dass sein Gott besiegt wurde.«

»Willst du sagen… ist… Der Mann kann unmöglich so alt sein!«, platzte Angus heraus. »Selbst Elfen werden nicht so alt!«

»Er ist es auch nicht«, erklärte Zokora kalt. »Das ist ein Jüngling, kaum älter als hundert eurer Jahre, fast noch ein Kind. Es scheint, als gebe es doch noch andere von meinem Volk, aber keine, die wir lebend dulden dürfen.« Sie schaute mit glühenden Augen zu mir hoch. »Jetzt ist dein Krieg auch meiner geworden, Havald. Denn es ist Solantes Wunsch, dass niemand leben soll, der dem Dunklen dient.«

»Gute Einstellung«, meinte Angus trocken. Er sah zweifelnd durch den Spalt auf den Hafen hinab. »Es sind Tausende. Wie willst du es anstellen?«

»Wir fangen mit dem Priester an. Für den Rest wird sich ein Weg finden.« So ruhig und entschlossen, wie sie das sagte, war ich für einen Moment fast geneigt zu glauben, dass es möglich sein könnte. Dann sagte mir die Vernunft, was ich mir noch nicht laut eingestehen wollte: Dieser Krieg war bereits verloren.

»Was tun wir jetzt, Havald?«, fragte Serafine zögerlich. »Der Feind ist um vieles stärker als gedacht, und es sieht nicht so aus, als ob es einfach wäre, in die Festung zu gelangen.« Sie setzte das Sehrohr an und betrachtete die alte Festung mit gefurchter Stirn. »Wenn wir lange genug suchen, werden wir vielleicht eine Lücke finden, aber im Moment scheint die Festung zu gut bewacht. Die Hoffnung, durch einen der Risse des Mauerwerks ins Innere zu gelangen, können wir jedenfalls aufgeben.«

»Wir werden einen Weg finden«, gab ich zuversichtlich zurück, auch wenn mir im Moment keiner einfallen wollte. Ihr Blick sagte mir, dass sie das wusste.

»Der Tag ist nicht unser Freund«, meinte Zokora. »In der Nacht ist vieles anders, Menschen sind dann blind. Aber es sieht so aus, als ob uns die Götter einen Schlüssel gegeben haben.«

»Und wie das?«, fragte Angus zweifelnd.

Zokora setzte das Sehrohr ab und deutete mit der Hand hinunter in den Hafen. »Dieser Priester. Er ist der Schlüssel. Allerdings müssen wir es wagen, jetzt zu handeln. Wir müssen ihn ergreifen, bevor er sich irgendwohin zurückzieht, wo wir ihn nicht fassen können.«

Sie schob das Sehrohr mit einem lauten Klacken zusammen und ergriff eines der langen Seile, die wir mitgenommen hatten.

»Es ist heller Tag!«, protestierte ich.

»Ja«, sagte sie. »Das sehe ich auch.« Sie schaute sich um, nickte befriedigt, als sie einen der metallenen Haken fand, der aus dem Fels ragte, und band ein Ende des Seils darum. »Er wird bald das Schiff verlassen, dann werde ich ihn mir greifen.«

»Gut, wir schnappen ihn uns. Dann können wir ihn ausfragen«, sagte ich. »Aber ich bin mir nicht sicher, ob das, was er weiß, das Risiko wert ist.«

»Es geht mir nicht um das, was er weiß«, widersprach Zokora, als sie sich das Seil in einem verschlungenen Knoten um Beine und Hüfte wickelte. »Es geht um das, was er hat.« Sie trat an den Spalt hinunter, blickte nach unten, dann wieder zu uns. »Wartet auf mich«, sagte sie und rannte die Wand hinunter, als wäre sie eine ebene Fläche, noch bevor ich etwas entgegnen konnte.

Einen langen Moment befürchtete ich, sie würde unten aufschlagen, doch dann sah ich, wie sie das Seil löste, zweimal daran zog und sich ohne weiteres Zögern rasch hinter eines der alten Häuser begab, die dort unten den Hafen säumten. Einen Augenblick später war sie aus meinem Blickfeld verschwunden.

»Ich hasse das«, sagte ich zu niemand Besonderem.

»Sie hätte erklären können, was sie vorhat«, beschwerte sich Angus. »Warum erklärt sie nie etwas?«

»Weil sie denkt, sie hätte es schon getan«, sagte Serafine, während ich wortlos das Seil Hand über Hand wieder einholte.

»Aber das hat sie nicht!«, widersprach Angus.

»Sie will das, was der Priester hat«, erklärte Serafine. »Also die Robe und den Stab.«

»Das habe ich auch so verstanden«, meinte Angus etwas unwirsch. »Ich meinte, warum sagt sie nicht, *wie* sie es tun will? Es ist heller Tag, und dort unten sind Hunderte Gegner unterwegs.«

»Weil sie es nicht für nötig befand«, sagte ich jetzt. »Sie hat ihre Entscheidung getroffen. Also sollten wir uns um unseren Teil kümmern. Wir bauen unser Lager auf und rasten, bis die Nacht einbricht oder Zokora zurückkommt.«

»Aber was ist, wenn sie es nicht schafft?«, meinte Angus. Wenn mir zuvor seine unangebrachte Zuversicht aufs Gemüt geschlagen war, gingen mir jetzt seine Zweifel gegen den Strich.

»Sie wird es schaffen!«, teilte ich ihm barsch mit und griff nach der Laterne. »Und jetzt hilf mir, diese Laterne nach oben zu bringen!« Ich deutete auf die teilweise eingestürzten Stockwerke über uns. »Wir müssen sie in den zweiten Stock bringen. Dort wird niemand sie finden, auch dann nicht, wenn eine Streife hier vorbeikommen sollte. Wir hingegen bauen unser Lager im Keller. Dort ist es kühler, und es lässt sich leichter schlafen als hier in der Hitze.«

»Wenn eine Streife herkommt, wird sie dann nicht auch den Keller durchsuchen?«

»Ich glaube nicht«, sagte ich. »Der Keller ist seit Jahrhunderten unberührt. Aber selbst wenn, werden sie uns nicht finden. Denn wir werden in der Zisterne lagern.«

»Rechnest du mit feindlichen Streifen?«, fragte er und bildete mit seinen Händen eine Stufe für mich, damit ich leichter in den nächsten Stock gelangte.

»Nein«, sagte ich und zog mich hoch. »Aber das bedeutet nicht, dass es keine geben wird.«

Zokora kam früher zurück als erwartet, allerdings hatte ich nicht damit gerechnet, dass sie den gleichen Weg wählen würde. So steil, wie der Abhang hier war, hätte ich schwören können, dass nicht einmal sie es fertigbringen würde, diese Wand ohne Seil zu erklimmen.

Sie zog sich durch den Spalt der Zisterne zu uns hinein und war dabei noch nicht einmal außer Atem. Der Felsen hatte Spuren von grauem Gesteinsstaub an ihr hinterlassen, sonst sah sie unverändert aus, jedenfalls nicht wie jemand, der in einen Kampf verwickelt gewesen war.

»Was ist geschehen?«, fragte ich, noch bevor sie ganz hineingeklettert war.

Sie ignorierte meine ausgestreckte Hand, zog sich elegant durch den Spalt und klopfte sich die Hände ab.

»Es bot sich keine Gelegenheit«, teilte sie mir mit und nahm dankend den Wasserschlauch an, den ihr Serafine reichte. »Aber ich weiß, wo er heute Abend sein wird. Sie haben ihrem Kaiser und Gott einen Schrein gebaut.« Sie trank durstig und reichte den Schlauch zurück. »Ich habe ihn belauscht, wie er mit einem Hauptmann etwas wegen einer Opferung in dem Schrein besprach.«

Sie löste Schwertgurt und Riemen, die Schnallen ihrer Rüstung, und beugte sich vornüber, sodass ihr Kettenhemd über ihre Schultern rutschte. So wie sie es tat, sah es elegant aus. Sie legte ihre Rüstung beiseite, zog ihren Packen heran, legte ihr Schwert daneben und rollte sich in die Decke.

Wir sahen sie erwartungsvoll an.

Sie schloss die Augen und lag still.

»Und weiter?«, fragte ich, als sie nichts sagte.

Sie öffnete ein Auge und sah mich überrascht an. »Er will jemanden opfern. Also wird er dort sein, nicht wahr?«

Serafine weckte mich etwa drei Kerzen später mit einer leichten Berührung an der Schulter. Sie hielt den Finger vor den Mund und deutete dann hoch zur Decke, wo sich die Öffnung des Brunnenschachts befand. Von dort hörte ich leise Stimmen und das Scharren von Stiefeln.

»Wenn du mich fragst, verschwendet sie nur unsere Zeit«, sagte eine raue Stimme über uns. Der Mann sprach Reichssprache, doch er verunstaltete die Wörter so sehr, dass man sie kaum verstand.

»Sie ist die Fürstin«, sagte jemand anders. »Sie wird wissen, warum sie meint, der Kerl käme hierher zurück. Also Leute, ihr kennt den Drill. Ihr beide gebt L'koris Deckung, während er nachsieht, ob sich der Kerl im Keller eingenistet hat.«

»Das ist schon das dritte Mal, dass wir nachsehen«, meinte der erste. »Der Kerl wäre blöde, auf die Insel zurückzukommen. Was ist, L'koris?«

Die Antwort des anderen Mannes hörten wir aus dem Keller. »Ich glaube, hier war jemand. Ich sehe Spuren im Staub.«

»Ja«, meinte der erste mit der rauen Stimme. »Von uns. Wir haben dort schon gestern alles auf den Kopf gestellt!«

»Na ja, jetzt ist hier jedenfalls niemand«, hörten wir darauf die Stimme dieses L'koris direkt durch die Wand der Zisterne. Er musste neben uns im Keller stehen.

»Bist du sicher?«, kam es von oben.

»Ganz sicher. Wenn er hier ist, hat er sich unsichtbar gemacht.«

»Glaubt man der Fürstin, ist bei dem Kerl nichts unmöglich.«

»Hier ist er nicht.«

»Gut, dann komm wieder hoch. Vergiss nicht, die Platte wieder hinzulegen, wir wollen ihn nicht warnen.«

»Das ist das dritte Mal, ich weiß schon, was ich tue«, brummte L'koris, dann hörten wir über uns, wie die Steinplatte, die den Abgang zum Keller verschloss, wieder an Ort und Stelle gerückt wurde.

Wir warteten noch eine ganze Weile, bis wir erleichtert aufatmeten.

»Was meinst du?«, fragte Angus. »Bist du der Kerl, den sie suchen?« Er sah unwillkürlich zu Zokoras Lager hin, doch die Priesterin schien tief zu schlafen.

»Ich wüsste nicht, wie sie auf die Idee kommen könnten«, antwortete ich ihm genauso leise.

»Aber du glaubst auch, dass es so ist, nicht wahr?«, fragte Serafine.

»Es ergibt keinen Sinn. Also nein«, sagte ich und legte mich wieder hin. Ich schloss die Augen, aber der Schlaf wollte nicht kommen. Serafine hatte recht. Obwohl es keinen Sinn ergab, fürchtete ich, dass sie sehr wohl nach niemand anderem gesucht hatten als nach mir. Und wer bei Soltars Gnade war diese Fürstin, von der sie gesprochen hatten?

Ich musste dann wohl doch eingeschlafen sein, denn als Serafine mich zu meiner Wache weckte, fühlte ich mich, als hätte ich gerade erst die Augen zugemacht.

Der harte Boden der Zisterne hatte mich steif gemacht, also dehnte und streckte ich mich, während Serafine flüsternd berichtete, dass es keine weiteren Besuche gegeben hatte. Ich nickte, sah zu, wie sie sich müde in ihre Decke wickelte, und setzte mich mit meinem Sehrohr neben den Spalt, um weiter den Hafen auszuspionieren.

Ich fand wenig Neues heraus, nur dass unser Gegner sich ganz offensichtlich darauf einrichtete, eine lange Zeit hier zu verbleiben, denn die Reparaturarbeiten gingen weit über eine notdürftige Instandsetzung hinaus. Ich entdeckte auch einige lebende Piraten. An den linken Fußknöcheln aneinandergekettet marschierte eine Gruppe von gut zwanzig Piraten hoch zur Hafeneinfahrt, wo sie unter der Aufsicht von vier Soldaten daran arbeiteten, eine der Verschanzungen der Ballisten zu reparieren.

Ich dachte an den neuen Botschafter Letasans, Baron von Riburk. Allem Anschein nach verlor der Nekromantenkaiser keine Zeit damit, ein neuerobertes Reich einzugliedern. Wie ging das in der Heimat vonstatten? Versuchte man dort so schnell wie möglich die Normalität herzustellen, oder unterlag das Land nun dem Kriegsrecht und wurde wie hier auf den Inseln mit drakonischen Strafen dazu gebracht, nicht mehr aufzubegehren?

Kommandant Keralos hatte mir zugesagt, dass die Zweite Legion binnen eines Jahres neu aufgestellt und ausgerüstet sein würde. Mein Generalsergeant, Kasale, hatte von mir den Auftrag bekommen, diese Zeit auf die Hälfte zu verkürzen.

Sie schien mir nicht sonderlich zuversichtlich, dass es ihr gelingen würde. So oder so würde es lange dauern, bis die Legion in Richtung Illian marschieren konnte. Was war, wenn Illian bis dahin auch gefallen war und sich die Menschen dort damit abgefunden hatten, einem neuen Herrn zu dienen? Einfache Menschen wollten keinen Krieg, sie waren vernünftig genug, lieber den Acker neu zu bestellen, ihre Höfe aufzubauen und ihre Familie zu ernähren. Es machte für sie oft ja auch wenig Unterschied, wer ihr Herr war.

In Illian war das anders. Eleonora hatte eine begnadete Königin abgegeben, die ihr Volk zu Frieden und Wohlstand geführt hatte, ein Beispiel dafür, dass ein Mensch allein die Geschicke von Nationen ändern konnte.

Dennoch: Was, wenn die Legion nun in die Drei Reiche zurückkehrte, nur um zu sehen, dass auch Illian gefallen war und die Truppen den Menschen in unserer Heimat nicht willkommen waren, weil sie sich mit der neuen Herrschaft abgefunden hatten? Wer auch immer die Legion dann führte, er konnte sicher sein, dass es ihm einige harte Entscheidungen abverlangen würde.

Oder konnte die Kronstadt wirklich noch so lange ausharren, bis die Legion ihr Entsatz brachte?

Kelar hatte Jahre standgehalten, bis es in jener Nacht fiel, als der Feind die dunkelste Magie einsetzte und die Toten in den Straßen der Stadt beseelte, sodass sie ihm dienten. Man hätte meinen können, dass für solch ein Handeln Soltar selbst die Übeltäter mit Blitzen strafen würde, doch davon hatte Leandra nichts berichtet.

Zokora war der Ansicht, dass der Nekromantenkaiser das Ziel verfolgte, selbst ein Gott zu werden. War er diesem Ziel schon so nahe, dass die Götter es nicht wagten, sich ihm entgegenzustellen? War der Nekromantenkaiser wirklich der Namenlose Gott selbst oder nur sein Vorbote, oder stand er gar mit ihm im Wettstreit?

Omagor, der Gott der tiefsten Dunkelheit, war vernichtet oder seiner Macht beraubt worden, bevor es Menschen gab. Die Legenden der Elfen waren eindeutig. Der Namenlose musste ein anderer sein. Doch auch wenn dieser Gott seinen Namen nicht preisgab, zweifelte ich nicht daran, dass es ihn gab, denn sein Wirken war zu deutlich zu erkennen.

Jetzt hätte ich gern Varosch dazu befragt, er kannte sich in solchen Dingen besser aus und verfügte über einen scharfen Verstand, denn so ganz schlüssig kam mir Zokoras Vermutung nicht vor.

Ich saß am Spalt der Zisterne und blickte über den alten kaiserlichen Hafen hinweg. Während der Himmel sich verdunkelte und die Nacht aufzog, kam ich des Rätsels Lösung nicht viel näher. Tatsächlich ergaben sich immer mehr Fragen, je näher wir unserem Feind rückten.

Immer wieder sah ich durch das Sehrohr, vielleicht auch mit der schmalen Hoffnung, Leandra irgendwo zu erblicken. Wie erging es ihr, während wir hier untätig auf die Nacht warteten? Oft sah ich zu der Festung hinüber, es stand zu erwarten, dass sie dort festgehalten wurde, aber wie sollten wir sie befreien können?

»Es ist wie beim Shah«, sagte ich, als wir unser karges Abendbrot zu uns nahmen. »Es gibt Züge, die wir tun können, und andere, die uns versperrt sind. Der Rest folgt aus den Gegebenheiten heraus.« Ich biss ein Stück des schweren Dauerbrots ab und wies mit dem Kanten auf Zokora. »Sie ischt …« Ich schluckte hastig. »Sie ist überzeugt davon, dass niemand das Wort eines Priesters Omagors infrage stellen wird. Wenn sie Robe und Stab des dunklen Gottes trägt, wird man ihr jede Tür öffnen.«

Sie nickte. »Es gilt als Blasphemie, das Wort eines Priesters anzuzweifeln.«

»Gut«, meinte Serafine und musterte Zokora nachdenklich. »Aber was ist mit Euch? Geht von diesen dem Dunklen geweihten Gegenständen denn keine Gefahr für Euch aus?«

»Doch«, sagte Zokora. »Den alten Legenden nach droht demjenigen, der sich an heiligen Gegenständen des Gottes vergreift, eine unsagbare Qual und ein noch schlimmeres Ende. Aber ich habe wenig Furcht davor.« Sie zeigte scharfe Zähne. »Ich bin eine Priesterin Solantes, und sie wird mich davor bewahren, ein Opfer des Dunklen zu werden. Sie lebt und wacht über mein Volk und somit auch über mich. Omagor hingegen schläft, auch wenn er sich langsam in seinen Fesseln regt.« Sie schien sich sicher zu sein, also wollte ich nicht daran zweifeln.

»Dennoch wird es neugierige Blicke geben, wenn wir ihr so folgen, wie wir sind. Also brauchen auch wir eine Verkleidung. Zur Auswahl gibt es nicht viel, als Piraten enden wir nur als Sträflinge oder am Galgen, also müssen wir uns die Rüstung des Feindes aneignen«, erläuterte ich.

»Das ist unehrenhaft«, meinte Angus und wirkte erschrocken über meine Worte. »Es verstößt gegen jede Regel der Ehre! Wenn man uns in der Rüstung des Feindes fasst, steht uns ein fürchterlicher und wenig ehrenhafter Tod bevor, den niemand auch nur wagen wird zu besingen!«

»Was meinst du, Angus, wenn man uns so fasst, wie wir sind, werden sie uns dann auf Blumen betten?«, fragte Serafine spitz.

»Vielleicht, wenn die Dornen aus Stahl sind«, meinte Zokora. »Nein, ohne Täuschung wird es nicht gehen. Es wird auch so schon schwer genug sein, Soldaten zu finden, in deren Rüstung ihr beide hineinpasst.« Sie schüttelte den Kopf. »Warum müssen Menschen so groß werden? Denkt nur daran, wie viel Nahrung ihr mit euren übergroßen Körpern verbraucht.«

Ich schaute fast schon betreten auf mein karges Mahl hinab. Zokora und Serafine hatten nicht halb so viel in der Schüssel wie ich.

»So viel ist es auch nicht«, protestierte Angus. »Nur ein Spatz wird von dem satt, was ich in der Schüssel habe!«

Zokora beäugte mich. »Ich hatte Zeit nachzudenken, während du geschnarcht hast, Havald. Es gibt noch einen anderen Weg, einen, der auch seine Gefahren in sich birgt, aber er würde uns wahrscheinlich direkt zu Leandra führen.«

»Und welcher wäre das?«, fragte Angus. »Bitten wir sie, uns zu Leandra zu führen?«

»In etwa, ja«, entgegnete Zokora. »Was wäre, wenn der Priester Havald findet, einfängt und dann diesem Fürsten Celan übergibt? Würde das nicht dazu führen, dass man dem Priester den Weg zu Leandra weist?«

»Aber …«, begann ich, doch Angus war schneller.

»Wahrscheinlich wird man ihn an Ort und Stelle umbringen«, sprach er. »Ihr nennt mich verrückt und schlagt dann so etwas vor?«

»Der Kapitän der *Dornenblut* hatte Anweisung, auch mit Havald schonend zu verfahren«, brachte Serafine in Erinnerung. »Vielleicht tun sie ihm tatsächlich nichts.«

»Ich bin mir nicht sicher, ob das eine gute Idee ist«, warf ich ein. »Ich bin nicht mehr unsterblich, müsst Ihr wissen.«

»Niemand ist unsterblich«, winkte Zokora ab. »Nicht einmal ich. Außerdem wärst du nicht allein.«

»Nicht?«, fragte ich überrascht.

»Ich wäre bei dir. Ich würde den Priester an mich binden, wie ich es mit Natalyia tat. Er wäre mein Auge, mein Ohr und meine Hand. Zudem würde er mich über alles unterrichten, was notwendig ist, um den Plan gelingen zu lassen.«

»Was war mit Natalyia?«, fragte Serafine, und ich erinnerte mich wieder mal daran, dass sie am Anfang unserer Reise noch gar nicht wirklich anwesend war. In Eiswehr gebunden, hatte sie die Welt außerhalb des fahlen Stahls als einen Traum erlebt, ohne Substanz und Eindruck.

»Zokora hat sie unter ihren Bann gebracht«, erklärte ich und dachte daran, mit welchem Grauen mich das damals erfüllt hatte. Niemals hätte ich gedacht, dass Zokora dann doch Gnade walten lassen würde. »Habt Ihr auch durch Natalyias Augen sehen können?«, fragte ich Zokora.

»Nein«, antwortete sie. »Denn ich ließ ihren Geist leben. Sie sollte wissen, fühlen, verstehen, was ihr widerfuhr. Damit ich ihn direkt beherrsche, muss ich den Geist des Priesters auslöschen, was mir eine Genugtuung sein wird.«

»Das könnt Ihr?«, fragte Serafine fassungslos.

»Ja.«

»Ist das nicht dem ganz ähnlich, was der Herr der Puppen tat?«, fragte ich beunruhigt.

»Nein«, widersprach sie. »Ich kann nicht seinen Geist beherrschen, sondern mir nur für eine kurze Zeit seinen Körper untertan machen, bevor er sterben wird.«

»Ich bin dagegen«, sagte Serafine entschieden. »Es ist mir zu nahe an dem, was mir – oder vielmehr Helis – zustieß. Sie … sie … Wir waren auch nicht mehr als eine seelenlose Hülle. Ihr könnt es nennen, wie Ihr wollt, aber es bleibt Nekromantie!«

»Es ist nicht das Gleiche«, sagte Zokora ruhig. »Ein Nekromant beraubte dich deiner Seele, um sich deines Talents zu bedienen, aber du gingst erst zu Soltar, als Havald dich aus der Macht dieses Nekromanten befreite. Ich hingegen töte den Mann, ohne mich an seiner Seele zu bereichern. Er hat sich Omagor angedient, er wird sich nur früher bei ihm einfinden, als er dachte.«

»Es bleibt Nekromantie und eine Sünde!«, protestierte Serafine heftig und sprang auf, um anklagend mit dem Finger auf Zokora zu deuten. »Wie könnt Ihr, eine Priesterin der Solante, so etwas auch nur in Erwägung ziehen?«

»Weil es wenig Unterschied macht, ob ich ihn erschlage oder ihn auf diese Weise töte. Tot ist tot! Allerdings wird uns auf diese Weise sein Körper eine Weile dienlich sein können. Nicht lange, nur für zwei oder drei Kerzen.« Sie begegnete Serafines erzürntem Blick mit glühenden Augen. »Es ist verboten, die Seele zu knechten und zu reiten. Doch einen Priester Omagors zu töten ist in meinem Glauben keine Sünde, sondern meine heilige Pflicht! Wenn er uns nach seinem Tod nützlich ist, ist das umso besser! Es ist keine Nekromantie!« Sie atmete tief durch. Ich hatte sie selten so erregt gesehen. »Der Beweis dafür bist du selbst, denn Helis lebte, nachdem ihr die Seele genommen worden war. Das wird der Priester nicht. Er stirbt in dem Moment, in dem ich ihn auslösche. Das Einzige, was in meiner Macht steht, ist zu verhindern, dass sein Körper ihm auf dem Fuße folgt.«

»Es leuchtet mir ein«, sagte ich leise.

»Mir nicht«, beharrte Serafine, aber sie schien sich etwas zu beruhigen. »Es ist sich zu ähnlich.«

»Manche Dinge ähneln einander, ohne gleich zu sein. Das ist hier der Fall«, sagte Zokora. »Ich lüge nicht, es ist die Wahrheit.«

Serafine schaute sie lange an und nickte schließlich widerstrebend. »Ich glaube Euch«, sagte sie einfach. »Aber selbst wenn Ihr das tut, warum nicht einfach mit dem Priester die Festung erkunden?«

»Weil er nicht lange genug leben wird, um zu erkunden und uns dann hineinzuführen. Außerdem bin ich wehrlos, solange ich ihn führe, denn mein Geist wird nicht in meinem eigenen Körper weilen. Es stellt eine nicht geringe Gefahr für mich dar.« Sie schaute Serafine offen ins Gesicht. »Es müsste jemand über mich wachen, und ich würde dich bitten, das zu tun.«

»Aber welche Garantie könnt Ihr dafür geben, dass es Euch gelingt, Havald wieder zu befreien, wenn er erst einmal in Gefangenschaft ist?«, fragte Angus.

»Garantie?«, fragte Zokora erstaunt. »Wie soll ich eine Garantie geben? Es ist nicht mehr als eine Hoffnung, die ich ihm bieten kann. Ich sagte ja, die Gefahr ist groß.«

Ich konnte dem Gedanken ganz und gar nichts abgewinnen. Es wäre reiner Wahnsinn, mich freiwillig in die Hand des Gegners zu begeben, zumal wir ja wussten, zu was er fähig war. Außerdem wollte ich meine Seele gern noch ein wenig länger behalten.

»Gut«, hörte ich mich sagen, »wir machen es so. Es scheint mir der schnellste und beste Weg zu sein, Leandra zu finden.«

»Jetzt bist du dem Wahn verfallen«, stellte Serafine fest.

»Diesmal muss ich ihr recht geben«, meinte jetzt auch Angus. »Da wäre es wahrlich besser, die Festung offen zu stürmen!«

»Ich habe mich entschieden«, teilte ich ihnen mit, obwohl ich ihnen lieber zugestimmt hätte. Ich sah zu Zokora, die mich wieder gewohnt ausdruckslos musterte. »Wie machen wir es?«, fragte ich sie, während die anderen beiden sichtlich Mühe hatten, meine Entscheidung zu akzeptieren.

»Wir müssen den Schrein aufsuchen und den Priester dort abfangen. Am besten nach der Opferung. Sie wird um Mitternacht sein, also haben wir jetzt noch ein paar Kerzen Zeit, zum Schrein zu gelangen und uns zu überlegen, wie wir den Priester in unsere Gewalt bekommen können. Auch müssen wir einen sicheren Ort finden, an dem ich das Ritual durchführen kann. Wenn man mich dabei stört, wird das unangenehme Folgen für mich haben.«

»Wie unangenehm?«, fragte Angus.

»Es würde mich töten.« Zokora legte eine Hand auf ihren flachen Bauch. »Das darf nicht sein.« Sie richtete sich auf. »Dann führe ich Havald als Gefangenen des Priesters in die Festung. Mit dem, was der Priester mir vorher noch sagen wird, wissen wir vielleicht vorher schon, wo wir Leandra finden. Ich werde Havald zu ihr bringen … Und dann sehen wir weiter.«

»Also wollt Ihr ihn gar nicht dem Gegner übergeben?«, fragte Serafine erleichtert.

»Nein, wieso?«, fragte Zokora überrascht. »Habe ich das gesagt?«

»Ihr spracht davon, dass der Priester Havald zu diesem Fürsten Celan bringen wird«, erinnerte sie Serafine.

»Das ist, was der Priester *behaupten* wird, wenn jemand ihn fragt. Aber Havald tatsächlich in die Gefangenschaft zu übergeben, wäre doch ziemlich dumm, wenn es sich doch vermeiden lässt, oder?«

»Ja«, sagte ich erleichtert. »Das wäre es.«

»Sera Helis«, meinte Angus unvermittelt. »Eben sagte Zokora, dass Ihr zur Soltar gegangen seid. Ist das wahr?«

»Es scheint so«, gab ihm Serafine zur Antwort. »Zumindest behauptet das ein Priester des Soltar. Es ist eine längere Geschichte.«

»Würdet Ihr sagen, dass Ihr Havald über den Tod hinaus gefolgt seid?«, fragte Angus seltsam angespannt.

Serafine musterte ihn neugierig. »So könnte man es ausdrücken, ja«, meinte sie. »Warum fragst du?«

»Nur so«, sagte Angus und bedachte mich mit einem fast schon ängstlichen Blick. »Nur so«, wiederholte er leise. Einen Moment lang dachte ich daran, zu fragen, was in seinem Kopf vorging, aber dann ließ ich es. Ich hatte von Aberglauben mehr als genug.

33. Ein unverhofftes Wiedersehen

»Ich bin froh, dass Varosch nicht hier ist«, sagte Serafine später. Wir lagen auf dem Dach eines alten, fast baufälligen Hauses, verborgen hinter der niedrigen Brüstung des flachen Daches. Von dort aus hatten wir einen guten Blick auf den Schrein und das, was dort vor sich ging. Auch an diesem Haus wurde gearbeitet, ein Gerüst war an der Außenwand angebracht, das uns den Weg aufs Dach erleichtert hatte.

Ansonsten war der Weg hierher alles andere als leicht gewesen. Wir hatten den größten Teil des Hafenrunds ungesehen passieren müssen, keine leichte Aufgabe, wenn man bedachte, wie viele Truppen hier unterwegs waren. Eines hatten die neuen Machthaber fast unverändert übernommen: Die vielen Kneipen und Spelunken waren noch immer gut besucht.

Auch die Soldaten Thalaks waren Wein und Bier nicht abgeneigt, und mehr als einmal mussten wir Soldaten ausweichen, die grölend in der Nähe vorbeitorkelten. Überraschend viele waren betrunken, dabei hatte ich die Disziplin des Feindes bisher als außergewöhnlich hoch eingeschätzt.

Ich erwähnte das, als wir uns hinter ein altes Weinfass in einer engen Gasse duckten, um eine Gruppe betrunkener Soldaten vorbeizulassen.

»Das bestätigt etwas, das ich schon befürchtet habe«, flüsterte Serafine. »Es war auch bei den Legionen Brauch, am Vorabend eines Einsatzes die Zügel etwas zu lockern.«

»Du meinst, sie werden morgen irgendwo losschlagen?«, fragte ich, doch sie schüttelte den Kopf, eine Geste, die in den tiefen Schatten kaum zu erkennen war.

»Nicht morgen, nein. Am Tag danach. Wenn ich recht behalte, wird die Flotte übermorgen in See stechen.«

Übermorgen. Es zerrte an meinem Gemüt, dass ich keine Möglichkeit sah, etwas dagegen zu tun. Wir wussten nicht einmal, was das Ziel der Flotte sein würde. Würde sie zu dem Ort segeln, von dem die Verwundeten stammten? Oder nach Aldane, wo Terolheim ohne Widerstand gefallen war?

Es machte keinen Unterschied, denn an keinem Ort war das Alte Reich auf das vorbereitet, was Thalak an seine Küsten werfen würde. Doch ich drängte diese Gedanken beiseite und achtete darauf, Zokora nicht aus den Augen zu verlieren, als sie uns sicher durch dunkle Gassen und Hinterhöfe führte. Sie besaß wahrhaftig ein Talent dazu, den Feind schon aus der Ferne wahrzunehmen und die besten Verstecke ausfindig zu machen.

Dennoch wurde es mehr als einmal knapp; es waren selbst zu später Stunde einfach zu viele Soldaten unterwegs, als dass wir hier einfach so hätten hindurchspazieren können. Einmal war ich mir sogar sicher, dass es zum Kampf kommen würde; die Soldaten gingen so nah an unserem Versteck in einer alten, windschiefen Hütte vorbei, dass ich sie hätte an der Schulter berühren können.

Einer der Soldaten stützte sich trunken gegen die brüchige Wand, die unter seinem Gewicht erbebte. Ich fürchtete, der Schuppen würde einbrechen und uns offenbaren, auch Angus hatte seine Axt schon erhoben, doch dann ging der Soldat schwankend davon, ohne bemerkt zu haben, dass er mit dem genagelten Stiefel auf meiner geschundenen Hand gestanden hatte. Natürlich hatte er sich dazu die linke ausgesucht, die ich mir an Angus' sturem Kinn gebrochen hatte.

Zischend zog ich die Luft ein und massierte mir die Hand, was mir von Zokora einen strafenden Blick einbrachte, bevor sie weitereilte.

Der Schrein, der die Göttlichkeit des Nekromantenkaisers zeigen sollte, war einstmals ein Schrein Borons gewesen. Das Standbild des Gottes lag nun zerschlagen neben dem Tempel, und offenbar hatten sich die Soldaten auf die Statue erleichtert.

Es war nur Stein, aber der Anblick erfüllte mich mit Zorn, denn dieser Stein hatte eine Bedeutung für uns. Die Statue war nicht identisch mit dem Gott, selbst die Priester behaupteten das nicht, aber ihr Anblick erlaubte uns, ihn von Angesicht zu Angesicht zu ehren.

Wie üblich hatte die Statue auf einer kleinen Insel gestanden, die von einem mit Weihwasser gefüllten Graben umgeben war. Es war ein Schrein, kein Tempel, also gab es nicht viel mehr als einen von Säulen umfassten Platz, die Insel und die Treppe, die fast bis zur Insel führte. Der Schrein hatte die Jahrhunderte überdauert, und es hatten sich sogar unter den Piraten welche gefunden, die dem Standbild des Gottes über die Jahre hinweg neue Roben gebracht hatten.

Jetzt lag die Statue mit zerrissenem Gewand unter uns, und dort auf der Insel stand ein schwarzer Block aus Obsidian vor einer grimmig dreinschauenden Statue aus demselben Material. Sie zeigte einen schlanken jungen Mann in reicher Tracht. Für den Nekromantenkaiser gab es keine Robe aus Stoff, es war alles aus dem schwarzen Stein gehauen worden.

Natalyia hatte uns genau beschrieben, wie die Statue des namenlosen Gottes unten im Tempel in der Kanalisation ausgesehen hatte. Sie hatte von dunklen Schatten gesprochen, die sich ständig veränderten, davon, dass die Statue selbst sich beharrlich dem klaren Blick entzog. Was wir hier sahen, hatte wenig Ähnlichkeit mit dem, was uns Natalyia mitgeteilt hatte. Also war es nicht der Namenlose, der hier verehrt wurde.

Der Name dessen, der hier ein Gott sein wollte, war uns nur allzu gut bekannt.

Jetzt bot uns das Mondlicht die erste Gelegenheit, einen Blick auf das Antlitz unseres Feindes zu werfen.

Natalyia hatte von Kolaron als einem jungen Mann gesprochen, dessen Schönheit einem den Atem rauben konnte. Zuerst hatte ich daran gedacht, dass er einem Elfen gleichen müsste, doch diese Statue stellte unzweifelhaft einen Menschen dar. Er besaß ebenmäßige Züge, ja, aber dieses schmale, grausame Lächeln, das über die steinernen Lippen spielte, war alles andere als angenehm. Es ließ sich nicht genau festmachen, aber wie bei dem Nachtfalken, dem wir in der Kanalisation begegnet waren, hatte die Grausamkeit Spuren in diesem Gesicht hinterlassen. Und doch, genau deswegen übte das Antlitz eine gewisse Faszination aus, vielleicht erzeugte es auch Verwunderung, dass sich Schönheit und Grausamkeit derart mischen ließen.

Unser Glaube sagte, dass jeder, der sich der Nekromantie schuldig machte, zum Diener des Namenlosen wurde, verflucht von der Dreieinigkeit der Götter, ausgestoßen aus der Welt des Lichts. Wir wussten auch, dass die Priester des Namenlosen Kolaron unterstützt hatten und in seinem Namen gegen uns vorgegangen waren, doch ich fragte mich, was wohl der namenlose Gott davon hielt, dass Kolaron nun selbst Göttlichkeit für sich in Anspruch nahm.

»Oder aber«, flüsterte Serafine neben mir, als ob sie meine Gedanken lesen könnte, »Kolaron dient dem Namenlosen bereits und ist nichts anderes als ein Gefäß, mit dem der Gott sein Wirken auf dieser Welt verstärken will. Vielleicht ist es der namenlose Gott selbst, der in Omagors Mantel schlüpfen will.«

Neben uns bewegte sich ein Schatten in der Dunkelheit.

»Still!«, wies uns Zokora zurecht. »Die Ehrenwache regt sich, und da vorn kommt ein Wagen!«

»Aber ich habe doch gar nichts gesagt!«, beschwerte sich Angus laut und vernehmlich von der anderen Seite. Dass Serafine nun fast lautlos zu kichern anfing, war eher ein Zeichen für die Anspannung, unter der wir standen, als für Erheiterung.

Die Ehrenwache des Schreins bestand aus vier Soldaten und einem Offizier. Sie trugen schwere polierte Harnische, die eine unverkennbare Ähnlichkeit mit den Harnischen der kaiserlichen Bullen aufwiesen. Die ganze Zeit, in der wir hier gelegen und sie beobachtet hatten, standen sie regungslos da und hatten sich nicht einmal die Nase gerieben.

Jetzt traten sie vor, in Richtung der weiten Treppe, die zu dem säulenumsäumten Platz hinführte, und nahmen dort Haltung an, während zwei weitere Soldaten einen mit Gitterstäben versehenen Wagen heranführten, der polternd vor den Eingang des Schreins rollte.

Der Schrein lag auf einem kleinen Platz nördlich des Hafenrunds, nicht weit vom *Durstigen Becher* entfernt, in dem ich meine erste denkwürdige Nacht auf der Insel verbracht hatte, bis mich Fürst Celan so unsanft aus dem Schlaf gerissen hatte.

Der Platz um den Schrein war auf drei Seiten von alten herrschaftlichen Häusern begrenzt, die letzte Seite, die zum Hafen hin, war offen. Der Platz war nicht groß, vielleicht dreißig Schritt in Breite und Höhe, der Schrein selbst ein Rund von kaum mehr als vierzehn Schritt. Für Varosch wäre jede Position auf diesem Platz für einen sicheren Schuss geeignet gewesen.

Keines der Häuser hier war noch bewohnt, die neuen Herren der Insel hatten sie von Bewohnern und auch von Möbeln befreit. Zwei der Gebäude besaßen einen großen Keller, wir hatten uns für den entschieden, der zwei Zugänge besaß und keine Fenster. Obwohl er dem Schrein gefährlich nahe war, hatte Zokora ihn dazu auserwählt, das Ritual abzuhalten, das den Priester zu seinem Gott schicken und ihr seinen Körper überlassen würde.

Für den Fall, dass etwas Unvorhergesehenes geschehen würde, hatten wir ebenfalls vorgesorgt. Von den Gerüsten hatten wir uns Planken gestohlen, die von einem Dach zum nächsten führten, und so unseren Fluchtweg vorbereitet. Wurden wir verfolgt, konnten wir die Planken einfach hinunterstoßen und uns Zeit verschaffen.

Nun galt es abzuwarten, bis die Opferung vollzogen war, dann den Priester zu überwältigen und in den Keller zu bringen.

»Er wird nicht in Betracht ziehen, dass er gefährdet sein könnte«, hatte uns Zokora flüsternd erklärt. »Es ist unvorstellbar für ihn, dass es jemand wagen könnte, Hand an ihn zu legen. Er wird allein wieder gehen. Wir müssen ihn nur verfolgen und eine Gelegenheit abwarten. Jetzt in der Nacht wird es einfacher sein.«

»Was ist mit dem Opfer?«, hatte Serafine leise gefragt. »Es wird ein Mensch sein, nicht wahr?«

»Ja«, hatte Zokora schulterzuckend gemeint. »Aber er ist für uns nicht von Belang.« Bevor Serafine dazu hatte etwas sagen können, sprach sie weiter. »Bedenke, wer es sein wird. Ein Pirat oder ein Soldat des Feindes, der sich eines Vergehens schuldig gemacht hat. Jemand, den auch wir lieber tot sehen würden. Was dort unten geschieht, darf uns nicht berühren. Unser Ziel ist der Priester, nur er kann uns zu Leandra führen.«

Als sie das vorhin gesagt hatte, war es mir einleuchtend erschienen. Aber ich hatte nicht damit gerechnet, dass ich das Opfer kennen würde. Wenn man von Kennen sprechen konnte, denn es war niemand anders als der Blutige Marcus, der hier strampelnd aus dem Gitterwagen gezerrt wurde. Noch immer trug er seine edlen Kleider, nur waren sie jetzt besudelt und zerrissen, das Mondlicht offenbarte deutlich, wie schlecht es dem Piratenkapitän ergangen war.

Aus irgendeinem Grund war ich überrascht, ihn hier so zu sehen, ich hätte vor allen Göttern schwören können, dass er schlau genug gewesen wäre, nicht in eine solche Klemme zu geraten. Auf jeden Fall schien er auch jetzt nicht geneigt, sich kampflos opfern zu lassen. Obwohl er nicht sehr kräftig gebaut war, gelang es ihm dennoch, sich beinahe von den Soldaten loszureißen.

Es half ihm nichts, er wurde auf die Knie gedrückt und dort gehalten, während sich eine schlanke Gestalt aus dem Schatten löste: der Priester, auf den wir gewartet hatten. Er kam näher, wechselte ein paar Worte mit dem Hauptmann der Ehrenwache, musterte kurz das Opfer, um dann zu den Sternen aufzusehen. Dann blickte er das Hafenrund entlang, als ob er auf etwas warten würde.

Der Priester gehörte zu Zokoras Volk, wir wussten, wie gut seine Nachtsicht war, also blieben wir in Deckung und riskierten nur dann und wann einen Blick.

»Er wartet auf jemanden«, flüsterte Serafine.

»Den Ehrengast«, erklärte Zokora fast unhörbar. »Dort hinten kommt ein weiterer Wagen mit einer Eskorte. Es scheint, als ob der Fürst uns beehrt. Wahrscheinlich will er der Opferung beiwohnen.«

Das war ärgerlich, denn es waren zu viele Soldaten hier, um

den Versuch zu unternehmen, Celan hier und jetzt ein Ende zu bereiten. Nicht zum ersten Mal wünschte ich mir, ich hätte Seelenreißer noch, dann hätte ich nicht gezögert. Ich war mir sicher, dass Celan uns verraten konnte, wo sich Leandra befand. Ich hätte ihn auch nachdrücklich genug gefragt.

Im nächsten Moment hörte ich von den Soldaten lautes Fluchen. Ein schneller Blick zeigte mir, dass es Marcus irgendwie geschafft hatte, sich doch noch aus den Händen der Soldaten loszureißen. Nicht nur das, mit auf dem Rücken gefesselten Händen rannte er wie ein Hase hakenschlagend ausgerechnet auf das Haus zu, auf dessen Dach wir lagen. Der Soldat bellte einen Befehl, der Priester fuhr herum und rief etwas in der Sprache der Elfen.

»Schnell!«, zischte Zokora. »Wir müssen auf das andere Dach!« Wir sprangen auf und eilten geduckt zu der Planke, die dieses Haus mit dem nächsten verband. Zokora lief zuerst hinüber, leichtfüßig wie eine Katze, ihr folgte Serafine, Angus hastete hinterher. Ich wollte gerade den Fuß auf die Planke setzen, als sie unter Angus' Gewicht in der Mitte durchbrach. Nur mit Mühe gelang es dem Varländer, sich nach vorn zu werfen und knapp den Rand des anderen Dachs mit seinen Fingerspitzen zu erreichen. Beherzt griffen Zokora und Serafine zu und zogen den Hünen über die Kante.

Nur ich blieb auf dem falschen Dach zurück.

Hastig schaute ich mich um, hier auf dem Dach gab es keine Deckung. Sollte Marcus bis hierher gelangen, würde es nicht nur sein Ende bedeuten.

Serafine bewegte ihren Mund und deutete auf etwas. Zuerst verstand ich nicht, dann vollführte sie erneut wilde Gesten: Sie meinte das Baugerüst an der Vorderseite des Hauses. Wenn ich mich dort auf eine Planke legte, war ich von unten und von oben unsichtbar.

Ich eilte zurück zur Vorderseite, wagte einen schnellen Blick über den Rand und sah, dass der Priester in Richtung des herankommenden Wagens blickte, während unter mir einer der Soldaten der Ehrenwache im Haus verschwand. Ein anderer eilte schon zur Seite, wo die zerbrochene Planke mit lautem Poltern in der Gasse zwischen den Häusern aufgeschlagen war. Im Moment sah niemand zu mir hoch, also zögerte ich nicht länger, sondern zog mich über die Brüstung, kletterte etwas tiefer und warf mich der Länge nach auf eine der Planken des Gerüsts, so nah an der Wand wie möglich, sodass ich auch auf Deckung vom Schrein her hoffen konnte.

Ich hörte, wie die Falltür zum Dach zurückgeschlagen wurde und Marcus zum Dachrand eilte. Über mir knirschte das Gestell, als Marcus behände wie eine Katze auf das Gerüst sprang. Durch den Spalt zwischen der Planke und der Wand sah ich, wie lange Arme nach ihm griffen. Er versuchte noch zu springen, doch es war zu spät, strampelnd, bockend und fluchend wurde er zurück aufs Dach gerissen.

»Wir haben ihn!«, rief jemand über mir. »Was ist mit dem Krach in der Gasse?«

»Ein morsches Brett, das vom Dach fiel«, rief ein anderer zurück. »Dieses Gemäuer ist baufällig, ihr solltet sehen, dass ihr herunterkommt, bevor es unter euren Füßen einbricht!«

»Gleich, sobald der hier endlich still ist«, rief über mir jemand, dann hörte ich einen harten Schlag, und Marcus stöhnte. »So, der macht uns keinen Ärger mehr«, meinte der eine. Dann hörte ich, wie sie Marcus wieder zur Falltür brachten und mit ihm im Innern des Hauses die hölzerne Stiege hinabpolterten.

Sie hatten mich nicht entdeckt. Lautlos dankte ich den Göttern und blieb still liegen, denn noch war die Gefahr nicht vorüber.

Marcus war aber noch nicht geschlagen, denn der eine Soldat fluchte erneut, kaum dass er unter mir durch die Tür gekommen war. »Der Dreckskerl hat mich gebissen!«, beschwerte er sich lauthals, dann: »Du kommst mir nicht davon!«

Im nächsten Moment wurde das Gerüst erschüttert, als sich Marcus in seiner Verzweiflung gegen eine der Latten warf. Diese löste sich und kippte seitlich weg, hinter mir knirschte es, als ein

Haken sich aus dem alten Mauerwerk löste ... Dann brach das gesamte Gerüst unter mir zusammen und kippte zugleich nach vorn, bevor ich mich irgendwo festhalten konnte.

Der Aufprall war hart, und zu allem Überdruss schlugen mir noch alte Latten und Bohlen ins Kreuz und auf den Schädel. Einen Moment war ich so benommen, dass ich mich kaum aufrichten konnte.

»Hier ist noch einer!«, rief der Hauptmann der Ehrenwache.

»Ergreift ihn!«

»Fasst ihn nicht an«, befahl eine mir nur allzu bekannte Stimme. Eine schlanke Hand zog ein Brett von mir und half mir, mich von den Resten des Gerüsts zu befreien.

Ungläubig sah ich zu dem vertrauten Gesicht auf, das mich mit einem strahlenden Lächeln begrüßte.

»Was tust du denn hier, Havald?«, fragte mich Leandra erfreut, während sie half, mich aufzurichten. »Ich wusste gar nicht, dass wir dich bereits gefunden haben! Hat dich Celan auch geladen, der Opferung beizuwohnen?«

»Nicht direkt«, meinte Fürst Celan, der nun neben sie trat und mich mit einem harten Lächeln begrüßte. »Aber wir haben ihn erwartet.« Sein Blick bohrte sich in meinen. »Fürstin, seid versichert, Ihr seid nicht die Einzige, die sich sehnlich wünscht, diesem Ser wiederzubegegnen. Auch ich schulde ihm viel.« Er berührte unauffällig seinen Hals, an dem eine feurig rote Narbe zu sehen war. Das nächste Mal, schwor ich mir, würde mich auch ein Heer von Dämonen nicht davon abhalten können, ihm den Kopf abzuschneiden.

»Gut«, sagte Leandra und warf sich mir in die Arme, um mich atemlos zu küssen. Sie löste sich von mir und schenkte dem Fürsten ein erfreutes Lächeln. »Ich sagte Euch ja, er wird uns nützlich sein.«

»Daran hege ich nicht den geringsten Zweifel«, meinte Celan. Der Sturz hatte mich so benommen gemacht, dass ich erst jetzt so langsam verstand, dass Leandra nicht als Gefangene hier stand, sondern im Leder des Nekromantenkaisers gerüstet war.

Wie Celans Rüstung war auch ihre kostbar verziert. Ihre Freude war unbestritten echt, und doch war sie nicht mehr die, die ich retten wollte.

»Wer ist der Mann, Fürstin?«, fragte einer der Soldaten, die den Wagen eskortiert hatten.

»Jemand, der uns ungemein nützlich sein wird«, antwortete Celan an Leandras Stelle. Er beugte sich in den Wagen, um sich dann wieder mir zuzuwenden. Jetzt hielt er einen seltsam schimmernden Reif in der Hand. Einen Halsreif, wie ich ihn schon einmal gesehen hatte. An Artins Hals. Leandra trug den gleichen Reif.

Wenn mein Verstand von dem Sturz nicht noch so benommen gewesen wäre, hätte es vielleicht eine Möglichkeit gegeben, mich loszureißen, irgendetwas zu unternehmen. So aber spürte ich bloß feste Hände, die mich auf Celans Zeichen hin ergriffen, hörte den leisen Protestruf Leandras, aber es war zu spät. Kalt und glühend heiß zugleich legte sich der Reif um meinen Hals, um in meinem Nacken hörbar einzurasten.

Ich schaute Celan direkt in die Augen. »Dafür werde ich Euch büßen lassen«, stieß ich hervor.

Er legte den Kopf zur Seite. »Oh«, meinte er kalt lächelnd. »Erlaubt mir, dass ich daran zweifle.« Dann streckte er die Hand aus und berührte den schwarzen Kristall, der in den Reif eingearbeitet war.

34. Auf der anderen Seite

»Wie lautet dein Name?«, hörte ich die ferne Stimme. Wer sprach da? Ich versuchte etwas zu erkennen, aber es gab nichts zu sehen. Ich schwebte in einem milchigen Licht ohne Konturen und Formen.

»Wie lautet dein Name?«, fragte die Stimme erneut. Ich versuchte mich daran zu erinnern, wie ich hierher geraten war, aber es gelang mir nicht.

»Sag mir deinen Namen!«, forderte die Stimme.

»Ich weiß ihn nicht!«, rief ich erzürnt. »Wie soll ich etwas sagen, das ich doch nicht weiß!«

»Dein Name ist Roderic von Kelar. So nennst du dich.«

Roderic von Kelar. Ein ungeheures Gefühl der Erleichterung erfüllte mich, ich wusste wieder, wer ich war, jetzt gab es etwas, an dem ich mich festhalten konnte. Roderic von Kelar, das war ich! Selten hatte ich eine solche Dankbarkeit empfunden wie jetzt, als ich meinen Namen erfuhr.

»Kannst du dich an etwas erinnern?«, fragte die Stimme.

»An meinen Namen. Ich heiße Roderic von Kelar.«

»Gut. Kannst du dich an etwas anderes erinnern?«

»Nein. An meinen Namen, sonst nichts.« Ich spürte, wie Panik aufstieg. Es musste doch mehr zu mir gehören als nur mein Name!

»Das liegt daran, dass es eine mächtige Magie war, die auf dir lag. Damit du deinen Auftrag hast erfüllen können, war es nötig, dein Gedächtnis zu täuschen. Keine Sorge, es wird alles wiederkommen. Aber zuerst sage ich dir, wer du noch bist: ein Kriegsfürst, der im Namen des Kaisers gegen die Verlorenen gezogen ist. Du warst im Auftrag des Kaisers in den Drei Reichen unterwegs, deine Aufgabe war es, so viel wie möglich über die herauszufinden, die an unserem Herrscher zweifeln.«

»Ich erinnere mich nicht«, klagte ich. »Wie kann das sein?«

»Ich werde dir helfen. Erinnere dich daran, als du Leandra das erste Mal gesehen hast. Kommt es wieder?«

Ja … es war in einem Gasthof … in einem Gasthof nahe einem hohen Berg, voller Schnee und Eis.

»Wir … wir waren in einem Gasthof eingeschneit.«

»Sehr gut. Du siehst, es kommt wieder. Merkst du, dass ich es gut mit dir meine?« Ich hörte das Lächeln in der Stimme des anderen und war erleichtert. Er meinte es gut mit mir.

»Jetzt merk dir etwas Wichtiges: Dein Gedächtnis wird dir vorgaukeln, du wärst ein Gegner des Kaisers gewesen, doch das ist nur Trug, eine Folge der Magie, es war das, was wir unsere Gegner glauben lassen wollten. Verstehst du? In Wahrheit bist du ein loyaler Diener des Kaisers, einer seiner Kriegsfürsten, und du hast einen Eid geschworen, ihm zu dienen, im Leben und über den Tod hinaus. Erinnerst du dich?«

Ich war verzweifelt, denn die Erinnerung wollte nicht kommen.

»Ganz ruhig, mein Freund. Es war in einem Thronsaal, nicht wahr?«

Ja, ein Thronsaal. Ich erinnerte mich an einen Thronsaal, mit einem hohen Thron und einem großen Schwert an der Wand dahinter.

»Der Mann, der auf dem Thron saß, das war der Kaiser. Du hast seine Statue gesehen, so sieht er aus, erinnere dich!«

Ich erinnerte mich! Ich sah den göttlichen Kaiser auf dem Thron, und ich kniete vor ihm und der Bahre mit dem Mädchen. Ich schwor ihr … nein, ich …

»Er sitzt dort auf dem Thron, er lächelt zu dir herab, du kniest vor ihm und legst deinen Eid ab. Siehst du es? Genau so war es.«

»Richtig!«, stieß ich erleichtert aus. »Ich erinnere mich!« Ich war voller Freude darüber, mich endlich wieder erinnern zu können.

»Siehst du, ich bin dein Freund, ich helfe dir, dich zu erinnern«, hörte ich die Stimme meines Freundes. »Du hast lange Jahre im Dienst deines Herrn gestanden, auf Schlachtfeldern gekämpft …« Während er sprach, kam die Erinnerung wieder, an Krieg und Tod, an Schlachten, Blut und Leid. Ich dachte an die Kämpfe … so viele Kämpfe, so viele Schlachten.

»Und immer hast du deinem Herrn die Treue gehalten, all die Jahre lang. Er ist stolz auf dich. Deshalb hat er dich auch dazu auserkoren, einen gefährlichen Auftrag anzunehmen, dich einzuschleichen in die Reihen unserer Feinde, einer der ihren zu werden … bis zu dem Tag, an dem dich die Macht seiner Gnade in unsere Reihen zurückführt.

Verstehst du? Dieser Tag ist gekommen, es ist Zeit für dich, dich so an dein Leben zu erinnern, dass es Sinn ergibt, dass du verstehst, dass du all das getan hast, nur um unsere Gegner zu täuschen. Erinnere dich, und erinnere dich so, dass du verstehst, wie geschickt der Plan des Kaisers war. Erinnere dich daran, wie es war, als Agent in den Reihen des Feindes Vertrauen zu erwerben … Alles, was du getan hast, diente nur dem Zweck, dass uns offenbart wird, was der Feind weiß, denkt und plant. Verstehst du? Du verstehst, nicht wahr? Ich bin dein wahrer Freund, und unser göttlicher Kaiser ist dein Herr.«

Ja. Ich verstand. Endlich.

»So … und nun erwache!«

Jetzt wich dieses milchige Licht von mir, und ich fand mich in einem hohen Gemach wieder, in einem Stuhl sitzend, und vor mir stand lächelnd Fürst Celan, der mir die Hand darbot.

»Willkommen zurück, Havald«, verkündete er mit einem Lächeln. »Endlich hast du es ausgestanden! Endlich weißt du wieder, wer du bist!«

»Den Göttern sei Dank dafür!«, entfuhr es mir, und Fürst Celan, mein Freund, mein Retter, sah unglücklich drein.

»Es sind die falschen Götter, Havald«, erklärte er mir bedrückt. »Es sind die alten, die verlorenen Götter, solche, die nicht an die Göttlichkeit unseres Herrn glauben. Du hast an sie glauben müssen, sonst hätte man dich entdeckt, aber jetzt erinnere dich daran, dass es einen wahren Gott gibt, und er ist unser Kaiser und Herr. Danke dem Kaiser, dass du dich erinnern kannst, endlich wieder frei bist, und sprich nie wieder von den verlorenen Göttern!«

»Ja«, sagte ich mit Inbrunst. »Ich danke dem Kaiser für meine Rettung!«

»Siehst du«, meinte Celan und schien dabei erleichtert. »So schwer war das doch gar nicht. Willkommen zurück.« Er lehnte sich zurück. »Willst du etwas trinken? Ein Glas Wein vielleicht? Es gibt viel zu bereden …«

»So etwas wurde noch nie versucht«, meinte Celan voller Stolz am nächsten Morgen. Wir befanden uns in Leandras Quartier.

Im zweithöchsten Stock der Festung gelegen, besaß es einen Balkon, der auch als Wehrgang dienen konnte, die Zinnen boten eine gute Aussicht.

»Morgen früh wird die Flotte aufbrechen und zwei volle Legionen unserer tapferen Männer werden an der Küste von Aldane anlanden.« Er wandte sich mir zu. »Es ist Euer Verdienst, Freund, dass wir das wagen können, denn wir wissen nun, dass die Küste nicht verteidigt wird.«

Es war wirklich erhebend, die gewaltige Flotte im Hafen liegen zu sehen und zu wissen, dass ein jedes dieser Schiffe bereit war, für unseren göttlichen Kaiser zu segeln. So etwas hatte die Welt wahrlich noch nicht gesehen, und auch ich verspürte übermäßigen Stolz, daran teilhaben zu dürfen.

Den größten Teil des Morgens hatte ich über das berichtet, was ich auf meiner gefährlichen Mission herausgefunden hatte. Vieles davon war dem Fürsten und Leandra unbekannt gewesen, manches schien Celan maßlos zu verärgern, anderes beruhigte ihn dann wieder. Mich selbst bedrückte es ungemein, von denen zu berichten, die ich erschlagen hatte. Doch er sagte mir auch, dass ich mir keine Vorwürfe machen sollte, es wäre ja meine Aufgabe gewesen, für den Feind zu arbeiten; das wäre ein Risiko gewesen, das der göttliche Kaiser sorgfältig bedacht hatte. Ganz besonders hatte es Celan interessiert, wie ich auf die Insel gekommen war und wo wir unser Versteck gefunden hatten.

»Ich sagte doch, ich habe geträumt, dass er im alten Turm war«, hatte Leandra dazu gemeint und mich strahlend angesehen. »Bedenke, wenn du dich nicht versteckt hättest, hätten wir dich viel früher gefunden!« Damit hatte sie wohl recht, es war nur verwunderlich, wie sauer mir der Gedanke aufstieß.

Celan war auch wenig erbaut über das Schicksal der *Dornenblut*, dennoch war er erleichtert, als ich meinen Bericht abschloss.

»Wir waren in Sorge, als die *Dornenblut* nicht zurückkehrte, und dachten, wir hätten die Verteidigung der Verlorenen unterschätzt«, erklärte Leandra mir lächelnd. »Der Fürst war geneigt, Janas anzugreifen, doch dort gibt es ebenfalls Schwierigkeiten.«

»Welcher Art?«, fragte ich, während ich fasziniert zusah, wie gut ein Dutzend Schiffe Material aufnahmen, Rationen für die Truppen, Gerätschaften sowie zerlegte Belagerungsmaschinen. Welch ein Wagnis, eine solche Flotte so weit zu entsenden und dann in die weiche Flanke des Feindes vorzustoßen!

»Wir hofften, Janas für uns gewinnen zu können«, erklärte Celan, und für einen Moment schien es mir fast, als ob mein Freund mich hasserfüllt musterte. »Doch es gab einen Aufstand dort. Angezettelt von Priestern dieses verlorenen Gottes Boron! Es war die alte Emira selbst, die sich vor die Heere von Janas stellte und ihnen zurief, dass die Götter entschieden hätten, was gerecht und gut und was falsch und nichtig wäre. Sie sagte, es wäre die Zeit der Schlacht der Götter, und rief alle Gläubige auf, sich vom Haus des Turms abzuwenden, denn die Priester von Boron selbst könnten Zeugnis davon geben, dass der Turm kein Anrecht auf das Emirat habe, sondern es dem Adler zustünde, der auf der Seite der Emira für die Götter des Lichts kämpfe.«

»Janas' Soldaten gaben nur auf, weil die Essera Falah ihnen auf dem Schlachtfeld predigte?«, fragte ich verwundert. Fast wider Willen verspürte ich Bewunderung für die alte Emira. Sie war unsere Feindin, aber bei den Göttern – beim Kaiser, verbesserte ich schnell in meinen Gedanken –, sie war eine Frau, die man wahrlich respektieren musste!

»Es mag auch daran liegen, dass ihre Tochter im Begriff war, die Heere von drei Emiraten und eine ganze Legion des verlorenen Reichs vor die Tore von Janas zu führen«, erklärte Celan und machte ein Gesicht, als habe er in eine Zitrone gebissen.

»Oh«, sagte ich. Also hatte Armin doch das erhalten, was er wollte.

»Ja, oh«, meinte Celan säuerlich. »Damit nicht genug, unsere Agenten berichten mir, dass es als sicher gilt, dass die Emira von Gasalabad auch den Kalifenthron besteigt.« Er bedachte mich mit einem zornigen Blick. »Da habt Ihr Eure Aufgabe zu gut gemeistert!«

»Es tut mir leid, aber ich wusste ja nicht…«

Er schüttelte den Kopf, mühte sich sichtlich, sich zu beruhigen, und hob dann die Hand. »Ihr habt getan, was Ihr tun musstet. Auf jeden Fall begegnete man unseren Vorstößen mit erstaunlicher Gegenwehr. Es hat uns gute Männer gekostet. Jetzt aber stoßen wir in den ungeschützten Bauch der Bestie vor! In vier Tagen werden wir einen Brückenkopf in Aldane errichtet haben, und in zwei Wochen werde ich dem Kaiser berichten können, dass Aldar selbst gefallen ist!«

»In wenigen Wochen wird die Reichsstadt ebenfalls Legionen aufgestellt haben«, erinnerte ich ihn. »Sie werden versuchen, Aldar zu entsetzen.«

»Das bezweifle ich«, meinte Celan mit einem Lächeln. »Denn morgen, um Mitternacht, wird der Kaiser dem alten Drachen den Kopf abschlagen. Noch bevor wir gegen Aldar segeln, wird die Reichsstadt bereits uns gehören.«

»Aber wie ist das möglich?«, fragte ich erstaunt.

»Erklärt Ihr es ihm«, meinte Celan großzügig zu Leandra, und sie wandte sich mir zu, um mir voller Stolz zu berichten, was geschehen würde.

»Unser Kaiser wird seine göttliche Macht demonstrieren! Zu Hause, in der Heimat, warten zehn volle Legionen darauf, dass er ihnen mit einem Wort und einer Geste ein Tor direkt in das Herz der Reichsstadt öffnet! Stell dir das mal vor! Wir werden in ihre innerste Feste einbrechen wie eine Flut aus Stahl«, berichtete sie mir aufgeregt. »Ist das nicht großartig?«

»Ja«, sagte ich. »Sicher.« So ganz konnte ich ihre Freude nicht teilen.

Fürst Celan lachte befreit auf, bevor er begeistert weitersprach. »Sie dachten, ihre Mauern schützen sie, doch jetzt werden diese alten Zinnen uns gehören und den Feind von uns fernhalten, bis wir Askir befriedet haben. Der alte Drache hat es selbst gesagt, niemand wird diese Mauern jemals erfolgreich belagern!«

»Der alte Drache?«, fragte ich. Den Begriff hatte ich noch nie gehört.

»Ja. Askannon selbst! Der, dessen Banner der Drache ist. Diesmal wird er endgültig unterliegen, ob er selbst sich erneut unserem Herrn entzieht oder nicht! Sein Werk wird vergehen, seine Legionen werden unserem göttlichen Kaiser dienen, und die Welt und die Sphären der Götter werden unserem Herrn gehören. Gepriesen sei er, der Göttliche, gepriesen sei Kolaron Malorbian!«

»Gepriesen sei er«, murmelten Leandra und ich zugleich, doch ich bemerkte ihren Blick. Wir waren beide noch nie erpicht darauf gewesen, jemanden zu lobpreisen, sei er nun Kaiser oder Gott. Wenn ich bedachte, wie oft ich mich gegen meinen Gott aufgelehnt hatte ... wenn ich ... wie ... Meine Gedanken stockten.

Ich habe ihn gefunden, sagte eine mir bekannte Stimme in meinen Gedanken, und fast schien es mir, als ob ich ein dunkel glühendes Augenpaar sehen könnte. *Er kämpft dagegen an ...*

Oder er ist einfach nur stur!, hörte ich eine andere Stimme, eine, die ich lange nicht mehr vernommen hatte. *Das passt besser zu ihm. Ist Leandra bei ihm?*

Ja, aber ich kann sie nicht erreichen. Sie sind in der Festung ... oh, er hat uns bemerkt ...

»Havald?«, fragte Leandra besorgt. »Was ist?«

»Visionen«, versuchte ich zu erklären. »Ich sah ... ich hörte ...«

»Macht Euch keine Gedanken«, sagte Fürst Celan überraschend scharf. »Es sind nur die Nachwirkungen der Magie, die der Kaiser an Euch gewirkt hat, es war zu erwarten. Diese Visionen werden vergehen.«

Dieser schlangenzüngige Hund!, rief eine andere Stimme, die ich irgendwoher kannte. *Dieser Sohn eines Kamels und einer Natter! Sagt, dass ich ihn mir vornehmen darf, diese Ausgeburt der Falschheit!*

Nein, hörte ich die Stimme der Frau. *Er gehört mir. Und jetzt sei still, du störst meine ...*

»Havald?«, fragte Leandra.

Ich schaute zu Celan hinüber. Er hatte mir geraten, mir keine Gedanken darüber zu machen. »Nichts«, sagte ich. »Es ist nichts.«

»Es gibt noch viel für uns zu tun«, meinte Celan und schaute zu Leandra hinüber, die ergeben nickte.

»Du musst uns nun entschuldigen, Havald«, teilte sie mir mit. »Wir stecken schon seit Tagen in den Vorbereitungen und müssen uns jetzt um letzte Dinge kümmern.«

»Wie kann ich helfen?«, fragte ich, während ich mit Missfallen bemerkte, wie Celan vertraut einen Arm um Leandras Mitte legte.

»Es ist noch zu neu für Euch, mein Freund«, sagte der Fürst großherzig. »Am besten bleibt Ihr hier und erholt Euch noch eine Weile, es wird früh genug etwas für Euch zu tun geben.« Er machte eine einladende Handbewegung. »Fühlt Euch wie zu Hause. Nur denkt daran: Wenn Ihr diese Gemächer verlassen wollt, wird Euch eine Ehrengarde begleiten. Ein Fürst, wie Ihr es seid, wird niemals ohne gehen!«

»Wie Ihr wünscht«, antwortete ich steif. Mir gefiel der Gedanke wenig, auf Schritt und Tritt von einer Ehrenwache begleitet zu werden. Ich konnte auf mich selbst aufpassen.

»Ihr könnt Euch ja derweil überlegen, wie Ihr dem Göttlichen am besten dient«, schlug Celan vor.

»Das werde ich tun.«

Leandra und er gingen zur Tür, dort blieb sie kurz stehen. »Ich bin so froh, dass du wieder bei uns bist«, sprach sie, und ich konnte spüren, wie aufrichtig sie es meinte.

»Sie hat recht«, bestätigte Celan, doch auf eine Art, die mir nicht recht gefallen wollte. »Es ist eine wahre Freude, Euch so zu sehen!«

Dann zog er die Tür hinter sich und Leandra zu und ließ mich zurück, während ich versuchte, Ordnung in meine verworrenen Gedanken zu bringen.

Es würde vorbeigehen, hatte mir Celan versichert. Dennoch, es behagte mir gar nicht, dass ich diesen unbestimmten Zorn auf ihn verspürte, aber wahrscheinlich war es nur eine Art der Eifersucht. Denn jedes Mal, wenn er sie berührt hatte, war in mir der Wunsch aufgekommen, ihm die Zähne aus dem Gesicht zu schlagen.

Durch die offene Tür zu Leandras Schlafgemach konnte ich das zerwühlte Laken auf dem Bett erkennen, davor, achtlos auf den Boden geworfen, die Stiefel, die er gestern Abend getragen hatte. Meine Gedanken waren eines Offiziers des göttlichen Kaisers unwürdig, außerdem war Fürst Celan mein bester Freund. Es stand mir nicht zu, meinen Kameraden zu verurteilen, und dennoch … Meine Fäuste waren so fest geballt, dass die Knöchel weiß hervortraten. Mit Mühe wandte ich mich ab, versuchte mich zu entspannen und trat wieder auf den Balkon hinaus.

Ich stand dort eine Weile, schaute auf den Hafen hinab und sah zu, wie die Schiffe für ihre Abfahrt am nächsten Morgen vorbereitet wurden. Ich erinnerte mich daran, was Elgata über die Größe der Flotte der Reichsstadt erzählt hatte und wie Celan höhnisch gelacht hatte, als ich ihm davon berichtete. Er schien sich sehr daran zu erfreuen, dass das Alte Reich, nein, die Verlorenen Reiche, schutzlos vor ihm lagen.

Sie ahnten nicht einmal, was auf sie zukommen würde. Dass es mehr als eine Handvoll unserer Schiffe geben musste, das konnte sich die Reichsstadt denken, aber diese Flotte … Ich zählte die Schiffe durch. Achtunddreißig dickbäuchige Transportschiffe, fünf Giganten, von denen aus die Wyvern starten konnten, noch einmal siebenundzwanzig Fregatten, wie Serafine sie genannt hatte. Nichts konnte die Flotte noch aufhalten, und ich musste denjenigen Respekt zollen, die dieses ungeheure Unterfangen geplant hatten. Direkt unter der Nase der Verlorenen Reiche eine solche Streitmacht zusammenzuziehen … Fürst Celan hatte mir gesagt, dass ich stolz sein sollte, und ich war es auch, wie sollte ich es auch nicht sein, wo doch mein ganzes Leben dem Streben diente, die Verlorenen Reiche unter die Herrschaft des Göttlichen zu bringen?

Dennoch schnürte mir der Anblick der Flotte den Hals zu, als ob eine eiserne Hand sich um ihn legen würde, als gäbe es etwas in mir, das diese Flotte und all die glorreiche Macht des göttlichen Kaisers auf den Grund des Meeres wünschte.

Dorthin, wo schon etwas anderes lag … Warum nur sah ich

ständig diese Bilder von einem Schwert, das in der Tiefe versank, warum spürte ich ein solches Verlangen nach einem Stück Stahl?

Ich zog mein Schwert. In Form und Ausführung entsprach es diesem anderen, das ich mir in meinen Visionen ersehnte, allerdings war dessen Klinge aus einem helleren Stahl.

Ich lehnte mich gegen die Zinnen, stopfte mir eine Pfeife und versuchte mich zu erinnern, was es mit diesem Schwert auf sich hatte. Doch sosehr ich mich auch anstrengte, es blieb bei diesem einen Bild, wie das Schwert im Meer versank. So lange stand ich da und grübelte, dass sich mein schlechtes Gewissen regte. Celan hatte mich angehalten, mir Gedanken zu machen, wie ich dem Göttlichen am besten dienen konnte, also verbannte ich diese Visionen aus meinem Geist und wandte mich der Aufgabe zu, die er mir gestellt hatte.

Wo lagen meine Fähigkeiten, meine Talente?

Im Kampf und in der Schlacht. Vielleicht sollte ich Celan fragen, ob er mir das Kommando über eine Legion, zumindest aber eine Lanze übertrug.

Mein Ringfinger juckte fürchterlich, ich kratzte mich, doch es half nichts. Ich blickte hinab und sah, dass ich mich blutig gekratzt hatte.

Das brachte nichts. Ich konnte noch so lange hier stehen und grübeln, ich kam zu keinem Schluss. Leandra war um vieles klüger als ich, hatte sogar in den Akademien studiert, vielleicht konnte sie mir helfen.

Ich verließ unsere Gemächer und fand vor der Tür meine Ehrenwache vor. »Ich suche die Fürstin Leandra. Wo finde ich sie?«, fragte ich einen der vier Soldaten. Der sah mich erstaunt an, musterte meine kostbare Rüstung und dann mich. Ich verschränkte meine Arme vor der Brust und sah herrisch auf ihn herab. »Wollt Ihr einen Fürsten des Reichs noch länger anstarren, Soldat?«, fuhr ich ihn an.

Hastig senkte er den Blick. »Verzeiht«, sagte er unterwürfig. »Ich denke, sie wird in der Bibliothek sein, Fürst. Sie ist öfter dort und spricht mit den Gelehrten über die Formen der Magie.«

»Und wo ist diese Bibliothek?«

Er zögerte.

»Ich kam erst gestern hier an, noch kenne ich mich nicht aus«, teilte ich ihm barsch mit. »Also?«

»Dort die Treppe hinunter, im dritten Stock, den Gang entlang, die zweite Tür auf der linken Seite«, informierte er mich.

Ich ließ ihn stehen, so wie es Celan oft mit seinen Leuten tat, und ging zur Treppe, wo zwei Soldaten Wache standen. Ich würdigte sie keines Blicks und ging an ihnen vorbei, meine Ehrenwache folgte auf dem Fuße.

Der Mann hatte mir den Weg gut beschrieben, ich fand die Bibliothek der Festung ohne Probleme. Ich zog die Tür auf und trat in den großen, von hohen Fenstern gut beleuchteten Raum.

Vier Männer unterschiedlichen Alters schauten überrascht von dicken Folianten auf. Leandra war nirgends zu sehen.

»Ich suche die Fürstin Leandra«, fragte ich in herrischem Ton. »Wisst ihr, wo sie sich befindet?«

Drei blickten zu dem vierten Gelehrten, der gerade sorgfältig eine Illustration auf einem Seitenrand mit einem feinen Federstrich nachzog. Der Mann seufzte gequält und schüttelte den Kopf. »Wir werden mit unserer Arbeit kaum nachkommen können, wenn wir hier ständig gestört werden. Es braucht Ruhe und Konzentration, um die Mysterien in diesen alten Büchern zu verstehen. Es ist ein Wunder, dass sie noch so gut erhalten sind. Richtet das dem Fürsten aus.« Er machte Anstalten, sich wieder seiner Malerei zu widmen.

»Soll ich Euch erst am Kragen packen, bevor Ihr mir sagt, was ich zu wissen wünsche?«, fragte ich den Gelehrten höflich.

Der sah erstaunt auf. »Nun werdet nicht gleich ungehalten, Ser«, protestierte er. »Unsere Arbeit hier ist wichtig und …«

Ich trat einen Schritt näher an ihn heran.

»Sie ist schon weg«, sagte er hastig. »Der Priester hat sie eben gerade abgeholt.« Er deutete mit seinem Federkiel zu einer Tür. »Ich sah, wie sie die hintere Treppe nach unten gingen, sie wollten in die Katakomben.«

»Zum Kerker, meint Ihr?«, fragte ich, doch der Mann schüttelte den Kopf. »Nein. Zu den Katakomben. Der Priester sagte, er wolle den Wolfstempel erkunden.«

Etwas regte sich in meiner Erinnerung. Ein Tempel in einem Vulkan? Ich sah eine Vision von Serafine, wie sie sich über Pläne beugte... Das war etwas, das ich dem Fürsten noch gar nicht berichtet hatte.

»Wie kommt man am besten dorthin?«, fragte ich den Mann.

»Durch den untersten Kerker«, antwortete er. »Dort, wo die Opfer für das Ritual gehalten werden. Am Ende des Gangs gibt es eine Tür, sie führt weiter in die Tiefen der Festung.«

»Dorthin ist der Priester mit der Fürstin Leandra gegangen?« Eine seltsame Unruhe erfüllte mich bei dem Gedanken, dabei gab es kaum eine sicherere Begleitung für sie als einen Priester des Göttlichen.

»Das hat er gesagt.« Der Gelehrte räusperte sich. »Er war sehr kurz angebunden... Fürst. Wenn das alles war, kann ich mich nun wieder wichtigeren Dingen zuwenden?«

»Tut das«, erlaubte ich ihm und machte auf dem Absatz kehrt.

Irgendwie, dachte ich, als ich die steilen Treppen zum Kerker hinabstieg, rochen Kerker alle gleich. Feucht und modrig, mit einem Geruch, der von Leid und Qual kündete, selbst wenn man die Schreie nicht hörte. Aber hier waren sie vernehmbar, ein Greinen, Wimmern und Schluchzen, das Flehen um Gnade, die halb wahnsinnig klingenden Laute von Menschen, die weit jenseits dessen leiden mussten, was möglich sein sollte.

Ich wandte mich an eine meiner Ehrenwachen. »Das klingt, als wären unsere Folterknechte heute überaus eifrig! Wie kommt es, dass so viele unter der Pein befragt werden?«

»Die meisten sind Piraten... Fürst«, antwortete der Mann unbeteiligt. »Sie kommen aus jeder Ecke des Alten Reichs, und wir wollen wissen, was sie uns sagen können.«

»Viel Zeit bleibt uns ja nicht mehr«, meinte einer der anderen Wächter. »Die Flotte segelt morgen, also beeilen sich die Folterknechte ein wenig.«

Unter der Folter sagte ein Mann meist das, was der Peiniger zu hören wünschte, egal ob es die Wahrheit war oder nicht. Ich sah meist keinen Sinn darin. Nur dieses eine Mal, als Faihlyd, Armin und ich Sarak Bey, den Agenten des Turms, verhört hatten, hatte es seinen Zweck erfüllt. Ohne die Tortur hätten wir Prinzessin Marinae, Faihlyds Schwester, wohl kaum retten können. Außerdem … der Mann war selbst ein Ausbund an Grausamkeit gewesen, in seinem Fall hatte es auch zu tun mit Gerechtigkeit.

Wenn ich es recht bedachte, waren die Geständnisse des Beys auch der Grund, weshalb Serafine die Elfen zu erreichen versucht hatte. Nachdem wir Marinae befreit hatten, legte die Prinzessin im Tempel des Boron Zeugnis über das ab, was ihr angetan worden war, und das führte dazu, dass sich das Blatt gegen das Haus des Turms wendete. Ja, es war sinnvoll gewesen, den Bey der Tortur zu unterziehen, aber in all den Jahren, die ich nun schon lebte, war es das erste Mal, dass ich so gedacht hatte. Sonst …

»Fürst?«, fragte einer der Wächter.

»Ja?«, entgegnete ich unwirsch.

»Ihr seid mitten auf der Treppe stehen geblieben. Ist etwas?«

»Nichts«, antwortete ich knapp und ging weiter die Treppe hinab, den Schreien entgegen.

Die Katakomben lagen noch unter den Kerkern. Als wir schließlich vor einer anderen Tür standen, waren die gequälten Schreie fern. Hier lag eine letzte Zellenflucht vor uns, dahinter führte dann der Weg in die Katakomben.

Auch das schien allen Kerkern gemein: ein langer Gang, von dem die Zellen abgingen, darin ein Tisch und zwei gelangweilte Wachtposten. Sie saßen da, tranken Wein und starrten stumpfsinnig auf den alten, ungehobelten Tisch zwischen sich, eine Tätigkeit, die sie zu erfüllen schien. Als eine meiner Wachen die schwere, halbverrostete Tür zum Gang aufzog, schaute einer der Kerkerwächter auf und runzelte die Stirn. »Was?«, fragte er ruppig.

»Fürst Roderic ist hier, um die Zellen zu inspizieren!«, rief meine Ehrenwache und betonte das Wort *Fürst* seltsam eindringlich. »Zeigt mehr Respekt!«

»Ja, Ser!«, rief der eine, und beide sprangen auf, um zu salutieren.

»Ich suche den Priester unseres Herrn und seine Begleitung, Fürstin Leandra«, teilte ich den beiden mit. »Man sagte mir, sie seien hier. Wo kann ich sie finden?«

»Der Priester und die Fürstin waren hier. Er verlangte den Schlüssel zu den Katakomben. Mehr weiß ich nicht.«

»Sind sie noch immer dort?«, fragte ich.

»Ja, sie sind noch nicht zurückgekommen.«

»Der Eingang zu den Katakomben, ist er hier?«

Einer von ihnen zeigte den Gang entlang. »Dort hinten durch die nächste Tür, dann die Treppe hinab, mehr kann ich Euch nicht sagen, der Zugang ist uns verboten.«

»Danke«, sagte ich und ging weiter.

»Wo wollt Ihr hin, Fürst?«, fragte mich der Anführer meiner Wachen.

»Den Priester suchen.«

»Aber er ist in den Katakomben. Nur der Fürst und die Priesterschaft haben Zugang dorthin!«

»Wollt Ihr etwa andeuten, dass dieses Verbot auch für mich, einen Fürsten des Reichs, gelten soll?«

Der Mann wechselte mit den anderen Wachen einen Blick, zögerte einen kurzen Moment und schüttelte dann den Kopf. »Ihr seid ein Fürst, wer von uns würde es also wagen, Euch den Weg zu verwehren?«, meinte er und verbeugte sich tief.

»Dann ist es ja gut«, sagte ich und ging weiter, während ich mich wunderte, warum mir die Antwort des Soldaten so falsch vorkam. Ich hatte schon immer ein gutes Gespür für Lügen besessen, das war auch ein Grund, warum … Die Erinnerung schwand schon wieder.

Ich hoffte nur, dass Celan recht behielt und es sich bald bessern würde.

Gerade als eine meiner Wachen am Ende des Gangs die

schwere Tür mit einem vernehmlichen Quietschen aufzog, rief jemand aus der Zelle dort meinen Namen. Das spärliche Licht der Fackeln in diesem Gang war gerade genug, um den Mann noch zu erkennen, allerdings hätte ich nicht erwartet, ihn noch einmal lebend wiederzusehen.

Es war der Blutige Marcus, der diesmal seinem Beinamen auf andere Art gerecht wurde. Wie ich durch die Gitterstäbe des kleinen Fensters erkennen konnte, an das er sich mit geschundenen Händen klammerte, hatte man ihn übel zugerichtet.

»Ihr seid also nun ein Kriegsfürst von Thalak«, meinte er und lachte fast schon hysterisch. »Wisst Ihr, dass ich dachte, Ihr wärt ein Agent der Kaiserstadt? So kann man sich täuschen!«

Für einen Mann in seiner Lage schien er mir fast schon zu guter Laune. »Seht Ihr, und ich wiederum dachte, Ihr wärt schon längst geopfert worden«, entgegnete ich scharf und wollte weitergehen, doch seine Stimme hielt mich zurück.

»Verzeiht, dass Eure Freundin, die Fürstin, mein armseliges Talent nicht erhielt, aber ich bin eigen, wenn es darum geht, meine Seele herzugeben.« Er grinste breit und zeigte einen abgebrochenen und gesplitterten Zahn in seinem blutigen Mund. »Man versicherte mir jedoch, dass ich mich heute Abend besser benehmen werde, wenn sie mir in dem Ritual die Seele entreißt.«

»Von was faselt Ihr da, Mann?«, fragte ich wütend. Die Vorstellung, dass Leandra die Seele eines Menschen an sich binden würde, dass sie einer dieser verfluchten Nekromanten sein sollte… Ich stockte und sah Marcus fassungslos an, während meine Gedanken so sehr herumwirbelten, dass mir der Hals dabei eng wurde.

»Der Priester hat es mir erklärt«, verkündete Marcus. »Es scheint, dass Eure Freundin ein gewaltiges Talent besitzt, das dem Reich dieses Nekromantenkaisers nutzen wird. So sehr, dass man jahrelang nach ihr gesucht hat. Mein Talent soll ihr erlauben, noch nützlicher zu sein und sie fester an die Seite des Fürsten zu binden.« Er spuckte Blut und lächelte freudlos. »Er sagte auch, dass es nach dem Ritual kein Zurück mehr für sie geben wird. Damit wären wir dann schon zwei.«

»Fürst«, begann einer meiner Wächter. »Wir sollten …«

»Still!«, herrschte ich ihn an. »Lasst den Mann sprechen.« Ich wandte mich wieder Marcus zu. »Ich verstehe noch immer nicht, was Ihr mir sagen wollt.«

»Nur, dass Eure Freundin wohl kaum mehr im Alten Reich willkommen sein wird, wenn es offenbar wird, dass auch sie Seelen reitet.« Er lachte bitter, als er meinen Gesichtsausdruck wahrnahm. »Wusstet Ihr das nicht? Habt Ihr Euch nicht gewundert, warum dem Reich Thalak so viele Seelenreiter dienen, wo sie doch so selten sind? Diese Seelenreiter sind es nicht von Natur aus, sie werden dazu gemacht … durch ebendieses Ritual, das Ihr gestern unterbrochen habt, indem Ihr Eurer Freundin vor die Füße fielt. Etwas später nur, und ich wäre tot und sie die Herrin meiner Seele und für immer verflucht.«

Ein stählernes Band schien mir den Atem abzuschnüren, selbst meine Wachen sahen schon beunruhigt drein.

»Hört nicht auf ihn, Fürst«, meinte einer von ihnen und trat näher, die Hand auf dem Knauf seines Schwerts.

»Ihr erzählt Unsinn«, sagte ich entschieden. »Der Schreck hat Euch den Geist verwirrt, das wird es sein.«

»Verwirrt oder nicht, ich bin Euch dankbar!«, rief Marcus. »Kaum zu glauben, wie wertvoll das Leben wird, wenn man nur noch einen Tag hat.«

»Eine späte Einsicht für einen Hund wie Euch«, knurrte ich. »Ich glaube Euch kein Wort. Es ist alles Unfug. Welches Talent wollt Ihr denn schon haben?«

»Ein überaus nützliches«, meinte er unverfroren. »Wenn Ihr wollt, verrate ich es Euch. Vielleicht würfelt Ihr dann ja mit Eurer Freundin um meine Seele.«

Zornig trat ich näher an ihn heran. »Ein Mann in Eurer Lage sollte …«

»Wenigstens kenne ich die meine«, unterbrach er mich, den Blick auf meinen Hals gerichtet. »Kennt Ihr denn die Eure?«

»Was meinst du damit, Kerl?«

Doch der Pirat wandte sich schon ab. »Artin, schau dir mal an, was dein Freund um den Hals trägt!«, rief Marcus nach hinten in die Zelle. Dort rührte sich etwas, und der Elf Artin kam langsam nach vorn zur Tür. So abgemagert und verdreckt hätte ich ihn kaum erkannt, wenn der Pirat ihn nicht beim Namen gerufen hätte.

»Roderic«, sagte der Elf, als er an das vergitterte Fenster in der Tür trat. Eines seiner Augen war zugeschwollen und eiterte aus dem Augenwinkel. Ich hoffte nur, dass es nicht verloren war. »Es tut mir leid, Euch so zu sehen.«

Er schien es auch noch ernst zu meinen.

»Was faselt Ihr da?«, fragte ich ihn, während eine meiner Ehrenwachen schon näher trat.

»Das Band um Euren Hals«, erklärte der Elf.

»Ihr habt eines getragen«, erinnerte ich mich. »Nicht ich.«

»Jetzt tut Ihr es.« Er legte den Kopf schief und sah mich mit seinem guten Auge an. »Aber Ihr wisst es nicht einmal, oder?«

»Tritt zurück, Elf«, befahl einer meiner Wächter barsch und wandte sich dann mir zu. »Fürst, wir …«

Doch weiter kam er nicht, denn die Tür, die zu den Katakomben führte, öffnete sich und zwei Soldaten kamen herein und blieben erstaunt stehen, als sie den Gang von mir und den Wachen versperrt vorfanden.

»Oh«, meinte einer der beiden und trat hastig beiseite. Ich tat das Gleiche zur anderen Seite hin, näher zu Artin und der Zellentür.

»Bitte nach Euch, Fürst«, bot der Soldat an, während er eine Laterne anhob, um mich besser betrachten zu können. Doch ich hörte kaum auf das, was er mir sagte, sondern starrte nur auf das Schwert an seinem Gürtel, ein Schwert, ganz ähnlich dem, das ich selbst trug. Ein Schwert, das mich reizte und anzog, lockte und faszinierte, ein Schwert wie das aus meinen Visionen.

»Wo habt Ihr diese Klinge her?«, fragte ich den Mann mit brüchiger Stimme.

»Ser …«, begann er.

»Fürst«, berichtigte eine meiner Wachen den Soldaten drohend, dieser schluckte und nickte hastig. »Verzeiht, Fürst.«

»Wo habt Ihr das Schwert her?«, fragte ich erneut.

»Es ist eine seltsame Geschichte«, berichtete der Mann zögerlich. »Ich habe das Schwert von einem Jungen, einem dieser Piratenbastarde, die wir leben ließen, damit sie Besorgungen für uns erledigen. Ich sah, wie er das Schwert verstecken wollte, und ergriff ihn, er behauptete auch noch, es gehöre ihm.«

»Wie das?«, fragte ich überrascht.

»Er sagte, er habe es aus dem Rücken einer Kreatur ragen sehen, die im Hafen verendet ist und letzte Nacht dort angetrieben wurde. Er behauptete, er wäre hingeschwommen und habe es herausgezogen und es gehöre nun ihm.« Der Soldat schüttelte erheitert den Kopf. »Dann besaß er auch noch die Unverschämtheit, mir das Schwert für fünf Goldstücke anzubieten.«

»Eine solche Klinge ist weitaus mehr wert«, meinte ich.

»Als ob ich dafür zahlen würde«, amüsierte er sich. »Als dieser Piratenbastard es mir nicht geben wollte, erschlug ich ihn. Ein Maul weniger, das wir stopfen müssen. Außerdem, was weiß ein Piratenbastard schon davon, wie man eine solche Klinge führt?«

Etwas zupfte an meinem Hals, und ich schaute zurück. Dort am Fenster der Zellentür stand Artin, einen dürren Arm durch das Gitter geschoben, und nestelte an meinem Hals herum.

»Was tut Ihr da?«, fragte ich und wollte nach ihm greifen. Auch der Soldat neben mir langte bereits nach seinem Schwert. »Weg da!«, rief er und zog seine Klinge. »Oder ich …«

»Ich zahle nur eine Schuld zurück«, rief Artin, dann klickte etwas in meinem Nacken, und ich sah fassungslos zu, wie Artin ein schimmerndes Band durch die Gitter in die Zelle zog und wie von Sinnen lachte. Einen Lidschlag später, und der Schwertstreich meiner Ehrenwache hätte ihm den Arm abgetrennt, so aber schlug der Stahl nur Funken von der alten Zellentür.

»Macht daraus, was Ihr könnt«, rief Artin und warf den Halsreif in die hinterste Ecke der Zelle. »Wir sind quitt!«

35. Im Vulkan

Während ich wie dumm dastand und zu verstehen versuchte, was mit mir geschah, fühlte ich neben mir etwas, das ich lange vermisst hatte. Eine seltsam ruhige, kalte und doch willkommene Präsenz, Teil von mir und doch so fremd. Etwas, das ich verfluchen wollte und zugleich doch mehr herbeisehnte, als ich es begreifen konnte!

Noch immer lag Celans Bann auf meinem Geist wie ein nasser Sack, der mich zu ersticken drohte, doch ich dachte nur wenig, als ich Seelenreißer in meine Hand rief. Dass der Soldat nicht gleich losließ, kostete ihn erst zwei Finger und dann das Leben.

Ein kalter brennender Schmerz durchbohrte mich, kurz sah ich die Klinge einer meiner »Ehrenwachen« aus meiner Brust ragen, dann ließ ich mich nach vorn fallen, zog mich von der Klinge, und Seelenreißer zuckte hoch, um das Leben des anderen Soldaten zu nehmen, der in der Tür zu den Katakomben stand und kaum verstand, wie ihm geschah. Erst als er starb, wich die Überraschung in seinem Gesicht schierem Entsetzen, dann fiel er zurück, und ich sah ihn nicht mehr, nur den nächsten, der an seine Stelle trat, um ebenfalls zu sterben.

In mir, in meiner Hand, in meinem Geist, in meinem ganzen Wesen, jubilierte meine fahle Klinge. Sie zuckte, stieß und schlug, ich duckte mich unter dem einen Streich weg, stieß einen anderen Soldaten zurück gegen die Wand, sodass sein Kamerad ihn durchbohrte, ließ mich so fallen, dass ich Seelenreißer durch einen ungeschützten Schritt stoßen konnte, rollte, sprang und duckte mich, wich aus und wand mich, als wäre das alles nur ein sorgsam eingeübter Tanz, in dem jeder einer unerbittlichen Bestimmung folgte, die auf Seelenreißers Klinge endete.

Ein letztes Mal zuckte das Schwert vor, durchstieß das Herz des letzten Gegners, dann stand ich keuchend da, während ein anderer röchelnd vor mir zu Boden fiel. Mein Atem stand mir nicht mehr blutig vorm Mund, und die Finger meiner Hand waren genesen, als hätten sie Angus' Kinn neulich nur gestreichelt.

»Götter!«, hauchte Marcus aus seiner Zelle. »Niemand wird mir glauben, wenn ich das erzähle!«

Ich wischte mir das Blut der Toten aus dem Gesicht, ein Tropfen fiel auf Seelenreißers Stahl und wurde aufgesogen. Ich zog das alte Schwert aus der Scheide und tat das Bannschwert dorthin zurück, wo es hingehörte, an meine Seite. Es kam mir vor, als wäre es selbst auch erleichtert, endlich wieder dort zu sein.

Von einem Bannschwert hieß es, dass man es weder stehlen noch auf Dauer von dem trennen konnte, der an diese Klinge banngebunden war. Es hieß, sie fände immer einen Weg zurück. Ich fing an, es zu glauben, denn das war schon das zweite Mal, dass Seelenreißer zu mir zurückgekehrt war.

Auch am Wirken der Götter hatte ich nur noch wenig Zweifel. Wie sonst war es zu erklären, dass das Schwert sich genau zu dem Zeitpunkt hier eingefunden hatte, als ich es am nötigsten brauchte?

Ich hatte mich gegen meinen Gott aufgelehnt, mich wieder und wieder von ihm losgesagt und geheuchelt, wie froh ich war, ihm nicht mehr dienen zu müssen. Und doch hatte er mich nicht verlassen, sondern mir genau in jenem Moment Rettung und Hilfe geschickt, als ich sie am dringendsten benötigte.

Ich kannte mich, ohne Murren würde ich ihm auch jetzt kaum folgen, aber nach all den langen Jahren verstand ich nun zum ersten Mal, dass Soltar auch der Gott der Hoffnung war, der nicht nur das Ende versprach, sondern auch einen neuen Anfang.

Ich stand in diesem Gang, über und über mit dem Blut der Toten besudelt, und lächelte, denn er hätte mir Seelenreißer bestimmt nicht geschickt, wenn es keine Hoffnung mehr für uns gäbe.

»Jetzt ist er verrückt geworden«, hörte ich Artins Stimme aus der Zelle. »Seht, wie er dasteht und grinst, als hätte er eine Offenbarung erfahren. Gleich fängt er noch an, zu tanzen und zu singen.« Ich schaute auf. Er stand am Gitter der Tür und schüttelte traurig den Kopf. »Warum nur haben die Götter den Verstand der Menschen so zerbrechlich gemacht?«

Ich lachte, denn ich konnte nicht anders. »Macht Euch keine Sorgen deswegen«, erwiderte ich und suchte unter den Toten den Kerkermeister. »Mir ging es nie besser als in diesem Moment.«

»Das scheint mir eher ein weiterer Beweis für Euren Wahnsinn zu sein«, meinte Artin bissig, doch im nächsten Moment hatte der Pirat ihn vom Zellenfenster weggeschoben.

»Schnell, öffnet die Tür!«, rief Marcus. »Gebt uns die Freiheit zurück!«

»Warum sollte ich das tun?«, fragte ich ihn, während ich den Kerkermeister auf den Rücken drehte, um besser an den großen Schlüsselbund heranzukommen. »Ich halte nichts von Opferungen, aber Ihr seid ein Pirat und habt den Tod ganz sicher verdient.«

»Natürlich, so kann man es sehen«, pflichtete er mir bei. »Aber ich bin ein Pirat, der Euch den Weg aus diesem Kerker zeigen kann! Niemand kennt die Festung hier so gut wie ich. Außerdem ist dieser Elf hier drinnen. Er ist kein Pirat, wollt Ihr, dass er auch geopfert wird? Er hat Euch doch eben geholfen, oder nicht?« Er hielt eine verrostete Kette hoch. »Und diese Kettenglieder binden unsere Füße zusammen, den Elf und mich. Wenn ich sterbe, stirbt er auch.«

Ich probierte einen der rostigen Schlüssel am Schloss der Zelle aus. »Anders als Ihr hat er den Tod nicht verdient.«

»Ein Punkt, in dem wir uns einig sind«, meinte Marcus und verzog sein Gesicht, als seine Lippe erneut aufriss. »Darauf lässt sich aufbauen!« Sein Grinsen litt nicht unter der Wunde. »Seid Ihr nicht neugierig, welches Talent ich besitze? Ich sage Euch, es kann Euch nützlich sein, wenn ich Euch aus diesem Höllenloch hinausbegleite.«

»Wenn«, sagte ich skeptisch und seufzte. »Erzählt schon.«

Auch der zweite Schlüssel passte nicht.

»Ich weiß, wie ich aus jeder Situation das Beste für mich mache. Das ist ein mächtiges Talent, findet Ihr nicht auch?«

Ich hielt inne und musterte ihn durch das Gitter der Zellentür. Er lebte noch, also mochte es zutreffen. Die meisten anderen aus dem Rat der Piraten hingen unten am Hafen an den Galgen. »Ist es so einfach?«, fragte ich ihn, während ich den nächsten Schlüssel ausprobierte.

»Nicht ganz«, erklärte er und zappelte ungeduldig herum, als auch der nächste und der übernächste Schlüssel nicht passen wollten. »Ich sehe manchmal Dinge, die mich berühren und mein Leben verändern könnten, und ich fühle oder ahne, was ich tun muss, um es zu erreichen oder abzuwenden. Es ist, als spielt man Shah mit seinem eigenen Leben und sieht die Züge zwanzigfach voraus. Man kann davon leicht wirr im Kopf werden.«

Der letzte der verrosteten Schlüssel schien zu passen, doch dann klemmte er, und als ich rüttelte, brach er ab.

»Das«, sagte ich und zog Seelenreißer, »glaube ich Euch gern.« Ich hob die Klinge, Marcus sprang hastig zurück, und ich schlug das Schloss mit drei Hieben aus dem alten Eisen.

»Danke«, rief er, als ich die widerstrebend kreischende Tür aufzog. »Das werde ich Euch nie vergessen. Wisst Ihr, dass wir irgendwann Freunde sein werden?« Ich zögerte kurz und gab ihm dann das alte Schwert.

»Das, mein *Freund*, wage ich zu bezweifeln«, antwortete ich. Zurzeit hatte ich von falschen Freunden mehr als genug.

Artin kam zusammen mit Marcus aus der Zelle gehumpelt. Was die Kette anging, hatte der Pirat also nicht gelogen. Ein letzter Streich mit Seelenreißer, und sie war durchtrennt.

Der Elf schaute von der zerstörten Kette auf und musterte mich mit seinem guten Auge. »Es scheint, als wäre ich Euch noch immer etwas schuldig«, stellte er dann fest, bevor er sich bückte, um einem der toten Soldaten das Schwert abzunehmen. Er sah zu, wie ich Seelenreißer wieder in der Scheide verschwinden ließ, und nickte. »Dass Ihr dieses Schwert tragt, erklärt so einiges.«

Die Art, wie er es sagte, ließ mich aufhorchen, und ich nahm mir vor, ihn später noch dazu zu befragen. Später, nicht jetzt. Wir hatten anderes zu tun.

Die Schwerter der Soldaten waren nicht die besten, aber der Stahl war gut genug, um die Tür zum Gang damit zu verkeilen. Abgeschlossen hatte ich sie auch.

Dort, wo die beiden Kerkermeister gesessen hatten, fand sich ein großer Krug mit Wasser und eine Schüssel, gerade genug, um mich notdürftig vom Blut der Toten zu säubern. Pirat und Elf versorgten sich mit Rüstungsteilen der Toten. Auf einige Entfernung sahen wir nun aus wie ein Fürst mit seinen zwei Wachen. Bei näherem Hinsehen aber würde die Tarnung sofort auffliegen. Zumindest, wenn es hell genug dazu war und es überhaupt jemanden gab, der uns sah.

In dem Gang, der zu den Katakomben führte, war es stockdunkel. Der Soldat, der mir unfreiwillig Seelenreißer gebracht hatte, hatte eine Laterne besessen. An zwei Seiten war ihr Glas zu Bruch gegangen, und viel war von der Kerze nicht mehr übrig. Wir nahmen die zwei Fackeln von der Wand des Gangs im Zellentrakt, mehr als das hatten wir nicht zur Verfügung.

»Ich weiß nicht«, meinte Marcus zweifelnd, als er seine Fackel hob, um die steile Treppe zu beleuchten, die vor uns weiter in die Tiefe führte. »Sollten wir nicht versuchen, aus der Festung zu entkommen? Ich hatte Gelegenheit, diese Katakomben etwas zu erforschen, als ich Oberkapitän wurde. Sie sind ein Labyrinth, in dem man sich leicht verirren kann. Hier entlangzugehen, bringt uns der Freiheit nicht sonderlich näher.«

»Ich weiß, was ich tue«, sagte ich, woraufhin Artin schnaubte und mich mit einem skeptischen Blick bedachte. Ich ignorierte ihn. »Aber Ihr könnt es gern in die andere Richtung versuchen. Es liegen nur die Festung und ein paar Tausend Soldaten Thalaks zwischen Euch und der Freiheit.«

»Ihr seid so ernüchternd«, meinte Marcus. »Könntet Ihr nicht etwas aufbauender sein?«

»Marcus«, sagte Artin in kühlem Tonfall. »Sei still.«

In einem behielt der Pirat allerdings recht: Die Gänge hier unten waren verwirrend angelegt, es half auch nichts, dass sie oft unvermittelt in großen Kammern endeten. Hier lag nur allerlei Gerümpel herum, seit Jahrhunderten verrottet. Das Einzige, was wir an Nützlichem fanden, waren eine weitere Laterne und vier Kerzenstummel.

Wieder hatte uns eine Tür nur zu einem leeren Kellerraum geführt, und mit einem Seufzer drehte ich mich um und legte die Hand an die Wand.

»Was sucht Ihr, Roderic?«, fragte Artin.

»Den Weg zum Vulkan«, erklärte ich. »Auch wenn wir uns dauernd verlaufen, wir kommen ihm näher, denn es wird wärmer.«

»Ihr wollt dorthin?«, fragte Marcus überrascht.

»Ja, denn dort gibt es einen Ausgang.« Serafine hatte mir davon erzählt, vielleicht fanden wir ihn ja. Aber mein Ziel war das Tor über dem Wolfstempel. Es würde uns zwar wieder nach Gasalabad zurückbringen und nicht nach Aldar, aber das war immer noch besser, als hier zu verrecken.

Irgendwo hier unten befand sich auch der Priester mit Leandra. Auch ihr Ziel war der Wolfstempel. Das hatte zumindest der Gelehrte in der Bibliothek gesagt.

Jedes Mal, wenn ich daran dachte, wie Celan mich mit diesem Halsreif getäuscht hatte und mich hatte glauben lassen, ich würde dem Nekromantenkaiser dienen, packte mich die kalte Wut. Aber wenn ich mir vor Augen hielt, dass Leandra noch immer davon überzeugt war – und wie kurz sie davorgestanden hatte, von den Göttern verflucht zu werden –, loderte diese Wut wie eine heiße Esse.

Wir fanden Tür, Gang und eine Brücke zum Tempel im Vulkan zusammen mit dem Priester und Leandra. Wie ich später erfuhr, war die Tür nur von jemandem mit magischem Talent zu öffnen, deshalb hatte der Priester Leandra mitgenommen.

Wir sahen den roten Schein schon aus der Ferne, eilten darauf zu und fanden uns in einem Gang wieder, der an einer schweren Tür aus einem matt schimmernden Metall endete; Wärme schlug mir entgegen. Dort an der Tür stand Leandra und lutschte an ihrem Finger, als hätte sie sich irgendwie gestochen. Sie sah mich nicht, doch der Priester wirbelte herum und hob kampfbereit seinen Stab.

»Uh, oh«, meinte Marcus und zog sich hastig hinter die nächste Ecke zurück. »Das ist nicht gut!«

Erst jetzt bemerkte mich Leandra. »Havald!«, rief sie erfreut. »Gut, dass du da bist! Du wirst nicht ahnen, was wir hier gefunden haben!« Dann bemerkte sie Seelenreißer in meiner Hand, und ihre Augen weiteten sich.

»Was hast du vor?«, rief sie, doch ich beachtete sie nicht, meine Aufmerksamkeit galt dem Priester. Er schien wenig überrascht, mich hier zu sehen, zog die Augenbrauen auf eine Art hoch, die mich an jemand anders erinnerte, und trat dann vor, mit einer Hand den Stab erhoben, während die andere unter seiner dunklen Robe verschwand. Wenn man Zokora glauben konnte, dann war der Priester überaus gefährlich. Grund genug, ihm keine Zeit zu geben, uns zu schaden.

Was immer er unter seiner Robe verborgen hatte, er kam nicht dazu, es zu greifen, denn schon beim nächsten Lidschlag stieß ich ihm die Klinge ins Herz.

Eines war seltsam. Seelenreißer verzichtete auf das Leben dieses speziellen Opfers. Die Hand des Priesters öffnete sich, ein alter, rostiger Schlüssel fiel klirrend zu Boden.

»Havald«, teilte er mir mit einem Seufzer mit, als er zusammenbrach, »du bist ein Idiot.«

Wie recht er mit seinen Worten hatte, zeigte sich im nächsten Moment. Ich sah nur noch Leandras hasserfülltes Gesicht und hörte, wie sie mich einen Verräter schimpfte, dann ging die Welt in gleißendem Licht unter, als sie mir einen ihrer bewährten Blitze entgegenschleuderte.

»Er hatte Glück, dass Ihr ihn nicht voll getroffen habt«, hörte ich Marcus' Stimme von fern. »Ich dachte schon, Ihr hättet ihn gegrillt wie ein Ferkel am Spieß.«

»Sprecht weiter so, und Ihr erfahrt sogleich, wie sich das anfühlt«, vernahm ich Leandra über mir. Meine Augen sprangen auf, und über mich gebeugt sah ich im roten Schein der Lava ihr besorgtes Gesicht. Sie hatte mich auf ihren Schoß gebettet, und nach der Art zu schließen, wie sie mich ansah, wollte sie mich wohl nicht mehr zu Soltar schicken. Ich war ehrlich froh darüber, denn einen solchen Blitz wollte ich nicht noch mal abbekommen. Noch immer kribbelte es schmerzhaft in jeder Faser meines Körpers.

»Er ist wach«, meinte Marcus erstaunt. »Götter, ist das ein zäher Hund.«

»Wasch ... was ist geschehen?«, nuschelte ich, versuchte mich aufzurichten und überlegte es mir sogleich anders. Ich war schwach wie ein neugeborenes Kind.

»Es tut mir leid, Havald«, sagte Leandra mit feuchten Augen. »Du ahnst gar nicht, wie leid mir alles tut!«

»Der Pirat hat einen Stein nach ihr geworfen«, hörte ich Artin. Ich wandte den Kopf in Leandras Schoß und sah ihn an der Wand des Gangs stehen, direkt neben der Tür zum Innern des Vulkans. In einer Hand hielt er den Schlüssel, den der Priester fallen gelassen hatte, und spielte damit herum. Er hatte die Tür bereits geöffnet, und es wehte Hitze zu uns herein. »Gerade rechtzeitig, denn sie wollte Euch mit ihrem Dolch erstechen.«

»Ich wusste nicht, was ich tat«, meinte Leandra mit schwacher Stimme. »Ich danke den Göttern, dass es nicht so weit kam.«

»Dankt lieber mir, *En'shin'dira*«, widersprach Artin. »Hätte ich den Reif um Euren Hals nicht rechtzeitig gesehen, hätte ich Euch erschlagen.«

»Dann danke ich Euch«, sagte Leandra. »Aber nennt mich nicht Bastard, es ist nicht meine Schuld, dass ich im falschen Laken geboren wurde!«

»So war es nicht gemeint«, entgegnete Artin überraschend milde. »Aber Ihr habt recht, es ist unhöflich.«

Langsam und mit Leandras Hilfe war es mir möglich, mich aufzurichten. »Was war denn nun?«, fragte ich.

»Der Stein betäubte sie und gab uns gerade genug Zeit, sie

festzuhalten und ihr den Reif abzunehmen«, erklärte Artin. Er strich sich über die linke Wange, wo zu den alten Spuren nun vier tiefe neue Kratzer hinzugekommen waren. Leandras scharfe Fingernägel. »Kaum war das vollzogen, brach sie zusammen.«

»Sie hat geheult wie ein kleines Kind, als sie Euch da liegen sah«, fuhr Marcus eifrig fort. »Ihr saht auch schlimm aus, habt überall geraucht und…«

»Marcus«, meinte Artin kühl, »achte auf deine Worte und ihre Hand.«

Ich drehte den Kopf zur Seite und sah die kleinen Blitze, die über Leandras Hand liefen, als sie den hageren Piraten drohend anfunkelte.

»Seht mich nicht so an«, beschwerte er sich. »Ich war es nicht, der ihn verbrannt hat! Und sollten wir nicht lieber weiter fliehen, als es uns hier gemütlich zu machen?«

Ich berührte Leandra leicht am Arm, und sie schaute zu mir herab. »Hilf mir hoch«, bat ich sie leise, und die Blitze verschwanden.

Es dauerte eine Weile, bis ich stand. Noch war ich schwach und dankbar für den eisernen Rahmen der Tür, an den ich mich lehnte, auch wenn er mir unangenehm warm vorkam. Meine Haut juckte und brannte fürchterlich, überall war ich von Ruß bedeckt, die Lederrüstung an manchen Stellen angekokelt. Leandras Blitz hatte mir erneut die Haare versengt und Teile der Haut verbrannt; der Schmerz war gerade so erträglich. Aber ich lebte noch und stand aufrecht, und Leandra war von dem verfluchten Band befreit. Für den Moment war mir das genug.

Dafür sah ich jetzt aus wunden Augen etwas vor mir, das mir schier den Atem nahm. Es war der Kessel des Vulkans, bestimmt gute zweihundert Schritt im Durchmesser, mehr als hundert Mannslängen tief… Und dort unten kochte und brodelte die Lava und erfüllte die riesige Höhle mit ihrem rötlichen, unheilvollen Licht.

Aus der Mitte dieses Lavasees erhob sich eine Säule aus fremdartigem Metall, rotglühend, wo sie im geschmolzenen Gestein stand, schwarz und drohend dort, wo sie gut zwanzig Mannslängen über uns in einer schweren Plattform endete.

Auf der ganzen Strecke, von der Lava bis hoch zur Plattform, waren Runen in den schwarzen Stahl der Säule eingeritzt, die silbern schimmerten. Der Schein dieser Runen berührte in einem langsamen Takt weitere Runen in einem Geflecht aus schwarzem Stahl, das die Wände des riesigen Hohlraums stützte. Die Runen im Stahl der Säule und die an der Wand pulsierten wie in einem langsamen Herzschlag, und bei jedem Aufleuchten erschien ein schwaches Lichtband zwischen ihnen. Es war ein betörendes Spektakel, wie das pulsierende Licht von einer Rune zur nächsten sprang, um dann wieder von vorn zu beginnen.

Die Luft war heiß und trocken, dörrte mir mit jedem Atemzug die Lunge aus und ließ meine Augen schmerzen. Die Hitze war schlimmer als in einer Esse und der Geruch von geschmolzenem Gestein und Schwefel genug, um einem die Sinne zu rauben.

Von unserer Tür aus erstreckte sich ein schwarzes Band aus geflochtenem Stahl über den Abgrund, eine Galerie ohne Geländer, die an der Wand der kreisrunden Höhle entlang lief. Von dieser Galerie aus schwangen sich drei Bänder elegant und wagemutig über die Lava hinweg und hinauf zu der Plattform, auf der sich eine Konstruktion befand, wie ich sie bereits einmal gesehen hatte: in den eisigen Höhlen unter den Donnerbergen, im Tempel des Wolfsgottes, wo wir Balthasar gegenübergestanden hatten.

Aber hier gab es nur drei der farbigen Kristalle in glänzenden, hohlen Kugelschalen, die den Weltenstrom in ihrem Zentrum vereinigten.

Auf einem Podest inmitten des Pulsierens des Weltenstroms stand eine Statue aus Stein, so groß wie meine Faust. Der Winkel und die Entfernung erlaubten es mir nicht, sie genauer in Augenschein zu nehmen, doch ich wusste bereits, dass dieser Stein einen Wolfskopf darstellte.

Jedes Mal, wenn eine der Runen pulsierte, pulsierten auch die Ströme der Magie, die durch diesen Tempel führten, ein Takt, ein Herzschlag, den ich in meinen Schläfen spürte.

Sechs Säulen ragten von der Plattform fünf Mannslängen in die Höhe und trugen eine weitere Plattform aus dunklem Stahl. Was sich darauf befand, ließ sich nicht erkennen. Eine Rampe in Form einer Spirale führte von der unteren Plattform zu der oberen hinauf; zumindest diese Rampe hatte an beiden Seiten ein Geländer.

Niemand von uns blieb von dem Anblick unberührt, vor allem Leandra schaute wie gebannt dem beeindruckenden Schauspiel zu.

»Ich weiß, was hier geschieht«, teilte sie uns dann andächtig mit. »Ich kann die magischen Ströme fließen sehen. Es ist die Magie des Wolfstempels, die den Vulkan gefangen hält. Ich fühle, wie er sich gegen die Kräfte hier presst und ausbrechen will, aber die Magie lässt es nicht zu.« Atemlos wandte sie sich an mich. »Havald!«, rief sie. »Kannst du ermessen, wie mächtig diese Magie ist, dass sie einen Vulkan gefangen halten kann, wie groß die Macht ihres Schöpfers?«

»Dieser Askannon muss gut gewesen sein«, gab ich zu, doch noch während sie den Kopf schüttelte, lachte Artin hinter mir.

»Der Ewige Kaiser war ein Gigant unter den Maestros, das ist unbestritten, doch das ist nicht sein Werk. Es ist das Werk der Alten, der Schöpfer. Jener, die vor uns waren.« Trotz seines geschundenen Gesichts erlaubte er sich ein leichtes Lächeln. »Vor uns Elfen, meinte ich. Das alles hier …« Seine Geste fing den gesamten unglaublichen Anblick ein. »Ich denke, Euer Askannon entdeckte diesen Ort und machte ihn sich dann zu eigen. Hier liegt vielleicht auch das Geheimnis seiner Macht, aber das Wirken, auf das er baute, stammt nicht von ihm.«

»Wer hier was getan hat, berührt mich nicht sonderlich«, sagte ich. Es war ein überwältigender Anblick, sicher, das Wirken dahinter um vieles größer, als ich es mir vorstellen konnte, doch im Moment galten meine Gedanken nur noch einem. »Wo ist das Tor?«

»Kannst du es dir nicht denken?«, fragte Leandra. Sie hob die Hand und zeigte nach oben. Ich folgte mit dem Blick, und es war so, wie ich befürchtet hatte.

»Doch«, erklärte ich mit einem Seufzer. »Ich hatte nur etwas anderes gehofft.« Es war die obere der beiden Plattformen, auf die sie deutete.

Dann fiel mir etwas ein, und ich fluchte laut.

Sie sah mich fragend an. »Was ist? Macht dir der Weg zu schaffen? Er wirkt schmaler, als er ist.«

»Das finde ich sehr beruhigend«, meinte Marcus spitz, aber niemand schenkte ihm Beachtung.

»Fürst Celan hat mir die Torsteine abgenommen«, erklärte ich. »Wir können nur hoffen, dass dort oben noch andere Steine ausgelegt sind.«

Leandra lächelte erleichtert. »Er hat sie dir abgenommen, das ist wahr. Aber ich wusste, wo er sie aufbewahrt. Der Priester fragte mich danach, und dann holte er sich die Steine.« Sie griff unter ihr Wams und hielt den Beutel hoch. »Hier sind sie, ich habe sie eben dem Priester abgenommen.«

»Gut«, sagte ich erleichtert. »Dann sind es nur noch wenige Schritte bis zu unserer Freiheit.« Auf diesem schmalen Steg zu balancieren war jedoch etwas, dem ich mit gemischten Gefühlen entgegensah.

»Was ist mit Zokora, Serafine und Angus?«, fragte Leandra. »Sie müssen sich auch noch hier befinden. Und Celan hat sie nicht gefangen genommen, sonst hätte er damit geprahlt.«

»Sie müssen ihren eigenen Weg von der Insel finden«, teilte ich ihr mit. »Wichtig ist zuerst, dass du in Sicherheit bist. Es wird ihnen gelingen, da habe ich keinen Zweifel, sie sind erfinderisch. Zokora hatte sich sogar einen tollkühnen Plan ausgedacht, der…«

Ich stockte, drehte mich langsam um und schaute auf den toten Priester herab, der nicht weit von mir lag. »Bei allen Göttern, sie hat recht, ich bin ein Idiot!«

»Havald?«, fragte Leandra überrascht. »Hast du etwas vergessen?«

»Ja«, gab ich zerknirscht zu. »Der Priester da… Das war *sie*! Sie hat ihren Plan umgesetzt und dich aus…«

Leandra war verwirrt, aber ich winkte ab und sah zu dem düster glühenden Wolfstempel hoch. »Es ist jetzt nicht mehr wichtig. Verschwenden wir keine weitere Zeit, wir müssen gehen!«

»Bist du denn schon imstande dazu?«, fragte sie besorgt.

»Natürlich«, gab ich zurück und tat beherzt den ersten Schritt, um es im nächsten Moment zu bereuen.

Das Fehlen eines Geländers war plötzlich meine geringste Sorge. Solange wir in der Tür gestanden hatten, war aus dem Gang kühle Luft von hinten in den Krater geströmt, aber als ich nun auf dem Stahlband stand, zeigte sich der Unterschied mit Macht.

Die Luft selbst war so heiß, dass, wenn ich noch Haare gehabt hätte, sie mir versengt worden wären, und der erste Atemzug erwies sich sogleich als nächster Fehler: Er ließ mich mit brennenden Lungen und atemlos keuchend in den Gang zurücktaumeln.

Dieser eine leichtfertige Schritt nach vorn hätte mich fast das Leben gekostet, denn selbst Soltar hätte nichts tun können, wenn ich hier in die Lava gefallen wäre. Es waren Artin und Leandra, die mich beherzt zurückzogen, als ich strauchelte. Marcus stand nur da und fluchte, er hatte sich an der Wand die Hand verbrannt.

»Ich glaube«, keuchte ich, als ich mich schweratmend zurückzog, »das erweist sich als unerwartetes Problem.«

»Dann beeilt Euch mit der Lösung«, meinte der Pirat und rieb sich die Hand. »Denn der Luftzug ist eben stärker geworden. Um was wollt Ihr wetten, dass jemand die Tür zu den Katakomben geöffnet hat? Was meint Ihr, wird Fürst Celan erbaut darüber sein, dass Ihr hier seinen Priester erschlagen habt?«

»Fast bin ich geneigt, ihm entgegenzutreten«, sagte ich. Es fehlte nicht viel dazu, allein die Erinnerung an die zerwühlten Laken und daran, was er sich von Leandra gestohlen hatte, als sie nicht wusste, wer sie war, war schon genug, um meine Wut heißer als die Lava anzufachen, die hier im Krater brodelte.

Vielleicht war es sogar der einzige Weg, denn auf diesem heißen Steg gab es kein Überleben, da half auch Seelenreißer mir nicht. Gegen Celan und seine Soldaten hingegen würde es anders sein.

»Auch er wird Zeit benötigen, um bis hierher zu gelangen«, meinte Leandra.

»Es ist heißer als in einem Ofen. Es mag möglich sein, die Luft anzuhalten und dorthin zu rennen«, ich zeigte mit einer zitternden Hand auf die Plattform des Tempels, »aber wenn es da keinen Schutz vor dieser Hitze gibt, werden wir lebend gegart.«

»Ich werde mich nicht wieder in die Hand dieses Fürsten begeben«, sagte Artin hart. »Bevor er meine Seele bekommt, lasse ich mich lieber garen!«

»Andererseits … vielleicht, wenn man mit ihm spricht …«, begann Marcus, doch als er unsere Blicke sah, schluckte er nur und schaute zur Seite. »Gut!«, rief er. »Dann nicht! Was wollen wir also tun? Heldenhaft sterben?«

»Wenn möglich, nicht!«, gab ich ihm zur Antwort. Ich sah Leandra fragend an. »Gibt es etwas, was du mit deiner Magie tun kannst?«

Sie überlegte kurz und schüttelte dann betreten den Kopf. »Nein. Es läuft auf das hinaus, was du gesagt hast: Luft anhalten, rennen und hoffen.«

»O Götter!«, rief Marcus. »Habt Ihr eben nicht gesagt, der Pfad wäre breiter, als er wirkt? Gilt das auch, wenn man rennt und keinen Atem hat?«

»Seid einfach still«, sagte Artin drohend. »Sonst dürft Ihr es als Erster ausprobieren!«

»Ich werde es tun«, erbot sich Leandra. »Von uns allen bin ich am besten ausgeruht.«

»Genau aus diesem Grund gehst du als Letzte«, sagte ich bestimmt. »Vielleicht kann es die Rettung für einen von uns bedeuten.«

Sie sah mich lange an, dann lächelte sie bitter. »Du kannst mich nicht täuschen, Havald«, sagte sie. »Ich liebe dich dafür.« Sie trat an mich heran und gab mir einen leichten Kuss auf den Mund. »Ich liebte dich auch schon, als ich noch nicht wusste, dass es so ist.« Bevor ich sie festhalten konnte, holte sie tief Luft und rannte los.

Es mochten nur wenige Lidschläge gewesen sein, die sie benötigte, und doch war es eine Ewigkeit für mich. Die heiße Luft ließ das dünne schwarze Band schimmern und fast vor meinen Augen verschwinden, manchmal war es mir nicht einmal möglich zu erkennen, ob sie noch rannte und lebte oder schon gestrauchelt und gefallen war. Doch dann sah ich sie, eine Bewegung am Rand der Plattform. Sofort darauf verlor ich sie wieder aus dem Blick.

»Was, wenn es dort keinen Schutz gibt und sie stirbt, bevor sie uns warnen kann?«, fragte Marcus empört. »Dann hätte sie uns besser im Kampf gegen Celan geholfen. Warum denken Frauen immer, sie wüssten alles besser?«

»Still!«, fauchten der Elf und ich zugleich. Marcus zog den Kopf ein, und der Elf wandte sich an mich. »Sie ist eine tapfere Frau, Eure Freundin.«

»Ja«, sagte ich leise, während ich versuchte, eine Bewegung auf der Plattform zu erspähen. Vielleicht lag sie bereits dort irgendwo und starb elendig, während ich hier stand und wartete. Der Gedanke allein schmerzte mehr, als es die brennende Luft je vermocht hätte.

»Sie lebt. Ich sehe sie«, sagte der Elf. Ich kniff die Augen zusammen und versuchte es selbst, aber ich erkannte nichts.

»Ich mag nur noch ein Auge besitzen«, sagte Artin, »aber es ist immer noch besser als Eure zwei. Sie lebt, und sie fordert uns auf, zu ihr zu kommen.«

»Seid Ihr sicher?«, fragte ich, während die Erleichterung mir fast den Atem nahm.

»Würde ich das sonst tun?«, meinte er lachend, holte Luft und rannte los. Es sprühten einmal sogar Funken auf, als das kurze Ende der Kette an seinem Fußeisen gegen den schwarzen Stahl der dünnen Brücke schlug.

Auch Artin gelang das Kunststück. Am Ende strauchelte er, und dann sah ich Leandra doch, wie sie ihm über den Rand der Plattform half.

»Ihr werdet doch jetzt nicht da rüber rennen und mich hier zurücklassen?«, fragte Marcus und warf erst einen ängstlichen Blick hinüber zu der Plattform, dann zurück in den dunklen Gang.

»Was soll ich sonst tun?«, fragte ich überrascht. Er wollte etwas antworten, doch ich hörte es nicht mehr, denn ich rannte bereits.

Es war schlimmer, als ich es in Erinnerung hatte, und auch Marcus behielt recht: Wenn man mit tränenden Augen rannte und dabei von heißer Luft gegart wurde, war der schmale Steg noch schmaler, nicht mehr als ein dünnes Band gegen den tödlichen Schein der glühenden Lava tief unter meinen Füßen. Der Schmerz von Leandras Blitz war sogleich vergessen. Die Rüstung schützte nur wenig vor der Hitze, und obwohl ich rannte wie noch nie zuvor und meine Lungen zu bersten schienen, kam es mir vor wie eine Ewigkeit, bis ich den Rand der Plattform vor mir sah, dann Leandras gerötetes Gesicht, dann eine Wand aus Stahl und eine Tür darin, ein Lappen um den Griff gewickelt, dann Artin, der mich zog und stieß, bis ich taumelnd in den kleinen Raum fiel und sich die Tür mit einem metallenen Schlag hinter mir schloss.

Keuchend lehnte ich an der Wand und atmete überraschend kühle, metallisch schmeckende Luft. Der Raum besaß keine Fenster, aber die brauchte er auch nicht, denn drei Globen aus Glas hingen über unseren Köpfen von der niedrigen Decke und spendeten ein klares weißes Licht. Von der Tür aus hatten wir diesen Ort nicht sehen können, er lag hinter dem Rand verborgen und schloss die zentrale Säule, die aus der Lava ragte, ab wie eine Kappe, die über ein Rohr gestülpt war. Über uns mussten sich die Kristalle befinden, die den Weltenstrom gebunden hielten.

In der Mitte des Bodens sah ich eine Wendeltreppe aus Metall, die hoch zur Decke und ebenso in die Tiefe führte, die Säule hinab, bis in das tiefste Innere des glühenden Vulkans. Ein steter kühler Luftzug kam aus der Öffnung der Wendeltreppe, was erklärte, warum der Raum so kühl war.

»Wie kann von dort kalte Luft aufsteigen … und was befindet sich dort in der Tiefe?«, fragte ich atemlos.

»Ein Teil der Magie«, meinte Leandra und öffnete die schwere Tür nach draußen für einen kurzen Moment, um durch den Spalt zu sehen. »Es ist genau dieser Widerspruch, der hier die Kräfte wirken lässt. Zwischen der Kälte dort und der Hitze des Vulkans entsteht ein magischer Widerstreit, und er treibt die Kräfte der Magie an, die den Vulkan im Zaum halten.«

»Gut erkannt«, keuchte Artin vom Rand des Raumes. »Meine Hochachtung vor Euch wächst mit jedem Moment, den ich Euch kenne.«

»Danke«, meinte Leandra und öffnete die Tür erneut, um sie zugleich wieder zuzuschlagen. »Er steht noch immer da, der dumme Kerl!«

»Dann lasst ihn selbst den Weg zur Tür finden«, sagte Artin wenig mitfühlend. »Ihr habt es auch geschafft.«

»Die Rüstung hat mich ein wenig geschützt«, erklärte Leandra. »Aber er ist der Hitze genauso schutzlos ausgeliefert, wie Ihr es wart. Und selbst Ihr seid zum Schluss gestürzt.«

»Was nur daran lag, dass es mit einem Auge schwer ist, Entfernungen zu schätzen«, meinte Artin. »Er hat zwei Augen, er wird es schaffen.«

Sie öffnete die Tür erneut. »Da kommt er gerannt … aber … hinter ihm sind noch welche!«

Ich konnte es selbst nicht erkennen, denn Leandra versperrte mir am Türspalt die Sicht, aber Marcus fiel mindestens einmal. Er musste über einen starken Willen verfügen, denn trotz allem erreichte er noch den Rand der Plattform, doch als ich ihn mit Leandra durch die Tür zog, war er kaum mehr bei Bewusstsein, seine linke Wange und die Hände waren übel verbrannt.

Ich lehnte ihn gegen die kühle Metallwand, während Leandra wieder zur Tür eilte.

»Es kommen zwei angerannt«, berichtete sie, dann: »Götter … einer ist gestolpert!«

Falls der Soldat schrie, hörten wir es nicht. Leandra schlug die

Tür wieder zu, griff beherzt nach dem Riegel und drückte ihn mit aller Kraft hinunter in die Kerbe. Ich eilte hinzu und half. Es bebte unter meinen Händen, dann hörten wir ein verzweifeltes Klopfen gegen das Metall der Tür, als der feindliche Soldat am Griff auf der anderen Seite zog und gegen den Stahl hämmerte. Aber es dauerte nicht lange an.

Dennoch warteten wir einen langen Moment, bevor wir die Tür öffneten. Dort lag der Soldat und wurde in der heißen Luft gegart. Seine Augen, die bereits an Glanz verloren und in der Hitze trübe wurden, sahen uns nicht mehr, er war bereits bei Soltar oder seinem falschen Gott. Auf dem Steg sah ich zwei weitere Soldaten, einer war gestrauchelt, der andere wollte ihm wohl helfen… aber das dauerte viel zu lange. Kurz darauf rührten sich beide nicht mehr.

Ich schob den Toten zur Seite und wagte zwei hastige Schritte auf die Plattform hinaus. Ganz in der Ferne, an der Tür zu den Katakomben der Festung, meinte ich Fürst Celan zu erkennen, der die Faust erhoben hielt und sie wütend schüttelte.

»Was jetzt?«, fragte ich keuchend, als Leandra die Tür hinter mir zuwarf.

»Dort hoch, würde ich meinen«, sagte sie und deutete auf die Treppe in der Mitte. »Es ist die einzige Möglichkeit hinauf. Von dort gelangen wir zum Tor.« Sie musterte die Wendeltreppe, in deren Mitte ein schmaler Schacht verlief.

»Wir sollten darauf achten, nicht über den Rand der Treppe zu greifen«, ermahnte sie uns. »Die Magie der Erde fließt durch dieses Loch hoch zum Fokusstein, und so machtvoll, wie dieser Strang ist, will ich nicht wissen, was geschieht, wenn man ihn versehentlich berührt.« Sie schenkte mir ein schnelles Lächeln. »Die Magie mag kühle Luft bringen, aber du weißt, was mit Balthasar geschah, als er im Weltenstrom stand.«

Die ehemalige Eule des Reichs, Verräter der Zweiten Legion und Agent des Nekromantenkaisers, war innerhalb eines Lidschlags zu glühendem Staub zerfallen, als ihn der Strom der Magien berührte. Ein Schicksal, das ich wahrhaftig nicht teilen wollte.

Das Schimmern des Weltenstroms konnte normalerweise selbst ich erkennen, aber in diesem leeren Schacht, um den sich die Treppe wand, sah ich nichts. Aber ich musste ihn auch nicht sehen, um Leandra zu glauben.

Der Pirat war noch immer nicht ganz bei Sinnen, vielleicht hatte er sich beim Sturz den Kopf gestoßen. Einen Moment dachte ich daran, ihn hier liegen zu lassen, dann seufzte ich und wuchtete ihn über meine Schulter. »Dann lasst uns diesen Ort verlassen.«

Die Magie der Erde hielt die Luft in der Mitte der Plattform kühler als gedacht. Wir machten einen Bogen um die schimmernden Kristalle und duckten uns mit einigem Abstand unter den Strängen des Weltenstroms hindurch, dennoch verharrte ich kurz, um dieses Bild aufzusaugen, denn es besaß eine besondere Schönheit, zu sehen, wie sich hier drei Ströme zu einem noch mächtigeren Strang vereinten.

Leandra zerrte mich am Armschutz, damit ich weiterging. Die Rampe hoch zum Tor war deutlich breiter und mit einem hohen Geländer versehen. Anders als die unbekannten Erbauer der Säule und des Tempels wusste Askannon wohl den Wert eines Geländers zu schätzen. Hier oben auf der zweiten Plattform stand eine achteckige Kammer aus dunklem Metall, in den üblichen Maßen gehalten, die nach innen gehende Tür war außen mit zwei schweren Riegeln verschlossen. Ich legte Marcus ab und machte mich daran, die Tür zu öffnen.

In der heißen Luft war selbst dieser gute Stahl gerostet. Es verlangte mir einiges ab, die Riegel zu lösen, aber letztlich gelang es mir. Ich drückte mit Macht gegen die Tür, doch sie bewegte sich nur ein wenig und dann überhaupt nicht mehr.

Die anderen bemerkten es und eilten mir zu Hilfe, aber selbst als sich Artin und Leandra mit mir zusammen mit aller Kraft gegen das heiße Metall stemmten, reichte es nur, um die Tür eine Handbreit aufzudrücken.

Leandra griff mit ihrem schlanken Arm hindurch und zog etwas von dem heraus, das uns den Zugang zum Tor verwehrte.

»Götter!«, rief sie und sah fassungslos auf das hinab, was sie in der Hand hielt.

»Was ist es?«, fragte ich, während ich die Tür wieder losließ. Sie hielt mir ihre Hand entgegen, doch zuerst verstand ich nicht, was ich dort sah.

Vogelkot, Federn, ein verkohltes Stückchen Holz …

»Erinnerst du dich an das erste Tor in Bessarein?«, fragte sie mich tonlos. »Das in dem abgebrannten und eingestürzten Turm? Erinnerst du dich, wie ich das Tor von dem Schutt befreit habe? Ich schickte den Schutt durch das Tor, irgendwohin, und vertauschte einfach nur beliebig ein paar Torsteine.« Sie schüttelte fassungslos den Kopf. »Ich habe mich für klug gehalten, wie hätte ich denn ahnen sollen, dass ich uns damit umbringen würde?«

Ja. Ich war damals blind gewesen und hatte es nicht mit eigenen Augen gesehen, aber auch ich hatte herzlich darüber gelacht, wie geschickt und schnell Leandra das Tor für uns geräumt hatte.

»Was bedeutet das?«, fragte der Elf.

»Das Tor ist blockiert«, gab Leandra niedergeschlagen zur Antwort. »Das Ärgste daran ist, dass ich selbst es gewesen bin!«

»Bedeutet das, wir sterben jetzt?«, fragte Marcus von dort, wo ich ihn abgelegt hatte. Kein passender Moment für ihn, das Bewusstsein wiederzuerlangen. Jetzt seufzte er theatralisch. »Ich hätte es mir denken können. Wo soll ein Tor in der Mitte eines Vulkans auch hinführen?«

Ich ignorierte ihn und trat an die Brüstung. Drei schmale Bänder führten von der Galerie am Rand des Vulkankegels zu der Plattform, und dort, wo sie die Wand erreichten, gab es jeweils eine schmale Tür aus angerostetem Metall. Eine dieser Türen stand schon offen, dort befand sich noch immer Fürst Celan, der gerade zwei andere Soldaten vorausschickte. Eine der zwei anderen Türen versprach uns Rettung. Aber welche?

Ich schaute zu Celan zurück, und was ich dort sah, ließ mich schlucken. Die beiden Soldaten rannten den Steg entlang, griffen sich jeweils einen ihrer gefallenen Kameraden und warfen sie in den glühenden Abgrund. Sie versuchten noch zurückzueilen, aber als sie zu stolpern begannen, stürzten sie sich selbst in die feurige Tiefe, um den Weg für die anderen nicht zu blockieren.

Ich hatte oft schon mutige Taten gesehen, doch das ging über das meiste hinaus. War es Mut, echte Loyalität, die diese Männer dazu trieb, sich für den Fürsten zu opfern, oder war es ein Bann, Magie oder gar göttlicher Wille?

Wie auch immer, der Weg war nun frei. Der Nächste würde wieder an der Tür zur Kammer unter uns verrecken.

Ich kehrte in die Mitte zurück, wo die Luft kühler war und ich atmen konnte.

»Es gibt einen anderen Weg. Es führen drei Stege von hier weg. Wenn Serafine recht hat, führt einer von ihnen zu einem Ausgang in den Flanken des Vulkans. Sie hat ihn auf den Plänen gesehen, die wir in Aldar studierten.« Ich schaute den Elfen fragend an. »Vorhin habt Ihr den Schlüssel des Priesters in der Hand gehalten, besitzt Ihr ihn noch?«

Er hielt ihn schweigend hoch.

»Welche Tür ist es, Havald?«, fragte Leandra.

»Die eine oder die andere«, meinte ich betreten. »Mehr kann ich nicht sagen.«

Sie drückte die Schultern durch und stand aufrecht vor uns. »Gut«, sagte sie und streckte die Hand nach dem Schlüssel aus. »Ich werde die Tür öffnen.«

»Das wirst du nicht«, widersprach ich.

»Doch«, beharrte sie und nahm den Schlüssel von Artin entgegen. »Denn es gibt eine magische Komponente an dem Schloss. Nur ich kann es also öffnen.«

»Das ist nicht richtig«, sagte Artin. »Auch ich beherrsche die Magie.«

»Aber Ihr wisst nicht, wie sie zu lösen ist. Ihr habt zwar die Tür dort aufgeschlossen, aber die Magie hatte zuvor ich gelöst. Ich habe mit dem Priester zusammen fast eine halbe Kerze gebraucht, um es herauszufinden. Diese Zeit werdet Ihr nicht haben.«

Stumm nickte der Elf. Auch mir fiel nichts ein, was ich dagegen einwenden konnte.

»Also gut«, brach sie dann das Schweigen. »Welche Tür nehmen wir?« Sie sah mich fast schon flehend an. »Du hast die Pläne doch auch gesehen, welche Tür ist es, Havald?«

Ich konnte nur dastehen und sie hilflos ansehen. Selbst als ich den Plan hatte vor mir liegen sehen, ergab er keinen Sinn für mich. Jetzt in der Erinnerung war es erst recht aussichtslos.

Es gab so einiges, was ich nicht konnte. Schwimmen, auf einer Fidel spielen oder Pläne lesen zum Beispiel. Aber dass mich Letzteres einmal umbringen würde, hätte ich nicht gedacht.

Sie schaute mich lange an, dann schluckte sie. Ein Schrei übertönte das Rauschen des heißen Windes um uns herum für einen kurzen Moment. Jemand hatte es wohl bis zur unteren Plattform geschafft.

»Gut«, sagte sie dann tapfer. »Ich werde es an der Tür da vorn versuchen«, meinte sie und wies auf die ferne Tür zu meiner Linken. »Ich meine, sie müsste näher am Berghang liegen als die andere.«

»Das ist die falsche Tür«, sagte Marcus überraschend bestimmt. Er richtete sich mühsam auf. »Wenn Ihr die versucht, werden wir sterben. Die andere führt uns ins Leben zurück.«

»Woher wollt Ihr das wissen?«, fragte Leandra überrascht.

»Fragt ihn«, meinte Marcus und zeigte auf mich. »Ich habe es ihm erklärt. Es ist einer dieser Momente, von denen ich sprach. Wenn sich der Weg klar abzeichnet. Eine Tür bedeutet für uns alle den Tod, die andere das Leben. Ich bitte euch, vertraut mir in diesem einen Punkt.« Er verzog das Gesicht. »Bislang bin ich immer davongekommen, wenn ich meinem Talent vertraut habe.«

Leandra, der Elf und ich sahen uns gegenseitig an.

»Es ist auch sein Leben«, gab Artin zu bedenken. »Und ich kann Euch versichern, er hängt sehr daran. Vielleicht ist es wahr.«

»Was meinst du, Havald?«, fragte mich Leandra.

Ich sah zu Marcus, der mich mit flehenden Augen anstarrte.

»Versuch die andere Tür«, sagte ich leise, als ich sie an mich zog. »Aber bitte… bleib heil dabei.«

»Wenn nicht, werde ich auf dich warten, egal wie lang es dauert«, flüsterte sie. »Ich werde Soltar anflehen, dass er uns gemeinsam auf die neue Reise schickt.«

Meiner Meinung nach war es das Mindeste, was er tun konnte. Ich nickte nur, sie löste sich aus meinen Armen und ging voran, die Treppe wieder hinunter.

Die Tür der Kammer war immer noch fest verschlossen. Wir öffneten sie und sahen zwei weitere tote Soldaten dort liegen, ein dritter krabbelte gerade mit letzter Kraft über den heißen Steg zur Plattform.

Ich holte tief Luft, trat hinaus, auf den Mann zu, der mich mit fast blinden Augen flehend ansah. Sein Mund öffnete sich zu einem lautlosen Schrei, dann traf ihn mein Stiefel und er verschwand in der Tiefe.

Ich eilte zu den anderen zurück. Leandra wickelte sich ein Stück Stoff, das sie von ihrem Hemd abgerissen hatte, um Mund und Nase, sah mich ein letztes Mal an, griff den Schlüssel fester und eilte davon.

»Ich irre mich nie«, sagte Marcus. »Sie wird die Tür öffnen können, sonst hätte es für mich auch keine Wahl gegeben.«

Ich sagte nichts, sondern wartete einen Moment, trat wieder auf die Plattform und rannte zu dem Steg hin, den Leandra genommen hatte. Beinahe hätte ich erleichtert aufgeatmet, als ich sie in der Ferne sah, aber im letzten Moment erinnerte ich mich an die sengende Luft.

Sie lebte und bewegte sich, kniete vor der Tür und war dort mit etwas zugange.

Ich blieb stehen und spürte, wie mir die Luft zu schwinden drohte. Noch immer war sie dort beschäftigt, schon viel länger der Hitze ausgesetzt als ich, und die Tür blieb geschlossen. Mir versagten beinahe die Sinne, aber ich blieb stur stehen, bis ein dunkler Fleck erschien, wo die Tür gewesen war. Leandra fiel hindurch, dann schloss sich die Tür wieder.

Wäre Artin nicht gewesen, ich hätte es nicht zurück in den Raum geschafft.

»Übrigens, Celan hat es aufgegeben«, erklärte mir der Elf, als ich keuchend meinen Atem wiederzufinden suchte. »Er hat die Tür verschlossen. Er hofft wohl, dass wir hier eingehen wie die Hunde.«

»Das werden wir nicht«, teilte ich den beiden mit, als ich wieder atmen konnte. »Sie hat die Tür öffnen können.«

Es war das zweite Mal, dass ich dieses Rennen wagte. So lange war das erste noch nicht her, und schon war es in der Erinnerung verblasst. Es war unglaublich, dass ich es bereits einmal überstanden hatte, und es war immer noch so weit bis zur rettenden Tür.

Aber ich schaffte es, taumelte an Leandra vorbei in den kühlen, modrig riechenden Gang und ließ mich der Länge nach auf den Boden fallen. Vorhin war der Stein am Kraterrand mir als warm erschienen, jetzt kam er mir nur noch kühl vor.

Als wir Marcus durch die Tür zogen, erinnerte er an ein Spanferkel. Doch seine aufgeplatzten Lippen lächelten, und er bat mich mit einer fast unmerklichen Geste näher an sich heran.

»Seht Ihr?«, hauchte er mir ins Ohr. »Ich hatte recht, und mein Talent hat uns gerettet!«

»Das hat es«, sagte ich leise. Er erschlaffte und lag still, einen Moment dachte ich, er wäre gestorben, aber er atmete noch. Ich hob ihn hoch und warf ihn mir über die Schulter.

»Gut«, sagte ich. »Wir leben. Und jetzt weg von hier.«

»Ja«, sagte Leandra. »Vorher aber noch eins.« Sie trat an mich heran und gab mir einen Kuss, der mir fast die Sinne nahm. »Jetzt können wir gehen.«

Serafine hatte mit ihrer Vermutung recht behalten. Es war ein Fluchtgang, der uns ohne einen weiteren Abzweig zu einer steinernen Wand mit einem großen Rad darin führte, das mit einer langen Stange verzahnt war. Zuerst klemmte es, dann aber quietschte und knirschte es und bewegte sich und mit ihm ein Stück der Felswand vor uns, die langsam aufschwang.

Sie war so geschickt in die steile Wand eingelassen, dass wir sie von außen nie entdeckt hätten.

36. Im Turm

Als ich das erste Mal die Insel betreten hatte, hatte ich gedacht, mich ausgedörrt zu fühlen. Jetzt war die Luft für mich wie Balsam.

»Wohin jetzt?«, fragte der Elf. »Wisst Ihr einen Weg?«

Ich kannte diesen Hang. »Dorthin«, sagte ich und zeigte auf den alten Turm, der mir schon zweimal Zuflucht geboten hatte.

»Aber Celan weiß von dem Versteck«, widersprach Leandra.

»Und er hat es bereits durchsuchen lassen«, antwortete ich. »Aber von dort aus gibt es einen Weg hinunter in den Hafen, sofern Celans Soldaten nicht die Seile mitgenommen haben.« Ich schaute zu dem drohenden Vulkan über uns auf. »Im Hafen wird er uns jedenfalls nicht vermuten.«

»Ich denke eher, er glaubt uns im Vulkan eingesperrt«, meinte der Elf.

Doch Leandra schüttelte den Kopf. »Ich kenne ihn besser, als mir lieb ist«, sagte sie mit einem bitteren Ton in der Stimme. »Ich sage euch, er wird nicht eher Ruhe geben, bis er uns hat.«

»Dann ist es besser, er findet uns zu Fuß in dem alten Turm als vom Rücken eines Wyvern auf freiem Feld«, meinte ich.

»Gutes Argument«, sagte Artin und half dabei, mir Marcus erneut über die Schulter zu legen. Er warf einen Blick hoch zum Himmel, wo in der gleißenden Mittagssonne eine dieser Flugschlangen zu sehen war, die in großer Höhe ihre Kreise zog. »Wollen wir hoffen, dass er uns nicht entdeckt.«

Als wir den Turm erreichten, stellte ich mit Erleichterung fest, dass die Bodenplatte geöffnet war und es im Keller neue Fußspuren gab, aber offenbar noch immer niemand auf die Idee gekommen war, in der Zisterne nachzusehen. In unserem geschwächten Zustand fiel es uns nicht leicht, dorthin zu gelangen, aber die Belohnung war groß, denn dort lag unsere gesamte Ausrüstung, darunter auch vier große Wasserbeutel, die mir in diesem Moment wie ein Geschenk der Götter vorkamen. Ein etwas kleinerer Wasserschlauch, reich bestickt mit dem Totem ihres Clans, lag neben Zokoras Bettstatt. Artin bückte sich und nahm den Beutel auf, um ihn sich genauer zu betrachten.

»Ihr habt machtvolle Verbündete«, sagte er mit einem Blick zu mir, legte den Wasserbeutel wieder zurück und nahm sich aus einem der anderen Beutel Wasser. Er sah auf die verlassene Bettstatt hinab. »Wollen wir hoffen, dass sie noch leben.«

Das hoffte ich auch.

Etwas später saßen Leandra und ich am Spalt und schauten auf den Hafen hinaus, der wohl selbst zu seiner besten Zeit niemals solchen Betrieb gesehen hatte. Wir hatten Marcus notdürftig versorgt und gewaschen, jetzt lag er auf Serafines Bett und schlief unruhig. Artin saß mit dem Rücken an der Wand und schien zu meditieren.

Wir hatten keine Wache aufgestellt, es wäre auch sinnlos. Wir würden sie hören, wenn sie kamen, dann galt es, beherzt nach dem Seil zu greifen, das hier lag.

Aber vorerst blieben wir hier, es war heller Tag und so übel, wie die Hitze des Vulkans uns mitgespielt hatte, würden wir jedem auffallen, der uns begegnete. Besser, wir warteten auf die Nacht. Ich hoffte außerdem, dass jemand von den anderen zurückkehren würde.

Keiner von uns war dem Vulkan ohne Verbrennungen entkommen, selbst ich betrachtete Leandras Blitz als das kleinere Übel: kaum eine Stelle, wo die Haut nicht spannte oder brannte. Leandra hatte ihre Rüstung geholfen und auch das Tuch, das sie sich um Mund und Nase gebunden hatte, aber auch sie zeigte Verbrennungen an Händen, Stirn und Nacken.

Sofern es möglich war, hatten wir uns sorgfältig gewaschen und mit den Sachen der anderen neu eingekleidet, Leandra hatte in Serafines Packen einen Rock und eine Weste aus Leder gefunden, die ich zuvor nie gesehen hatte.

»Die größte Gefahr ist Wundbrand«, hatte mir Leandra mitgeteilt, als sie sorgfältig meine Brandwunden mit Salbe bestrich. »Wir werden Glück brauchen, um nicht dem Fieber zum Opfer zu fallen.« Sie schaute zu Marcus hinüber und runzelte die Stirn. »Er… er braucht einen Heiler, um zu überleben. Einen guten noch dazu.«

Beinahe hätte ich ihr entgegnet, dass es um den Piraten nicht schade war, doch das stimmte nicht. Diese letzten Kerzen hatten mein Bild von ihm zurechtgerückt. Wir schuldeten ihm unser Leben.

Jetzt saß sie neben mir, an mich gelehnt, und sah zu, wie dort unten ein Schiff nach dem anderen beladen wurde.

»Da sind wir den ganzen weiten Weg hierhergekommen«, sagte sie leise, »nur um zu sehen, wie das Alte Reich untergeht. Der Nekromantenkaiser war uns in allen Dingen einen Schritt voraus.«

»Noch ist nicht alles verloren«, sagte ich beschwichtigend. »Jeder, der Askir gesehen hat, berichtete mir, dass es nicht möglich ist, die Stadt einzunehmen.«

»Hast du vergessen, dass Kolaron seine Truppen mit Magie dorthin senden will?«, fragte sie. »Es ist unvorstellbar, welche Macht er besitzen muss, um zehn Legionen allein mit der Kraft seines Willens durch ein Portal nach Askir zu schicken. Es widerspricht den Gesetzen der Magie. Kein Mensch kann hoffen, solche Magie zu fassen und zu leiten, ohne dabei zu verbrennen wie ein Strohfeuer.«

»Vielleicht geschieht genau das«, hoffte ich, doch sie schüttelte den Kopf.

»Ich weiß nicht, wie er das fertigbringt, aber er wird es tun.« Sie schaute zu mir auf. »Er muss es tun, sein ganzer Plan hängt davon ab. Wenn er Askir nicht nimmt, werden sich diese Truppen an den Mauern der Reichsstadt zerreiben. Askir ist nicht Kelar.« Sie zeigte auf die Flotte unter uns. »Es ist eine riesige Armee, eine gewaltige Anzahl an Schiffen, und doch sind es nur zwei Legionen. Er *muss* Askir nehmen, sonst gerät sein Plan ins Stocken.«

»Hat dir Celan mehr von den Plänen Kolarons erzählt?«, fragte ich sie vorsichtig.

Sie schüttelte den Kopf. »Nichts Wesentliches, nein. Es schien mir nur so, als ich den Reif noch trug. Wann die Flotte segelt, die Aufstellung der Truppen, solche Dinge. Nichts, was uns helfen könnte, ihn jetzt noch zu besiegen. Und es ist gewiss kein Ausgleich für das, was er mir antat.« Sie schaute mir direkt in die Augen. »Havald, ich wusste nicht, wer ich bin. Ich dachte ... Er flüsterte mir ein, dass ich ihn liebte.«

»Ja«, sagte ich und zog sie näher an mich heran. »Das weiß ich.«

»Havald«, flüsterte sie an meiner Brust. »Er war es, der die Belagerung von Kelar befehligte. Er war es, der die Toten in die Stadt werfen ließ, um sie dann unter seinen Willen zu zwingen. Er erzählte es mir. Er war stolz darauf ... denn mit diesem Erfolg sicherte er sich das Kommando über die Feuerinseln. Ich bewunderte ihn auch noch dafür.«

»Sei still, Liebes«, meinte ich, zog sie fester an mich und strich ihr über die kurzen Haare. »Er wird dafür bezahlen.«

Ich hielt sie, als sie weinte, und sah auf den Hafen hinaus, doch in Wahrheit sah ich nur die zerwühlten Laken und seine Stiefel vor ihrem Bett.

Langsam wich der Mittag dem Abend. Celan ließ uns noch immer suchen, durch den Spalt sah ich immer wieder Wyvern aufsteigen, die über der Insel ihre Runden drehten. Gestern waren es um diese Zeit nur zwei gewesen, jetzt waren es mindestens acht, wenn nicht noch mehr.

Ich fragte mich, wie lange es dauern würde, bis er hier im Turm suchen ließ und ob die Zisterne tatsächlich noch unentdeckt geblieben war.

Wo waren Serafine, Zokora und Angus abgeblieben?

Vor allem aber fragte ich mich eins: Wie sollte ich meinen Schwur halten und Celan erschlagen?

Nun, die Flucht würde uns wohl kaum gelingen, früher oder später würde er uns ergreifen, und dann war es wohl an der Zeit zu sehen, wie weit man mit Seelenreißer gehen konnte, wenn man ihm nur freien Lauf ließ.

Der Gedanke gefiel mir beinahe.

Ich musste eingeschlafen sein, denn mich weckten ferne, raue Stimmen. Es war deutlich später, die Sonne fast schon untergegangen. Neben mir murmelte Leandra etwas, als ich mich von ihr löste. Artin griff in seiner Ecke nach seinem Schwert und sah mich fragend an. Ich schüttelte den Kopf.

Ich hängte Seelenreißer ein, sah mich ein letztes Mal um und schwang mich dann durch den Spalt zurück in den Keller. Als ich die Stiege hoch zum Turm erklomm, sah ich sie schon von Weitem, eine ganze Kette von Soldaten, bestimmt fünfzig an der Zahl, jeder Fünfte hielt eine Fackel. Sie hatten den Turm abseits der Klippe umringt und kamen stetig näher. Vorneweg ging der, von dem ich mir erhofft hatte, dass ich ihm begegnen würde.

Ich rückte mir die Rüstung zurecht und zog eine Schnalle nach, die sich gelöst hatte. Meine ehemals prunkvolle Rüstung war verdreckt und angekohlt, sie würde mir aber immer noch Schutz bieten. Dann trat ich aus dem Turm hinaus.

Unsere Blicke begegneten sich, als ich ihm durch das zerfallene Tor entgegenschritt. Er hielt an, und ich sah, wie er mit einem schmalen, bösartigen Lächeln den Kopf schüttelte und die Hand zum Befehl erhob. Mit lautem Brüllen stürmten seine Soldaten auf mich zu, während er in sicherer Entfernung zurückblieb.

Er war ein Kriegsfürst, ein General, warum sollte er sich in Gefahr begeben, wenn er doch seine Männer hatte?

Fast bewunderte ich ihn dafür, denn in diesem kurzen Blickwechsel hatte sich deutlich offenbart, dass er mich nicht weniger hasste als ich ihn. Die ganze Täuschung, dieses ganze Spiel ... nur deswegen, weil ich ihn getäuscht und dann geschlagen hatte.

Genug gespielt, sagte mir sein letzter Blick. Jetzt wollte er meinen Kopf, doch er war klug genug, seine Wut und seinen Hass zu dämpfen, und kühl genug, seine Untergebenen in die Schlacht zu schicken.

Ich zog Seelenreißer und rannte den Soldaten entgegen, noch waren es nur wenige, die mir im Weg standen.

Es hätte eine Ballade daraus werden sollen, blutrünstig genug, um Angus zu gefallen, doch so weit kam es nicht. Bevor ich mehr als drei Schritte hatte rennen können, hörte ich einen schauerlichen Schrei hoch über mir, und wir alle sahen unwillkürlich hoch und folgten dem Sturz des Wyvern und seines Reiters bis zum Boden, wo beide direkt zwischen mir und Celan auf den harten Fels aufschlugen.

Doch noch mehr erschraken wir, als sich zeigte, dass die hohen Punkte dort oben keine Wyvern, sondern Greifen waren. Im nächsten Moment hörte ich die wütenden Rufe der edlen Geschöpfe, als sie die Flügel anlegten und wie Steine vom Himmel fielen, nur um knapp über dem Boden die Flügel auszubreiten und mit mächtigen Krallen durch die dünne Linie der Soldaten zu fahren, während von ihrem Rücken aus silbrig schimmernde Gestalten mit in Metall getriebenen Fratzen Blitze oder Feuer schleuderten oder mit Reiterlanze und Bogen Tod und Verderben über unsere Feinde brachten.

Eben noch hatte ich die Schlacht für verloren gehalten, aber nur einen Lidschlag später hatte sich die ganze Lage ins Gegenteil verkehrt. Fast ein Drittel der gegnerischen Soldaten lag blutend oder sterbend danieder, der Rest versuchte sich zu sammeln, doch allein die wütenden Schreie der Greifen brachen jede Moral. Nur hier und da stand ein Soldat noch fest – und wurde im nächsten Moment niedergemäht.

Ein Teil der Greifen verfolgte die Fliehenden, während eine Dreiergruppe unweit von mir landete. Ich erkannte diese unerbittlichen Kriegsmasken, dieses wehende Haar, die glänzenden Rüstungen. Es waren niemand anders als Imra, der Prinz der Elfen, seine Gemahlin Lasra und der stumme Elf Reat, dessen Vater mir eben noch angeboten hatte, mich in diese letzte Schlacht zu begleiten.

Hinter ihnen, an den Sätteln festgebunden, sah ich Zokora,

Serafine und sogar Angus. Zokora nickte mir nur zu, als wären wir uns soeben zufällig auf der Straße begegnet, Angus lachte laut, und Serafine strahlte übers ganze Gesicht vor Freude, mich lebend zu sehen.

Seltsam unberührt stand Fürst Celan da. Er schaute zu, wie seine Soldaten starben, dann wie die anderen Greifen in einem Kreis um uns herum landeten.

Er sah auf und an mir vorbei, und ich folgte seinem Blick: Dort trat gerade Leandra aus dem zerfallenen Tor des alten Turms.

Lasras Greif, auf dem auch Serafine ritt, erhob sich kurz in die Luft und ging neben Leandra nieder, Serafine lehnte sich weit aus dem Sattel des stolzen Tieres und reichte Leandra etwas, das sie wohl nicht weniger vermisst hatte als ich meine eigene Klinge.

Sie nahm Steinherz entgegen, dann kam sie gemessenen Schritts zu mir und schenkte mir ein schmales Lächeln. »Hast du das alles so geplant?«

Ich schüttelte den Kopf, ich hatte jemand anderen in Verdacht und blickte zu Serafine, die Celan mit gerunzelter Stirn musterte.

»Er gehört mir«, teilte mir Leandra freundlich mit. »Ich brauche es, damit ich schlafen kann.« Sie sah mir offen in die Augen. »Auch dafür, damit ich weiter in deinen Armen liegen kann.«

Ich hätte gern widersprochen, aber wie hatte ich selbst zu Angus gesagt? Ein kluger Mann wählte seine Schlachten mit Bedacht.

»Für den Fall, dass er gewinnt, warte einen kurzen Moment, bevor du zu Soltar gehst«, sagte ich leise zu ihr. »Ich werde ihn dir umgehend nachschicken.«

»Er wird nicht bei Soltar landen«, sagte sie mit einem harten Lächeln und ging weiter, Steinherz lose in der Hand und noch in der Scheide.

»Ihr wollt Euch gegen mich stellen?«, fragte Celan, als er erkannte, dass es Leandra sein würde, die ihm entgegentrat. »Ihr seid von Sinnen, wisst Ihr das? Ihr kennt doch von allen am besten meine Macht!«

»Aber Ihr nicht meine«, entgegnete sie.

»Schaut Euch um«, höhnte Celan. »Dieses Spiel hier, diese Ehre, die Ihr mir erweist, dieser Unsinn ist es, der Euch den Sieg in diesem Krieg kosten wird.« Er schüttelte den Kopf und wirkte wahrhaftig erstaunt. »Ihr wisst, wie dumm es ist, sich persönlich gegen mich zu stellen. Vernünftiger wäre, wenn Ihr mich erschlagen lasst. So aber besteht die Gefahr, dass Eure ganzen Träume und Eure ganze Hoffnung auf meiner Klinge enden werden. So ein törichtes Gehabe... Das ist es, was Euch den Untergang bringen wird!«

»Aber Ihr werdet es nicht mehr erleben«, teilte Leandra ihm mit und zog Steinherz aus der Scheide.

Anders als Seelenreißer war Steinherz ein mächtiger Anderthalbhänder, ein Bastardschwert mit geschweifter Klinge und langem Griff, in dessen Heft zwei Rubine bösartig funkelten. Ein solches Schwert war deutlich schwerer als ein Langschwert, und es brauchte Kunst und Kraft, es zu führen.

Beides besaß Leandra in hohem Maße, aber Steinherz war mehr als nur ein Schwert. Es war Boron geweiht, das Schwert eines Paladins. Ein Richtschwert, das mit seinem steinernen Herzen Gerechtigkeit verlangte und jeden Schwur auf seine Klinge bis zum Letzten umsetzen würde, auch wenn es Generationen dauern sollte.

Irgendwann, so hatte Leandra auf diese Klinge geschworen, würde sie Kolaron mit Steinherz richten, und wenn sie es nicht tat, würde ein anderer diese Klinge führen.

Auch Celan zog sein Schwert, doch sein erster Angriff war anderer Natur: Ein gleißender, flammender Strahl aus brennender Magie schoss Leandra entgegen, aber Steinherz lenkte die Magie zur Seite ab, als wäre sie ein Pfeil, den er einfach wegschlug.

Weil sie sich in beidem übte, in Magie und Stahl, hatte ich ihr vorgeworfen, sie würde in keinem jemals Meisterschaft erreichen, aber jetzt verstand ich den Sinn darin.

Magie *und* Stahl, nicht eines für sich allein, sondern in ihrer Gesamtheit, das war es, was Leandra ausmachte. Gleißende Blitze spielten entlang der fahlen Klinge, als sie Steinherz senkrecht in den Himmel hob. Ein Grollen ließ uns ungläubig nach oben blicken, denn dort zogen sich dunkle Wolken in beängstigender Geschwindigkeit zusammen, während das Gleißen der Blitze um Leandra immer dichter wurde, bis sie selbst kaum mehr zu sehen war.

Celans Augen weiteten sich, er ließ das Schwert sinken, als er überrascht auf diese Erscheinung blickte, dann drehte er sich um und rannte. Genau drei Schritte weit kam er, bevor ihr Blitz ihn traf.

So gleißend hell war er, dass ich fast erblindet wäre. Der Donnerschlag stieß mich zurück wie eine Faust, der Geruch von Blitz und Donner ließ meine Augen tränen, während ich mich mit klingelnden Ohren schüttelte.

Der größte Teil der Greifen war mit erschrecktem Gekreische in die Luft gesprungen, nur Imras Tier war am Boden verblieben.

Ich zog Seelenreißer über meine Hand, gab ihm sein Blut und steckte ihn in die Scheide zurück, während ich langsam zu ihr ging. Ich sah dann auf das hinab, was von Celan übrig war. Einer seiner Finger, nur noch ein Stumpf und bis auf die Knochen verkohlt, zuckte noch.

»Du hast etwas vergessen«, erinnerte ich sie. »Bring es zu Ende.«

Leandra nickte, hob Steinherz an und stieß ihr Bannschwert dem Nekromanten so heftig in die Brust, dass die Spitze in den gewachsenen Stein zu unseren Füßen eindrang.

Die verkohlte Mundhöhle des Fürsten öffnete sich zu einem lautlosen Schrei, als Steinherz die gefangenen Seelen erlöste.

Wie bei Seelenreißer sah ich auch jetzt die geisterhaften Gesichter derer, die der Fürst gefangen gehalten hatte, und bildete mir ein, Dankbarkeit in diesen schemenhaften Zügen zu erkennen. Es waren viele, die hier aufstiegen und in der Abenddämmerung zerfaserten.

»Siebenunddreißig«, sagte Leandra leise, als die verkohlten Überreste vor uns auseinanderbrachen. Auch der Finger regte sich nur noch einmal, fiel dann ab und verging zu grauem Staub.

»Er erhielt fünfunddreißig Seelen als Belohnung für die Befriedung Kelars. So hat er es mir selbst erzählt. Das ist die Münze, in der Kolaron Treue belohnt.« Sie sah mich mit feuchten Augen an. »Weißt du, dass Fürst Celan mir Marcus' Seele geben wollte? Als Geschenk?«

»Es ist vorbei«, sagte ich leise. Ich tippte mit dem linken Stiefel gegen den verkohlten Brustkorb und sah zu, wie er zerfiel. »Geht es dir jetzt besser?«, fragte ich sie.

»Nein«, antwortete sie. »Aber es war nötig.«

37. Der Zorn der Götter

Ein Greif schrie hinter uns, wir drehten uns um und sahen Artin, der uns langsam mit Marcus auf den Armen entgegenkam. Reat löste seine Sattelbänder, glitt vom Rücken seines Greifen, warf Helm und Kriegsmaske achtlos zur Seite und eilte seinem Vater entgegen.

Zumindest hierin, dachte ich, unterschieden wir uns nicht von ihnen.

»Es ist gut, Euch zu sehen«, sagte Imra, Prinz der Elfen, vom Sattel seines Greifen aus. Er war überraschend lautlos an uns herangekommen. »Aber es wird nicht lange dauern, bis die Wyvern fliegen, wir sollten weg sein, bevor das geschieht.« Er wies mit der linken Hand zu einem Greifenreiter. »Flieg bei Telos mit, sein Greif ist mit der kräftigste. Und Leandra …«, sie schaute zu ihm hoch, »… dort wartet jemand auf dich.«

Sie blickte ungläubig zu dem größten Greifen, der nur einen Reiter trug. »Steinwolke!«, rief sie freudig und rannte auf das Tier zu, das sich aufrichtete, wild mit den Flügeln schlug und dabei einen Schrei ausstieß, der mir durch Mark und Bein ging.

»Sie freut sich nur, Havald«, versicherte mir Imra, als ich zusammenzuckte.

»Aber wie ist das möglich?«, fragte ich erstaunt, während ich zusah, wie Leandra behände auf Steinwolkes Rücken sprang. »Ihr Gefieder war zu sehr gestutzt, um fliegen zu können.«

»Wir haben etwas nachgeholfen«, sagte Imra und zwinkerte mir zu.

»Wohin fliegen wir?«, fragte ich.

»Zu einem Schiff, das du kennen solltest«, meinte er. »Es liegt nordwestlich von hier, weit genug entfernt, dass es sicher sein sollte.«

»Die *Schneevogel*?«, fragte ich, und er nickte.

»Beeil dich«, ermahnte er mich, also eilte ich dem anderen

Greifen entgegen. Ich wusste jetzt schon, dass mir wieder übel werden würde.

Selbst mit der hohen Geschwindigkeit, mit der die Greifen flogen, dauerte es gut eine Kerze, bis ich auf dem Wasser die dunkle Form zweier Schiffe ausmachen konnte. Mittlerweile war es Nacht geworden, nur noch vier oder vielleicht fünf Kerzen bis Mitternacht, dann würde Askir untergehen. Wenn Celan recht behielt.

Einer dieser Schatten war die *Schneevogel*. Mittlerweile erkannte ich ihre eleganten Linien auch aus dieser Höhe; das andere Schiff daneben war doppelt so groß, aber fast schon sinnlich in seinen Formen. Wie es fuhr, war nicht zu erkennen, denn es besaß weder Mast noch Segel.

»Was ist das für ein Schiff?«, fragte ich gegen den Wind Telos.

Der Greifenreiter schaute über die Schulter und grinste breit. »Es ist das Schiff des Prinzen!«

Wir landeten auf einem Deck, dessen klare Linien weder von einem Mast noch von Takelage durchbrochen wurden. Als die Greifen mehr oder weniger elegant niedergegangen und ihre Krallen tiefe Furchen in das polierte Holz des Decks gezogen hatten, standen neben weiteren Elfen dort auch Elgata und Mendell in ihren besten Uniformen. Sie lächelten, aber es war das ernste Gesicht einer Kriegerin im schweren Kettenmantel meiner Heimat, das mich überraschte. Nur die grün schimmernden Augen verrieten, wer sie war, denn die klaren Züge dieser Frau hatten nur noch wenig mit denen einer gewissen Wirtshaustochter gemein.

»Sieglinde!«, rief ich und zerrte ungeduldig an den Bändern, die mich auf dem Greifen hielten. Ich schaffte es gerade so, sie zu lösen und auf sie zuzugehen. Meine Beine waren taub, wie üblich nach einem solchen Ritt, und der leichte Seegang erschwerte es noch zusätzlich, aber wenigstens fiel ich nicht hin.

»Also hat Imra Euch gefunden«, sagte ich erfreut, als ich sie umarmte. Ich schaute mich suchend um. »Wo ist Janos?«

»Ihr habt Euch verändert, Havald«, meinte Sieglinde und musterte mich. »Ich erkenne Euch kaum wieder. Waren Eure Augen nicht grau mit einem blauen Stich darin?«

»Sie sind es immer noch«, winkte ich ab. »Was ist mit Janos?«

»Ich weiß es nicht«, sagte sie und schluckte. »Es kann sein, dass er tot ist.«

Damit hatte ich nicht gerechnet. Er und ich hatten unsere Meinungsverschiedenheiten gehabt, aber …

»Wie?«

»Es war ein Hinterhalt. Er blieb zurück, um mir die Flucht zu ermöglichen«, antwortete sie ruhig. »Ich bete jeden Tag, dass er noch lebt, aber der Krieg ist nun mal so. Das wusste er auch.«

Nein, dachte ich mit stillem Bedauern, das war nicht mehr die Wirtshaustochter, die mit ihrer Geige sogar Räuber und Banditen bezaubern konnte. Sie hatte etwas verloren und zugleich etwas gewonnen, aber ich war mir nicht sicher, ob der Tausch ein gerechter war.

»Wir reden später«, sagte sie und wies mit ihren Augen auf Elgata und Mendell. Ich nickte, trat auf die beiden Marineoffiziere zu und bedauerte es insgeheim, dass sie mich herzlicher begrüßten, als es Sieglinde getan hatte.

Aber Elgata und Mendell waren auch nicht von mir in ein vom Feind besetztes Reich geschickt worden, um dort jemanden zu verlieren, den sie liebten.

Kaum waren alle Greifen auf dem Deck des Schiffs gelandet, brachte uns ein Boot zurück auf die *Schneevogel*.

»Wir werden uns später treffen«, versprach mir Imra. »Verzeiht die Eile, aber wir wollen nicht gesehen werden.« Er klopfte auf das schimmernde Holz der Reling seines Schiffs. »Sie soll für unseren Feind eine Überraschung bleiben.«

Es dauerte nicht lange, bis wir uns alle an Bord der *Schneevogel* einfanden, fast zu viele für das Achterdeck, aber Elgata schien es diesmal nicht zu stören, solange wir dem Steuermann Raum für seine Arbeit ließen.

Wir sahen schweigend zu, wie das Elfenschiff sich lautlos in

Bewegung setzte. Unter den Wellen bemerkte ich ein helles Band aus Licht, das vom Bug bis zum Heck zu pulsieren schien, und je schneller es pulsierte, desto schneller glitt das Schiff davon, bis es in überraschend kurzer Zeit nicht mehr zu sehen war.

»Ich gäbe meinen linken Arm für dieses Schiff«, sagte Elgata und seufzte, bevor sie mich vorwurfsvoll ansah. »Ihr hättet uns ruhig warnen können, General.«

»Das hätte ich getan, wenn ich gewusst hätte, vor was ich warnen soll«, entgegnete ich, sah mich um und suchte Serafine im Kreis meiner Freunde. Fast schien es mir, als wollte sie sich wegducken, als unsere Blicke sich trafen. »Denn ich würde auch gern wissen, was hier soeben vorgefallen ist. Vielleicht besitzt jemand die Güte, es mir zu erklären. Nicht, dass ich mich beschweren will, doch mir scheint, als wäre mir einiges entgangen.«

»Seid Ihr sicher, dass Ihr Euch nicht doch beschwert, Havald?«, fragte Varosch vom Aufgang, während Elgata den Befehl gab, die Segel zu setzen. Sie hatte mir schon gesagt, wohin die Reise diesmal ging. Nicht zurück nach Aldar, sondern auf direktem Weg nach Askir.

»Vielleicht nicht«, antwortete ich ihm mit einem Lachen. »Aber die Neugier bringt mich um.«

»Ich gebe es zu«, sagte Serafine mit einem verschmitzten Lächeln später in unserer Kabine. »Es ist alles meine Schuld.« Ich schaute hinüber zu Sieglinde, die ruhig in einer Ecke der Kabine saß, ihr Bannschwert Eiswehr vor sich auf dem Schoß, und uns beobachtete, als ginge sie all das nichts an.

»Halt still«, befahl mir Zokora in barschem Ton. Sie nutzte die Gelegenheit, meine Brandwunden zu versorgen.

»Wie ist es dazu gekommen?«, fragte Leandra.

»Havald erwähnte in Aldar den Elfen Artin, den er aus den Händen des Fürsten befreit hatte, und er sagte, dass er Reat ähnlich sähe. Ich erinnerte mich, dass Reats Vater tatsächlich Artin hieß. Also ließ ich in Aldar den Signalmaat eine Nachricht nach Gasalabad schicken, im sicheren Bewusstsein, dass die Nachricht die Elfen erst lange nach unserer Abreise erreichen würde.« Sie schaute zu mir herüber. »Havald wiederum brachte den anderen Stein ins Rollen, als er den Prinzen Imra in Gasalabad um einen Gefallen bat, kurz bevor die Elfen uns verließen. Denn sie kämpfen schon länger gegen Thalak und sind auch in seiner Heimat in den Kampf verstrickt. Er bat sie deshalb, dort nach Sieglinde und Janos Ausschau zu halten.« Ihr Blick wurde streng. »Natürlich hielt er es nicht für nötig, das zu erwähnen.«

»Weil es nicht sicher war, dass Imra sie finden würde«, verteidigte ich mich.

»Sie fanden mich bei der alten Nordfeste«, erklärte Sieglinde mit ihrer weichen Stimme, der einer Bardin, nicht einer Kriegerin. »Ein paar meiner Leute und ich waren dabei, sie wieder zu öffnen, in der Hoffnung, dass sie uns als Bastion gegen die Truppen Thalaks dienen könnte. Ich kann Euch versichern, Havald, dass Coldenstatt eine freie Stadt bleiben wird, solange die Torfeste steht… und das wird lange sein.«

»Habt Ihr der Königin die Botschaft überbringen können?«, fragte ich, und sie nickte.

»Ja. Sie hat sie gelesen und war erfreut darüber. Ich soll Euch ausrichten, dass sie mit ihrem letzten Atemzug an Euch denken wird.« Sieglindes Gesicht wurde zum ersten Mal wieder etwas weicher. »Sie sagte auch, dass sie versuchen würde, Euch zu besuchen… Wie auch immer sie das gemeint hat.«

Ich nickte nachdenklich. Wie man an Marcus sah, gaben die Götter manchen Menschen die seltsamsten Talente, und vielleicht war der Traum, in dem ich meine Königin gesehen hatte, ja doch mehr als ein Traum gewesen. Ich wünschte mir zumindest, dass es nicht nur Einbildung war.

»Ich sehe, Ihr wisst, wovon sie sprach«, sagte Sieglinde. »Zurück zur Geschichte. Ich wollte ohne Janos nicht zu Euch zurückkehren, aber als die Greifenreiter kamen, habe ich es mir anders überlegt. Ich werde auch nicht lange bleiben, ich bin nur hier, um Euch zu berichten, was uns widerfuhr.«

»Wie ging es weiter?«, fragte Angus leise, der bisher kaum ein

Wort gesprochen hatte. Er trug die Uniform einer Seeschlange, und trotz seines tätowierten Schädels und des dreigeteilten Barts passte sie zu ihm.

»Greifen sind weitaus schneller als jedes Pferd oder Schiff«, erklärte Serafine. »Zudem war Imra der Meinung, es wäre eine Gelegenheit, seine Schwester zu besuchen, die sich in Askir aufhält. Früher, als die Greifen noch regelmäßig nach Askir flogen, pausierte man immer in Aldar, Imra dachte sich nichts dabei und tat es diesmal auch. Er hat uns nur um wenige Kerzen verpasst.« Sie lachte leise. »Er beschwerte sich bei mir, dass die ganze Aufregung, die seine Ankunft auslöste, ihn davon abhielt, uns sofort nachzueilen.«

Das konnte ich mir denken.

»Erzähl weiter«, bat jetzt Leandra. »Denn all das erklärt noch nicht, wieso die Elfen uns zu Hilfe kamen.«

Serafine schmunzelte. »Das ist jetzt Havalds Schuld. Er ist offenbar imstande, in kürzester Zeit Freunde zu finden. Der Signalmaat, dem ich die Nachricht übergab, erinnerte sich daran und dachte sich, wenn die Elfen schon hier waren, könnte er ihnen die Nachricht ja persönlich geben. So erfuhren die Elfen von Artins Schicksal, sie hatten ihn bereits tot geglaubt.«

»Hier kann ich jetzt weiterhelfen, denn eure Freunde brachten mir neue Befehle, aus denen hervorging, was geschehen ist«, sagte Elgata von der Kabinentür. »Euer Freund, der Prinz, stürmte wie ein Wirbelwind in Wendis' Arbeitszimmer und verlangte, sofort alles zu erfahren, was Wendis über euch, die *Schneevogel* und die Feuerinseln wusste. Der Lanzenmajor hielt dem Ansturm wohl nur kurz stand. So erfuhr Prinz Imra auch, weshalb ihr mit uns zu den Feuerinseln gefahren seid. Keine Viertelkerze später flogen die Greifen wieder davon.«

»Ich flog mit ihnen«, berichtete Sieglinde. »Ich sah keinen Grund, es nicht zu tun, außerdem kam es mir seltsam vor, wie die Leute dort mich begafft haben.« Sie schüttelte verständnislos den Kopf. »Dazu muss man erklären, dass Imra mit seinen Greifen auf dem Tempelplatz landete, inmitten einer Schar von göttergläubigen Bürgern Aldars, die sofort in Angst und Panik gerieten. Ich hörte sogar jemanden nach einem Scheiterhaufen rufen. Die Leute dort sind seltsam.«

»Das habt Ihr richtig erkannt!«, rief Angus mit Inbrunst. »Ich kann Euch erzählen, was mir …«

»Nicht jetzt, Nordmann«, sagte Elgata kühl. Sie wandte sich wieder Sieglinde zu. »Fahrt bitte fort, Sera.«

»Ein Greif kann zwar vom Festland aus zu den Feuerinseln fliegen«, nahm Serafine den Faden wieder auf, »aber wenn er über den Inseln ist, ist er erschöpft. Außerdem stellten diese Wyvern eine Gefahr dar. Imra entsann sich, dass auch Elfen einst Schiffe besessen hatten, und fragte seine Mutter, ob sie wüsste, wo man eins finden konnte.«

»Wie?«, fragte ich. »Ist er die ganze Strecke zurückgeflogen?«

»Nein«, sagte Serafine. »Die Königin der Elfen und Imra sind in der Kunst der Magie unterwiesen, sie haben wohl noch andere Möglichkeiten.« Sie erlaubte sich ein leichtes Lächeln. »In den Augen der Elfen ist Imras größter Fehler seine Ungeduld. Jetzt aber stand sie ihm gut, und sobald er erfuhr, wo das Schiff lag, flogen die Elfen dorthin. Und obwohl viele Elfen nur schwer davon zu überzeugen sind, ihren sicheren Hort in den Bergen zu verlassen, fanden sich gut ein Dutzend, die meinten, es wäre Zeit, wieder zur See zu fahren, zumal es schließlich ›ihr‹ Schiff wäre.«

Von der Tür her lachte Elgata leise. »Das kann ich gut verstehen.«

»Was ist das für ein Schiff?«, fragte Angus neugierig.

»Es fuhr zum letzten Mal vor sechshundert Jahren«, erklärte Sieglinde. »Ich war dabei, als sie es aus dem Versteck bargen, in dem es diese Zeit überdauert hat. Es lag nicht weit von hier entfernt in einer Höhle, die sich gänzlich unter Wasser befand. Doch das Schiff war magisch versiegelt und hatte nicht unter der Zeit gelitten. Es brauchte kaum mehr als zwei Kerzenlängen, dann hatten sie es aus der Höhle heraus.«

»Unter den Wellen?«, fragten Elgata und Angus gleichzeitig.

»Ja«, sagte Sieglinde, die zu meiner Erleichterung jetzt vergaß, so ernst und hart dreinzuschauen. »Dafür ist es eigentlich nicht gedacht, aber die Magie der Elfen machte es möglich. Es war …«, sie suchte nach Worten, »… ein unbeschreibliches Erlebnis. Ich stand neben dem Ruder, als es durch das Wasser fuhr, und ein großer bunter Fisch kam neugierig heran und wollte an meinem Finger knabbern.« Sie schüttelte den Kopf. »Ich hätte nie gedacht, so etwas zu erleben.«

»Das möchte ich genauer wissen«, sprach Elgata. »Ein Schiff, das unter den Wellen fährt … Das muss eine mächtige Magie gewesen sein. Aber lasst Euch Zeit damit, berichtet weiter.«

»Das war es eigentlich schon. Außer dass die Greifen kein Wasser mögen und sich an Bord des Schiffs nicht sonderlich wohl fühlen. Doch es ersparte ihnen den weiten Flug, und so waren sie imstande, die Inseln auszuspähen. Die *Mondläufer*, so heißt das Schiff der Elfen, näherte sich der Insel von Nordwesten, um nicht gesehen zu werden. Es dauerte dann nicht lange, bis die Greifen auf ihren Flügen auch die *Schneevogel* entdeckten, die ebenfalls dort kreuzte.«

»Das war kurz, nachdem wir Euch auf der Insel abgesetzt hatten«, nahm Elgata nun den Faden auf. »Wir staunten nicht schlecht, als wir die Greifen sahen. Einer der Scharfschützen im Krähennest schoss sogar auf sie, aber glücklicherweise verfehlte er sein Ziel.« Sie lachte leise. »Es war der Prinz selbst, der hier landete, und er erklärte dem Schützen empört den Unterschied zwischen einem königlichen Greifen und einem verfluchten Wyvern.« Sie schüttelte erheitert den Kopf. »Das war auch dringend nötig, denn der arme Elwin hatte weder das eine noch das andere jemals zuvor gesehen.«

»Imra war zu Recht erbost«, erklärte Sieglinde. »Der Bolzen verfehlte seinen Greifen nur um eine Fingerbreite. Aber er beruhigte sich schnell wieder.«

»Es ist ja auch nichts geschehen«, fuhr Elgata fort. »Der Elfenprinz erfuhr von uns, wo Ihr Euch verstecken wolltet. Noch in der gleichen Nacht flogen die Elfen zu den Feuerinseln und suchten den alten Signalturm auf, doch den hattet Ihr kurz zuvor verlassen.«

Jetzt meldete sich Zokora neben mir zu Wort, während sie mir mein Hemd reichte; sie war wohl fertig. »Nachdem Havald Leandra vor die Füße gefallen war und wir nun wussten, dass Leandra genau einen solchen Reif trug wie den, der Artin unter einen magischen Bann gezwungen hatte, ahnten wir auch das Schicksal, das Havald bevorstand. Wir kehrten zum Turm zurück und fanden dort meine fernen Brüder und Schwestern vor.« Sie lächelte grimmig. »Es erschreckte sie, dass sie mich nicht kommen sahen, aber noch mehr, dass ein Priester Omagors dort sein Unwesen trieb. Ohne das hätten wir uns vielleicht noch ein, zwei Jahre angefeindet, so aber kamen wir erstaunlich schnell überein. Gegen diese Flotte konnten wir nichts tun, außer dass die Reichsstadt nun gewarnt ist. Wir waren aber sehr schnell einig darin, dass dieser Priester und der Fürst sterben sollten.«

»Sie passte den Priester am helllichten Tag ab, überwältigte ihn und zerrte ihn in einen Keller, wo wir das Ritual abhielten«, erklärte Serafine und warf Zokora einen schwer zu deutenden Blick zu. »Ich bin mir noch immer nicht sicher, ob es nicht doch zu nahe an Nekromantie ist, aber … nun gut, das Ritual gelang.«

»Ich blieb dort im Keller liegen und ließ den Priester in die Festung gehen. Ich verlangte den Aufenthaltsort von Leandra zu wissen und suchte sie auf. Vorher hatten wir euch mit einem anderen Ritual gesucht und Havald gefunden, er bemerkte aber, dass wir euch belauschten, also unterbrachen wir das Ritual. Ich dachte allerdings, dass er bei dir sein würde, Leandra.«

»Wieso habe ich mir dann eingebildet, auch Armins Stimme zu hören?«, fragte ich überrascht. »War er auch hier?«

»Nein«, sagte Zokora. »Aber er war in Janas und nahm dort an dem Ritual teil. Drei meiner hellen Brüder banden ihn dort in unser Ritual ein, weil er behauptete, er würde dich am besten kennen.«

»Aber warum?«, fragte ich.

»Gasalabad und die Nation der Elfen haben einen neuen

Bündnispakt geschlossen«, erklärte Zokora. »Er wollte helfen, und meine hellen Brüder erlaubten es ihm. Tatsächlich fanden wir dich sehr schnell, aber wir mussten aufhören, bevor du misstrauisch wurdest und uns verraten konntest.« Sie sah mich von der Seite her an. »Du hättest es nicht bemerken dürfen, Havald.«

Ich zuckte mit den Schultern. In solchen Dingen kannte ich mich nicht aus. Aber das, was sie so nebenbei erwähnt hatte, war weitaus wichtiger als die Frage, warum Armin an dem Ritual teilgenommen hatte. Allein schon, dass die Elfen einem Bündnis zugestimmt hatten, war etwas, dessen Auswirkungen sich im Moment nur schwer überblicken ließen. Auf jeden Fall war es ein Hoffnungsschimmer.

Aber Zokora sprach schon weiter. »Mit dem Priester fand ich Leandra, verlangte dann den Schlüssel zu den Katakomben, holte die Torsteine aus dem Gemach des Fürsten und brachte Leandra dann hinunter in die Katakomben. Ich wollte dort erst diese versperrte Tür öffnen, bevor ich Havald mit dem Priester suchen wollte. Aber dann kam er auch schon angestürmt und hat mich erschlagen.«

Ich war mir nicht sicher, ob Zokora die Erzürnte nur spielte oder ob sie mir tatsächlich etwas nachtrug.

»Sie hat recht«, stellte Leandra fest. »Du bist ein Idiot gewesen.« Aber sie sagte es mit einem Lächeln.

»Es fällt mir schwer zu widersprechen«, meinte ich. »Allerdings verstehe ich eins nicht: Wenn Ihr schon den Priester unter Eurem Bann hattet, warum habt Ihr Leandra nicht von ihrem Reif befreit?«

»Weil ich es nicht konnte«, erklärte Zokora. »Es bedurfte einer Form der Magie, der ich nicht mächtig bin. Ich bin eine Priesterin, keine Maestra, das solltest du bereits bemerkt haben.« Sie bedachte mich mit einem vernichtenden Blick. »Den Rest kennt ihr«, fuhr sie fort und lehnte sich dann bequem zurück. »Es wäre Verschwendung, es zu wiederholen.«

»Aber wie kam es, dass Ihr genau in dem Moment am Turm ankamt, als Celan uns dort suchte?«

»Kannst du es dir nicht denken?«, fragte sie. »Wir haben euch als Köder verwendet, um den Fürsten dorthin zu locken.« Sie sah mich irritiert an. »Oder hattest du eine Idee, wie wir Celan in seiner Festung hätten töten können?«

»Ich dachte eher, Ihr schleicht Euch hinein und schneidet ihm die Kehle durch«, meinte Serafine jetzt.

»Allerdings hätte dann Leandra ihre Rache nicht bekommen«, meinte Zokora. »Aber in solchen Dingen kennt ihr Menschen euch ja nicht sonderlich gut aus.«

»Ist das so?«, fragte Leandra lächelnd.

»Ja«, sagte Zokora, und damit schien für sie alles gesagt.

»Jetzt wird uns nichts mehr aufhalten«, sagte Leandra später. Wir standen auf dem Achterdeck neben der Hecklaterne und schauten gemeinsam aufs Meer hinaus. »Irgendwo dort oben fliegt ein Greif und hält Wache über uns«, fügte sie hinzu. »Diesmal wird uns keiner dieser verfluchten Wyvern aufspüren und verraten können. In zwölf Tagen sind wir in Askir – wenn die Stadt nicht doch noch fällt.« Sie sah besorgt zu den Gestirnen auf. »Es ist nicht mehr lange bis Mitternacht.«

»Ich glaube immer noch, dass selbst Kolaron so etwas nicht vermag. Vielleicht wollte Celan uns nur täuschen.«

»Warum? Er glaubte nicht daran, dass wir seinem Bann entkommen konnten. Hätte Artin nicht gewusst, wie man das Halsband löst…« Sie schüttelte den Kopf. »Aber er wusste es, und jetzt sind wir frei davon. Nur eins verstehe ich nicht.« Sie beäugte Seelenreißer an meiner Seite. »Wie kommt es, dass du deine Klinge wiederhast?«

Ich schaute hoch zu Soltars Tuch. »Ich glaube«, sagte ich langsam, »es liegt daran, dass ich meinen Frieden mit Soltar gemacht habe. Ich war wieder bereit, mein Schwert zu tragen, also gab er es mir zurück. Es ist die einzige Erklärung, denn der Zeitpunkt war zu perfekt, um nur mit Glück und Zufall erklärt zu werden.«

»Es sei denn«, sagte Leandra, »Serafine hätte recht und du

wärst Jerbil Konai und ständest wie er in der Gunst der Götter.« Sie sah mich ernst an. »Du hast oft außergewöhnliches Glück.«

»Oder es ist einfach der Wille Soltars, der es so fügt«, meinte ich. Ich zog sie enger an mich, doch plötzlich versteifte sie sich in meinen Armen.

»Havald!«, rief sie. »Etwas geschieht!«

Ich sah mich um, das Meer um uns war ruhig, ich wusste nicht, was sie meinte.

»Es ist der Weltenstrom!«, rief sie mit geweiteten Augen. »Er vibriert wie eine Saite, die man zu heftig angeschlagen hat... es ist wie... o Götter!«, stieß sie hervor, dann rollten ihre Augen nach hinten und ich sah das Weiße darin.

Rasch rief ich Mendell, der am Steuerrad stand, um Hilfe, und hastig brachten wir Leandra hinunter in die Kabine, wo mich alle fragend ansahen, während sich Zokora um sie kümmerte.

»Ich weiß nicht, was eben geschehen ist«, teilte ich der dunklen Elfe mit. »Plötzlich wurde sie steif, rief etwas davon, dass der Weltenstrom schwingen würde und dann...«

Ein gleißendes Licht drang durch die Fenster der Kabine. Nur einen kurzen Moment stand sie da: eine Säule aus purem, hellstem Licht, die sich in der Ferne wie eine Nadel in das Firmament erhob. Dann verschwand sie so schnell, wie sie gekommen war, und hinterließ Nachbilder in unseren Augen.

»Was bei allen Höllen Soltars war das?«, fragte Mendell. »Dort, wo dieses Licht eben stand, liegen die Feuerinseln. Was hat das zu bedeuten?« Er öffnete ein Fenster und spähte in die Dunkelheit. »Sera Zokora«, bat er dann höflich. »Ich habe gehört, Ihr habt besonders gute Augen. Könnt Ihr mir sagen, ob Ihr dort hinten etwas gesehen habt?«

Zokora bettete Leandras Kopf auf ein Kissen und trat neben uns ans Fenster. »Nichts«, sagte sie und wollte sich schon wieder abwenden, doch dann stutzte sie. »Doch«, sagte sie. »Dort ist etwas. Ein rötlicher Schimmer, der immer stärker wird, und zugleich eine dunkle Wolke, die sich auftürmt... Bei Solante!«, rief sie aus. »Der Vulkan ist ausgebrochen!«

»Aber der Vulkan hat sich seit Menschengedenken nicht mehr gerührt!«, protestierte Mendell.

»Du hast mich gefragt, was ich sehe. Und ich sage dir, der Vulkan ist ausgebrochen. Das ist meine Antwort.« Zokora wandte sich vom Fenster ab und kniete sich wieder neben Leandra, die sich noch immer nicht rührte. »Havald?«, fragte sie mich und sah nachdenklich auf Leandra herab. »Sagte sie nicht, der Weltenstrom wäre aus den Fugen geraten?«

»Ja«, bestätigte ich, während ich wieder diese riesige Kammer vor meinen Augen sah, die Kristalle im Wolfstempel, und an Leandras Erklärung von der Erdmagie dachte, die durch diese hohle Säule aufstieg, um den Vulkan gefangen zu halten. Was, wenn die Magie dort gestört und der magische Bann auf dem Vulkan gebrochen war?

»Entschuldigt, Stabsmajor Mendell«, fragte Sieglinde höflich. »Ich habe die alten Balladen und Legenden studiert, und es gibt dort etwas, das mich beunruhigt. Wenn ein Vulkan im Meer ausbricht, was geschieht mit den Schiffen, die ihm nahe sind? Gibt es nicht meistens eine Flut oder so etwas?«

»Das kommt auf den Ausbruch an. Wenn es ein großer ist ... O Götter«, stammelte er und sah gebannt zum Fenster hinaus. In der Ferne flackerte der Himmel auf einmal rot auf, im nächsten Moment stieg eine schwarze Wolke turmhoch empor. Selbst vor dem Nachthimmel war sie noch gut zu sehen, denn das rötliche Flackern dauerte an, dann weitete sich die Wolke plötzlich, war aber diesmal viel heller.

»Schließt die Fenster, macht alles dicht und fest, was ihr nur finden könnt!«, rief Mendell hastig, er war kreidebleich geworden.

»Aber ...«, begann ich.

»Keine Zeit!«, schnitt er mir das Wort ab. »Wir müssen das Schiff bereitmachen, bevor die Flutwelle kommt!«, rief er und stürzte aus der Kabine. Über uns war Elgata an Deck, sie hatte wohl auch verstanden, was dieser ferne Lichtschein uns androhte, denn sie rief bereits Befehle. Ich spürte, wie das Schiff sich auf die Seite legte, als das Ruder hart herumgeworfen wurde.

Selbst als wir das schwarze Schiff angegriffen hatten, war es ruhiger zugegangen. Ich meinte diesmal, so etwas wie Panik in den Rufen zu hören.

Ich schloss schnell die Fenster und zog die dicke Decke davor, eilte zu einer Truhe und nahm Nagel und Hammer heraus, um erst die Fenster zu vernageln und dann die Decke noch davor zu befestigen.

Eine Seeschlange steckte den Kopf zur Tür herein. »Verriegelt die Tür und dichtet jede Ritze ab, so gut ihr könnt!«, rief er und verschwand schon wieder.

Ich tat einen Schritt zur Tür, ein tiefes Grollen und Brausen kam auf, erst leise und fern, dann nah und unbeschreiblich laut, dann hoben sich die Planken unter mir und stieg der Bug steiler und steiler empor, bis ich gegen die Wand zwischen den beiden Fenstern fiel.

Auch die anderen verloren ihr Gleichgewicht, verzweifelt versuchten sie, Halt zu finden. Ich sah entgeistert zu, wie die Laterne an ihrem Haken immer weiter auspendelte, bis sie fast parallel zur Decke hing, dann spürte ich das Schiff hintenüber durchsacken. Links und rechts neben mir machte die See sich einen Scherz aus meinem Nagelwerk, als sich auf ganzer Fensterbreite Wassersäulen in die Kabine drückten. Die Laterne erlosch, das kalte, dunkle Wasser erfasste mich und schleuderte mich gegen etwas Hartes. Ich kam nicht einmal mehr dazu, zu fluchen.

Als ich dieses Mal erwachte, benommen wie ein nasser Hund, wusste ich, dass Götter wahrhaftig Wunder wirkten, denn ich lag noch immer in der Kabine der *Schneevogel*, und obwohl das Wasser knietief stand, war Luft zum Atmen da. Stöhnend, keuchend und prustend regten sich neben mir meine Freunde, doch mein erster Gedanke galt Leandra, die still neben mir im Wasser lag.

Einen langen Moment glaubte ich sie verloren, doch dann hustete sie und stöhnte auf.

Es war ein Wunder, dass die *Schneevogel* noch schwamm und wir noch lebten. Dennoch hatte sich das Meer seine Opfer geholt. Zusammen mit gut einem Dutzend anderer war Mendell ein Opfer der See geworden, als die riesige Welle uns unter Wasser drückte. Seine Familie würde diesmal vergeblich auf ihn warten. Elgata hatte nur überlebt, weil sie sich mit einem festen Tau ans Steuerrad gebunden hatte. Zu meiner Erleichterung fehlte Leandra nichts weiter, nur ein stechender Kopfschmerz begleitete sie die nächsten Tage.

Schlimmer war, dass auch Schiffsarzt Devon unter den Toten war. Wir fanden ihn im Krankenquartier, erschlagen von einem Balken, der sich durch das Deck gebohrt hatte. Zokora verdiente sich den redlichen Dank der Überlebenden, als sie zusammen mit Varosch und Sieglinde unermüdlich mit Soltar rang, um ihm die eine oder andere Seele vorzuenthalten. An diesem Tag hatte er schon zu viele bekommen.

Auch Marcus, unser Pirat, war fort. Wo seine Zelle sich befunden hatte, war der Mast ins Deck gekracht und hatte eine Bresche geschlagen.

So also endete die Legende vom Blutigen Marcus, dem Herrscher über die Pirateninseln.

Ungeschoren waren wir wahrlich nicht davongekommen. Angus hatte sich ein Bein gebrochen und fluchte nicht einmal darüber. Nach der Flutwelle war er sehr still, fast schweigsam geworden. Serafine hatte sich das Schlüsselbein gebrochen, mir hatte sich ein großer Splitter in den Oberschenkel gebohrt und eine hässliche Wunde gerissen; ich hatte es zuerst nicht einmal bemerkt.

Die stolze *Schneevogel* war zum größten Teil zerstört, hatte Mast, Takelage und Teile der Aufbauten verloren. Sie war zwar noch aus einem Stück, doch an vielen Stellen war das zähe Holz gebrochen, es knirschte und knackte, dass wir beständig fürchten mussten, der Rumpf würde jeden Moment unter unseren Füßen auseinanderbrechen.

Doch Elgata gab nicht auf. Unermüdlich ruderte der Rest der

Mannschaft das Wrack voran, während ein anderer Teil die Lenzpumpen in Betrieb hielt. Das *Klack-Klack-Klack* der Pumpenschwengel und das Hämmern und Klopfen des Schiffzimmermanns, der verzweifelt versuchte, das Nötigste zu richten, begleitete uns fast zwei Tage lang, bis ein einsames Schiff der kaiserlichen Marine am Horizont erschien.

Hastig wurden erst die Verwundeten auf das andere Schiff gebracht, dann kamen wir nach.

Als ich mit Leandra, Serafine und Elgata zusammen auf dem Achterdeck der *Sturmtänzer* stand, gab der Kapitän den Befehl zum Setzen der Segel. Doch noch bevor das Tuch sich blähte, hob sich der polierte Rammsporn der *Schneevogel* aus dem Wasser, kippte das Schiff zur Seite, drehte sich langsam wie in einem Wirbel und glitt dann, ein letztes Mal aufrecht und stolz, mit lautem Brausen und Gurgeln unter die Wellen.

Elgata stand neben uns, hielt sich mit Händen, an denen sich die Knöchel weiß abzeichneten, an der Reling fest und sagte nichts, bis sich die Wogen wieder glätteten.

»Sie war ein gutes und stolzes Schiff, und eine bessere Besatzung hätte ich mir nicht wünschen können.« Sie schluckte, dann wurde ihre Miene hart. »Wenigstens war das Opfer nicht umsonst, und sie liegt nicht allein auf dem Meeresgrund«, stellte sie mit Genugtuung fest.

Darin stimmte ich ihr zu, denn es war kaum vorstellbar, dass auch nur eines der Schiffe, die im Hafen der Feuerinsel gelegen hatten, dieser Verwüstung hatte entkommen können.

Wenige Nächte später sah ich in der Ferne zwei mächtige Feuer über dem Horizont stehen. Ich konnte kaum glauben, dass es sich dabei um die Leuchtfeuer handeln sollte, welche die Einfahrt durch das Seetor in Askirs Hafen markierten.

Der Hafen von Aldar war mir groß erschienen, der der Feuerinseln noch größer, aber das war alles nichts gegen den Anblick, der sich mir nun bot. Der Hafen von Askir hatte eine größere Ausdehnung als meine Heimatstadt Kelar!

Schweigend und staunend sah ich zu, wie wir die mächtige Seemauer durchfuhren, die fast so dick war wie die *Sturmtänzer* lang.

In der Ferne bemerkte ich mächtige Mauern, und noch weiter hinten ragte ein hellerleuchtetes massives Rund in den klaren Nachthimmel.

»Was …«, begann ich, doch ich konnte keine weiteren Worte finden.

»Das ist Askir«, sagte Serafine leise an meiner Seite. »Doch was du hier siehst, ist nur der kleinste Teil der Stadt, der Hafen. Dort hinten, hinter der Mauer, die den Hafen umschließt, liegt die Zitadelle, der Sitz der Macht des Alten Reichs.«

Ich sah mich staunend um und suchte nach Zeichen dafür, dass diese mächtige Stadt angegriffen worden war, aber ich fand keine. Dafür eilten uns gut ein halbes Dutzend Jagdboote mit schäumenden Rudern entgegen. Ein heftiger und kühler Wind wehte, und mich fröstelte.

Von hinten schmiegte sich Leandra schutzsuchend an mich. »Ich glaube«, sagte sie leise, »wir sind endlich angekommen.«

»Wenn Ihr mich fragt«, meinte Zokora, »wurde es auch langsam Zeit.«

Anhang

Die bekannten Reiche:

Varlande oder Nordlande – die Heimat der Nordmänner, Altes Reich
Bessarein – Kalifat, Altes Reich
Aldane – Altes Reich
Askir – Reichsstadt, Altes Reich
Illian – Südlande, Drei Reiche
Jasfar – Südlande, Drei Reiche
Letasan – Südlande, Drei Reiche
Thalak – das dunkle Imperium
Kish – legendäres Reich jenseits des Meers der Stürme, angeblich von Echsen bewohnt
Xiang – legendäres Reich im Südosten des Alten Reichs, die Straßen sind dort mit Gold gepflastert

Die Götter:

Omagor – der Gott der tiefen Dunkelheit, Blutgott der Dunkelelfen
Boron – Gott von Gerechtigkeit, Gewalt, Krieg und Feuer
Astarte – Göttin der Weisheit und der Liebe
Soltar – Gott des Todes und der Erneuerung
Solante – Astartes dunkle Schwester, von den Dunkelelfen verehrt
Marenil – alte Göttin der Meere
der Namenlose – mysteriöser Gott mit dunklen Absichten